ちくま文庫

戦場カメラマン

石川文洋

JN259426

筑摩書房

チュッバック（白い竹）湖。1972年、ハノイ

目次

行政上の省は戦時中、戦後、現在と変更になったところがあります。文中では取材時の省名にしてあります。

まえがき

一九六四年四月、桜の花が咲きみだれている頃、世界一周無銭旅行を計画し、友人たちに見送られて、東京駅を出発しました。当時は、日本の経済も現代のように成長しておらず、若者にとって海外旅行はまだまだ手の届かない世界でした。それだけに、無銭旅行、冒険旅行が、若者の夢でもありました。

私は、まず故郷の沖縄へ行き、そこから、海外への道を見つけようとしました。運良く沖縄から、南米への移民団を乗せたオランダ船に、無料で香港まで乗船することに成功し、香港のヒルトン・ホテル内にあるファーカス・スタジオで働くことになりました。

一九六四年八月、「トンキン湾事件」の直後、はじめて、南ベトナムのサイゴンへ行き、すっかりベトナムに魅せられてしまいました。ベトナムで生活をするようになってからは、リュックにテントや寝袋をつめ込み、肩にカメラをさげて、戦場から戦場を歩き回りました。戦場から帰ると今度は、バスに乗って、メコンデルタの村や、ダラトの高原、フエの古都などを旅行しました。

一九六八年の十二月に、サイゴンを離れるまでの満四年余、危険ではありましたが、学ぶことの多い、充実した青春時代でした。一九六九年四月、朝日新聞社に入社してからも、ベトナムの取材は続きました。北爆下のベトナム、サイゴン陥落後の南ベトナム、カンボジアの虐殺などを取材し、一九八五年九月、解放後十年目のベトナムへ行きましたが、私にとってははじめてサイゴンの土を踏んでから二十一年目のベトナムでもありました。

本書の題名は、「戦場のカメラマンたち」という意味があります。ベトナム戦争は大勢のカメラマン、記者、作家たちによって報道されましたが、七十三人の人たちが死亡、または行方不明になっています。その中には十五人の日本人ジャーナリストも含まれています。とくに最前線で写真を撮るカメラマンたちは常に危険にさらされていました。

私自身、あの時、よく無事に生きのびることができたと思われる場面が、少なくとも七回ありました。ベトナム戦争の取材から無事に帰ってきて、現在、仕事を続けられている他のカメラマンの方々も、みんなが、そのような体験を持っています。そのような危険な状態の中からカメラマンとしての喜びや悲しみを感じてきました。

ここに収められた原稿は、全部が取材当時に書いたもので、書き加えたものは、各章の前文だけです。後になって読み返して、取材当時の気持ちと現在の考えが少しも変わっていないので、そのまま手を加えずに収録致しました。統一前の南ベトナムでは一般的に通貨の単位はフランス植民地時代のピアストルという呼び方をしていたので、その時の言葉として使用しました。

文中の軍の名称について少し説明します。

南ベトナム政府軍（一九五五年、十七度線南部にできた、ゴ・ディン・ジエム政権以降のベトナム共和国の軍隊。一九七五年四月のサイゴン陥落と同時に解体）

サイゴン政府軍（右と同じだが、一九六九年六月、パリ会談の進行中に、解放戦線を中心にしてフィン・タン・ファト首相の南ベトナム共和臨時革命政府が樹立され、その時は、グエン・ヴァン・チュー政権が南ベトナム全体を代表していることにはならないので、その軍隊はサイゴン政府軍としてあります）

解放戦線（アメリカに支援されたゴ・ディン・ジエム政権打倒のために一九六〇年十二月に結成された、南ベトナム解放民族戦線）

ベトコン（ベトナム・コンサン＝ベトナム共産党。南ベトナム政権、米軍も、解放軍をベトコンと呼んでいたが、そこには蔑称の意が感じられました。私もサイゴンに滞在中、ベトコンという呼び方をしましたが、ジャングルや泥の中で独立のための戦士への尊敬の気持ちがありました）

北ベトナム正規軍（南ベトナムで戦ったベトナム民主共和国人民軍）

解放軍（解放民族戦線、北ベトナム正規軍の合同勢力。メコンデルタや中部などの小さな村では、解放戦線が戦ったが、米軍が増加するにつれ、北ベトナム正規軍が単独または解放戦線と合同で作戦をするようになりました）

農民と米兵。1966年、ビンディン省

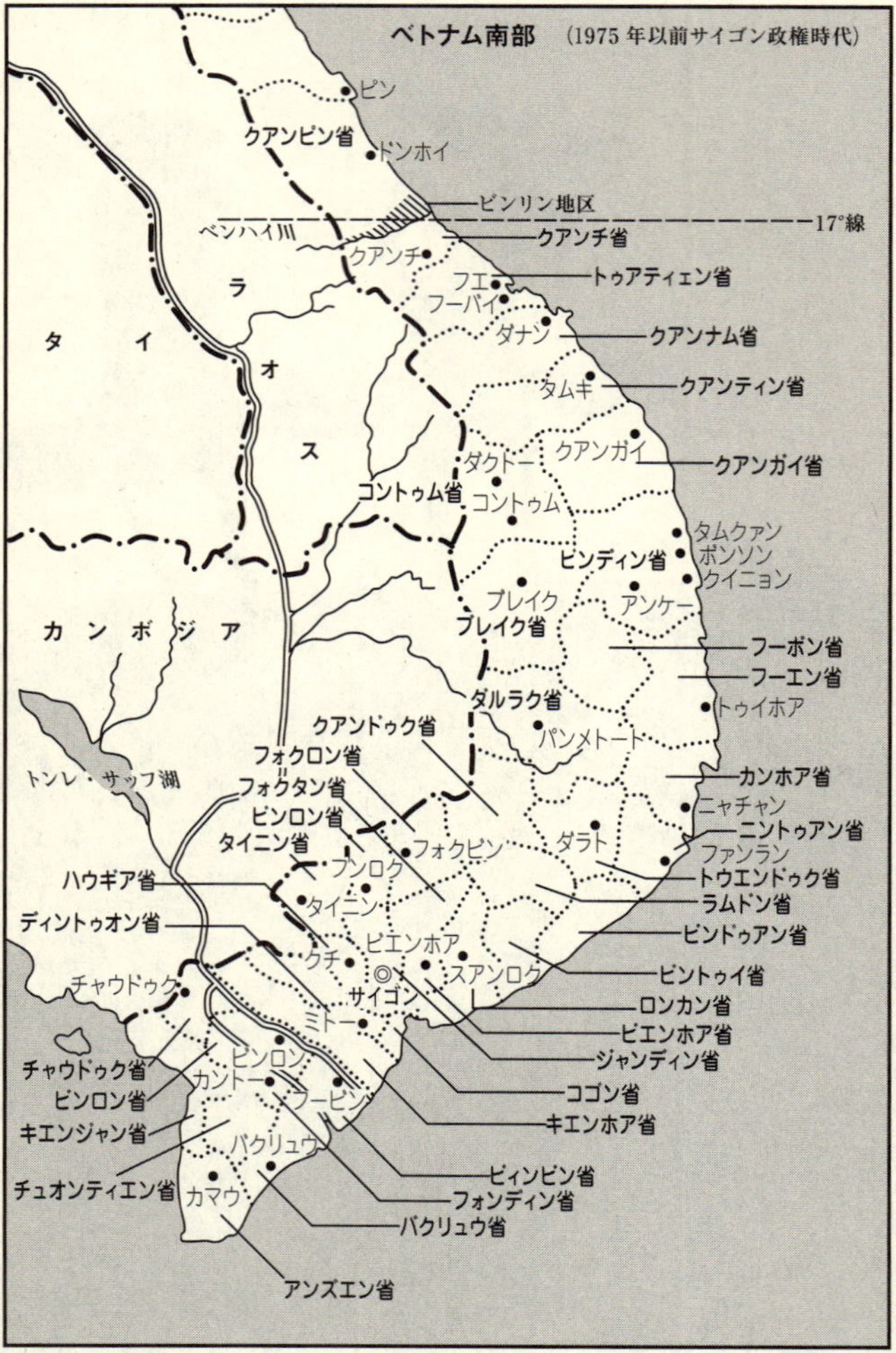
ベトナム南部　(1975 年以前サイゴン政権時代)
ビン
クアンビン省
ドンホイ
ビンリン地区
17°線
ベンハイ川
クアンチ省
クアンチ
フエ
トゥアティェン省
フーバイ
ダナン
クアンナム省
タ　イ
ラ
オ
ス
タムキ
クアンティン省
クアンガイ
クアンガイ省
ダクトー
コントゥム省
コントゥム
タムクァン
ボンソン
ビンディン省
クイニョン
アンケー
プレイク
プレイク省
カ　ン　ボ　ジ　ア
フーボン省
フーエン省
トゥイホア
ダルラク省
パンメトート
クアンドゥク省
フォクロン省
トンレ・サップ湖
フォクタン省
カンホア省
ニャチャン
ビンロン省
ニントゥアン省
ダラト
フォクビン
タイニン省
ファンラン
ブンロク
トウエンドゥク省
ハウギア省
タイニン
ラムドン省
ディントゥオン省
ビエンホア
ビンドゥアン省
クチ
スアンロク
ビントゥイ省
チャウドゥク
サイゴン
ロンカン省
ミトー
ビエンホア省
ジャンディン省
ビンロン
チャウドゥク省
カントー
ココン省
ビンロン省
フービン
キエンホア省
キエンジャン省
バクリュウ
チュオンティエン省
ビィンビン省
フォンディン省
カマウ
バクリュウ省
アンズエン省

インドシナ三国 （1986年現在）
中　国
パクタイ
カオバン
ライチャウ
ハトゥイエン
ライチャウ
ラオカイ
カオバン
ビンフー
ハバク
ホアンリエンソン
ランソン
ポサリ
ポサリ
ディエンビエンフー
ソンラ
ハノイ市
クアンイェン
ホンゲイ
ハイフォン市
ビルマ
ナムタ
ルアン
プラバン
ビエンサイ
ハイフン
サムヌア
サムヌア
ナムディン
タイビン
ウドンサイ
ハナムニン
ルアンプラバン
ポンサバン地区
タインホア
ハソンビン
シエンクアン
海南島
ロンチェン地区
ゲティン
タインホア
サヤブリ
トンキン湾
ビン
ビエンチャン
ビエンチャン
ボリカムサイ
シエンクアン
ベトナム社会主義共和国
ドンホイ
タケク
ビンリン地区
ラオス人民民主共和国
ベンハイ川
クアンチ
カムムオン
サバナケット
ビンチティエン
フエ
サバナケット
タ　イ
ダナン
サラワン
サラワン
クアンナム＝ダナン
カンボジア人民共和国
パクセ
タベオック
チャンパサク
ボロベン
シファンドン
アットプー
オダールミエンチャイ
ストゥントレン
ギァビン
アットプーコントゥム
シエムリアップ
ジアライ＝
コントゥム
コーン
ラタナキリ
バッタンバン
プレアビル
プレイク
ストゥントレン
アンコール・ワット
クィニョン
フーカイン
バッタンバン
コンポントム
クラチエ
バンメトート
タクラク
プルサト
クラチエ
モンドルキリ
ニャチャン
コンポンチャム
ソンベ
ラムドン
プルサト
ダラト
コンポントム
プノンペン
アンロク
トゥアンハイ
コンポンチュナン
タケオ
コンポンチャム
タイニン
ビエンホア
タイニン
ココン
カンポート
スアンロク
プレイベン
コンポンスプー
ホーチミン市
ドンナイ
カンポート
ハーティエン
ミトー
タケオ
ラチジャー
カントー
ベンチェ
キエンジァン
ベンチェ
アンジャン
クーロン
ドンタップ
カマウ
ティエンジァン
カマウ岬
ハウジャン
コンソン島
ミンハイ
ロンアン
国　境
省　境
首　都
直轄市
市
太文字は省名

朝霧の中の作戦。1966年、ビンディン省

世界無銭旅行への出発

一九六四年八月四日。マカオ。私は撮影用の三五ミリ・アリフレックス・カメラをかついで、ベラビスタ・ホテルへ戻ってきた。このホテルは、海岸に近い小高い丘の上にあった。コロニアル風のホテルのベランダからは赤い海が見える。マカオを囲む海は、中国大陸から流れてくる土のせいで、水の色が土色ににごって、それが赤く見える。赤いといえば、海岸線に沿って咲き乱れている火炎樹の花も、燃えるように真紅だ。

撮影機を整理してシャワーを浴びていると、ボスのマービン・ファーカスが部屋に入ってきた。片手に紙きれを持って、それを指さしながら「香港のオフィスから電報が来た。マカオでの撮影を中止して、すぐサイゴンへ行くための準備をする」と言った。マービンが部屋から出ていったあと、ベランダで濡れた身体を乾かしながら、〝サイゴン〟という言葉を口の中で繰り返してみた。私はマービンから〝サイゴンへ行く〟という言葉を聞く瞬間まで、サイゴンへ行こうなどとは考えてもいなかった。サイゴンが南ベトナムの首都であり、南ベトナムでは現在戦闘が続いているという程度の知識しかなく、ベトナム戦争については全く関心を持っていなかった。

当時、私は、世界一周無銭旅行を計画しており、その途中の一つの国である香港で、資金をつくるための仕事をしていた。一九六四年四月五日に大勢の友人たちに見送られて東京駅を汽車で出発して、鹿児島から沖縄へ、沖縄から、南米のボリビアへの移民団をのせた、オランダの船会社ロイヤルインターオーシャンのボイスベイン号に無料でのせてもらい、香港へ向かった時は、ポケットに二十七ドルしか持っていなかった。

沖縄を出発する前に、香港で仕事につけるという保証はなかった。ただ、なんとかなるだろうという持ち前ののんきな性格と、また、なんとしても頑張るのだ、という決意のようなものが感情の中で一緒になっていた。

はじめて香港を見たときの感激は、一生忘れることができないだろう。船室で眠っていると、同乗していた琉球放送の稲福健蔵さん（後に琉球放送専務取締役）が肩をゆすって、「香港へ着いたよ」と起こしてくれた。稲福さんは、カメラマンの塩浜勇さんと、沖縄から南米へ移民する人々のドキュメンタリー・フィルムを撮影するために、香港までの移民団の様子を取材していた。夜の十一時頃になっていた。デッキに上がってみた。見事であった。香港海峡に停泊している船には、イルミネーションをつけているのが見え、前方も後方の陸上も、輝くような街明かりで、私たちは明かりの波にかこまれていた。近くを、灯をつけたサンパンが音もなく流れていった。生まれてはじめての外国を、そのような状況で見られたことは幸運であった。

移民団の人々も、甲板に並んで夜景を見ていた。おそらく、彼らにとっても初めての外国であったろう。第二次世界大戦で徹底的に故郷を破壊され、巨大な米軍基地に土地を奪われ、南米に新天地を求めようとしている人々であった。南米では厳しい生活が待ちうけていることを覚悟しているに違いない。この人々の香港での第一夜は、また、私とは違った感情で受けとめていたであろう。子供たちは喜んでいた。狭い沖縄より広い南米での生活に託した希望は、子供たちの方が大きかったにちがいない。

絶望をかかえたカメラ助手

私も、夜景にあきることがなかった。そもそも、私の世界一周旅行は、夢と冒険にふくらんだものといった性質のものではなかった。むしろ、絶望感からの脱出のようなものだった。とにかく日本での生活すべてに絶望していたし、そういった状態の自己にまた絶望していた。日本を出る前まで、毎日新聞社の子会社である毎日映画社で、仕事をしていた。一九六〇年安保闘争が、怒濤のように国会を中心にして渦まいている頃だった。カメラマンの助手として連日連夜、安保闘争の現場に立っていた。樺美智子さんが殺された時、私はそこでフライヤー（松明《たいまつ》のような撮影用の照明）をたいていた。機動隊との闘いを前にした全学連が国会前に座って全学連の歌や、インターナショナルをうたっている時には、私も横に座って聞いていた。機動隊の車からは、あの押しつけがましい身ぶるいのするような放送を連日聞かされていた。山口二矢に刺された、当時社会党委員長の浅沼稲次郎さんの死を、日比谷公園の横にある病院の玄関で知らされた。安保条約の批准が調印されるのを外務省公邸で見ていた。三河島の鉄道事故など多くの現場で日本の現実を見て、ますます空しい気持ちになった。そんな状況での旅だった。

香港での初めての朝、移民団の人々は、石油ランプなど移住生活で必要なものを街へ買いに行った。私も、彼らと一緒に船から連絡船に乗り移って、香港の土を踏んだ。すべてがめずらしく見え、思い切って日本を出発したことが良かったと思えるようになっていた。街の風景に目を奪われているあいだは、今後の課題として残されている貧乏旅行の不安も感じなかった。それが現実の問題となってきたのは、YMCAの部屋を借りた翌日からである。それから、紹介されていた知人から、また紹介を受けてというように、いろいろな人に会った。

そのあいだYMCAには、世界一周を計画している日本の青年が何人か泊まり、私たちはその方法を話しあった。その多くの青年たちが、わずかの金を持って、働きながら旅をしようという計画であった。そしてほとんどの人が、香港の第一歩で挫折して帰っていった。人の溢れている香港で仕事を見つけることは、語学が堪能であるとか何か技術を身につけているとか特徴がないかぎり、まず不可能であった。もし仕事が見つかったにせよ、よほどの技術を持っていないかぎり、賃金は非常に安いものであったろう。それに、次の国として、ほとんどの人がタイを考えていたが、大陸で続いているヨーロッパとちがって、タイへ行くには飛行機か、船にのるほかはなく、そのためには切符を買わなければならない。無料でのせてくれる船を見つけるのは、その交渉する語学と、時間が必要であった。もし、無銭旅行を実行するなら、労働賃金の高いアメリカ、陸続きのヨーロッパから出発するべきだったろう。しかし、私はあきらめなかった。あきらめるということは、またあの暗い社会へ逆もどりすることであった。

幸い、毎日新聞香港支局長の江頭数馬氏から、海外旅行社の仕事をしている武内須磨さんという人を紹介してもらった。彼女は、日本にある本社からの連絡で、香港へ来た観光客の案内をする香港支社の責任者であった。私はＹＭＣＡから、そこの事務所についている部屋へと移った。かくして、香港滞在わずか二週間にしかならない私は、日本人観光客の観光ガイドのアシスタントとなり、案内する側になったのだった。案内をするといっても何も知らないのだから、こちらの方が観光客よりもキョロキョロとして一緒に香港中をまわっていた。それまでは、ＹＭＣＡの一・五香港ドル（百円）のソーセージや場末のソバなどを食べていた私は、観光客の行くアバディーンのフローティング・レストランとか、夜景のよく見えるカールトン・ホテルで、高級料理を観光客と一緒に食べるようになった。

香港での初仕事

香港の事情もわかりかけてきた頃、武内さんの友人から、香港ヒルトン・ホテルの二十七階に写真スタジオを持っている、マービン・ファーカスというアメリカ人を紹介してもらった。海外旅行社のバンコク支社から浮橋紘介氏という英語の天才みたいな男が香港へ来ていたので、彼とそのヒルトン・ホテルへ行った。身体中、毛むくじゃらな、そのボスに逢ったとき少し弱気になったが、英語の天才、浮橋氏が通訳をして香港で撮影の仕事をしたいというこちらの意向を伝えた。ちょうどその時、あの『スター誕生』の名演技で、私たちにもなじみの深かったジュディ・ガーランドが、ピーターという若い恋人と一緒に香港へ来て、神経衰弱で病院に入っていた。その様子をＵＰＩのテレビニュースで送りたいから、取材して欲しいという。入社試験である。そこで、私と浮橋氏はフィルモ70ＤＲ一六ミリ撮影カメラを借りて、マービンがつけてくれた照明助手と一緒に病院へ行った。恋人のピーターと交渉したが、ジュディ・ガーランドの部屋には入ることができなかった。そこで、ピーターが部屋を出入りするところとか、病室の窓などを撮影して帰り、現像されたものを編集してそれらしくつくりあげたら、翌日から来てくれと言われた。月給は四百香港ドル（二万二千八百円）であった。決して多くはなかったが、そのスタジオで働いていた中国人たちが二百香港ドル前後だったので、撮影技術料がプラスされているようであった。住むところは、そのまま旅行社に泊まることができたので、その月給でも十分だった。

それから、ファーカス・スタジオで、アメリカ人、オーストラリア人、中国人と一緒の仕事が始まった。朝十時に出勤して六時まで仕事をする。そこでは、キャセイ航空や、アメリカ製タバコなどの商業写真や、ファッションなどのスチール写真を撮っていた。主としてボスのマービンが、スチールでもムービィでも撮影して、それを他の人がサポートしているという仕事ぶりであった。私はその頃は、ムービィ・カメラの撮影が専門であったので、コマーシャル・フォトの撮影の助手をしたり、英語を教えてもらったりした。夜になると、知りあった外人のパーティーに顔を出したり、あまり日本人がいかない上海ストリートの夜店をのぞいたりした。

香港には、各国の商社もあり、また、世界一周を計画している外人青年たちも集まっていた。日本の青年にとって仕事を探すことは厳しいところであったが、外人は何らかのかたちで職についているものが多かった。香港から近いということ、また、香港が英国領であるせいかオーストラリア人が多かった。

私のムービィの仕事も結構忙しかった。ビートルズが香港へ来ると、それを撮影して、ニュースとしてニューヨークに送ったり、ドイツテレビの撮影をしたり、アメリカの『アイ・スパイ』というテレビ映画の香港ロケを手伝ったりした。そして、マカオでも、ニューヨークから依頼された記録映画を撮っていたのである。

私はベラビスタ・ホテルを出て、カジノのあるエストリル・ホテルへ行った。昨日、マカオ・インのレストランで知りあった作家の北杜夫さんが、ゲームをしているはずだったからである。奥さんと、『どくとるマンボウ航海記』にも登場したという早稲田大学の教授も一緒だった。むずかしい顔をして、テーブルをにらみ、「やはり、負けるのは不愉快だ」というようなことをつぶやいていた。「今夜の船で香港へ帰ります」と言うと、北さんも今夜帰るというので、船で会いましょうということになり、私も一番安い簡単なゲームに加わった。

マカオのカジノは、観光者のためだけのものではない。香港に住む華僑の金持ちが一人一千万といった単位の金をテーブルの上に積む。小さなゲームは札を買うが、大きなゲームになると現金である。そして勝った人は、百ドル、千ドルといったチップをディーラーにあげている。

香港へ帰る船中の四時間、北さんと一緒にサンミゲールというビールを飲み続けた。現在では水中翼船で香港―マカオ間は二十分ぐらいしかかからないが、当時は連絡船で四時間ぐらいかかった。それでも途中で漁船を見たり、食事をしたり、ビールを飲んだり、楽しい船の旅であった。現在では時間は短縮されたが、その楽しみは味わえない。

一週間のベトナム初取材

香港へ帰ってから、私たちは忙しかった。これまでの仕事の整理をし、ベトナムのビザを取り、同時録音のできるオリコンカメラをテストし、ベトナムでの取材の準備をした。香港に極東総支局を持つドイツ第二テレビの仕事で、支局長のカール・ワイスとマービンと私と三人で行くことになっていた。私にとってベトナムは、マカオは別として、香港について二つ目の国であった。動乱の国を取材できるということよりも、世界一周の次の目的地として映った。まだ香港にいるあせりから抜けられることに喜びを感じていた。

明日、サイゴンへ出発しようという夜、旅行社の武内さんと浮橋さんが送別会をしてくれた。私たちが飲みに行くところは大体決まっていた。九龍にあるプレジデント・ホテル（現在のファイアット・ホテル）の地下にあるファイヤークラッカー・バーと、アンバサダー・ホテルの地下にあるセラー・バーである。東京にいる時は、場末の飲み屋かトリス・バーと決まっていたが、香港には、あまりそういうところはなかった。ファイヤークラッカー・バーは名のごとく、フィリピン人のバンドがけたたましくドラムをたたき、若者たちが踊りまくる現在の日本にあるようなディスコ・バーである。各国の若い男女や、地元香港の若者が集まっていた。当時、日本にはゴーゴー・バーもまだない頃で、若者たちの発散するエネルギーのかたまりのような雰囲気に、私たちは酔った。セラー・バーは、逆に静かなバーであった。バーというよりはビヤホールのようなもので、香港では数少ない生ビールを飲ませる場所であり、やはりフィリピン人のバンドが入っていた。

明日の出発の準備もあるので、送別会は遅くならないうちにきりあげた。準備といっても自分自身のものは肌着を用意する程度で、荷物としては、同時録音のオリコンカメラを含めて、フィルムやバッテリーなど撮影機材のほうが膨大な量であった。

翌一九六四年八月八日午後二時、私たちはベトナム航空に乗った。飛行機に乗るのは、その時が生まれて初めてであった。啓徳空港を機体が離れ、地上が視界から遠ざかっていくときの感激は、忘れないだろう。それも、ファーストクラスに乗っていた。無銭旅行者として日本を出発した私にとって、それは一歩前進を意味していた。この機会に頑張らなければいけないという自覚が身体をしめつけるようであった。その機上で私は生まれて初めて、ベトナム人を見た。

それはベトナム航空のスチュワーデスであった。非常に美しいと思った。その美しさは、それまでに私が見たどの国の女性とも違った性質のものであるように感じた。そのひとつは、彼女たちの身につけているアオザイとよばれる民族衣裳である。私は今でも、この世の中で女性の着るもので一番美しいのは、アオザイだと思っている。それは、薄いパンタロンの上に、これまた薄い上着をきて、彼女たちの細い身体をつつんでいる。だいたいベトナム人は、男も女も小柄で細い。そのアオザイは、細い彼女たちにとてもよく合うのだった。髪の毛は長く腰のあたりまである。その胸のふくらみと腰から足首へと流れていく身体の線は、神秘的ですらある。彼女たちは、狭い飛行機の中をアオザイの裾をヒラヒラさせながら軽やかに歩いていく。私は彼女たちの声を聞きたいと思い、すでに知っていたサイゴンのタンソンニャット空港の到着時間を聞いてみた。彼女は大きな瞳で私を見つめながら親切に答えてくれたが、その声がまた良い。あのフランス語を話すような鼻にかかった可愛い英語だった。そのときから、ベトナムという国が好きになれそうだと思ったが、まさか満四年間もベトナムで生活をするようになろうとは思わなかった。

戦地と思えないサイゴン

サイゴンの空港に着いたときは、もう夜になっていた。空港にはオランダ生まれの大男のカメラマン、ミッシェル・レナードが待っていて、私たちは彼の用意してくれた車に乗って、市内のカラベル・ホテルに向かった。車は樹木の中の道路を走った。人通りも少なく、静かだなと思った。夜遅くまでこうこうと店の電気がつき、大勢の人がぶつかりあうように歩いている香港の騒々しさと比較したとき、そこは奇妙なほど静寂であった。まるっきり、戦争をしている国という感じはうけなかった。それでも市内の中心にあるカラベル・ホテルの近くまでくると、人も多く、明るい光景も見えてきたが、香港を見慣れている目には、これが首都の中心かといぶかしく感じられるほど、落ちついた光景だった。

カラベル・ホテルには、アメリカのABC、NBC、CBSといったテレビ会社のサイゴン支局があり、泊まっている人も報道関係者が多かったが、軍の関係者もかなり利用していた。その後、テロが続出したころは「あのホテルは危ない」といって、私たちも一時近よらないようにしていたが、案の定、四階の一部が仕かけられたプラスチック爆弾で破壊された。サイゴンには、そのほかに、フランスの植民地支配当時つくられた、マジェスティック、コンチネンタルという大きなホテルがある。これはいわゆるコロニアル風になって、ハノイのトンニャット、カンボジアのロワイヤルと同じ形式で、部屋は広く天井は高く、必ずビデがついている。

先にきていたドイツテレビのカール・ワイスが八階のバーで待っているというので、機材を部屋に運び込んでから、私たちは八階へ上がっていった。このときの印象も、私は生涯忘れることはできないだろう。周辺をガラス張りにしたその部屋から、夜のサイゴン市内を見渡すことができた。キラキラとサイゴンの灯は輝き、チョロンの方までも広がっていた。それは、香港のあの脂っこいギラギラとしたような夜景でなく、闇の中でかすかに息づいているような静けさをともなっていた。小さなそのバーにも数人の外人がいるだけでホテルまでが静かな感じであった。壁にはジュリエット・グレコの大きな写真が飾ってあり、シャンソンが流れていた。そこのバーに一人の女性が働いていた。その人を見たとき、こんな美しい女性がこの世にいるのだろうかと思った。黒いアオザイを着て、髪は腰の下まである。小柄なその女性は、窓からサイゴンの闇の中に吸いこまれそうなほどたよりなげに見えた。〝清楚な女性〟という言葉があれば、それはピッタリ彼女にあてはまる。そんな感じの女性であった。ウイスキーを注文すると、ベトナム航空のスチュワーデスのように、また鼻にかかった可愛いらしい声でこたえてくれる。私がベトナムで初めて受けた感じは、このようにして、美しい女性とサイゴンの夜の静けさだった。

翌八月九日、私たちはMACV（米南ベトナム援助軍司令部）の新聞局へ行き、プレスカードをもらい、サイゴン周辺の取材を始めた。主として〝トンキン湾事件〟のサイゴンでの反響の取材であった。後に『ニューヨーク・タイムズ』による米国防総省の秘密文書の暴露で、トンキン湾事件は米国の陰謀だということがわかったが、もちろん、私たちの取材したサイゴンの米軍将校たちも、当時そんなことは知らされていず、たとえ知っていても話すはずもなかった。トンキン湾事件は

「アメリカの駆逐艦マドックスとターナージョイに対する北ベトナム海軍の攻撃による報復措置」ということになっていた。何の疑いもなく報道関係者によって流されていったその報道で、西側の多くの人々も米軍の発表を信じこまされていたのである。もちろん、当時の私にもトンキン湾事件の裏のそんな事実は知るよしもなかった。

美しいベトナムの女性

あわただしい一週間の取材で、仕事を離れて街を歩く時間もないままに私たちは香港へ帰った。たった一週間では一般市民に触れる機会はあまりなかったし、サイゴンのほんの一部しか知ることができなかった。しかし、そのとき以来、私はベトナムにホレ込んでしまったのだった。女性に対するひと目ボレの気持ちと同じように、どこがよいのかと言葉では具体的に表現できないが、心に触れるものがあったのだ。しいてあげるならば、サイゴンへ着いたときの静寂さや、ベトナム航空とカラベル・ホテルのバーで会った女性の美しさをはじめとして、ベトナム人の持つ詩的でしかもその中にバイタリティーを秘めた性格が、私の心に伝わってきたからだろう。

香港へ帰ってから、ベトナムへ行く準備をはじめた。今度ベトナムへ行くときは、世界一周放浪の延長でもあるが、カメラマンとして行こうと決めていた。それは、このときのサイゴン取材で外国のジャーナリストたちの仕事も見ることができたし、私のなかでも、東京にいるとき長いあいだ勤務していた新聞社とニュース映画社で自然に身につけていたジャーナリストの精神が、少し芽を出しはじめていたからだ。

一九六四年十月、ニューヨーク教育テレビの仕事で再びサイゴンへ飛び、今度はベトナムだけでなくタイの山中の取材までした。この取材では、はじめて米軍のヘリに乗り、メコンデルタ近くの村へ飛び、村を警戒している兵士たちの姿を見た。兵士たちは、正規軍ではなく、民兵であった。服装はバラバラで、黒い農民服のようなものを着ている者もいれば、上下が不揃いの軍服を身につけている者もいた。しかし、彼らは本物の銃を持っていた。引き金の指に力を加えれば弾丸が飛び出す銃を持ち、そのうえ、彼らの様子をうかがっている〝敵〟を前にした兵士を私が見たのは、この時が生まれて初めてであった。

小学生の時、村の青年たちが木銃を持って突きの練習をしたり、手榴弾を投げる練習をしているのを見たことがある。太平洋戦争も末期に近づき、故郷、沖縄の日本軍が敗北をし、多くの民衆が殺されている時であったが、千葉県の船橋の森の中にあった学校は比較的のんびりとして、せまりつつある敗戦への悲愴な感じがなかった。私の当時の戦争の記憶は食糧不足による飢えの記憶であった。学校に配属されていた将校を見かけたこともあったが、あまり印象に残っていない。私が戦争の現実を知ったのは、四歳の時に沖縄を出てから十五年ぶりに故郷へ帰った時だろう。那覇港に着いて船上から見た港には米軍の船や、陸上には膨大な軍需品がならび、異様な光景であったのを覚えている。私は上陸するまでに、米民政府の発行した身分証明書を調べられ、入域手続きのため長時間待たなければならなかった。その後の荷物検査でも大変屈辱的な気持ちになったことは今でも忘れない。それ以降、何度か沖縄と東京の間を往復したが、上陸の手続きと荷物の検査には非常に不愉快な思いをしている。那覇港から生地の首里に行く間には、米軍のトラックが走りまわっていた。古い石畳と、熱帯樹の緑と、ハイビスカス、デイゴで赤く彩られた私の心の中に残っていた故郷首里の印象は、ことごとくに砕かれた。そこにはワラぶきのバラックの風景があったのだ。一九五七年のことである。

十五年ぶりで帰郷したはじめての夜、私は生き残った祖母から沖縄戦の話を聞いた。母の親類は、祖父も叔父も男手は全部米軍上陸の時に戦死して、その家には祖々母と祖母と二人だけが雑貨店を開いて、ひっそりと生活していた。

太平洋戦争の時、私の住んでいた千葉県船橋市の奥は戦火を免れた。そこから四キロほど離れた工場がグラマンの機銃掃射を受けたというので、仲間と機銃弾の薬莢を拾いに出かけたほど、そこは戦争から遠かった。三キロほど行くと高射砲陣地があり、工場の近くにきた米軍機には抵抗をしたとみえ、その周辺から拾ってくる高射砲の破片は、小学校一年生の私たちには自慢の種で、人の持っているのがうらやましかったものだった。まして鉄砲の薬莢などを持っている子供は羨望の的だった。また、私の家の窓からは東京の上空での空中戦がよく見えた。とくに夜になると、曳光弾《えいこうだん》が糸のように線を結んで飛んでいくのが見えたし、B29が燃えながらも長時間飛んでいるのを見て喜んだり驚いたりしたものだ。そんな時、沖縄の人々は、地獄のような戦争のなかで生と死の間にあって苦しんでいたのだ。子供たちは疎開児童として輸送船で沖縄から九州に移ったが、その中には九州へ着く前に米軍の魚雷によって海の底へと沈んでいった子供もいる。

私と母は、鹿児島へ疎開してきた兄を迎えに行った。そして帰る途中、静岡駅の近くで空襲にあい、駅の防空壕に逃げ込んだ。幼かった私には、恐怖感はなかった。爆撃をうけた経験がなかったので戦争のこわさを知らなかったのだ。爆弾が近くで落ちていても死ぬという気持ちはその時には持てなかった。ただ、おびえている母と兄の表情を見てこわくなったのを覚えている。翌日、汽車が静岡駅に入ると、その周辺は焼けおち、まだ残っている家からは煙が出ていた。全身に火傷を負った人々が汽車に運び込まれ、兵隊たちは駅の構内を走りまわっていた。

それから三年、沖縄の方言で話す祖母の話を聞いている時、私は戦争の悲劇をはじめて身体の中に受けとめたといってよい。東京大空襲も広島の原爆も、浅はかにもそれまでは、他人のこととしてしか考えていなかったのだ。沖縄の老人も青少年も若い女性たちも日本軍にとられ、残った年老いた女や子供たちは、雨のごとく降りそそぐ砲弾や銃弾の下を独力で逃げなければならなかった。島を包囲された狭い沖縄の中で安全な土地などありはしなかった。多くの沖縄人が死んでいった。その数は十二万人以上ともいわれ、当時の沖縄の人口の二五パーセントにあたる。その中には、安全と思って逃げ込んだ壕の中で日本軍の手によって殺された人たちも多数いたのである。古くは薩摩の圧力のもとに苦しみながら生きてきた沖縄の人々は、明治になって琉球王国に対する日本国の球琉占領という屈辱的な琉球処分もうけてきた。その人々が、今度は、その日本の戦争のために島を焼かれ、多くの人が殺されたのだと思うと、悲劇的な故郷の運命を考え、悲しい気持ちになった。

その翌日、島をまわり、金網でかこまれた広大な基地に新たな怒りを覚えたが、それは米軍に対する怒りよりも、沖縄をそのような状況に追い込んだ日本政府に対するそれの方が強かった。だから、一九六〇年の第一次安保条約批准の時の闘争の際も、連日、カメラマンの助手として現場にいたが、沖縄の基地を強化しようとするアメリカの極東政策よりも、それに同調する日本政府に一層の不信感を持つようになったのだ。

ベトナムから香港へ帰ってきても、まだ、ベトナム戦争に対する知識の浅かった私は、アメリカのベトナム政策がどんなものであるか分かっていなかった。

香港に別れをつげて

二回目のベトナム取材が終わって香港へ帰ると、まず、それまで勤務していたファーカス・スタジオを辞めた。それまでに貯めた金と記録映画の撮影料とを合わせフィルモ70DR一六ミリ撮影機とズームレンズを買い、〝蛋民《たんみん》〟の生活のドキュメンタリー・フィルムを撮影することにした。この企画をNHK香港支局に持ち込むと、すぐやろうということになった。蛋民の生活を取材する仕事は楽しかった。貧乏旅行から一本立ちになり、自分でドキュメンタリー・フィルムを撮影しているのだという喜びがあった。

香港の水上生活者は多い。彼らは生命力のかたまりのようにたくましく生きていた。私は、九龍の旺角《モンコク》にポイントを定め、夜の明けぬうちから撮影をはじめ、ときには船に泊まって彼らと生活を共にした。

撮影されたフィルムはNHK特派員報告として放送されたが、後で私の名前がタイトルにのっていなかったことを知った。しかし、当時の私には、それはあまり問題でなく、ひとつの作品を撮り終え、放送されたという喜びがあった。続いて、NHKの二十年間マカオで活動しているという親交のあったルイス神父を一本の作品にまとめ、それもＮＨＫの特派員報告として放送された。

一九六四年も終わろうとしていた。長い間部屋を借りて世話になっていた海外旅行社が事務所を移すことになったので、私も荷物を整理して、いよいよベトナムへ出発することにした。大晦日の夜は、思い出深い香港の街を一人で歩いた。

八カ月間の香港生活だったが、私にとっては実り多いものであった。もし、思い切って日本を出ていなければ、悶々とした日々を送っていたろうと思った。ベトナムでのこれからの生活に不安がない訳ではなかった。しかし、香港での経験を生かし、どこまでやれるか試してみようという自己追求のような気持ちが生まれていた。まだ将来の目標が定まっていなかった東京での生活と比較したら、これは前進であった。

いろいろな人とも友人になった。まず、私のボスであったマービン・ファーカスで、私が生まれて初めて接触した〝外人〟である。彼のオフィスには、オーストラリア人の支配人と七人の中国人が働いていたが、私はここで東洋人と西欧人というものを考えさせられた。後に多くの西欧人を知ったが、彼らとのつき合いが大変勉強になった。彼らは好人物であり、親切ではあったが、スタッフの中国人に対して仕事でわずかな会話をかわすほかは、決してプライベートなつき合いというものをしなかった。スタッフは自分の範囲の仕事をしていればよかったのだ。それは大変合理的で良いと思ったが、個人的な関係のつながりを重んじる習慣の東洋人には、不満のようだった。中国人たちは、無視されている不満を少なからず抱いているようであった。

そのスタジオには、かなり多くの外人が出入りしていたが、西欧人と東洋人のグループ間には何の交流もなかった。西欧人が東洋人と親しげに話をしているのを見ると、それは女性を口説いている時であった。

私は旅行者だったから、比較的気楽な立場で仕事をしていた。中国人のスタッフとは昼食はいつも一緒だったし、休みになるとハイキングや水泳にいって楽しんでいた。

大晦日から新年にかけての夜明けに久し振りに日本酒を飲んでみたいと思って、インペリアル・ホテルの上にある東京レストランへ行った。東京の柳橋にある〝喜加久〟という料亭が経営している店で、日本の商社の駐在員が好んで使用していた。私のような貧乏旅行者には高くて手が出ないところだが、板前の広岡さんと親しかったので、日本の新聞の綴じ込みを見ながら、わずかなつまみとビールでねばっていても文句を言われなかった。ちょうど午前零時になった時、香港の海峡に停泊していた船がいっせいに汽笛を鳴らし、サーチライトが無数に香港の夜景を照らすのを店のベランダから見た。そのときほど感動的に新年を迎えたことはない。私のベトナムの出発を励ましてくれているかのようであった。それからセラー・バーに行った。そのうちに親しいイタリア人のアレックスやその仲間も来て、私たちは一緒に空が明るくなるまで過ごし、新年の船でマカオへ渡った。もう一本、仕事が残っていた。

香港へ帰った六日、武内さんとそのほかの仲間たちが集まって送別会をしてくれた。そして翌七日、香港での生活に別れを告げ、ベトナム航空で南ベトナムへ向かったのだった。

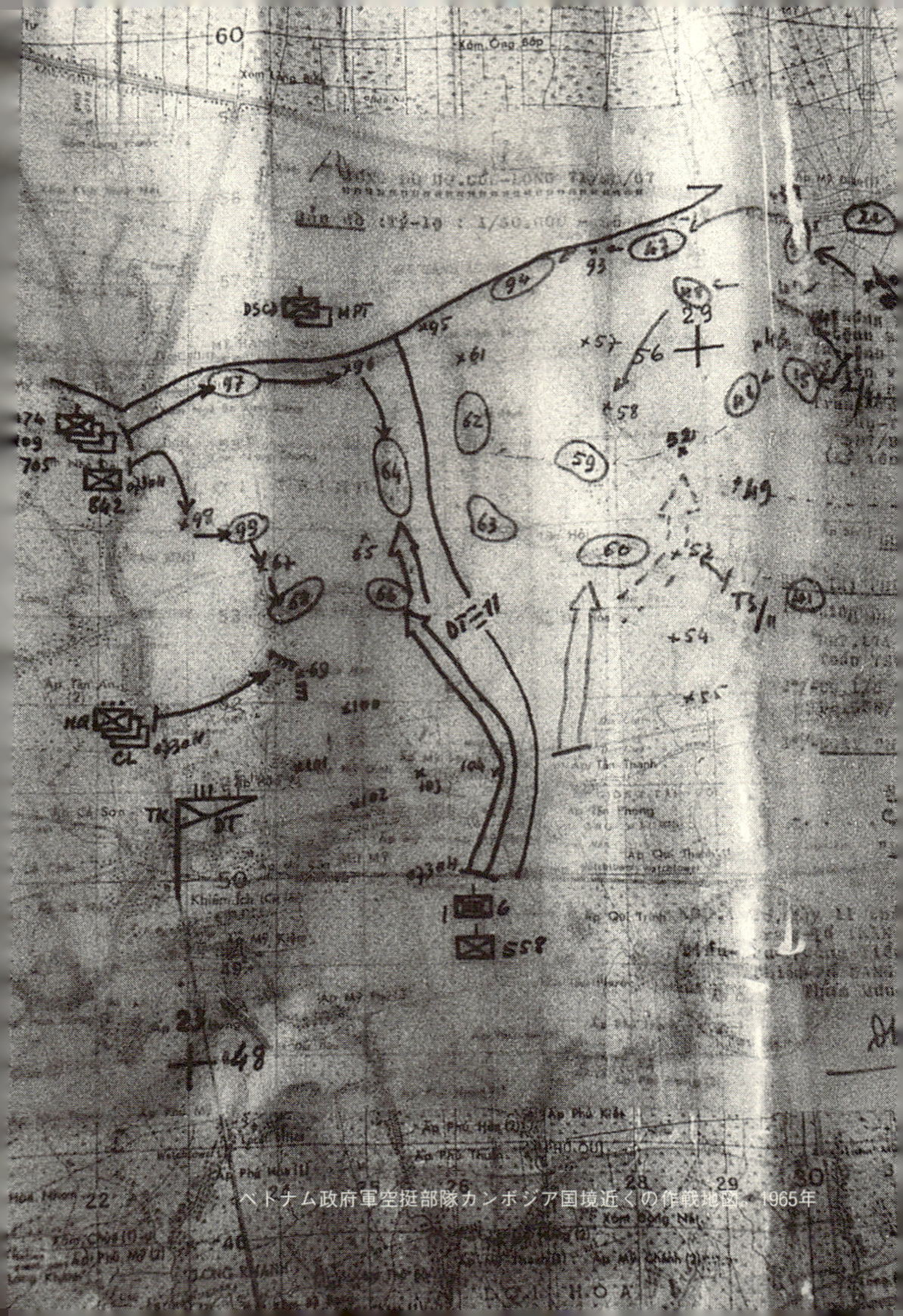

ベトナム政府軍空挺部隊カンボジア国境近くの作戦地図、1965年

南ベトナム政府軍海兵大隊従軍記

一九六五年一月七日、香港での八カ月間の生活を終え、世界一周旅行第二番目の国である南ベトナムのサイゴンへ移ってきた。

前年の十二月、サイゴンの東南約六十キロの地点にあるビンジアの戦闘で、南ベトナム海兵隊が解放軍の組織的な攻撃にあって大敗し、サイゴンにも一層の緊張感がただよっていた。一月八日、韓国から二千人の工兵隊がサイゴン川から上陸をするというので見に行った。狭いサイゴン埠頭に並んだ韓国兵はみんな背が高く体格もがっちりとして、小柄で細いベトナム兵と比較するといかにも強そうだった。しかし、後で、ビンディン省の猛虎師団を取材した時に振りかえって考えると、最初の上陸は体格の良い兵士を揃えたという感じがした。この時点では、まだ米軍の戦闘部隊は、南ベトナムの戦闘には加わっていなかった。しかし、各地の戦場で、解放軍の優勢が続いており、米地上部隊の参戦も時間の問題だった。

二月七日、ラオスの国境に近いプレイク基地が解放軍の攻撃を受け、米空軍兵八人が死亡、百九人が負傷、ジョンソン大統領はすぐ北ベトナムへの報復爆撃を命令した。

三月七日、沖縄駐留の米第三海兵師団から二個大隊の戦闘部隊がダナンに上陸して、ベトナムで新たな戦闘が始まることになった。この時点で米軍事顧問、空軍合わせて、ベトナムの米兵は二万七千人。南ベトナム政府軍は約六十万人。解放軍兵士は約二十一万人と想定されていた。

サイゴンではクーデターの連続で、私も、あちこちと走りまわっていた。

ちょうどその頃、日本テレビから五名のスタッフが「ノンフィクション劇場」取材のためにサイゴンに来て、私も、現地参加としてスタッフの一員になった。そして、中部ビンディン省で作戦している南ベトナム海兵隊に約一カ月従軍をした。その従軍によって、ベトナム戦争とはどんなものか少し解りかけてきた。

当時の南ベトナムは四つの軍管区にわかれており、北部第一軍

グエン・ヴァン・チュー大統領。多くの青年を戦場にかりたてたが、
サイゴン陥落の直前にベトナムから逃亡した。1968年、サイゴン

管区司令部はダナンにあり、フエに第一師団、ホイアンには第二師団司令部があった。中部第二軍管区司令部はプレイクにあり、クイニョンに第二十二師団、バンメトートに第二十三師団、首都圏第三軍管区はビエンホアに司令部、ベトナム空軍基地、空軍司令部。フーロイに第五師団、サイゴンに南ベトナム空軍基地、首都防衛軍、海軍司令部、統合参謀本部があった。そして、メコンデルタの第四軍管区司令部はカントーにあり、ミトーに第七師団、サデクに第九師団、バクリュウに第二十一師団の各司令部があった。そのほかにサイゴンに司令部をおく海兵隊、空挺部隊、レインジャー部隊が、遊軍として激戦地を移動していた。山岳地帯では、ニャチャンにある第五特殊部隊の司令部命令によって米軍のグリーンベレーと共にスペシャル・フォースがラオス、カンボジア国境地帯の作戦を続けていた。

国道一号線の攻防

一九六五年三月、燃えるような真っ赤な太陽が、ビンディン省のクイニョンからクアンガイ省の境界まで続くアンラオ渓谷の上に落ちようとしていた。

南ベトナムで見る落日はすさまじいほどの美しさである。夕陽で血に染まったような谷間の流れは、まさにベトナムに広がっている激しい戦闘の様子を象徴しているように思えた。南ベトナムの中部、ビンディン省は特に解放軍の抵抗が強い地域である。

一九六四年の終わりから翌年の始めにかけて南ベトナムの各地で、解放軍は南ベトナム政府軍に攻勢をかけていた。一九六四年の十二月三十一日、サイゴンからわずか六十キロ東南へ離れた地点のビンジアで、南ベトナム政府軍の最強を誇っていた海兵隊の第四大隊が、全滅といってよいぐらい解放軍にたたかれて、海兵隊百五十八名、米兵アドバイザー四名の戦死者を出して南ベトナム政府はもとより米軍事顧問司令部を驚かせた。解放軍の綿密に計画された待ち伏せのワナにかかった第四海兵大隊は、ヘリコプターから飛びおりて解放軍の陣地へ攻撃を加える前に、周囲から解放軍部隊の十字砲火をあびてしまった。

戦いのあと、海兵隊の死体はトラックやヘリコプターで運ばれたが、全部を運び終わるまでにはまる二日間を要した。その後、プレイクの飛行場が解放軍の迫撃砲攻撃を受けて、多数のスカイレーダー爆撃機が破壊され、クイニョンの米軍将校宿舎がプラスチック爆弾によってくずれ去った。それにベトナム各地の政府軍のとりでは、次々とつぶされていた。

サイゴンには約三百五十人の各国の新聞やテレビ会社の記者、カメラマンが集まっていたが、あるいはこの戦争は解放軍側の勝利になるのではないかと考えられたのはこのときであった。記者仲間では、そのときはサイゴン市内に入城してくる解放軍側の兵士の姿を取材しようと話しあっていたほどであった。

しかし、南ベトナム政府は必死であり、特にテーラー米大使、ウエストモーランド在ベトナム米援助軍司令官をはじめ、米軍事顧問団とその背後にあるペンタゴンの動揺は、容易に想像された。こういったときに、南ベトナムから北ベトナムのハノイまで続く国道一号線の、ビンディン省のクイニョンからクアンガイまでの間は、完全に解放軍によって制圧されていた。

政府はこの道路をぜひとも確保しようと、海兵隊二個大隊を最前線に送り込んでいたが、戦闘状況は悪く一進一退を繰り返すあいだに、海兵隊は多数の兵士を失っていった。

南ベトナム第二海兵大隊は、第三海兵大隊と入れかわりにこのビンディン省の戦闘に加わってから、一カ月間戦い続けてきていた。私も第二海兵大隊に従軍してからすでに一カ月になり、からだは泥のように疲れきっていた。従軍前にサイゴンで手に入れてあった軍服はすり切れて、南ベトナム歩兵第二十二師団の将校から新しいのをもらって着ていたが、それさえも、もう何カ所か破れていた。第二海兵大隊は、このボンソンの村で二日間野営していたが、二日間の野営だけでは、とても疲労はとれない様子で、海兵隊員たちはのろのろとした動作で、銃の手入れをしていた。

そういったとき、部落のはずれにある農家の庭では、もう日も暮れようとしているのに作戦会議が続いていた。海兵隊の戦場での総指揮官タスクフォース（機動部隊）のエン中佐、第一海兵大隊長のソアン少佐、第二海兵大隊長のタン少佐、それに海兵隊アドバイザー（軍事顧問）のレフトウィッチ少佐、マックカーティ大尉、デビッドソン、スラックの両中尉、第二軍団司令部のT准将、第二軍団軍事顧問G2（作戦参謀顧問）のK大佐が集まって、大きな地図を広げ、打ち合わせをしていた。

国境付近にいる解放軍側部隊をたたき、海兵大隊はそこから一号線を南に下り、クイニョンから上がってくる第二十二師団の歩兵部隊といっしょに、一号線を開通させようというねらいであった。解放軍によって道路は大きくけずられ、地雷が埋められ、クイを打ち込まれ、トラックによる輸送部隊が通れないようにされてあった。輸送部隊が通れるようになるには、工兵隊が道路を修理し、その間の作業が完成するまでは海兵隊が周囲を守らなければならなかった。長い距離の安全を守るということは、解放軍の攻勢が強いこの時点では非常に困難なことであった。ラオス国境のプレイクから海岸線のクイニョンまで続く第十九号道路が、解放軍によって占領され、南ベトナムはちょうど真ん中から二つに切断された状態になっていた。政府としてはこの道路をなんとしても開通させ、北部への弾薬輸送隊が通るようにして、北部一帯が解放軍側によって占領されてしまうかもしれないという最悪の状態を打ち破らなければならなかった。

そういった戦闘状況で南ベトナム海兵隊にかけられた政府と米国の期待は大きかった。しかし、解放軍を撃破しなければならないとはいえ、海兵隊はあまりにも疲れていた。第二海兵大隊はサイゴンを離れまだ一カ月の戦闘だが、第一海兵大隊はすでに三カ月近くも戦場で過ごしていた。毎日、早朝に起こされ、解放軍を求めて山野を歩きまわり、機銃にねらわれ、地雷に吹き飛ばされ、夜も襲撃におびえなければならなかった。兵士たちは体力と神経を消耗していた。彼らは戦うジプシーであり、野営する場所は、山の中、谷底、畑、農村といつも違っていた。

ベトナムの女性の強さ

夕暮れの作戦会議が終わると、第二軍団の将校たちはヘリコプターに乗って、プレイクの軍団司令部へ帰っていった。あとに残った海兵隊の指揮官とアドバイザーたちは、ウイスキーを庭先の机に出して飲み始めた。

私もエン中佐の話を聞きながらウイスキーを飲んだ。エン中佐は小柄だが、生粋の職業軍人であった。インドシナ戦争では、フランス軍に雇用されたベトナム人空挺部隊の将校として従軍していた。二カ月ほど前のホアイアン丘の戦闘のときも、真っ先にたって解放軍の待ち伏せする丘へ突進していったのを、私は目撃していた。クリスチャンとして洗礼を受けており、食事の前にはいつも胸で十字を切ってからハシを取った。ふだんはとてもおだやかな性格の持ち主で、この人が戦闘となるとどうしてあれほどの闘志を持つのだろうと思われるのだった。

長い年月をフランスの植民地支配のもとに苦しんだベトナム人が民族独立のために苦しい闘争を続けていたのに対し、フランス軍に雇われてベトミン（ベトナム独立同盟）軍と闘っていたベトナム人がいたということも、今回の従軍で初めて知った。私には理解のできないことであったが、グエン・バン・チューをはじめ南ベトナム政府軍の高級将校には、そういった経験者が多い。正否はともかくとして、彼らはプロの兵士であり、ずっと戦い続けていた。

「イシカワ、長い間、私たちといっしょに行動しているが、疲れないかね。いまはハッキリと君に教えることはできないが、近いうちにおもしろい作戦が始まるよ」とエン中佐は言った。ボンソンから北のある地点の解放地域に、ヘリコプターによって海兵隊を運び、一斉攻撃を加える——その程度の情報を私は聞いていたが、それ以上のことはだれも教えてくれなかった。解放軍の持つ情報網は想像以上にしっかりしたものだと聞いていた。あらゆる分野に情報網を持っており、司令部で作戦をたてると、その日のうちに解放軍に知られてしまうともいわれていた。

私は第二海兵大隊第二中隊に所属して、こんどの作戦に従軍していたが、中隊長に作戦の内容が伝わってくるのは作戦の前日ぐらいで、司令部も情報のもれるのを非常に用心しているのだが、政府軍の中隊長や大隊長よりも、解放軍のほうが、先に作戦の内容を知っているという場合があるのではないかと思われた。私は作戦についてもっと知りたいと思ったが、作戦の内容を聞かれることをいやがるのを知っているから、エン中佐に深く質問をすることはやめることにした。

第二軍団の将校が持ってきたウイスキーは、みるみるうちに少なくなり、海兵隊の将校やアドバイザーたちは、次第に陽気になっていった。からだ中にたまった疲れが酔いを早めた。

「イシカワ、カンパイしよう。スキヤキがなくて残念だが」

ウイスキーのはいった飯盒《はんごう》のカップをさし出したのは、アドバイザーのマックカーティ大尉であった。彼は、御殿場の富士山麓の米海兵隊の演習のときに、静岡に一年間いたことがあり、おれは日本通なのだと自称しているくらいだったので、私と会うといつも日本の話をしていた。

ベトナム政府軍についているアドバイザーのことはあとの項に書くが、私の従軍している第二海兵大隊には、二人のアドバイザーがついていた。彼らの役割は、戦闘の場合、後方の大砲陣地との連絡、爆撃機の要請、ヘリコプターや偵察機との連絡など、政府軍が戦いやすいように軍事顧問司令部と連絡をとり、なかなか忙しそうに見えた。ベトナム兵といっしょに野営し、米の飯を食い、魚でつくったヌクマムとよばれるしょうゆで味をつけたおかずを食っていたが、アドバイザーたちにとって、その事はかなりつらいらしく、それからくらべると彼らが日本にいたころは天国のように思えたのに違いない。

「君は、夫を大切にする女性のいる国に生まれて幸福だな」――少し酔ってきたマックカーティ大尉はそう言った。他の将校たちもお互いに冗談を言ったりして、私たちの話を聞いていた。

「第二次世界大戦の前までの女性は、夫を大切にすると思われていましたけどね、現在では、女性の力が強くなり、男もあまりいばることができなくなりました。その点ではだんだんアメリカに近くなっていくように思えますが、女の力はアメリカなみに強くなっても、男性の収入はアメリカと比較して問題にならぬくらい安いので、男が女に対して頭が上がらなくなり、むしろアメリカより苦しんでいるようになりましたよ。だから私も、強くなった女のいる日本からのがれてベトナムまできたのです」

私がそう言ったら、日本の男も女に弱くなったのか、と言ってアドバイザーたちはうれしそうに笑った。私は冗談として言ったのだが、それはあながち冗談ばかりともいえず、私の本心でもあった。

「夫を大切にするのは、日本の女性より、ベトナム女性のほうだと思います」私はエン中佐にそう言った。

「どうして、そう思うのかね」

「私は、ベトナムの女性は非常に強いと思いました。夫に対して強いというのではなく、よく働き、よく子供のめんどうを見て、そして夫によくつくすようです。サイゴンにいるときも、それを感じましたが、このボンソンの村でも、朝早くから起きて働くのはみんな女性のようですね」

「それは男が戦場に取られているから、女が働くほかないからだよ」

エン中佐の言うように、ベトナムでは、働き手の男は、政府軍か解放軍のどちらかにはいって戦わねばならないので、農村で働くのは女性が中心になるほかはなかったが、それは長い間、戦闘を続けてこなければならなかったベトナムの国に生まれた女性が、子供のころから身につけた強さであり、男がいないからというだけのものとは思われなかった。

事実、ベトナムの男性を見ていると、人はいいのだが、少しだらしがないと思われることが何度もあったが、女性についてはただ感心するばかりだった。それにベトナムには美人が多い。農村でも、ドキッとするような美しい女性に会うことが多かった。

「ではイシカワはもう日本に帰らないで、ベトナムの女性と結婚したまえ」とレフトウィッチ少佐が言うと、第二海兵大隊長のタン少佐は「そのときは私の大隊の将校として喜んで迎えてあげる。政府軍は現在兵隊が足りなくて困っているのだから」と言ったので、みんな大笑いになった。

私は、このように戦場で兵士たちと過ごすひとときが好きだった。これまでの一カ月の従軍中には、苦しいこともあり、危険なこともたびたびあったが、そのあいまに将校や兵士たちと、おそくまでこうして話しあった。ヤシの木のある農家の庭先で、夕方の涼しい風に吹かれながら、他の国の人々と、何のこだわりもなく話しあう。この瞬間に、私は心の安らぎを感じた。

日本にいたときの、あのからだがつぶされるような重い圧力のある、東京の雰囲気の中で、自己を失うまいと悩み、針の山をころげまわるような心の痛みと、その後にくるポッカリと胸に穴のあいたような、あのむなしい失恋の苦しみ、私はその中から、はいずるようにしてのがれてきた。だから私には、東京での生活には耐えることができなかったのだという敗北感があり、その気持ちをうち払うように戦場へ出て取材をした。

こんどは日本テレビの「ノンフィクション劇場」の取材を手伝っていたが、私はこの仕事に全力をかけていた。危険を冒してベトナムの事実を取材し、日本の人に見てもらいたいという気持ちよりも、自分がこの戦場の状況の中でどれだけのことがやれるかという気持ちと、この取材活動の中で自分の求めているものは何か、という自己追求のような気持ちが強かった。

南ベトナム海兵大隊の兵士は、毎日毎日解放軍を求めて歩いた。私といっしょに行動して、つい数分前まで話しあっていた兵士が、たった一発の小さい鉛のかたまりのために冷たい死体となって倒れるのを、何度か目にした。それは死体というより、物体であった。一瞬のうちに変わる人間の運命の恐ろしさ、戦争のはかなさを知った。戦闘のない時、兵士たちは女性のことを語り、戦争が終わったときの生活について希望を語った。しかし死んでしまえば、彼らはもうすべて終わりであった。ベトナム各地で、そういった未来のある青年が毎日何十人となくむなしく死んでいった。

ダーウイ・ハイ中隊長

第二中隊の兵士が迎えにきたので、海兵隊司令部から、第二中隊の野営しているところまで帰った。

第二中隊長はグエン・バン・ハイ大尉である。兵士たちはダーウイ・ハイと呼んでいた。ダーウイはベトナム語で大尉のことである。私もダーウイ・ハイと彼のことを呼んだ。

ベトナム軍の将校は、大部分が中部にあるダラトかサイゴンから近いトゥドゥックの士官学校を卒業していたが、ダーウイ・ハイは一兵卒からたたきあげられてきた将校だった。各中隊の指揮官は若くインテリの感じがしたが、ダーウイ・ハイは彼らよりも五歳くらい年齢が多く、ベトナム人には珍しい大きなからだで顔もごつかった。よくどなり散らしていたが、親分的な性格で、兵士たちから慕われていた。

私に与えられた取材の目的は、このダーウイ・ハイの人間像を、戦場を通して表現することであった。ダーウイ・ハイは、南部デルタ地帯のミトーから近いメコン川に沿った部落の出身だが、その部落は解放区になり、もう長いこと故郷の村へ帰っていなかった。彼は四人の子供と妻といっしょに、トゥドゥックにある第二海兵大隊の基地近くに家を借りて住んでいた。

南ベトナムは軍人の力が強い国である。第二次世界大戦中の日本がそうであったように、士官学校を卒業して将校になるというのは、ベトナムでは出世コースであった。われわれは第三者の立場だからこそベトナム戦争を批判できるが、現在の彼らにとっては戦争を避けることはできない状態であり、まして国内に見るべき産業はなく、青年にとって軍隊の将校になることは出世の道でもあった。しかし高校を卒業し、士官学校へ入学できる人は恵まれており、将校には良家の出身者が多かった。第二中隊のヤン少尉もロン少尉もサイゴンに帰ると、フランス風に建築された邸宅に住んでいた。

しかしダーウイ・ハイは農村の出身である。妻子を残してある家も貧しかった。十八年間の戦闘経験だけが彼の財産だった。彼は戦い続けてきた。第二次世界大戦の終了と同時に、ベトナム各地で起こったベトミン軍とフランス軍の戦闘では、ベトミン部隊の一兵士として、フランスの陣地を攻撃した。ミトーでも貧しい小作農の家に生まれた彼にとっては、戦うことに生きがいが感じられた。彼の機関銃は爽快な音をたて、銃弾は吸い込まれるように、フランス軍のとりでに飛んでいった。ベトナムの独立におれは役に立っているのだという喜びが、貧しい農村出身の十八歳になる少年のからだにあふれた。

ディエンビエンフーの陥落で、抗仏戦争はベトミンの勝利に終わったが、それにはこういった貧しい農村の青年が銃を持ち、独立という希望に燃えて全力をあげたことが大きな原因となっていた。

一九五四年、ジュネーブ協定が結ばれ、ベトナムの戦争が終わったとき、ダーウイ・ハイは農村からサイゴンへきた。また戦争のない貧しい農村の生活に戻りたくなかったのだ。彼はサイゴンの缶詰め工場でしばらく働いた後、ゴ・ディン・ジエム政権の政府軍に入隊した。

それから彼は戦い続けた。こんどの戦う相手はフランスではなくベトナムであった。彼は食べる

南ベトナム第２海兵大隊第２中隊長グエン・バン・ハイ大尉。
１ヵ月以上も一緒に生活した。1965年、ビンディン省

ために、兵士という職業を選んだ。かつてのベトミン時代の戦いのように、敵に情熱を持って戦うことはできなかったが、軍隊は彼には慣れた職場であった。戦い続けるうちに、この戦争は共産主義者のベトナムへの侵略だと思うようになってきた。彼にはまたファイトがわいてきた。

戦闘があると彼は第一線にたって戦い続け、それが認められてきたのだ。彼は将校になり、中隊長になった。いまでは五個大隊の海兵隊の兵士たちのなかに彼の名を知らないものはいない。しかしダーウイ・ハイにも悩みがあった。士官学校を卒業していないことである。後輩の将校は彼を追い越し、アメリカや沖縄へ留学して帰ってくると昇進していった。

ダーウイ・ハイはもう四十歳だ。大尉になってからの昇進がおそすぎる。ほんとうなら、とっくに少佐になり、大隊長になっていなければならなかった。しかし大隊となると、独立して戦闘しなければならない。中隊のときは、絶えず大隊に所属して大隊長から命令を受けていればよかったが、大隊長になると、戦場で作戦を検討して、各中隊に指令を出さなければならなかった。

大隊長は少佐であったが、士官学校で英語を習い、アメリカ留学で語学をマスターしており、大隊についているアメリカ軍事顧問の将校と直接に話をすることができた。アメリカの全面的な援助を受けている南ベトナム政府軍にとって、これは重要なことである。英語の話せない、第一線の高級将校はいない。ダーウイ・ハイは英語が話せない。ダーウイ・ハイが大隊長になるためには、まず語学が必要だった。

ダーウイ・ハイは、私と話をするときにはヤン少尉を通訳にした。士官学校卒業の若い将校たちを、あまり好んでいない様子だったが、ダーウイ・ハイはヤン少尉には優しかった。私もヤン少尉の態度には好感を持っていた。彼はいつも静かに自分の人生を考えているように見られた。

私が大隊長のところから帰ると、ダーウイ・ハイは、食事を用意して待っていてくれた。私たちは空芯菜の葉のおひたしと、ニワトリをヌクマムで煮たのを食べ、ヤシの実の汁を飲んで食事をすませた。

兵士たちは寝るしたくをしている。何も憩うものがない前線での野営では、星をみつめながら眠るしかない。

兵士のなかには、ダーウイ・ハイのように帰るところのない人が多く、自分の生まれた村は解放区になり、兄や弟が解放軍にはいっている場合も多かった。

兄と妹

二週間前、海兵隊がフーカットで野営をしているときに、私たちの中隊に、一人の若い女性がたずねてきた。彼女は現在戦場となっている近くの部落に住んでいるが、解放軍の兵士から第二海兵大隊がボンソンで野営していると聞き、兄のいる部隊ではないかと思ってたずねてきたのであった。彼女の兄は私たちの中隊にいた。仲間の兵士は兄を妹と会わせると、遠く離れて話の邪魔をしなかった。私はヤン少尉に頼んで、二人の話が終わってからでもよいから二人と話をしたいと言った。

兄と妹は、もう三年も会っていない。彼女が解放区からきたことはわかっているが、そのことについては仲間の兵士たちは触れないのだとヤン少尉は言った。仲間の兵士たちも、そういった事情をよく知っており、わざわざ会いにきた妹について質問をして困らせるようなことはしなかったのだ。彼女は帰ってから海兵隊のことをベトコン側に情報として知らせたりしないかと言うと、そんなことは、われわれがこの場所についたときから、すべてベトコンに知られていると言って笑った。彼女はせっかくきたが、海兵隊の野営地に泊まることはできず、兄との話がすめば帰らなくてはならない。

私はヤン少尉に頼んで少し離れた農家の日陰にきてもらい、二人と話した。兄は、クイニョンとボンソンの中ほどにあるホイアンという山に近い農村に住んでいたが、まだ戦闘の激しくなっていない七年くらい前、汽車に乗ってサイゴンへ行き、働いているうちに兵隊に召集された。サイゴン付近の部隊に所属し、それから海兵隊に配属、現在に至っていた。

戦闘も激しくなり、自分の部落が解放区となって帰ることができなくなり、三年前の正月に汽車でクイニョンまできて、部落から出てきた妹や兄と会った。しかしそれからは全く連絡が取れなかった。やっときょう妹がたずねてきたので、家の様子を知ることができた——彼はそう語った。

彼の家は爆撃で焼かれ、一番下の弟が爆弾の破片を受けて死亡したのをきょう知ったのだと言った。三年前の正月に会ったときは十歳だったのに、かわいそうなことをした、とつぶやいた。彼女の二人の兄は、現在解放軍の兵士として戦っている。年老いた父と母と彼女の妹が、田と畑に出て仕事をしていた。

「あなたが、海兵隊のにいさんのところへくるのを、まわりの人は知っていますか」

「母だけに言ってきたけれど、もし部落にいる兄に知られたとしても、黙っていてくれたと思います」

「あなたの家の生活はどうですか」

「食べていくことはできますが、年をとった父と私たちでは、田畑の仕事が思うようにできず、家はすぐこわされてしまうので、とてもつらい」

「あなたのにいさんや、仲間の人たちは親切にしてくれますか」

「…………」

もしここが、海兵隊の野営しているところでなく、通訳がヤン少尉でなければ、彼女はいろいろなことを話してくれたろう。ここは、そういった場所ではなかった。私は彼女に質問するのをあきらめなければならなかった。

夕方になると彼女は帰ることになり、兄は部落のはずれまで送っていった。この二人はまたいつ会うことができるのだろう。弟の死を知った兄の気持ちも重かったに違いない。せっかく妹がたずねてきたのに悪い知らせを持ってきていた。私はヤン少尉といっしょに、一号線をとぼとぼと歩いて帰っていく娘の姿をじっと見送った。

「私はいまのような例をたくさん見ている。同じ民族が二つに分かれて戦い、何の罪もない人まであやって苦しんでいるのだ。戦争のない君の国がうらやましい」

ヤン少尉は大きくため息をつきながらそう言った。

あすは私の従軍している部隊が彼女のいる部落を襲い、海兵隊の兄は妹や母のいる部落に向かって銃を撃ち、彼の兄が撃ち返してくるということも、現状では全くありえないとはいえなかった。いや、私が気づかないだけで、毎日行われている戦闘に必ずといってもよいほど、そういった状況があるのかもしれなかった。

「ほんとうは、あの妹は、兄を部落に連れて帰りたかったのだ。私にはそれがわかっていた。いままでもそういった例がいくつもあった。そんなとき、まわりの兵士は黙って見ていて、邪魔しようとはしない。現在はベトコンの土地になっていようと、生まれた土地を忘れることはできないものだ。まして、そこに肉親がいたら、なおさらのことだ」

部落のはずれで見張りをする兵士。遠く離れた家族を想っているのだろうか。一九六五年、ビンディン省

「どうして、彼女の兄は部落へ帰らなかったの」

「いくらまわりで見ぬふりをしても、すぐ妹と帰るわけにはいかないさ。たいていは、まわりの知らないうちに消えてしまう。しかしあの兵士は帰らないよ。もう長く海兵隊にいる。彼の親しい仲間もベトコンの銃で撃たれている。いまではベトコンを憎んでいるからね」

「しかし、彼の兄もベトコンじゃないの」

「それが、現在の彼の悩みなのだと思う。彼の両親も兄たちといっしょだからね。しかし、私たちはベトコンにはいるか、政府軍にはいるか、二つのうち一つの道を選ぶほかはない。彼はサイゴンへ出て政府軍を選び、彼の兄はベトコンを選んだ。ベトコンを選んだということは、自分の生まれた土地から離れずに、土地のまわりの仲間といっしょになったということだ。生まれたときはいっしょでも、長年環境が変わったところで生活していれば、考えも変わってくるだろう」

南ベトナム海兵隊の構成

私は第二中隊に従軍して、ヤン少尉と知りあいになれたことの幸運を喜んだ。彼は実にすなおに意見を言い、そのうえ、いつも相手の立場というものを考えていた。

これはあとからわかったことだが、ヤン少尉の家は、サイゴン市のハイ・バ・チュン通りにあり、フランス風建築の大きな家に住み、父はチョロンにある国立病院の外科部長で、代々医師の伝統のある家で、彼の兄も軍医であった。私は時間があると彼からいろいろな話を聞いた。ヤン少尉は日本の産業について非常に興味を持っていたし、黒澤明や三船敏郎の名をサイゴンの映画館で見て知っていた。

第二中隊にはダーウイ・ハイのほかに四人の将校がいた。いずれも少尉であり、二十四、五歳であった。

海兵隊の構成を少し説明すると、それは五個大隊の戦闘部隊と一個大隊の砲兵部隊、一個大隊の補給部隊で構成されている。司令本部はサイゴンのレイタントン通りにあり、グエン・バン・カーン中将が司令官で、彼はサイゴンのベトナム統合参謀本部にいた。レイタントン通りの司令部ではタン大佐が後方で前線に司令を出し、前線では、エン中佐が指揮をとっていた。

戦場では通常、二個大隊が行動し、連係作戦をとっている。一個大隊は約七百人だが、現在では、五百人ぐらいになっていた。戦死をした兵士の補充が間に合わないのだ。大隊長は少佐で五個中隊に分かれ、中隊では大尉が指揮をとっていた。一個中隊のなかに、M1ライフル（当時はまだM16ライフルがベトナム軍には配布されていなかった）を持ったライフル・プラトゥーン（ライフル小隊）、六一ミリまたは八〇ミリ迫撃砲一門、機関銃二台、五七ミリ無反動砲一門を持つウェポン・プラトゥーン（重火器小隊）、自動小銃を持ち自由に動きまわるスペシャル・フォース（特種部隊）、中隊長とともに動く通信兵、看護兵などのヘッドクォーター・プラトゥーン（中隊司令部付小隊）の四小隊に分かれ、少尉がそれぞれの小隊長だった。

ヤン少尉は重火器小隊長で、迫撃砲が彼の専門だった。アメリカの大隊と構成は似ているが、将校の数が少ない。アメリカ軍の場合、大隊長は中佐で、その下に少佐、大尉といった将校がいたが、ベトナム軍の場合は、大隊長の下に連絡将校である大尉と、同じく大尉の軍医がいるだけだった。ベトナム軍は昇進がむずかしいといわれている。それは昇進して高級将校になると、すぐクーデターを起こしたがるからだといううわさも聞いた。

ついでに軍隊の給料を紹介してみると、勤務地区、子供の数などによっても違うが、だいたい平均すると次の通りだ。一等兵の場合、二千百五十ピアストル（四千三百円＝ドンをピアストルと言っていた）に妻のいる兵士は五百七十七ピアストル（千百五十四円）が追加され、子供一人に対し五百二ピアストル（千四円）がまた追加され、年数が一年ふえるごとに基本給が百ピアストル（二百円）ずつ昇給した。

士官学校を出て少尉になった場合、独身者で五千八百三十ピアストル（一万一千六百六十円）の基本給で、大尉は八千四百八十七ピアストル（一万六千九百七十四円）、大佐になると二万六千五百八十七ピアストル（三万三千百七十四円）の基本給であった。第二中隊長のダーウイ・ハイは妻と二人の子供があり、日本円にして約二万二千円の月給をもらっていた。各兵士とも、物価が上がる一方でだんだん生活は苦しくなると語っていた。

サイゴンの場合、米一キロ二十ピアストル（四十円）、牛肉一キロ二百二十ピアストル（四百四十円）、ニワトリ一羽三百ピアストル（六百円）、卵一個八ピアストル（十六円）であり、その日の戦闘状況によって、物価が変わっていた。解放軍が野菜の産地ダラトからサイゴンまでの道を閉鎖すると、野菜の価格はぐっと上がった。この一年間に倍近くも物価が上がり、なかには五倍になったものもあるという。

戦闘が激しくなるにつれ、地方での畑作業がむずかしくなり、金の価値を信じなくなった農民がブタやニワトリを市場に出したがらないというのも原因になっていたし、北ベトナム正規軍の戦闘参加で、解放軍側も農民の食糧を必要としているなどの点もあり、戦争は、ますます庶民の生活を苦しくしていることは事実であった。

私はヤシのあいだに張った自分のテントの中にもぐり込んで眠った。従軍中はすべて自分でやらないと、だれも援助してくれない。一人用のテントを張り、空気マットを下に敷いて、パンチョライナーにくるまって眠るのだ。ベトナムの日中は焼けるように暑いが、夜は涼しくて、夜明けのころになると寒くなる。私はこういったものを、リュックサックのなかにひとまとめにつめて歩いていた。夜明けのころになると南十字星を見ることができた。

政府軍に従軍すると、戦場となった農村に長いあいだ野営する場合が多いので、農村の生活を見ることができる。しかし、この場合、農民の敵である政府軍の従軍記者という見方をされるので、農民は一〇〇パーセント信用して話をしてくれようとはしない。もっともベトナムの民衆は、だれに対しても全面的に心を許すということはない。敵と味方といりまじった戦争を長いあいだ続けているのである。信用できるのは自分だけと思っているのだろう。しかし私が日本人だということは、農民にも強い親しみを与えることが多かった。

第二次世界大戦の仏印進駐で、ベトナムの各地に日本兵はいたし、大戦が終わってからも、約五百人の日本兵がベトミンといっしょにフランス軍と戦い、ベトナム各地の農村に散っていた。ベトナムを長年にわたって支配してきたフランスを、日本軍は一日でベトナムから追い払ってしまった。西洋人に勝った東洋人、そのような印象を南ベトナムの一般民衆の中では持たれていた。

農村で野営していると、いろいろな農家から、お茶を飲みにこないかと誘われた。農家では全部といってよいほど、老人と女子供しか残っていない。若い男は解放軍の兵士となり、政府軍の侵入と同時に姿を消してしまっていた。

解放軍の兵士でなくとも、村に残っていれば解放軍の兵士と見なされて政府軍の激しい追及を受け、省の警察に引き渡されてしまう。

ベトコンはベトナム語のベトナム・コンサンの略で、ベトナム共産党という意味である。政府軍、アメリカ軍に抵抗する農民はすべてベトコンという言葉で呼ぶのは適当でないが、南ベトナム政府側の人々や兵士たち、米兵はベトコンと呼んでいた。解放軍の構成は、だいたい次のようになっている。

各部落に家を持って生活している農民が組織されてゲリラとなり、いくつかの部落が集まって地区になると約一個中隊の戦闘部隊があり、省になると一個大隊から三個大隊の戦闘部隊が組織される。これはゲリラではなく、政府軍の海兵隊や、空挺部隊のように組織された戦闘部隊であり、省の解放軍司令部の作戦にもとづいて戦争をする。

この戦闘部隊に協力して、各地区部落のゲリラ部隊が行動するようになっていた。解放軍部隊にも階級はあり、小隊長はチュードアン、中隊長はダイドアン、大隊長はチュードアン・チュンというように呼ばれる。各大隊には政治委員と呼ばれる人がいて、この人は大隊長よりも権威があり、主として政治的な教育を兵士にほどこす。この政治委員は共産党員であるといわれている。

こういった情報は政府軍の将校や、ベトナム人の新聞記者から聞いたものだが、構成はこれで間違いないようであった。政府軍やアメリカ軍は解放軍の兵士が捕虜になった場合、すべて共産主義者と見ることが多かった。政府軍やアメリカ軍が村を攻撃した場合、農家は焼かれ、部落に残っている子供や老人が必ず傷ついた。

これではもし私がその部落に住んでいたら、銃を持って抵抗するだろうと思う場合がたびたびあった。自分の村を守るために戦う人々をベトコンと呼んで、政府軍とアメリカ軍は攻撃を加え、そのたびに村は焼かれ、民衆の反感を買い、農民の抵抗はますます強くなっていく。政府軍も、解放軍の背後にハノイがあり、その背後に北京があるという考え方が強かった。いや強いというより、将校たちは決定的にそう考えていた。

政府軍や南ベトナム政府側の民衆も、中国を非常に恐れ、憎んでいるということを、私は彼らの様子からいつも感じていた。どうして共産主義がいけないのかと聞くと、自由がないからという返事が多く、明快な答えを得ることはできなかったが、その中国が南ベトナムを侵略しようとして農民を動かしている、彼らはそう考えていた。

その場合、ハノイやホー・チ・ミンに対する批判よりも、それを飛び越えて、中国と毛沢東を敵と考えていた。理論よりも本能的な恐れと憎悪のように感じられた。私が親しくしているヤン少尉もそういった考えが強かった。部落を攻撃して民衆を苦しめ、これでは政府に対して信頼する民衆はいなくなるだろうと聞くと、コミュニストが部落にはいっているから悪いのであって、それはコミュニストのせいだ、という答えが返ってくる。コミュニストと部落を守る農民と混同している場合が多く、これは政府軍の大部分がそうであった。

メコンデルタは豊かで広い。解放軍にとっては有利な戦場だった。1967年

81 236

戦場の村の少女

海兵隊がフーカットの部落で野営していたとき、私は砲撃のためにくずれた農家の庭にテントを張っていた。夜はテントの中にいるが、昼間はヤシの木の間にハンモックをつって、その上に横になりながら、サイゴンの日本人会で借りてきた小説を読んでいた。

いつもお昼ごろになると、底のこわれかかった井戸に水をくみにくる少女がいた。髪の毛を腰まで長くして、白い農民服を着て、水をくむ姿はとてもきれいに見え、その少女がくるのを楽しみにしていた。ヤン少尉に聞くと、となりに住んでいる十六歳になるリエンという名の少女であることがわかった。

その後ヤン少尉から私のことを聞いたのか、水をくみにくると、私のハンモックのほうを見るようになったので、こちらで手を振ると、ニコッと笑った。私がいつも持っている日本紹介の写真集を見せると、熱心に見入っていた。カラーの華厳滝の写真を見て、ベトナムにもこういうのがあるといった。中部のダラトにある小さな滝のことであった。東京のビルディングに驚いていたが、地下鉄をどうしても信じ切れないようであった。戦争の続くベトナムで、地面の下を電車が走るなどとは想像もつかないのだ。彼女はヤン少尉を連れてきて、いろいろなことを私に質問した。

日本の女性は何歳くらいで結婚するのか、夫は戦争にいかなくともよいのか、この大きなビルの中には女性も働いているのか、といった質問が次々と彼女のかわいらしい口から飛びだしてきた。

男は軍隊にいかなくともよいということが、彼女は信じられないようであり、ほんとうにそうなのだということがわかると、たいへんうらやましそうであった。彼女の祖父はベトミンの兵士としてフランス軍と戦って戦死し、父は一九六五年に政府軍との戦いで死んでいた。兄はサイゴンに行っていると言ったが、ヤン少尉は、彼女の兄たちはベトコンで村には政府軍がはいっているので帰ってこないのだ、と言った。

彼女は母親と弟二人といっしょに、くずれた家の上にヤシの葉で簡単な屋根をつけて住んでいた。彼女と母親は、朝になると市場へ出て魚を売っていた。ベトナムの農村ではどんな小さな部落にも市場があり、前日に部落で激しい戦争があって、部落の人が死んでも、翌日には必ず市が開かれた。市場が終わると、母と子は田と畑に行く。夕方になって田畑から帰ると、近くの海へ魚を仕入れにいった。

彼女たちの日課はかなり忙しそうにみえた。中部海岸に近い畑は、砂地でかわいている。かわいた田に、水をためた用水から水をくみ入れるのも、容易な仕事ではなかった。部落では農婦たちが交代で助けあって田へ出ていったが、絶えず戦闘があり、彼女たちは田んぼにいても安心していられなかった。リエンの村も週に五回も砲撃を受けていた。政府軍は近くの砲陣地から、昼夜を分かたず二十四時間、たえず一〇五ミリ砲を撃っていたが、それはどこに飛んでくるかわからないので、一日中砲声に脅かされながら生活をしていかねばならなかった。

夜は家の横に掘った防空壕の中で眠った。十六歳の少女がこういった環境の中で生活していくことは、日本では想像のできない苦しさであった。リエンは、戦争の初めのころは、苦しくてもそのうちに戦争は終わると思っていた。彼女の村にある解放軍も強力で、政府軍を各地で攻撃しては勝利を収めていた。しかしアメリカが徹底的に対抗する様子を見せはじめ、爆撃、砲撃が一段と激しくなって彼女たちの村を襲った。

「私たちは何も悪いことはしていない。それなのに毎日のように飛行機が来て爆弾を落としたり、大砲の弾が飛んでくる。アメリカの飛行機がどうして私たちの村を爆撃しなければならないのでしょう。私の村でも子供や年とった人たちがずいぶんケガをしました」

リエンは、田や畑で働いている農民がどうしてこんな仕打ちを受けなければならないのか、心から疑問に思ったに違いない。

「ベトコンといっても、あまりにも激しく飛行機が村を攻撃し、農村の各地に政府軍の陣地ができて、そこからまた大砲を撃つので、村の人たちが集まってそれをやめさせようとしているのだと思います」とリエンは言った。

「それはコミュニストが農村に来て、農民をだまして政府軍を攻撃するから、政府軍は戦っているのだ」とヤン少尉が言う。

「チューウイ（ベトナム語で少尉のこと）、あなたコミュニストってどういう人かわかりますか。私たちの村はコミュニストばかりではありませんよ。自分の村を大切にする人がコミュニストだというのでしたら、農民はみなコミュニストです」

リエンは真剣な顔でヤン少尉に言っていた。あなたと同じベトナム人なのに、農民をいじめて、なんとも思わないの、そう言いたい表情だった。リエンも十六歳であり、彼女なりの夢を持っているに違いない。しかし戦争は彼女の夢をことごとく砕いていく。私の持ってきた日本の写真集にあった結婚式と披露宴の写真を、何度も何度もみつめていたが、いまのリエンの立場では、それは手の届かない世界であった。ベトナムの女性は結婚が早い。十五歳から十八歳ぐらいの間に大部分は結婚する。特に農村の女性は早かった。彼女が結婚の相手を選ぶとすれば、部落の青年だろう。

この部落は解放区だから、彼女の夫となる青年も、戦争へ出ねばならない。アメリカが強力な力でベトナムにたちふさがろうとしているとき、解放闘争はますます苦しくなっていく。彼女の夫も、銃を持って村を出ていったら、いつ帰ってくるかわからないのだ。傷ついて帰る場合もあるし、死体となって帰る場合もある。彼女はそれを苦しい気持ちで待たなければならない。日本の男が戦争にいかなくてもよいのだと聞いたとき、彼女のヒトミがキラッと光ったように思えた。戦争のない国でいつも夫といっしょにいることができる。それを彼女がどれほど望んでいるか、戦争によってこわされた部落を見つづけてきた私にはよくわかった。

リエンは、防空壕の中からブリキで作ったトランクを出してきて、その中にきれいにたたまれたものを見せてくれた。アオザイと呼ばれる水色のベトナム服だった。サイゴンの女性は日常でもこの服を着て歩いていたが、農村では、二月のテト（旧正月）のようなときか結婚式にしか着ることはなかった。

「三年前までは、お正月になると、アオザイを着て、クイニョンの町に母と出かけました。でもいまでは、そんなこともできなくなった」

私は、彼女がアオザイを着て母と歩いている姿を想像した。彼女の村も、かつてはヤシの木が茂り、ブーゲンビリアの赤い花が咲き乱れていたのに違いない。そういった村を歩いている彼女の姿が浮かんできた。

私は、今年の正月に、サイゴンから近いビエンホアの農村で、女性たちがアオザイを着てお寺参りをしている姿を見て感激した。しかし現在は、リエンのそういったささやかな楽しみも満たすことのできないような状態だった。おそらく戦争が続くかぎり、来年も再来年も、彼女が大切にしまっている服を着ることはできないだろうと思われた。しかし、トランクの底にしまわれているアオザイは彼女の希望なのだ。またいつか着ることのできる日を待ち、結婚式のことを考えているのだろうと思った。

彼女の話を聞きながら、私はサイゴンのラン嬢のことを思い出した。ラン嬢はサイゴンでも高級住宅地といわれる、ジュイタン通りに住んでいた。父は農林省の高級官僚で、庭に各種の熱帯樹が茂る大きな家である。サイゴンにいるときに、ときどきその家へ行って彼女の家族と食事をしたが、日本にいてもこれほどりっぱな家には行ったことがないと思われるくらい、室内の装飾も凝っていた。

彼女の家では家族全員がフランス語を話し、ときどき家族同士のあいだでもフランス語でやりとりをしていた。ベトナムではフランス語の学校に子供を入学させることが、上流社会での条件のようになっていた。ラン嬢はフランス語の高校へ行っていたが、学校から帰るとサイゴンのスポーツ・クラブへ行って、テニスや水泳をした。スポーツ・クラブは会員制で入会の条件がきびしく、ハイソサエティー・クラブのようなもので、ベトナムの役人、外国の大使といった人々がそこへ出入りを許されていた。

ラン嬢は学校を卒業すると、フランスに留学することになっていたが、彼女を見ていると戦争を感じなかった。彼女の家庭には戦争が全くはいってこないように思われた。そういった家庭がサイゴンにたくさんあるのを知って私は驚いたのである。毎日、爆撃におびえて生活しているリエンと

中部地域の海岸に近い農村は砂地で土地もやせている。
作戦中のベトナム海兵隊。1965年

比較して、同じ年代の少女なのに、ずいぶんと違う生活なのであらためて考えさせられた。リエンの未来には生命すら保障されていなかった。いつ爆撃で倒れるかもしれないのだ。

それなのにラン嬢はスポーツ・クラブでテニスをし、フランスへ行こうとしている。パリにいるベトナム人の優雅な生活を私は聞いていた。サイゴンには、この戦争によって莫大な金をもうけている人がたくさんいるという。アメリカの援助も、農村には一銭もいかず、どこかで止まっていた。農村へいくのは、大砲の弾と爆弾だけであった。

私は、リエンに日本の絵はがきをあげた。リエンはまた母と畑へ出ていった。

海兵第二中隊出動準備

ダーウイ・ハイが拳銃の掃除をしているのを見ていると、無線で大隊本部からくるようにという連絡がきた。あす、大きな作戦があるかもしれないと言ってダーウイ・ハイは出ていくので、私もその後について司令部へ行ってみた。

エン中佐は、明朝クアンガイ省とビンディン省の境界に近いヤーフーの解放軍の基地を襲撃すると言った。そこは国道一号線に沿ったところにあったが、現在は完全に解放区になっており、ヤーフーから近い政府軍の大砲陣地が解放軍に攻撃され、全滅した。明朝は海兵隊二個大隊をヘリコプターで一挙にその場所へ運び、ヤーフー地区一帯を包囲する作戦だ。

司令部には、先日きていた第二軍管区のベトナム人の准将やアドバイザーの大佐がきていた。私はそういった作戦会議の場面を撮影すると、自分のテントに帰り、出発の準備をした。フィルモ70DRのカメラをもう一度掃除して、レンズをみがき、撮影済みのフィルムを整理した。大きな戦闘になると聞いていたので、私にもしものことがあった場合のことを考え、手紙を数通書いておいた。兵士たちも忙しそうに動いている。この作戦のことは、解放軍側はもう知っているのではないかと思われた。その場合、どのようなワナをつくって待っているかが問題だ。ビンジアで行われた作戦のように、ヘリコプターからおりるところを機銃掃射でなぎ倒されることもあるし、村の中へはいってから攻撃される場合もあった。

ダーウイ・ハイが来て、あすは危険だからおれのそばから離れないようにと言う。作戦となると、この男は生き生きとした表情を見せた。彼は中隊の四人の少尉を呼んで、作戦の打ち合わせをした。平常、ダーウイ・ハイは、ヤン少尉を除いて他の将校とはあまり口をきかない。士官学校を卒業して反共をとなえ、もうすぐアメリカへ留学する将校と、なんとなく合わない感じであった。ダーウイ・ハイには、おれは戦場できたえられているのだ、お前たちのように学校で習った戦争とは違うのだ、という気持ちがあるように思えた。

一キロ単位に線で区切られている作戦用の地図を出して、お互いの分担を決め、攻撃する方法をたんねんに話し合っていた。二個大隊千人近くの兵隊が、ヘリコプターから飛びおりて一気に攻めるのである。間違いがあって、味方同士が撃ち合ってはいけなかった。政府軍が、味方同士で撃ち合ったという話は何回か聞かされている。そういった点でダーウイ・ハイは戦闘に慣れていた。はたで見ていても気持ちが良いほどてきぱきと、作戦の注意を与えていた。実戦においては、彼は海兵隊第一の中隊長というみんなの評価は、ほんとうだろうと思わないわけにはいかなかった。

その点は、前線司令官のエン中佐、第二海兵大隊長のタン少佐も認めているのか、作戦においても重要な地点には、ダーウイ・ハイの中隊が中心になる場合が多かったし、海兵隊が部落に野営しているときで、周囲のパトロールに兵士を出すときは、第二中隊が選ばれた。第二海兵大隊についているアドバイザーのマックカーティ大尉も、ベトナムの兵士はのんびりしていて心細いが、ダーウイ・ハイはたよりになると言っていた。

将校たちがアドバイザーの米軍兵士と話をしている風景がよく見られたが、ダーウイ・ハイは絶対にアメリカのアドバイザーと口をきかなかった。英語を話せないことが原因なのかと思われたが、彼は、アメリカ人はベトナムを理解していないと言った。彼らはベトナムで戦争の訓練をしているのだとも言った。彼はアメリカ人がきらいだったのだ。農村の出身であるダーウイ・ハイは、アメリカの空軍が農村を爆撃して焦土にするのを快く思っていない様子だった。前にボンソンの村がナパームで燃え上がったとき、彼はつばを吐いて横を向いていた。ミトーにある自分の村に残っている年老いた両親のことを、思い浮かべたのかもしれなかった。

後になって、兵士のなかには、こういった考えを持っている人がかなりいるのを知った。この作戦のあと、アメリカの戦闘部隊が続々とベトナムへ来て基地をつくり、米軍独自の作戦を始めた後に、再び南ベトナム海兵隊や他のベトナム軍に従軍したときに気がついたが、彼らはダナン、カムラン、ビエンホアにできた強大な米軍基地を、決して快く思っていなかった。

米軍が南ベトナム軍を助けて、莫大な軍事費と生命をかけて戦ってくれているのだという感謝の気持ちより、米軍は、もうわれわれではどうしようもないほどベトナムに腰をすえているのだ、彼らはわれわれの国を破壊しているのだ、そういう考えが南ベトナムの兵士の中には強かった。長い期間、植民地として他国から服従をしいられた国の持つ被害者意識であった。

「アメリカはフランスよりひどいじゃないか」という声をよく聞いた。これは解放軍からでなく、政府軍の兵士の声なのだ。しかし、ベトナム兵や民衆がそう考えるのも無理はなかった。第一号道路や第十九号道路といったところは完全に米空軍基地の軍事道路となって、米軍の輸送隊が通るのを、民衆のバスや馬車は、いつまでも待っていなくてはならなかった。

作戦会議が終わると、将校たちは自分の小隊へ帰っていった。ヤン少尉は部下に、あすの注意を与えていた。私はそのなかの兵士のひとりに聞いた。

「あすの作戦はあぶないかい」

「いままで、作戦をするたびに、仲間のだれかがやられていた。だから海兵隊のメンバーもずいぶん変わった。古い人はたいていやられている。仲間が傷ついたとき、こんどは自分の番ではないかと、いやな気持ちになる」

「家族はいるの」

「妻と子供が二人」

「奥さんや子供は、あなたが戦場にいることをどう思っているの」

「どう思ったところで、どうしようもない。ベトナムは戦争しているし、自分は兵士だもの。妻も子供もあきらめている。ただ自分が死体となって帰ったとき、妻や子供がどんなに嘆くのかと思うと、非常につらい」

第三者の目で、政府軍の兵士を批判することはいくらでもできた。彼らは部落へはいり、農家に火をつけ、残った人々を拷問し、農民の財産であるニワトリや野菜を盗んだ。同じベトナム人ではないか、なぜそんなに農民を苦しめるのだと思うときが何度もあった。しかし、私は一カ月いっしょに生活し、彼らの様子をじっと見ているうちに、政府軍の兵士にも同情しないわけにはいかなかった。捕まえた人間は、彼らにとって生命をかけて戦っている敵地の人間であった。彼らの生活は殺すか殺されるかなのだ。戦っているうちに農民に憎悪を感じはじめ、それは銃弾が飛んでくるたびに増していくのだ。前の作戦では、農村に残っていた老人をなぐったあと、銃剣で人さし指を切り落とした兵士がいた。まわりにいる者は、それが当たり前のような顔をして見ていた。かわいそうと思う兵隊はひとりもいなかったに違いない。人間の意識をマヒさせる雰囲気を戦争は持っていた。作戦しているときに、私はその残虐行為を制止することはできなかった。

作戦の間じゅう、毎日のようにこういったことが行われていた。それをいちいちとめることはできなかったが、私たちのカメラはその様子を一部始終撮影した。日本テレビから放送された「南ベトナム海兵大隊戦記」という番組を見た人は心当たりがあると思う。カメラは、そういった政府軍の非情な様子をとらえることができたが、私自身は政府軍のベトナム人としての一兵士たちが好きだった。親しくしていた兵士が傷ついて苦しんでいるのを見ると、気の毒に思った。ざまあ見ろという気持ちにはなれない。

第二中隊にはヴイン軍曹といって、農民を捕まえてくると必ず拷問する兵士がいた。農民の指を切るときも冷静な表情でナイフを握り、農民をなぐるときは徹底的になぐっていた。従軍中、私のめんどうを一番よくみてくれたのはこの兵士であった。地雷のありそうな場所では、おれについてこいと言って自分のあとから歩かせ、銃弾が飛んでくると、安全な場所を見つけて私を押し込んでくれた。ふだんは非常に優しい兵士でおとなしかったが、戦争になると人が違ったような態度を見せた。

ベトナム兵のほとんどがこういった性格を持っている。農村にはいると彼らは農民のニワトリ、アヒル、畑にある野菜をとった。ニワトリは、貧しいベトナムの農家にとっては貴重な財産である。ニワトリをとられた農民が、泣いて返してくれと頼んでいるのを何度も見た。夫やむすこを殺され、家を焼かれ、財産を盗まれる。農民が政府軍を憎むのは当然であった。しかし政府軍の食糧は、米は配給されるが、副食は現地調達だった。彼らはなんとかしなければならない。

政府軍が銃を撃ちながら農村にはいった場合、彼らにとってはそこが敵地だった。銃声に驚いたニワトリが畑の中をウロウロしている。すると彼らはそれを盗んだ。個人個人が戦争の中で生きていかねばならなかった。私には農民の苦しみがよくわかった。貧しい農民のニワトリ一羽は、日本の農村のブタ十頭よりも痛手に違いないと思われた。そういった農民の苦しみを兵隊に理解しろといっても無理なように思えた。彼らは一日一日、自分だけが生きていけばよいというような考えになっていた。

こういった農民の苦しみを、ベトナムの政府、その背後にあるアメリカ合州国がほんとうに理解することができれば、戦争がこれほどまで泥沼にならなくとも済んだのではないだろうか。貧しい農民は政府軍とアメリカ軍に追いつめられ、農民はそれと戦う以外に方法がなくなっていた。銃を持ち、いつかは自分たちにとって平和な日がくるだろう、そう思って戦い続けることだけが、農民のわずかな希望であるように思えた。

ベトナムの農民は、この戦争の大きな被害者である。しかし、政府軍に召集されて銃を持ち、戦いを強要されて、また自分も傷ついていく私のまわりの兵士たちを、農民を攻撃する加害者だといって憎む気にはなれなかった。むしろ彼らも被害者であると思った。加害者はもっと大きなところにあるのだ。しかし、それらをフィルムに収めた場合、農民を拷問する政府軍であり、ニワトリを盗む政府軍であり、フィルムには加害者としての彼らの姿がとらえられる。あとでそうしたフィルムを整理しながら、どうしたら戦争の底にあるものを表現できるだろうかとたびたび考えるときがあった。

農村の戦い

翌朝、私は暗いうちに、兵士たちの動きによって起こされた。兵士たちはテントをたたみ、ガチャガチャと銃を動かしていた。私も急いでしたくにかかる。もう何度も暗いうちに起こされて作戦に出ていたが、今回はいままでにない大きな作戦だと聞いていたので、少し興奮した。兵士たちも、いつもとは様子が違っている。ダーウイ・ハイが大きな声でどなっているのが聞こえた。私は水筒の水で顔を洗い、小びんにつめてあったウイスキーを一口飲んだ。暗くてだれが近くにいるのかわからなかったので、大声を出しているダーウイ・ハイのそばへ行って、彼から離れないようにした。

近くにいた兵士がにぎり飯をひとつくれた。私はあまり食欲はなかったが、あとでどのように情勢が変わるかもしれないので、それを無理に食べた。どのような場所でも飯を食うことができ、どのような場所でも大便をすることができるというのが、従軍の絶対的な条件である。これまでに、食えるときに食っておかなかったために、一日中腹をすかしていたことがある。大便するために兵隊から見えないところを捜しまわっていて狙撃され、銃弾が私のからだのすぐ横をかすめていったにがい経験も持っていた。

やがて兵士たちは移動を始めた。ボンソンの山をけずり取ってつくった飛行場へ行くためである。暗い道を、兵士たちは重いくつ音をたてて黙々と歩いた。なんだか死への道に旅立っているような感じがして、いやだなと思う。兵士たちもこわいのだろうと思われた。

ボンソンの基地で待っていると、少し明るくなった空に、たくさんの黒点が現れた。それは私たちを運ぶヘリコプターであった。いままでに、こんなに多数のヘリコプターが飛ぶのを見たことがない。だんだんと近づいてくる黒い鉄の乗り物は、私たちを地獄へ運ぶための空飛ぶ牢獄のように思われた。あれに乗ったら、どんなにわめいてもどうにもならないのだと思うと、こわくなってきた。自分の運命がきょうかわるのではないかと思われた。兵士たちの表情も硬くなっている。そして次第に私たちは興奮していった。

ヘリコプターが基地におりて、プロペラがうなり声をあげていると、私は、自分のからだがカッカッと熱くなっていくのを感じた。ダーウイ・ハイが大声でどなり歩いているのが見える。ヤン少尉はヤシの木のところでじっと立っていた。ライフル小隊のロン少尉がウイスキーのびんを持ってきて、一口飲めという。私はぐっと飲むと、大きくむせかえった。涙が出るほど苦しかった。ロン少尉が背中をさすってくれ、もう一口飲めというので再び飲むと、やっと落ち着くことができた。

兵士たちは九人一組になると、それぞれヘリコプターの前に集まってすわった。約八十機のヘリコプターが集合していた。二個大隊を三回か四回にわたって各地に運ぶようである。

私たちのグループは、二回目のヘリコプターで行くことになった。第一回目が飛んでいってしまうと、こんどはいよいよ私たちの番である。私は叫び声をあげて逃げだしたい衝動にかられた。小さいときに注射をうちにいって、自分の番がまわってくるのを恐る恐る待っていたときの気持ちと似ている。

ヤン少尉は、何回こういった作戦に参加しても、慣れるどころかだんだんこわくなると言った。その気持ちは他の兵士も同じに違いない。私自身も、ベトナムに長くいればいるだけ恐怖感は強くなっていった。初めのころは、近くに銃弾が飛んできても、それほど恐ろしいとは思わなかったが、時がたつにつれて、一発の銃声でもからだ中がけいれんするほど恐ろしくなった。

ずっと後のことになるが、久しぶりに日本へ帰ろうとしたとき、香港のホテルで眠っていたが、正月用の爆竹が突然鳴り出し、びっくりして跳び起きたことがあった。また、東京で雷の音を聞いてギクッとしたこともあったが、戦場に長くいれば戦闘に慣れるという気持ちは理解できない。私はどこにいても爆発音に対しては恐怖感を抱くようになり、その気持ちは、だんだんひどくなっていった。特にベトナムの場合は、どこからか突然、銃弾が飛んでくるので気を抜くことができなかった。士官学校を卒業して二年間を戦場で過ごしたヤン少尉は、戦場の恐ろしさを身にしみて感じていたのだ。兵士たちは、いままで笑いながら話しあっていた仲間が、一瞬のうちに冷たい物体となってしまうのを、いやというほど見せられていた。死を恐れず戦うほどの信念は政府軍にはなかった。彼らは、相手を殺すよりも、自分が一日でも余計に生きのびることができればよかった。自分が生きるために戦っているのだった。

ヘリコプターがもどり、私たちが乗りこむと同時に飛び上がった。私は機内を見てびっくりしてしまった。機関銃の空薬莢で一杯になっている。前の兵士を降ろすときに、ヘリコプターの機関銃手が撃ったものだった。

私は、それを見てこれから私たちの行くところが戦場であり、そこでは、前に運ばれていった兵士の死体が無数に散らばっている風景を想像した。それは海兵隊が全滅したビンジアの戦いの場面だった。私は自ら選んでベトナムへきた。自己追求のつもりであった。戦場で人生を知ろうと思った。そんなことを人に言ったら、お前はなんと甘い考えを持ったやつだと笑われるだろう。

しかし私のような頭の悪い人間は、体験から自分でそれを知るしかなかったのだ。これから戦場へ向かおうとして、私は何ひとつ自分の行動に対して答えが得られなかった。ああ、これからその場所へ行くのだという気持ちだけであった。死をさかい目にして、私が知ろうとしたことの答えは、こんな気持ちだけであった。

私が高校二年のときに、自殺を図った兄を引き取りに南アルプスへ行ったことがあった。長野県の辰野から汽車で高遠まで行き、そこからバスで行ったところの上伊那郡の美和村というところの病院に兄は収容されていた。高遠警察から、私がアルバイトで働いていた毎日新聞社の編集局に電話があり、私はいとこと二人で出かけた。

リンゲルをうっている兄が、私の顔を見てかすかに笑った。医者はブロバリンを多量に飲みすぎて吐いたので助かったのだと言った。私はそのとき、死を覚悟した人間の気持ちはどんなものだろうと思った。兄が死を決意した原因はわかっていた。私にも同じような経験があったからだ。薬を飲む瞬間は、どんなものだろうとしきりに考えた。その後、兄に聞いても、それは他人には理解できないさと言った。また兄は、それは苦しみからのがれようと考えた人が思いつめて死を考え、薬を飲むときは、コーヒーでも飲むような気持ちで、一息に飲み下してしまうのではないのだろうかと言った。

これまでの従軍でもあぶないときはあったが、そのときには突然銃弾が飛んできて、それに当たったものは、恐怖を感じる前に死んでいった。しかしきょうは、その場所へ行く間に、ヘリコプターの上で何分かの時間を過ごさなければならないのだ。恐怖はあった。行く先で何かが起ころうとしている、そういった恐怖感であった。

ヘリコプターは山の間を通り抜けた。眼下には、水田と農家があった。やがて部落が燃え、煙がたちのぼり、その上をガンシップ（ロケット、一分間に六千発の弾丸の出る機関銃を左右につけた戦闘ヘリコプター）が、ぐるぐるまわりながら機関銃を撃っている光景が目にはいってきた。

私たちが乗っているヘリコプターが低く飛び、米兵の機関銃手が引き金を引いた。みるみるうちに薬莢が機内に高く積もり、そばにいた兵士が足でそれを外に落とした。水田の上までくると、機関銃手が悪魔のような顔をして「飛びおりろ！」と叫んだ。兵士たちは空中にあるヘリコプターから田んぼに飛びおりていった。私が一瞬ためらっていると「早くおりろっ、こんちくしょうめ！」と叫んだ。

私は飛びおりると同時に、背負っていたリュックサックの重みで田の上に伏せるようにころがった。立ち上がろうとしても、田の泥にささった足が抜けないでもがいているだけだ。あとから飛びおりてきたヴイン軍曹が私を引き抜いてくれた。兵士たちは銃を撃ち、口々に何か叫びながら走った。とても撮影している余裕などない。田の中をころがるようにして走った。空気を切る銃弾の音が不気味な音をたてる。ただ前へ向かって走ることだけが自分を救う道のように思えた。

畦《あぜ》のかげに兵士が伏せている。そこまで走って私もその兵士のところに伏せた。彼は泥まみれの姿で私の顔を見てニヤリと笑った。少しテレたような笑い方に見えた。なんで笑ったのだろう。銃弾が飛んできて、自分だけかくれているところへ私が来たので笑ったのかもしれない。

グリネード・ランチャー（擲弾発射銃）の弾が、あちこちで爆発していた。

二匹の水牛が銃声に驚いて、田の中をぐるぐるとまわっていた。頭の上ではガンシップが気違いのようにロケットを飛ばし、機関銃を撃っていた。

私はその様子を撮影することができた。しかしダーウイ・ハイの姿は見えない。彼の姿を撮らねばならない私としては、その点でカメラマン失格だった。何人かの兵士が、田の中に倒れている。まだ動いている者、友人が助け起こしている者、倒れたまま動かない者、そういった場面が目のなかに飛び込んできた。

私はまた畦から出て走らねばならなかった。そのまま撮影していれば、田の中に残されてしまう。「イシカワ」と呼ぶ声が聞こえた。だれかが畦のところで手をあげている。私はそこをめがけて走った。ころんでは走り、ころんでは走った。それはヴイン軍曹だった。ダーウイ・ハイもヤン少尉

アメリカのヘリによって青年たちは戦場へ送り込まれる。武器から給料まですべてアメリカから提供されたものだ。1966年、メコンデルタ

海兵隊の若い兵士と農村の娘。とてもいい光景だった。のちに兵士は戦死した。1965年、ビンディン省

もいた。機関銃と迫撃砲をセットして部落の中へ撃ち込んでいた。ダーウイ・ハイは私の顔をチラッと見てまた大声でどなっている。

あちこちの畦のかげに兵士たちがかくれて、銃を撃っていた。私たちの横に、顔を撃たれて水田を血に染めながら、一人の兵士が田の中にころがっている。血まみれではあったが、私はその顔を一目見てすぐわかった。フーカットの部落で野営しているときに、毎日一号線の道路を通って市場へ通う少女がいた。その少女と親しくなって、みんなからひやかされていた童顔の兵士であった。

一つの部落に長く滞在していると、よく兵士と村の娘とのあいだにロマンスが生まれる。娘は当然、解放区の中で生活し、政府軍を憎んでいるはずであったが、若い男女の間には憎しみをこえた気持ちが生まれる場合があるのだ。その少女が通るころになると、彼は道の横で待っていた。私はヤン少尉に教えられて、その様子を見に行った。仲間の兵士たちはそういった風景を遠くからひやかしたりして、彼らはテレた様子を見せたが、それは気持ちのよい風景だった。その兵士が、いまは田の上にころがるように傷ついている……。

ガンシップは部落の上をぐるぐるとまわっていた。やがて私たちの頭上を切る銃弾の音がなくなると、兵士たちは部落の中へと移動していった。私もダーウイ・ハイについて部落の中へはいった。

そこで見た光景は地獄だった。家は燃え、傷ついた子供をかかえて母親が泣いていた。倒れた母親に取りすがって子供が泣いていた。部落へはいってきた政府軍を、防空壕から顔を出したまま、うつろな目でみつめている老人の姿があった。

数人の解放軍の兵士が銃を持ったままの姿勢で倒れていた。兵士たちは防空壕を覗き、水をためたカメや、積みあげたワラの中へライフルを撃ち込んだ。子供をかばうように抱きしめて、憎しみをこめた目で政府軍を見ている農婦の姿があった。彼女は、焼け残った家に解放軍の兵士がいないか捜しまわる兵士の姿をじっとみつめていた。

「これまでに痛めつけられたのだ。家に火をつけるなり、防空壕に手榴弾を投げるなり、お前さんたちの好きなようにやったらいいだろう。気のすむまでやってみな。そのかわりお前さんたちには、きっと罰があたるからね」そう言いたげな表情だった。兵士たちは部落中を捜しまわった。

捕虜と拷問

結局、この戦闘は、解放軍側に事前に知られていたのではないかと思われた。少人数を残して大部分は逃げてしまっていた。決死的な解放軍の兵士が自分を犠牲にして戦う、こういった場面を何度か見てきた。強い信念がないとできないことだと思った。そこに政府軍と解放軍との大きな差があった。

部落は燃え、焼ける家を見ながら多数の農民が泣いている。土とともに生きる農民にとって、イデオロギーは必要なかった。彼らは共産主義や帝国主義にこだわるよりも、毎日、安心して田畑で働くことのできることを願った。そんな農民がどうしてこれほど苦しまなくてはならないのだろう。嘆き悲しむ農民の姿をじっと見ていると、こちらまで泣きたくなった。

ヤシの木の下で泣いている少女を見ると、思わず抱きしめてなぐさめてやりたい衝動にかられた。しかし、私の仕事はそういった状況をフィルムに収めて、ベトナムの現実を訴えることである。苦しい気持ちで、泣いている少女の顔のアップを撮った。こうした農民の悲劇が、毎日のようにベトナムの各地でくり返されていた。

兵士たちは、部落に残っている老人や子供を連れてきた。みんなおびえた表情をしている。これから何が起こるのか不安なのだ。私がダーウイ・ハイ、ヤン少尉と一カ所に集まって、そういった様子を見ているとき、田のむこう側にある離れた部落から、農民が連れてこられるのが見えた。私はカメラのレンズを望遠に切りかえて、だんだんと近づいてくるひとつのグループをねらってシャッターを押し続けた。ファインダーには、帽子をかぶって連れてこられる若い農民の姿が映った。青年の姿は、近づいてくるにつれてファインダーの中にズームアップしてきた。目鼻だちの整った美しい顔をしている。そばにいた兵士が「ＶＣ（ベトコン）だ」と言った。青年は大砲の不発弾を持っている。連れてこられる前になぐられたらしく、耳のうしろから血が流れていた。

集められた農民たちは、部落の広いところにすわるよう命ぜられ、一人一人に詰問が始まった。太陽が西にかたむき始め、ヤシの木の葉のあいだを通して、弱くなった日ざしを農民たちのうえに投げている。パチパチと農家の燃える音と、泣いている農民の声以外には音もなく、あの攻撃のときの騒音はうそのようになくなっていた。捕まえられた農民たちは石のように黙っている。

カーン少尉とヴイン軍曹が、一人の農民を立たせて少し離れたところに連れていくと、身体検査をして何か聞いていた。ベトコンはどこに逃げたのか、武器を隠してないか、を聞いているのだとヤン少尉が通訳した。農民がいきなりヴイン軍曹になぐり倒された。すわっていた農民の中にいた十歳くらいの子供が、それをじっとみつめている。なぐられた農民の息子だった。カーン少尉は子供のところへいくと「お前は家へ帰れ」と言った。子供は動かない。カーン少尉はまた「帰れ！」とどなったが、じっとすわっている子供を見て、すごい顔をしてにらむと、そのままもどっていった。なぐられた農民が帰されてくると、子供は父親の顔の鼻血をふいている。子供のヒトミには涙がいっぱいたまっていた。

私は子供のころ、兄がいじめられたり、親になぐられたりしているのを見るのがとてもいやだった。仲間に兄がいじめられているとき、兄といっしょになってたたかい、二人とも泣きながら家へ帰るということもよくあったし、親になぐられているときは、私もいっしょになって泣いたものだった。

この場合は、子供の父親はなぐり殺されるかもしれないのだ。それをじっと歯をくいしばりながら、父の様子を見とどけようとする姿には胸をうたれた。

次に一人の少年がひき出された。彼は十五歳で、ベトコンの手伝いをしているとヤン少尉は言った。ヴィン軍曹とカーン少尉は、いままでにない大きな声を出して少年をどなっていた。そのとき、横でそれを見ていたダーウイ・ハイが、近くに落ちていたアルミニウムの棒を拾ってくると、いきなり少年をなぐり始めた。ダーウイ・ハイは、海兵隊ではいちばん大柄で力のある男である。

彼の持った棒は、うなりを生じて少年の背中、頭をめがけて落ちていった。少年はうめき声をあげたが、それは悲鳴ではなかった。私には不思議に思われることがあった。これまでに何回かこういった場面に出合った。しかし農民は、どんなことがあっても悲鳴をあげなかった。ボンソンの近くの部落で老人が指を切り落とされるとき、切られていく指をじっと見ながら老人は黙っていた。ナタのようなもので一瞬のうちに落とすのでなく、切れない銃剣で切るのだ。それでも声ひとつ出さなかった。これはなぜだろうか。しいたげられてきた農民が、身につけた習慣なのか。黙っていることで抵抗の気持ちを表現しているのかと思った。ダーウイ・ハイは狂ったように少年をなぐった。少年がなぐられた頭を手で押さえると、その上に棒がふりおろされ、手の甲が切れた。少年はみるみるうちに血だるまになっていく。

私のカメラは回り続けた。私は棒をふり続けるダーウイ・ハイに、いままでになかった激しい怒りと憎しみの気持ちがわいてきた。カメラを投げつけて、やめさせたいと思った。

しかし私は、それをせずに、レンズを望遠にしてダーウイ・ハイの顔のアップを撮影した。「南ベトナム海兵大隊戦記」が日本テレビで放送されたときに、見た人がいれば思い出すかもしれない。あの悪魔のようなダーウイ・ハイの顔つきを……。ふだん優しい笑顔を持っている同じ人間の表情とは、とても思えなかった。

地上に倒れた少年は、そのまま動かなかった。折れた棒を持ったダーウイ・ハイはそれをじっと見ていたが、棒を捨てると、そのまま農家の中にはいってしまった。衛生兵がかけよって少年の手当てを始めた。少年は肩で息をついて、じっと下を向いたままだった。私はヤン少尉に、どうしたのだと聞いた。

「彼がベトコンの部隊にはいっていたことは調べでわかったのだが、ヴイン軍曹とカーン少尉に向かって、どんなことがあってもお前たちにはしゃべらない、お前たちはきっと戦争に負けるぞと言ったのだ。それをダーウイ・ハイが聞いておこったのだ」

私は手当てを受けているその勇敢な少年のところへ行ってみた。彼は顔をあげて、キラキラと光った目で私をにらんだ。海兵隊の軍服を着ている私を兵士と思ったのだろう。私は彼の肩を、よくやったと言ってたたいてやりたい気持ちになった。手当てを受けた少年は、網の目のようにさけた背中を上にして、うつ伏せになって顔を地面につけたまま肩で大きく息をしている。私にはそれが泣いているように思われた。くやしかったに違いない。

そのうちに、棒でなぐられているうちは歯をくいしばって我慢していた少年は、うめくような低い声をあげて泣き始めた。静まっている部落の中で、少年の泣き声だけが聞こえる。

この広場に民衆が集まらないように、兵士たちが周囲をかこんでいるようだった。

そのうちに、離れた部落から連れてこられた青年が、ヴィン軍曹に引きたてられていった。上衣をぬがされた青年は、たくましいからだをしていたが、彼も兵士からかわるがわるなぐられ、倒れては起こされてまたなぐられた。

カメラの回る音を聞いたカーン少尉は、青年を農家の中に連れていき、家の前に兵士を立てた。従軍一カ月の間、撮影を拒否されたのはこれが初めてだった。

家の中をのぞく私を、兵士はとめはしなかったが、部屋の中は暗く、撮影には無理である。青年は顔の上から衣をかぶされ、鼻の中に水を入れられ、水は呼吸器にはいって青年は苦しそうにむせた。家の中から連れ出された青年の顔からは、血の気がひいている。周囲にいた兵士たちが銃を取り、鉄カブトをかぶり始めた。ヤン少尉は、青年が武器のあるところを白状したのだと言った。

私も自分の荷物のところへもどり、カメラの中のフィルムを替えて、いっしょに行く準備をしているところへヤン少尉がきて、いま兵士たちといっしょに行くのは危険だから、こんどだけはやめたほうがよいと言う。私は一瞬ためらったが、兵士たちが青年を連れて出ていくのを見ると、どうしても兵士たちのあとについていきたいと思った。

ヤン少尉はそれ以上とめないで、兵士たちは少数でとなりの村まで行くのだから、十分気をつけるようにと言った。二十人ぐらいの兵士が青年のあとに続いた。私たちはひっそりと静まった部落の中の道を、黙々と歩いていった。けさ、ボンソンの基地でヘリコプター越しに見た太陽は、いまアンラオ渓谷の続く山の上に落ちようとしていた。焼けつくような太陽のもとで走りまわった、汗と泥にまみれた一日であったが、いまは涼しい風が部落の中を吹きぬけていく。部落の道には、たくさんの落とし穴があったが、兵士たちはそれを巧みによけながら歩いていった。

不気味な静けさだ。いまに何か起きるのではないかというような気がし、ヤン少尉の言葉を思い浮かべて、こなかったほうがよかったのではないか、という後悔の気持ちがわいてきた。

村から出て、先頭のグループが一軒の農家を曲がって田のひろがる場所に出たときだった。突然、激しい銃声が鳴った。兵士たちのわめく声が聞こえる。私は家のかげにとび込むように伏せると、兵士が「VC、VC!」と叫びながら銃を撃っており、連れてこられた青年が倒れていた。そのとき私は、水田の中にある墓のかげに動く黒い人影を見た。兵士はそこを目がけて銃を撃ち、私の頭上を空気を切って銃弾が飛んでいく。その人影は一瞬、目に映っただけであったが、私がベトナム戦争従軍中、戦場で初めて見た解放軍の兵士の姿だった。捕虜や死体となった兵士の姿は何度も見たが、銃を持って動いている姿は見たことはない。姿は見えないが弾だけが飛んでくる。ベトナム戦争はそういった性格のものであった。

家のかげから倒れている青年のほうを見ると、一人の兵士が銃を逆に持ち、台座のほうで倒れた青年をたたいている。兵士たちが叫びながら引きあげ始めたとき、もう一度倒れた青年のほうを見ると、二人の兵士が腹をナイフでさいているようだった。そこは私のいるところから三十メートルぐらい離れていた。

その場面を望遠レンズで撮影していると、他の兵士たちは村の入り口で手を振って、ベトコンがいるからもどってこいとどなっている。私は帰りかけて、またなんとなくもどり、倒れている青年のほうを見ると、一人の兵士がナイフを使っていた。そこで何が起こっているのかわからなかった。もう日は落ちてうす暗くなっている。私は職業的にレンズの絞りを開放にし、望遠レンズのピントを合わせて、そこへ向かってシャッターを押した。

ファインダーを通して見えるその場面は、スローモーション・カメラでとらえた幻想的なシーンのように、兵士の姿がゆっくりとした動作で映った。倒れた青年の髪をわしづかみにした兵士は、ナイフを青年の首にあてがっていた。青年の頭は少しずつからだから離れていったが、やがて、首を左手にさげ、右手にナイフを持って仁王立ちになった兵士の姿が、ファインダーいっぱいに映った。兵士がニヤリと笑ったように感じられた。私はそのままシャッターを押し続けた。兵士は首をさげて私の前を通り、首をポンと投げると、先に行った兵士のほうに向かって歩いていった。ただ一人残された私も彼のあとを追った。

しばらくしてから振りかえると、不思議なことが起こっていた。兵士の投げた首は、われわれの帰る方向を凝視して道の真ん中に立っているように見えたのである。私はズームレンズの望遠を最大にして、顔のアップを撮った。カッと目を開いた青年の首は、じっとレンズの中をのぞいている。私はその青年が捕まえられてからいままで約六時間、その動きを見ていた。少年がダーウイ・ハイに棒で打たれているとき、彼はじっと少年を見ていた。同じ部落に住んでいるのだ。彼らはお互いに知っていたに違いない。しかし、どんなに海兵隊から責められても二人は口を割らなかった。海兵隊の兵士は、武器があると青年に教えられ、彼のあとについていったところ、解放軍が待ち伏せをしていた。おれたちはだまされた、だから彼を殺したのだと言った。青年は海兵隊員によって射殺されたのだった。青年が拷問に耐えかねて、ほんとうに武器のある場所を自白して、その場所に行こうとしていたとき、偶然に解放軍が待ち伏せしていたのか、解放軍のいるのを知って海兵隊をおびきよせたのか、私にはわからなかった。

もし海兵隊をおびきよせたのだとしたら、当然、自分も死を覚悟していたと思われた。そのできごとは短い時間に行われた。私の撮影したフィルムは八十フィート、時間にすると二分だった。しかし私の頭には、そこで起こったことが、ゆっくりとした動作で焼きついていた。暗くなった部落の道を歩きながら、あの青年が村の外へ海兵隊を連れていったのは、ほんとうに武器のあるところへ連れていこうとしたのか、海兵隊員の言ったようにワナだったのだろうかと考え続けた。兵士たちは部落へ帰ると、何ごともなかったように食事のしたくを始めた。ベトコンがいたので青年を殺したと報告しただけだろう。だれも青年について考えなかったようだし、首のことなど問題にもなっていなかった。ただ捕まえられた農民たちは、もどってこない青年の運命を感じたようであったが、彼らも黙っていた。

私はテントを張り、夜襲に備えて穴を掘った。穴の中にはいれば機関銃の弾だけはさけることができるのを、従軍生活のうちに覚えていた。ダーウイ・ハイについている兵士が、食事だよと知らせてくれたが、私は食欲がなかった。スープだけを飲むと、ダーウイ・ハイは心配して、もっと食えとすすめた。彼は何ごともなかったように、平常通りの食欲をみせた。事実、彼にとってきょうの作戦は、なんら特別のことは起こらなかったのに違いない。私はヤン少尉のところへ行って、村はずれで起こったできごとを話した。彼は首を切ったことには驚かないで、ここは戦場だ、そういったこともたまに起こると言った。

むしろ、そのことにこだわっている私のほうをこそ不思議に思ったようだった。

「青年が村はずれまで兵士を連れていったのは、ほんとうに武器があったので、ベトコンがいたのは偶然ではなかったかと思う。水責めにされると、たいていのベトコンは何かを白状する。あの苦しみに耐えるのは、むずかしい」と言った。私はヤン少尉といっしょに、先ほど首を切った兵士のところへ行った。彼は食事を終え、井戸で食器を洗っていた。私は聞いた。

「あのとき、どうして首を切ったの？」

「ベトコンの弾が飛んできて、彼が目の前に倒れていたから、首を切ってやろうと思った」

やせたからだのおとなしそうな兵隊だった。戦場における特殊な感情、死体への慣れ、この兵士の神経はそういった意味でマヒしていた。恐らくあの混乱の一瞬のうちに、あのような衝動的な行動に出たものだと思われる。その後私は三年間も戦場を歩いているうちに、ちぎれた死体の前で食事ができるようになってしまっていたのだ。今夜は夜襲があるかもしれないから気をつけるようにと、ダーウイ・ハイから言われた。

私はポンチョ（雨ガッパ）を張ってテントをつくりその中にはいって、空気マットの上に横になり、リュックサックをまくらにした。夜襲があった場合、すぐ穴の中にはいれるような態勢にしておいた。テントの間から星がキラキラと光って、きょう、この一農村で起こったことが、まるでうそのような静けさを感じさせた。

それにしても、いまのベトナムの農民はなんと貧しくて悲しい立場にあるのだろうと思った。血みどろになって苦しみに耐えた少年は、いま広場に残されたまま、傷の痛みと夜の冷気にふるえているに違いない。あの青年の首とからだはまだ放り出されたままで、今夜は夜露にぬれることだろ

捕虜になった青年。1965年、ビンディン省

う。少年と青年の家族がこの部落のどこかにかくれているはずだ、どんな気持ちでいるだろう――。静かなベトナムの星の下で、不幸を背負った多勢の人々が夜を明かそうとしていた。

私は朝からの疲れで、うとうとしていた。突然、大きな迫撃砲弾の炸裂する音で目をさました。胸がどきどきする。急いでクツをはき、ダーウイ・ハイのいるところへ行く。夜光時計は午前三時をさそうとしていた。砲弾は部落の中で爆発し、兵士たちが大声でわめいている。

待ち伏せ

政府軍の兵士たちは夜をたいへんこわがった。その恐れかたは異常と思えるほどで、深夜になると、彼らの野営しているあたりには死のような静寂がただよった。毎日戦場で野営しているかぎり、落ち着いて眠ることができなかった。解放軍の夜襲を極端に恐れているのだ。夜になると解放軍の世界である。彼らは政府軍の陣地に音のしないように忍び寄り、手榴弾を投げ、機関銃を撃ち、再び闇の中へ消え去っていく。ときには、ナイフで一撃のもとに政府軍の見張りを倒していった。私も夜は一歩も動くことを許されなかった。

見張りの兵士は、陣地の中へはいってきて、音もなく一人ずつ兵士を殺して歩くベトコンを「コンラン（ヘビ）」と呼んでいたが、それを防ぐために、見張り自身が「コンラン」のわからないようにかくれており、「コンラン」が忍び寄ってくるのを待ち受けて、ナイフで刺した。

こうした殺し合いが毎夜のように行われ、朝がくると何人かの死体が野営地のなかに横たわっていたが、それは政府軍の兵士でもあるし、「コンラン」でもあった。「コンラン」は黒い農民服を着て、自動車のタイヤでつくったホー・チ・ミン・サンダルをはき、手榴弾、ナイフ、首を絞める針金を持っていた。

その「コンラン」を倒すために政府軍はアンブッシュ（待ち伏せ）をした。その兵士は政府軍の中でも勇敢な兵士で、第二中隊の場合はスペシャル・フォースの兵士たちが担当していた。なかでもヴィン軍曹は待ち伏せのベテランで、仲間たちは彼のことを「ヘビ殺し」と呼んでいた。私も過去にヴィン軍曹とアンブッシュを体験した。

その方法には二通りあって、野営地の外で「コンラン」が野営地へはいる前に倒す場合と、野営地の中にはいってきた「コンラン」を倒す場合で、やり方も違っていた。政府軍は陣地を突然に襲われるのを防ぐために、野営地のまわりを四重にわけて待ち伏せをした。待ち伏せを担当する兵士は、夜は全く眠らずに壕の中へはいって夜明けを待つ。解放軍が夜襲をかけた場合、第一陣にいる待ち伏せ組が戦い、その間に野営している兵士たちが準備をするようになっていた。

これは私が後にアメリカの軍隊で体験した二つの待ち伏せとは、性質が異なっていた。アメリカ軍のとる待ち伏せは解放軍を倒すための待ち伏せだが、政府軍の待ち伏せは、野営地を守るための待ち伏せだった。政府軍は野営地のまわりにいくつもこういった待ち伏せ組をおいていたが、「コンラン」はこういった待ち伏せの壕を巧みにさけて野営地の中へはいってきた。それを倒すのが、スペシャル・フォースの「アンブッシュ」だった。

野営地を守るための「待ち伏せ」は、解放軍が目の前にきたら撃てばよかった。しかし、スペシャル・フォースは、コンランを倒すことを目的とした。彼らは闇の中でコンランの動きを見て、ときには場所を移動した。ヴイン軍曹は、大きな海軍ナイフを武器にしていた。野営地の外で待つ「待ち伏せ」はこわい。「コンラン」も「待ち伏せ」があるのを知っており、お互いに裏をかこうとして神経を使った。

私がヴイン軍曹の「待ち伏せ」についていったのは、十九号線沿いのフーカットから近い部落だった。月がなく、暗い夜だった。解放軍の襲撃も月のある夜にはないといわれていた。ベトナムの月は明るく、海岸に近い中部の部落では、砂地が月にはえて、深夜でも一帯を明るくした。こんな夜に政府軍の野営地を襲うことは、解放軍にも不利であった。

その日、ヴイン軍曹は、今夜は必ず「コンラン」がくると言った。ヴイン軍曹は第二中隊きっての猛者と周囲も認めている。彼もダーウイ・ハイと同じように、南部デルタの農村の出身であり、解放区となった部落には帰れなかった。彼は戦闘になると、何かの執念に取りつかれたような戦いぶりを示した。私はそれがなんであるか知りたいと思っていた。

「きょうはコンランがくる」という彼の言葉を聞いて、私は、今夜はほんとうにくるだろうと思った。こういうときの彼の勘は、不思議なほど的中する。私はこれまでの一カ月の従軍でヴィン軍曹の勘にうたがいを持ったことはなかった。「待ち伏せ」には、前から一度いっしょに行ってみたいと思っていたが、こわいので、なかなか実行にうつせなかった。今夜それをしようと、ヴィン軍曹の様子を見ていて一瞬のうちに決心したのだった。

ヤン少尉は「この仕事はあぶないからやめなさい。君がいるために、ヴィン軍曹が気をつかってベトコンに殺されても困る。ヴィン軍曹が殺されるときは、君も殺されるということなんだ。それに写真が写せないじゃないか」と言った。ダーウイ・ハイは黙っていた。ヴィン軍曹は私を連れていくのに興味を持ったのか、熱心だった。彼にとっては、何年間も経験してきた手慣れたことではあったが、その危険も十分知っているはずだった。しかし――「私がイシカワのからだを守る。イシカワが希望するのであれば行かせてくれ。このことで日本人がベトナム戦争を知ることができればよいではないか」と言った。ヴィン軍曹より六歳も若いヤン少尉は、ヴィン軍曹の言葉を私に伝えると、それ以上何も言わなかった。

「危険を承知のうえでイシカワが望むのなら、行かせたらいい。しかし今夜は一カ所から動かないでベトコンを待つだけにするのだ」とダーウイ・ハイが言った。

八人の兵士がしたくを始めた。彼らはピストルとナイフ、首を絞める針金を持った。ヴィン軍曹はナイフだけだ。武器を二つ持つと迷いが生じる。戦場で迷ったときは死ぬ、ヴィン軍曹はそう言った。ヤン少尉が拳銃を持ってきた。

「ピストルは、いらない」私はそう言った。当然、受け取るものと思っていたヤン少尉は不思議そうな顔をした。

「どうしていらないのだ。ベトコンは、日本人もベトナム人も区別がつかないのだぞ」

「撃ち方も知らない私が、ピストルを持っていったところで、どうすることもできないし、撃ち方をいま教わったところで、たいして役には立たない。それよりも、何もないほうが覚悟ができてかえって安心する」

ヤン少尉は、私の顔をじっとみつめながら、首を左右に振ってつぶやいた――「私には君の気持ちが理解できない」

私はヤン少尉を信頼していた。ベトナムへきて、この若い将校を知り得たことに幸福を感じていた。私のこともわかってくれている人間で、いまの日本では得られないと思っていた私の求めるものを、彼から得ることができた。

しかしヤン少尉は軍人であり、戦場で生活していた。解放軍は彼にとっては敵であった。しかし、私には解放軍を敵と考えることは絶対にできなかった。この感情のずれを三年間の従軍で、政府軍といっしょにいるときも、アメリカ軍といっしょにいるときも感じ続けてきた。ましてアメリカ兵といっしょにいるときは、彼らと私の間にどうしても理解しあえない先天的なものがあるのを感じた。

私がヤン少尉に自分の気持ちを説明するのには、時間がかかるだろうと思った。なぜ写真を撮ることもできない待ち伏せにいっしょに行くのか。なぜ武器はいらないのか。これを知ってもらうには、私の生い立ちからこれまでの生活状況まで説明していかなくてはならないだろう。そのときは、なぜ私がベトナムへきたかという理由もわかってもらえるだろう。今夜、無事に帰ってくることができたら、あすからでも、時間をかけて、私の話をヤン少尉に聞いてもらおうと思った。

したくが終わった兵士は、それぞれの持ち場へと散っていった。ヴイン軍曹も部落のはずれへ向かって歩きだした。どんなことがあっても、ヴイン軍曹から絶対に離れてはいけない。もし離れるような状態になってしまったら、そこでじっとして朝まで待つこと。朝になったら兵士たちが迎えにいく。もしヴイン軍曹が殺され、君が助かっても、そのまま動かないように、君が一人で野営地へもどろうとした場合は、海兵隊の待ち伏せに撃たれて必ず君は死ぬ——ダーウイ・ハイは念を押してそう言った。

野営地の兵士たちはヴイン軍曹が「待ち伏せ」の出発の準備をしているのを見ても、何ごともないような顔をしていたが、あとからついていく私を見てちょっと意外な顔をした。ヴィン軍曹が「待ち伏せ」だと言うと、兵士たちは笑いながら気をつけてというような表情をして見送った。ヴィン軍曹も笑っていたが、私には笑う余裕はなかった。

私たちは野営地のはずれで、日が落ちて暗くなるのを待った。いま行動して部落の農民に見つかると必ずそれがベトコンに伝わり、われわれは殺されてしまうのだとヴィン軍曹は言った。

太陽が落ちたのを見て、私たちは部落から出て、次の部落へ続いている道の入り口まで歩いた。部落を離れると、そこで会うものは政府軍に敵意を持っている民衆であり、若い人たちは武器を持っている場合もあるので、私たちはだれにも見つからないように雑草や木の茂みを選んで、隠れながら行かねばならなかった。かわいた砂地の畑がなくなると、田があって、一本の道が向こう側の部落まで続いている。ヴィン軍曹は、小藪のようなところに低いくぼみを見つけると、そこへ腰を落とした。

ヴィン軍曹は英語がわからなかったが、長い間いっしょにいるので彼の言おうとすることはわかる。彼は低い声で「多数のベトコンが武器を持ってきたときは見のがす。この場合、海兵隊の陣地と撃ち合うことになるから、私たちは海兵隊とベトコンの両方の銃弾をこのくぼ地でさけなければならない。もし少数の〝コンラン〟であれば、離れている〝コンラン〟をねらう」と説明した。

彼はナイフを手のとどきやすい地面に突き立てると、腹ばいになって、前方が見やすいように雑草をかきわけた。私は手をまくらにしてあおむけになった。藪の小枝を通して見える空には、輝くばかりの星が無数に散っていた。今夜もまた、天の川が流れているのが見える。死のような静寂が闇とともに流れてきて、私たちのまわりを包んだ。

私はベトナムにきてから何回も天の川を見ていたが、子供のころ、天の川を見てから、ベトナムにくるまで、何年、私は天の川を忘れていたのだろうと思った。日本で天の川を見たのはいつだったかを思い出してみようとしても、どうしても思い出せなかった。

現在の東京の生活には、天の川も夜空もないように思えた。

急に虫の音が耳にはいってきた。いままで虫は鳴いていなかったのだろうか。ジージーと鳴き続ける虫の声は、非常に単調な音に聞こえる。しかし、気がついてみると、まわりにあるすべてのものが単調なものばかりだった。私のからだの下にある土も、顔にふれる木の枝も、夜空にシルエットとなってうつるヤシの葉も、まばたくような星も、すべてが静止した絵のように見える。闇は、からだをつぶすのではないかと思われるほどの圧力をもって私たちを包んできた。

ヴィン軍曹のつばをのむ音と荒い息づかいがハッキリと私に伝わってくる。私たちは闇のオリの中にいた。もう動くことはできない。私は、大きな声をあげて走り出したいような衝動にかられた。

じっと、とぎすましたような目で闇の中を見つめているヴィン軍曹、彼はどんな気持ちなのだろう。目の前にベトコンが現れたら殺す、いま彼のなかにあるものはそれだけなのだろうか。そんな彼のたたかいが、どんな形でむくいられるのだろうか。殺す彼も、彼に殺される者も、同じベトナムの農民である。解放軍はベトナム民族独立の希望をかけて戦う英雄であり、ヴィン軍曹はアメリカや南ベトナム政府の意思によってだけで動く殺し屋といってしまってよいのか。私にはわからなくなった。

私はじっと息を殺して前をうかがっているヴィン軍曹に、たまらなくなるほどの親しさを感じた。この兵士に死んでもらいたくない、心からそう思わずにはいられなかった。しかし、ヴィン軍曹が解放軍の兵士を殺すのを見たくないと思ったとき、私はここにきたことを後悔した。解放軍の兵士がきたとき、私はそこで起こる何かを見ないでは済まされなかったのだ。

突然、ドロドロという太鼓の音が聞こえ始めた。その音は部落から部落へと伝わり、私たちの周囲を取りかこむように鳴り響いた。解放軍は太鼓を通信に使っている。私たちは野営しているとき、毎夜この音を聞いた。太鼓が鳴ると、政府軍の兵士たちの顔にはおびえた表情が浮かんだ。その音は、解放軍の夜襲を意味している場合もあったし、政府軍陣地へ忍び寄っている「コンラン」を励ます音でもあり、政府軍の作戦を事前にキャッチした解放軍が、それに対する処置を各部落の民衆に知らせる音でもあった。

政府軍の情報将校はその音の意味を探ろうと、捕まえた民衆を拷問にかける場合もあったが、音のリズムは解読されないように絶えず変化して、それを解くのがむずかしいようになっていた。しかし、以前私がベトナムの空挺部隊に従軍したときに、情報将校が捕まえた解放軍の兵士を尋問し、太鼓の音の意味を解いて、今夜一時にベトコンの襲撃があると聞かされたことがあった。そのときは、私たちが注意して待っていると、ちょうど一時に解放軍が夜襲をかけてきて、待ち構えていた政府軍と戦闘になった。

いま響いている太鼓が何を意味しているか、私たちにはわからなかったが、ヴィン軍曹がピクッとしてからだを硬くしたのが感じられた。からだのまわりにたれこめた濃い闇と太鼓の音は、私たちが安全な場所を離れて、完全に孤立した立場におかれていることを感じさせた。ここでは助けをよぶことはできない。全く二人だけの世界だった。

ヴィン軍曹の妻と三人の子供は、サイゴンから近い、トゥドゥックの海兵隊キャンプの近くで生活している。家族は、夫が一日も早く戦場から帰ることを望んで待っているに違いない。ヴィン軍曹が闇の中で、ナイフだけをたよりに生死をかけていることが、彼の妻にはわかっているのだろうか。

家族が住むトゥドゥックの海兵隊兵舎は、長屋に粗末なベッドとわずかな食器類があるだけで、家族は夫のわずかな給料で貧しい生活を続けている。戦争とはいえ、死をかけた兵士のうける報酬は、あまりにも満たされないものだった。ナイフの柄を固く握りしめることによって、じりじりと襲いかかるような恐怖とたたかい、解放軍の兵士が近づいたら殺そうと待ち構えるヴィン軍曹も、巨大な戦争という行為の被害者だった。彼は戦うことを強要され、戦闘を続けるうちに、一人でも多くの解放軍の兵士を殺そうと思うようになった。

しかし、そんな彼が、決して幸福であるはずはなかった。もし平和であれば、彼もミトーの農村で戦争におびやかされず、家族と平和に生活でき、純朴な一農民として、いずれは孫の顔をながめながら、平穏な人生をおくることができるはずであった。それがいまでは、死の危険におびやかされながら、仲間であるはずの農民を殺そうとしている。

ヴイン軍曹が私の肩をゆすった。瞬間、私は血もとまるような衝撃を受けた。

「VCだ」とささやく。

ヴイン軍曹は、地面に低く頭をつけて前をうかがっていたが、私には何も見えなかった。ヴイン軍曹は瞬間のうちに黒い動く影を見つけた。それはすぐに消えてしまったのか、いま彼の目は解放軍の兵士の姿を見失ったようだった。しかし彼は、解放軍の兵士が周囲に忍び寄ってきたのを確実に悟ったに違いない。音のしないように、くぼんだ狭い土地を、からだをずらすようにしてまわりをうかがった。私に横をじっと見ているように、と言って彼は右手のほうを指さした。そのとき私の感じた恐怖感を、言葉でどう表現してよいかわからない。

私はなんのためにこうしているのだろうかと思った。ヴイン軍曹についてきたのは、あまりにも軽率ではなかったか。私は戦場の中に身を置いて人生を知ろうとした。いま、こうして危険な立場にあるのに、何を知ったというのだ、ただ恐怖におののいているだけではないか、と思った。実際に自分に対しての回答は何もなかった。ナイフで刺されることを想像し、これですべてが終わりだということを、意識がうすれていくうちに感じていくのではないかと想像し、もし無事で帰ることができれば、もう二度と危険なことはするまいと思った。

ヴィン軍曹はヘビが動くように、すっとくぼ地から離れていった。突然一人残され、私には何ごとが起こったのかわからないでいるうちに、ヴィン軍曹の黒い影が少し離れたところの小藪に消えるのを見た。それからまたしばらく死のような静寂の時が流れた。三十メートルほど離れた藪のところで、黒い二つの影が重なるようにとけあったような気がしたが、また周囲には静けさがきた。しばらくして、ヴィン軍曹が音もなくもどってきた。彼は一言「VC」と言った。私は彼が〝コンラン〟を殺したのだと思った。これは殺人である。戦闘のようにやたらと機関銃を撃ち、だれの銃から出たかわからない弾によって、相手が知らないうちに死んでいく場合とは事情が違っていた。ヴィン軍曹はナイフを相手のからだに刺したとき、相手の重みを、ナイフを通して感じたに違いない。もしかしたら、苦痛にゆがむ相手の顔を見たかもしれなかった。私はヴィン軍曹の息づかいをそばで聞いていて、殺人の共犯者になったようないやな感じがした。ヴィン軍曹は、これからが危険なんだとでもいうように、前よりも周囲を気にしだした。太鼓の音が、またときどき響いてきた。

夜明け近くになって銃声が聞こえた。近くの政府軍陣地が攻撃されているのだった。すぐ近くでも銃声が聞こえ始めた。海兵隊の野営地が攻撃されているようであったが、その銃声は三十分ほど続いてやんだ。私もヴイン軍曹もからだが夜露にぬれて、ひどく寒気を感じていた。

東の空が明るくなり始めたとき、私たちは生きていることができたのだと思った。ヴイン軍曹の顔は目がくぼんだようになって泥でよごれていたが、おそらく私も同じような顔をしていたに違いない。殺人者の顔といってもよかった。私は少し眠くなったので、ぬれた地面の上でうとうととして、肩をたたかれて起きたときは完全に明るくなり、海兵隊の兵士たちが数人、近くへきていた。私たちを迎えにきた兵士たちだった。

私たちは、ヴイン軍曹に連れられて、少し離れた場所に行くと、そこには、黒い農民服を着た青年が倒れていた。「コンランだ」とだれかが言った。からだは露にぬれて、タケの筒に火薬をつめた手榴弾、カービン銃と先の鋭いナイフを持っていた。

兵士たちはその青年の持っていたものを取ると、死体を残して野営地へもどり始めた。野営地には、ダーウイ・ハイやヤン少尉が待っていた。「こわかったか」とヤン少尉が聞いた。海兵隊も明け方の解放軍の攻撃で、三人死んだと言った。こうしたことは、ベトナム戦争の長い期間にわたって続いており、私はその一部分を見たにすぎなかった。

待ち伏せについていった時から、もう十二日間になる。今夜もヤーフーの部落へ撃ち込まれる迫撃砲の爆発する音は、次第に数を増していった。私は、昨夜掘っておいた穴にはいり、頭の上にリユックサックをのせた。スパッという音がして、海兵隊の野営地からも迫撃砲を撃ち始めた。しかし、どこから解放軍が撃っているのか、迫撃砲を撃つ海兵隊にもわからないに違いない。これで解放軍が近づいてきて銃で攻撃してきたら、相当の混乱が起こるだろう。これは首を切られた解放軍の復讐の攻撃ではないかと考えられた。

しかし、迫撃砲攻撃が一時間ほど続いただけで夜襲はなかったが、夜が明けると、海兵隊の兵士が数人傷ついていた。ダーウイ・ハイに棒で打たれた少年は、私たちが行ったときも、うつぶせになっていた。きのう捕まえられた農民は、ひとかたまりになって、むしろをかぶって眠っていた。ダーウイ・ハイに棒で打たれた少年は、私たちが行ったときも、うつぶせになっていた。背中が痛むので一晩中うつぶせになっていたのに違いなかったが、解放軍の迫撃砲攻撃のときは、かくれる場所もなく、さぞ不安であったろうと思われた。

海兵隊は移動をはじめた。農民は焼けた家の前で食事のしたくをしていたが、動きはじめた海兵隊には目も向けていなかった。焼けた家の中から、焼け残ったモミを拾っている姉と妹の姿も見られた。村を焼き、農民を傷つけた兵士たちが去ろうとしている。農民の目には、こういった兵士たちの姿は、自分たちの平和を踏みにじる暴力団のようにしか映らなかったのではないか。暴力団には何を言ってもわからない、ただ黙って無視するだけだ、農民にはそういった様子が見られた。村を焼かれ、家族を傷つけられても、農民はただひたすらに沈黙をまもり、耐えようとしていた。

焼け残った農家の壁には「ダ・ダオ・ディー・コック・ミー（アメリカ帝国主義を倒せ）」「ラ

ム・タイ・サイ・チュー・コック・ミー（チュー政府はアメリカ帝国主義の手下だ）」「マット・チャン・ジャイ・ミエンナム・サイ・チンタン（南ベトナム解放民族軍は必ず勝利を得る）」といった言葉が一面に書かれてあった。こういう文字は、ヤーフーの部落だけにかぎらず、ベトナムの農村のいたるところに見られ、海兵隊の兵士たちも、見慣れているので気にもしなかった。

海兵隊は国道一号線に沿って南にもどり始めた。この作戦はビンディン省の作戦であり、北へ一キロも行くともうそこはクアンガイ省だった。クアンガイ省で作戦をするためには、第二軍管区で作戦会議を開いて、あらためてクアンガイ省の許可を得ないとならない。そういった軍の縄張りの規則は、きちんと守られて作戦が行われているようだった。

国道一号線と、それに沿ったサイゴンからハノイまで続く鉄道は完全に破壊されている。道路の先頭には地雷探知機を持った兵士たちが立ち、慎重に調べながら部隊は移動していった。この一帯はつい一週間ぐらい前までは完全にベトコンに押さえられていたのだと兵士の一人が言った。それからタムクァンの町まで兵士は移動していった。

タムクァンも一週間前までは解放軍の支配下にあった町で、いままで政府軍は一歩もはいることができなかったのだった。海兵隊が町の中へはいると、民衆がいっせいに家の壁に書かれてある反政府の言葉を消している姿が見られた。政府軍がはいれば壁に書かれた文字を消し、政府軍が出ていけばまた新しい文字が書かれるのに違いなかった。

それから、解放軍の大攻撃を受けるまでの四日間、海兵隊はこのタムクァンの町を守備した。南ベトナムでもビンディン省はもっとも解放軍が強いところで、それは、ベトミンの抗仏戦争のときからの伝統であったが、ビンディン省のなかでも、タムクァンの町が一番強いといわれていた。ベトミンの指導者も、この町の出身者が多いと聞いていた。五千ほどの人口を持った町で、現在では破壊されているが、鉄道の駅も町の中にあった。

町の周囲には多くの部落があり、ヤシの木も多く、小規模だがヤシの実から油を取る工場、魚からしょうゆをつくるヌクマム工場などもあった。周囲の部落はほとんど解放区であり、海兵隊が駐屯している期間は毎夜のように夜襲があり、野営地のなかに解放軍の兵士が忍び込んで海兵隊の何人かが倒れていった。昼間でも毎日のように、解放軍のスナイパー（狙撃手）に撃たれた兵士が、大隊の衛生兵のところへ運び込まれた。

私たちの第二中隊は、町の西側に壕を掘って野営していたが、私はときどき将校たちと町の食堂へ行ってビールを飲んだ。第二海兵大隊は、一カ月以上も、山の中や農村で過ごしてきていたので、町の生活で一息しているようだった。兵士たちは、はだ着やたばこを買ったり、ビールを飲み、うどんを食べたりしていた。町の中に危険はなかったが、十メートルも町からはずれると、そこでは絶えず、海兵隊と解放軍との間で小ぜりあいが起こっていた。

戦場での夕食会

タムクァンへ着いた日の夕方、第二中隊の将校が、パーティーに私を招待してくれた。そのためにブタが一頭殺された。町へ着いてビールも買うことができたので、兵士たちは久しぶりに落ち着いた気持ちになっていた。この日に楽しんでおかなくては、あすはどうなるかわからないのだ、そういった気持ちもあるようだった。将校付の兵士が集まって食事をつくっていた。

ベトナムの兵士たちは食事をつくることに、ひとつの楽しみを求めていた。将校にはめんどうをみる兵士がついており、彼らは将校の食事や洗濯をし、戦闘中には将校の荷物を持った。少尉にもこういった兵士がついていた。このような点では非常に封建的で、アメリカの軍隊とは違っていた。米軍では少尉も大尉も、戦闘中は全部自分で荷物も食糧も持った。将校という階級の持つ権力は、ベトナム軍の場合絶対的だったが、将校以外は、階級があるのかないのかわからないくらい混乱していた。将校のほかはだいたい階級のマークをつけていなかった。

ベトナム軍の主食は米で、これは軍が支給した。輸送部隊が米を運んでくると、各小隊から兵士に分けられ、兵士は細長い袋に米をつめて、戦闘のときもそれを持って移動した。副食費は一日一人二十ピアストル（四十円）が支給される。兵士たちは四、五人のグループで食事をつくり、時間になると、あちこちで輪になってナベをかこんだ。

一日二十ピアストルの副食費では十分とはいえず、兵士たちは、部落や畑を通るときに、農民のものを盗んだ。市場のある部落に行くと、ニワトリや卵をまけるように交渉している兵士が見られた。兵士の食べる副食のおもなものはニワトリで、これはスープにしたり、ヌクマムで煮しめたりした。その次にブタ肉であり、これもニワトリと同じようにして料理した。だいたいにおいてスープと、肉をしょうゆで煮しめたものであり、野菜はサツマイモの葉に似た空心菜をゆでて、ヌクマムをつけて食べた。

将校の食事ができるまで水を浴びにいこうと兵士が誘いにきたので、いっしょについていくと、二十人くらいの兵士たちが銃や機関銃を持って待っていた。町のすぐ近くを流れている川へ行くのに武装しなければ行けないところが、ベトナム戦争の一面を物語っている。

川まで行くと、彼らは手榴弾を出した。これから魚を取るが、ダーウイ・ハイには黙っていてくれと一人の兵士が言った。

銃を持った兵士たちは、周囲の木陰にかくれて、スナイパーにねらわれないように警戒した。川にそって四人の兵士が手榴弾を二個ずつ持って並び、かけ声とともにそれを川の中に投げ込んだ。

メコンデルタの小さな陣地を守備する夫たちに、妻たちが昼食を運んできた。1968年

手榴弾は川底でにぶい音をたてて爆発、ブクブクとあわをたてた。そうすると水の震動で脳震盪《のうしんとう》を起こした魚がみるみるうちに浮かび上がってくる。兵士たちは水の中に飛び込んで、それをつかんでは岸へ向かって投げた。大きな魚は、水の中でフラフラしているようで、兵士たちは水の中にもぐるとそれらをつかんできた。岸に立っている兵士は空から偵察でもしているように、水の中にいる兵士に向かって魚のいる場所をさしずしていた。

岸の一カ所に集められた魚は山のようになった。彼らはそれを公平に分けると、歌をうたいながら部落へもどり始めた。魚が煮えたら呼びにいくが、くれぐれもダーウイ・ハイにはしゃべらないようにしてくれ、彼らはそんなことを言って、軍服の中にかくした魚をかついで、各自のテントへ帰っていった。

将校たちのパーティーの場所は、ダーウイ・ハイのテントの前で、農家から借りてきた大きな机が用意されていた。バナナの花を薄く切ってニワトリの皮と煮た料理、ニワトリのカレー煮、から揚げ、アヒルの生の血を固めたのや、ブタ肉をいろいろ料理したものが並び、ヤシの実やマンゴー、名前もわからないくだものなどがテーブルいっぱいに並んでいた。それにビール、ルデーと呼ばれる地酒、私がクイニョンから持ってきたジンやバーボンウイスキーもあった。

私たちは食べて飲んだ。テーブルの上の料理がなくなると、兵士たちが次々と持ってくる。ベトナムの人たちは酒は好きだが、それほど強くない。彼らはすぐ酔った。ヤン少尉が何か言うと、ギターを持った兵士がきた。兵士がギターをひいてヤン少尉がうたった。ベトナム人は歌が好きで、兵士たちも、夕暮れになって涼しくなると、何人か集まってうたった。物悲しい調子の歌が多く、夕日が落ちていくのを見ながら、哀調のあるベトナム兵の歌を聞いていると、長いあいだ外国によって支配されてきた国の悲しみを理解できるような気がした。私は、沖縄の歌によく似ていると思った。薩摩藩や明治政府によってかわるがわる支配された沖縄、そして第二次世界大戦では大勢の人間が殺され、戦後も本土の政府からは冷たく扱われ、いまなおアメリカの巨大な軍事基地の中で耐えている私の故郷沖縄の悲しい歴史から生まれた歌と似ていると思った。

私は、目をつぶって静かにうたっているヤン少尉の姿を美しいと思った。果てしなく続きそうな戦争のなかで、ヤン少尉が傷ついて倒れないとは、だれにも断言できないだろう。ヤン少尉も、いつかはおれも死ぬときがくるという気持ちを持っているに違いなかった。彼はその可能性のある戦場を見ていた。彼はうたいながら、何を考えているのだろうか。彼のフィアンセがサイゴンにいることは聞いていた。フィアンセのことか、それとも何もかも忘れて、うたうことに自分をとけこませようとしているのか。私にはわからなかった。

私は、この時に感じた気持ちを、後にも味わったことがある。

それは、ベトナムの第一空挺部隊といっしょに、ラオス、カンボジア国境のジャングルの中で、二週間の作戦を終えて、山岳地帯のプレイクの町へ帰ってきたときであった。兵士たちは山の中の作戦で疲れ、傷つき、泥まみれになって帰ってきた。夜になって私は、グエン・バン・ヌー少佐（一九六七年当時は台湾のベトナム大使館で武官となっていた）といっしょに、ベトナムの将校クラブへ行ったのだが、そのときのことが、海兵隊のヤン少尉の歌と同じように深く印象に残っている。プレイクの大きな木の茂った森の中にある将校クラブには、戦場から帰った将校たちが静かにビールを飲み、踊っていた。クラブでは、ベトナム服のアオザイを着た女性たちが将校のホステスをつとめていた。その将校クラブは、米軍の将校クラブのように、にぎやかに騒ぐというのとは違っていた。若い将校たちは静かに話し、静かに踊った。戦場から無事に帰ってきたのだ、それも久しぶりにだ。普通なら大いに騒いで、生きていた喜びを味わうと考えられるだろう。アメリカ兵の場合ならそうするところだ。プレイクのアメリカ兵相手のバーでは兵士たちが騒いでいたし、道路には酔った兵士たちが大きな声を出している。しかし、ベトナム兵は違った。あくまでも静かに飲んでいた。

曲が行進曲にかわったとき、空挺部隊の若い将校たちが踊った。ベトナムの空挺部隊のユニホームは、玉虫色の縞模様がはいり優雅な感じさえする。そのユニホームを着て、首に真っ白なネッカチーフを巻き、同じく白いアオザイを着て、髪を腰まで長くした女性とステップを踏む姿を見て、ああ、いいな、と思った。彼らの仲間の何人かの将校は、こんどの作戦で帰らない身となっていた。私は踊っているA少尉やB中尉とは、作戦中いっしょに行動していたので友人になっていた。後にダナンの動乱で同じ部隊と偶然に会ったとき、私の知っている将校の何人かは死んでいた。そのなかには踊っていたA少尉もいたのである。

海兵隊のヤン少尉は静かにうたっていたが、戦闘の合間に将校クラブに行けば、やはり黙って踊るに違いない。ヤン少尉はうたい終わると、私にも何かやってくれないかと言った。私は沖縄の「てぃんさくの花」と小学校の時に覚えた「荒城の月」をうたった。

故郷へ帰った負傷兵

それから四日間、タムクァンの町に駐屯した。毎夜のように解放軍の太鼓が鳴り、小さな夜襲をうけた。第二中隊の野営しているところに、村へ帰っている傷ついた兵士がいた。彼はタムクァンの出身であったが、政府軍にはいっており、戦闘で銃弾を左足に受け、足を切断されて、義足をはめていた。彼は政府軍として傷つき、生まれた部落へもどってきたが、そこは解放部落であった。彼が帰ってきたとき、幼い時代いっしょに過ごした仲間たちは政府軍と戦って部落を守っていた。村へ帰ってきても、彼と仲間たちの間にはみぞができていた。

私は彼が畑の畦にすわって何本もたばこをふかすのを見ていた。彼は海兵隊の兵士たちとときどき話していたが、彼の笑顔を見たことはなかった。彼はうつろな目をして、畑仕事をしている老いた母の姿をみつめていた。母はそういったむすこに気をつかっている様子で、彼がたばこを吸うときに火をつけてやったりしていた。

ヤン少尉がたずねると、彼は五年間、第二十二師団の兵士として戦っていたのだと答えた。政府軍と戦っている彼の仲間は、彼に対して何もしないし、彼の兄弟も解放軍の中にはいって戦っている様子であったが、彼自身の気持ちが、五年間政府軍にいたこと、足を失ったことで、すなおに部落で生活できないような状態にあったらしい。

彼は私が聞いても、ただ黙ってばかりいた。彼の兄弟が解放軍であるというのは、周囲にいた政府軍兵士が教えてくれた。現在、彼は母と二人だけで残っており、実際に兵士たちのいうとおりではないだろうかと思われた。海兵隊が村へはいってくるまでは、そこに解放軍がおり、海兵隊が出ていくとまた部落へもどってくることは確実だった。

そのような環境で生活していかなければならない彼の立場は、複雑であったに違いない。彼は現在住んでいる環境にも心からとけ込めない。そうかといって、また政府軍の支配している都市へ帰っていっても、足を失った彼を迎えるものは冷たい社会だった。私はベトナムにいて、彼ほど虚無的な顔をしている人間を見たことがない。

しかし、この場合も、私はそういった立場におかれた一人を見ただけであり、彼のような人は多勢いるのではないかと考えられた。彼の場合は、政府軍で負傷して解放区の故郷へ帰っていたが、負傷した解放軍の兵士が、政府軍がはいってきても逃げることもできずに、部落に残っている姿を何度か見た。政府軍の兵士たちも、足や腕を失って残っている彼らに形通りの質問はしたが、拷問をするというようなことはなかった。

タムクァンの町から近い部落にも、両足を失った解放軍の兵士がいたが、海兵隊員はその青年にも食べ物を与え、いっしょに食事をしていた。私がそばへ行くと、兵士たちは「ＶＣ」と言って青年を指さして笑っていた。私は青年から話を聞きたいと思ったが、何を質問しても青年は笑って答えず、こうして残っている人たちから、解放軍について聞こうとすることは不可能なことを知らされた。

大夜襲

その日、第二海兵大隊は野営地を変更した。第一号道路をはさんで五個中隊が並んだような形になり、第二中隊は、大隊司令部が使っていた家を中心に、北側に陣地を作った。私はダーウイ・ハイといっしょに家の中にはいり、兵士たちはその前をかこむようにして壕を掘った。近いうちに、解放軍の大きな襲撃がありそうだとヤン少尉に聞かされていた。

その日の夕方、私が家の前で将校たちと立ち話をしているとき、前の家のほうを見ると、子供を抱いた農民が、すっと家の陰にかくれるようにした。タムクァンの町は海兵隊がはいるまで解放区となっていたので、そこに残っている民衆が、解放軍となんらかのつながりを持っていることは当然だったが、そのとき、変だなという感じを受けた。

私たちは食事をして、暗くなると家の中にはいった。家はコンクリートでできていた。私とダーウイ・ハイ、二人の通信兵、一人の衛生兵がその中にはいった。私は土間の上にテントを敷いて、リュックサックをまくらにして眠った。暗くなれば眠る以外に方法はなかった。

突然、家の近くで起こった機関銃の音でとび起きた。ワーッという喊声と、太鼓の音が耳にはいってきた。ダーウイ・ハイは鉄カブトをかぶり、軍靴をはいていたが、その表情はものすごく緊張した顔をしている。ヤーフーの部落で少年を棒でたたいたときの顔に似ていた。私もただならぬ様子にあわててくつをはき、荷物を整理した。ダーウイ・ハイは、じろっとこちらを見ると「ベトコン」と叫んだ。通信兵の顔も平常とは全く変わっている。太鼓はすぐ近くでたたいているように激しく聞こえた。

ワーッという喊声が、また私たちの周囲から聞こえ、次にスピーカーで放送している声が流れた。解放軍が政府軍に話しかけているのだが、ヤン少尉がいないので何を話しているのかわからなかった。だが、解放軍が海兵隊を威嚇しているのだということは想像できた。通信兵の恐怖に満ちた表情は、私がこれまでに見たことのない人間の顔であった。

私には、これから何か大変なことが起ころうとしているのだ、ということはわかったが、それがどのような形で起こるのか、そのときの様子を想像することはできなかった。ダーウイ・ハイは通信兵の手から通信機を受けとっては大声をあげている。ひとつは大隊司令部との連絡であり、もうひとつは彼の小隊との連絡だった。

ヤン少尉とスペシャル・フォースのカーン少尉がヴイン軍曹といっしょに、私たちの部屋へはいってきた。三人とも鉄カブトをかぶり、手榴弾をからだ中につけて、自動小銃を持ち完全武装している。カーン少尉はダーウイ・ハイと話していたが、その表情もまた、通信兵と同じであった。ヴイン軍曹がそばへきて「ボクー、ＶＣ（たくさんのベトコン）」と言った。ヤン少尉も私のところへきた。

「いま、私たちはベトコンにかこまれている。少なくとも三個大隊の兵力が集まっているようだ。今夜は、いままでの夜襲と違う。彼らは海兵隊を全滅させることを目的にしている。いまは周囲からわれわれをおどかしているが、これが終わると、彼らは一斉攻撃をかけてくる。君も十分、気をつけるように」

「どう気をつけるの、私たちはどうなると思う?」

「わからない。これほどの大部隊から夜襲を受けるのは、ベトナム海兵隊の歴史以来はじめてだろう。ビンジアの戦いも、一カ所にこれだけのベトコンは集まらなかった。私たちは戦うだけだ。君は神に祈りたまえ」

なるほど、神か。ヤン少尉はいいことを言ってくれた。ふだん、神を信じない私も、今夜は神にたよる以外に方法はないかもしれない。ヤン少尉は、黙って私のそばへ手榴弾を二つおいていった。私はそれにふれるつもりはなかったが、このさいヤン少尉を呼びとめてまで無理に返すこともないと思った。

ダーウイ・ハイは、窓からロウソクのあかりがもれないようにテントをかけながら「イシカワ、こわいか」と聞いたので、私は正直に「ウン」と答えた。周囲に起こっている異常な雰囲気は、私にもよくわかる。それに戦闘中でもカメラのファインダーをのぞいているときには恐怖感もうすくなるが、夜襲では撮影することもできず、銃を失った兵士のように、ひたすらに弾の当たらぬよう祈り、からだを小さくしている以外に、私に何ができるのだろうと思った。

喊声と太鼓はいっそう激しく鳴り響いたが、突然、ピタッとやみ、一瞬の静寂がただよった。それは非常に短い時間のように感じられた。

次にきたのは激しい銃声だった。機関銃、自動小銃、M1ライフル、迫撃砲、グリネード・ランチャー、五七ミリ無反動砲……武器という武器がいっせいに火を噴き、曳光弾《えいこうだん》が闇をぬうように飛びかった。銃弾は壁にビシビシと不気味な音をたてて当たり、窓はたちまちこわされ、私たちは弾がハネ返ってくるのをさけて、裏の小さな部屋に移動した。私は迫撃砲弾を恐れた。シュルシュルと音をたてて飛んでくる弾は近くで爆発した。そのたびに海兵隊の兵士が傷ついているに違いない。シュルシュルとくるたびに命が縮まるような思いだった。

この家の厚い壁は機関銃の弾を防ぐことができても、屋根は薄い板でできており、真上から落ちてくる迫撃砲弾を防ぐことはできなかった。もし、私が外にいて機関銃を持っていたら、激しく撃ち続けたのではないかと思う。そうすることが恐怖からのがれる唯一の方法ではなかっただろうか。ファインダーをのぞく気持ちと、銃の引き金を引く気持ちとは、恐怖からのがれるという意味では共通していた。壕の中で銃を撃っている兵士たちも、多数の解放軍を目の前にして、冷静な態度でいることはできないだろう。銃の引き金を引くことによって、まだ自分が生きているということを信じることができるのではないか。そして、いつのまにか鉛の弾丸が、兵士のからだにくい込んでしまう。死とは、そのようにおとずれてくるのかもしれなかった。

ダーウイ・ハイは大隊司令部を呼んだが、全面的に攻撃を受けているようで、各中隊から連絡攻めにあっている司令部はなかなか出ない。第二中隊の小隊からはどんどん連絡があり、ベトコンは十五メートル先まで迫っていると伝えてくる。ダーウイ・ハイのイライラしている感じはよくわかった。一発の銃声でも身をかがめるほど慎重であった彼は、長年の経験で、この襲撃がどれほど大きいものか、わかっていたに違いない。銃弾はいろいろなものに当たって音をたてた。庭にある水ガメ、トタン屋根、ヤシの木、コンクリートの壁。金色の糸を引いたように幾筋もの曳光弾が交錯した。

今夜、私の身に何ごとも起こらず、あすも生きていられるなら、これかぎり従軍はやめよう。私は世界を見たい、恋もしたい、結婚したら妻といっしょに映画を見にいき、帰りには食事をして、バーに行って酒を飲む。そういった欲望が急によみがえってきた。東京にいたとき、生きていくということにそれほど自分は執着を感じてはいないと思っていた。しかしいまは、とても生きていたい。

やっと通じた大隊司令部からの連絡では、約四個大隊の解放軍から攻撃を受けている。現在クイニョンの第二十二師団司令部と連絡をとり、ガンシップ（戦闘用ヘリコプター）とスカイレーダー爆撃機の出動を要請しているが、夜間のために攻撃目標を誤るおそれがあり、飛行機の掩護《えんご》は受けられない可能性が強い。これからボンソン基地の砲兵部隊に掩護を頼むから、第二中隊の正確な位置を知らせよ、という連絡を受けているとのことだった。

ダーウイ・ハイは軍用地図を見ながら、射程位置の数字を読みだした。私は、基地から撃つ大砲が非常に正確に着弾するのを、これまでの従軍中に何度も見ていた。一個大隊に砲兵大隊の将校が一人ついており、部隊が野営する場合、あらかじめ、解放軍の夜襲を予想して、野営地の周囲へ正確に射撃できるようにテストする場合があった。

ベトナム政府軍の使用している大砲は一五五ミリ砲、一〇五ミリ砲、七五ミリ砲であったが、一〇五ミリ砲の使用がいちばん多く、ベトナム各地のどこにでも射撃できるように各所に砲陣地がつくられ、部落を攻撃し、政府軍を掩護できるようにしてあった。大砲は解放軍にとっては最大の敵で、解放軍による砲陣地の破壊作戦がいたるところで行われていた。一〇五ミリは約十キロ、一五五ミリは約十五キロの射程距離を持っている。野営地のまわりに撃つ場合、砲兵大隊の将校が砲陣地に位置を指定し、十キロ離れた砲陣地から撃った弾は野営地のまわりに着弾して、その位置がわかるように白い煙が出る。将校はその煙を見ながら、位置を修正していった。使用する場所によって、赤、緑などの煙が出る砲弾を使用したが、その位置は十メートルと狂わない、と将校は言っていた。解放軍も大砲攻撃を恐れ、砲陣地から射撃ができないほど、政府軍の陣地へ接近して攻撃をかけるのだった。

ボンソンの基地から放った砲弾は、われわれの頭上をかすめるような音をたて、すぐ近くで炸裂した。壕の中で銃を撃っていた兵士から、悲鳴のようなどなり声がわき上がった。すぐ小隊から連絡がきた。海兵隊の中へ砲弾が落ちたという。ダーウイ・ハイは大きな奇声をあげ、再び射程位置を読みあげていた。それから次々と爆発する砲弾、機関銃の音で、地獄の釜の底のような状態が続いた。

ヤン少尉も、カーン少尉も、ヴィン軍曹も、あの首を切った兵士も、魚を取りにいった兵士も、妹と面会した兵士も、いまは銃声のなかにあった。

傷つく民衆

私の知っている兵士が、壕の中でくずれ落ちるように死体となっているかもしれない。あるいは血みどろになってうめいているかもしれなかった。周囲の農家が次々と燃え上がり、あたりを明るくした。

――私は沖縄の祖母や友人から、米軍の沖縄上陸作戦のときの話を聞かされたことがある。首里にあった私の家は跡かたもなく吹き飛び、いまでも覚えている庭の深紅のディゴの花の咲く木、家をかこむ石垣も、同時になくなってしまった。防空壕の中でおびえ続けた祖母は、そこで夫の死を見、隣の家の子供の死を見た。

沖縄の戦闘はそれだけでは終わらずに、上陸してきた米軍に追われ、逃げまわらなければならなかった。銃弾が空気を切って横切り、そのたびにだれかが傷ついて倒れるのを見ながら、また逃げた。年老いた祖母が語る沖縄戦の話には実感があった。現在、ベトナムの民衆が受けている苦しみは、沖縄の人にはよくわかるに違いないと思った。

話は後のことになるが、私が三年間のベトナム従軍生活を終えて、久しぶりに日本へ一時帰国したとき、沖縄の人々は私の話を理解し、ベトナム戦場の民衆の写真を見て涙を流した。どこへ行ってもベトナムの戦争が早く終わることを願っていたが、ベトナムの実情に同情する気持ちは、年老いた人になればなるほど強かった。沖縄の人々には、ベトナムで起こっている現実が想像できるのだ。また、沖縄を中継地として米軍がベトナムの民衆に加える悲劇を想像し、ベトナムの人たちにすまないという年寄りもいた。ベトナムの部落が攻撃されると、残された年寄りや子供たちが負傷する場合が多いと言うと、それも沖縄の人々はよくわかると言った。

沖縄戦のとき、夫やむすこは軍といっしょに行動し、若い女性まで看護婦として動員され、家に残ったのは年老いた者と子供だけであり、そういった人々だけで米軍の銃弾をさけながら逃げねばならなかった。いまでも、その当時の地獄のようなできごとを忘れている人はいない。戦前の人はもちろん、戦後生まれた人々でも、廃墟となった沖縄の土地、現在も続く基地の恐怖という環境の中で生活し、戦争の悲劇を身にしみて感じるようになっている。

、ベトナム戦争がエスカレートして、もし第三次世界大戦になった場合、そのときは核戦争であり、一番先に攻撃を受けるのは沖縄であることを、理論でなく本能的に感じていた。それは犠牲の歴史を持つ沖縄の人の本能であった。それは私が東京で受けた感じとはずいぶん違っていた。東京の人たちは、私の話を本気になって聞いてはくれなかった。ベトナムで戦争が行われている、民衆が苦しんでいる。……それは知っているが、沖縄の人々のように、はだにしみこんだ知り方ではなかった。第二次世界大戦の悲劇は、日本の人の感情から遠く離れ、いまでは歴史の一ページにしかなっていないのではないかと思った。

夜の十二時から始まった戦闘は、午前四時を過ぎても、ちっとも衰えない。

解放軍がこの海兵隊襲撃の作戦をいつたてたのかわからない。第二海兵大隊がビンディン省の作戦を始めてから一カ月もの日を超えていた。その間に、どこの野営地で攻撃をかけようかと作戦を考えていたのかもしれないし、ヤーフーの部落をヘリコプターで襲われてから、作戦をたてたのかもしれなかった。

現在、攻撃を加えている解放軍の中には、あの首を切られた青年の仲間や肉親がいるかもしれない。圧迫された農民たちの怒りが一度に爆発したように、銃砲弾を撃ち込んできた。私は海兵隊をかこんでいる地形は見慣れていた。砂地にヤシの木があり、農家があった。解放軍は、畑の中にある石でつくられた墓のかげや、農家の高くなっている土間のかげ、また、夕方から交戦の始まる十二時までに掘った壕の中にはいって攻撃をかけているものと思われた。

農家の人々は攻撃の前に避難したものと思われたが、海兵隊の野営地のなかにも農民はいるはずであった。もし、その農民まで動けば、海兵隊も、解放軍の夜襲がわかってしまうからだ。野営地のなかの農民は、いまでは、解放軍の攻撃から身を守らなければならなかった。

午前五時、銃声のなかから、ニワトリが高らかに鳴く声を聞いて、ああ、助かった！ という気持ちになった。夜明けには襲撃は終わるはずだ。明るくなれば、ガンシップもスカイレーダー爆撃機もすぐ飛んできて空から攻撃を加えることができる。これは解放軍にとっては不利なので夜明けと共に撤退するはずだった。

ベトナムの夜明けはおそい。六時半を過ぎないと明るくはならない。引き揚げる前に、解放軍は総攻撃をかけるかもしれなかったが、これまでの追いつめられたような不安感はなかった。ニワトリの鳴き声を、これほど身にしみてありがたく感じたことはなかった。それは神の声のように聞こえた。おそらく兵士たちも同じに違いない。無線でわめき続けていたダーウイ・ハイの顔にも、ホッとした表情が浮かんだように思えた。

六時を過ぎると、銃声や砲弾の炸裂する音が弱くなってきたようだ。ダーウイ・ハイは七時に反撃を加えると言った。カーン少尉がはうようにして家の中へはいってきて、ダーウイ・ハイと何か言いあっていたが、彼の姿は砂にまみれていた。私のところにくると「たくさん負傷者が出ている。ヴィン軍曹は死んだ」と言った。ヴィン軍曹の死という言葉によって、私の周囲の様子がわかったような気がした。しかし、ヴィン軍曹自身については、そのときどう考えてよいのかわからなかった。

七時に第二中隊は反撃のために動き出した。私も外へ出て兵士のあとに続いた。海兵隊の壕に何人かが倒れていたが、どこにヴィン軍曹がいるのかわからない。ダーウイ・ハイはパンツ姿で上着だけを着て、カービン銃を撃ちながら低い姿勢で駆けた。兵士たちは銃を撃ち、喊声をあげながら走り出した。機関銃の弾が飛びかった。それでまた何人かの兵士が傷ついたようであった。

私は家の陰でそういった様子を撮影した。昨夜から約七時間も恐怖の時間を過ごし、私のカメラはやっと回り始めた。ヤン少尉が撃たれて、衛生兵が大きな包帯を肩にあてていた。近くへ行くと、私はだいじょうぶだが、危険だから君はここを動くなと言われた。解放軍は銃を撃ちながら撤退しているようで、銃声はだんだん弱くなり、八時になるとまったく聞こえなくなった。多数の解放軍の兵士たちが死んでいた。ほとんどが大砲の弾で受けた傷だった。タコツボの中で砂をかぶって死んでいたが、薬莢が朝日に輝いて一面に散り、機関銃がころがっていた。死体はあちこちにあった。

海兵隊の兵士たちは解放軍の武器を集め、傷のために動けなくなっている解放軍の兵士をあちこちから連れてきた。一カ所に集められた武器と連れてこられた解放軍の兵士を見て、ダーウイ・ハイは得意な様子だった。きのうまでそこにあった農家のほとんどが大砲や迫撃砲によってこわされ、壁は銃弾でハチの巣のようになっていた。そしてそこには、ヤーフーの部落で見た惨劇よりずっとひどい、民衆の悲劇があった。多数の民衆が傷つき、家族が泣き叫んでいる。いままでに見た、じっと耐えたように沈黙を守る段階を過ぎていた。

そういった光景のなかで目についたのは、傷ついた肉親を目の前にし、煙の出る家の前で泣きながら食事をしている姿だった。それは非常に本能的であり、悲劇的に見えた。サイゴンの軍人墓地で見たときもそうであったが、死んだ夫を土に埋めるのを泣いて見ていた若い妻が、泣きながら木の陰へ行って放尿した。そのときに私は彼女に人間的な親しみを覚え、彼女の悲しい気持ちをあらためて感じたのであった。

土の上にすわり、茶わんのメシにヌクマムをかけただけの食事をしている農民を見て、なんのためにこの人たちが、こんな目にあわなければならないのかと思うと、戦争に対する怒りをあらためて感じないではいられなかった。戦争によって生じる民衆の悲劇の上には、必ず、権力を行使することに異常な喜びを感じている種類の人間がいた。彼らは権力を行使して、うまくいかなくなると自分は責任からのがれ、第三者のような顔をするのだ。沖縄の人々は、こういった権力者のために、現在にいたってまで苦しまなければならなかった。

この青年たちが生まれた時、すでに戦争は始まっていた。一方は南ベトナム政府軍、一方は解放軍として傷つけ合わねばならない。メコンデルタ、1966年

戦う子供たち

半分に焼けたある農家の前には十二歳ぐらいの女の子の死体がゴザの上に寝かされてあり、もうひとつの農家では、こんどは、母親の死体の横に子供がいた。私はそうした場面を撮影すると、大隊本部のあるところまで行ってみた。本部の前には、解放軍の武器が山のように並べてあり、その種類も雑多であった。中国製、アメリカ製、ソ連製、チェコ製といった武器があり、なかには手製の手榴弾もあった。司令部の前には、エン中佐、タン少佐のほかに、第二軍団や第二十二師団の司令部から高級将校が集まってきていた。エン中佐は、海兵隊の歴史始まって以来の大勝利だと言った。それで軍団司令部の将校たちがヘリコプターできたのだ。たしかに、この作戦は解放側にとっては敗北といってもよかった。

捕獲された武器、次々と運んでこられる解放側の死体と政府軍の被害を比較してみると、解放軍の損害は大きかった。政府軍は戦闘が終わると、必ず捕獲した武器と解放軍の死体を並べ、それが勝利であったときは、サイゴンの記者団や軍のカメラマンを呼んだ。この戦闘の勝敗の分かれは、重火器の相違であった。最大火力八一ミリの迫撃砲しか持たない解放軍に対して、政府軍はボンソンの大砲陣地から解放軍の兵士たちの上に雨のような砲弾をあびせた。その上に、射撃がきわめて正確だったのが解放軍にとっては誤算であったといえた。

負傷して捕まえられた解放軍の兵士のなかには、まだ十三、四歳ぐらいの子供が何人かいた。私はこういった場面を何回か見た。捕虜のなかにいつも何人かの子供がいるのである。農村に残っていた子供が連れてこられたのでなく、この場合解放軍の攻撃に参加していたことはハッキリとわかっていたし、その後、私はいろいろな戦場でそういった立場におかれた少年を見た。

私は将校に、子供たちはどうして解放軍に参加しているのか聞いてみた。銃を持って戦う子供もいるし、弾丸運びをする子供もいるのだと答えた。なかには、兄や父の手伝いをする子供もあった。ベトコンは子供まで戦闘に連れてくるのだ、とその将校は軽蔑したような言い方をした。

捕まえられた解放軍の兵士たちは、周囲の海兵隊の兵士たちを黙ってみつめていた。子供が戦闘に参加したということは、彼らは解放区で生活し、政府軍、米軍の爆撃や攻撃を受け、政府軍や米軍に反感を持って生活しているうえに、肉親や周囲が政府軍と戦う仲間であり、また解放軍としても戦闘の体験を子供たちに与えておこうという意味もあって、連れてきたのではないかと想像された。

それにしても、身近で炸裂する砲弾の中で、仲間が傷つくのを見、自分も捕虜になり、どんな心境だろうか。戦争の悲劇はこんな形でも表現されるのかと、この子供たちに同情しないわけにはいかなかった。捕虜の中には何人かの北ベトナム兵が含まれているといわれ、海兵隊によって厳重な取り調べを受けているのだと海兵隊の将校が説明した。その後の戦闘には北ベトナム正規軍が参加したが、当時（一九六五年頃）はまだそういった段階でなく、義勇兵という形で参加しているのではないかと思われた。

道路では、戦闘で勇敢な戦いをしたということで、アドバイザーや将校のほか何人かの兵士が並んで、第二軍団の将軍と韓国の将軍から勲章をもらっていた。政府軍の勝った戦争として、韓国の将軍も呼んできたのであった。当時、韓国では戦闘部隊をまだベトナムへ送っていなかったが、その調査にきていた将校のようであった。ヤン少尉も名誉の負傷ともいうべきか、神妙な顔をして勲章を受けていた。勲章の授与は、泣き叫ぶ民衆の前で行われた。

私が第二中隊のところへもどると、負傷兵が傷の手当てを受けていた。ヴィン軍曹はと聞くと、一人の兵士が黙って指さした。そこに戦死した第二中隊の兵士が、頭からカッパに包まれ、名札をつけられて並んでいた。どれがヴィン軍曹かわからなかった。私はカーン少尉を捜しだして、ヴィン軍曹の顔が見たいと言うと、彼は死体の中から名札を見て捜して歩いた。私は、できることなら全員の顔が見たかった。戦死した解放軍の兵士に深く同情はしても、海兵隊の兵士も、一カ月間もいっしょに行動した仲間であった。名前はわからないが、彼らとはいろいろな思い出があった。その中のどの兵士が死んだのか知りたかった。しかし全部を確かめることは無理だ。

ヴィン軍曹は腹部に銃弾が当たっていた。出血多量だった。早く手当てをすれば助かったかもしれなかった。しかし八時間も続いた戦闘で、だれも気がつかないうちに死んでいったのに違いない。カーン少尉が気づいたのは六時半ごろだったが、そのときは死んでいたそうである。捕まえた農民を拷問し、指を切り、待ち伏せではナイフで農民を刺した男であったが、私は彼を憎む気持ちにはどうしてもなれなかった。とうとう死んでしまった。サイゴンに帰ったら、彼の妻と子供のお見舞いに行こうと思った。

私の持っていたフィルムは全部撮影済みになっていた。もっと残っていて、被害者としての民衆や海兵隊の様子を見たかったが、フィルムはないし、サイゴンではプロデューサーが私の帰りを待っていた。ダーウイ・ハイを見つけて「帰る」と言うと、彼は黙って手を出した。その手を握ると、彼の目には涙がたまっていた。

サイゴンへ帰る

長い従軍であった。私はいろいろなことを体験した。危険なことも何度かあった。おそらく私の人生でも、この一カ月は忘れることができないものになるだろうと思った。第二中隊の将校と兵士が私を送ってきた。司令部へ行くとエン中佐、タン少佐が、クイニョンへ帰るヘリコプターを手配してくれた。ヘリコプターの離陸する地点までには、海兵隊の負傷兵、死体、焼ける家と傷ついた民衆、道路に並べられた解放軍の兵士の死体があった。この悲劇はこれからも続き、きょうもどこかの場所で起こっているに違いないと思った。私は解放軍の捕虜といっしょにヘリコプターに乗った。

空から見ると、戦闘の行われたタムクァンの町と部落を一望に見わたすことができた。焼けただれた部落が見え、兵士たちの動きまわる姿がよくわかった。眼下の風景はみるみるうちに小さくなっていった。ヘリコプターに乗せられた捕虜は、トビラがあいたままのヘリコプターから落ちないように、お互いにささえ合っていた。彼らにとってヘリコプターに乗るのはもちろん初めてだろう。彼らは祖国を守るために戦ったのであったが、このような事態を予想もしなかったに違いない。流れていく外の風景を見る彼らの目には、不安の表情がありありと現れていた。彼らはどこに連れていかれるのかも、おそらく知らされていないだろう。そして、ヘリコプターのパイロット、機関銃手として近くにいるアメリカ人を目の前にしたのも初めてに違いない。クイニョンの空港に着くと、彼らは待ち構えていた政府軍に連れていかれた。

私はサイゴンへ行く輸送機をつかまえ、座席に腰をおろすと、いままでの疲れが一度にどっとおし寄せてきた。輸送機には兵士がつめ込まれていたが、それぞれの戦場から帰る兵士たちの顔にも、疲労の色がありありと浮かんでいる。民衆も、解放軍も、政府軍も、アメリカ軍も、戦い、疲れ、傷つき、倒れながら、それでもなお戦闘はますます激しくなっていくのだろう。

サイゴンに着いたときはもう暗くなりかけ、レ・ロイの通りにはネオンがともり始めていた。

それから二週間後、私の撮影したフィルムのうち、海兵隊兵士が、解放軍捕虜の首を切る場面が、日本で残酷すぎると問題になり、ベトナムで撮影した「ノンフィクション劇場」の番組が放送中止になったというニュースを、私は、中部での従軍からサイゴンへ帰ってきたときに友人から知らされた。友人の見せてくれた新聞には、当時の橋本登美三郎官房長官がテレビ局へ電話したという記事がのっていた。米国の支援する南ベトナム政府軍の戦争が暴露され、米国の政策に従属する日本政府としては、ベトナム戦争の実態を国民に知られたくなくて、放送を中止させた、私はそう思った。中止になるまでにはいろいろな曲折もあったろうと思われたが、沖縄全体に米軍基地があるように、日本が、まだ完全な独立国家となっていないことを知らされたように思った。私はその夜、非常にむなしい気持ちにおちいった。どんな理由を考え出しても、自分の心を慰めることはできなかった。

射殺した解放軍容疑者の肝臓を取り出し、何人かの兵士が銃剣でスライスし生のまま食べてしまった。1967年、メコンデルタ

ベトナムのアメリカ兵

一九六五年六月、グエン・ヴァン・チュー大統領、グエン・カオ・キ首相の軍人コンビが政権をにぎり、米兵も増加の一途をたどり、わずか半年のうちに十二万人もの増員。ベトナムの農村の破壊もひどくなった。

一九六六年にはいって、サイゴン政権がグエン・チャン・チ第一軍管区司令官を解任したことに対し、フエ、ダナンで仏教徒を中心として抗議行動が起こり、私もフエ、ダナンの間を何回か往復した。南ベトナム政権内部が揺れている時に、増強された米軍、北ベトナム正規軍の間の戦闘は激しくなるばかりだった。そして北爆も、もう〝報復〟ではなく、トンキン湾の空母からは連日のように爆撃機が発進していた。六六年四月にはB52も北爆に投入されている。北ベトナムのホー・チ・ミン主席は、激しい北爆の中で、米軍への徹底抗戦を南北の同胞に呼びかけた。

「戦争は、五年、十年、二十年、あるいはそれ以上長びくかもしれない。ハノイやハイフォンそしていくつかの都市や企業は破壊されるかもしれない。だが、ベトナム人民は決して恐れない。独立と自由ほど尊いものはない。勝利の日には人民はわが国土をもっといっぱいに、もっとうつくしく再現するだろう」

在ベトナム米援助軍司令官ウエストモーランド将軍は南ベトナムで「サーチ・アンド・ディストロイ（索敵撃滅）」作戦を続けた。しかし、米兵の増加と共に、死傷兵も続出した。

私も一九六六年から翌年にかけて十七度線周辺の海兵隊からメコンデルタの第九師団まで各地の米軍の作戦に従軍した。特にカンボジア国境に接したハウギア省（現在のタイニン省）クチのドンズーに司令部をおく米第二十五歩兵師団はサイゴンから近い農村地帯での作戦、ハワイの師団で日系人が多いなどの理由で、従軍の回数も多かった。もうひとつは中部戦線、アンケーに司令部のある第一騎兵師団で、解放軍の最も強力な中部、ビンディン、クアンガイ両省で、ヘリコプターを使った激しい作戦に従軍した。

最前線の兵士たちは若者ばかりだった。将校にとって戦争は良い機会で、この時に成績をあげて昇進しようと考えている兵士もいたようだが、徴兵されてきた一兵卒たちは、ケガをしないように、一年間のベトナム兵務期間を終えて、一日でも早く本国へ帰りたいと願っていた。それは当然のことで、アメリカから遠く離れたベトナムの山岳地帯や、デルタ地帯の泥の中での戦闘は彼らにとっては大変な苦労だった。DMZ（非武装地帯）の作戦で会った若い海兵隊員は、一度は志願をしたが今では故郷へ帰る日を夢見ていた。「俺は、アメリカへ帰ったら、ブリジット・バルドーに会って、あなたは処女ですかと質問をするんだ」と言って仲間を笑わせていたが、無事で帰ることができたかどうか。ベトナム戦争に参加したアメリカ兵士はグアム・フィリピン・タイ・日本・沖縄などの支援部隊、空母を含めた海軍などを含めると延べにして八百万人を超えると言われている。戦死者は五万七千六百九十人。行方不明二千五百人、負傷者三十万人以上（その後戦死約五万八千二百人、不明三千人となる）。

解放軍の攻撃を受け反撃を叫ぶ小隊長。1966年、タンニン省

ナパーム弾で炎上する農村。1966年、ビンディン省

一　第二十五歩兵師団従軍記

一九六七年九月二十八日午前五時、サイゴン市ダカオの下宿で目をさました。前日、ＭＡＣＶ（米南ベトナム援助軍司令部）の報道部から、午前七時までにタンソンニャット・ミリタリー・エアポートのＡ２に来るように言われていたからだ。

ベトナムの朝は早く動きはじめる。市民はオートバイの前に座席をつけた、シュクロ・バイと呼ばれるタクシーを利用して朝市に出かける。従軍する日の朝は、そのシュクロ・バイの音で目をさまし、時には、前夜飲みすぎたコニャック・ソーダのために重い頭をたたきながら軍服を身につける。荷物を持って下宿の玄関を出るまでは、いつも気が重い。今回の従軍も無事で終わって、再びこの家にもどってくることができるだろうかと考えるからだ。そういった状態で、もう三年以上も従軍を繰り返していた。正確にいえば、一九六四年八月八日にはじめて南ベトナムの土を踏んでから、三年一カ月と二十日になっていた。前夜そろえておいた荷物をもう一度調べる。

カメラバッグ　一個
ライカM2　二台
ズマリットF2.8　二八ミリ、ズミクロンF2　三五ミリの広角レンズ
ニコンF　二台
ニッコールF2.8　三五ミリ、ニッコールF2.5　一〇五ミリ、ニッコールF4　二〇〇ミリ
フィルム　トライX三十本、エクタクロームEX二十本
セコニックスタジオマスター露出計
リュック（南ベトナム政府軍使用のもの、背中に鉄の枠がついている）
水筒　二個（プラスチック製）
ポンチョ　二枚（米軍のカッパ、野営する時に一枚はテントにして、一枚は地面に敷く）
ライナー　一枚（軽量寝具で、野営の時くるまって眠る）
衣類　くつ下、替え用にシャツ、パンツ各一枚
洗面道具（カミソリ、石けん、歯ブラシ、練り歯磨）

薬　フロブキン（マラリアにかかっていたので、発熱予防の薬）、正露丸、にごった水を飲む時に使用する薬、蚊よけのため皮膚にぬる液体

食糧（現地で手に入れるので、肉の缶詰めを非常食に少量持つだけで沢山は持たない）

その他　英文和訳、和文英訳の一緒になった研究社発行の辞書、ベトナム全体の二百万分の一の地図、南ベトナム政府、米軍、日本大使館発行の記者証、それに東京から送ってもらったノーマン・メイラーの『裸者と死者』の文庫本

カメラはバッグに入れて肩にかけ、残りはリュックにつめ込む。

戦場取材に出かける朝

下宿は日本語の話せるベトナム人の家族の家であった。どんなに早い朝でも、玄関まで見送って「気をつけて」と言ってくれる。そのベトナム人家族のあたたかい心づかいが、おもい気持ちで従軍に出かける私の心を少しかるくしてくれた。

シュクロ・バイに乗ってまだ夜明け前の町を走ってミリタリー・エアポートの前に着いた。早朝サイゴン市内では中央市場と空軍基地の前がいちばんあわただしいところである。基地外に住む米兵や南ベトナム兵が、シュクロ・バイや日本製のオートバイでどんどん集まってくる。空軍基地の周辺は、とくに警戒が厳しい。M16ライフルを手にした政府軍の兵士がすごい顔をして目を光らせている。従軍の時はいつも基地の前にある屋台で、フォーとか、フーテェウと呼ばれるベトナムのウドンを食べることにしている。

ベトナムでは、朝食にウドン屋に集まってベトナム・ウドンを食べてから出勤していく人が多いが、基地の前にもいくつもの屋台があって労務者たちがかこんでいる。米の粉でつくった細いウドンで、ベトナム独特の薬草が入っているのが特徴になっている。私はベトナム料理が好きだがとくにこのウドンが好きだった。下宿を出る前の重かった気持ちも、ベトナム人と一緒に熱いウドンをすすっているうちに落ち着いてくるのだった。

基地の入り口で、南ベトナム政府発行の記者証を見せて基地内を走るランブレッタと呼ばれる小さなトラックのようなタクシーで、A2という地点に行く。狭いベトナムの中で空軍基地は驚くほど広大である。中部方面、南部デルタ地帯方面と目的の場所によって乗るところが違っているので、どこの受付に行って良いのか、はじめての人にはちょっとわかりにくい。私は、クチというサイゴンから西へ三十キロの地点に行くことになっているのでヘリポートへ行った。そこは、南ベトナム全土に網の目のように広がった基地へ行ったりもどったりするヘリコプターの飛びかう音で、耳が痛くなるようであった。

サイゴン近郊の戦闘で負傷した兵士が、次々と運ばれてきては車に移されて病院へ向かって行く。ヘリポートのオフィスに行くとすでにMACVから連絡が入っており、私の乗っていくヘリコプターを指定された。海兵隊基地のある中部地区のダナンとかカムラン湾とか遠い地域へ行く時は、C135といった大型輸送機を利用したが、サイゴンに比較的近いところでは、ヘリコプターを使用する場合が多かった。

私の乗ったヘリには四人の将校が同乗していた。腕を見ると、これから行こうとしている米第二十五歩兵師団のライトニングと呼ばれる、稲妻の光をかたどったマークをつけていた。ヘリはやがて飛び上がるとかなりの低空で目的地へ向かった。サイゴン市内から出ると、ヘリの両サイドにすわっているガンナーが機関銃に弾帯を通した。サイゴン市から一キロ離れたら、そこは安全地帯ではなくなっているのだ。

ヘリは一号道路に沿って飛び続けた。道路上は軍のトラックが列をなし、その間を市民のタクシーであるランブレッタが走っている。サイゴンから少し離れて農村に入ると、もうそこは危険地帯だったが、少なくとも昼間の一号道路のタイニン省までは政府軍によって確保されていた。それでも、毎日のように軍の車が狙撃されたり、地雷にはねとばされたりしていたし、夜は全く解放軍の支配下におかれていた。これはベトナム全土にわたって同様であるといえた。政府軍と米軍の確保している地域も、昼間は道路でつながっていても、夜になればそこは小さな点でしかなかった。

私の取材の目的は、米第二十五歩兵師団の〝ロング・レカナスン〟（遠距離偵察）と呼ばれる作戦の取材交渉と、最近緊迫を増してきたカンボジア国境近くの作戦に従軍することであった。

〝ロング・レカナスン〟と呼ばれる作戦は、六人一組で一チームを構成し、ヘリコプターで解放地区におろされ、あらかじめ地図で指定された地域を偵察する作戦であった。文字通り偵察ではあったが、それは単なる偵察だけではなく、一種の〝囮《おとり》作戦〟の内容を持っていた。

偵察隊が行動を起こしている間、司令部とは絶えず連絡をとり、部隊では中隊が待機して、偵察隊が解放軍と出合った場合、ただちにヘリコプターで応援にかけつけるという作戦である。それはヘリコプターという機動力を利用した作戦で、大砲陣地からの掩護《えんご》や空軍のガンシップと呼ばれる戦闘ヘリコプターも作戦に参加する。政府軍や米軍にとって〝敵の方から攻撃をかけられない限り、敵の存在場所がわからない〟というのがベトナム戦争の特徴で、このような囮作戦は各部隊でとられていた。

サージェントを指揮官にした偵察隊は、特殊な訓練を受けており、通信、衛生など隊員の一人がたおれても他の隊員がかわって任務を代行することが出来た。

相手から攻撃を受けた場合、地図によって相手の地点を読み、大砲陣地に伝えて掩護を受けるが、それは特殊な技術で、偵察隊員は、その技術を全員が習得していなければならなかった。私は、それまでベトナム戦争で行われている、かなり多くのタイプの作戦に従軍していたが、〝ロング・レカナスン〟にはまだ従軍していなかった。ベトナムの戦争は複雑な形で行われており、力と力がぶつかって勝負を決めた太平洋戦争とは戦争の形態において大いに異なっていた。私はできるだけ多くの作戦に従軍し、ベトナム戦争というものを写真記録におさめたいと考えていた。私たちを乗せたヘリコプターはクチの師団司令部に近づいた。緑色の平地の一端がめくれたように赤い地肌が見え、基地が広がっていた。

基地〝リトル・アメリカ〟

ベトナムを上空から見ると、どこで戦争が行われているのか、全くわからない。南部デルタ地帯であれば、メコン川がゆったりと流れ、中部山岳地帯であれば、深い森林地帯がカンボジア、ラオスまで広がっている。本当にこの国に戦争があるのだろうかと不思議に思えるほど、ベトナムの自然が大きく見える。ただ、その中にある基地だけが、何か自然の条理を破壊するかのような異様な光景で存在する。

基地の周囲は鉄条網でかこまれ、一定の間隔をおいて櫓《やぐら》が立っている。鉄条網の外側に沿って地雷原があり、櫓の上には機銃が冷たくすわっていた。

基地内のヘリポートにおりると、そこにはPIO（Public Information Office）の情報将校がジープで私を待っていた。第二十五歩兵師団にはすでに何回か取材に来ており、PIOには顔見知りの兵士が多かった。師団司令部の横に木造のオフィスがある。師団が最初にベトナムへ来た一九六六年の十月ごろは、すべての建物がテントであったが、現在ではその多くが木造に変わっている。兵士のベトナムでの勤務は一年だが、師団が引き揚げない限り、基地は存在する。彼らはそこでできるだけ、生活しやすい環境をつくろうと努力し、基地の中にクーラーや、電気冷蔵庫、アイスクリーム製造機などを持ち込んでいた。野菜も肉もビールもすべて本国から運んで生活する彼らの基地を、私はリトル・アメリカだと思っていた。

PIOのノートに私は名前を書き込むと、情報部長のK少佐にさっそく取材目的を話して交渉をした。どこの師団へ行っても、少佐をチーフにして、その下に二、三人の将校が補佐し他に四、五人の一般兵士がいる。彼らの仕事は、師団新聞を発行し、部隊のPR資料の整理と保存、それに報道関係者が来ると、取材の手はずをとることだった。K少佐は「サイゴン周辺、カンボジア国境などの従軍は全く問題ない、しかし、〝ロング・レカナスン〟に関しては、現在まで従軍の例がないし、G2（作戦参謀部）とも相談しなくてはならない」と言って、G2へ交渉に行った。

米軍のジャーナリストに対する協力のしかたは日本人の想像外にある。彼らは可能である限り、記者の出身国を問わず、いっさい差別なしに協力する。この点、サイゴンの日本大使館がフリーランスには冷たい態度で中央紙中心に考え、雑誌関係、地方紙に差別の色を見せる態度とは姿勢の上で根本的な相違があった。

私としてはアメリカのベトナムにおける政策、行為のすべてを否定している。米軍の派兵はベトナムに対する重大な内政干渉であり、米兵の行動は虐殺と破壊であると思っている。それはベトナムに平和をもたらすものでなく、ベトナムの平和を破壊するもの以外の何ものでもない。しかし、ベトナム取材で米軍が私の取材活動に示した行為に、私は、アメリカ民主主義の存在をまだ信じることができた。南部デルタ地帯で、米軍のヘリコプターが民衆のいる村に銃撃を加え、婦女子や老人など非戦闘員の多数を射殺、また傷つけた事件があったが、その現場を見せろという私たちの要求にも、ヘリコプターを用意し、第四軍管区の米情報部長自ら危険な部落へ私たちを案内したことがあったが、そういった経験はベトナム取材中に何度もしている。私はベトナム滞在中、撮影したフィルムのチェックを受けた経験は一度もない。しかし、戦争である以上、当然、作戦の内部に深くたちいることは許されない場合もあった。

K少佐がG2から帰ってくると、〝ロング・レカナスン〟の従軍は他の兵士の人命にも影響するのでむずかしい。もし、どうしても、従軍したいというのであれば、M16ライフルを持っていってもらわなければならない、と言った。そこで、私は即座に従軍を中止した。私は絶対に武器を持たないことを心に決めていたからだ。外国人の記者で、従軍中に武器を持っている人は意外と多い。目の前に武器を持った相手がせまった場合、軍服を着ている記者が相手から区別出来るはずもない。まして記者が外人であれば、兵士と全く同じように見えるので、身を守るために武器を持つという彼らの行為がわからない訳ではなかった。しかし、私は日本人であり、自分の意志で取材に来ているのであり、どんな場合にでも、武器を持って相手を傷つける権利は何もなかった。それに、危険がせまった場合、拳銃やライフルが戦争にしろうとの私に役に立つとは思えなかったし、捕虜にでもなったら武器を持っているというだけで殺されようとしても弁解の余地はなくなるだろう。その日は基地内に泊まり翌朝、近くの〝ホーボー・ウッド〟と師団によって名付けられている、森林地帯で〝サーチ・アンド・ディストロイ〟の作戦をしている部隊に従軍することになった。

私たちは昼食をとりに食堂へ行った。米軍の食事はA、B、Cの三段階のレイションの軍用食になっている。Aレイションは基地内の食堂であたたかく料理されたものである。主として肉が中心だが、野菜サラダやスープもある。基地内ではパンも焼け、アイスクリームもつくられる。将校は別料金を払って食べるが、一般兵士は国からの無料支給である。将校、下士官、一兵卒、と食堂は別別になっている。ジャーナリストは少佐待遇になっているので、当然料金を支払って食べることになる。

Bレイションは、基地内であたためた食糧を細長い容器につめ、前線の兵士に運ばれる。これは可能な限り実行される。野営している兵士の昼と夜はこのBレイションで、ヘリコプターで運ばれてきた容器の前に並んで順番を待っている風景がよく見られる。時には氷の入った容器にコカコーラやセブンアップも運ばれてくることがある。

Cレイションは携帯用の野戦食で、一つの箱に肉、パン、ケーキ、缶詰めが入っており、煙草三本の入った小さな箱、チリ紙、ガム、コーヒー、砂糖、塩、クリームのパウダーなどが入っている。兵士はこれを、靴下に入れて背中からブラさげて従軍する。

私は昼食をすませると記者用のテントに行って昼寝をすることにした。ベトナムにはシアスタといって十二時から三時まで昼寝の時間があるが、私も三年間のベトナムの生活で、その習慣がついていた。シアスタは前日飲みすぎて、翌朝早く起きねばならない時などは、全くありがたい制度で、日本でもなんとかこの〝良い制度〟をとり入れて欲しいと思う時がたびたびある。

夕方、大砲の音で目がさめる。カンボジアとの国境に近い第二十五歩兵師団には、カンボジア国境が近いため遠距離のきく一七五ミリ、二〇〇ミリの大口径の大砲があり、その発射音はかなり離れていても地響きをともなってくる。戦場にいると大砲の音は耳に慣れて、それがないとかえって不気味にさえ感じる。

夜、ＰＩＯのＡ中尉とバーへ行く。一つの師団基地の中にバーは無数にある。おそらく百は軽くオーバーするのではないだろうか。もちろん女性はいないが、アルバイトの兵士がサービスをしており、ウイスキーは高級なものが日本から考えればただ同然に飲むことが出来る。米兵がベトナムで戦争を続けていくためには、バーは絶対必要なものであった。彼らはリトル・アメリカでしか生活出来ないからだ。テントに専用の冷蔵庫を持ち、ＰＸで買った日本製のステレオを置いてある兵士も少なくない。最前線に可能な限りあたたかい食糧や冷たい清涼飲料水が運ばれてくるのもサービスではなく当然、彼らには必要なことなのである。

兵士には一年のベトナムの勤務で二回の休暇があり、シンガポール、タイ、香港、日本、沖縄へ遊びに行く。私はベトナムにいる間に、日本では飲んだことのない変わった酒の味をいくらか覚えたが、スカッチ・ミルクといってウイスキーをミルク割りにして飲む人がいることもはじめて知った。米兵たちの会話の内容は、休暇、女性、本国の家族のことと大体決まっていた。

砲弾飛びかう最前線

翌朝、クチから西北約十キロにあるホーボー・ウッドで作戦をしている、第十四歩兵連隊第二大隊チャーリー中隊に従軍するために、兵員を補充するヘリコプターに乗って現地へ向かった。しばらくすると眼下に森林地帯が広がっていた。そこはすでに解放区であり、機関銃の引き金に指をかけるガンナーの顔にも緊張の色が見える。私が従軍でいちばん危険を感じるのはヘリコプターで移動する時だった。とくに、何十台も列をつらねてランディング・ゾーンに兵を運ぶ時よりも、単独で行動するヘリに乗る時に恐怖を覚えた。

森林の中から銃弾を受ければ、ヘリの両サイドにいるガンナーは気休めにもならないほど、あてに出来ないものであることは、これまでの経験でわかっていた。地上からの銃撃に対して、ヘリは驚くほど弱く、それまでに撃墜されたヘリを何度も見ていた。ヘリコプターは米軍と政府軍にあり、解放軍にはなかったが、上空が安全でないという点では、制空権はむしろ解放軍にあるようなものだった。

私の乗ったヘリの進む方向には平野が広がり、カンボジアがすぐ近くに見える。森林からは銃声もなく不気味なほど静まりかえっている。紫の煙があがっている地点にヘリは近づいていた。小さなテントがまばらに見え、その前には小さなバンカー（タコ壺）があり、発煙筒が横にころがっている。私はヘリからおりると中隊長を捜した。彼はテントのわきで上半身はだかになり、地図を片手に無線の受話器を耳にしていた、黒人であった。ベトナムで従軍中、多くの黒人兵と行動をとも

ヘリコプターで戦場を移動する。眼下にはクアンナム省の農村と田畑が見える。1966年

ラオス国境の作戦で、空中に浮いているヘリから飛び降りる第四師団の兵士。一九六六年、プレイク省

危険の多い前線の部隊には黒人兵が多かった。1966年、ビンディン省

にしたが、戦場の指揮官にあったのははじめてであった。アメリカにこんなに黒人が多いのかと思うほど、前線の部隊には黒人兵がいた。しかし、その中で将校にあったのはごくわずかである。

黒人は最前線に出されるのでないかという質問を受けることがある。私は黒人であるがために前線へ出されるというよりも、教育の問題ではないだろうかと考えた。たとえば、一個師団に一万二千の兵士がいてもライフルを手にして前線で撃ち合う歩兵部隊は全体の三分の二ぐらいで、基地内の補給、通信、病院、食堂などあらゆる後方部隊としての事務、雑用などの仕事があり、事務能力などの点で劣ると見られた黒人兵が前線に多く集まるのではないかと考えられた。そこに貧困のために教育を受ける機会の少ないアメリカ本国での黒人の立場を見せつけられる思いだった。

P大尉は無線連絡が終わると握手を求め「よく私たちの部隊に来てくれた。君の来るのは大隊司令部からの連絡で知っていた。取材の終わるまでいつまでもいて下さい」と言った。そして地図を出して情勢を説明してくれる。チャーリー・カンパニーの任務は、ホーボー・ウッドにある解放軍の拠点を捜し出して、破壊することであった。その地点は、ちょうど師団司令部を解放軍が一二一ミリの大口径迫撃砲で攻撃できる限界の距離にあった。

第二十五歩兵師団が、ベトナムへ来てすでに二年を過ぎているのにもかかわらず、基地より十数キロの地点が一個師団をもっても制圧できないというところがベトナム戦争であり、十数キロどころか夜になれば百メートル先は解放軍の支配下にあるといえた。C中隊は、すでに二週間、ホーボー・ウッドでサーチ・アンド・ディストロイ作戦を続行していたが、その間に二十七人もの兵士を失っていた。解放軍は森林の中を掃討する米兵を待ち伏せ、夜になると連日のように迫撃砲を野営地の中に撃ち込んできた。一個中隊は百六十人ほどであったが、約五分の一を二週間で失ったことになる。その補充は二十人で、正規の中隊の人数がそろっていないし、新兵は戦争になれていないので作戦は予定通り進んでいないと言った。

MACVの発表によると、一九六七年九月五日の時点で米兵の死傷者は十万人を超えていた。P大尉は、昨夜は十二発の八一ミリ迫撃砲で攻撃され、一人が死んで二人が負傷したと言って私を迫撃砲弾のおちた地点へ連れていった。銃の手入れをしている兵士たちの塹壕の横で、土をめくるようにして砲弾は爆発し、そのうちの一発は塹壕に命中していた。

「二年間、われわれの師団はこの十一キロ四方の森に、常時一個大隊がクギづけにされている。その間には、何百という兵士の血が流れている。これからも、どれだけの兵士がたおれていくかわからない。今後、いくら戦い続けても、ベトコンをこの森から追い出すという確信はないからだ。現在でもここから数十メートルも離れていないところから、彼らがわれわれのようすをうかがっていることを知っている」とP大尉は言う。

それはホーボー・ウッドに限らず、ベトナムの戦争全体が同じような状況であった。ホーボー・ウッドは十数キロ四方であっても、それに続いて何十キロという樹海がカンボジア国境へ向かって

十三日間で米軍の死者二百八十九名を出したダクトーの戦闘。激戦後の八七五高地。一九六七年、コントゥム省

広がっていた。

肌をこがすような強烈な太陽の下で、兵士たちのほとんどが上半身はだかになり、ある兵士は銃を磨き、ある兵士は手紙を書き、ある兵士はひげをそっていた。私はそういった状況を何枚かシャッターを押した。二、三日その地区を拠点にして作戦をするというので、P大尉のテントから少し離れたところに、テントを張ることにする。近くの兵士からシャベルを借り横になって身体がかくれるほどの穴を掘り、近くにあるY字形の枝を二本切り取り、それを二メートルぐらいの間隔に地面へ突きさして、太い棒をかけ、その上にポンチョをのせ、ひものついた四方を引っ張って小枝で固定してテントをつくる。その周辺に細い溝をつくって雨が降っても水が入らないようにした。こうした作業は従軍取材の基本で、穴を掘ることは夜襲から自らを守ることであり、テントを張ることは夜露や雨を防ぐことになる。そういっためんどうなことをしたくなければ、地面の上にゴロ寝をしても誰も文句をいわないが、「俺の塹壕やテントの中に入れ」と誘う兵士もいない。戦場では、自分の身は自分で守らねばならず、人の好意にたよることはいっさい許されなかった。

ベトナムでは、直射日光にあたると非常に暑いが木陰に入るとかなりすずしい。私は翌日の作戦を待ち、テントの中に入って、持ってきた本を広げた。「なぜベトナムで従軍するのか」と聞かれることがある。それには一言では答えられないが、戦場には非常に静かな時間があり、ゆっくりと本を読むことができるということも従軍する理由の一つにあげることができると思う。都会にいると、何かに追われるように自分の時間を持つことができなくて、結局、むだな一日を過ごしてしまうことが多かったが、ベトナムにいる時は一日が充実しているように思えた。

恐怖の夜襲攻撃

夕方になると、Bレイションが運ばれてきて兵士たちは、それぞれ、紙の皿に食糧を受けると、各自の持ち場に帰ってプラスチックのフォークを動かしている。野営地の中心に八一ミリの迫撃砲があり、タコ壺を掘って機銃座をつくったり、ライフルをおいたりして夜襲に備えて四方を固めていた。夕方になると、アンブッシュ（待ち伏せ）に出る兵士たちが準備をしはじめた。解放軍の夜襲に備えて、忍び寄ってくる解放軍を逆に野営地の外で待ち伏せしようとする作戦で、その作戦はどの部隊でも行われていた。

七人一組になり、夜を徹して闇の中で息をひそめて相手の動きを待っている。顔に黒泥をぬりつけて闇の中でも顔が光らないようにして、ちょうど忍者のようであった。スターライトという闇の中でも見える兵器を持っていた。私は以前に第一騎兵師団で一度この作戦に従軍したことがある。

待ち伏せが事前に発覚して、逆に攻撃され、全滅したという例を何度も聞いていたが、その時の恐怖は言葉ではちょっと表現できない。まして、写真を撮ることができないのでかえって怖い。それは、二度と体験したいと思うものではなかったが、兵士たちは交代で毎夜、それを繰り返しているのだった。待ち伏せ組が出ていってしまうとまた静かになった。ベトナムでは、陽が落ちると急に冷えてくる。暗くなると何もすることがないので、テントの中で横になった。各種の虫の音が混合して聞こえてくる。

リュックを枕にして横になるが、なかなか眠ることができない。他の陣地で戦闘が起こっているのか、砲声と銃声の絶え間がない。時々ホーボー・ウッドの上に照明弾があがり周辺が明るくなる。兵士たちと私との間に、戦場において心構えの上でどれだけ相違があるのかわからないが、私は絶えず近くに着弾する砲弾の音で目をさまし、寒さに身をふるわせる。中隊長のテントからは無線の話し声が低く伝わってくる。

うとうととしていると、突然近くで爆発音がひびいた。「モーター（迫撃砲）だ」というどなり声に、横向けになっていた身体を伏せる。時計を見ると二時二十分をさしている。続いて銃声が聞こえ、今度は十メートルほど離れたところに迫撃砲弾が落ちた。通信兵とP大尉の声が大きくなる。続けざまに落ちてきた迫撃砲弾で、誰かが負傷したようだ。悲鳴にも似た叫び声が聞こえる。兵士たちの声がだんだん多くなる。私は口の中がカラカラにかわく。カメラバッグを頭の上にのせて地

アメリカ兵にとってベトナム戦争はナショナリズムのない戦争だった。第四師団。一九六六年、プレイク省

面にすいつくようにうつ伏せのままでいる。こういう状況の時、いつも、この作戦に従軍したことが間違っていたのではないかという後悔の念が起こる。そして、どうぞ弾が当たらないようにという祈るような心境になるのだ。実際に銃弾が飛んでくると自分だけは大丈夫という気持ちには絶対なれない。むしろ、人に当たらなくても自分に当たるのではないかという不安に襲われるものだ。

やがて、シュルシュルと砲弾がうなりをあげて、野営地の周辺に落ちはじめた。近くの米軍大砲陣地からとんできたものだった。それがしばらく続けられると解放軍の迫撃砲の砲撃も終わった。続いてガンシップ（武装ヘリコプター）が二機飛んできて森の中へ機銃掃射を加えた。曳光弾《えいこうだん》が地上へすい込まれるように流れていくのが見えた。その間に他のヘリコプターがおりてきて、三人の負傷兵を乗せてガンシップと一緒に飛び去った。一人は重傷で非常に危険な状態にあるということだった。その間、約一時間ぐらいだった。われわれは、メディバック（Medical Evacuation）と呼んでいたが、米軍の負傷者の救出作業は、どの作戦でも可能な限り迅速に行われていた。

掃討作戦の取材

夜が明けると、野営地の中を歩いてみた。ポンチョに身体をくるませて泥のように眠っている兵士。空き缶にコーヒーをわかしている兵士などの姿があった。野営地のはじの方に、血まみれのポンチョがそのままになり、背嚢《はいのう》にも血が飛び散ってまだかわかないまま転がっていた。迫撃砲の攻撃で負傷した兵士のものだった。

八時を過ぎると、兵士たちはレイションを食べはじめ、それが終わると、防弾チョッキをつけ小隊別に集まった。P大尉の注意を受けると、二個小隊が残り、AとBの二個小隊が周辺を掃討するために、ライフル小隊が先になり、細い道を通って森林の方向へ動きはじめた。私もリュックを野営地におき、水筒とカメラバッグだけを持って兵士の後ろについていった。

兵士たちは、上半身はだかの上に防弾チョッキをつけ、手にはM16ライフル、M50マシンガン、M47グリネード・ランチャー、六〇ミリ迫撃砲を手にしていた。十分ほど歩くと、迫撃砲を持った兵士が筒を手でささえたまま、他の兵士が弾を入れて、撃ちはじめた。平常、迫撃砲を撃つ時は、砲底と砲身を固定させ、磁石と地図で目標を定めてから撃つもので、あまりにも無造作に撃つので練習かと思った。砲弾は五十メートルほど離れたところで爆発した。しかし、練習でないことはすぐわかった。道からはずれて、森林地帯に入っていくと、いきなり激しい銃声がひびいて、不気味な音をたてて弾が飛んできた。

私たちは地面の上に平グモのようにひれ伏した。細い木が立ち並び、三メートル先は見えない。

戦場には驚くほど静かな時がある。第25歩兵師団。1966年、タイニン省

地上には弾をよけるようなものは何もなかった。私は、またカメラバッグを弾の飛んでくる方向へ向けて、そのかげに頭をおいた。前方一メートルほどのところにP大尉が無線を右手に持って伏せたまま連絡をとっている。無線は各小隊と大隊司令部に連絡がとれるようになっている。私の近くには五人の兵士がいたが、彼らは足を中心にして四方に頭を向けて伏せたまま銃を構えていた。銃弾が飛んでくるのは私の頭の方面で大体東の方向からだと思われたが、四方に銃を構えていることで相手が非常に接近していること、私たちがいちばん先頭にいることがわかった。

右手の方でとくに激しい銃声が聞こえたが、それはA小隊の方から撃ち返す機関銃の音のようだった。解放軍や北ベトナム軍のAK47だと音ですぐわかるのだが、接近するとどちら側で撃っているのかわからなくなる。右方向から「左二メートルにベトコン、手榴弾を投げろ」といった米兵のどなり声が聞こえた。銃声にまざって爆発音が聞こえたが、それがどちらで投げたものか、手榴弾かグリネード・ランチャーの音なのかわからなかった。

私たちの四メートルほど先のところで、爆発音が聞こえ木の枝と葉が散るのが見えた。ベトコンだと横の兵士が言った。それが手榴弾であれば、解放軍は私たちから十メートルの範囲におり、グリネード・ランチャーであれば三十メートルぐらい離れていると思った。やはり、爆発の規模から、それは手榴弾だと確信した。シュッ、シュッと鋭く空気を切る音をたて、銃弾が飛んできては木の枝を折った。

それまでの従軍で戦闘は何回も経験したが、相手の手榴弾が身近に飛んでくるほど、接近戦になったのは、はじめてであった。また、夜襲の時のように後悔の念にとらわれた。もし、この場を無事で過ごすことができたら、どんなに幸福だろうと思った。頭にガツンと銃弾が当たって、そのまま意識を失うことができたら、どんなに幸福だろうと思った。頭にガツンと銃弾が当たって、そのまま意識を失うことが想像された。それまでの経験で、そういった時、不思議と足や腕を負傷するというような考えは浮かばない。助かるか、死ぬかという想像ばかりだった。

一〇五ミリの望遠のついたカメラをとりあげ、無線の受話器を握っているP大尉の表情を二枚撮影する。一センチ、頭を上にあげることは十キロの鉛を持ち上げるほどの苦痛を感じる。足を中心に円陣を描いている状況を撮影したかったが、そのためには立ち上がらねばならず、私にはそれができなかった。

P大尉は撤退を命じたようだ。右手から銃声が一段と激しくなってくると、銃を腰だめにして続けざまに発射しながら、兵士があとずさりして撤退をはじめた。P大尉が私たちのところにはうようにして来ると、兵士たちも立ち上がって銃を発射しながら撤退をはじめた。

右手にいる兵士が、血だらけになった兵士を肩にかついでいた。身体はまだやわらかく、兵士の肩の上でブラブラとゆれていた。胸の方から流れる血からは湯気がたっているように感じられた。そのうしろから、若い兵士が泣きながらついてきた。恐怖のためか、友人の死のためか、それはわからなかった。もとの小道に着かないうちに、クチの基地から飛んできた砲弾の風を切る音が聞こ

銃弾が飛びかい手榴弾が爆発する。地に伏し、ふるえながらシャッターを押した。第25師団。1967年、タイニン省

え、われわれのいた地点の近くでたて続けに爆発した。

十分ほど、砲撃が続いたあと、兵士たちは、再び戦闘のあったもとの地点へもどりはじめた。最初に攻撃を受け、地に伏せた地点の十メートルほど先に、小さなバンカー（タコ壺）が四つ並んでいる。その一つは血まみれになっていた。解放軍はそこで待ち伏せをして、A、B小隊を攻撃したのだった。米軍の撃った銃弾か砲弾で解放軍の兵士が戦死したか、負傷したようだ。流血の跡だけを残して、姿はなかった。バンカーはかなり前につくられたようで上部をおおった木も土も古かった。少し先へ行くと、横を歩いていた兵士が、突然私の腕を押さえて「マイン（地雷）」と叫び、私の足元を指さした。そこには落ち葉にかくれて、親指大の突起が出ていた。それは非常にわかりにくく、かなり注意深く歩いても私には発見できないだろうと思われた。従軍でいちばん恐ろしいのは、山岳地帯を単独で移動するヘリコプターに乗る時、軍のジープに乗って護衛もなく道路を走る時、それに地雷だ。とくにホーボー・ウッドのように地面が平坦な森林地帯を歩く時、地雷の恐怖におびえる。

そこをよけて五、六歩行くと今度は「ブービー・トラップ（罠）」と言ってまた兵士が前方を指さした。それは木の間に糸が張ってあり、糸をたどってみると手榴弾が木にしばりつけてあった。地雷原と罠で、解放軍の拠点が非常に近づいたことが、これまでの経験から感じられた。再び激しい銃声とともに銃弾が飛んできた。兵士たちはいっせいに地に伏せ、今度は円陣ではなくみんな前方に頭を向けていた。

私は、右手の方にちょっと土が盛り上がっているようなところが目に入ったので、地雷に注意をしながら四メートルほどはって行った。頭より高い遮蔽物《しゃへいぶつ》があるのと何もないのとでは安心感が全く違う。銃弾だけなら、前方からくる限りよけることができるからだ。はじめの攻撃と同じ状態がしばらく続いた。銃声がやむと、兵士たちは今度は退却をしないで前方へ進んだ。十五メートルぐらいのところに十畳ぐらいの面積を約一メートル掘ってあり、その上に太い丸太を敷いてさらに土をのせた塹壕があった。かなりの血が塹壕の外と中に流れている。塹壕の隅の方に洞穴があり、一人が、そこへ手榴弾を投げ込み、他の兵士が機関銃弾を撃ち込んだ。

塹壕の周辺には、鶏小屋のようなものがあった。竹を組んでつくったテーブルと椅子もあった。「ベトコン大隊の司令部だ」とP大尉が言った。大隊司令部という点には疑問を感じたが、私がそれまでに見た解放軍の拠点では大きい方だった。中部の山岳地帯や南部デルタの湿地帯の中にある森の中でも、何度か同じようなものを見た。南部デルタのウーミンの森では解放軍の印刷所と兵器庫を見たことがあったが、そこは大隊司令部といっても不思議のないところで、たくみに樹木でカバーされていた。

米兵たちは食糧の入った倉庫を見つけると、中に入っていた米や塩を地面へばらまいていた。解放軍は洞穴へ撤退したようで、血が穴の奥まで続いていた。米兵たちは塹壕に大量のTNT爆薬を

カンボジア国境周辺の作戦に出発する第25師団の兵士たち。写真に見えるだけでも約50機のヘリがある。1機に7名の兵士が乗る。1967年、タイニン省

セットし、それに導火線をつけると撤退をはじめた。壍壕を再び使用できないように爆破するのだと言った。長い導火線をひいてもとの岐路までもどると、兵士の一人がスイッチをいれた。誰もが轟音とともに壍壕が吹き飛ぶようすを想像した。私も耳を指で押さえた。しかし、森の中は全く静かだった。P大尉が「どうしたのだ」と言った。

兵士は続けてスイッチを押したが、いぜんとして何も起こらない。首をかしげた兵士は導火線を引っ張るとずるずるとそれはたぐり寄せられてきた。米兵が退却した後、ほら穴から出てきた解放軍兵士によって切断されたのだ。P大尉は首を振りながら、小隊に作戦を中止して野営地へもどるように命令した。今度の攻撃でも、また負傷兵が出ていた。本当にとぼとぼといった格好で細い道を兵士たちはもどっていった。

爆発をしなかったあのTNT爆薬は、解放軍によって利用されるに違いない。二回の戦闘で米兵は四人が戦死、九人が負傷していた。その中には地雷にふれた兵士も含まれていた。前日と朝の迫撃砲攻撃を加えると死傷者は二十人に達していた。私は見なかったが、他の小隊が二人の解放軍の死体を確認したとP大尉は言った。一人は女の兵士だと言っていた。C中隊の戦果の報告は、解放軍司令部破壊も含めて、かなり大きなものになるだろうと思った。野営地へもどると死体と負傷兵を運ぶヘリコプターが来たので、私はそれで師団司令部まで帰ることにした。

P大尉は「グッド・ストーリーができただろう」と言って私の手を握り「グッド・ラック」と言

った。ヘリが高くなるにつれて、眼下にあるテントの散らばった野営地は、いかにも頼りなく見えた。彼らは今夜も迫撃砲におびえ、明日はまた、あの森の中で作戦を続けるのだろう。兵士たちは一年間のベトナム勤務が終わらない限り、そして死傷しない限り、あの戦場から逃れることはできない。

その夕方、サイゴンへ帰った。空から見る森林が地上での激しい闘争をおおいかくすように静まりかえっている。宝石をばらまいたように、電気の明かりでかがやいているサイゴン市内も、また、醜い戦争をおし隠すようによそゆきの顔をして見せていた。

二　ベトナム軍の中の孤独な米兵

泥沼のように続いていたベトナム戦争に対して、戦場のアメリカ兵はいろいろ疑問を持っていた

照りつける太陽、草の香りがする。時々さわやかな風が吹いてくる。
戦場で兵士たちが故郷を想うのはこんな時だ。1966年、タイニン省

が、中でも特にそれを強く感じていたのは、いつもベトナム軍といっしょに行動しているアメリカのアドバイザー（軍事顧問）たちだった。

アドバイザーはベトナム軍が作戦を起こす場合、兵士の輸送、弾薬の補給、空からの爆撃、またはガンシップ（戦闘用ヘリコプター）や機銃掃射などの手配をするのがおもな仕事だった。アドバイザーにも多数のセクションがあり、司令部のG1、G2、G3などの記号によって分かれていて、情報収集、宣撫《せんぶ》工作、作戦、補給などの仕事をしている将校や、小さいとりでを守るベトナム兵といっしょにいる将校、海兵隊、空挺部隊、特殊部隊などの戦闘部隊と行動を共にしている将校たちがいる。

サイゴンのベトナム軍総司令部や、北部、中部、サイゴン周辺、南部と四つに分かれている軍管区の司令部、また各省の司令部にもというように、多数のアドバイザーたちが駐在している。

ダナンやサイゴンの司令部には数十名、時には百名を超えるアドバイザーたちが集まり、眠るのも、食事も、飲むのも、彼らだけが集まって生活するようになっており、ベトナムの中に小さなアメリカ村をつくっている。五十万人以上に増加した米軍の戦闘部隊も同様で、各地の巨大な基地の中で、小さなアメリカをつくって生活している。そこには食堂があり、PXやバーがあり、映画は毎晩違うものを上映している。

しかしベトナム軍の戦闘部隊と行動をともにしているアドバイザーたちは、戦場に出たときは、ベトナム兵といっしょに食事をして、山の中や、水田や畑で眠らなければならない。普通は一個大隊に二人から三人のアドバイザーがいる。少佐が一人、大尉が二人の場合もあるし、大尉二人だけの場合もある。これはそれぞれ部隊によって違うし、作戦の性質によっても人数が異なる。

戦場のアドバイザーで一番多いのは大尉である。軍隊での経験、年齢、階級などの点から、第一線に出て一番仕事のできるのが大尉なのだ。だからアメリカ軍が戦闘部隊を送るまでは、アドバイザーとして前線に出ている大尉の死亡が圧倒的に多く、ベトナムの戦場は「大尉の墓場」と言われていた。

一年交代で先任者と代わってベトナムに着いたばかりのアドバイザーたちは、いきなり戦場へ送り込まれて、ベトナム兵のなかで生活しなければならなかった。ベトナム兵の将校以外は英語が通じるものはなく、食事もベトナム兵と同じものを食い、彼らだけ米軍のレイションを食うということは決してしなかった。

それは、ベトナム兵はなかなかアドバイザーたちとうちとけようとはしなかったし、自分だけがレイションを食べていれば、ますますベトナム兵との気持ちは離れていくばかりになると考えたからである。

アドバイザーは、ベトナム兵と親しくなるよう全力をあげ、ベトナム軍の作戦に協力をするように強く上部から言われている。ベトナム兵の食うボロボロの米、ヌクマムと呼ばれる魚でつくった、

各地の戦場で祈りが行われた。兵士の誰もが無事に帰国できるよう祈ったことだろう。海兵師団。1966年、クアンチ省

CHAPEL GEA

においの強いしょうゆを入れた料理、それらに慣れることは容易ではなかったし、最後までなじむことができずに、苦しい思いをして食べなければならないアドバイザーもいた。ベトナムの将校も必要なとき以外は話しかけてこない。アドバイザーは、戦場にいる間は黙々として自分のするべき仕事だけをしていた。

ベトナム兵との違和感

ベトナムの政府軍に従軍するたびに、アドバイザーたちの努力には感心した。作戦について意見がくい違うと、ベトナム将校の気持ちをこわさないように努力して説明している場面を何度も見たが、決しておこったり、どなったりすることはなかった。

デルタ地帯の第七師団の作戦に従軍したときは、ある地点をぐるぐる動きまわっている中隊を見て、アドバイザーの少佐が、中隊長の中尉に対して、「現在、どのような意図で動いているのか、どうぞ教えてください。私は司令部へ無線で伝えねばならないから」というように敬語を使用した表現の仕方をしていた。第二十一師団に従軍したときも、ヘリコプターの着陸する地点で、ベトナ

南ベトナム海兵隊の将校と食事をする米軍事顧問。1966年、コントゥム省

長い１日が終わる。米兵、解放軍、民衆、ベトナム兵たちに、どんな明日が待っているのか。第９師団。1968年、ディントゥオン省

ム軍の大隊長とアドバイザーの大尉が口論をしている場面を見たが、この場合もアドバイザーが妥協していた。

戦場においても、ベトナム兵がアドバイザーのところへ行って、話しかけているといった風景はあまりなかった。香港で約一年、ベトナムで四年生活をしてきたが、その間に感じたことは、東洋人と西洋人の差というものであった。

ベトナム兵とアメリカ兵とのあいだには、相当の距離があるように思えた。日本人である私には、夜営するときなどはあちこちの兵士が遊びにくるように呼びにきて、どちらへ行ったらよいやら困ってしまうほどであった。しかしアドバイザーのところへ誘いにいく兵士はない。アドバイザーもそういったことを感じて、日本とベトナムはやはり東洋の国同士なのだな、などと言うときがあった。

それにアドバイザーたちが納得できないのは、ベトナム兵の戦闘方法だろう。これまで何十年も戦い、いつ終わるともわからない戦争を続けていかねばならないベトナム兵は、戦争が生活となり、それに合った戦争の仕方をしている。

たとえば、食事の時間は、戦闘を中止しても飯を食うし、昼寝をする習慣も捨てない。こういったことを、アドバイザーたちは非常にはがゆく感じている。目前まで敵を追いつめながら昼寝とは何ごとだ！　アドバイザーたちは、米軍のなかでも優秀な将校が多いし、働き盛りの大尉などは、ベトナム兵ののんびりしたテンポにはとてもついていけないとこぼす。それに、彼らは一年間のベトナム勤務で本国へ帰るので、ベトナムにいる間に成績をあげようと考えている将校も多いからなおさらである。

そういったアドバイザーたちから見れば、ベトナム兵にだんだん失望を感じてくる。解放軍に対する考え方にも、アメリカ兵とベトナム兵のあいだには差がある。アドバイザーたちは、共産主義と聞くと電気にかかったようになり、解放軍の持っている生活的な、また人間的な考え方を全く無視してしまうような傾向があるが、ベトナム兵には、解放軍も同民族だという考えがあった。またベトナム兵たちには、アメリカ兵は生命をかけて、また莫大な費用をかけておれたちを助け、解放軍と戦っているのだという感謝の気持ちはあまりない。むしろ、アメリカのベトナムにおける軍事力が大きくなればなるほど、アメリカはおれたちと離れて、勝手な戦争をしているのだ、という気持ちが大きくなっていく。

解放軍が、長い年月にわたって支配された外国の力から独立したいという民族意識を強く持っているのと同様に、ベトナム政府軍の兵士たちも、独立したいという気持ちは強い。ベトナム兵のなかには、ベトコンはハノイから北京へ結びつき、南ベトナムを共産化しようとしているといった本能的な恐れを持っているものも多いが、ベトナムにできるアメリカの強大な基地を、複雑な表情で見るものも少なくない。果たしてアメリカはベトコンをやっつけて、おれたちを助けるためにだけいるのだろうか。長年、外国に支配されてきたことから生じる、外国への不信と恐れである。だからアドバイザーたちに対してすなおになれないし、アドバイザーが作戦に対して意見を言うと、おれたちの戦争にさしずするのか、といった不満が起こり、ベトナム軍の大隊長とアドバイザーがぶつかる。

そういったことはアドバイザーにとっても大いに不満なのである。アメリカはベトナムに領土的な野心を持っていないと思っているし、共産主義をベトナムで防がなければ、東南アジアは共産主義の恐怖にさらされる。またそれは南ベトナム自身の不幸にもなる、と真剣に考えている。だからおれたちはベトナム人のため、東洋人のために戦っているのだ。それなのにベトナム人は、どうして感謝しないのだろうかと思う。

ベトナム海兵隊の軍事顧問

私が比較的長く交際があったのは、南ベトナム海兵隊のマックカーティ大尉であるが、マックカーティ大尉はアドバイザーとして勤務していたベトナムでの一年のあいだに、五人のアドバイザー

グリネードランチャーの弾を受け、バラバラになった解放軍兵士の死体が集めてこられた。第25歩兵師団。1967年、タイニン省

仲間を失っている。マックカーティ大尉はウエストポイントの陸軍士官学校を一九六一年に卒業、その後三年間、西ドイツに駐在し、アメリカへ帰って、ケンタッキー州のフォートノックスで九カ月間、東南アジアにおけるアドバイザーとしての訓練を受け、ベトナムへきた。

ふだんベトナムにおけるアメリカの戦闘部隊に参加する兵士たちは、各州にあるフォートジャクソン、フォートベニングといった歩兵訓練所で八週間ほどの訓練を受けてベトナムへ送られるが、マックカーティ大尉の場合は、戦闘の実施訓練を受けると同時に、ベトナム人との接触方法、東南アジアの共産主義などについて教育を受けている。

最初に政府軍の海兵隊に従軍した一九六五年の三月に、マックカーティ大尉と初めて会った。そのときは解放軍が各地で攻勢に出て、道路は切断され、とりでは破壊されていた。中部ビンディン省のボンソンから近いホアイアン地区が解放軍に包囲されているのを助けるために海兵隊が出動した。その途中で解放軍の待ち伏せにあって、激しい銃撃を受け、政府軍は多数の死傷者を出した。そのときに、参加していた三人の軍事顧問のうちウィリアムス中尉が戦死、レフトウィッチ少佐は顔に機銃弾を受けた。

同時に二人の仲間を倒されたマックカーティ大尉は、大きく動揺しているのがわかったが、皮肉なことに、丘の上から攻撃を加える解放軍に対して突撃をしたのはごく一部の兵士たちで、その中にアドバイザーたちがいた。あとの兵士たちは身を伏せたまま、恐怖のために身動きもできない状

ホアイアン丘の激戦。私の目の前にいた米軍事顧問のレフトウィッチ少佐が顔を射たれ、その前のウィリアムス・デンプシー中尉は即死した。一九六五年、ビンディン省

態だった。マックカーティ大尉とは、その後の作戦で一カ月間生活をともにしたが、このときの作戦が話題になったとき「ベトナム兵の大部分があとに残り、われわれだけが先頭で戦って仲間が傷ついたとき、私はベトナム軍に対して大いに疑問を感じ、これからどうして彼らと生活していったらよいのかわからなくなってしまった。しかしベトナム兵と長く生活していくにつれて、彼らのことがだんだんわかってきたような気がする。もっとも、彼らのことが理解できたということは、私が彼らの考えや行動に共感しているということではないが」と語った。

戦場のアドバイザーたちは、アメリカの戦闘部隊のように、部落で戦闘があっても終わればキャンプへ帰る兵士たちと違い、部落へ泊まることが多いので、農民の生活に触れる機会が多い。だからベトナムの農民をある程度理解できる。

「アメリカはベトナムに多額の援助金を出しているが、あなたも見てわかるように、農村には一ピアストルの金も届いていない。彼らが受けるのは砲撃と爆撃だけで、農民はますます貧しくなっていく。こういったベトナムの民衆を考えて、彼らの生活が豊かになるような方法をとるのが、ベトナム人の信頼を受けるもとになり、それが共産化を防ぐことになるのではないだろうか」と私はマックカーティ大尉に質問したことがある。

「確かに農民は貧しい。私は政府軍のたてた作戦にもとづいて、海兵隊といっしょに行動しているのだが、政府の対農村の政策が成功しているとは思えない。しかし、各農村にはベトコンがたくさんいる。それを除かない限り、援助をすることはむずかしいと思う。学校をつくっても、病院をつくっても、ベトコンは破壊してしまうだろう」

「しかし、村を攻撃して、農民が被害を受ければ、アメリカにも政府にも反感が強くなり、あなたちの恐れているベトコンをふやすことになるのではないだろうか」

「コミュニストは、ハノイ、中国と綿密に連絡を取っている。彼らは宣伝が非常にじょうずだ。各農村にはいって組織を広げ、政府に反抗している。彼らが戦いをいどむかぎり、われわれは戦わなければならない」

マッカーティ大尉は、政府軍に村を破壊されることによって、農民が解放軍に近づくのを認めていた。しかしこうした意見は、アメリカの戦闘部隊にいる兵士から聞くことはできない。彼らは攻撃目標を指示されれば、そこ全体を敵地とみなす場合が多い。彼らはサイゴンや基地付近のバーでホステスと話をする以外、ベトナムの民衆と接することはないので、ベトナム人を理解する機会は、ほとんどないといってよい。私は重ねて質問した。

「戦争は日を追って激しくなっていくが、戦争を終わらせるのは、力で解決をつけるというよりも、ベトナムの民衆を理解して、そのうえで対策を考えていくのが、一番よいのではないだろうか」

「確かにベトナム人を理解することは大切だ。それに司令部の高級将校たちが一年で交代するというのも問題があると思う。ベトナムを理解できるころになるとアメリカへ帰り、また新しい将校がやってきて、はじめから、いろいろな問題に取り組んでいかねばならない。そういった点ではアメリカも考える必要があると思う」

私が会った米兵のなかでは、マックカーティ大尉が一番ベトナムを理解しようと努めているように思えたが、やはり一年の勤務が終わると本国へ帰っていった。

トンプソン大尉の死

ビンディン省の作戦で、私はマックカーティ大尉、砲兵隊アドバイザーのトンプソン大尉と、一〇五ミリ砲の砲撃を見ていた。私が一時、砲陣地から離れて司令部へ戻っているときに、突然、砲陣地で爆発音が起こった。私たちが急いで陣地へ行くと、あたり一面は血の海になって兵士たちが倒れていた。砲弾が砲身を離れた瞬間に爆発したのであった。マックカーティ大尉は血まみれになったトンプソン大尉を抱いていた。砲弾の破片が肩と胸の間を貫いていた。

「少し風通しがよくなったが、私はだいじょうぶだ」とトンプソン大尉は冗談を言っていたが、そこからヘリコプターでクイニョンの軍病院へ運ばれ、その夜のうちに死亡した。彼は年のわりに頭

捕虜になった解放軍兵士は、戦死した仲間を見て呆然とした。第二十五歩兵師団。一九六七年、タイニン省

米兵たちは農村を徹底的に攻撃した。しかし、避難してきた農民にはやさしくしている風景も見られた。一九六七年、タイニン省

が禿《は》げあがっていたが、陽気な男で、めずらしくベトナムの兵士たちからも親しまれていた。

トンプソン大尉死亡の連絡を受けると、マックカーティ大尉は涙を浮かべながら「めったに起こらない事故で、よりによってあんないいやつが死んでしまうなんて、戦争は全く残酷だ」と言ってくやしがった。

二人並んでいて、マックカーティ大尉はかすり傷さえ負わなかった。前のホアイアン丘での解放軍の待ち伏せのときと同様、こんどもマックカーティ大尉は運よく助かったのだが、いつかは自分にも同じような運命がくるのかもしれないという予感を強く受けたようであった。軍人であるからいつかは負傷をするのではないかという気持を持っていても、実際に目の前で仲間が死んでいくのを見ると、ショックを受けるようであった。私自身も少なからず衝撃を受けた。

マックカーティ大尉はトンプソン大尉の遺品を整理しながら「トンプソン大尉の死ぬまでの様子を、彼の妻に詳しく知らせなければならない。トンプソン大尉に、妻と子供の写真をいつも見せてもらっていたが、彼の妻がどんなに嘆くか。私も自分が死ぬのではないかと思うときはあるが、そのときの妻や子供のことを想像することは恐ろしくてとてもできない」としみじみ言った。

自分は兵士だから死ぬことがあるかもしれないし、それは仕方ないことだと思っているが、あとに残った家族のことを考えるとたまらない気持ちになる——とは多くの兵士が口にする言葉だ。第二次世界大戦のときは祖国防衛のために戦ったのだろうと思うが、ベトナム戦争を第二次世界大戦

鷲が餌物を狙うように、上空のヘリコプターは、水田に青年を発見すると、急降下し捕虜にする。第25歩兵師団。1967年、ハウギア省

ラオスに近いプレイク省の森林で捕虜になった山岳民族の青年。第一騎兵師団。一九六五年

と同じものとして考え、戦っている人は少ないと思う、という意見を聞いたことがある。控え目に語っていたが、ベトナム戦争で戦死するのは名誉なことではないと考えているように思えた。マックカーティ大尉が一年の任期を終えて本国へ帰るとき、他の海兵隊のアドバイザー四人とマックカーティ大尉を、サイゴンから少し離れたチョロンの富士レストランという日本料理店に招待して、歓送会を開いた。そのときのアドバイザーの共通した意見は「おれたちも早く本国へ帰りたい」であった。

三　沖縄生まれ土池敏夫一等兵の死

一九六六年八月、久しぶりに日本へ帰って、平和はいいなとしみじみ思った。ほんのひと月ほどの短い休暇であったが、平和のありがたさを、日本のよさを、十分に味わったつもりだ。さすがにここまでは、あのベトナムの泥と血と爆薬のにおいも追っかけてはこなかった。と思ったのだが、もうあと四、五日間日本を楽しんでベトナムへ帰ろうと思っていたとき、突然、沖縄から電話がかかってきた。

「君の取材していた土池一等兵が戦死したよ。ヘリコプターから降りるところを撃たれたそうだ」

沖縄の那覇市にある、琉球新報の外間正四郎編集局次長(一九八五年現在、取締役北部本社代表)からであった。この知らせは、取材でいろいろと世話になったアメリカ第二十五歩兵師団のギャビー中尉からNHKサイゴン支局に伝えられ、そこから沖縄へ、そして琉球新報を経て連絡されてきたものだった。

「えっ、ほんとうですか――」と言ったきり、それ以上言葉が出てこなかった。ベトナムでは毎日の戦闘で何人かが確実に戦死しているのだから、彼が絶対に死なない、という保証はどこにもない。しかし、あんなに元気だった土池一等兵が死ぬなんて!

彼も沖縄生まれであった。第二十五歩兵師団を取材中、いっしょに作戦に出たりして、すっかり意気投合した親友といってもよいくらいの十九歳の青年だった。彼はアメリカ軍の兵士であり、私はカメラマンでそれぞれ立場は違っていたが、私たちが沖縄で生まれ、ベトナムの戦場という特殊な場所で会ったということは、二人に強い親近感をいだかせた。戦闘のあいまに、沖縄について、ベトナムについて、よく議論をしたものだ。でも、もっと話をしておくべきだった。再びベトナムへ行ったら、また彼と会うのを楽しみにしていたのに、なんということだ。ベトナム戦争は日本まで私を追ってきた。

沖縄出身の兵士

ますます激しくなっていく中部戦線の戦闘を取材していたが、サイゴンの西方約三十キロ、カンボジア国境に近いクチに基地を持つ第二十五歩兵師団の日系米人を取材することを思いたった。写真をとると同時に、二世兵士の口から、ベトナム戦争についての率直な意見も聞いてみたかったのだ。第二十五歩兵師団情報担当将校のギャビー中尉が、取材をいっさい世話してくれた。早手回しに二世の兵士を何人か、基地に集めてくれていた。アメリカのこうした報道マンに対するサービスは、いつものことながら感心するほど行き届いたものだ。

サイゴンのタンソンニャット空軍基地からヘリコプターで約二十分、第二十五歩兵師団の基地に着いてPIOへ行くと、兵士の一人が「やあ、石川さんじゃないか」とニコニコ笑いながら呼びかけてきた。それは一九六五年八月、サイゴンの日本料理店で偶然に会った幸地達夫軍曹であった。

彼はそのころ、ビエンホア空軍基地にある戦闘ヘリコプター部隊の機関銃手をしていて、Dゾーンの作戦中、下からベトコンの機銃に撃たれたと、腕をほうたいでぐるぐる巻いていた。そのとき彼は、うまそうに寿司をほおばっていた。彼も沖縄生まれで、すぐにうちとけたのであった。

それから約一年、久しぶりの再会だった。彼は二十六歳、沖縄の伊江島生まれ。六歳の時、伊江島の不発弾を処理していた父親の事故死後、十五歳でアメリカ籍を持つドイツ人宣教師の養子となった。久場崎高校卒業後ハワイへ渡ってそこで入隊した。正式の名前はシュワルツと変わったが、もちろん完全な日本語を話した。さっそく取材を始めた。

「ぼくの将来のこと？　そうねえ……」と彼は話した。

「十五年は軍隊にいるつもりだ。そして退役したあとは沖縄に家を建ててね、恩給をもらいながら、好きなゴルフのコーチでもして暮らしたいと思っている」

アメリカ軍の給料は勤務地の危険度によって違うが、ベトナムに駐在する一等兵の場合、一カ月二百ドルぐらいになる。それが十五年勤務して退役するころには八百ドルにはなる。恩給はその場合五〇パーセント支給されるから、沖縄で生活するなら、なんとかやっていける金額だ。彼はそう計算していた。彼にかぎらず、アメリカ兵士で〝われわれは世界の平和を守るためにベトナムで戦っているのだ〟とがんこに信じ込んでいる者はそんなに多くないように思う。戦場に出れば、恐怖におののきながらも〝これはビジネスだ〟と割り切っている兵隊のほうがずっと多い。

幸地軍曹のほかにも、第二連隊作戦参謀のナカムラ少佐、宣撫工作担当のスガワ少佐、補給担当のイタオ、ミヤギシマ両少佐、最前線で指揮をとるイケダ中尉などにも会った。しかしハワイで二世、三世として育ったこの人たちの考え方は、完全にアメリカ人そのものであった。私は「日系」ということにこだわりすぎたのかもしれない。〝戦争もビジネス〟、それも一つの考え方かもしれない。

さらに沖縄出身の二世兵士はいないか、ギャビー中尉に無理をいって捜してもらった。もっと別の声が聞けるのではなかろうか、と思ったからである。ギャビー中尉は各部隊に何度も電話をかけてくれた。そして見つかった。名前は土池敏夫一等兵。第二連隊第一大隊A中隊所属の歩兵。中尉に指示された通り、第一大隊の食堂で彼を待った。しばらくして、軍服姿の土池一等兵がやってきた。見るからにボソッとした無口な感じの青年だった。こういうタイプは沖縄には多い。私がへたな英語で質問をはじめると、少しのあいだ黙っていた彼は「日本語で話しませんか。そのほうがお互いにわかりやすいようですから」と微笑を浮かべながら、ちゃんとした日本語で言った。二世だとばかり思っていた土池一等兵は一世であった。沖縄生まれの青年だった。まず彼のおいたちと、どうしてベトナム戦争に参加しているのかをたずねた。彼がなつかしい沖縄の方言もまじえて語ってくれたところによれば、次の通りである。

土池敏夫一等兵は昭和二十一年九月二十五日、那覇市の西武門に生まれた。第二次世界大戦の沖

土池敏夫一等兵。1966年5月、タイニン省

縄上陸作戦で、那覇の町は跡かたもないほどたたかれ、やっとあちこちにテント村がたちはじめたころであった。駐留した米軍関係の仕事についていた広島出身の父とともに、三歳のときハワイへ渡った。父の名は土池馨、母の名は我如古《がねこ》安子といった。六歳の時、一家は再び沖縄へ帰り、敏夫は那覇市のおばあさんのところから久茂地小学校へ通った。日本復帰の望みは薄く、だれもが食うために米軍基地で働いていたころだ。久場崎高校を卒業すると、父の推せんで沖縄で米軍に入隊する手続きをとった。すぐにカリフォルニアに連れていかれ、そこできびしい軍事教練を受けたのち、第二十五歩兵師団に編入され、師団とともに一九六六年三月、ベトナムへきたのであった。彼はひと通り話し終えると、これから作戦の打ち合わせがあるから帰らなければならないが、またぜひ会いたい、といって立ち上がった。

イーグル・フライト作戦

翌々日、土池一等兵と「囮《おとり》作戦」のヘリコプターに同乗することになった。「やあ、また会いましたね」と彼は笑った。目標地点は、カンボジア国境付近のデルタ地帯、解放軍兵士が潜伏する

作戦に出発する前にヘリコプターを待つ。
1966年5月、タイニン省

と思われる農村であった。「囮作戦」とは、米軍が当時さかんに使った作戦の一つだ。大部隊で行動をするとすぐに解放軍に気づかれ、彼らは姿をくらましてしまうので、少人数の兵隊をはじめに解放区の中心にヘリコプターで送り込む。そして、解放軍が少人数と見て攻撃を加えてくるのを待って、後方で待機中の大部隊が大きく包囲してたたいてしまう、という作戦である。相当な効果はあがっているようであったが、先に送りこまれる兵士たちはまことに危険であり、犠牲も大きかった。

米軍はこの作戦を「イーグル・フライト」と呼んでいた。その日は一分隊が先発だ。軍曹を指揮官にして土池一等兵ら十二人、それにベトナム兵の通訳一人と私の計十四人で、二台のヘリコプターに分乗した。

もし、最初にとびおりた部落に解放軍の兵士がいなければ、次の部落に移るというように、四つの部落を地図で示された。ヘリコプターが目的地へ着くまでの恐怖は、とても言葉では表現できない。のどはかわき、からだはふるえがとまらない。眼下にはメコン川の支流が幾筋も流れていたが、風景を楽しむ余裕など全くなかった。

「はじめてこのデルタ地帯を空から見たときは、沖縄にはない広々とした美しい平野でとても感激したけど、何回も作戦に参加して仲間が次々と死んでいくうちに、この一見静かなデルタがとても恐ろしくなってきた」

彼は私の耳元でそう言った。

目的地の部落にきた。私たちは低く飛ぶヘリコプターから水田にとびおり、一気に田の畦《あぜ》まで走った。部落はシーンと静まりかえっていた。軍曹は土池一等兵に偵察を命令した。彼はM14ライフル銃を左手に持ちかえると腰のピストルを抜き、安全装置をはずし、それを右手にしっかりと握って部落の入り口まで駆けていった。

私のいる畦から部落まで約四十メートルの距離を、彼は腰をかがめて突っ走った。いつ解放軍の銃撃が始まるか。私の目には、丸くなって駆けていく土池一等兵の姿が、まるでスローモーション・フィルムでも見るように、ハッキリと焼きついた。

銃声は聞こえず、土池一等兵は手を振ってOKの合図を送ってきた。部落にはいってみると、一軒の家に女と子供と老人が、片すみにかくれるようにしてふるえていた。軍曹は規定通り、南ベトナム政府が発行した農民の身分証明書を調べた。そんなものを調べたところで、解放軍の兵士かどうかわかるはずもないのだが、土池一等兵は少し離れたところで、そういった様子を複雑な表情で、じっと見ていた。だまって調べを受ける貧しい農民の姿を見て、沖縄のことを思い出したのかもしれなかった。それから彼は、農家のまわりにつくってあるトウガラシをいくつかむしりとってポケットにねじこんだ。軍の食事はうまくないから、キャンプへ帰って、これで味をつけて食うのだ、と言った。

考え、悩み、そしてあきらめ

こうして私たちは四つの部落をまわったが、幸い解放軍は姿を見せず、戦闘にはならなかった。迎えのヘリコプターを待っている間、土池一等兵と、古い井戸の横に腰をおろして話をした。日に焼けた顔の汗をふきながら、彼は語った。

——君は日本の国籍なのだから、こんな危険なことをする義務はないのに、なぜ米軍に入隊なんかしたの?

「姉もハワイで結婚してアメリカの市民権をとっているし、ぼくもできるだけ早く市民権をとりたいと思ったから入隊したんだ。兵役に三年つくと早くとれるそうだからね。南米や中東からアメリカへ渡った人で、市民権をとりたいために、ぼくのように入隊する人は多いよ。でも、まさかベトナムにこようとは思わなかった」

——沖縄で仕事をする気はなかったの?

「基地ばかりの沖縄で生活するなんて、もうたくさんだ。ぼくの父は米軍につとめて、一家の生活をみてくれたのだけど、基地がどんどん大きくなるのはほんとにいやだった。そんな沖縄にいて、どんなまともな仕事ができるんだい。ぼくは将来どうしたらいいのか、全然希望が持てなかった。だれに聞いたって教えてくれなかった。いまだってそうじゃないか。東京へ行きたいと思ったって、いちいち米民政府の発行する許可証を取らなきゃいけないしね。仲間の兵隊から、沖縄は日本なのかアメリカなのかと聞かれたとき、どう答えたらいいのか、いまでも困ってしまうよ」

――そりゃそうだけど、でも少しずつだが日本復帰の方向に向かっているんじゃない？

「君は本気でそう思っているの？　そりゃ内地渡航は前よりもだいぶ簡単になったよ。でも、基地はますます大きくなっていくじゃないか。いまわれわれの部隊で使っている物資も、大部分は沖縄を通ってきているんだよ。笑い話みたいだけど、火星人が地球を攻めてくるとかね、よほどのことがあって地球が一つにまとまらないかぎり、沖縄の位置はこのまま動かないとぼくは思っているんだ」

私はこれまでも、友人と会えば必ず沖縄について話した。首里に生まれ、四歳までそこで育ち、いまも本籍はそこにある。話しても話しても、私たちの手に負えるような問題ではなかった。彼もまた一人で考え、悩み、深く絶望していったものに違いない。

ある芸能人は「あなたは外国へ行ったことがありますか」と聞かれて「ええ、一度だけ沖縄へ行きました」と答えた。いや、佐藤内閣の森総務長官が沖縄を訪れたとき（一九六六年）も、テレビのニュースのタイトルに「森長官、帰国の途へ」と出た。北海道や九州から東京へ帰るとき、帰国というのか。どうして沖縄から帰るときだけ「帰国」というのか。多分、そのタイトルの原稿を書いた人は、何気なしにそうしたのだろう。しかし「帰国」というたった二字が、どんなに沖縄の人間には情けない、腹立たしいものだったか。その二字はムチのように、私たちの心にくいこんできた。

私たちは「日本復帰より、むしろ沖縄独立を考えたほうが現実的かもしれない」などと話しあうことすらある。沖縄の人の復帰に対する切ないほどの気持ちは、とても本土の人にはわかってもらえないだろう。日本への復帰を心から願いながらも、片方では一種のあきらめも手伝って「沖縄独立」というようなことを口走ってしまうのだ。

土池一等兵も言っているように、沖縄はいまやアメリカの巨大な軍事基地である。軍事基地のなかに、われわれの沖縄があるようなものだ。ベトナムからの帰休兵、新しく戦場へ出発する兵士があふれている。南ベトナムで使用する軍事物資の補給など、ほとんどすべて沖縄で計画されている。グアム島から北爆に行く長距離爆撃機B52の空中給油には、嘉手納空港からKC135が飛びたっていく。

一九六五年六月には那覇港のタグボート組合（全軍労輸送部隊）に所属する二十二人が、突然ベトナム勤務の勧告を受け、四十八時間以内にOKしなければ、今後の世話はいっさいしない、とのきつい指令がきたりした。その少し前の四月にも、那覇港に米軍の軍事物資を積むために立ち寄った無難丸（四千トン）に対して、港湾労働者がベトナム戦争との深いかかわりあいを恐れて、荷役を拒否するという事件が起こっている。

故郷を捨てて自由を手に

そういう沖縄の現状を知っている私には、土池一等兵の言葉の裏にある気持ちが、痛いほどわかった。

——それじゃ、基地のきらいな君がどうして入隊なんかしたの？

「沖縄から離れて世界へ出るには、これが一番の早道なんだ。兵役の三年間だけ歯をくいしばって辛抱すれば、あとは自由だもの」

沖縄から離れて自由に生活するために、彼はベトナムで戦っている！　「沖縄」を捨てて、その代わりに「自由」を手に入れようとしている！　これは卑怯なやり方だろうか。逃避的な生き方だろうか。私にはわからなかった。たとえそうであったとしても、だれが彼を批判できるだろうか。

だれが彼のことを笑うことができようか。私だって似たようなものだ。私は一瞬、忘れていた傷口がポッカリ開いて、中から何かがじくじくと流れ出してきたような気がした。痛みがからだを貫いた。今までに、これほど切実な自由という言葉を聞いたことがない。

「あっ。ヘリコプターがきたよ。さあ、キャンプに帰れるぞ。イシカワさん、気をつけて下さい。ヘリコプターに乗って飛び上がるまでがまた危険なんだ。ぼくから離れないで」

無事に飛び上がったヘリコプターでなおも話した。

――君の仲間の兵士たちは、この戦争をどう思っている?

「みんな帰国できる日を指折り数えて待っているよ。戦闘に行っても相手の敵は見えやしない。何日も見えない敵を捜して歩き、たまに若い男を見つけても農民かベトコンかわからない。そのくせ帰ろうとすると、不意にどこからか弾が飛んでくる。これは戦争というより、あるいはポリス・アクション（警官のする仕事）みたいなものかもしれないな。オレたちは何のためにベトナムにきて戦争しているのかわからない、と言う兵士もたくさんいますよ。こんな国が共産主義になっても、オレたちとは関係ないじゃないか、と言うヤツもいる。又吉は沖縄出身の二世だが、この第二十五師団がベトナムへきて最初の戦死者だし、金城は先月、腹を撃たれて、いまはハワイの病院にはいっている。ずいぶん仲間も死んでしまったな」

彼はぼんやりとデルタを見おろしながら、そうつぶやいた。

やがてクチ基地に到着した。私は彼のテントにいっしょに行って、ドラム缶の水をあびて汗を流した。そのあと飲んだビールのうまかったこと！

そこで私は、彼の家庭の写真を何枚か見せてもらった。

「六月の休暇のときは、仲間とシンガポールまで遊びにいったけど、こんどの休暇にはぜひ沖縄に行って、那覇のおばあさんや高校時代の友人に会おうと思っているんだ」

彼ははじめて楽しそうな顔をした。休暇がいまの彼にとっては最大の楽しみなのだ。

やがて別れる日がきた。

「写真ができたら送ってくれ。ハワイの家族や沖縄にも送ってやりたいから」

彼はそう言って手を振った。彼は再び前線へ行き、私はサイゴンへ帰った。それが、私の見た土池一等兵の最後の姿であった。

彼の母親は二十年前、雨のように降ってくる艦砲射撃から逃げ、上陸した米軍から逃げ、戦いが終わってからハワイにまで逃げた。土池一等兵も、彼の母親以上に逃げようとした。自由な世界へ、自由な世界へと、できることなら沖縄も日本も振り捨てて逃げようとした。しかし、ついに彼は逃げおおせることはできなかった。

私の手に残った数枚の写真の裏に「土池敏夫一等兵。第二十五歩兵師団第二連隊第一大隊A中隊所属。十九歳。一九六六年七月十九日カンボジア国境付近の戦闘で戦死」と書きこみながら、私は

除隊したら従軍の特典を利用して、ハワイの大学へ進学したいと言っていた。1966年、タイニン省

涙が流れてしかたがなかった。

「三年間だけ辛抱すれば、あとは自由だもの」

私はふともう一度、彼の言葉をすぐそばで聞いたような気がした。

祖母の嘆き

それから一週間後、私はベトナムへ行く途中に沖縄へ寄った。偶然にも、土池一等兵のおばあさんである我如古ごぜいさんの住む家は、私の父の家から二十メートルと離れていなかった。那覇市の西武門にあり、海に近かった。琉球新報の外間編集局次長といっしょにおばあさんの家をたずねたが、我如古さんの驚きは大きかった。ハワイの両親からおばあさんのところへは、土池一等兵の死は知らされていなかったのだ。年をとった母の身を案じて、ハワイに住む敏夫の母親は沖縄に知らせなかったのかもしれない。ごぜいさんは取り乱した。無理もない。土池一等兵はおばあさん子で、彼の成長する過程のほとんどはおばあさんと暮らしたのだ。娘を嫁に出し、肉親を戦争で失ったごぜいさんは、ただひとり那覇の家で生活しなければならなかったが、孫の敏夫がいっしょにいてくれたので寂しくはなかったのだ。

「私は、この前の戦争で、夫とむすこたちを失ってしまった。ただひとり残った娘の子供が、残された私には生きがいだった。高校を卒業したら大学へ入れるつもりで入学金も用意していたのに、敏夫は黙って友人といっしょに、兵隊を志願してしまった。私は必死になってとめたけど、沖縄に失望し続けて生きてきた敏夫の心をいやし、引きとめることはできなかった。アメリカへ行く日が迫ったとき、敏夫は泣きながら、三年間だけ待ってくれと言った。どうしても引きとめることができなかったので、三年間だけは寂しくても待っていようと思ったのに、敏夫に死なれてしまっては生きていてもしかたがない」

ごぜいさんは、敏夫のあとを追って自分も死ぬと言って泣いた。私たちはごぜいさんを慰めるのに、たいへん苦労しなければならなかった。土池一等兵の死を知らせなかったほうがよかったのではないかと後悔し、孫を失ったごぜいさんを取材しようとした気持ちを恥ずかしく思った。しかし、いつか知らされるときがあるのだ。気を落ち着けたごぜいさんは、孫の死ぬ前までいっしょにいた私のことを喜んでくれた。敏夫の生活について詳しい話を聞きたがった。私は土池一等兵の写真を出して、クチの基地でいっしょに行動したときの話をした。おばあさんが毎週のように受けとっていた手紙には、楽しく生活していることばかりが書かれてあった。土池一等兵もまた、沖縄に一人で生活しているおばあさんを心配させまいとしたのだ。ごぜいさんは敏夫が休暇で沖縄へくるのを

M CHEARNLEY · PATRICK B COPPO
CLIFFORD E FORD Jr · MICHAEL B FULLER
PHILIP P REED · BERNARD T HANSEN
MELTON L KIDD
MANUEL F MARTINEZ · GERALD L MILLER
JOSEPH OLESON Jr · RAMON OQUEN
PETER PEREZ · ROBERT L POLK · JAMES E
WALTER R SCHMIDT Jr · RICKY LEE
GARY G STEVENSON · DAVID L STOEHR · EDWARD
WILLIAM A PATTERSON · HAROLD A WILLIAMS
ROBERT BALL · EDWARD D BENNETT
TERRY W CRUTCHFIELD · LEROY DIGSBY
WAYNE D HEINTZ · KENNETH D HINKLE · ALEX L
DAVID Z NARAMORE Jr · LAWRENCE O ROSE
WILLIAM E WILSON · MILTON R ALLERBY Jr
JAMES A BURTON · GLADSTON CALLWOOD
CHARLES · MICHAEL BARD
MICHAEL L DEWLEN · DICKERSON Jr
ROBERT S GROSSHART · GORDON A
MONROE · TERRY · DONALD W JACOBS
GEORGE W LARGE · CONRAD
RAYMOND CASTILLO · OVERSTREET Jr
THEODORE P RAYMOND · CHARLES E
CHARLES C · GERARD T
GLENN J ZAMORSKI · OSCAR GENTRY
ROBERT C HAWKINS · DON

心待ちにしていた。

しかし敏夫はもう帰ってこない。軍からも両親からも知らせを受けていないごぜいさんは、まだ敏夫がどこかで生きているのではないか、あるいは捕虜になっているのではないか、私たちが受けた戦死の連絡は何かの間違いではないかという一抹の希望を持っていた。私がベトナムへ行ったときは、ぜひ詳しいことを調べて知らせてほしいと言った。そのヒトミには、一点の希望にも取りすがって生きていきたいという気持ちが現れていた。

私は沖縄に滞在しているあいだ、できるだけごぜいさんの家に通った。いよいよベトナムへ出発する前に「今ではあなたを自分の孫のつもりで考えているから絶対に死んではいけないよ」と言ってお守りをくれた。

我如古さんは敏夫をベトナム戦争で失い、ひとりぼっちになってしまったが、沖縄には第二次世界大戦で夫や子供を失った老人たちがひっそりと生きているというケースが多い。

再びベトナムへ行って、第二十五歩兵師団の基地へ飛んだ。ギャビー中尉は一年の任期を終えてアメリカへ帰っていたが、顔見知りの兵士がたくさんいた。土池一等兵の所属していた部隊は、ちょうど作戦に出ようとしているところで、兵士たちは武装してヘリコプターを待っていた。私が中隊長と話をしているときに一人の兵士が近づいてきて、「日本のカメラマン、私は、君の友人の土池に何が起こったか知っている」と悲痛な声でいった。「囮作戦」のときにいっしょに行った兵士であった。

彼は土池一等兵の戦死の様子を話してくれた。解放軍の部隊がいるという情報を受けて、カンボジア国境に向かって飛びたった土池一等兵のA中隊は、ヘリコプターで目的地に飛びおりたところを、待ち構えていた解放軍側二個中隊に銃撃された。戦闘は四時間にわたって続いた。土池一等兵は機銃弾で頭を撃たれ、即死だったという。A中隊は二十九人の兵士が戦死、三十人以上の負傷者を出す激しい戦闘であり、土池一等兵は不運にも二十九人の中のひとりとなってしまったのだ。土池一等兵には、シルバーブロンズがアメリカから贈られた。これは軍で優秀な行動をした兵士に贈られるものであるが、沖縄に残っている我如古さんやハワイの両親は、シルバーブロンズをもらったからといって決して喜びはしないだろうと思った。

「土池と私の分隊はベトコンと正面からぶつかる最先端だったので、十二人の分隊のうち九人は死んでしまった。土池はたいへん勇敢だった」と戦友は語った。もしや捕虜にでもなって生きているのではないか、という我如古さんの希望も消えてしまった。

ワシントンの公園にあるベトナム戦死兵の碑。1959年７月の最初の戦死者から1975年５月の最後の戦死者まで57690人すべての名前が彫られている

ジョン・Ｔ・ドイケ。アメリカでこの文字を静かに見つめていると、ベトナムで会った時の彼の姿や彼の言葉が次々と浮かんできた。1985年８月

戦争と民衆

小さな国土のベトナムに一九六九年の一月には、米兵力は約五十五万人にものぼった。それらの兵力と合わせて、空母、沖縄、グアム、タイ、フィリピンなどからも飛びたったB52を含む爆撃機が、南北ベトナムを爆撃した。当然のごとくベトナムは破壊され、多くの民衆が傷つき死んでいった。

爆弾、砲弾、迫撃砲、機銃、小銃なども含めて、米軍の使用した弾薬量は千二百万トン以上ともいわれ、この数字は、第二次世界大戦で米軍が使用した弾薬量の約二倍になっている。

民衆の死傷者は南ベトナムだけで、一九六五年から一九七三年の一月まで、約百四十万の数字があがっている。そのうち死者は、四十五万人とある。従軍中にビンディン省のひとつの村を米軍が攻撃するのを見たが、ジェット機からの爆弾、ナパーム弾、機銃掃射、地上からの砲撃、銃撃、おびただしい量の弾薬が小さな村に撃ち込まれて、それはすごい光景だった。それでも生き残っていた農民がいたので、よくもあの攻撃の中で生き残ることができたと驚いたことを覚えている。

私の故郷である沖縄でも、第二次世界大戦の米軍上陸で、島の形が変わるほど弾薬をうちこまれ、市民、軍属、兵士も含めて十二万人以上の県民が死亡しているが、ベトナムの戦場を見ながら沖縄を思い出すことがたびたびあった。

ベトナムでの主な米戦闘部隊の配置は、南北を分ける十七度線の南、フーバイに海兵隊司令部をおいて、第三海兵師団が基地をつくっていた。ダナンにはベトナム最大の空軍基地と、第一海兵師団司令部があった。

一号線を南下してチュライに、ソンミで虐殺したチャーリー中隊の所属するアメリカル師団司令部がある。山岳地プレイクにも大きな空軍基地があり、第六百三十三戦術空軍司令部、第四師団、第百七十三空挺旅団があり、そして、プレイクとクイニョンを結ぶ十九号道路の途中アンケーに、私が何度も従軍した第一騎兵師団基地があった。さらに一号線を下ると軍港カムラン湾の補給基地、第十二空軍戦術基地があり、ファンランには第百一空挺旅団、第十一機甲部隊、ビエンホアには巨大な空軍基地があり、第一師団、第百九十九軽歩兵旅団司令部があった。

第七空軍司令部のあるサイゴン空軍基地からも、ジェット戦闘機が飛びたつのが一般のエアターミナルからも見えたが、南ベトナムの中に多くの巨大な空軍基地があった。そして、カンボジアの方向へ行くクチには、ハワイから第二十五師団、メコンデルタの入り口ドンタムに第九師団基地があった。ここにあげたのは大きな師団基地だが、そのほかにもカムロ、I2《アイツー》、ケサンなどの前線基地、ヘリコプター基地など、我々にも全容はとてもつかみきれないほどいろいろな基地があり、あの狭いベトナムに、今さらながら、多くの米兵がおり、多くの基地があったことに驚く。巨大な基地の周辺は、米兵、ベトナム兵、ベトナム民衆、トラック、ヘリコプターなどで騒然としていた。

農作業を見つめている兵士も農村の出身だった。一九六五年、ビンディン省

ヌード写真で士気を鼓舞

一九六六年十二月×日

サイゴンからカンボジア国境のある西へ向かって三十キロの地点にある、クチの第二十五歩兵師団の基地へ行く。この部隊へ行くのも、もう四回になる。私の友人、土池敏夫一等兵が戦死した部隊だ。同師団はカンボジア国境の森林地帯とメコンデルタ地帯の入り口で、連日のように作戦を繰り返している。サイゴンからヘリコプターで三十分、クチの基地が見える。ＰＩＯの事務所へ行って新聞担当将校のシェパード少佐に会い、デルタの作戦に従軍したいと伝える。明朝の「スネーキー・イーグル作戦」についていくことに決まる。私の親しくしていたギャビー中尉は、一年の勤務期間が終わって、本国へ帰っていた。ハワイに司令部を持つ第二十五歩兵師団には日系二世が多い。

第二砲兵大隊のフランシスコ・カワサキ軍曹に会いにいくことにする。カワサキ軍曹とは、前の作戦でいっしょになった。彼は作戦する部隊と行動して、大砲の掩護《えんご》が必要なときに、その地点を砲陣地に知らせるのが仕事だ。カワサキ軍曹はメキシコで生まれ、奥さんもメキシコ人である。きょうは作戦がないので骨休めをしているのだと言って、組み立てベッドの上で本を読んでいた。

カワサキ軍曹は、顔こそ日本人であるが、精神面では全くのアメリカ人で、私が行くと、テキーラというメキシコ酒がいかにうまいか、メキシコの女性がいかに情熱的であるかを熱心に話した。

軍曹のいるテントには、数人の兵士たちが共同で生活をしていたが、ベッドのまくらもとには女性の裸体画があり、からだが三百六十五にわけられて数字がはいっている。彼は一日が終わるごとに一つの数字を黒くペンで塗っていく。女性のからだが真っ黒に塗りつぶされたときに、彼は本国へ帰ることができるのである。乳房の先のような場所だけまだそのまま残り、おれはこの部分を消せば帰るのだとうれしそうな顔をする。

ベトナムへきている兵士は、一年の勤務が終わって本国へ帰ることを楽しみにしている点では、どこの部隊へ行っても共通している。一年の期間が終わると、希望により六カ月の延長を申し出ることができる。その場合、一カ月間の有給休暇があって本国へ帰ることができる。米軍では二〇パーセントの兵士が延長を希望するというが、それは第一線で戦う兵士でなく後方で事務をとっている兵士たちのことであり、前線にいる兵士は一刻も早く本国へ帰りたいという希望が非常に強い。帰国の前夜などは、大喜びで友人を集めてパーティーを開き、居残り組の仲間をうらやましがらせる。

彼らの周囲には実にヌードの写真が多い。『プレーボーイ』という雑誌を読まない兵士はいないといってよい。読んだあとは、ピンナップガールの写真はもちろん、裸の写真はすべて切り取られ、壁を飾る。前線の塹壕の砂にまみれた壁にも、ちゃんとそれは貼られているのである。話題になった女優浜美枝のヌード写真などは、おそらくベトナム前線にゆきわたり、兵士をなぐさめているに違いない。

それから、彼らは実によく手紙を書く。アンケーの基地で会った兵士は、トランクにぎっしりと手紙を持っており、何通あるかと聞くと八百五十枚と言った。それは受け取った手紙で、彼はその五倍は書いて出したという。家族からのもあったが、ほとんどペンフレンドからであった。

彼は州の新聞を通して、八人の女のペンフレンドを持っていた。戦闘がなければ何もすることのないベトナムの基地では、彼らは酒を飲むか、手紙を書いている。

夕方になりカワサキ軍曹とわかれて、オフィサーズ・メス（将校食堂）へ行って食事をし、バーへ行く。バーでは沖縄出身の幸地達夫軍曹がバーテンダーをしている。彼は昼間は軍の仕事をし、夜はバーテンダーに早がわりする。金をためて沖縄で土地を買い、沖縄の女性と結婚するのが彼の希望なのだ。スガワ、イタオ両少佐とビールを飲む。

夜、組み立てベッドで眠っていると、二〇〇ミリ砲を撃つものすごい音が夜通し響く。

妻と子

十二月×日

「スネーキー・イーグル作戦」——一個小隊が七台のヘリコプターに乗る。そのうちの二台が田や道路の上をぐるぐる飛びまわり、田の中を歩いている若い農民を見つけると鷲のように舞い降りて、若者をヘリコプターに乗せてしまうのである。その間、残りの五台は上空を飛びまわり、地上へおりていったヘリコプターが攻撃された場合、五台に分乗している兵士が掩護するのだ。

若者は突然空からきた米兵に、アッという間に連れ去られてしまう。相手が米兵では言葉も通じず、弁解する余地もない。政府の支配下にない農村の青年を、いちおう全部ベトコン容疑者とみなすわけである。連れていかれた青年は、省のベトナム警察に渡される。「スネーキー・イーグル」は青年たちを捕まえては運び、捕まえては運び、一日に何回も繰り返す。

きょうは一個中隊による部落への攻撃である。兵士を乗せたヘリコプターは、それぞれの部落へ向かって飛ぶ。私が乗ったヘリコプターは、デルタ地帯の、水をいっぱいにはった田にかこまれた

クチにある第25師団のドンズー基地から、50機以上のヘリコプターに分乗して、各部隊が作戦に出発する

１台のヘリコプターに５人の兵士が乗り、各小隊にわかれて目的の村へ向

第二十五歩兵師団の作戦に従軍した。サイゴンから南西へ約七十キロ、カンボジア国境に近い小さな農村を攻撃する作戦だった。

一般に作戦は、師団の情報部が得た資料や情報にもとづき作戦部が計画をたてるが、その資料や情報には信頼性の点で問題があった。実際には、サイゴン政府の行政がおよばないところのほとんどが攻撃の対象になっていたのである。農民はいつ襲われるか分らない状況の中で、農作業を続けなければならなかった。

これは、最高時約五十五万人もの兵士が駐在した米軍の、ほんのひとつの作戦でしかない。一九六六年、ハウギア省

ヘリから降りて村へ向かう。解放軍の攻撃を受けやすく兵士たちが最も緊張するのがこの時だ

部落へ一直線におりる。私たちはヘリコプターから飛びおりて水田の中に伏せ、それから部落へ侵入する。

突然、銃声が響き、私たちはまた地面に伏せる。銃声は一度だけでやむ。農家の裏へまわると、一人の農夫が倒れている。彼の横にカービン銃がほうり出されている。アメリカの兵士が「ベトコンだ」と叫んだ。ベトコンが銃を持って逃げようとしたので撃ったという。農夫は頰に一発、肩に一発、右手の親指に一発、腹に一発、左足に三発、合計七発の機銃弾を受けている。もし、彼が銃を持たず、家の中にいれば捕われるだけで済んだろう。

家の近くの茂みのところで米兵が「出てこい」と叫んでいる。近くへ行ってみると、穴があり、その中でうめく声が聞こえる。負傷したもう一人のベトコンが穴の中に逃げ込んだという。周囲は血の海になり、農家から穴まで血が続いている。米兵は穴の中へピストルを撃ち込み、手榴弾を投げ込んだ。うめき声がやむ。

一人の兵士が穴の中へはいり、解放軍の兵士の死体に綱をつけ、五、六人が引っぱって外に出す。三十五歳ぐらいの農夫である。続いて穴の中から、カービン銃、日本製のラジオ、医薬品が出される。カービン銃を見つけ出したとき、周囲の米兵から歓声があがる。どの部隊の作戦でも同じだが、米兵は武器を発見したときは、非常に喜ぶ。見えない敵を相手にしたり、また農民か解放軍を捕まえたり射殺しても、彼らは何か物足りなさを感じているが、武器を持った解放軍を倒したり、武器

兵士と一緒に部落へ駆け込んだ。突然激しい銃声が聞こえ、その方向を見ると一人の農民が倒れていた

倒れた農民のところへ兵士が集まってくる。みんな興奮しているようだった

を発見したときに、初めて自分たちの戦った相手がベトコンであったという確信が得られるのであろうと思われた。

傷ついて倒れている解放軍の兵士の妻が近寄ってきて、夫に何か話しかけている。夫は自分の運命を悟ったのだろう、苦しい息のなかから、一生懸命、妻に話しかける。多分、彼がいなくなったあとの生活について話しているのではないかと思われた。妻はしきりにうなずいている。悲しみに満ちた顔ではあるが、泣きわめいたりしてはいない。

解放軍の兵士は、妻を見てかすかに笑った。私は世の中でこんな美しい顔を見たことがないと思った。祖国を守るために戦ったのだという充実感から生まれた表情だろうか。傷ついた父親を、少し離れたところで子供たちが見ている。子供たちも何も言わなかった。突然、子供たちを襲った不幸をじっと耐えている表情だ。子供たちは、このできごとを一生忘れることはできないだろう。

兵士たちは傷ついた解放軍の兵士を板に乗せた。ヘリコプターで基地まで連れていくのだ。傷ついた解放軍の兵士は、サイゴンかカントーの軍病院にはいり、手当てを受けたあと調べられる。

連れていかれようとする夫を追って、妻は子供を抱き、荷物を持ってヘリコプターのくる位置まできた。米兵に、いっしょに連れていってくれと頼んでいる。断られても断られても、彼女は連れていってくれと頼む。ここで夫と別れたら、あとはどうなるかわからない。彼女は必死だった。——しかし、戦争は非情だ。どうしても連れていってもらえないと悟った妻は、とぼとぼと子供の手

右肩、腕、腹部、手指、足、右頬など合計7発の銃弾を受けた農民は、兵士が近づくと自力で起きあがろうとした

再び倒れた農民は自分の運命を見きわめたのか、
かけ寄ってきた妻へ苦しそうに話しかけた（下）。
後の生活のことだろうか、
妻は一生懸命うなずいていた（左）

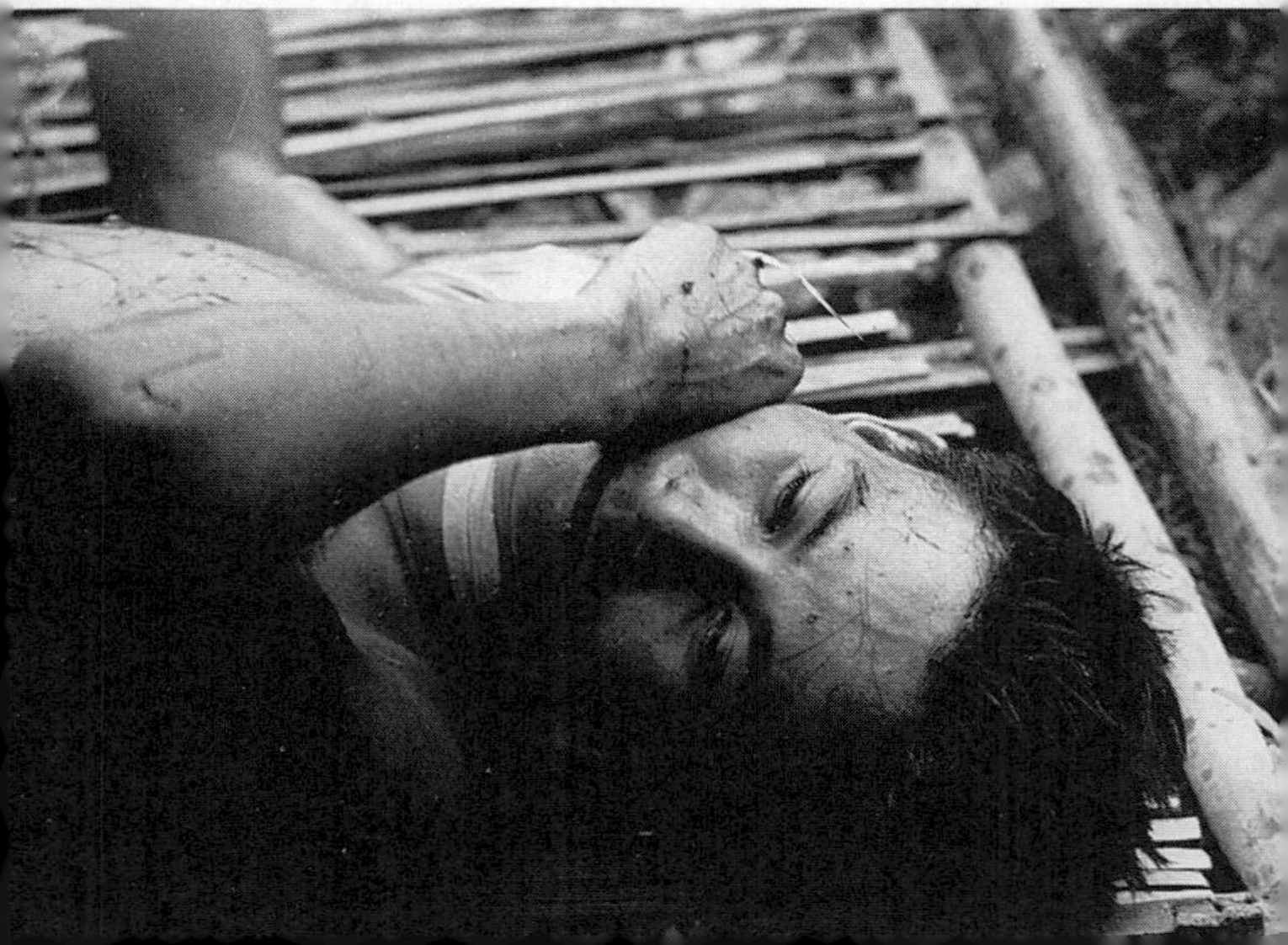

庭先の灌木の茂みからうめき声が聞こえる。近寄った兵が壕の中へ二発の手榴弾を投げ込んだ。声の絶えた壕の中から、死体が一体ひきずり出された

壕の中に入った兵士が、カービン銃、トランジスタラジオなどを見つけると、他の兵士から喚声が湧き起こった。これらの武器で、傷ついた二人を解放軍の兵士と断定し、「戦果」が確認されたことになる（左）

負傷した農民は捕虜として基地へ運ばれていく(右)

兵士は老人に傷ついた２人を指さして「ベトコンか」と聞いていたが、通訳もなく米兵にはそれ以上の言葉が分らなかった

捕虜として一度連れていかれると、後はどうなるか分らない。妻と子は荷物を持ってヘリの近くまで夫を追ってきた。米兵に夫と一緒に連れて行ってくれるよう必死で頼んでいたが、その願いは聞きいれられず追いかえされた。妻と子はトボトボと村の方へ歩いていった

を引いて部落へ帰っていく。彼女の細い肩には、たとえようもない苦しみがこめられていた。

誤爆の犠牲者

一九六七年一月×日

AP通信サイゴン支局は、市内中央のエデン・ビルの四階にある。なにかニュースはないかと思って事務所をのぞくと、カメラマンのフォルスト・ファッスがいて、デルタ地帯の都市カントーの近くで、米軍のヘリコプターが農民とベトコンを間違えて攻撃し、多数の負傷者を出したと教えてくれた。さっそく、第一便の輸送機でカントーの米軍事顧問司令部へ行く。

カントーから東へ十キロ、ディンアン地区にある運河に近い部落で、農民がサンパン（小舟）に作物を積んでいるのを、早朝であったために解放軍部隊と間違われ、三台のヘリコプターと、河川哨戒艇《しょうかいてい》によって機銃掃射を受けたのであった。それは近くにあった政府軍陣地からの情報によって出動したのだ、と第四軍管区米軍事顧問司令部では発表した。

フォンディン省の市民病院は、負傷者であふれ、目をおおうような悲惨な状態であった。負傷者の多数は子供だった。右腕と右足を銃弾によってもぎとられた少女は、傷の痛みを泣いて両親に訴えるが、親たちはどうすることもできずに、自分たちもただ涙ぐむだけであった。少女は激しい痛みにもだえ、毛布をはねのけた。切断された足の間にある少女の幼い性を見たとき、私は彼女の悲劇をいちだんと強く感じた。片手、片足を失っても彼女は生きていかねばならない。しかし、成長するにしたがって、彼女は深く悩んでいくに違いない。

「私たちがカントーの市場へ野菜を出すために、運河にはいっている舟へ積んでいるとき、突然、ヘリコプターがきて、機関銃とロケットを撃ってきた。早朝で真っ暗だった。私たちはなんのことかわからず、すぐその場に伏せたが、ものすごい量の弾が飛んできた。周囲は、子供の泣き声とロケットの爆発する音で、すごく混乱した。この子は助かったが、八歳になるこの子の弟は、その場で死にました」と父親は語った。

農夫は、この話を一息にしたのではない。そのとき受けた恐怖は、彼に強いショックを与え、その時のことを思い出しては言葉はとぎれた。隣のベッドには、左足を切断された赤ちゃんがいた。母親は泣きながら子供に乳を与えた。私が写真をとろうとすると、子供の傷ついた足を、ハッキリと写してくれ、というように私のほうに出してみせた。自分の受けた恐ろしい不幸にまだ気がつくこともないその子供は、あどけない顔をして乳を吸っていた。生後四カ月になる女の子であった。

室内にあふれるほどの負傷者も家族も、だれ一人取材をいやがる人はいなかった。多くの人々にこの悲劇を知らせてくれと願う気持ちが表情にあった。窓ぎわのベッドにいた農婦は、わざわざ窓をあけて光線を入れ、写真がとりやすいようにしてくれた。

撮影していると、一人の青年がきて、「あなたは日本人のカメラマンか」と聞いた。「日本人と話したいから、私の事務所まできてくれないか」と言う。彼は薬品を入れた倉庫の管理をしていた。「私はこの病院に二年間勤めている。毎日のように、傷ついた農民が運ばれてくるのを見ています。日本は原爆を受けた国でもあり、傷ついた民衆のことはよく知っていると思う。この病院で起こっている様子を、ぜひ日本の人々に知らせて欲しい。私はベトコンはきらいだが、民衆を傷つける政府軍や米軍の行動にも賛成できない。早く戦争を中止しなければいけない。それには、大きな産業力を持ち、世界的にも発展している国と認められている日本に、ベトナム戦争が終わるように努力してもらいたいと思う」

青年は、日本のことは本で読んでいるし、日本へ行ったことのあるこの病院長からも、いろいろと聞いていると語った。この青年だけでなく、ベトナム戦争を平和的に解決できるのは日本だと信じている人に、私は何人か会っている。しかし、ベトナム戦争を他人の国の戦争として静観しているような日本の態度に、失望してきている人々もふえてきた。

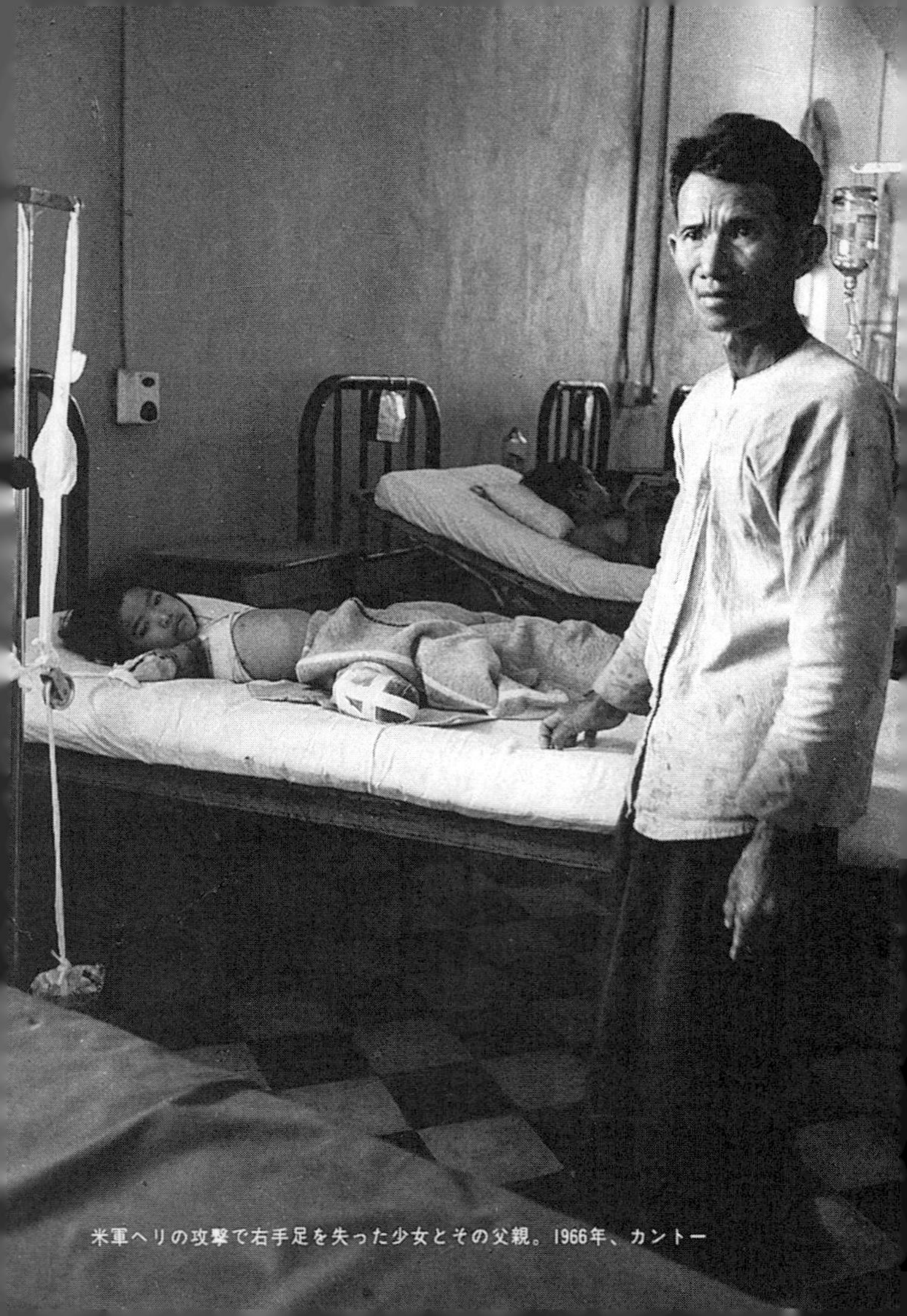

米軍ヘリの攻撃で右手足を失った少女とその父親。1966年、カントー

気が遠くなる平定作戦

一月×日
カントーの病院からバクリュウへ飛ぶ。ここは、デルタ地帯で戦闘する第二十一師団の司令部のある場所だ。デルタでは米軍の本格的な戦闘参加が遅れ、ベトナム政府軍の第七師団と第二十一師団を中心にして戦闘している。

その政府軍のなかで強力な部隊が、第三十二レインジャー大隊である。その基地がバクリュウにある。従軍したいと言うと、いまは戦闘がない、もう少し待てと言うので、米軍事顧問団のキャンプで戦闘の起こるまで待つことにする。

その間に、平定計画の行われている部隊を見にいく。バクリュウから南へ五キロ離れた部落で、約二百四十人の革命工作員が行動している。政府軍の掩護《えんご》のもとに、解放軍の支配していた部落へはいって、学校をつくり、農民といっしょに生活している。彼らは軍隊ではないが、真っ黒いユニホームを着てピストルを腰にさげている。反共の精神を農民に植えつけるのが彼らの仕事である。

部落は一見平和に見える。革命工作隊がいるかぎり、政府軍が攻めることもなく戦闘は起こらないからである。

農民は米をかわかし、魚をとっている。しかし、何か欠けているものがあることに気がつく。それは、村にいるのは年寄りや女子供ばかりだからである。若い人や村の中心となる人たちは、みな逃げてしまっているのだ。だから革命工作隊は、軍の掩護がないと部落で活動できない。解放軍が帰ってきたら、革命工作隊では戦えないのだ。革命工作隊は五十九人が一組で、一つの部落に四組で活動する。

第二十一師団の管轄下にあるメコンデルタの五省には千三百四十六もの部落があるのに、革命工作隊は二十七チームしかなく、しかも、軍が掩護をしなければ革命工作隊は行動できず、見通しは明るくない。メコンデルタ地帯は広大な土地であるが、デルタ地帯であるために、ヘリコプター以外による軍の移動は困難であり、政府軍の主力となる第二十一師団と第七師団では十分な兵力でなく、政府軍の解放区攻撃は進展していない。

たとえばデルタ地帯の最南端にあるカマウを中心としたアンズエン省の場合を考えてみると、現在二百九十二の部落があり、二十二万四千人の農民がいるが、一九六六年中に政府軍が支配した部落は五十九にしか過ぎず、人口にすると七万三千六百四十人である。この数字はバクリュウの第二十一師団司令部で調べたものだが、ことしの計画は、政府支配の部落を七十七にすることだという。

この政府発表の数字をそのまま信じても、いかに解放軍の勢力範囲が広いかがわかる。計画によると、一年間に十九の部落を平定するだけであり、このまま政府軍が再び支配地区を失うことを考えないで戦闘を続けても、このペースでいけば、二百九十二の部落を全部平定できるのは今後十二年間はかかる計算になる。これは一つの省の例であるが、ベトナム全部のことをこうして考えてみると、アメリカとしてもあせらないわけにはいかないだろうと思う。

メコンデルタのモデル村

一月×日

バクリュウの第二十一師団軍事顧問司令部で二日間、第三十二レインジャー部隊の作戦を待つ。作戦本部では、いつ行うかわからないと言うので、デルタ地帯最南端の都市、カマウへ行く。カマウは水田にかこまれた人口五万の小さい町である。町はずれにある米軍事顧問カマウ司令部には、ときどき解放軍の迫撃砲攻撃がある。アドバイザーのK大尉が、デルタのモデル村を紹介しようというのでいっしょに行くことになった。一個分隊のベトナム兵が武装して二台の哨戒艇に乗る。ゴムボートに強力なエンジンをつけた、ものすごいスピードの出るボートだ。モデル村まで六キロ、マングローブが両側に茂る。幅十メートルぐらいの運河を猛烈なスピードで走る。ゆっくり走っているとベトコンに狙撃されるとK大尉は言う。

運河の分かれるところに、政府軍の砦があり、一個小隊が守備している。デルタ地帯には無数の運河がある。空から見ると、それはちょうど碁盤の目のように見える。その運河のポイントに政府軍は砦をつくり、ベトコンの移動を見張っているのだが、毎日のようにどこかの砦がベトコンによって破壊されているとK大尉は言う。

砦に寄る。泥で周囲を固め、銃眼をつくってあるだけの簡単な砦で、兵士たちは三平方メートルぐらいの広さにヤシの葉や木の枝で屋根をつくり、暑さをさけている。そのなかに、周囲を弾薬のあき箱でかこんであるところがある。妻のいる兵士だと小隊長が言う。兵士たちは一カ月に四日間、家族のところへ帰ることができるが、それだけでは寂しいので、兵士の妻が遊びにきて二日ぐらい泊まっていくのだ。そのとき使用するのが弾薬の箱でかこんだ家で、彼はそれを「ビラ（別荘）」と呼んでいた。

運河でかこまれた田の中で泥でかこっただけの砦、焼けつくような太陽――兵士たちは砦が攻撃されるのを待つかのように、そこで生活する。運河にしかけを置いておくと、翌日は魚がたくさんはいっている。それが兵士の食糧である。ここにはアメリカの戦闘部隊がいないので、中部、北部で行われているような大規模な焦土作戦はない。ベトナム戦争は長い戦いだ。ここの兵士たちはそれに合ったようにのんきだ。そうでないと息が切れてしまうのだろう。

モデル村へ着く。カトリックの大きな教会があり、運河にそって部落が並び、政府軍の兵士が二個小隊で守備している。デルタは非常に豊かな土地である。中国、ラオス、タイ、カンボジアを通り、ゆったりと流れる巨大なメコン川は、稲作に適した土壌を運んでくる。米は一年に二回取れるし、運河に近くて乾期でも田へ給水できるところは、三回取ることもできる。それに魚が豊富で、エビ、カニ、ナマズ、ライギョ、その他たくさんの魚が、運河でものすごい勢いで繁殖する。

モデル村は、中部の貧しい農村を見つづけてきた私には、たいへん豊かな部落のように見えた。部落の真ん中につくられた養魚池では、大きな魚が泳ぎまわっている。ここにはベトコンも攻撃を加えないという。アメリカから出た費用ではあるが、政府が養魚池をつくり、農民を豊かにしようとしているのを、解放軍は妨害するようなことはしないのだろう。そんなことをしたらベトコンは民衆の支持を失う。ほんとうは、こういったところに金を使って民衆を豊かにするよう努力することが、農民の支持も得られるし、戦争を大きくさせない方法なんだ、とK大尉は言う。

彼はコロンビア大学経済学部を出たインテリであり、一年間、期間を延長してすでに二年近く、カマウの軍事顧問司令部で仕事をしていた。デルタ地帯の軍事顧問には、ベトナムでの勤務期間を延長している将校が多い。バクリュウのアドバイザーで、すでに四年もベトナムにいる少佐に会っ

メコンデルタで作戦をする兵士たちは、農民の生活を助ける存在ではなかった。第9師団。1968年、アンジャン省

作戦へ出発する前に子供の髪を刈る兵士。
第21師団。1968年、バクリュウ省

たこともある。兵士と戦闘に出ない司令部付のアドバイザーのなかには、本心から東洋に興味を持ち、ベトナムを研究しようという将校もいるのを知った。しかし、巨大な軍事力で解放軍を圧倒しようとしている現在のアメリカの政策で、K大尉や、ベトナムに興味を持った将校の意見が、どれだけ上層部へ通るかは疑問に思えた。

サイゴンのテト

一月×日

カマウからバクリュウへもどる。テト（ベトナムの旧正月）が近いので作戦はないようだというので一時サイゴンへ帰り、テトが終わってからまたくることにする。第三十二レインジャー部隊のアドバイザーが空港まで送ってくれる。輸送機がソクチャンに着くと、見たような顔のアメリカ人が乗ってきた。真っ白いシャツにズボンをはき、サングラスをかけたハンサムな男だ。

その男は、私を見ると「やあ」と言って手をあげた。思い出した。一九六六年にラオスへ行ったとき、ビエンチャンのコンストラシオン・ホテルで会ったデビッドソンだ。私が初めてベトナムへきた一九六四年の八月に、前線の部落へ連れていってくれたのが彼で、その後、翌年に香港のヒルトン・ホテルのイーグルネストとよばれるナイトクラブで会って以来、彼はベトナムから姿を消し、どこへ行ったのだろうと思っていたとき、ラオスで突然に会ってびっくりしたのだが、またこんなところで会えるとは思わなかった。彼はベトナム政府にアメリカの政策を理解させるということがおもな仕事だと言っていた。たぶんＣＩＡだろう。

サイゴンの日本大使館のあるグエンフエ通りには花市場がにぎわっている。正月の前になると、毎年のように花市場がたって、ベトナムの人たちはどの花を買おうかと見て歩くのが楽しみなのだ。新婚の若い兵士とアオザイを着た美しい妻が、肩を寄せ合うようにして花を選んでいるのは、戦争を忘れさせるのどかな風景である。この花は、山岳地帯のダラトやデルタの花畑から送られてくる。

夜になると、サイゴンの中央市場にある店は最高潮ににぎわう。正月用のくだものを砂糖づけにした菓子、酒、豚肉を入れたチマキのバインチュン、洋品などを売る店は、品物が残らないように一生懸命呼びかけ、サイゴンの人たちは店がしまいになる前に、なるべく値切って買おうとするのである。

夜が深まり、新年が近づくにつれて爆竹の音が聞こえ始める。ベトナムの新年がまさに訪れようとするとき、私は朝日新聞の本多勝一記者と、サイゴンの中央にあるカラベル・ホテルの屋上にいた。深夜にくりひろげられる空の饗宴を見るためだ。午前零時になると、サイゴン市内、ビエンホ

ベトナムは元旦よりもテト(旧正月)の方が賑わう。
テトが近づくと花市場が開かれる。1967年、サイゴン

ア、タンソンニュット空港にある南ベトナム政府軍基地から、いっせいに空へむけて機関銃が撃たれた。曳光弾《えいこうだん》がサイゴン市内を包むように壁をつくった。続いて照明弾が空中で広がり、サイゴン川の水面を明るくする。見事なものだ。いかにも戦乱のベトナムらしい新年の訪れである。

立ち並ぶ白い墓石

一月×日

午前零時をすぎると、私の住んでいる下宿から近いレーバンジェットの寺院に、多数の民衆が詰めかける。サイゴンの周辺に住む人々は新年を迎えると、かならずこの寺院にきて、新しい年の平和を祈るのだ。

夫を戦場に送っている妻、兵士となっているむすこの無事を祈る老母の姿が、絶え間なく目にはいってくる。しかし、こういった民衆の真剣な願いにもかかわらず、戦争はますます激しくなっていく。

わずか三日間のテトの休戦に爆竹を鳴らして民衆が新春を祝っているとき、軍人墓地では、肉親を失った人々が墓の前に集まって悲しみにくれていた。空の饗宴をあおぎ、その足で寺院に集まった人々、軍人墓地で墓に取りすがって泣く民衆の姿を見て、私はベトナムの戦争が多くの民衆に与えている悲劇を、あらためて感じさせられた。

南ベトナム政府の軍人墓地は、サイゴンから少し離れたタンソンニャット空港の裏にある。はてしなく続くベトナム戦争の激しさを物語るように、ねむる兵士の墓が、広大な墓地にギッシリと並んでいる。

大量に投入された米軍、それに対する南ベトナム解放民族戦線、北ベトナム正規軍の動きによる戦争の拡大にともなって、南ベトナム政府軍にも多数の戦死者を生じ、この軍人墓地だけでは収容しきれず、すぐ近くのビエンホアに、もう一つ大きな軍人墓地をつくらなければならなかった。

テトでもベトナムは暑い。午前九時を過ぎると、強い太陽の光が、立ち並ぶ白い墓石に反射して、目がくらむようだ。将校の墓はりっぱなものが多い。それぞれの墓石には、戦死した兵士の顔写真がはめ込まれている。それはみんな明るい笑顔ばかりである。兵士たちは毎日、生と死のあいだで戦いながらも、自分だけは生きていられるのではないかという、ワラをもつかみたい気持ちがあったのだろう。だが、感情を持たない小さな鉛のかたまりは、だれかれの区別なく、非情に青年のからだを貫いていった。

墓の周囲には、長いつるに親指ほどの野生のアサガオをつけたような南国独特の花、ブーゲンビリアが、兵士の血を吸い取ったように、真っ赤に咲き乱れている。わが子、わが夫を失った兵士の親や妻によって植えられたものだ。連日のように多数の遺体が運ばれ、埋められていく。それはクリスマスやテトの休戦でも変わりはない。軍病院に入院していた負傷兵が休戦のときでも死んでいくからだ。

穴の中に入れられ、土をかけられていく棺を見ながら、泣きくずれる肉親の姿は痛々しい。その横には、つぎの死体を待って多数の穴が掘ってある。兵士が戦死すると、所属する部隊の兵士たちが墓地に集まり、部隊長が戦死者の勇気をたたえ、棺にクギが打ち込まれる。また一人の戦死者が埋められていく。ベトナム空挺部隊将校の埋葬である。戦死によって、その将校は一階級昇進して大尉になっていた。

家族はうなだれたまま、部隊長の言葉を聞いている。しかし、いくら生前の勇気をたたえられても、それが家族にとってどれだけの慰めになるだろうか。たとえ臆病者と言われてもよいから生きていてほしい、と願ったのではないだろうか。同じ民族である解放軍の兵士を他人よりよけいに殺したからといって、それが真実の勇気であるとすなおに喜ぶことができるだろうか……。

私は悲しみに満ちた新年の墓地を撮影し、一つの墓に近づいて、なにげなく墓石の写真を見たとき、一瞬、心臓が止まったような寒気を感じた。

そこに見た写真は、まぎれもなく南ベトナム第三海兵大隊のチャン・バン・ロック少尉の顔であった。私も二年半、従軍を続けたので、あるいは知っている兵士の墓もあるのではないかと思ったのだが、まさかロック少尉の墓を見るとは思わなかった。急いで墓石に書かれた文字を読む。たしかにそれはロック少尉であり、「一九六六年十月二十六日にクアンチ省で戦死」と記録されていた。私がその年の五月に会ったときは少尉だったが、墓にきざまれた文字は中尉になっている。彼もまた戦死してから昇進したのだろう。私は、彼の妻がきっと墓を訪れるに違いない、そのときに様子を聞こうと思い、未亡人がくるまで待つことにした。

ロック少尉の未亡人

一月×日

早朝から軍人墓地へ行き、戦死したロック少尉の未亡人を待つ。

ロック少尉に妻と子供が二人あることは、かつて、ビンディン省の作戦に従軍したときに聞いていた。

一九六六年三月、南ベトナム海兵隊がビンディン省で作戦をしていると聞いてすぐ前線へ飛んだ。

海兵隊の作戦にはそれまで何回も従軍していたし、東京からもどったばかりの私には従軍しやすかった。った。サイゴンから輸送機とヘリコプターを乗りついで、やっと前線にたどりついたとき、焼けた村の中央で捕獲した解放軍の武器を整理していたのがロック少尉であった。とくにロック少尉を取材したわけではないが、彼がヘリコプターから降りた私を、司令官のエン中佐のところまで連れていってくれたので、そのときから親しくなったのであった。

彼は第二海兵大隊の司令官、ミン少佐と行動をともにしている司令部付の将校であった。サイゴン大学の文学部を卒業し、サイゴンの中学で歴史を教えていたが、二十四歳のとき召集がきて、トゥドゥックの士官学校に八カ月通ったのち、少尉となって海兵隊に入隊、もう二年の軍隊生活を過ごしていた。あと二年いれば除隊になり、学校にもどれると楽しみにしていたのが一九六六年の三月だから、それからもう一年近くになり、もうすぐ彼の職場である学校にもどれたに違いない。

彼の部隊に従軍しているときに、北ベトナム軍の夜襲があり、われわれは、闇の中から飛んでくる銃弾や迫撃砲弾を塹壕の中でさけながら、恐怖の一夜を明かした。

翌朝、激戦のあとの部落の周囲には、多数の北ベトナム正規兵の死体が残された。死体は武器とともに、部落の中央広場に集められ、彼らが身につけていた家族からの手紙、写真、記録といったものが資料として集められた。それは、私にとっては非常に興味をひくものであった。ハノイで家族といっしょに撮った写真、恋人と思われる女性と並んだ写真を、それぞれの兵士が持っていた。

私は、その写真を見ながら、まさか、この北ベトナム兵が、南ベトナムの地で戦死して、動物のように広場にほうり出されているとは、家族の人たちは考えてもいないだろうと思うと、写真にある家族にも、死んだ兵士にも、同情せずにはいられなかった。

迫撃砲の破片で胸を砕かれて死んでいる若い兵士の持っていた手紙を、ロック少尉に訳してもらった。ロック少尉はそれを静かに読んでいたが、しばらくしてから私に「これは、死んだ兵士がハノイ近くのバクニンにいたとき、恋人からもらった手紙だ。彼と恋人は結婚することになっていた。手紙は彼が軍の基地にいるときにもらったものだが、南ベトナムでの戦闘に参加すると決まったとき、身につけてきたものに違いない」と言った。そして、ロック少尉は、きっと写真もあるはずだと言いながら、集められた遺品の中から一枚の写真を見つけだした。公園のようなところで、手紙の主の女性と二人で並んで写っていた。

「私は共産主義はきらいだが、この死んだ人を憎む気持ちにはなれない」とロック少尉はつぶやいた。彼はそのとき、学校で教えていたころの生徒のことを思い出したのかもしれない。

手紙の内容は、彼女の家族の様子や、兵舎にいる彼に、からだをこわさないよう気づかったものであった。私はロック少尉に「この手紙と写真をもらえないか」と頼んでみたが、彼は「これは北ベトナム軍から押収した記録であり、軍に所属するものであるから、気の毒だがあげることはできない」と言った。

それから二日後、午前五時に部隊が次の作戦に向かって移るとき、私は軍事顧問のスラック大尉のジープに乗り、国道一号線をクアンガイ省に向かって行進した。ジープからおりて、夜明けの行進を撮影しているとき、私の乗っていたジープが、突然、地雷に飛ばされた。ジープにのせてあった私のリュックサックは道路わきの川に落ちてしまった。

リュックサックの中にはパスポート、米軍発行の記者証、ベトナム新聞局発行の記者証、そのほか従軍に必要なものがすべてはいっていたが、そんなものは再発行してもらうこともできるし、テントやハンモックはいくらでも手に入れることができる。しかし撮影済みのフィルムと、従軍の記録を書いた日誌だけは、ふたたび手に入れることはできないもので、生命をかけて取材した記録であった。川の中にもぐって捜していた私が、見つからないままに、土手にうつ伏せになっているとき、肩を抱いて慰めてくれたのが、ロック少尉であった。

「大切な記録かもしれないが、君の生命にかわってくれたのだからと思ってあきらめなさい。司令部のエン中佐に頼んで、あとで一個小隊がきて、川の底を捜すことになっているから」と言ってくれた。一個小隊の兵士がきて捜してくれたが、結局、リュックもフィルムも見つからなかった。私は、そのときのロック少尉の友情と兵士たちの好意を、フィルムにかわる貴重なものとしてあきらめることができた。

ロック少尉はその日のうちに、リュックサック、ハンモック、パンチョライナーなど、軍でそろうものは全部集めてくれたのであった。その後、五月のはじめに起こった仏教徒兵のダナンの内乱のときに、鎮圧にきていた海兵隊にロック少尉がいて、ダナン市内でビールを飲んだのが彼を見た最後だった――。

ブーゲンビリアの花が墓地の周囲に咲き乱れ、新年を祝う爆竹がサイゴン市内で鳴り続けている。十一時近くになって、真っ白いアオザイ服を着た女性が、女の子の手を引いて現れた。彼女はロック少尉の墓の前まできて、立ちどまった。それが、私の待ち受けていたロック少尉の未亡人であった。

彼女は墓石の写真をじっとみつめたのち、花とくだものを置き、線香をつけ、墓の横に腰をおろしたまま二時間近くもじっとしていた。子供も、母親と同じように黙ったままであった。私はそばへ行って彼女の気持ちをこわしたくないので待っていた。

彼女が帰りかけたとき、私といっしょにきた、下宿している家のむすこに声をかけてもらい、戦場で撮影したロック少尉の写真を渡して、私が日本人カメラマンで、ロック少尉と戦場でいっしょになったことを伝えてもらった。思いがけなく、戦場の夫の写真を手にした彼女は大喜びで、ぜひ、これから私の家にきてくれるようにと言って、チュンミンジャン通りにある彼女の家に私たちを連れていった。

サイゴン政府軍兵士の死者は18万人以上。サイゴン郊外の軍人
墓地では毎日のように戦死者の埋葬が見られた。1968年

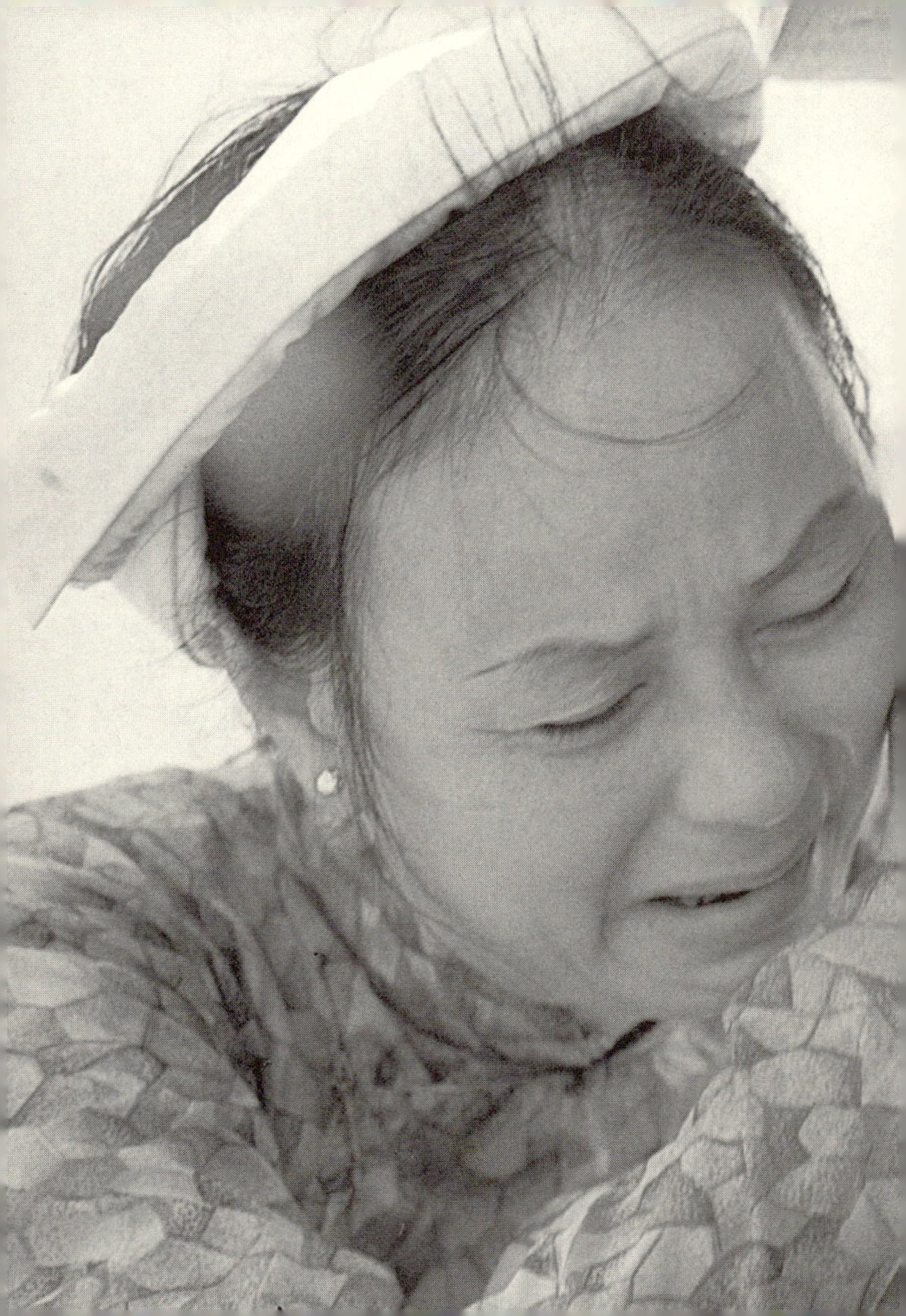

士官学校を卒業するときに撮影したロック少尉の写真が、大きく引き伸ばされて壁に掛けてあった。二十三歳だという未亡人は若く、美しかった。

彼女の語るところによれば、ロック少尉は、北ベトナムとの国境の十七度線に近いドンホイ地区で、米海兵師団との合同作戦「プレイリー」のときに、頭と腹部に二発の銃弾を受け、即死したとのことであった。

私は質問した。

「ご主人が戦死されて、あとの生活は困りませんか」

「夫が戦死する前は、約一万二千ピアストル（二万四千円）をもらっていました。現在、その六〇パーセントを支給されているので、貧しくはありますがなんとか食べていけます」

「しかし、お子さんが学校へ行き、これから物価も上がってくれば、生活は苦しくなるのではないでしょうか」

「もう少し時がたてば、子供は、私の母の家に預けて、私は働くつもりでいます」

「奥さんは、ベトコンをどう考えますか」

「私に政治のことはわかりません。しかし、ベトコンはきらいです。ベトコンに殺されて、私のように夫を失った人を何人も知っています」

彼女は最愛の夫を殺されたということで、解放軍を憎んでいた。戦争が長くなるにつれて、同じ民族でありながら、政府軍と解放軍の間に深いみぞができていくように思った。
私はそれから、ロック少尉と戦場で会ったときの様子を話し、日本の話をして彼女の家を辞した。

解放区の武器倉庫

二月×日

テトも終わり、サイゴンの周辺では、また大砲の音が響き始める。デルタ地帯の総司令部、カントーへ飛ぶ。第三十二レインジャー部隊は、きのう作戦を行い、大きな戦いがあったという。私は一日遅れてしまったのだ。残念だが仕方がない。第七歩兵師団の作戦に行くことにする。メコン川が海へ流れ込む湿地帯、ベンチャー地区のトウアダックまでヘリコプターで行く。作戦司令部へ行き、戦闘している部隊に合流したいと頼む。弾薬を運ぶヘリコプターに乗ることができた。

戦闘部隊のいる河口は、首までつかる泥沼だ。私は、地上にあるヘリコプターから水の中へおりる。ベトコンの武器倉庫を見つけたという。泥の中をはうようにしてその場所へ行く。周囲では、はじけるような機関銃の音がする。

武器倉庫は水の上に丸太を組み、そこに武器をのせ、その上に木で、上空から見えないようにカムフラージュしてある。この一帯はとても人間の住める場所ではなく、どうしてこんな場所で作戦をしたのだろうと思う。武器倉庫があるくらいだから、解放軍がいたことには間違いないが、解放軍兵士のなかに秘密をもらした者がいるのかもしれない。

中国製の新しい銃が油紙につつまれて出てくる。そのほか大砲や迫撃砲もある。大きな収穫だと、大隊長もアドバイザーも喜んでいる。小隊からベトコンの印刷所が発見されたという連絡があり、そこへ行ってみると、水の上に丸太をじょうずに組んで家がつくってある。中には輪転機や活字、紙が置いてある。大隊長は、ここはキエンホア省のベトコンの総司令部だったという。

解放軍は各省に分かれて組織があり、戦闘、教育、生産などいろいろな活動をしている。印刷物による教宣活動も農村ではかなり行きわたっており、これまでの従軍でもそういった印刷物は何回か見てきているが、印刷所が発見されたのは初めてだ。部隊はすぐにヘリコプターで武器や印刷機具を運び始めた。兵士たちはすでに二日間、この泥地にいるが、水や食糧の補給がスムーズにいかず、私の水筒の水を飲ませてくれと言う。水のほかに食糧はないかと言う。

水や食糧を現地調達しているベトナム軍は、山の中とか、この沼地のような人が生活していないところにくると極度に困ってしまう。人間の住めないところでは、兵士たちの求めるものがないからだ。以前に、ベトナム空挺部隊といっしょに、ラオス国境のジャングルの中での作戦に従軍したとき、補給がなく、泥水を飲み、草の葉や、ヘビ、トカゲを食べたことがある。しかし、この泥地ではヘビも住むことができないだろう。たいへんなことだと思う。

ライフル三百七十丁、大砲八門を捕獲した、とアドバイザーは得意げに言う。大砲は七五ミリ砲で、第二次世界大戦のときにアメリカが中国に譲渡したものが、ベトナム戦争で、ハノイを経由して船で運ばれてきたものであった。

米第九歩兵師団がデルタの中心地ミトーに基地をつくり、米軍のデルタ地帯での戦闘参加が本格化しようというとき、それに対抗するために補給された武器であると考えられた。しかし大砲の発見は、ベトナム戦争始まって以来のことだった。米軍のエスカレーションに、受けて立つという解放軍の気持ちを見たような気がした。

米軍の記者サービス

×月×日

午後五時、サイゴン市の中心、レ・ロイ通りにあるアメリカ文化情報センターで記者会見に出る。

この記者会見は毎日行われるもので、米軍の情報将校が各地の戦闘の様子を説明する。ベトナムで取材活動をしている記者たちは、ここに集まって情報を聞き、各地で行われている戦闘へ従軍していく。

カンボジアと南ベトナム・デルタ地帯の国境付近では、クチに基地を持つ米第二十五歩兵師団、カンボジア国境の森林地帯では第一歩兵師団、ファンランとダナンの海岸に近いところでは第百一空挺部隊と海兵師団が作戦をしていると発表される。その他の部隊も各地で作戦をしていたが、私は米第一騎兵師団がビンディン省のボンソン付近で開始した作戦「デビー・クロケット」に従軍することを決める。

第一騎兵師団は、中部山岳地帯の基地プレイクから、中部海岸地帯のクイニョンまでを横切る第十九号道路の中心アンケーに基地を持っている。基地の中に戦闘ヘリコプター四百機以上を有する師団で、中部ビンディン省の強力な解放軍と、ホーチミン・ルートを通ってくるラオス国境森林地帯の北ベトナム正規軍を相手に、連日激しい戦闘を繰り返していた。

米軍の作戦の多くが、ヘリコプターによって兵士を解放軍のいると思われるところへ送り、奇襲攻撃をかける方法であるが、とくに第一騎兵師団は、空中給輸師団という別名を持つようにヘリコプターの機動力を十分に利用した作戦を行っていた。

一九六五年十月、カンボジア国境に近いプレーメの森林地帯のイアドラン渓谷において北ベトナム第三百二十五師団と激戦になり、これは南ベトナム戦争始まって以来のすさまじい戦闘といわれた。また翌六六年の三月、海岸から近いボンソン渓谷で解放軍と交戦、双方に多数の死傷者を出し、イアドラン渓谷についで南ベトナムでの大きな戦闘となっていた。

私は情報センターの中にある一室へ行き、アンケーへ行く輸送機を予約した。南ベトナムの各地で行われている戦争に従軍するためには、米軍の輸送機にたよらなければ前線まで行くことはできない。輸送四〇五便、五時チェックイン、六時出発。米軍発行の記者証を見せるとすぐ目的地まで行く輸送機を選んでくれる。

こういった記者に対しての米軍のサービスは満点である。基地でも戦場でも米軍は記者たちに対してできるかぎりの協力をしてくれる。三年間の従軍生活で、この点にはいつも感心してきた。彼らは、ときには生命をかけて記者の前線での移動を助け、米軍にとって不利だと思われるような写真でも、撮影を妨害するというようなことは全くない。

一九六五年の七月、中部バンメトートでの南ベトナム海兵隊の作戦に従軍したが、パナ通信の嶋元啓三郎カメラマンと私が、サイゴンへ帰らなければならなくなったとき、前線から空港まで、米軍アドバイザーの大尉がジープで送ってくれた。その間の道路は森林地帯を通っており、周囲は完全に解放軍の支配地区と思われたが、大尉はピストルを右手に、左手にハンドルを握り、猛烈なスピードで飛ばした。いつ撃たれるか、いつ地雷が爆発するかと全く寿命が縮まる思いで、空港に着いたときはほっとして力がぬけた。よくあの危険な道を送ってくれたと感謝したものである。

ビンディン省で行われている「デビー・クロケット作戦」は、きのうまでに二百八十人の解放軍を殺したと発表されている。記者会見のときに、作戦の状況説明と同時に、各地で殺した解放軍の数も発表されるが、私はこの数字を信じないことにしている。米軍の死体確認の数を発表する場合もあるが、解放軍が運び去ったと思われる死体の分も予想に入れて発表する場合が多いからだ。いままでに米軍が殺した解放軍兵士の数を合計すると、解放軍の部隊は全滅していなくてはならない。

APのサイゴン支局に顔を出して、ピュリツァー賞をもらったカメラマンのフォルスト・ファッスに、

「あすの朝、第一騎兵師団の『デビー・クロケット作戦』に行くよ」

と伝える。私のベトナムでの滞在費、フィルム代、その他の費用は、APに写真を売ってまかなっている。ネガ一枚十五ドル（約五千円）で、ひとつの作戦で五枚くらいのネガを売る。私の場合だいたい一カ月に四つの作戦に従軍している。AP、UPIといった通信社から流されるベトナム戦争の写真には、こうした写真を売るフリーのカメラマンから買うものも多い。このようなカメラマンや記者をストゥリンガーといって、通信社だけでなく、ABCやNBCなどのテレビ会社にもいる。

しかし、ネガを取られるのは全くつらい。生命をかけて撮った写真である。はさみでネガを切ら

れるときは、それこそ身を切られるような思いである。

一つの作戦に従軍しても、良い写真というものは何枚も写せないものである。彼らはさすがに商売で目が肥えているので、自分でいいなあと思っていた写真に容赦なくはさみを入れてしまう。しかし、こういったシステムがあればこそ、私は長くベトナムで取材できるのだから仕方がない。フアッスとフィルムを送る約束をして、友人とビールを飲みにいく。

泥棒市場の飲み屋

メコンデルタでバナナの栽培をしている澤口徹行さん、山元昭さん、ベトナムの会社で技術指導をしているエンジニアの杉本泰一さん、商事会社の森安宏さん、日本大使館の河原潔さん、料理人の木村秀清さん、大南公司の木代光憲さん、こういった人たちがベトナムの飲み仲間である。若い人ばかりで、これらの青年がベトナムへきて現地語を習い、民衆といっしょになって働く姿を見て、たのもしく感じる。彼らは非常にベトナム語がじょうずである。

通称、われわれが泥棒市場と呼んでいるクージャンシンへ行く。ここには軍から流れた軍服、くつ、テントが山のようにあり、大砲以外なんでもそろうといわれる不思議な場所で、サイゴンの記者たちも、従軍に必要な物をすべてここから買う。

この市場の中央が、いつもわれわれの飲むところで、二十軒ぐらいの店が広場にテーブルを並べ、ビールを売っている。ベトナムの女性がビールをついでくれるので、ここへくるのだが、ベトナムの労働者が飲むところなのでなんでも安い。ビール小びんが二十ピアストル（四十円）、カニを油で揚げ、サラに盛ったクア・ラン・ムオイが一皿四十ピアストル（八十円）といった安さで、その他ベトナムの料理がいろいろとある。

「チャーオン（こんばんは）イシカワ、また戦争に行くの？」私たちの行きつけの店の女主人リエンである。

「チャーコオ（こんばんは）リエン、子供は元気かい？」政府軍の将校だった彼女の夫は、二年前にメコンデルタの作戦で戦死している。それから彼女はこの店を出して、子供を学校に行かせているのである。

彼女にかぎらず、ベトナムの女性は生活力が旺盛である。農村でも都会でも実によく働き、戦争に行って夫のいない家庭を守っている。これは政府軍でも解放軍の場合も同じで、解放軍が強大な力を持つアメリカ軍、政府軍に対して、激しく抵抗できるのは、家庭を守るベトナムの女性の強い力があるからだ。またベトナム女性は、たくましく強いだけでなく、夫を非常に大切にする。ベトナムの女を女房にしたら世界一だというのが、われわれ仲間の共通した意見であり、ベトナムの女性と結婚したら遊んでいても食わせてもらえるという人もいるくらいである。

「イシカワ、何度も言うようだけど、もうそんなあぶないところへ行かなければならないような仕事はよして、私といっしょにいなさい。そうしたら、この店の収入で生活していけるじゃないの。そのうちにケガをするわよ」

この女性は、私が行くたびに、それが口ぐせででもあるかのように、私に結婚しろと言うのである。「結婚か、それも悪くはないな」と思うときがある。地獄の釜の底のように、人間のひしめきあう東京で神経をすりへらすような生活をするより、彼女と結婚して平和のくる日を願いながら、コツコツと写真を撮って生活するのも、ひとつの人生だろう。

若い仲間たちも、それぞれ適当に女性たちと話しあっている。ベトナムにきて四、五年も生活している彼らは言葉もじょうずで、ベトナムの女性をくどく方法なども研究済みである。サイゴンの通りにあふれるアメリカ兵相手のバーで飲むより、こういった場所で飲んだほうが、ベトナムの民衆の心にふれることができて楽しい。それにアメリカ兵相手のバーは、われわれが行くといやな顔をする。アメリカ兵はわれわれを見て、ベトナム人がプラスチック爆弾を持ってはいってきたのではないかと警戒するからである。われわれがいるのを見て、ドアからはいらないで帰ってしまう兵士もいる。だからバーの経営者は、ベトナム人がくるといやがるのである。そんなところへ行ってわざわざ日本人だとことわってまで飲まなくても、民衆の集まる場所で楽しいところはいくらでもある。

エンジニアの杉本さんがくどかれている。

「あなたは、ベトナムにとっては必要な技師だし、私と結婚して子供が生まれたら日本へ留学させ、技術を覚えさせたら、ベトナムの発展にも役立つしさ。私はあなたを大切にするわよ」

杉本さんや他の仲間に言わせると、こんな女性は日本では少なくなってきた。

「なにもおれたちは遊んで女房に食わせてもらいたいとは思わないが、それにしても最近の日本の女性は、電気製品だ、子供の教育だと騒ぎ、夫には収入が少ないとこぼしやがる。おれたちは馬じゃないんだ」こんなことを言いながら、ベトナムの夜を過ごしていく。

従軍する前の日は、あまり飲まないようにしている。翌朝、起きるのがつらいからだ。いいかげんのところできりあげて下宿へ帰り、荷物をまとめる。私の下宿はサイゴンのはずれにあり、家賃は一カ月一万円、食事つきである。こんな条件の良い家は、物価の高くなったサイゴンで見つけるのはむずかしい。しかし、毎夜のように銃声が聞こえ、ときどき真夜中の二時、三時に、兵隊を引き連れた警官に踏み込まれる。兵役から逃げまわっている青年を捕まえるためである。サイゴンの警官ほどいやなやつはいない。やたらといばるくせに、わいろを取りたがる。

子供にとってお菓子は宝物のようだ。いつでも買うことのできる
日本の子供たちには、そのことはわからない。1966年、ダナン

兵士であふれる空港

×月×日

午前四時に起床。顔を洗っているころ、外ではシュクロ・バイ（オートバイに人を乗せるようにしたもの）の走り出す音がする。ベトナムは午前零時から四時までは戒厳令がしかれ、一般民衆の歩行は禁止されている。人は歩かなくとも、米軍将校宿舎の前のMPや警官は目を光らせているから、うっかり歩いて解放軍と間違われて撃たれたりしたらつまらないので、その時間の町の中は死の町のように静かになる。それが四時を過ぎると、市場に行く人々が動き出すのである。

シュクロ・バイを拾い、サイゴンのタンソンニャット空軍基地まで行く。従軍生活でつらいのは早朝に起きて空港へ行くときだ。空港のロビーは各地の戦場へ行く兵士たちであふれている。私がベトナムへ初めてきたときの一九六四年は、空港もこんなに多数の兵士はいなくて、比較的のんびりしていた。それが五十万近い米軍が直接戦闘に参加するようになってからの空港は、イモを洗うようである。

戦闘が激しくなるにつれて、兵士たちの顔も殺気立っているように見える。飛行機を待っていると、米軍の中田大尉に会う。先日、カムラン湾の軍港を取材に行ったとき、現場で会ったのが彼であった。青山学院を卒業後、アメリカへ留学している間に、アメリカの女性と結婚、アメリカ市民権を取ると、軍から召集令状がきた。補給部隊の将校として三年間の兵役を終了したが、仕事もおもしろいので、そのまま軍に残っていたところ、ベトナムへ派遣されてしまった。そういう経歴を持った人で、現在はアメリカ市民になっているが以前は日本人である。

取材が終わって、カムラン湾の将校クラブで夜のふけるまで飲み、私がアメリカへ行ったときに中田大尉の家へ遊びにいくことを約束して別れたのだった。サイゴンで二日間の休日を過ごし、また基地へもどるとのこと。飛行機を待つあいだ退屈しないで済んだ。二世はもちろん、日本で生まれてアメリカの市民権を取ってベトナムの戦場へきている人にときどき会う。日本出身だけでなく、米軍には世界各国の人種が集まっている。プエルトリコ、メキシコ、イタリア、ブラジルといった国の人が多く、彼らは仲間だけで集まると、英語ではなく彼らの言葉で話し合ったりする。

われわれが乗る輸送機が出発する時間になる。中部をまわる輸送機はバンメトート、プレイク、アンケー、ダナンというように、各基地をまわって兵隊をおろし、夕方にサイゴンへもどってくるようになっているが、この輸送機に乗っているときが実につらい。すわるところはあるが狭い機内につめ込まれ、エアコンディションも悪く、ときどき耳が痛くなって頭の中が破裂するのではないかと思うときがある。現在はC130と呼ばれるプロペラが左右に四つついている機で、飛行時間も短縮されたが、アメリカの戦闘部隊がくるまではC123と呼ばれる双発の輸送機で、長時間揺られなければならなかった。輸送機内の兵士は、寝不足と疲れで眠っている場合が多い。

アンケーの基地に着く。前線へ行く兵士たちが並んで、キャリブーと呼ばれる小型輸送機を待っている。ベトナムの戦場で弾丸の飛びかう第一線へ行くまでは、いくつかの行程を経なければならない。戦闘の方法は海兵隊、第一騎兵師団、歩兵部隊と、部隊や戦闘状況によって作戦も異なる。第一騎兵師団の場合、大きな作戦になると、アンケーの師団基地から離れた作戦を開始する場所に、ひとつの作戦をする間、連隊単位の前線基地を臨時につくる。米軍の大きな作戦には普通、名称がつく。第一騎兵師団の場合、デビー・クロケットとかモスビーとか人の名前が多く、第二十五歩兵師団の場合は、ハワイ諸島の名前をつける。

作戦の期間は戦闘状況によっても変わる。解放軍の部隊を発見して交戦になったりすると長くなるが、二週間で終わってしまうときや三カ月も続ける場合がある。師団基地から連隊基地へ、輸送機やコンボーイ（輸送トラック）で兵士や大砲を運び、その旅団基地から、大隊や中隊に分かれて作戦を開始する。

従軍記者はまず師団基地のPIOへ行って、プレス担当の将校から戦闘状況を聞く。主任将校は普通、少佐で、その下に五人ぐらいの大尉や中尉がおり、兵士が数人仕事をしている。

戦闘状況を聞いてから前線の旅団基地へ、キャリブーかヘリコプターで運んでもらう。前線基地にはPIOのテントができており、そこにもプレス担当の将校がいて、各部隊の戦闘状況を教えてくれる。

戦闘状況がわかったら自分でどの部隊に従軍するか決めなければならない。このときが一番問題で、選んだ部隊に従軍して、よい取材ができない場合もあり、その部隊が解放軍の部隊に攻撃され、生命を失った記者やカメラマンもいる。現在までに十人のカメラマンと記者が戦場で命を失っている。

基地内のバー

アンケーの空港から第一騎兵師団のPIOに電話すると、すぐジープで迎えにきた。シープ少佐が戦闘状況を説明してくれ、明朝のヘリコプターでデビー・クロケット作戦が行われている前線基地へ運んでくれるというので、今夜はアンケーの基地のPIOの横にある記者用のテントに泊まることになる。基地のテントは無料だが、ダナンにある海兵隊のプレスセンターは一泊三ドル、プレイクの第二軍団の中にあるベッドは一泊一ドルを取られる。

夕方になると、PIOの将校が食事に行こうといって誘いにきた。記者やカメラマンは将校待遇なので、食事のときも酒を飲むときも、将校といっしょになる。基地の将校食堂は、朝食が七十セント、昼食一ドル、夕食一ドル二十五セントというのが平均の値段で、将校は食事手当てから差し引かれることになっているが、私たちのような部外者はサインをして代金を払わねばならない。肉や缶詰めを料理したものが多く、新鮮な野菜は少ない。米軍は武器弾薬のほか、こういった食糧の輸送にも全力をあげているが、ベトナムの限られた港湾では、新鮮なものを入れるだけの施設の余裕がない。ベトナムでつくられる野菜を現地で調達しようとしているが、戦場となっている農村では、ベトナムの民衆の必要分も足りないぐらいなのだ。米軍は高い金を出してベトナムの業者から買い占め、そのために、サイゴンの野菜は年々高くなって、民衆が苦しむということになっていく。

食事が終わると兵士たちは基地のなかで映画を見るか、バーで酒を飲むか、テントの中で手紙を書く。基地内につくられた映画館やバーは、一個師団の基地に、各部隊に分かれてたくさんある。映画は毎晩変わったものを上映する。なにしろ毎晩違ったものを上映しなくてはならないので、ジョン・ウェインの「駅馬車」やゲーリー・クーパーの「平原児」といった古いものから、日本では封切りされない新しいものまで上映する。兵士たちはビールやウイスキーを飲みながら、ラブシーンや戦闘の場面になると拍手したり、口笛を吹いたり、騒ぎながら見ている。

　南ベトナムのどんな場所へ行っても、そこにアメリカの兵士が何人か集まっていれば、映画館があり、バーがある。私はいろいろな場所でそういった風景を見た。カンボジア国境のジャングルの中にある、ドウクコーの特殊部隊の基地でも、何人かのアドバイザーたちがバーをつくり、デルタ地帯の最南端のカマウの基地にもバーがあり、映画を上映していた。

　海兵師団は十七度線の非武装地帯の近くで北ベトナム兵と血みどろになって戦い、第一騎兵師団はラオス国境で雨と泥と血にまみれて、多くの兵士が戦死しても、彼らは基地へ帰るとシャワーを浴び、ビールを飲んで映画を見た。血みどろの激戦となったある戦闘から帰ってきた兵士たちが、ビールやウイスキーを飲んで大声で話しあっているときに、私は質問をしたことがある。

「よく平気でビールが飲めるね」

「だって、ここは戦場じゃないか。仲間の兵士が死ぬたびに悲しんでいたら、おれは毎日泣いていなくてはならない。ここは必ずだれかが死に、だれかが傷つく。ニューヨークとは違うんだ。それに、おれだって死なないとも限らない。仲間が死んで泣いて暮らして、おれもオダブツじゃ、バカらしくて、おれは天国まで行って泣いていなくちゃならない。それなら、いま、ここで笑って、天国へ行ったときぐらい平和に暮らしたいよ」

　確かにここはニューヨークや彼らのテキサスとも違い、ベトナムの戦場であった。彼らは戦場から帰り、ウイスキーでその日の苦しさを忘れようとした。私がプレイクのベトナム将校のクラブで見た光景とはずいぶん違っていた。戦場から帰ったベトナム空挺部隊の将校たちは静かに飲み、静かに踊っていた。その静けさは、私がベトナムの海兵隊のヴィン軍曹と「待ち伏せ」に行ったときの、からだにひしひしと迫ってくる闇のような静けさに似ていると感じたほど、彼らは黙って飲んでいた。

これはアメリカ人とベトナム人の性格や立場の相違を表現していると思った。米軍の兵士は一年間ベトナムで過ごせば帰国できる。彼らはその一年間を、なんとか短く生活しようと思うのだ。酒を飲み、映画を見ていれば、その日は終わった。ベトナムの兵士たちは、もう二十年も戦い続け、まだこれからも戦っていかなければならない。彼らには笑って過ごせるだけの余裕もないし、疲れてしまっていた。静かに何ごとにも耐えているのが、彼らの長く生活していく方法のようにさえなっていた。

米軍の基地には、弾薬といっしょに、缶ビールやコーラ、ジュースなどの缶が山のように積まれている。

私はPIOのコーデル大尉と、将校の集まるバーへビールを飲みにいった。兵士の寝るところはテントづくりだが、バーはちゃんと板でつくってある。宿舎よりバーのほうがりっぱであるのは、どこの基地へ行っても同様である。兵士が交代でバーテンダーをつとめる。これは兵士のアルバイトで、彼らのなかには、アメリカでバーに勤めていたところを召集された本職のバーテンダーもいる。缶ビール十五セント、スコッチウイスキーが二十五セント、ジンフィズが二十五セントというように安い。飲ませるバーの設備や雰囲気が本国と比較して悪いから安いのでなく、ウイスキーを高く取ると、米兵は戦争をしないからではないかと思う。無税のウイスキーである。

今夜は将校の一人が大尉から少佐に昇進したというので、お客は全員無料である。昇進した将校が払うのだ。こういったことはよくある。誕生日とか、子供が生まれたり、また一年のベトナム勤務を終了して、あすは本国へ帰るといった理由でパーティーをやる。軍隊で一階級昇進することは、会社で課長から部長になるように、やはり昇進した本人にとってはうれしいようで、私のところへもきて何度もビールをすすめてくれた。

一人の少佐が私のところへきた。

「私は君を日本で見たことがある」と言う。東京にあるスターズ・アンド・ストライプスのクラブででも会ったのかと思っていると、

「一九四五年の日本進駐で新宿へ行ったとき、くつみがきの箱を持って、ヘーイ、ギブ・ミー・チューインガムと言って私に近寄ってきたのは確かに君だ。いや大きくなったなあ」と言う。もちろん冗談だが、何をふざけたことを言いやがると思った。この将校のように、軍といっしょに日本へ行った人は実に多い。

将校だと少佐から上のクラス、下士官でも軍曹になると、たいていの人が日本か沖縄で勤務した経験を持っている。彼らは口々に日本はよかったと言う。日本へ勝利者として進駐した彼らは好きなことをやったし、外国人に弱い日本人は、彼らにたいへん親切にした。日本の女性と結婚した兵士もたくさんいて、彼らは私に妻と子供の写真を見せてくれた。戦いしかないベトナムにいて、日本がよかったという気持ちはよく理解できた。

沈黙する農民

×月×日

午前七時、ボンソンの前線基地へ行くヘリコプターに乗る。第一騎兵師団はこの作戦でボンソンから近いところに、ラッツ・ドッグという臨時の基地をつくっている。ラッツはL・Zでランディング・ゾーンの略、作戦によってL・Zバード、L・Zキャットといった前線基地をつくる。ヘリコプターからは中部アンラオ渓谷の間に広がる山、ヤシの木に囲まれた農村、ビンディン省を横切る川、白い海岸地帯が見える。眼下では第一騎兵師団の各大隊が散って作戦をしているはずであるが、空からは、どこで戦闘が行われているかわからない。一見、平和な農村のような錯覚を起こす。しかし、ボンソンに近づくと基地からヘリコプターが絶えず飛び上がり、砲陣地では大砲を撃っている。ここまでくると戦場という雰囲気が感じられる。

ＰＩＯのテントには、外国通信社の記者が、軍服のままでタイプをたたいたり、簡易ベッドに寝そべって雑誌を読んだりしていた。みんな顔見知りのものばかりで、ＵＰＩのジョンが、いまきたのかと言って声をかけてきた。

ジョンに戦闘状況を聞く。大きな戦闘はないが、各部隊がゲリラの抵抗を受けているという。ＰＩＯのテントの前には、捕獲された解放軍の泥まみれになった武器が並んでいる。中国製が多く、銃身には漢字で一六式、一四式という文字が刻まれている。

ＰＩＯのヒッチコック大尉に、すぐ戦場へ行きたいと頼むと、「きたばかりでもう行くのか。日本人は気が早いな」と言いながらも、すぐ司令部へ行って状況を調べてきた。

「ここから北部へ十五キロの地点で第三大隊のＡ中隊が戦闘をしている。いまから地雷探知機を持った技術小隊の兵士がヘリコプターでそこへ行くから、君もいっしょに行ったらどうか」

カメラを持ち、司令部の前へ行くと、地雷探知機を持った六人の兵士がいた。ベトコンが地下にかくしている武器を捜すのだと言う。兵士の一人が「君は鉄カブトをどうした？」と言う。鉄カブトは重いので使用しない、と言うと、彼は仲間のほうを振り向いてピューと口笛を吹いた。「クレージーだ、見ろ」といってポケットから取りだしたのは、ペチャンコにつぶれた弾丸であった。彼は自分の鉄カブトを頭からはずして見せた。ちょうど真ん中あたりが大きくへこんでいる。「きのうの戦闘で、この弾が当たったのだ。もし鉄カブトがなければ、おれは死んでいた」確かにこの兵士からみれば、鉄カブトなしで戦場を歩こうという、この小さな日本人のカメラマンはクレージーだろう。

ヘリコプターが海岸線に近づくと、眼下の部落のあちこちから煙が出ている。その周囲をガンシップと呼ばれる、機銃四台とロケットを積んだヘリコプターが、ぐるぐるとまわりながら、機関銃やロケットを撃っているのが見えた。われわれが乗ったヘリコプターの機関銃手も引き金に指をかけたまま、じっと眼下の部落をうかがっている。地上ではどんな戦闘になっているのか事情もわからず、果たしてわれわれは安全なのだろうかと心配になる。

隣の兵士が指で示したところを見ると、数人の兵士が田の畦《あぜ》のかげにかくれて、銃を撃っているのがわかった。ヘリコプターは田の上までおりてきて、われわれはそこへ飛びおりた。A中隊のワドックス大尉が「現在はこの周囲の部落を掃討している。ベトコンはスナイパー（狙撃手）がいるだけで、大きな抵抗は受けていない」と説明してくれた。

米軍も政府軍も、作戦の基本的な方法は、見えない解放軍を捜してまわることである。解放軍が発見されるときは、作戦中の米軍を攻撃してきたときで、攻撃を受けた米軍は、解放軍が少数でも多数でも、すぐガンシップを呼んで空から反撃する。この方法は、部落でも森林地帯でも同じである。

森林地帯で多数の解放軍から攻撃を受けたときは、スカイレーダー爆撃機、B57キャンベラジェット戦闘爆撃機などを呼んで、解放軍のいる地帯にナパーム弾、爆弾を落とし、機銃掃射を加え、大砲陣地から砲撃を加える。歩兵部隊が解放軍の地帯へ突撃して戦うということは決してしない。兵隊が直接解放軍の陣地に突撃するのは、犠牲が多すぎるからである。第二次世界大戦の上陸作戦のときに、大砲と飛行機で攻撃して、兵隊はあとから行ったのと同様である。機動力に自信を持っている米軍は、歩兵を散らし、範囲を広げて部落や森林を掃討する。そしてそのなかの小隊が解放軍とぶつかるようにするのである。しかし先に撃たれるのを待つのだから死傷も多く、米軍の損傷はふえる一方である。

兵士たちは部落へはいり、防空壕を見つけては手榴弾を投げ込み、ライフルを撃ち込んだ。解放軍はすでに逃げているが、部落には家族が残っている。年老いた農婦や子供が、おびえた表情で兵士を見ている。作戦のたびにこういった光景を見るが、民衆の表情をどう表現したらよいのだろう。突然、自分の部落へきて、家の中にずかずかとはいり込んでそこらじゅうをひっかきまわし、防空壕を見つけるとすぐ手榴弾を投げ込んで、わけのわからない大声を出して部落中を荒らす。これらの赤い髪の毛をしたやたらに大きな男たちのすることを、じっとすわり込んだままで見ている。政府軍の作戦のときは、叫びながら何かを訴える農民もいる。しかし、米軍には何を言ってもだめだとあきらめているのか、黙りこくってみつめているだけである。

地雷探知機を持った兵士たちは、農家のまわりに受信器をあてて調べているが何も見つからないようだ。部落に残っていた若い女性や農夫が連れてこられ、彼らはヘリコプターで運ばれていった。ビンディン省の警察に引き渡されるのである。農民たちは、なんの権利でお前たちはそんなことをするのだ、と言いたいに違いない。ここは自分たちの部落だ、自分たちはここで生まれ、畑を耕し、米をつくってきたのだ。自分たちの生活をぶちこわすようなことはやめてくれ——そう言いたいに違いない。しかし農民は、部落を歩く米兵を黙ってみつめ、黙って連れていかれた。沈黙は彼らの激しい怒りなのだ。

ある軍曹との会話

兵隊たちは部落の中で一休止した。私がヤシの木の陰にすわっていると、一人の兵士が話しかけ

南ベトナムの民衆の死者は約43万人。権力者が戦争を計画し、民衆が被害をうける。1967年、ビンディン省

てきた。口髭《くちひげ》のある軍曹だ。彼は私の横にすわり、銃や手榴弾を肩からはずした。

「ヘイ、君はどこからきたんだ?」

からだ中の汗をふきながら問いかける。

「東京からだ。生まれは沖縄だが」

「オキナワ。そうかオキナワからか、なつかしいなあ。おれもオキナワには三年もいたんだ。おれはズケランにいたが、オキナワの海はきれいだった。ムーンビーチには、オキナワの女たちとよくいっしょに遊びにいったよ。ヘイ、君はマチ子を知っているか」

「マチ子? 知らないな。どこの人だい」

「君はマチ子を知らないのか。コザのオクラホマ・バーにいた娘だ。ほら、これがマチ子の写真だ」

「オクラホマ・バーには行ったことはないけど、ずいぶんきれいな女性だな」

「うん。だからおれは彼女を好きになったのだ。ああ、オキナワはよかったなあ。あそこではなんでも好きなことができた」

「ユーは、もうベトナムにどれくらいいるの?」

「十カ月。あと二カ月で故郷のキャスパーへ帰れるんだ。君はキャスパーへ行ったことがあるか。……なんだ、キャスパーを知らないのか、ワイオミングだ。空気の澄んだいいところさ」

「ワイオミングなら『シェーン』という映画で見たことがある。ロッキー山脈があるところだろう」

「よく知っているじゃないか。おれはあの山がとても好きなんだ。山の上の雪を見ていると、気持ちがスッとする。それにベトコンもいないしな。君は、ベトコン見たことあるか。去年の十月、イアドラン渓谷の戦闘のとき、多勢のベトコンがいたな」

「あの作戦のとき、ユーは前線にいたの？」

「ああ、ベトコンの弾がビュンビュン飛んできてな、ホプキンスもビリーも、おれの仲間は大勢死んじゃった」

「こわかったかい」

「うん、おれは十年も軍隊にいるが、あんな激戦は初めてだ。セカンドワー（太平洋戦争）のことは親父から聞いていたが、勇ましいと思っていた。実際の戦闘は勇ましいより恐ろしいな」

「ベトコンをどう思う？」

「どう思うって、アイツらはコミュニストじゃないか。レッドチャイナのライフルでおれたちの仲間を殺しているんだ。だからおれたちは戦っているのさ。このままほうっておいてみろ、アジアはコミュニストだらけになるぞ。君の国ニッポンもだ」

「………」

「おれたちは、アジアのために一生懸命戦っているのに、ベトナムの政府軍はどうだ、ベトコンにやられてばかりいるじゃないか」

一瞬、彼のヒトミに暗いものが宿ったように思えた。死んだ仲間の顔が通りすぎたのかもしれない。彼はアジアがコミュニストの国にならないように戦っているのだと言う。自国の存亡興廃を賭けて戦うのと、他民族の赤化防止のために戦うのと、戦う切迫感、使命感は同じだろうか。戦争傍観者の私には、それがわからなかった。

「君の国にも、コミュニストはいるか」

「うん、大勢いる。でも何も問題は起こらないよ」

「不思議だな」

「ユーはニッポンへ行ったことないのか」

「何回も行った。トーキョー、ハコネ、キョート、ナラ、ベップ……ニッポンはいいところだ。この前におれが行ったとき、ちょうどサクラが咲いていた。キョートのサクラはきれいだった。君は銀座を知っているか」

「銀座で仕事をしていたので、よく知っている」

「そうか、銀座はきれいな女性がいてすばらしいところだ。しかしなんでも高いな、世界で一番高い。ニューヨークよりも高い。銀座にいたのなら、クインビーのアヤ子知っているか。ほら、これがアヤ子の写真だ」

「クインビーはハイクラスのナイトクラブだから、行ったことはない」

「そうか、でも君は、きれいで親切な女性のいるニッポンの国に生まれて幸福だ」

「隊長がドナッているよ」

「また戦争だ。さあ、でかけよう」

「その手袋はなんでするんだ?」

「ライフルを撃ち続けると手がしびれるからさ。君も弾が当たらないように気をつけろよ」

「ユーもな。また会おう」

「OK」

私はこうした雑談を、米軍の兵士、政府軍の兵士、農民と何度も繰り返した。そのたびに感じられたことは、それぞれ個人の立場によって、ものの考え方がこんなにも違うのかという点であった。同じ人間でありながら、東洋のベトナム兵とアメリカ兵では全く違っていた。

恐れられる韓国軍部隊

A中隊の作戦が終わり、私はラッツ・ドッグの基地へ帰った。各外国の通信社、テレビ会社の記者やカメラマンも、それぞれの部隊の作戦からもどり、タイプをたたいたり、フィルムを整理していた。そのなかに、NBC放送で仕事をしている韓国のAカメラマンがいた。Aカメラマンと私は夕食をもらいにいくことにした。兵士たちが並んでいる。前線基地では、鉄カブトをかぶり、銃を持ち、食事中に襲撃があった場合でも戦闘ができるようにしておかないと食事はもらえない。

メス・サージェント（食糧担当軍曹）が目を光らせて、銃を持たないで並んでいる兵士をどんどん追い返している。記者たちは銃も鉄カブトも必要ないが、B社のカメラマンがシャツとゾウリをはいたまま並んでいたら「せめて、くつぐらいはいてきたらどうだ」と皮肉を言われていた。マッシュポテト、缶詰めのニンジン、肉、パン、と、量は十分にある。彼らは戦場で缶詰めを食べ、前線基地では温かい肉を食べる。この前の戦闘で死んだ解放軍が、塩で味をつけたにぎりめしを腰の袋に入れていただけなのにくらべ、ずいぶん差があるものだと思った。私はテントの前に腰をおろして夕食を食べながら、Aカメラマンから朝鮮戦争の話を聞いた。

Aカメラマンは、朝鮮戦争にも従軍していた。私はいろいろな場所で、ベトナム人から韓国軍に関する話を聞かされていた。猛虎師団の基地があるクイニョンで、あるベトナム人は「韓国部隊は民衆を殺しすぎる」と言っていた。こうした意見を私はずいぶん聞いていた。

私は自分でその真実を確かめようと、韓国の部隊へ行ったときは、四日間待って作戦がなかったのでサイゴンへ帰り、その後行く機会がなかったのであるが、韓国兵のいろいろな意見を聞くことができた。

韓国の一将校はこう言った。

「日本は韓国のように、国を二つに分けられて戦ったという経験がない。だから、このことがどれほど悲劇的であるか、実感として理解することはできないだろう。朝鮮戦争で私たちは北朝鮮軍から、言葉では表現できないような虐待を受けた。そのとき、われわれは北朝鮮軍を激しく憎み、その背後にある共産主義を憎んだ。韓国の人々は、身をもって共産主義の恐怖を感じている。ベトコンも同じだ。彼らもコミュニストだ。コミュニストは民衆のなかにかくれている。コミュニストを民衆から離すためには、民衆に、コミュニストといっしょにいると君たちも戦闘にまき込まれるぞということを、身にしみて感じさせなくてはいけない。残酷な方法だが、これが一番効果がある。私たちは朝鮮戦争の経験で、このことをよく知っている。そのかわり、ベトコンから離れた民衆には徹底して援助する」

共産主義に対する憎しみと恐怖、という韓国人の気持ちもいろいろと聞いた。ごく親しくしている人たちからそう言われると、私としてはわからなくなるばかりであった。

同じ民族でありながら、二つにわかれて憎しみ合う韓国と北朝鮮、北ベトナムと南ベトナム、政府軍と解放軍――この問題を、私は理想論で考えようとした。

解放軍は農民ではないか。彼らは民族独立のために戦っているのだ。アメリカは、どうしてベトナムへきて民衆を殺さなければいけないのだ。南ベトナム政府は腐敗政府ではないか、どうしてアメリカの援助で農民を苦しめなくてはならないのだ。君たちには民族の意識がないのか。アメリカにベトナムを売る気か――このように考えることは容易であった。自分が正義に味方するもののように思えた。

しかし、そう単純に考えられないものがあることを知った。ベトナムには長い植民地としての歴史があり、ここから生まれてくる特殊な感情は、私たちには理解できない何かがあった。その〝何か〟を知ることはできないのではないかと思った。私たちにはそういった経験がないからだ。あの、沖縄が戦場となったときに受けた沖縄の民衆の気持ちは、本土の人々にはどんなに説明しても、実感として理解してもらえないのと同じであった。

南北分断の悲劇

韓国軍は東洋人の感覚で、ベトナム戦争が武力だけでは解決できないことを知っていた。この点アメリカ軍と違っていた。韓国軍は各部落に農耕機や医薬品を送り、宣撫《せんぶ》工作に力を入れていた。しかし、夫やむすこを銃弾で追われた民衆が、農耕機をもって心から喜ぶことができるか。そういった点に苦心をしているように思えた。

NBCのAカメラマンは、

「私たちも北朝鮮も同じ民族だ。だれでも基本的には民族の統一を願っている。しかし、分断されてから長い歳月がすぎ、いろいろな点で私たちと北朝鮮とは離れてしまっている。そこに悲劇がある。だれも統一を望んでいないのなら、お互いに国境だけを守っていればよい。ベトナムでも、南北の統一を願う気持ちは民衆のだれもが持っている。しかし、君もベトナムへきて見ている通り、南北ベトナムが統一できるまでにはたいへんな時間がかかるのだ。しかも時間さえたてば統一できるのかというと、そのことに関してハッキリとイエスとは言いきれない。いままでに、そういった歴史の事実がないからだ。人間の歴史には、これで完成、これで終わりということはない。地球の歴史は、まだまだ初期の段階なのだ」

私はAカメラマンの話を聞きながら、日本はなんと平和な国だろうと思った。日本を出る前までは、日本に失望し、東京のわずらわしさを呪ったが、それはゼイタクな悩みだと思った。日本の青年の挫折感がよく問題になる。が、こんなものは、ほんとうにゼイタクな悩みなのだと思った。

この前に日本へ帰ったとき、解放軍の中にはいって民族独立の闘争を助けて戦いたいという青年に何人か会った。彼らは、スペイン市民戦争にヨーロッパの各国から参加した義勇軍の正義感にうたれていた。ヘミングウェーの描く『誰がために鐘は鳴る』の主人公、ロバート・ジョーダンに自分を置き換えていた。解放軍の女性と恋を語る姿を想像した。現在の日本でこういった気持ちになることは、私には理解できた。しかし、これもゼイタクな希望だと思う。

私は解放軍の中にもいろいろな悩みがあると思った。銃をとって、アメリカ軍、政府軍と戦う解放軍兵士の全員が民族独立を願い、ただ一直線に死をも恐れずに戦っているとは思えない。解放軍も苦しい戦闘を続けている。彼らも人間だ。人間としての欲望や悩みが必ずあるに違いないと思う。アメリカ帝国主義を非難し、民族主義をとなえるばかりの人間だけではあるまい。私は、そういう人にはあまり人間的な親しみを感じることはできなかった。彼らは農民だ。自分の土地や家族を守るために戦っているのだろう。追いつめられた農村の青年が現在を生きる方法は、銃を持って戦う以外になかったのではないか。

解放軍の中には政治委員と呼ばれる共産党員がいて、その人を中心にして組織が動いていることは、三年間の従軍生活中に、いろいろな解放軍の書類や、捕まえられた人々の証言から知らされていた。もちろん、その人たちは、長年の植民地政策からベトナムの解放を実現するための民族意識から立ち上がったコミュニストではあったが、理論を理解できないうちに銃を持って戦い、自分の現在の生き方に悩んでいる人たちもあるに違いないと思った。その人たちの悩みは日本では理解できないだろう。

Aカメラマンと私が話しながら夕食をし、アンケーの基地から持ってきたバーボンウイスキーを飲んでいると、PIOのヒッチコック大尉がきて、これから第一騎兵隊のK大佐が、現在までの作戦状況と、あすの計画を説明するという。

前線基地では、毎晩、その作戦の総司令官から戦闘状況を説明する記者会見があった。司令部のテントには、NBC、ABC、CBS、AP、UPI、パリマッチ、ロンドンタイムスの記者が並んでいる。K大佐が作戦を説明する。私は、その大佐の風格に興味を感じた。二十五年以上は軍隊にいる完全な軍人の風格を備えた人物で、大佐の説明は、人間の感情のはいる余地のないほど完璧な作戦説明であり、いかにして解放軍をたたくかということに徹した説明のしかただった。そこには、ベトナムの民族主義も、アメリカの一兵卒の死の悲劇も、農民の苦しみも……と考える、私のそんな感情を受けつけない軍人の姿があった。

若い兵士の恐れ

明早朝、ボンソン西方五十キロの渓谷へヘリコプター六十機、二個大隊の奇襲作戦を開始する、そこには解放軍の大隊が集まっている、という情報がはいっているそうである。ＮＢＣ放送のクルー、パナ通信の嶋元啓三郎カメラマンとともに従軍することになった。私たちは記者クラブのテントへ帰り、ヘリコプターの集結地へ行く用意をする。もう暗くなった中部ベトナムの空を飛んで、ヘリコプターはかわいた田へ降りた。そこには、明朝の作戦に参加する第一大隊Ｃ中隊の兵士たちが集まっていた。われわれが行くと、大隊長のＢ中佐が作戦の説明をした。明朝五時に大隊は出発するという。

将校がきて、あすの作戦には第一波のヘリコプターで行くか、第二波で行くかと聞いた。毎度のことながら、私はこれで迷う。第一波で行く場合、地上で解放軍が待ち伏せしていたら、ヘリコプターから飛びおりるところを機銃掃射でなぎたおされてしまう。それどころか、ヘリコプターごと落とされてしまう。第二波でいけば、危険度は薄れるような気がするが、結局いつも第一波で行くことになってしまう。最初に何かが起きるような気がするからだ。

第一波で行きたいと言うと、将校は私を一台のヘリコプターのところへ連れていき、日本人のカメラマンだがあすの作戦のときにいっしょに連れていってやれ、と言った。かわいた田の上にヘリコプターが黒いシルエットを見せ、作戦に行く兵士たちが七人ずつそこにいた。米軍がヘリコプター作戦を行うときは、七人の兵士をのせて目的地へ飛び、兵士たちをおろしてまた戻り、次の兵士をのせて運ぶ。南ベトナム政府軍の場合は、からだが小さいので九人から十一人ぐらいまでのせる。

もう暗くなって、兵士たちの顔もわからない。私はヘリコプターの横にテントを広げ、リュックをまくらにして眠る準備をした。兵士たちも横になり、ヒソヒソと話しあっている。若い感じの兵士が横にきて話しかけてきた。何歳かと聞くと十九歳だと言う。

「君はこわいかい」と私は聞いた。

「うん、作戦の前夜はすごくこわい。眠れないくらいだ。ヘリコプターで飛びおりたところで何が起きるかわからないもの。地上についてしまえば安心する。飛んでいるときまでがこわいんだ。君はどうだ？」

「ぼくも、前夜はこわい」

「それが当たり前だ、ここにいるみんながこわいと思っている。おれの家はフロリダだが、いっしょにフロリダを出て、同じ部隊にはいれた友人が、先月の作戦で頭を撃たれて死んでしまった。おれはあと三カ月で国へ帰れるが、友人の家族に会うのがつらい」

少年のような兵士は、恐怖をまぎらわせようと思ったのか、いつまでも話しかけてきた。話しかけるというより、彼が一人でしゃべっているという感じの話し方だった。

ヘリコプターに乗って目的地へおりる前までというのは実にこわいものだ。経験が多くなれば、それだけ恐怖感は強くなる。私も従軍するたびにこわくなっていった。若い兵士たちは全く環境の違う東洋へきてとまどい、周囲にあるものは全部敵だと思いこんでいる。だから彼らはキャンプの外へ百メートルも出るのに、銃を持たないと歩くことができない。兵士たちが作戦の目的地へ行くのに、恐れないほうが不思議だ。兵士は話し疲れるとごそごそと眠る準備をはじめた。私も星空を見ているうちに、昼間の疲れでいつの間にか眠ってしまった。

解放軍の夜襲

×月×日

突然、激しい銃声と、頭上をかすめる銃弾の音で目がさめる。目がさめるという言葉で表現するのは適切でない。あおむけに眠っていたのが、一瞬のうちにピタッと地面に吸いつくように伏せる。曳光弾《えいこうだん》を引いた銃弾は闇をぬうように頭上を飛びかう。解放軍の夜襲だ！　心のうちで叫んだが全く様子がわからない。銃弾は十字砲火のように、いろいろな角度から飛んでくる。

兵士たちは応戦するどころか、伏せたまま身動きもできない。私は鼻の先を地面におしつけて一ミリでも低くなろうと思った。空気を切る弾のゾッとするようないやな音、どうか頭にだけは当たらないでくれと祈る。夜襲を受けたことは何度も経験していたが、そのときは塹壕の中にいて、周囲の兵士たちは応戦の態勢にあった。しかし、今回はかわいた田の上で、ただひたすらに弾の当たらないことを願い、じっとしていなければならなかった。この作戦に従軍したことを深く後悔する気持ちが起こってくる。前線基地は安全で、アイスボックスにビールまであるはずだった。

このときの恐怖は、南ベトナム海兵大隊のヴイン軍曹と、野営地の中へ忍び込んでくる解放軍の夜襲を待っていたとき、あのからだを押しつぶすような闇の中で受けた恐怖とは違っていた。解放軍を待つ闇の中では、気が狂うのではないかと思うような静寂と戦うという気持ちだった。しかし、こんどの場合は、へたな床屋にひげをそらせながら、床屋の手元が狂ってノドや耳を切られはしないかと、ビクビクしているような気持ちに似ていた。どうかからだに弾が当たらないでくれと祈りながら、頭上の銃弾に肝のちぢまるような思いをしていた。

伏せていた兵士の一人が叫んだ。

「ベトコンは山のほうだ。先にある畦《あぜ》にかくれれば、おれたちは安全だ」

十五メートルほど先に、三十センチぐらいの高さの畦があった。そのかげに身を伏せれば銃弾はさけることができる。彼はそう判断したようだ。兵士たちは地面に吸いつくようにして少しずつ移動した。私も、移動することによって弾が当たるのではないかと思ったが、そのままの姿で弾道の下にいることはなお耐えられなかった。モグラのように土の中にもぐれたらなと思う。

兵士たちは畦まではたどりついたが、弾の中で少しでも低くなろうとしているときに、からだを動かして畦を越えて向こう側に移ることができずに、畦の前で動けなくなってしまった。わずか三十センチほどの高さの畦を、これほど高く感じたことはない。しかし、越えなければなお危険であった。

二人の兵士が手をつないだまま「一、二、三」とかけ声をかけて跳び越えた。ちょうどカエルがはねたようにとび、畦の向こう側へ姿を消した。まさに神技を感じさせるような素早さだ。どうして手をつないだのか、きっと二人であれば恐怖もうすれると思ったに違いない。「早くこい」と向こう側でどなっている。兵士たちは思い切ったように次々と跳び越えた。銃弾がヘリコプターに当たるビシビシという音が聞こえた。

私も大きく息を吸って、土手に手をかけると一気に跳び越えた。私は畦の壁にできるだけからだをつけた。畦の土を重く私のからだに感じたとき、助かるかもしれないという安心感がわいてきた。見張りの兵士が応戦しているようで、銃弾はいろいろな角度から飛びかかっていたが、私の周囲にいる兵士は応戦どころでなく、だれも銃を持っていなかった。銃は彼らが眠っていた場所にあり、畦まで彼ら自身が這《は》ってくるのがやっとで、銃を持つだけの余裕がなかったのだ。

私のカメラも眠っていたところにあった。銃を持つことによって安心感を保つことができるのを知っている兵士たちが、銃を持つだけの余裕がなかったのだから、相当に驚いたようだ。

ボンソンの基地からガンシップが飛んできて、私たちの周囲に照明弾を落としながらぐるぐる飛びまわり、やがてヘリコプターは地上に機銃掃射を加え始めた。機関銃の曳光弾が一本の線のようにつながって地上へ流れていくのが見える。兵士のだれかが撃たれて田の上に動けなくなっているという声が聞こえた。時計を見ると二時二十五分だった。襲撃されてから、まだ十分か十五分ぐらいしかたっていないのだろうと思った。ヘリコプターから機銃掃射が始まると地上の銃声はとまり、兵士たちが動きだした。私もカメラを置いてある位置にもどった。兵士たちは銃をとり、手榴弾をつけたりして戦闘準備をしている。また襲ってくると思ったのだろうか。

一人の若い兵士が泣きながら吐いており、仲間が背中をさすってなぐさめている。急激な恐怖が彼にショックを与えたのだ。軍医のところへ連れていって鎮静剤を飲ませてやれ、と横にいた兵士が言った。田の上では負傷兵の手当てをし、ヘリコプターの損害を調べているのが、照明弾のあかりで見ることができた。何人くらいの解放軍が攻撃を加えたのかはわからなかった。ビンディン省ボンソンの周囲は、政府軍と第一騎兵師団によって連日のように作戦が繰り返され、砲爆撃によって部落は焦土と化しているのに、解放軍は米軍の陣地になぐり込みをかけ、兵士たちを傷つけ、あわてさせているのには感心せざるをえなかった。

このような襲撃は、解放軍にとって非常に効果的であった。ふくれあがる強大な米軍と豊富な物量。解放軍も北ベトナム正規軍も、武力によって米軍をたたきのめすということは絶対にできない。第二のディエンビエンフーを再現させることは不可能といってよかった。解放軍にできることは、頑強《がんきょう》な抵抗によってアメリカを疲れさせることであり、この点に解放軍は自信を持っていると思われた。

アメリカ軍の死傷者はふえる一方で、同時に莫大な軍事費も消費された。現在の戦闘態勢を続けていけば、現状の倍の米軍がきても、解放軍を決定的に参らせることができないのは事実である。南部デルタの広大な地区も、米軍は手をつけることができないままに、中部、北部の戦闘で苦戦していた。米軍を全滅させることはできなくとも、米軍をもっと殺し、もっと莫大な軍事費を使わせることはできるぞ、というのが解放軍の戦略であり、これから米軍の兵力がどんなに増加しても戦争を引き延ばす自信を持っていた。戦争を引き延ばし、アメリカ内部からの崩壊を待つ、それが解放軍の戦略であるように思えた。

「こうなったら米軍はいくらでもこい。ベトコン一人を殺すことがどれだけ高くつくものか思い知らせてやる」そういった様子が感じられた。事実、十七度線国境近くの北ベトナム兵と米海兵師団の戦闘には、第二軍管区の中部を守るための第一騎兵師団、第二十五歩兵師団が応援に行かなければならないほどである。これがもし、十七度線を越え、米軍と政府軍が北ベトナムへ侵攻したら、現在の兵力の数倍も必要であろうと思われ、アメリカは核兵器を使用し、ベトナム民族をつぶす以外に勝利は得られないのではないか、と考えざるをえなかった。そういったことを考えさせる効果的な夜襲だった。

ヘリコプターの中の黒人兵

五時、ヘリコプターは次々に渓谷を飛び上がった。ボンソンの基地に一時集結した部隊は、やがて一直線になって目的地へ向かって暗い空を飛んだ。前方を飛ぶヘリコプターのテールランプがイルミネーションライトのように並んで渓谷の間を抜け、山を越えていった。

私の横には、これから戦闘を行おうとする兵士が七人、石のように黙ってすわっている。カフマ

農村は地上からも空からもたえず狙われていた。メコンデルタ

ンという軍曹が一人、あとは一兵卒で、黒人が四人いた。彼らが不安な気持ちでいることは、顔は見えなくとも雰囲気でよくわかった。

隣の黒人兵は何を考えているのだろう。これから行われようとする戦いに、どれだけの使命感を持っているのだろう。彼はアジア、ベトナムについて、どれだけ関心を持っているのだろう。兵隊に召集されるまではおそらく考えてもみなかったろうし、現在でも、彼はベトナムのことなど知りたいと思わないのではないか。彼はきょう一日無事であることを願い、早く本国の家族のところへもどりたい、そう思っているのではないだろうか。

私は、なるべく無理をしないで無事に国へ帰るようにしなさい、と言いたかった。この兵士だって彼が望んで戦争をしているんじゃないんだ。こんなところで死んだって名誉にはならないだろう。

しばらく飛んだころ、先頭のガンシップから次々とロケットが発射され、闇を縫うようにして一直線に飛んだロケットが大地に赤い火柱をつくった。それが合図のように、ヘリコプターからいっせいに地上を目がけて機関銃が撃ち出された。それは実に迫力があった。何十台と並んで飛ぶヘリコプターから、機関銃の曳光弾が無数の列をつくって地上へ流れていった。私が乗っているヘリコプターの機関銃手も引き金をひいた。

機関銃はタッタッタタタ……と音をたて、赤い鉛のかたまりが地上へ飛び出していく。思いつめたような顔で引き金をひく指に力を入れる機関銃手の顔は、私が前に写真で見た、ミケランジェロのダビデの像を思い出させた。かすかに明るくなってきた空の光にうつる彼の顔は、機関銃を撃つことに全精神をかたむけていた。私はその表情を美しいなと思った。引き金の指の力を抜いた瞬間に彼は平常の顔にもどり、それはこんなに美しくはないだろうと思えた。

私は兵士に続いてヘリコプターから飛びおりて走った。兵士たちはそれぞれの方向へ銃を撃ちながら走り、ヘリコプターは私たちをおろすとまた飛び去っていった。私は隣にいた黒人兵の姿を見失い、近くの兵士のあとを追いかけた。いくつかの銃弾が空を切って飛び、兵士たちはいっせいに伏せた。ロケット弾のぶつかったところのあちこちが燃えている。

周囲で銃声は起こっているが、どのような状態になっているのかわからない。私たちのいるところで戦闘は起こっていなかった。ヘリコプターは次々と兵士を運び、シヌークと呼ばれる大型ヘリコプターが一〇五ミリ砲を運んできて、たちまち砲陣地をつくりあげた。

私は兵士たちと森林の中を歩きまわった。部隊は、山の中で家を見つけると次々に焼いていった。そこは米倉になっていたが、ベトコンに米の補給をさせないためだと言った。山の中には、穴を掘ってその上を木でおおい、解放軍が生活したあとがあった。

これまでも私は山の中の作戦で、そのような解放軍のいた場所を何回も見た。たいてい、谷間の水の流れている場所から近いところにつくられてあった。米軍の偵察機は執拗に獲物をねらうハゲタカのように空を飛んでいたし、機動力のある米軍は、突然山の中まではいってくるので、彼らは慎重すぎるほど身をかくすことに気を使っていた。慎重にすることが自己の生命を守る手段なのだ。山にかくれて、米軍のスキを見つけて奇襲をかける、ゲリラ戦法は効果はあったが、物量の豊富な米軍と比較すると、きびしい条件のなかで戦っている様子がわかる。

後の作戦に従軍したときだったが、ビンディン省の海岸に近い地区のタムクァンで、解放軍の捕虜収容所が第一騎兵師団によって発見された。それは四百メートルくらいの小高い丘から切り込んだ谷底につくられてあったが、表面は木でおおわれカムフラージュされていた。

谷底には清水がわき、ブタやアヒルを飼う場所があり、解放軍兵士の住むところがあって、その中央に鎖の並んだ捕虜収容所があった。そこには四日前まで解放軍兵士が生活していたといわれたが、米軍が作戦を開始するまでは、かなり安全な解放軍の司令部としても使用されていたのではないかと思われた。

現在のように戦争がベトナム全域にわたって広がる前までは、解放軍の聖域といわれる場所があり、政府軍ではよほどの大きな部隊でないと、そこを襲うことはできなかった。たとえ攻撃しても、その作戦は事前に解放軍側にキャッチされ、政府軍が行ったときにはすでに逃げてしまっているか、待ち伏せされるといったありさまだった。

しかし米軍が機動力を発揮して各地に攻撃を加えるようになってからは、解放軍側にとって聖域といわれる場所は少なくなった。それで、ヘリコプターによって奇襲のかけにくい山の斜面などに、かくれ場所をつくるようになったのではないかと思われた。

解放軍の病院

突然、銃声とともに風を切る弾の音が私たちの頭上を襲い、兵士たちはそれぞれに低い位置を見つけて伏せた。先頭を歩いていた小隊が応戦していたがすぐ銃声はやんだので、先頭のグループのほうへ行ってみると、解放軍の兵士が射殺されて岩陰に落ちている。

周囲を歩きまわっていた兵士が、大きな岩の間にベトコンの病院を見つけたという。それは二階建ての家ほどもある岩が何枚か重なり合った場所にあった。岩の間の中は広く、懐中電灯で照らされた場所には、木で造ったベッド、ナベ、茶碗と医薬品が残されている。湿気が多く不衛生のように感じたが、米軍でも、ベトコンがわれわれに向かって撃ってこなければ、この場所を発見することはできなかったと言っていたように、外観から非常に発見しにくい場所であった。

米軍についてきた南ベトナム政府軍の通訳は、射殺された死体の持ち物を調べていたが、この兵士は北ベトナム兵だと言った。中国製の新しい自動小銃と弾丸を入れたマガジンを四本持ち、背中にはナップザックのようなリュックを背負い、腰には塩で味をつけた大きなにぎり飯を入れた袋をさげ、ホーチミン・サンダルをはいている。山の中で着つづけたのであろう、うすい緑色の軍服は泥でよごれていた。

この場所で野営することになり、兵士たちは壕を掘り、その横にテントを張って、夕食の用意を始めた。夕食といっても缶詰めを固形燃料で温めるだけの簡単なもので、飯盒《はんごう》にお湯をわかしてコーヒーをいれて飲みながら缶詰めを食うのであった。私もシャベルを借りて穴を掘った。

それぞれに夕食を食べているとまた銃声が起こり、何発かの銃弾が飛んできた。一息ついているところをねらってきたもので、それはすぐやんだが、そのたびに何人かが負傷し、兵士たちにとっては全く気が抜けない状態で、絶えず神経をつかっていなければならない。

一年中暑いベトナムでも、山の中の夜から明け方にかけては底冷えがする。ポンチョというかっぱ兼用のテントを張り、エアマットを敷いて軍服にくつをはいたまま横になり、折りたたむと小さくなる毛布をかけて寝るが、それでもかなり寒い。とくに雨期の場合は雨が吹き込み、テントの周囲に水よけの穴を掘っても水はどんどん流れ込んでくる。それに雨期の場合はぬれたまま寝るので、からだも相当疲労して、マラリアなどの風土病にかかりやすくなる。

そういった点では米軍も苦労しているが、山の中にいる解放軍は、エアマット、テントもなく、私たちの想像以上に苦しい生活をしているようだ。

アメリカの「ヒューマニズム」

×月×日

解放軍の夜襲もなく、私たちは山の中で朝を迎えた。山の中には小鳥が多い。一年中砲声の絶えない、村や畑から逃げてきた小鳥たちかもしれない。鳴き騒ぐ小鳥の声で目をさまし、谷川で顔を洗っていると、ここで戦争が行われているのだとはどうしても思えないような雰囲気を感じた。兵士たちが朝食用のコーヒーをわかしている。白い煙が谷間からたちのぼり、私は日本で大菩薩峠へキャンプに行ったときのことを思い出した。

朝の空気はさわやかで、その感じも日本の山の大気と似ているように思えた。

もうずいぶん前のことだ。秋も深くなった紅葉の大菩薩峠の岩の上に、私は女性とすわっていた。「こうして、いつまでもじっとしていると、私たちまで、赤く染まってしまうようね」とその女性は言った。それほど、みごとな紅葉であった。ここには紅葉はなかったが、熱帯の植物が谷川の上をおおい、色彩の豊かな鳥が枝から枝へ飛びまわっていた。

しかし、そんな平和な時間は長くは続かない。ガンシップと呼ばれるヘリコプターがすごい音をたてて私たちの頭上に飛んでくると、小鳥たちは一瞬のうちに逃げ去ってしまった。ガンシップは頭上をぐるぐるまわりながら周囲を警戒し、その間に他のヘリコプターが弾薬、食糧をおろして飛び去ると、迫撃砲小隊は、次々と八一ミリ迫撃砲を撃ち始め、また戦争が始まった。昨夜撃ち殺された北ベトナム兵の死体は、壕の中に入れて土をかけられた。戦争とはいえ、あまりにも寂しい最期のように思えた。彼は北ベトナムから祖国を守るためにという信念を持って戦いにきたと想像されるが、強大な軍事力を持つ米軍との戦いは、彼の想像した以上の苦しい戦闘になったのではないだろうか。

彼はベトナムを守るために山の中にこもって戦い、そして死んだ。南ベトナムの山の中に埋められた彼の遺体は、もうだれにもわからない。戦争の中で彼の青春は終わったのだ。帰らぬむすこを思う彼の両親や兄弟はどんな気持ちだろう……。

それに比べると、政府や会社の上役の悪口を言いながらビールを飲み、公団アパートにはいるために頭を悩ましている日本の私の友人たちは幸福だと思った。

兵士たちはまた山の中の解放軍を捜して歩き、私は大隊長が乗ってきたヘリコプターに便乗してボンソンの基地へもどった。

新聞記者のテントには、作戦に出なかった各社の記者たちがいた。彼らはテントの中で、何かが起こるのを待っている。戦場に出ている部隊が解放軍の待ち伏せにあって激戦になったという情報がはいると、現場へ行くヘリコプターに乗ってさっそくそこへ駆けつけるのである。戦場での取材の方法はいくつもある。テントにいて何かが起こるのを待つ場合、部隊といっしょに行動しながら何かが起こるのを待つ場合、などである。

そのときの勘によって行動するが、生命の危険がともなう取材だけに、記者たちは慎重に判断する。私はアイスボックスのビールを飲んで昼寝をしていると、新聞担当情報将校のヒッチコック大尉がきて「南へ二十キロの部落でベトコン一個大隊が発見され、第一騎兵師団一個中隊が部落を包囲している。待機していた第一騎兵師団の一個大隊が応援に行く」と言う。新聞記者のテントは大騒ぎになる。解放軍が部落で包囲されている。しかも一個大隊である。こんなことはいままでの戦闘にもなかったことだ。事実だとすれば、これはたいへんな戦闘になる。記者たちも興奮してしたくを始め、全員が行くことになった。

そのなかには、ABC放送の平敷安常カメラマンもいる。私たちがヘリコプターのところへ行くと、兵士たちが武装して待っていた。どの兵士も興奮、緊張の表情だった。

兵士をのせたヘリコプターは田園すれすれに猛烈なスピードで飛んだ。解放軍一個大隊が包囲されている。そこではどんな戦闘が起こるのか、私の横で銃を固く握りしめている兵士にも私にもわからない。何か起ころうとしているな、という感じだけである。

やがて、燃えている村が見えたなと思ったら、私は田の上に放り出された。ものすごいスピードで飛びおりた兵士に引きずられるようにして田の上に落ち、急いで畦のあるところまで水の中を這《は》っていった。畦の陰からは兵士たちが手にしたあらゆる武器で、村を攻撃している。頭上を回っているガンシップが、私たちの頭をかすめるように機関銃を撃ち込み、ロケットを放った。ヤシの木の茂る部落の中で、ロケット弾は将棋倒しのようにヤシを倒した。続いて、B57キャンベラジェット爆撃機が爆弾を落とし、次にナパーム弾を落とすと、部落は火の海となった。そのあとをジェット機とガンシップが機銃掃射をする。

私はこんなすさまじい光景を、これまでの従軍中に見たことがなかった。まさに焦土作戦であり、地獄絵図であった。私は芥川龍之介の『地獄変』という作品の主人公になったような興奮状態の中にあった。

噴きあがる巨大な炎も、頭上で鋭い音をたてて飛ぶロケットの音も、周囲に響きわたる機関銃の音も、地上で爆発して土煙を上げる砲弾も、人間を興奮させるすべての要素を持っていた。不思議にもその間、私は部落の中にいる筈の民衆の存在を全く感じなかった。ただそういったすさまじい光景に心を奪われていた。

炎は田の水に映え、横でライフルを撃っている水兵の顔を真っ赤に染めている。そのとき、狂ったように水牛が部落から走り出てきた。すかさず兵士の一人が、水牛にライフルを撃ち込む。水牛は五、六発の銃弾を受けたようだが倒れない。さらにライフルを撃ち込み、水牛が水田にどうっと倒れると、兵士は「ウォーッ」という異様な声を発した。それは非常に動物的であり、本能的な姿に見えた。

と、燃える村の中から、子供を抱いた二人の農婦が何か叫びながら出てくるのが見えた。

「女だ、射撃をやめろ！」兵士の一人が叫ぶ。兵士たちは撃つのをやめ、農婦のほうを見て、その中の一人が「オーイ、こちらへこい」と叫んだ。農婦の姿を見て、兵士たちは自己を取りもどしたように思えた。二人の農婦は私の姿を見ると、ベトナム人と思ったのか、そばへきて、何か一生懸命言っている。

しかし、私には、彼女たちが何を言っているのか理解できない。突然、自分の村を襲ったできごとから必死に逃げて、言葉ではとても表現できないような恐怖の表情を浮かべている。私たちのいる場所は危険だ。私は部隊の司令部と思われるほうを指して、早く向こうへ行くように言った。二人の農婦はすぐそれを理解すると、田の中をころがるように走っていった。兵士がときどき手をかしてやっている。アメリカ人にはそういう性格があった。

彼らは部落に民衆がいるということを考えずに、徹底的に攻撃したが、農婦が出てくると親切な態度になる。そういった情景はいたるところで見た。解放軍の捕虜にも何もしなかったし、傷ついた民衆には手当てをし、子供には食べ物をわけてやっていた。そんなところが、いかにもアメリカ

爆弾、ナパーム弾、ロケット弾などで攻撃される部落から農婦が逃れてきた。
1966年、ビンディン省

的に思える。攻撃命令が出ると、彼らはそこを徹底的に破壊した。いま、私の目の前で行われているように、あらゆる武器をつかって攻撃した。もちろん作戦命令であり、その場所に敵がいれば、まわりの民衆のことなど考える余地もなく攻撃する。それが兵隊という、特殊な感情に育てられた人間の義務かもしれない。

しかし、第三者で傍観者の私から見ると、足をぶった切っておいて、あとでヨードチンキをつける、それがアメリカのヒューマニズムか、と言いたくなるような場面にいくどか直面した。

南部メコンデルタ地帯の都市、カントーの近くで起こった事件の場合もそうである。

一九六七年一月、米軍のヘリコプターと河川哨戒艇が、ベトナムのテト（旧正月）のために農産物をサンパン（小舟）に積んでいる農民を、解放軍部隊の移動と間違えて攻撃し、三十八人の民衆が死傷した事件だ。負傷者が収容されたフォンディン省の国立市民病院は、腕や足をもぎ取られた女子供が泣き叫び、地獄のような惨状で、こんな悲惨なことが現代の社会でどうして起こらなければならないのか、と私はたいへんなショックを受けた。

ところが、その病院で使用している薬品は、すべてアメリカ製なのである。アメリカの銃弾によって傷つき、アメリカの薬品によって手当てを受けている皮肉な現実を目の前にして、私は考えこまざるをえなかった。

沖縄にいる祖母が言ったことを思い出す。

「私たちは爆弾で、家も夫も失ってしまった。私たちがキャンプに収容されたとき、アメリカ兵たちはいろいろとめんどうをみてくれ、これが洞穴の中に隠れていた私たちを火炎放射器で撃った人たちなのだろうかと思ったさ」

燃える村にはいる

農婦たちが行ってしまうと、一人の兵士が、部落の中にだれか立っていると叫んだ。兵士の指さす方向を見ると、燃え上がる家の前のヤシの木陰に、黒い服を着た人間がいる。兵士が「出てこい」と叫んでも、その人影は動かなかった。兵士はライフルをとりあげると、そのヤシの木めがけて何発か撃った。木によりかかるようにしている人影は少し動いたようだが、そのままの姿勢をくずさない。兵士はいきなり田の中をかけて部落へとびこんだ。

ヤシの木の前まで行くと、兵士はその人影を引っぱり出すようにして部落から出てきた。それは黒い農民服を着た老人だった。すっかり気が動転していて、私に何か言おうとしていたが言葉にならない。私は部落に対する壮烈な攻撃を見て興奮状態になっていた。しかし部落の中にいた老人にとっては、想像を絶するショックだったに違いない。

二人の農婦と老人を見てわれにかえった。いま攻撃されている部落の中には、多数の民衆がいるに違いない。その人たちはどうしているのだろう。ベトコン一個大隊がいるといったが、私たちのいるほうへ反撃がなかった。いったいどうなっているのだろう。気がついてみると、からだには五センチほどもあるヒルが無数についていた。田の中に伏せて畦のかげにいる間に寄ってきたのだ。ズボンをまくりヒルをはがすと、そのあとに血がにじんだ。取っても取ってもヒルが集まってくるので、畦の上に伏せて、弾が飛んできたらすぐ水の中にはいれるようにした。

やがて、兵士たちはライフルを撃ちながら部落へはいっていった。またそこで見た。ヤシの木は倒れ、家は燃え、残った家の壁のハチの巣のような銃弾の跡。傷ついた母の前で四人の子供が泣き叫んでいる。母親は私の姿を見ると、手を合わせて何か言った。しかし、それも言葉としては聞こえない。私は衛生兵を呼んできた。衛生兵は手当てをすると忙しそうに行ってしまった。

傷ついた農婦はまだ手を合わせて何か言おうとしている。こちらまで泣きたくなった。いったいこの人たちは、あすからどうして生活するのだ。もう共産主義でも資本主義でもなんでもいい、早く戦争をやめてくれと叫びたくなる。田や畑で働く農民に主義もヘチマもあるものか。彼らにあるのは黙々と田や畑で働くよろこびだけだ。手を合わせる農婦の顔と、涙と泥にまみれた子供の顔が、私の目にかぶさるようにはいってくる。

死んでいる大きなウシに子ウシが鼻をすり寄せていると、五、六頭のウシが集まってきて、死んだウシのまわりをかこんだ。私は動物にそういった習性があるのを初めて見た。それはたいへん悲しげであり、ウシにも表情があるのを知った。

兵士たちはどんどん部落の奥へはいっていく。私だけがいつまでもそこに残っているわけにはいかなかった。まだ何か言いたげな表情の農民を残していくことは、非常につらい。私も米軍と同じ服装をしているのだ。ほんとうなら私を憎むはずである。それなのに手を合わせて何かを頼もうとするのは、私をベトナム人と間違えたか、東洋人としての親しみを持ったのか、ワラにでもすがりたい気持ちがあったからに違いない。

私は歩きながら一生懸命考えた。どうして民衆がこんなに苦しまなければいけないのだ。いったい一個大隊の解放軍はどこへ行ってしまったというのだ。誤った情報だったのか、それは兵士を興奮させるための手段だったのか。

部落の中央へ行くと、多数の農民が集まっている。村の中を通る深い溝《みぞ》の中にかくれて攻撃をさけていたのだ。みんなはブリキでつくったトランクや箱のようなものをそれぞれに持っていた。農民たちは、これまでに何度も攻撃を受けていた。必要な品物を持っていつでも退避できるようにしていた。しかし、きょうのような攻撃を受けるとは思わなかったのだろう。部落の中央に集まった

爆撃や砲爆にあうと農民たちは、防空壕の中に入る。逃げ遅れて負傷する人も多かった。一九六六年、ビンディン省

農民たちは、はいってきた米兵をおびえた目でみつめ、ものを言う元気もなくすわり込んでいた。すでに太陽は落ちて、農家の燃える火が、すわり込んだ農民の上に弱い光を投げ、彼らの姿をいっそうみじめなものに見せた。

兵士たちは部落で野営することになり、それぞれタコツボを掘り始めた。だれかのシャベルがあいたら借りようと思ってすわっていると、近くで穴を掘っていた兵士が私の顔を懐中電灯で照らして、おれの穴を少しひろげてお前もはいれるようにしてやると言う。すっかり疲れ果てて、穴を掘るという作業にうんざりしていたときだけに、助かったと思った。しかし、それからがたいへんだった。

野営といっても、いっしょになった小隊は部落の端を守る兵士たちで、寝ることなんてとてもできなかったのだ。私たちの穴は三人はいるには狭く、大きな米兵の間にはさまれて、私は夜の明けるまで立ち通しでいなければならなかった。彼らは、夜襲をかけるために忍びよってくる解放軍を警戒して絶えず銃を撃っていた。機関銃手が五分おきに闇へ向かって機銃掃射をすると、その間にライフル小隊もめくら撃ちし、ときどき四七ミリ・グリネード・ランチャーを十メートル先で爆発させ、手榴弾を投げた。

しかもそれだけでなく、ボンソンの基地から絶え間なく撃ってくる一〇五ミリ砲弾は私たちのすぐ目の前で爆発し、その破片がブルブルと竹トンボを飛ばしたような音をたてて飛び、近くの木の枝に当たってカラカラと音をたてた。そのたびに私たちは頭を低くして壕の中に身をちぢめた。隣の兵士は「おい、日本のレポーター。夜も眠らずにこうしている気持ちはどうだ。おれたちはもう八カ月もこうして戦っているのだ。国に残っているやつらは、いまごろあたたかいベッドでワイフとよろしくやっているに違いないのに、おれは蚊に食われて、ライフルを撃たなくちゃならねえ。一度、ペンタゴンのやつらを連れてきて塹壕の中へぶち込んでやりたい。そうしたら、こんなくだらねえ戦争、やめちゃう気になるだろう」。

こういった直接的な言葉で兵士から戦争についての批判を聞くのは珍しいことだった。「これはアグリーワー（醜い戦争）だ」という言葉は何度か聞いた。しかし、それ以上のことはなかなか言わなかった。仲間同士で話し合ってはいても、カメラマンとしての私には言わなかったのかもしれない。しかし、いま同じ立場で穴の中にいる私に気を許したのかもしれなかった。昼の間じゅう戦い、夜は夜で一睡もせずに解放軍の襲撃に気を使う兵士としては、文句のひとつも言いたくなるだろう。それが人間じゃないかと思った。

私は翌朝の民衆の姿を見たかったので残ったのだが、夜も眠れない状態なら弾薬を輸送してきたヘリコプターでボンソンの基地へ帰ればよかったと思った。いっしょにきた記者たちはみんな引き揚げていた。もうこれまでに何回、後悔してきたろう。いつもこなければよかったと思う。しかし、そういったことを繰り返さないと、戦場のほんとうの姿はわからないのではないだろうか。

米軍医の考え方

×月×日

夜が明けるころになって大砲の弾もこなくなったので、穴から出て少し横になる。この時間になれば解放軍の襲撃もないだろう。それにしても、あの農民たちはどんな気持ちで夜を明かしたのだろう。部落の入り口に倒れていた母と子はどうなっただろう。

明るくなってから部落の中央へ行くと、家を焼かれた農民たちは道ばたで食事の用意をしている。兵士たちも缶詰めを温めていたが、その中の一人が卵を持っている農民のところへ行き、軍票を出して売ってくれと言った。もちろん農民は相手にしなかったが、軍票を出して売ってくれとはどういう神経なのか、あきれるよりおかしくなってしまった。

農民たちは、もう泣いてはいなかった。焼け残った家具を整理している人たちもいたし、倒れたヤシの木から実を集めている人たちもいた。負傷した農民はハンモックにつられて、隣の部落の医者まで運んでいかれた。

兵士たちはまた移動を始め、どの作戦でも見られるように、防空壕を見つけると手榴弾を投げ、ライフルを撃ち、部落に残っている比較的若い農民を捕虜として連行した。四人の解放軍兵士の死体を見た。部落で合計十一人の死体が発見されたということだった。きのうの一個大隊は攻撃から逃げたとしても、結局、少数の解放軍であった。

米空軍による誤爆が新聞でもときどき問題になる。私はそれを見ると、何をいまさら話題にするのかという気持ちになる。ベトナム戦争なんて誤爆の連続のようなものだ。こんどの場合は六人の解放軍の死体が発見されているから誤爆ではないというだろう。ベトナム全土にわたって一日に何百という場所で戦闘になる。しかし、それらの部落で解放軍を捕捉して、大きな戦争になるというケースは非常に少ない。解放軍の部隊が農村で昼間集結している場合は少ないからだ。そのとき犠牲になるのが民衆である。

兵士たちが村へはいったときに、そこにいた農夫を連行した。すると、二歳ぐらいになる子供を背負った十歳ぐらいの少女が、連れていかれる父についてきた。見ると、背負われた女の子は背中に傷を受けている。爆弾の破片による傷らしかった。衛生兵がすぐ手当てをした。連行された父親は少女に向かって、家へ帰れと叫ぶように言う。しかし、少女の家は焼けてしまっていた。彼女は父についていきたい。だが父親は、米軍にどこへ連行されるのかもわからないし、不安である。自分だけなら、同じように捕虜になっている仲間もいるし、行った先の様子を見てなんらかの方法をとることができても、傷ついた赤ちゃんと少女がついてきたらどうなるのだ。それに、これからどのくらい歩かされるかもしれないのだ。部落にはまだ仲間がいる。その人たちがなんとかしてくれるだろうから、とにかく帰れ、父親はそういった気持ちでいるように思えた。

中隊付の軍医と話していた衛生兵は、傷の手当てをもっとよくしてあげたいから、少女を基地へ連れていきたい、それまで君が彼女のめんどうをみてくれと言う。私は衛生兵に言った。

「ボンソン基地へ連れていって傷の手当てをするのはよい。しかし、現在作戦中なのに、どうやって少女を基地まで運ぶのだ。ヘリコプターを呼んでくれるのか。基地で手当てしたあと、少女は父親と会うことができるのか。父親はどうなるのか。もし少女が父親と会えない場合、どのようにして部落へ帰すのだ」

軍医と衛生兵は話し合っていた。軍医は言った。「私は医者だ。彼女にできるだけの手当てをしてあげたい。父親はどうなるかわからないが、彼女はアメリカへ連れていってあげたい」

手当てをしてあげるのはよい。しかし、アメリカへ連れていきたいとはなにごとだ。私はものすごく腹がたった。アメリカ兵にはそういうところがあった。すでに何人かの子供がアメリカへ行っているはずである。私はサイゴンで何回もその話を聞いたし、実際にそういった子供を見たこともある。彼らは、サイゴンのカラベル・ホテルやマジェスティック・ホテルへ子供を連れてきてふろに入れ、きれいな服を着せて連れて歩いていた。どのような事情で子供がアメリカへ行くことにな

戦争孤児は70万人以上にもなった。サイゴン市ゴヴアップの孤児収容所

ったかはわからないが、もしその子がアメリカへ行ったほうが幸福になれる環境の子であればそれもよいだろう。しかし、この少女の場合には、アメリカへ連れていきたいというその言葉を聞いて非常に腹だたしいものを感じた。

爆弾を落としたのは米軍である。軍医個人としては少女を助けたい。その気持ちはわかる。しかし、軍医に望むのは無理かもしれないが、爆弾を落とす村に、目の前にいるような子供のいることを事前に考えたことがあるのかと言いたかった。彼らから見れば、ベトナムの農村は貧しい。こんなところで生活するより、豊かなアメリカへ連れていって生活させたほうが幸福だ、そう思ったのだろう。単純なヒューマニズムだと思った。私には、少女がアメリカへ行って大きな家に住んだからといって幸福になれるとは考えられない。

しかし、私が結論を出すわけにもいかない。私は少女と軍医を父親のところへ連れていき、中隊についているベトナム兵の将校を呼んできて、彼ら同士で話をしてもらった。父親は、村にも医者がいる、すぐ帰るように娘を説得した。少女は目に涙をいっぱいためながら帰っていったが、その後ろ姿になんともいえない寂しさが感じられた。それを見て軍医は首を振りながら「かわいそうだ」と言った。父親も、通訳も、私も「かわいそうだ」と思った。しかし、お互いに立場が違い、お互いの気持ちで「かわいそうだ」と思ったのだ。

難民収容所

　現在まで東南アジアで四年間生活し、市民としてのアメリカ人、軍人としてのアメリカ人を多数見てきたが、彼らの西欧的な考え方と、私たちの東洋的な考え方の間に相当な差があるのを感じた。彼らは金や物で人間の幸福をはかりにかけるような見方をするときが多く、ベトナムの農村を見ても、それは非常に貧しく不幸であると思っていた。もうひとつは共産主義に対する考え方であり、彼らは共産主義を生理的に憎悪していたが、それは他の人にとっても同じであろうという考えが強い。したがって共産主義の浸透を防ぐことが、そういう立場にある人々を不幸から救うことだと、彼らは真剣に考えていた。

　そのよい例が、現在ベトナムの各地にふえつつある「難民収容所」だ。これは、解放区の農民を一カ所に集めて、解放軍が民衆の中にとけ込むのを防ぎ、その地帯で民衆を傷つけずに戦闘ができるような目的でつくられたものだ。もう一つの考え方は、貧しい農村で戦火におびえて生活するより、キャンプにはいって、米軍の支給する食糧で生活するほうが楽であり、そのうえ、コミュニストたちといっしょにいないですむではないか、というものであった。

だが、農民の持っている土に対する愛着は考慮されていないのではないかという気がする。貧しいなりにも、長い植民地制度から解放されたベトナム人たちが、少しでも生活を向上させていきたいと望んでいる気持ちをよく理解し、生活向上のための援助をすれば、アメリカは感謝されるだろう。そう考えると、アメリカはベトナムをもっと理解しなければ、この戦争は終わらないだろうと思った。

兵士たちはそれから約四時間歩き続けた。その間に、何回かのスナイパーによる攻撃を受けた。田の中を歩き、山のほうから攻撃されると、兵士たちは伏せたまま動かず、すぐヘリコプターを呼び、空から機銃掃射によって解放軍のいる場所を攻撃させ、その後に大砲で徹底的に周囲を射撃した。見えない解放軍に向かっていき、兵士たちが傷つくのは不利なのだ。私は昨夜は全く眠っていないうえに歩き続けたので、さすがに疲れてしまい、負傷兵を運びにきたヘリコプターでボンソンの基地へもどることにした。

基地の記者クラブのテントは、人数も少なくなっている。この作戦も、もう明日か明後日には終わりそうなので、記者たちはサイゴンへ引き揚げはじめたという。私はフィルムを整理すると、残っている人たちとボンソンの町へシャワーを浴びにいくことにした。PIOの兵士がトラックを持ってきたので五、六人の記者が乗り込む。ここから一号線を十分くらい走るとボンソンの町である。

ボンソンの町へは一九六五年四月、南ベトナム海兵大隊従軍のときに、何度か行ったことがあったが、それから二年近くのうちに全く変わってしまっていた。米兵であふれているのだ。いたるところにランドリーができ、簡単なバーがつくられている。ボンソンだけでなく、ベトナム各地の米軍の駐屯している場所はみんな変わってしまった。高原地帯にあるプレイクは、山岳民族が歩く素朴な山の町であった。が、いまではバーが乱立し、ベトナムの女性がはでな化粧をしている。中には真っ赤な洋服を着ている女性もいた。

シャワーを一回五十ピアストル（百円）で浴びる。木でかこった場所に水をおいてあるだけだが、結構利用する兵士が多い。ビールも高い。サイゴンでは一本二十ピアストルで売っている小びんのビールが五十ピアストルである。これでは、町に住んでいるベトナム人たちにとっては高すぎるだろう。ベトナム人には裏でもっと安く売るのかもしれない。そうでないと、アメリカ兵に高く売って金をもうけている店は、解放軍ににらまれそうだ。

テントへ帰って一眠りする。夕方になって基地の中をブラブラ歩いた。基地の中では、子供がビールやジュースをかごに入れて兵士たちに売り歩いている。子供たちはたくましい。簡単な英語を覚えて巧みに売り込んでいる。現金収入の少ない農民にとって、生きていくためには必要なことで、農婦たちも基地のまわりにビールを並べて売っている。木の枝に鏡をかけて箱を置いただけの床屋もある。兵士たちは軍票で支払っていたが、軍票をピアストルに替えてくれるところまでできてい

「鉄の三角地帯」のシダーフォルズ作戦でフーロイに
強制収容された農民とその子供たち。1967年

る。

近くの川では、子供や農婦が砂袋に土をつめていた。塹壕をつくるための砂袋である。ほんとうは兵士がつくるのであるが、彼らは一袋十セントで子供たちに請け負わせるのだ。ところがこれがたいへんだった。袋を兵士が持ってくるごとに奪い合いである。兵士たちがそれをおもしろがって周囲に袋をバラまくと、子供たちはそこへむらがり、農婦や男たちはそれを押しのけて取ろうとしていた。目は血走って非常に醜い一面を見せられたような気がしたが、彼らにとっては必死なのだ。彼らの兄弟には解放軍の兵士もいるだろう。同胞と戦うためにつくる米軍の塹壕を、金のためとはいえ、どうしてそれほどまで醜く争わねばならないのか。もしこういった考えを持つとすれば、それはベトナムを知らない人たちだろう。私はそんなことをしなければならない彼らに同情し、おもしろがって袋を投げる兵士に怒りを感じた。

もうひとつ理解できないことがあった。兵士が缶詰めをあけて食事をすると、子供は兵士の捨てる缶詰めの残りを拾おうと待ち構え、兵士が投げると争って拾っていた。その中に足の悪い女の子がいて、兵士が投げても走っていけないので見ているだけだった。兵士の一人がかわいそうに思ったのだろう、その子に缶詰めをやった。それはよいのである。そうするとあちこちの兵士が集まってきて、その少女が両手に持てないほどのものが集まった。あとの子供たちはうらやましそうに見ているだけである。私たちであれば公平にわけて、少女に少し多くやる程度ですますだろう。またアメリカ人の一面を見せられたような気がした。

巨大なレーダー

大砲陣地の近くに行くと、そこから「イシカワ!」と呼ぶ声がする。行ってみると、ベトナム海兵隊の砲兵部隊である。みんな知った顔ばかりだ。彼らは口々に「おめでとう」と言って握手を求めてくる。なんのことかわからないので聞いてみると、ピュリツァー賞をもらったではないかと言う。彼らは間違えていたのだ。あれは私でなく澤田という偉いカメラマンだと言うと「日本人が賞を取ったと聞いたので、てっきり君だと思って私たちは喜んでいたが、それは残念だった。ぜひ来年は君が取ってくれ」と言う。彼らの気持ちはうれしかった。夕食をいっしょにしていけというので、久しぶりにインスタントの米軍の食糧でなく、ニワトリや野菜の煮たものを食い、米の飯を食べた。

彼らの話によると、南ベトナム海兵大隊も変わっていた。前線司令官のエン中佐は大佐に昇進し、私が長い間従軍した第二大隊のタン少佐はアメリカへ留学し、ミン少佐が第二大隊の指揮をとっていたが、ミン少佐はフエ市からクアンチ省へ通ずる一号線をジープで走っているときに、ベトコンに射殺されたという。第一大隊のソアン少佐は中佐になっていたし、第二中隊のダーウイ・ハイは少佐に昇進して補給部隊の大隊長になっていた。そして、私の知っているたくさんの将校たちが死んでいた。

久しぶりに海兵隊員と話し合って楽しかった。またこんど海兵隊に従軍することを約束して、記者クラブのテントにもどった。眠る準備をしていると、トム・ダニエルという無線技師の米兵が、レーダーを見ないかと誘いにくる。気のよい黒人の兵士で昼間から酔っている。アメリカ人はジャック・ダニエルというバーボンウイスキーをよく飲むが、彼はそのウイスキーのびんを持ってきて指さし、これはジャック・ダニエル、おれはトム・ダニエルといって自分をPRしていた。

その男のあとから、基地につくられたテントへはいってみた。私は電気やレーダーといったものは全くわからず、家で切れたヒューズさえ直せないのだが、説明を聞いて驚いた。たかが一週間から十日くらいの作戦のためにつくられた基地のレーダーに、ハノイを越えて中国から飛ぶ飛行機まで探知されるようになっているというのだ。レーダーとはそんなものかもしれないが、とにかく巨大なレーダーである。こんな大きなものが必要なのかと聞くと、この基地では必要ではないが、アメリカのレーダーはでっかく作られているのだという返事だ。

「では実際、何に使うのか」

「夜間、ヘリコプターが飛んだり、突然に輸送機が必要になったとき、夜間でもこの小さい基地に離着陸できるようにするためだ」

「中国やハノイで飛ぶ飛行機がレーダーに映るのを見たいものだ。いま見えるか」

「いまは見えない。四日間ぐらいここにすわっていると見えるだろう」

ハノイや中国の飛行機が四日も待たなければ飛ばないのか。毎日、何十機と北爆へ行くアメリカのジェット機は映らないのか。とにかく、ヒューズも直せない私と酔っ払いのトム・ダニエルでは満足な話もできなかったが、光の線が円盤状の受信機の上をぐるぐる回る光景と、ハノイ、中国という言葉が印象に残った。

待ち伏せ作戦に行く

×月×日

「おいおい」と肩をゆすられて目をさます。ＡＰのカメラマンだ。「もうそろそろ起きないと朝食がなくなるよ」と言う。飯を逃がしてはいけない。これは従軍中の鉄則である。テントの食堂へ行って卵とソーセージ、パン、コーヒーをもらう。残っていた記者たちも午前の飛行機でサイゴンへ帰るという。私も帰ろうと思い、ベトナム海兵隊の砲陣地にさようならを言おうと歩いていくと、海岸地帯の部落を地雷探知機を持って掃討した中隊の指揮官、ワドックス大尉に会う。

「ジャパニーズ・レポーター、いいニュースがあったかい」と言う。私は、あなたの部隊と行ったときが一番おもしろかったとお世辞を言う。

「今夜、私の中隊がアンブッシュ（待ち伏せ）の作戦に行くが、君もこないか」

アンブッシュとはどんなことをするのだと聞く。

「ここから南へ行ったところにある渓谷のベトコン・ルートで、やつらが通るのを待ち伏せるのだ」

夜中かと聞くと、

「夜通し、眠らずにだ」

と答える。写真は撮れないではないかと言うと、

「写真なんてとんでもない。こちらが先にベトコンに見つかれば殺《や》られてしまう。しかし万一生き残ったら、おもしろいストーリーになるよ」

彼の話はサッパリしている。生き残ればおもしろいニュースになる……こんな話がスラスラと出るところがベトナムらしい。それが気に入った。行くことにしよう。

「では午後六時にヘリコプターのところへこい。それまでよく眠っておけよ」

ワドックス大尉はそう言って中隊へ帰っていった。私は砲陣地へ行ってから、記者クラブのテントにもぐり、NBCのカメラマンに「アンブッシュ」についていくと言うと「クレージー」と言って大声で笑う。ちょうどPIOのヒッチコック大尉がテントの中へはいってきて、彼もそれを聞き「君の考えていることは理解できない」と言って首を振る。なぜだと聞くと「まあいい、行ってみたらわかるだろう。私も長い間、軍にいるが、アンブッシュについていった記者には会ったことがない」。

だれも行ったことがないなら、なおさら行ってみたい。一個中隊の兵士と行くのだ、南ベトナム海兵隊のヴイン軍曹と、コンラン（ヘビ）と呼ぶ解放軍の夜襲の待ち伏せにいったときほどは、こわいことはないだろう。私はアイスボックスのビールを飲んで眠ることにした。南国の焼けつくような太陽でテントの中は蒸しぶろのようなので、木陰に組み立てベッドを出して横になりながら、井上靖の『淀どの日記』を読んでいるうちに眠ってしまった。

太陽の位置が変わるにつれて、木陰が移るので、木のまわりをベッドとともに移動しながら眠っているうちに夕方になる。私はリュックを整理し、カメラをみがいて、アンブッシュに行く準備をした。隣でNBCのカメラマンが、カメラは必要ないだろうと言う。しかしカメラは私の武器であり、これを持っていなければとてもこわくてやりきれない。ヘリコプターのところまで行くと、兵士たちはすでに七人一組のグループをつくって出発を待っている。私はワドックス大尉といっしょに乗ることになった。

夕暮れのなかをヘリコプターは次々に飛んだ。隣のヘリコプターでは、兵士たちがじっと眼下を見おろしている。田畑の中に散らばっている部落を見ながら、彼らは何を考えているのだろう。西洋と東洋の違いすぎるすべてのことだろうか。故郷にいる家族のことだろうか。それとも、今夜の作戦で負傷しないようにと祈っているのだろうか——。

それぞれの思いをこめた兵士をのせたヘリコプターは、何の感情もなく、兵士たちを目的地へ運ぶ。私たちは渓谷の底に次々とおろされた。盆地と盆地を結ぶ五キロほどの谷間で、一個中隊の兵士たちはおのおの持ち場に散った。私たちのグループは、ワドックス大尉と副官のA中尉、軍医、通信兵二人の計六人だ。

解放軍のつくった壕が谷間を通っており、私たちは壕の近くの木の下に位置をとった。ワドックス大尉は、ベトコンは必ずこの谷間を通る、われわれは確実な情報を得ていると言う。解放軍が夜この谷間を通って移動するところを待ち伏せて撃つというのである。心配なのは、一個中隊といっても五キロにわたって兵士が散っていて、私たちの周囲にはわずかな兵士しかいないこと、山にかこまれた位置が非常に不利であること、解放軍の襲撃があった場合、闇の中で同士打ちにならないかということ、私たちはヘリコプターでここへきたので、すでに解放軍に発見されているのではないかという不安であった。

兵士たちは戦うのが専門だ。私のようなしろうとが考えるように、同士打ちなどは起こらないようになっているのだろう。しかし、だんだん暗くなるにつれて恐怖感は増していった。

夜になる。私は自分のからだをどこにおこうかと迷う。壕の中にはいると、壕を伝ってきた解放軍の兵士にいきなり刺されそうな気がするし、壕の外では突然攻撃された場合、弾に当たる恐れがある。ワドックス大尉と軍医が壕の外で横になり、通信兵と副官が壕の中にはいった。私は壕の外にいることにした。軍医は拳銃を抜いて横におき、今夜はこれが非常に重要だという。ワドックス大尉は各小隊に指令を出すと眠ってしまった。私はその神経に驚いてしまう。とても眠れるような状態ではないからだ。通信兵二人は壕の中でヒソヒソと話し合っている。A中尉は、火が外にもれないようにして黙ってたばこを吸っている。

それからしばらくすると、重い闇につつまれた静寂がきて、虫の音だけが聞こえた。あのときと同じだと思った。あのとき、南ベトナム海兵隊のヴィン軍曹は、ナイフを手元において闇をうかがい、息を殺していた。彼は近寄ってくるベトコンを刺し殺そうという意識によって、逆に殺されるかもしれないという不安にうち勝とうとしていたように見えた。

やがてワドックス大尉も起きて緊張している様子だ。だれかが生ツバを飲む音が感じられた。どのようにその場の雰囲気を表現してよいかわからない。私はひとつの発見をした。戦場にいる間は、どれほど期間が長くても性欲を感じないことであった。実際、私は闇につつまれたアンブッシュの場でそんなことを考えたのだ。私は以前、海兵隊に一カ月続けて従軍した。そのときも全く性欲を感じなかった。闇の中で解放軍の襲撃を恐怖の気持ちで待っているとき、セックスは全く遠く私の生理とは関係のないもののように思えた。

やがて、ボンソンの基地から撃った照明弾がシュルシュルと飛んできて、われわれの頭上で炸裂《さくれつ》し、周囲を明るくした。それが合図のように、ワドックス大尉は懐中電灯で地図を見ながら、中隊の現在位置を基地へ知らせた。続いて砲弾が私たちの周囲に落ち始め、ワドックス大尉は小隊からの連絡を受けて、着弾地を修正した。

大砲は一定の時間的間隔をもって撃たれていた。するどい爆発音が周囲に響いたかと思うと、次は死のような静寂がくるというように、何度かそれを繰り返した。

突然、太鼓の音が山の上から聞こえ始める。からだ中の血の気がうせる感じがした。私はこの太鼓の音を何度か聞いた経験があり、それはことごとく恐怖の体験と結びついていた。ヴイン軍曹との待ち伏せのときも、タムクァンで解放軍の大部隊に夜襲をかけられたときも、太鼓の音は不気味に響いていた。そしてまた今夜だ。何ごとが起こるのかと不安になる。ワドックス大尉が、ベトコンの移動だと低い声で言う。なんのための移動だろう。待ち伏せ部隊が発見されたのか、それともわれわれとは関係のないことなのか。

ウオーと野獣の叫ぶような声と同時に機関銃の音が響き、周囲が明るくなった。ワドックス大尉は通信兵を呼ぶ。何が起こったのか、小隊から答えが返ってくる。ベトコンが川を渡ろうとしたので射殺したと言う。明るくなったのは照明弾を投げたのだ。周囲でライフルを撃ち、手榴弾の爆発する音がする。A中尉は大尉に言う。

「われわれはベトコンに発見された。ガンシップを呼びましょうか」

「待て、もう少し様子をみよう。案外、少数のベトコンかもしれない」

ワドックス大尉は各小隊と無線で話す。さっきの機関銃でわれわれの位置がわかったので、ベトコンは見えないが周囲に機銃掃射をしたのだという。ワドックス大尉は大砲陣地を呼ぶと砲撃を頼んだ。それから猛烈な射撃が始まり、われわれの頭上をうなりをあげて飛んできた砲弾は地響きたてて炸裂した。それは夜明けまで続き、東の空がかすかに明るくなってきたころ、砲撃はやんだ。

ワドックス大尉も通信兵も、これで待ち伏せも終わったというようにたばこを吸い、私もほっと気がゆるんで一服した。たばこをこんなにうまいと思ったことはなかった。明るくなって、われわれは解放軍兵士を撃ったという場所に行ってみた。一人の農夫の死体が浅い川底に横たわり、透きとおるような水が、その死体をさけるように流れていた。彼の持っていた自動小銃が水の底で光り、手榴弾がころがっている。やせたからだで、四十歳くらいに見えた。のぞき込んでいる大きな米兵と比較すると、いかにもわびしく見える。彼は解放軍正規部隊の兵士ではなく、ゲリラのようだ。家に帰れば何人もの子供がいるかもしれないし、妻も彼の帰りを待っているだろう。死体はこのまま残される。あとで仲間が見つけて、農夫の家に運んでいくだろう。どんなに子供が嘆くことか。機関銃を撃った兵士に聞いてみた。黒人兵である。彼が闇をうかがっていると、何かが川を渡る音がかすかに聞こえた。照明弾を投げると、ベトコンが二人渡ろうとしていたので撃った。もう一人いたはずだが、逃げてしまったらしい。照明弾を投げたとき、ベトコンが驚いて彼のほうを振り向いたのがハッキリわかったという。闇の中で川を渡ろうとしていたこのゲリラが、照明弾を投げられて昼間のように明るくなって仰天した様子は想像できる。しかし、それもほんの一瞬、次の瞬間には、彼は無数の弾丸をからだに受けていたのだ。私はこのあとサイゴンから西方三十キロの地点にある米第二十五歩兵師団の分隊による待ち伏せ作戦に行ったときも、発見された解放軍の兵士が一瞬のうちに射殺されたのを見た。

各所に散っていた兵士たちが集まってくる。みんな一睡もしていないので、泥にまみれた顔はむくんだように見える。迎えのヘリコプターを待つ間、疲れた兵士たちは、朝露でぬれている草の上に腰をおろしてたばこを吸っている。

兵士たちはフーカットへ行って、第一号国道を帰るコンボーイ（輸送トラック）を護衛するという。私はフーカットで兵士たちと別れて、ボンソンの基地へ帰ると、部隊はアンケーの基地へ引き揚げ始めており、記者クラブのテントはたたまれて、だれもいなかった。アンケーへ行くヘリコプターを見つけ、アンケーから輸送機でサイゴンへ帰る。

フィルムをAP通信社に届けて、家へ帰り、荷物をほうり出したままシャワーを浴びてビールを飲む。ビールが一番うまいと思うときである。

東京からきた手紙を読み、一時間ほど眠って町へ出る。洗濯したばかりの、ノリのきいたシャツとズボンをつけ、仲間を誘って、久しぶりに中国料理を食べる。それからトゥヨー通りにあるナイトクラブへ行って、アオザイを着たベトナム女性と踊る。しかし、彼女の髪のかおりを深く吸い込んだとき、ああ、また無事で帰ってくることができたと思う。しかし、私が踊っている間も、戦場では兵士が死に、民衆が傷ついているのだ。結局、私は戦争の傍観者でしかないのか。

ベトナムの韓国軍

ベトナムに行った初期の頃、食堂に入ったりするとベトナム人から「ニッポン」かと聞かれたりした。ベトナム語で日本のことを「ニャット・バン」というが、どこへ行っても「ニッポン」で通用していた。何かホメてくれる時は、「ニッポン・ジョートー」、悪い時は「ニッポン・ジョートーナイ」であった。日本軍の仏印進駐の時に覚えたのだと思うが、「ジョートー（上等）」という言葉は農村地帯にまで行きわたっていた。

それが一九六六年の末から六七年にかけて、ベトナム駐在の韓国軍が四万五千を超え、基地で働く民間人も多数入国してくるようになると、私たちも「ニッポン」から「ダイハン（韓国人）」と言われるようになった。従軍をするためにサイゴンやダナン、その他の空軍基地へ行くと、どこででも、韓国の民間人に会った。彼等は韓国軍基地だけでなく、米軍の基地でも仕事をしていた。新しくつくる米軍の基地では、ブルドーザーを扱って、地面を整地する。そこへ、木造の兵舎をたてるといった仕事をしている人に会ったこともある。米軍としてはアメリカの民間会社に依頼するよりは安くついたが、韓国人にとっては高収入で、しかも、外貨が入るために韓国政府も積極的であった。韓国は軍を派遣する代償として、米軍の施設面での仕事を請け負っていたのだ。ダナンには韓国料理店もできて、従軍の合間に私たちも行ったことがある。サイゴンにも多数の民間人がいたが、私たちもバーなどに入ると韓国人と思われていた。

韓国軍は、国道一号線に沿ってチュライに海兵旅団（青龍部隊）、クイニョンに第四師団（猛虎部隊）、トゥイホアに第九師団（白馬師団）が基地をつくってあった。そのほか、米軍以外の軍隊は、ビエンホアにオーストラリア機動旅団、ニュージーランド砲兵大隊がおり、フィリピン、タイの軍隊も駐在していたが、それぞれ八千人程度で、韓国軍以外は主だった作戦はせずに、アメリカの同盟軍的な名目上の存在だった。

韓国の報道関係者もたくさん来ていた。ＮＢＣ、ＡＢＣ、ＣＢ

Sなどアメリカの放送局でカメラマン、サウンドマンとして優秀な仕事をしている人もいたし、『スターズ・アンド・ストライプス』の紙面にはキム・キ・サンという写真家の撮った、ベトナム戦場の写真が大きく扱われているのをよく見かけた。

また、韓国の新聞や通信社の特派員が、米軍の記者会見場に多数集まっていた。私も、数名の人と親しくなり、十五年前の韓国取材では、ソウルで随分とお世話になった。私がその後、北ベトナムや、北朝鮮の取材をしているので、迷惑をかけてはいけないと思って、その後、交友を続けていないが、いつか、韓国と北朝鮮との間に平和的な関係が生じたら、ぜひ、ベトナムで会ったジャーナリストたちに再会したいと願っている。

森林で作戦の打ち合わせをする第4師団（猛虎師団）の将校。1967年8月

前線の韓国猛虎師団

一九六七年六月。

南ベトナムで戦う韓国軍の兵力は四万五千。アメリカ軍の約一割にあたる。ベトナム戦争に参加している外人部隊は、ほかにオーストラリア、ニュージーランド、フィリピン、タイの四カ国があるが、その兵力はわずかで、南ベトナム政府も、米当局も、戦力としてはあまり期待していない。できるだけ多くの国をベトナム戦争に参加させて、アメリカだけの戦争介入という印象を避けようとするアメリカのための名目的な参戦国という観があるが、韓国軍の戦闘意欲は、アメリカの大きな期待をになっている。現在は激戦地の中部地帯で白馬、猛虎、海兵隊の三個師団がトゥイホア、クイニョン、チュライを中心に作戦を行っているが、アメリカは一九六七年から六八年にかけて、さらに三万五千の兵力を要求している。

私はクイニョンにある猛虎師団を取材することにした。取材の目的は、強いといわれる韓国軍がどのような作戦をするのか、ベトナム戦争に対してどのように考えているのかにあったが、もう一つの大きな目的は、韓国軍がベトナムの民衆の間に大変評判の悪いこと――その理由は、多数の民衆を殺すというところからきていたが――その実情を知りたいからだ。

このことは、サイゴンにいても地方にいても、住民の口から聞くことができる。しかも憎悪の感情をむき出しにして話す内容は、ちょっとここに書きにくいくらいだ。

アメリカは悪い、しかしまだ子供みたいな、もののわからないところを感じるが、韓国兵は冷酷だという。

私は、こういった声をベトナムの民衆から聞くたびに、悲しい感じがした。この戦争もいつかは終わるときがくる。それから後の韓国とベトナムの関係に悪い影響を残すであろうし、民衆のうわさが真実であれば、それは恐ろしいことだと思った。

輸送機がクイニョンに着いて空港から猛虎師団のＰＩＯを呼ぶと、すぐジープで迎えにきてくれた。オフィスに行くと新聞担当の朴《パク》少佐が歓迎してくれた。ありがたいことには、年配の人は日本語を完璧に話すので、苦労して英語を使わずにすむ。取材したいことを個条書きにして提出し、将校食堂へ行って夕食を食べた。

私はいままでに多数の米軍師団基地を回ってみたが、この師団の設備がいちばんよい。食堂、バー、兵舎等、コンクリートや板でつくられ、とても前線の一時的な基地という感じはしない。近くにある米第一騎兵師団の基地と比べても格段の差がある。

クイニョンにあった韓国軍猛虎師団基地。サイゴン政府軍、米軍も含めて一番完成された基地だった。1967年8月

食べるものは米軍と同様、一兵卒も将官も同じものである。ライスがあること、韓国のつけもののキムチがあることが、米軍と違っている。

韓国軍が強いのはキムチを食べるからだと、隣の将校が言ったが、戦場でも一日に一回はライスとキムチが運ばれてくる。米軍の支給するCレイション（携帯用缶詰め）ではとても戦闘はできないという。戦場のある韓国兵は、Cレイションのことをドッグフード（イヌのエサ）だと言っていたが、うまいことを言うものだと思った。

近いうちに韓国軍のCレイションができるという。焼き飯とキムチ、肉を韓国風に煮た缶詰めだが、これも一日に一食分で、あとの二食は米軍のCレイションを食べるよう、アメリカから要求されている。それは戦場での食糧であり、基地へもどった時は三食ともライスがつく。

ベトナムに派遣されている韓国兵の給料は、一等兵が四十米ドル（当時一ドルは三百六十円）、軍曹で六十米ドルから七十米ドル、少尉百十五米ドル、大尉百五十米ドルとなっている。一等兵から軍曹までは韓国にいるときとたいして差はないが、将校になると、少尉は韓国では五十九米ドル、大尉は八十五米ドルだから、ベトナムにいるほうがずっと多い。

ベトナムにいる期間は一年間で、どんどん交代していく点は米軍と同じである。

ベトナムでは米国の民間の会社〝ＲＭＫ〟で働く多くの韓国人が、飛行場の工事、基地の工事に従事しているが、これらの民間人は月に六百米ドルから八百米ドルの収入がある。直接戦闘に参加

作戦中の兵士たちに食糧が運ばれてきた。
キムチもある。ビンディン省、1967年8月

する兵士との間に大きな差があることに不満を感じる兵士も多い。

軍では給料の八〇パーセントは本国へ送るよう奨励し、基地のPXで物を買いすぎて送金に支障をきたさないように注意しているという。

翌朝、記者会見室で情報将校の説明を聞いた。会見室もりっぱであるが、これまでの戦闘情況がすぐわかるように手ぎわよく図解されている。猛虎師団が初めて一九六五年十月にクイニョンへ上陸してから一九六七年六月までの戦闘の結果は、解放軍の兵士を殺した数が五千六百九十八人、捕虜二千二百十二人、捕獲した武器が二千二百六十八であり、これに対し戦死した猛虎師団の兵士は三百九十七人、負傷兵は千二百三人で、これは韓国兵一人の戦死について解放軍の死者が十四人にあたると説明される。この成績は米軍の第一騎兵師団に次ぐ戦果であると、猛虎師団は自慢する。

寒々とした「新しい村」

師団長の柳　炳　賢《リユー・ピオンヒオン》少将と会見した。現在、四十三歳。日本の大学を卒業してから韓国の士官学校を卒業後、米国へ留学した、もの柔らかな感じのする師団長である。

「ハッキリ言って、韓国軍の評判が各地で非常に悪い。とくに、民衆を殺すという点にベトナム人は憎悪を感じている。この点について、師団長の意見をうかがいたいと思います」

「私も、それには非常に頭を痛めている。ベトコンは三つの点で宣伝している。一つは、韓国軍は米帝国主義の手先であり、ベトナムを破壊しているということ。二つめは、民衆を虐殺する。三つめは、婦女子に乱暴するという点です。しかし、この宣伝は非常に誤っている。われわれは、この戦争は武力だけで解決できるものとは思っていない。ベトナム人の民心をつかむことがいちばん大切です。だから、われわれは、戦闘の後の部落の平定を非常に重要視している。われわれは、部落に診療所をつくり、民衆の病気をなおしたり、戦闘で家を失った人には、部落をつくって与えている」

「しかし、この戦争ではベトコンといっても、全部が共産主義者とは限らないし、農民もたくさんいるはずです。殺された人びとには、家族もいれば親類もいます。戦果を上げれば上げるほど、韓国軍にとっては敵をふやしていくことになるのではないでしょうか」

「そこが戦争の苦しいところです。われわれは、敵を多く殺すことよりも、武器を多く捕獲することを目的としている。やむをえずベトコンを殺した場合は、できるだけ身元を確かめ、その家族の家に行って事情を説明し、家族にできる限りの援助をするようにしている。部落が戦場になるときも、攻撃する前に、部落民に出てくるように放送し、それから部落へはいるように気をつけています。ベトコンの宣伝は各地に行き渡っているようだが、長い期間われわれの行動をみてもらい、民衆に信頼してもらうつもりでいる。民衆は、きっとわかってくれると思う。あなたも、どうぞ、われわれの行動をゆっくりとみて判断してもらいたい」

それから、猛虎師団の平定する、ビンディン省、フーエン省を見て回ることにした。ぜひ見せたいという、猛虎師団のつくった「新しい村」を見に行った。「新しい村」というのは、戦闘で失った部落を新しくたてなおして、民衆を元に戻したところである。

韓国軍が材料を提供し、工兵隊と民衆がいっしょになってつくり上げたという百軒の部落で、つい一週間前にグエン・バン・チュー大統領を呼んで、盛大に開村式を行ったばかりであった。部落はコンクリート・ブロックでつくられ、中央には病院と学校、役場があり、家畜小屋、井戸がつくられ、いままでのベトナムにはないりっぱな村で、確かに「新しい村」には違いなかったが、それは、いかにも寒々とした感じで、民衆のつくりだす部落の雰囲気がないという印象を受けた。三分の一ほどに農民が住んでいたが、病院も役場も学校も、ガランとしてだれもいない。まだ、できたばかりで、人が住み慣れないのかもしれないが、あるいはまた、解放軍から、この部落には住まないようにという指令がきているのかもしれない。

猛虎師団が言うように、平定している範囲は非常に広い。米軍、南ベトナム政府軍と比較して、一個師団の平定している面積としてはいちばん広いのではないかと思われる。

徹底した捜索

機甲連隊第三大隊第十中隊の作戦に従軍した。私は、民衆と韓国軍と接触のある部落での作戦を見たかったが、こんどの作戦は、あいにくと山の中であった。現在、中部地帯の作戦は部落の戦いから山岳地帯の戦いへと変化している。

第十中隊長の徐《ソ》大尉は韓国兵には珍しいやせ型の将校だった。中隊長をはじめ、若い兵士たちはみんな日本語はわからない。英語もベトナムの将校ほどはうまくはないが、さいわいに、日本語をよく話すPIOの軍曹がついてきてくれたので、いろいろと兵士たちの考えを聞くことができた。

作戦の前夜十時ごろ、一人の兵士がマラリアにかかり、発熱したが、すぐヘリコプターが飛んできて基地の病院に運んでいった。兵士が戦闘を恐れないためには、こういうことが大切だ、兵士に負傷してもすぐ病院へ運んでくれるという安心感を与えるのだと中隊長は言った。

翌朝、急に近くの谷を急襲することになった。きのう捕まえたベトコンは、その場所にベトコンの中隊がいるし、食糧の倉庫もある。もし、ウソであれば自分を殺してくれ、と自白したという。

まず、ヘリコプターが十機、その上空へ飛び、機銃掃射をし第十中隊が谷へおりた。やぐらを組んだ家があり、食事したあとなどを見ると、確かに、けさまでそこにいた形跡はあったが、解放軍はすでに移動したあとであった。

案内してきた捕虜は、食糧倉庫、銃の隠してある場所を、つぎつぎに教えた。まだ十六、七歳の若い男である。私の顔を見て笑った。韓国軍と違うベトナム海兵隊の軍服を着て、カメラを持っているために、ベトナム人と間違えたようで、テレたような笑いであったが、その顔には、韓国軍の案内になっている姿を同胞に見られたという卑屈な表情が現れていた。

食糧倉庫には、たばこ、塩、米が山になっている。それを韓国軍が燃やそうとしたとき、捕虜は自分から火をつけた。

兵士たちは岩を起こし、隠してある銃を見つけようとしていた。こういう捜索のしかたは徹底している。米軍も政府軍も、けっしてこのような捜し方はしない。まるで、一発の弾丸でも見のがさずにはおくものかというようにみえた。しかし、そういった努力もむなしく、捕虜の隠してあった銃以外にはなにも出なかった。

もう、腐敗して骨の見える解放軍兵士の死体が二つ、ヤブの中にあり、異臭を放っている。まえの戦闘のときに死んだものであったが、柳師団長のいうベトコンの身元を確認して、家族をたずねるというのは、戦闘においてどれだけ実行されるものか疑問に感じた。

翌朝、五時に起きた中隊はヘリコプターによって、つぎつぎと山の中におろされた。私たちの前のヘリコプターから飛び降りた一人の兵士が足を骨折して、私たちの乗ってきたヘリコプターで運ばれていった。

夜になると、われわれは岩のガケにテントを張って眠ったが、雨は夜どおし降り続けていた。すこし離れたところで、ものすごい爆発音がして、銃声が響いた。中隊長が無電で連絡をとると、夜、移動しようとしたベトコンが、仕掛けてあったクレーモアマイン（ひし形の板のようなものに、約六千発のボールがはいっており、スイッチがはいると、そのボールが百八十度の角度に飛び散る）に引っかかったという返事があって、待ち伏せをしていた小隊の兵士が調べたが、頭を吹き飛ばされたベトコンの死体がころがっていたという返事だった。周囲に、ほかの解放軍がいる恐れがあるというので、全員、警戒態勢にはいった。

共産主義への憎悪

こうしているうちに、夜は明け、兵士たちは解放軍を求めて谷をくだり、岩壁をよじ登って作戦を続けた。三日間、私は従軍したが、大きな変化はなく基地に戻った。作戦においては解放軍との交戦もなかったので、とくに韓国軍の特徴といったものは目につかなかったが、基地や前線で、いろいろと話し合っている韓国の人の共産主義に対する考え方は、私の考えているものとまるで違っていることを感じた。

彼らは、共産主義、そして共産主義者を徹底的に憎んでいる。アメリカ人のように、先入観、あるいは観念的といったものでなく、ハダから、心の底から憎んでいることを感じた。その根底となるものは、一九五〇年からはじまった朝鮮戦争のときに、韓国は北朝鮮軍によってものすごくひどい仕打ちを受け、それを身をもって知らされたことにあるという。

猛虎師団のバーで会ったある将校は、朝鮮戦争のときに、人民裁判を受けた老人が、針金でしばられ、トラックによって引きずり回され、南大門の前に捨てられるのを見た。それ以来共産主義者を絶対に信じることができなくなったと語り、ある将校は、大田市忠清南道庁の前で、約八百人の韓国の政治犯が惨殺されるのを見たと語った。

私は、そういった例を、韓国の兵士やベトナムに来ている多数の人から、イヤというほど聞かされた。そして、共産主義には自由がない、人間は機械の一部品のように動かされ、人間性はまったく尊重されない、共産主義者には理屈も道理も通らない、そして、共産主義国には国家があって国民があるが、われわれの韓国には、国民があって国家があると語る。

山を登り、谷を渡り、作戦をする韓国軍第十中隊の兵士たち。一九六七年八月

同じ民族が、北と南に別れたために、これまでに憎まなければならないのは不幸なことだ、とある韓国の将校は嘆いた。そして、韓国と北朝鮮がこうなったのも、もとはといえば日本のとった行動にあるのに、日本は朝鮮戦争で、おおいにもうけたではないか、ということも聞かされた。

韓国軍を取材中、ベトナムで流れているうわさどおりのことは、目撃することはできず、むしろ、現在では、かえって民衆の平定には努力しているという印象を受けたが、解放軍に対する考え方も民族独立の戦いということではなく、北朝鮮に対する考え方と同様に、共産主義の侵略と信じていることを知った。

「それでなければ、いくらアメリカから要請されたからといって、これだけ戦うことはできない」

と、韓国の兵士たちは言った。

市街戦　燃えるサイゴン一九六八

一九六八年に入ると、北ベトナム正規軍は、アメリカ海兵隊の守備するケサンを包囲した。この状況は、地形が山岳地帯でディエンビエンフーに似ているところから、一九五四年のベトミン軍とフランス軍との攻防戦を想像させた。ディエンビエンフーの陥落で、フランスはベトナムからの撤退を余儀なくされたが、アメリカはケサンを守り切れるか、北ベトナム軍は、ケサンを攻め落とせるか、と世界の関心を集めていた。

ケサン攻防の緊張が続きながらテト（旧正月）に入った一月三十日、南ベトナム全土にわたって解放軍の一斉攻撃が始まった。テト攻勢である。フエ、ダナン、プレイク、ミトー、カントーなど南ベトナムの大きな都市のサイゴン政府軍や、米軍の基地、施設に攻撃が集中された。特に一月三十一日未明、サイゴンのアメリカ大使館への攻撃は、世界を驚かせ、ベトナム戦争にとっても、大きな転機となる大事件であった。

このテト攻勢には約六万七千人の解放軍が参加したといわれて

いるが、アメリカ大使館の攻撃を実行したのは、解放軍C—10大隊のうちの二十人足らずの決死隊だった。彼らは、アメリカ大使館に近い自動車修理工場に集まって、攻撃の準備をして、午前三時頃、トラックとタクシーに分乗して、アメリカ大使館へ向かい、攻撃を開始した。壁を爆破して突入し、約六時間大使館の一部を占拠した。そして、全員が射殺されるか捕虜となったが、アメリカ当局に与えた衝撃は大きかった。

このテト攻勢で、アメリカはベトナムでの軍事的な勝利をあきらめたといわれている。軍事政策を再検討したアメリカは、ウエストモーランド米援助軍司令官を更迭、エイブラムズ副司令官を昇格させ、それまでの〝索敵撃滅〟から、〝拠点防衛〟と作戦を転換した。そして、国防長官、国務長官も交代し、ジョンソン大統領もニクソンと政権交代をした。

テト攻勢の前後、一月二十九日から三月三十一日までに米兵三千八百九十九人、サイゴン政府軍四千九百五十四人、解放軍五万八千三百七十三人、一般市民一万四千三百人が死亡という数字（米軍側発表）が出ているが、解放軍の被害が多く、軍事的に失敗と西側から見られながらも戦略的な効果は大きかった。

その時、私は出版の準備で東京にいたが、すぐ、サイゴンへもどり、解放軍の第二次都市攻撃を取材した。第二次攻勢は五月五日未明から始まった。南ベトナム百二十二カ所を攻撃して、サイゴン市内にも決死隊が突入して壮烈な市街戦になった。危機を感じたグエン・ヴァン・チュー大統領は六月十九日、十七歳から四十三歳までの男性が兵役に服さなくてはならない、国家総動員令を布告した。その間にアメリカは、北ベトナムとの和平交渉を進めるための第一回会談を五月十三日にパリで開いた。

ダカオでは隣りの部屋、隣りの家へと壁に穴があけられ、そこを解放軍やサイゴン政府軍が移動した。

第二次都市攻撃の始まり

一九六八年五月五日。

四日の夜から私たちはサイゴン川の横にある日本大使館に泊まっていた。泊まっていたというよりサイゴンの仲間たちが集まって夜通し雑談をしていた。戒厳令下のサイゴンでは夜は早々と人通りがなくなる。一月三十日のテト攻勢以来サイゴン市内の警戒も厳しくなり、市内を自由に歩けなくなって、人々は家の中にいるより方法はなかった。テッちゃん、ゲンちゃん、森ちゃん、河原君、木代君、木村さん、杉本さんといったいつものサイゴンの仲間が一緒である。夜の時間をもて余していた私たちは、仲間の家に行って酒を飲んだり麻雀をしたりして時間をつぶしていた。

この夜は仲間と親しくしていた大使館の藤田電信技官の家で奥さんも含めて、もうすでに長く離れている日本のことなどを話しあっていた。私はサイゴンの夜景を撮る目的でカメラと三脚を用意してあった。仲間たちは話がはずんでいた。私はカメラを持って大使館の屋上へのぼった。ベトナムでは昼間のうちは暑くても夜になると急にすずしくなってくる。心地良い夜風が肌をつつむ。戒厳令の時間に入ると、地方からの難民でふくれあがったサイゴンに人々の動きと、走りまわるモーターバイク、軍用トラックの騒音で煮えたぎっていたような市内もピタッと静止したようになる。

静まりかえったグエンフエ通りの街灯だけは深夜でもこうこうとついている。ベトナム戦争の歴史の中で闇は解放軍の世界である。闇の中でいくつかの戦いがあって多くの生命が失われていった。だから、真夜中でもサイゴンの中心街は異常なほど明るい。戒厳令は私がサイゴンにはじめて入った一九六四年八月にはもう敷かれていたが、六八年一月三十日からのテト攻勢以降は特に厳しい。私は記者証を持っているので、戒厳令の中を歩いて政府軍の憲兵に訊問を受けても、それを見せれば捕まえられることはないが、いきなり射たれたりすると困るので、戒厳令下では歩かないことにしていた。時々、下におりて仲間と話をして、また屋上にのぼって夜景を見るといった動作をなんどかくりかえした。

午前三時頃、砲声が遠くから聞こえてくる。これは連日のことなので驚かない、戦闘がなくとも大砲陣地からは定期的に撃っているからだった。大使館の横を流れるサイゴン川の向こうに照明弾がおちている。それは毎夜続いていることだが今夜は特に多いなと思った。次々と落とされる照明弾の下で民家やヤシの木が浮かびあがっている。ニコンFにコダックのエクタクロームXをつめ、そういった光景を撮影した。あまりにも近いので三五ミリの広角がちょうど良かった。やがてサイゴン川のほとりで大きな爆発音があがった。政府軍陣地からの大砲の誤射かと思った。続いて空気

第２次都市攻勢でサイゴンに迫る解放
軍の上に照明弾が落とされる。1968年５月５日未明

を切る音がして大使館から約五十メートルほど離れたトゥーヨー通りのビルの真ん中で爆発してレンガの飛ぶのが見えた。解放軍のロケットだと感じた。しかし、それだけでもう飛んでこない。周辺の人が騒ぐ様子もないし、サイゴンはまだ深く眠っているようだった。

今度は北のトゥドゥックの方向を飛んでいるヘリコプターから地上を機銃掃射をしているのが見えた。曳光弾《えいこうだん》が花火のように飛びかっている。後で気がついたのだが、解放軍のテト攻勢に次ぐ第二次都市攻撃がその時には始まっていたのだ。テト攻勢以後、続いて都市攻撃のウワサがあったのでサイゴンの防衛も強化されていた。この一月から北部十九号道路に近い山岳地帯のケサン基地は解放軍に包囲され、いまだに緊張が続いていた。そして三月には中部クアンガイ省の海岸に近いソンミ村でアメリカル師団の中隊が住民五百人近くを虐殺する事件が起こっていた。

サ・ロ橋の交戦

午前五時、戒厳令がとけると、ロケット弾の命中したビルへ行った。すでに近所の人たちが集まって大きな穴のあいたビルを指さしながら見物していた。建築中のホテルで死傷者は出ていないとのことだった。

結局、一睡もしなかったので下宿へ帰って眠ろうと思いシュクロにのってファンタンジャン通りの近くまでくると人が大勢集まっている。

みんなが橋の方を指さしてベトコン、ベトコンと騒いでいた。そこは、一号道路からビエンホアを通ってサイゴン市内の入り口になる。解放軍の兵士は民間の野菜を運ぶトラックにのってきてサ・ロ橋のたもとでプラスチック爆弾を爆発させて住宅街の一角を占領しているという。南ベトナム政府の警察や私服刑事が橋の上から小銃を撃っている様子が見えた。第二次都市攻撃に違いないと思った。夜景撮影のためのカメラとフィルムしか持っていなかったので、そこから五十メートルほど離れている私の下宿へかけ込み、カラー、モノクロ、望遠レンズ等をバッグにつめこんで急いで現場へ引き返した。

橋の上には拳銃や自動小銃の薬莢が山のようになっている。応戦してくる解放軍の銃弾が頭上を飛び橋に当たって不気味な音をたてた。解放軍のたてこもっているその周辺の川の両側にはバラックが密集し地方の戦火を逃れてきた人々が生活をし、その横には中流以上の収入があると思われる人たちが二階、三階建ての家をつくって住んでいた。

橋の上をはうようにしてもどって、住宅の近くの方へ移動すると、そこでは米軍のＭＰや政府側の野戦警察が戦闘をしていた。二階のベランダを狙って自動小銃を撃っている。そこには解放軍兵士がいるというが姿は見えない。MPが負傷した手を振っている。なぜ手を振っているのかわからない。よく、手をやけどした時耳にさわったり手を振ったりするが、そういったものかもしれない。もっとわからないのはニコニコと得意気に笑っていることだ。負傷の程度が小さくて喜んでいるのか、あるいは名誉の負傷と思っているのか。

住民が避難するというので戦闘が一時中止された。手にかかえられるだけの小さな荷物を持って人々は走ってくる。安全な場所まできて戦闘の終わるのを待っている人もいたし、近所の家に収容される人々もいた。やがて一台の戦車がくるとさっきの家に向かって砲撃した。二階のベランダが吹き飛んだ。政府軍はこういう時は容赦はしない。そこが誰の家であっても住んでいる人のことなどかまってはいない。家を破壊されても弁償してくれる訳ではない。住民は泣き寝入りするほかない。テト攻勢の時は北のフエ市、南部のミトー市などベトナム全土を一斉攻撃してサイゴン市もアメリカ大使館、チョロン地区など各所で戦闘が起こった。今回もサイゴンの攻撃はここだけではないはずだが、情報が入らないのでサッパリ様子がわからない。このトゥドゥック通りの一角を占拠している解放軍兵士は動かず、政府側も突入する様子もなく日が暮れてきた。

警官やMPでは組織的な攻撃はできないので正規軍の出動を待っているようだった。避難してきた人々もあきらめたのか、各所へ散っていった。私もレ・ロイ通りのエデン・ビルにあるAP通信にいって各所の様子を聞いてみると、サイゴン中央市場から南のチョロン地区、東のY字橋で戦闘

市街戦から逃がれる市民。ダカオ

があったということだった。記者たちはタイプを叩き、写真部長のフォルスト・ファッスができあがった写真に説明をつけていた。私の顔を見て良い写真が撮れたかと聞いた。私はそれまで何回もAPには写真を売っていた。苦労して撮った写真がネガごと安い価格で買われてしまうのはつらいことだったが、生活のためには仕方のないことだとあきらめていた。しかし、今度はできるだけ売らないでおこうと思っていた。

包囲された決死隊

翌日、空が明るくなるとまた同じトゥドゥック通りにいった。そこの戦闘を最後まで見たいと思った。警官たちが銃を持っていたが、まだ銃声は聞こえなかった。家を心配してまわりに集まっていた人たちに聞くとベトコンはまだいるという。そこにたてこもっているのは一台のトラックに隠れてきた解放軍兵士だけで、十人ぐらいだろうという政府軍の予想だった。支援の政府軍がやってきたら、人数のうえから考えてみても、そこを長く保持することはむつかしいだろう。テト攻勢に続き政府が厳重にかためたサイゴンの防衛線を突破して市内に入ったのである。政府の受けたショックは大きかったであろうし世界も注目している。サイゴン突入という第一の目的は達せられているはずである。夜、闇にまぎれて逃れることはできなかったのだろうか。また、彼らの目的は、最後まで戦うことにあったのだろうか、どのような気持ちで夜を明かしたことだろうと思った。

やがて、一個中隊のレインジャー部隊が来た。レインジャー部隊の兵士たちは解放軍兵士の占拠した地域を包囲すると、民家の庭から屋根へと移動し、その輪をせばめていった。続いて銃声が激しくなるとレインジャー部隊の負傷兵が次々と運ばれてくるようになった。

負傷者は増える一方で、レインジャー部隊は戦術を変更し、ダイナマイトを運んでくると占領されている建物の周辺を爆破していった。なんといっても多勢に無勢。抵抗も次第に弱くなり、レインジャー部隊は戦死した解放軍兵士の身体をひとつずつ運んできた。爆破された家のレンガの下に埋まっている兵士はまだ生きていた。仲間はまだいるのかという訊問に「チエットロイ、チエットロイ（死んでしまった、死んでしまった）」と悲痛な声で叫んでいた。その様子を見ていて、この一角を占拠していた解放軍の兵士たちは決死隊であったのだろうと思った。

私はこれまでに撮影したフィルムを整理し写真説明を書き、ＡＰ通信へ持って行き、東京の読売新聞社へ送ってくれるようフォルスト・ファッスに頼んだ。ＡＰのサイゴン支局と東京支局には毎日定期便があり、それに託すと東京に便がついたら読売新聞に連絡してくれる。読売新聞や雑誌社と契約をしていた訳ではないが、何かあったら送ってくれと言われていた。東京の通信社とも契約は無かったので、私としては新聞社に直接フィルムを送り、良かったら使用してもらうというのが発表の方法だった。

ミンフン大通りの戦闘

五月七日、サイゴンの戦闘は三日目になった。トゥドゥック通りの戦闘は終わったので今度はチョロンへ行ってみようと思った。タクシーを拾ってドンコン・チュン通りまで行くと、この先はベトコンがいるので行くことはできないというので、タクシーをおりて歩いて行くことにした。

ベトナム戦争の特徴ともいえるが、農村のひとつの村で戦闘があり農家が燃え、住民が死んでも、となりの村では市場がたち、農民は田畑へ行って作業をした。三十年も続いている戦争の中でとなりの村が燃えたからといって仕事を休んでいたら生活はできない。サイゴンでも、同様だった。トゥドゥック通りのすぐ横の道のラーメン屋は営業していたし、そのほかの店もあいて平常通りの光景であった。タクシーも走り、中央市場もひらかれ、夕方になるとトゥーヨー通りのバーでウイスキーを飲む人々の姿も見られた。ただ、戦争をしている地域だけ血なまぐさい臭いがたちこめてい

迫ってくる火の手に家具を持ち出す主婦。早く家をあけるとサイゴン政府軍の兵士に家財を盗まれる心配もある。　チョロン

Hynos

チョロン、ミンフン大通りの戦闘。解放軍のB40ロケットが
近くの家に当って爆発し、サイゴン政府軍側に負傷者がでた

燃えるサイゴン。チョロン

た。

住民は避難して誰もいなくなった通りを、わざとカメラをいくつも首や肩からブラさげて歩いた。そこは危険地域になっていた。どちらの側から撃たれても困るので、フォトグラファーだということをわかってもらえるように道の真ん中を歩いた。第一日目の攻撃の時に小さな白いジープのような車に同乗してチョロン地域に取材へ行った五人の外国人ジャーナリストが狙撃され、四人が死亡、一人が逃げて助かったという記事が『サイゴンポスト』に各人の写真入りで大きく掲載されていた。大きな見出しで「アンラッキーな四人のジャーナリスト」と書いてあり、逃げてきた一人の記者会見の模様がのっていた。サイゴンにはＣＩＡもアメリカの私服の兵士たちもいた。戦争の混乱の中で間違われても困る。

一人で歩いているとうしろからオートバイにのったパナ通信の嶋元啓三郎カメラマンがやってきてこれからチョロンをまわるが後ろにのるかいと言うので、一人より二人の方が心強いと思って、のせてもらった。私たちは交通のとだえた人通りのない街をぐるぐるとまわった。嶋元さんはサイゴン川のＹ字橋の方が戦闘が激しいようだから、これからそちらへ行くといったが、私はチョロンをもう少し見たいと思ったのでオートバイからおろしてもらった。じゃと笑ってバタバタとオートバイをふかしながら去っていく嶋元さんの頼もしそうな後ろ姿を見送って、もう少し歩いてみようと思った。

チョロンは中国人街ともいわれ、サイゴンで生活する大半の中国人が、ドンカン通りを中心にして住んでいる。商人もいれば工場の経営者もいる。食堂や商店も多かった。また中国人街から少し離れたところには小さなバラックが密集し、地方から避難してきた人々が生活していた。農業国の南ベトナムでは農村に対する爆撃や砲撃がひどく、多くの農民が土地を離れて都市周辺に集まり、サイゴンは避難民でふくれあがっていた。戦火にまきこまれて死んでいく多くの農民を見たが、生まれ育った土地からベトコンを助けているという理由で強制的に追いたてられる農民もまた戦争の大きな被害者であった。

歩きまわっていると、大勢の人が集まっているところに出合った。ミンフン大通りで激戦が続いているという。そこから逃げてきた人々だった。私はできるだけ人通りのある路を選んでミンフン大通りへ出ようとした。銃声がだんだん大きくなり、ミンフン大通りへ近づくと、レインジャー部隊が装甲車や戦車のかげにかくれて戦闘しているのが見えた。大勢の兵士たちの動きを見ているとトゥドゥック通りよりかなり大きな戦闘のようだった。

負傷兵が通路の横で点滴を受けていた。ミンフン大通りは幅四十メートルほどもあり、両側には二階、三階建ての住宅が並んでいた。四百メートルぐらい先の一角に解放軍兵士はたてこもっていた。

戦車を盾にして兵士たちが前進しようと動き出すと、前方からB40ロケット弾がうなりをあげて飛んできた。すると戦車も兵士も後退して、しばらくすると進んでまたロケット弾で追いかえされるという行動を何度かくりかえした。大通りの一角を占拠している解放軍兵士はあまり大勢ではないように思われた。反撃の時、銃弾を撃ちかえしてくる量が、弾薬を節約しているということもあるだろうが、それほど多くなかった。それでも一個中隊ほどのレインジャー部隊は両者との間の距離をちぢめることができなかった。

周辺には兵士たちのほかに人の気配はなく、道路や家は照りつける太陽で熱くなりはじめ、道路の横の家のかげに身をよせている私も、のどがかわき汗まみれになってきた。昼飯も持ってきてないが、戦闘のない区域までいかなければ手に入らない。農村や森林地帯での作戦の時、サイゴン政府軍は弁当を持っており、昼食事になるとよほどの激戦でないかぎり、作戦を一時中断して食事をとった。朝食の時に用意しておいた大きなにぎりめしに乾した魚や味付けの肉などをおかずにして食べていた。夕食には肉かニワトリまたは魚の煮物、おひたし、スープとかなり美味しいものをつくって食べている。しかし、この日は兵士たちも何も食べていなかった。解放軍の急襲でレインジャー部隊も余裕がなかったのだろう。

ギラギラと光る太陽の下で時間が過ぎていった。不気味な静寂した時の中で兵士たちもビルの横に身をひそめてじっとしていた。戦車は道路の中央で岩のように動かない。解放軍兵士はレインジャー部隊が動き出さないかぎり撃ってこなかった。その間休息をしているのか、どのような気持ちでいるのか、四百メートルも離れたこちらからはわかるはずもなかった。

戦闘の中断している間に、撮影したフィルムを整理した。三五ミリのレンズをつけたライカM2、一〇五ミリと二〇〇ミリをつけたニコンF二台、合計三台のカメラを使用していた。そのうちの一台のニコンにはカラーがつまっていた。

戦闘が一時中断され、実際には一時間ほどしかたっていないのだが、かなりの時間が過ぎたように思われた。突然すごい爆音をともなって、T28スカイレーダーが二機飛んできた。プロペラのついた第二次世界大戦の練習機を改造した戦闘爆撃機で、ベトナム戦争では多く使用されていた。最新式のジェット戦闘機では農村を爆撃するのに速すぎる。そこで、ジェット戦闘機は北爆や十七度線周辺やラオス国境の山岳地帯の攻撃に使用され、南ベトナム政府の空軍が農村を攻撃する時には、もっぱらT28スカイレーダー戦闘爆撃機が使用されていた。

スカイレーダーは地上からの指示で解放軍のたてこもるビルの周辺の爆撃をはじめた。ズシン、ズシンと地ひびきをたてて爆弾が炸裂すると、ビルのレンガが飛び黒い煙があがる。地上のレインジャー部隊は戦車やビルのかげでその様子を眺めていた。レインジャー部隊としては解放軍の決死隊のいる場所はわかっているし、そのおおよその人数も摑んでいる。占拠した地区を死守しているが、決死隊から逆襲される心配はないので比較的のんびりしているようだった。しかし、たてこもっている決死隊は空からの攻撃に対して抵抗する方法がなかった。私はそこですごい光景を見た。

爆撃されている地域から道路を隔てた反対側の地域へ、移動する解放軍の兵士が見えたのである。レインジャー部隊の戦車と装甲車の重機関銃の銃口にさらけ出されている約四十メートルほどの道路を、兵士たちは全速力で横切った。真昼の、てりつける太陽の下で走る兵士たちの姿はまるで黒い影のように見えた。

見えない相手と戦う

ベトナムの戦場では、南ベトナム政府軍も米軍も絶えず見えない相手と戦わなければならなかった。農村や森林地帯の戦争では見えない相手に向かって発砲し、見えない相手から銃弾が撃ち返されてきた。そういった状況の中で、南ベトナム政府軍兵士や米兵は持っている機動力をベトナム戦争では生かしきれず、焦躁と不安の連続のなかで疲れ果て、傷ついて仆れていった。私も、戦場の解放軍の兵士は、捕虜か死者しか見ていなかった。バスでメコンデルタを旅する時、きっとバスターミナルや市場で見かけた男たちの中に解放軍の兵士がいたと思う。しかし私たちの目にうつったのは黒い農民の服を着ておだやかな顔をした民衆の姿であり、戦士としての姿はその陰にかくれて見えなかった。

それでも三度だけ解放軍の兵士たちの姿を見たことがある。一九六五年の三月、ビンディン省で南ベトナム政府軍の海兵隊に従軍した時のことであった。村から村を通って海兵隊が丘の上で休息をとっている時に、望遠鏡で周辺を見ていた将校の一人が「あれは、誰だ」と叫んだ。大隊長のQ少佐は双眼鏡でその方面を見て「ベトコンが我々を見ている」と言った。米軍事顧問のK大尉や他の将校たちも次々とその方向を見ていたが、やがて大砲陣地と無電で連絡をとると、うなりをあげた砲弾は私たちの頭上を飛び越えてむこうの丘の上で爆発した。政府軍や米軍が作戦をする場合、各所に散らばっている大砲陣地のうちのどこかの射程内に入っていた。だから、いつ、どこでも大砲の掩護《えんご》射撃を受けることができ、その射撃は正確で、十キロ離れた大砲陣地から一五五ミリ砲を撃った場合、目標の二、三メートル範囲に命中していた。もし、目標からそれると、将校が双眼鏡で見ていて着弾地点を修正した。奥深い森林で近くに大砲陣地のないところでは爆撃機がそれを補っていた。

解放軍の兵士たちはむこうの丘の上から海兵隊の行動を見ていたのだが、双眼鏡でそれを発見してから砲弾が飛んでくるまでの時間があまりにも早かったので、私が双眼鏡を借りてのぞいた時にはすでに丘の上には人影がなかった。その直後である。丘の下の平野にはいくつかの農家がヤシの木にかこまれて点在し、三メートル幅の川がその間を流れていた。川の両側はシダのような植物でおおわれていたが、その陰から黒い服を着た三人が川の中をかけていくのを見たのである。一九六五年の当時、二十八万以上という解放軍が南ベトナムで戦っていたのだから、三つの黒い姿を見たからといって、何か特別なことのように書くのは変に思えるかもしれないが、従軍していて戦闘中に相手の姿が見えるということは非常に稀なことであったのだ。その時も、もし、あの姿が写真に撮れたら、きっと珍しい写真になったろうと思ったのだが、もちろん、それは予想していなかった出来事でカメラを構える時間さえなかった。

一九六五年五月。雨期における戦争を取材してみようと、ロケハンに来た大島渚監督とメコンデルタをまわったことがあった。メコン河を渡ったベンチェ省で旧日本兵でベトナムに残っていた蓬《よもぎ》田《だ》氏に通訳と道案内を頼み、ランブレッタという乗り物をタクシーのかわりに、私たち三人で借り切ってまわっている時に、ひとつの村に入って休憩をとっていると青年たちにかこまれた。みんな黒い農民服を着て精悍な顔をしていた。青年の一人が何をしに来たかとたずね、蓬田氏はベトナム語でメコンデルタ地帯を一人の映画の監督とカメラマンが旅をしていると答えていた。

私たちはその青年たちが政府軍に所属している人たちではないことに気がついていたが、捕まえられるというような不安感は全くなかった。私たちは解放軍にとってマイナスになるような行動はとっていなかったし、そんな気持ちも全く持っていなかった。その青年たちにも私たちを何かしようというような様子が見られなかったからだった。しばらく日本の様子などを話してその村から帰ってきたが、その時に青年の一人が当時短く頭髪を刈ってあった私の頭を指さして、旧日本兵は同じような頭髪をしていたと言っていたのを覚えている。青年たちが私たちを本当にジャーナリストと理解したかどうかは今でもわからない。その人たちは銃は持っていなかったが、解放軍の兵士たちであったと私たちは信じていた。

銃を持った大勢の解放軍の兵士たちの姿を見たのは一九六七年の八月、中部のダラト高原からサイゴンへ帰る二十号道路のバオロックの近くであった。当時、ダラト高原には日本がベトナムに対する第二次世界大戦の賠償協定でつくられたダニムダニム・ダムがあった。ダムはすでに完成していたが、その管理のために日本工営や間組の技術者が数名残っていた。その人たちにダラト周辺の話を聞いた後の帰りだった。その道はかねがね解放軍の兵士たちが出現して、時にはバス会社から通行料を取っているといううわさも聞いていた。いつか、そういう場面にぶつかってみたいものだと思ってこれまでにも何回か往復していたが、一度も解放軍に出合うことはなかった。

その日、私は、バスではなく、よくもここまで使いこんだと思われるような大型の乗用車に数人の客と相乗りしていた。アル・カポネでも乗っていそうな古い乗用車だった。これもダラト街道を走るバスの一種で、大型バスよりは少しだけ乗車料金が高かった。バオロックの森林の少しはずれたところで交通がストップしてタクシーバスも停車したが、その時、となりに乗っていたワイシャツ姿の青年が私に「ＦＮＬ」と短い言葉で状況を説明した。一般的にいって、南ベトナムの中で市民が外人と話す時、解放軍をベトコンと言っていた。解放軍の人でも政府軍の支配地区で外国人と話す場合、解放軍のことを自らベトコンと言ったかもしれない。たとえ外人のジャーナリストでも、どのような人かわからないからである。それでとなりの青年が言ったFNLという言葉を、ベトナム人から初めて聞いたので深く印象に残っている。

バスを止めていた人たちは銃を持ち、幅の広い帽子をかぶり、黒い農民服を着た人もいれば、カーキ色のシャツに普通のズボンをはいた兵士もおり、まさしく、解放軍の兵士たちで、五十人ぐらいいたように思った。かなりの人数である。ベトナム戦争の続いている間に、このように軍の組織として活動している解放軍の兵士たちを目のあたりに見たのは、この時だけであった。指揮官と思える兵士が米軍の拳銃を腰にさげ、仲間と話しあっていた光景が今でも目に浮かんでくる。

その場では何の混乱もなく、兵士の一人が私たちのタクシーバスをのぞき、私にも目をとめたが、そのまま行ってしまい、誰も税金をとられた訳でもなく、荷物を調べられたりもしなかった。きっとバス会社や民衆に対するデモンストレーションではなかったのかとその時に感じた。何事もなかったようにバスが動きはじめ、二百メートルほど行くと、そこに政府軍のアウトポスト（小さな道路わきにある砦）があり、のんびりとした兵士たちの姿が見えた。わずか二百メートルを隔てたところに敵対する二つの兵士たちの姿をつづけざまに見て、ベトナム戦争の一面を知らされた思いだった。

戦闘が突然中断して

その解放軍の兵士たちが南ベトナムの首都であるサイゴンで、昼間、戦車と多数のサイゴン兵士たちの前を横切って走るのである。装甲車の上に乗って重機関銃をかまえていた兵士たちも長い戦争の間で、そういった光景を見るのは珍しかったのだろう。最初はびっくりしたような顔で見ていたが、解放軍兵士が道路の左右の爆撃に対してその都度、道路を横切る様子を見て、その影に向かって重機関銃を撃ち始めた。しかし、姿を見てから射撃をして目的地に弾がとどく前に影はビルの間に消えていくのを見て、いざとなれば鉄砲の弾より人間の方が速いのかとその光景に驚かされた。

スカイレーダーは爆弾を全部落としてしまうと、その後に何回か機銃掃射をあびせ、基地へ飛んで帰ってしまった。すると、すぐに機銃とロケットを装備した攻撃用ヘリコプター通称コブラがきて、また、解放軍の占拠しているミンフン大通りの中央のあたりをぐるぐるとまわりながら、ロケットを撃ち機銃掃射をして、それが終わるとガンシップも帰ってしまった。すると、それまで空からの攻撃を見物していたレインジャー部隊の兵士たちは一幕が終わったといったような様子で、太

道路の中央を歩く民衆。隠れながら逃げると狙撃される可能性がある。ミンフン大通り

陽の熱をよけて家の陰などで休息をとりはじめた。チョロンの通りは戦争をしていることが信じられないぐらいまた静かになった。爆撃で燃える家のけむりがサイゴンの空にあがっていた。

そこで私もまた日陰をさがして腰をおろした。戦闘は小休止したまま時間が流れ、太陽がタンソンニャット空港の彼方へまわりはじめると涼しい風が吹いてくるようになってきた。長い一日に夕暮れがせまってきた。近くにいたレインジャー部隊の将校に今後の作戦の様子を聞くと、司令部からの連絡を待っている、多分、今日は攻撃をしないのではないかと言う。戦闘が突然中断され、そのまま一日が終わってしまうという政府軍の戦闘ぶりは、メコンデルタでも、農村地帯でも何回も見てきたことなので、その将校の言う通りもう今日はこのままで終わるだろうと思った。しばらく様子を見て私も、また、タクシーの拾えるところまで歩いて、そこから、朝日新聞のサイゴン支局のあるパスツール通りまで帰った。解放軍の都市攻撃は今日で四日目になっていた。チョロンのミンフン大通りの戦闘はまだ続いているし、Y字橋周辺の解放軍もまだ頑張っているとAPのオフィスでは話していた。

一月三十日から始まったテト攻勢では、南ベトナムの主な都市は全土にわたって解放軍の攻撃を受けたが、フエ市の一角を占拠していた解放軍が撤退したのは二月二十四日であった。米軍や政府軍の発表する大本営的な情報に慣れていた世界では、解放軍の底力をあらためて見直した感があった。しかも、その間に米軍の海兵隊の守備する北部のケサン基地は包囲されていたのである。

パスツール通りでは店や屋台もそのままで、平常の動きとさほど変化はなかった。小さな店でコニャック・ソーダを飲み、ベトナムのウドンを食べて、家へ帰りフィルムと写真説明を整理した。それをサイゴンにあるパンアメリカンの事務所に持っていき、東京に送ってくれるよう手続きをとった。

装甲車に乗った米兵

都市攻撃第五日、またミンフン大通りへ行くことにした。人影の少ないチョロンの通りを歩いていると、小さな白い自動車に乗ってきたフランス人のジャーナリストが車を止めて、乗るかいとすすめてくれた。気持ちはうれしいがていねいに断った。西欧人と一緒にいて狙撃されたら困るからである。私はベトナムの各地を一人で民衆のバスに乗って何度も旅をしたが、その時に不安を感じたことは一度もなかった。民衆と一緒にいるかぎり解放軍は攻撃しないし、解放軍に捕まえられたとしても危険はない。長いベトナム戦争のなかで解放軍に捕らわれたジャーナリストは数多いが、そのなかで殺された例は一度もなかった。

身元がハッキリするまで長い間解放区に足止めされていた人たちも、ジャーナリストと判明するとみんな無事にサイゴンへもどってきて、親切な扱いを受けたと言っていた。例えば中日新聞社の佐橋嘉彦特派員は、一九六八年十二月にクリスマス休戦を利用し、メコンデルタのカマウ周辺で取材をしている時、解放軍にスパイ容疑で逮捕されたが、五カ月の監禁生活の後に容疑が晴れ、あらためて解放区を案内され、取材をして無事にサイゴンへ帰ってきた。

当時サイゴンにいたジャーナリストたちの多くが解放区の取材を希望していた。正式な取材許可を得るのがむつかしいとなると、なかには〝逮捕〟されたいと思う人たちもいた。私も旅をしている時には、不安を感じるどころか逮捕歓迎組の一人であった。しかし、戦場では別である。現在のように遠くから自動小銃を撃ち合う戦闘で、米軍や政府軍と一緒にいれば、弾丸の方でこの人はジャーナリストだからとよけてはくれないからだ。

ミンフン大通りでは戦闘が始まっているようで、腕を負傷した外国のテレビのスタッフが仲間にかかえられて歩いてくるところだった。白いシャツに血がにじんでいたが、弾丸ではなく迫撃砲かロケット弾の破片に当たったようだ。歩けるところを見るとそれほど重傷でもなさそうだった。前へ行くと戦車がビルへ砲撃しているので、その後ろから写真を撮っていると、AP通信で仕事をしているベトナム人のカメラマンが少し離れた家のかげから、向こうにベトコンがいてテレビのカメラマンがそこで負傷した、危険だからもどってこいとどなっているのが聞こえたので、私は彼の言

解放軍のたてこもる方向を見守るサイゴン政府軍兵士。ミンフン大通り

う通りにした。

政府軍兵士の数も随分と増えて、今日はかなり積極的に攻撃しているようだった。ミンフン大通りにもどると、そこにはUPI通信の澤田教一と『ライフ』誌のラリー・ボローの両氏が取材をしていた。二人とも実績のある優秀なカメラマンだった。澤田氏はベトナムの写真は売れているかと、フリーであった私に聞いた。エージェントと契約をしていないのでいろいろな雑誌などに売るのがむつかしいといったような話をした。ラリー・ボローとはこれまでも時々顔を合わせていたが、彼も良い写真が撮れたかと聞いた。これはカメラマンたちのあいさつのようなものだった。

ラリー・ボローは二一ミリの広角、五〇ミリの標準レンズをつけたライカを二台と二〇〇ミリの望遠をつけたニコンFを持っていた。澤田氏は三五ミリの広角レンズをつけたライカが一台と一〇五ミリ、二〇〇ミリの望遠をつけたニコンF二台を持っていた。澤田氏は写真をニュースとしてUPI通信から世界中へ流すのが仕事の目的であるし、ラリー・ボローは『ライフ』にカラーで掲載することが目的なので、使用レンズの違いがあるように思った。ニュースとして使用する場合、二一ミリの超広角より三五ミリのレンズで撮影した写真の方が紙面に合っていたので、当時通信社で仕事をしている人たちは三五ミリの広角を多用していた。

今回の市街戦では、私は良い写真が撮れたのではないかと自分で思っていた。そこでラリー・ボローに売りこんでみた。やはり、『ライフ』に掲載されるということは、ベトナムで撮影をしていたフリーのカメラマンにとっては念願であったし、それに原稿料が高いと聞いていた。ラリー・ボローは笑いながら、もうすでに自分の撮影したフィルムをニューヨークに送ったが、ページ数が少ないので今回は私も残念に思っていたところだ、でも、また何か良い写真を撮った時は連絡してくれと言った。テト攻勢の後だったので各国から多数のジャーナリストが取材に来ていたし、日本のカメラマンもパナ通信の守田浩一郎、パナ通信からフリーになった嶋元啓三郎、読売新聞社の広瀬昌之、朝日新聞社の吉江雅祥の諸氏が取材に当たっていた。それに日本の各新聞社の特派員や外国のテレビ会社で仕事をしている日本のカメラマンもいた。

都市攻撃が始まってから五日目になるので、戦死した解放軍の兵士やまだ収容されていない政府軍兵士の死体が腐敗しはじめて、ミンフン大通りの地域に死臭が流れはじめた。解放軍決死隊の占拠している区域へだんだんとレインジャー部隊の輪もちぢめられていった。破壊されている家屋の様子などを撮影していると、すでに三日間も取材をしているので顔を覚えられたのか、一人の兵士がついて来いと腕をひっぱる。一緒にいくと、小さなバラックの密集している地域の道のつきあたりに二人の外人が仆れている。「チエットロイ（死んでいる）」と言った。そばまで行こうと思ったが危険だというので、離れたところから撮影した。

身体の大きい外国人だが、どんな職業でどこの国の人か分からなかった。ジャーナリストであればすぐ噂が伝わるので多分、ジャーナリストではないだろうと思った。それにしてもその地域は外

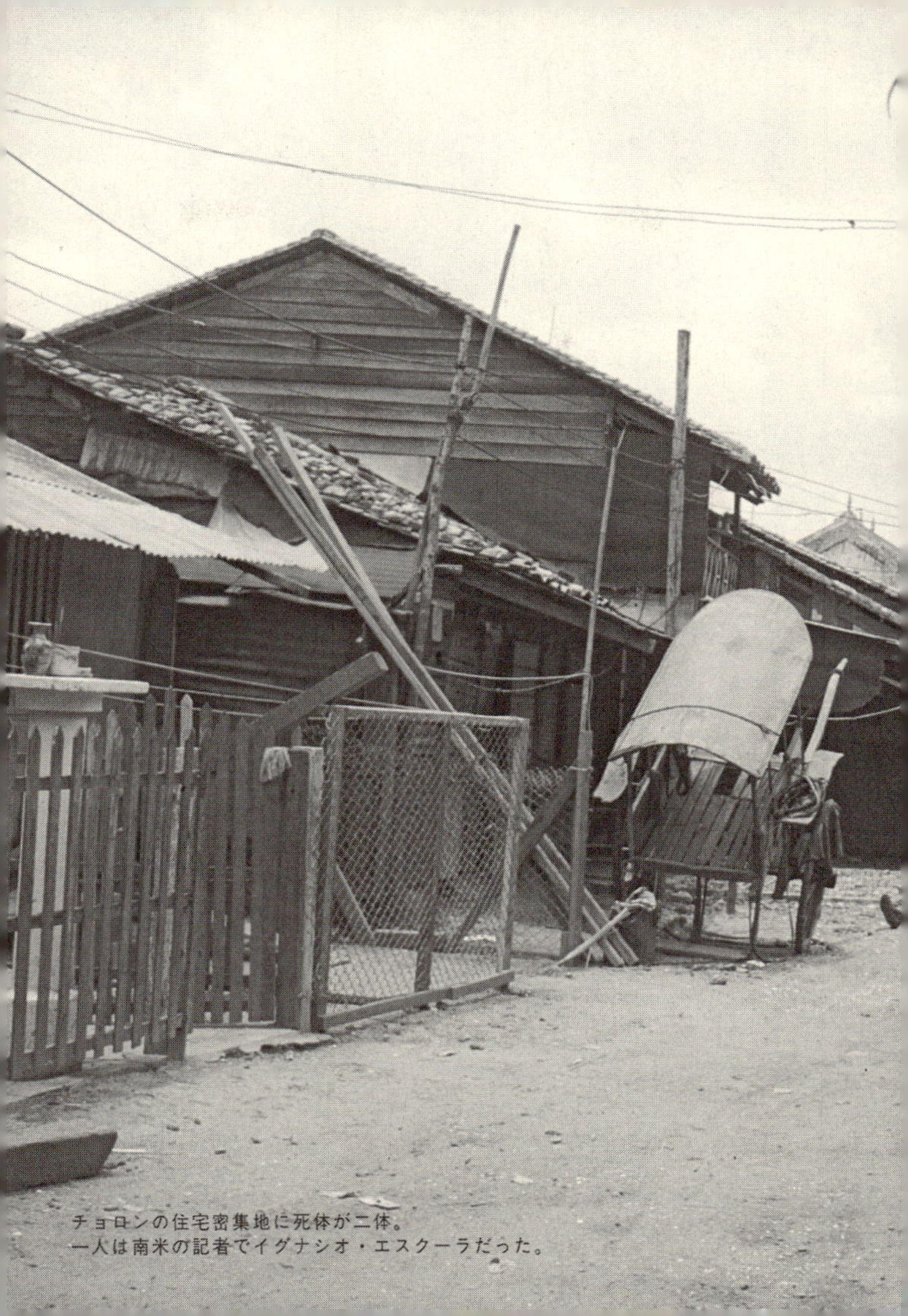

チョロンの住宅密集地に死体が二体。
一人は南米の記者でイグナシオ・エスクーラだった。

国人の来そうもないところで、どうして、そんな場所で死んでいるのか不思議な感じがした。後でAP通信へ行ってネガを渡し、どこの国の人か調べてくれるよう頼んだが、都市攻撃が終わって私が東京へ一時帰った時に、どこかの大使館がその時の状況を聞きたいというので私を探していたということを、またサイゴンへもどった時に朝日新聞の支局で聞いた。（後になって、一人は南米のベトナム特派員イグナシオ・エスクーラとわかった。）

ミンフン大通りには米軍の戦闘部隊は参加していなかったが、この日三十台ぐらいの装甲車に乗った米兵たちがいた。彼らは道路に一列に並んで一区域をブロックした。装甲車に乗っている米兵にどこから来たかと聞いたが黙っているので、別の装甲車に行って同じことを聞くと一人の米兵が何か答えようとしたが、指揮官らしい男が黙って首を振ってその米兵を制した。どうもクチから来た第二十五師団のような気がしたので、また違う場所に行ってクチの市街も攻撃されているのかとカマをかけると、いやクチは大丈夫だと答えたので、やはり第二十五師団だと思った。

それにしても腕につけてある稲妻の師団マークもとってあり、なぜ秘密にするのだろうと考えた。多分、それだけの兵力が第二十五師団からサイゴンに来たことがわかって、手薄になった師団本部の方が逆に攻撃されることを恐れたのではないかと思ったりした。郊外のY字橋周辺は米軍が戦闘をしていたので、アメリカの通信社やテレビ会社はそちらの方を重点的に取材していたが、サイゴン市内にはアメリカの戦闘部隊そのものはこれまでにも入っていなかった。サイゴンの民衆を刺激

捕虜になった解放軍兵士。 ダカオ

レインジャー部隊に包囲され、戦死した突撃隊の兵士。ダカオ

サイゴン政府の空軍の爆撃で破壊された市街
を掃討作戦するレインジャー部隊。チョロン

しないという考えがあったのかもしれない。サイゴン市内に一列に並んだ米軍の装甲車の写真を撮った。

市内の各所にある学校は、今度の市街戦で戦闘地区となった住宅地の人々の避難場所となっていた。急に発生した戦闘なので民衆はわずかな手荷物しか持ち出していなかった。男たちは仕事や戦闘に出ているので、女性や老人と子供だけが、不安な面持ちでひとつのかたまりをつくっていた。子に乳を与えている母もいれば、講堂の隅で炊事をしている人もいた。ミンフン大通りへもどるとまだ戦闘は膠着状態のままであった。これではいつ終わるのかと思うほどゆっくりとした戦争だった。また日が落ちて私は家へ帰った。

戦場のそばにある日常生活

一九六八年五月十日、解放軍の第二次都市攻撃が開始されてからもう六日目になっていた。早朝、下宿の近くの小さな〝めし屋〟で肉入りのマンジュウとウドンを食べて、またミンフン大通りへ出かけた。そこへはもう四日間も通っているので、戦闘地域へ通勤しているような感じだった。〝めし屋〟には仕事の行く前へ労働者たちが集まって、市街戦の話でもちきりのようだったが、言葉のよくわからない私には、彼らはゆっくりとお茶を飲み、ウドンをすすり、世間話をしているような光景に思えた。事実、〝めし屋〟の近所の店は全部営業しているし、いつも通りの角の屋台でパンやタバコを売っている人たちもちゃんと来ていて、そこにも、また緊迫した空気は感じられなかった。それがいかにも〝ベトナム的〟であると思った。〝ベトナム的〟であるというのは、農村であれ都会であれ、戦闘地域から少し離れたところで人々は日常の生活を営み、彼らは心の動揺を表へ現さないというこれまでの私の体験での感じだった。ベトナム全土でどれほどの激戦が繰り返されていようと、メコンデルタの入り口にあるミトーやメコン川の横にあるカントーの市場では、野菜や魚や穀物が運びこまれ、多数の人々でにぎわっている。その様子を見ているとベトナム民族のねばり強さを感じると同時に、この戦争でアメリカの勝利はあり得ないだろうといつも感じるのだった。

ミンフン大通りへ行くと戦闘はすでに終わっていた。通りのなかほどにある家でレインジャー部隊の若い将校たちが朝食をたべていた。小隊の司令部になっていた。小隊長もここでの戦闘は終わった、我々はこの地域を占領したと言っていた。攻撃の始まる前は南ベトナム政府の支配地域であったのだから占領という言葉も適当でないように思えたが、今朝占領する時に交戦はあったかと聞くと、「何もなかった」という。要するにこの一角をそれこそ本当に占領していた解放軍兵士はある一定の目的を達したのでどこかに移動したのだろうと思われた。

市内に入った解放軍に協力した嫌疑で青年が逮捕された。ダカオ

戦死した解放軍兵士。ミンフン大通り

生き残った解放軍の兵士は戦闘服をぬぎ、一般市民の姿になって闇の中へ消えていったのかもしれない。レインジャー部隊の兵士たちは鍋で焼いた目玉焼きとパンとハムなどを食べていた。一人の兵士がたき火の下を棒でかきまわすと赤く焼けたカニが出てきた。一匹あげようと私に持ってきた。カニは好きだが数も少ないようだし、朝食をすでに食べてきたので遠慮をした。こういったところはまた〝ベトナム的〟で、政府軍に従軍していても食事時になるとあちこちで食べに来いと誘われる。中隊の仮司令部の前にはＡＫ47自動小銃などいくつかの捕獲品と共に解放軍の旗があった。他のレインジャー部隊の兵士たちはミンフン大通り一帯の掃討作戦をしていた。建物の中やくずれた家のすき間などに解放軍兵士が残っていないか調べていた。ところどころにはまだ放棄されたままの死体があって腐敗し、臭気を発していた。近づくとむらがっていた蝿が一斉に飛びたっていった。

ミンフン大通りの戦闘は完全に終わった。私はそこからＹ字橋へ行ってみようと思った。トゥドゥック通りとミンフン大通りの戦闘はかなりよく見たつもりだった。外国通信やテレビ会社が集中的に取材しているＹ字橋周辺もまだ終わっていなければ是非見ておきたかった。身体がいくつあっても足りないくらいだった。Ｙ字橋近くでタクシーをおりて橋へ向かって歩いていくと、橋の上では装甲車をおりた米兵たちがそのかげに銃弾をさけてかくれていた。まだ戦闘は続いているようだった。米兵はメコンデルタの入り口のドンタムに基地をおく第九師団の兵士だった。しばらく様子

流れ弾に当った妻を前にして呆然とする夫。ダカオ

を見ていたが、銃弾が飛んでくるようでもなかったので、身をかがめるようにして橋を走り抜けた。

橋のたもとの空き地にヘリコプターがおりて、負傷兵を運んで飛び去っていった。そこは前線の負傷兵収容所になっているようだった。その横の道を銃声の聞こえてくる方向へ歩いていくとトラックが横転し、黒豹のマークのついた鉄カブトが散乱し、なかにはちぎれた足がまだついたままの軍靴などもあった。トラックに乗って移動するところを待ち伏せされ攻撃されたようだった。人かげの少ないなんとなく気味の悪い道をなおも歩いていくと、小さな運河のところに戦車が二台あって近くの家が燃えているのが見えた。その周辺に兵士たちも多勢いて、オリコンの大型テレビカメラを持ったABC、NBC、CBS放送などのジャーナリストたちがいた。

ミンフン大通りとは違ってサイゴンの第八区になるカンフー通りのこの周辺は小さい家が並んでいた。平常、私たちもあまりこの辺には用事もないので来ることのないところだった。第八区は都市を包囲している解放軍から比較的攻めやすい場所にあった。家は燃えて、銃声が続いていた。頭部を負傷した米兵がかつがれてきた。衛生兵が点滴をしている間うわ言で何か叫んでいた。まだ戦闘は続いていたが、それは残留している少数の解放軍兵士との戦いで、五月五日の未明から始まった解放軍のテト攻勢に続く大規模の第二次攻勢もほぼ終わりに近づいていた。

軍事的にどちらが勝ったのか、南ベトナム全土百二十二カ所で一斉に解放軍の攻勢があり、そのひとつであるサイゴンのそのまた部分的な戦闘しか取材していない私にはわかるはずがなかった。

しかし、首都でもどこでも、いつでも攻撃をかけることができるという解放軍の実力は、テト攻勢に引き続いてまた証明された。

自分の家が爆撃で破壊されるのを見つめる民衆。ミンフン大通り

ラオス、カンボジアの戦闘

一九六八年十一月、アメリカのベトナム戦争はジョンソン大統領からニクソン大統領へ引きつがれたが、ベトナム各地で激戦が続いていた。この年の十二月二十八日、私は写真集の出版打ち合わせのため東京へ帰ってきた。しかし、翌年の四月『週刊朝日』の沖縄、韓国取材を機に、朝日新聞社出版局出版写真部に入社して、六四年四月に香港へ移って以来、五年振りに日本で生活をすることになった。私が沖縄を取材している間に、パリでは一月二十五日、第一回拡大パリ会談が開かれていた。

三月六日、米国防総省はベトナム駐留の総兵力は五十四万千五百人と発表した。拡大パリ会談に続き、ベトナム戦争のベトナム化、つまり勝ち目のない戦争からアメリカは手を引いて、ベトナム戦争はベトナム人にまかせよう、というニクソン・ドクトリンを打ち出した。ニクソン大統領は一九六九年六月八日、ミッドウエー島で、グエン・ヴァン・チュー大統領と会見して、その年の八月までに米兵二万五千を撤退させると発表した。

サイゴン政府としては、この会談にはかなり不満があったと思われた。アメリカは勝手にどんどん兵力を増やし、それでも勝てないとみると、今度はベトナムから撤退していくという。それなら、はじめからベトナムに干渉しなければよいではないかと言いたくなるだろう。総勢五十万人以上の兵力と、強大な空軍力を持ってしても勝てないものが、残されたサイゴン政府軍だけでどう戦えばよいのか困っただろうが、はじめからアメリカによって支えられた政権なのだから、アメリカの言うことを承認せざるを得なかった。アメリカも本当の平和を望む停戦交渉というより、撤退するための大義名分を必要とするパリ会談という感じがした。そして、一九六九年七月八日米兵撤退の第一陣である第九師団の兵士八百十四人が、サイゴンを離れていった。

南ベトナムで米兵の本国への撤退が続いている一九七〇年二月、ラオスのジャール平原で北ベトナム軍とラオス愛国戦線が攻勢に出た。私は『週刊朝日』の特派員としてラオスの戦争を取材にビエンチャンへ行った。ラオス取材中に今度は三月十一日、カンボジアのプノンペンで、数千人のカンボジア人がベトナム民主共和国、臨時革命政府の両大使館を襲った。十八日には、ロン・ノル将軍らがシハヌーク国家元首へのクーデターを起こす。米軍撤退のための手段のひとつとして、カンボジア領内のホーチミン・ルート、兵器貯蔵庫の破壊を考えていたアメリカの支援によるクーデターと言われていた。

私は、ビエンチャンからプノンペンへ移ってクーデター後のカンボジアを取材した。

クーデター後ロン・ノル軍兵士による、カンボジア在住のベトナム人虐殺が各地で起こる。

三月二十三日、シハヌーク殿下が北京で、カンプチア民族統一戦線の結成を発表した。

四月三十日、米軍、サイゴン政府軍は、カンボジア侵攻作戦を開始して、カンボジアに戦火がひろまっていく。

ビエンチャンの街をパレードするプーマ・ラオス政府軍。1970年5月

一　ラオス・ジャール平原の攻防

一九七〇年三月。

Ｐ・Ｄ・Ｊ――この三つに略された文字のために、約五十人もの各国の新聞記者たちが、猫の額のような小さい首都、ビエンチャンにひしめいている。彼らは、ラオス国防省、アメリカ、日本、フランスの各大使館、さらにはビエンチャンの町にいることごとくの人々の口からＰ・Ｄ・Ｊについて何か情報をえられないか、と神経をとがらせている。Ｐ・Ｄ・Ｊとは、フランス語でジャール平原の略である。

サラプクンの基地へ

ラオス側の情報によると、二月八日のテト（旧正月）明けを待って、北ベトナム軍一万二千人の第三百二十師団を中心としたパテト・ラオ軍の混成部隊はジャール平原のラオス政府軍陣地を攻撃した。そして、北ベトナムから通じている、ジャール平原の七号道路にそっている、ノンヘト、バンバン、カンカイ、シエンクアン、ムオンスイといった政府軍の陣地を、わずか二週間で抜いてしまった。この間の北ベトナム軍の戦死者は、四百とも、五百とも伝えられている。

いちおう第一段階の作戦を終え、第二段階の攻撃として、ラオス政府軍が、「ジャール平原のなかでも、ここだけは死守する」と全力を集中している、サムトン、ロンチェン、サラプクンの陣地を包囲して攻撃しようとしているさなか、私は政府軍の重要地点であるサラプクンの基地へ飛んだ。首都ビエンチャンと、その北方百七十キロの〝ラオスの京都〟ともいえる王都ルアンプラバンをタテに結ぶ〝ラオスの東海道〟十三号道路と、北ベトナムから十三号道路までをヨコに結ぶ七号道路の交差点にある最前線基地である。

この地点を失えば、十三号道路を切断され、ラオスの南北を結ぶルートはとぎれてしまうことになる。これは軍事的な作戦の面でも、民衆に与える心理的打撃のうえからも、ラオス政府としてはなんとしても防がねばならないことであった。

いまでは、ジャール平原の攻防で残された三つの重要な飛行場の一つであるムオンカシーにいかなければ、サラプクンの前線基地まで行くことはできない。私はビエンチャンの飛行場で連絡機の来るのを待った。

この飛行場は、まずバンコク、プノンペン、香港、サイゴンからの離着に利用される国際空港である。そしてホーチミン・ルートの爆撃にゆくT28戦闘爆撃機の出撃する空軍基地でもある。さらに米政府にチャーターされてラオスの各地を飛んでいるエアアメリカの利用する空港でもある。T28戦闘爆撃機が次々と飛び立って行くのが見える。ホーチミン・ルートへの爆撃である。一九六八年の北爆停止以来、B52をはじめとする米空軍の爆撃はラオス、カンボジアを通るホーチミン・ルートに集中されているといわれている。

中国が雲南省からムオンスイまで道路をつくり、それがタイ国境にのびようとしているという情報が、ラオスでは公然の秘密のようになっている。三個大隊といわれる中国工兵隊は、強力な対空砲火部隊に守られており、ラオス政府軍も手を出せないといわれた。

ビエンチャンの空港では、ベトナムでもさかんに利用されているC123、カリブー、D47といった輸送機がたえず出たり入ったりしている。アメリカは、「ラオスに兵隊は送っていない」と言明している。確かに、地上の戦闘部隊はいないように思える。しかし、七十人ぐらいの武官がいるし、エアアメリカのパイロットたちは、軍服こそ着ていないが、孤立した政府軍の拠点を結んで、政府軍兵士や武器の輸送に当たっている。

北ベトナムへ続く道

われわれを運ぶラオス空軍のD47機は、やっとビエンチャンを離れた。窓から外をのぞいてみると、一面の山岳地帯である。平野は、わずかメコン川の周辺にしか見られない。このような山ばかりのところで、どうして戦争をしなければいけないのかという思いにかられた。われわれはムオンカシーの空港に降り立った。

一個小隊のラオス政府軍が、空港を守備していた。彼らは一見したところ、ベトナム政府軍と変わらない。M16、グリネード・ランチャー（擲弾発射銃）、迫撃砲などの武器、軍服、靴下にいたるまで、全部アメリカによって支給されたものである。

ジャール平原に近いラオス政府軍の最前線基地。
装備は全て米国支給。1970年3月、サラブクン

高地に住んでいる人々が多いので、ベトナムの特殊部隊の兵士たちに顔もよく似ている。食事をするのを見ると、ラオス人であることに気がつく。ベトナム兵はパラパラと乾いたような米をたき、ニワトリや肉をおかずにしてハシで食べるが、ラオス人はモチ米をたいて、それを手でにぎって、いろいろなものを煮込んでつくったソースにつけて食べるからだ。

私と、ロイター、ロサンゼルスタイムスなど五人の外人記者は、空港近くの陣地でトラックに乗せられた。M16を持った政府軍の兵士が一人、護衛として乗った。それから約一時間かかって、三十キロの山道を登っていった。その間、どこから狙撃されても不思議のないほど、深い森林でおわれた山道は待ち伏せに絶好のところに思えた。事実、五日前にも、ここで六人の兵士と二人のフランス人が待ち伏せにあって殺された。

ベトナムでの体験からいっても、戦争の取材で、一番こわいのはこういう場合である。それにくらべると実際の交戦では、どれほどの銃弾が周辺に飛んでこようと、遮蔽物《しやへいぶつ》のあるところに身を伏せてさえいればある程度の安堵感はあるものだ。トラックの上で、私の口の中は恐怖でカラカラに乾き、ノドはかすれて、声が出なかった……。やっとたどりついた峠の頂上にある陣地は一五五ミリ砲を二門おいて、そこを中心に一個大隊の政府軍が守備していた。十三号道路と七号道路の交差点に立つ。

「この道を見なさい。まっすぐにいくと北ベトナムです。ここから約四十キロのところに彼らの占

ベトナムとの国境に近いラオス政府軍のカロン基地。1970年3月

カロン基地内には13～14歳の少年兵が
多かった。1970年 3 月

領している、ムオンスイがあります」

そう言って基地の将校が道を指さした。地図には太く記されている道路ではあるが、草がはえた、日本でハイキングで歩いた古い山道のような感じであった。

「われわれはムオンスイから十キロの地点まで前線基地をつくっていますが、むこうもこの周辺の近くまできている。あの山のどこかから、われわれの動きを見ています」

と言って将校は周囲の山々を見まわす。

ムオンスイを陥落させたところで、態勢をととのえたうえ、ここを攻撃してくる。もうその時機になる頃だという。カンボジア、タイ、南ベトナムに近くラオス南部にあるパクセの基地。ホー・チ・ミン・ルートからわずか三十二キロ、南ベトナムのケサンから六十四キロの地点にある孤立したカロンの基地。さらにルアンプラバンから北にあるケンブンの陣地などにも、私は行ってみた。

政府軍が死守するというジャール平原の最後の拠点ともいえるべきサムトンがすでに崩壊し、さらにロンチェンが攻撃されようとしている。残されたこのサラプクンの基地が陥落したら北ベトナム、パテト・ラオ混成軍のビエンチャン包囲は、きわめて容易になる。それだけに、サラプクンの基地での緊張感は他の基地より一層強いものであった。

その夜はムオンカシーの部落で泊まった。屋根があるだけの村の集会場は夜になると冷えて、私はたきびをして夜営している兵士の横で夜を過ごした。フランス式に教育されている一人の将校は英語はわからないようだったが、「兄が日本のラオス大使館で一等書記官をしている。東京へ帰ったら寄ってくれ」と言った。シソバット・シリマクタンという中尉だった。

「万国博はもうすぐ始まるね。私もいってみたいが、戦争をしている間は無理ですね」とも言った。

ベトナム戦との共通点と相違点

ラオスとベトナムの戦争は共通点がたくさんある。M16とAK47の戦いである点がそうだ。M16はアメリカの使ったライフル銃であり、AK47は中国製の自動小銃である。政府軍の背後にはアメリカ、日本、ヨーロッパがあり、パテト・ラオ軍の背後には、北ベトナム、中国、ソ連がある。内戦ではあっても、政府軍とパテト・ラオ軍の意思だけでは解決はつけられない。

約十万の政府軍と二万のパテト・ラオ軍、力関係では同等ぐらいだという見方がつよい。毎年のように行われているジャール平原の攻防戦も、一九七〇年に発表された数字によると、六万七千といわれるラオス内の北ベトナム軍と年間一億五千万ドルにも及ぶアメリカの巨大な軍事援助に左右されている。

もっとも、ベトナム戦争とは違った点もある。「南ベトナムのチュー、キ政権は絶対に認めない」という解放軍と、あくまで解放軍を共産側の侵略とみる現南ベトナム政府の場合ほどには、お互いの憎悪の感情は深くないようだ。ビエンチャンの市内にはパテト・ラオ軍の一個中隊も駐在して、パテト・ラオのユニホームを着て市場へ買い物に出たりしている。パテト・ラオ代表のスファヌボン殿下も、ラオス政府のプーマ首相も異母兄弟であり、かつて一緒に政治を行った経験もある。二十日にはパテト・ラオのチエン・ウタム中佐が和平の話し合いにビエンチャンへきた。ベトナムを見慣れた者には、それは奇異な光景というほかなかった。だが、カンボジアのクーデター、タイ軍の二個大隊介入といったニュースで〝平和のキザシ〟は遠くなったようだ。「陸の孤島」ラオスを動かす〝背後の力〟が、大きく立ちはだかってきたからである。

ラオス愛国戦線基地を攻撃に行くラオス政府軍のスカイレーダー爆撃機。1970年3月、ルアンプラバン

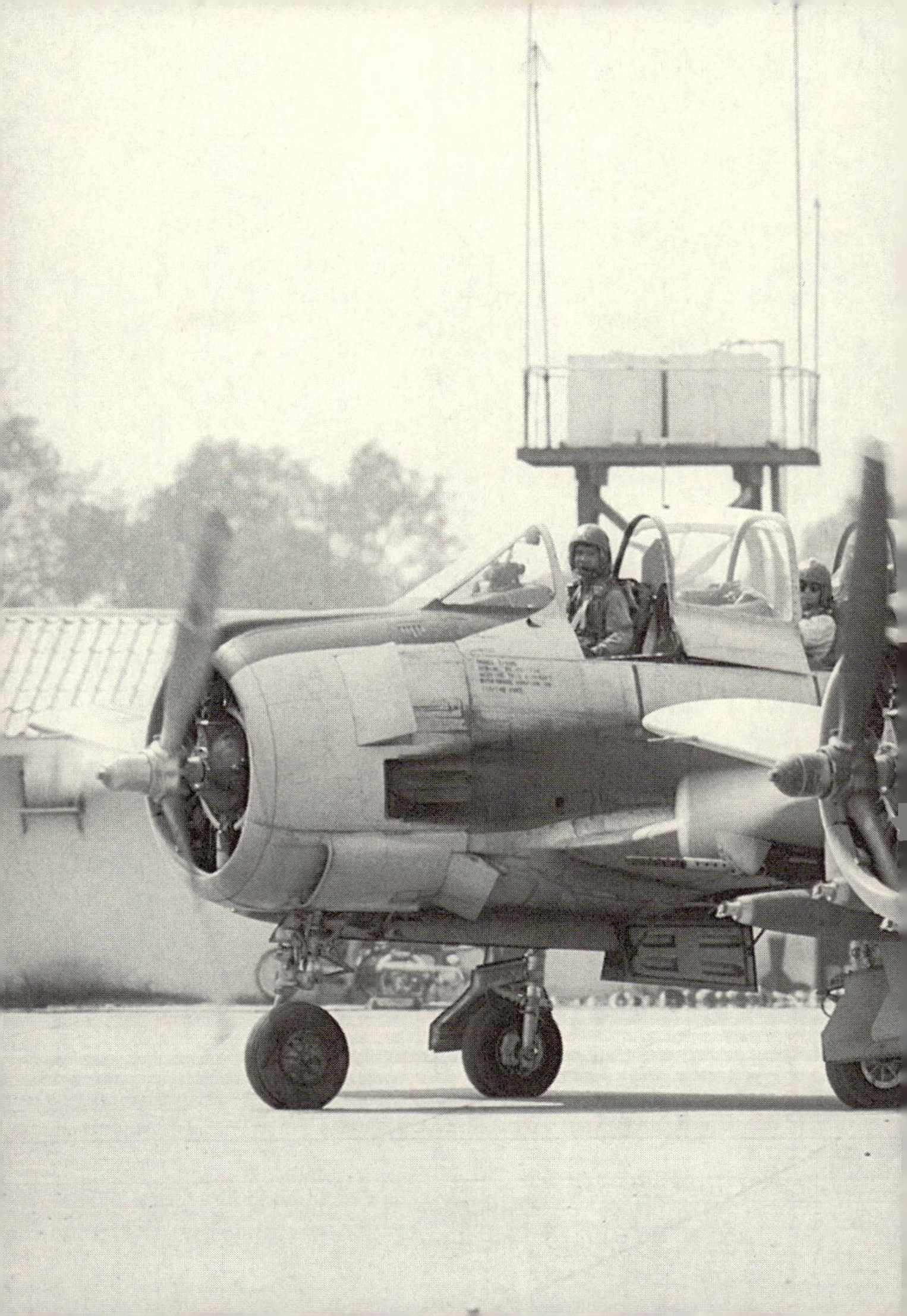

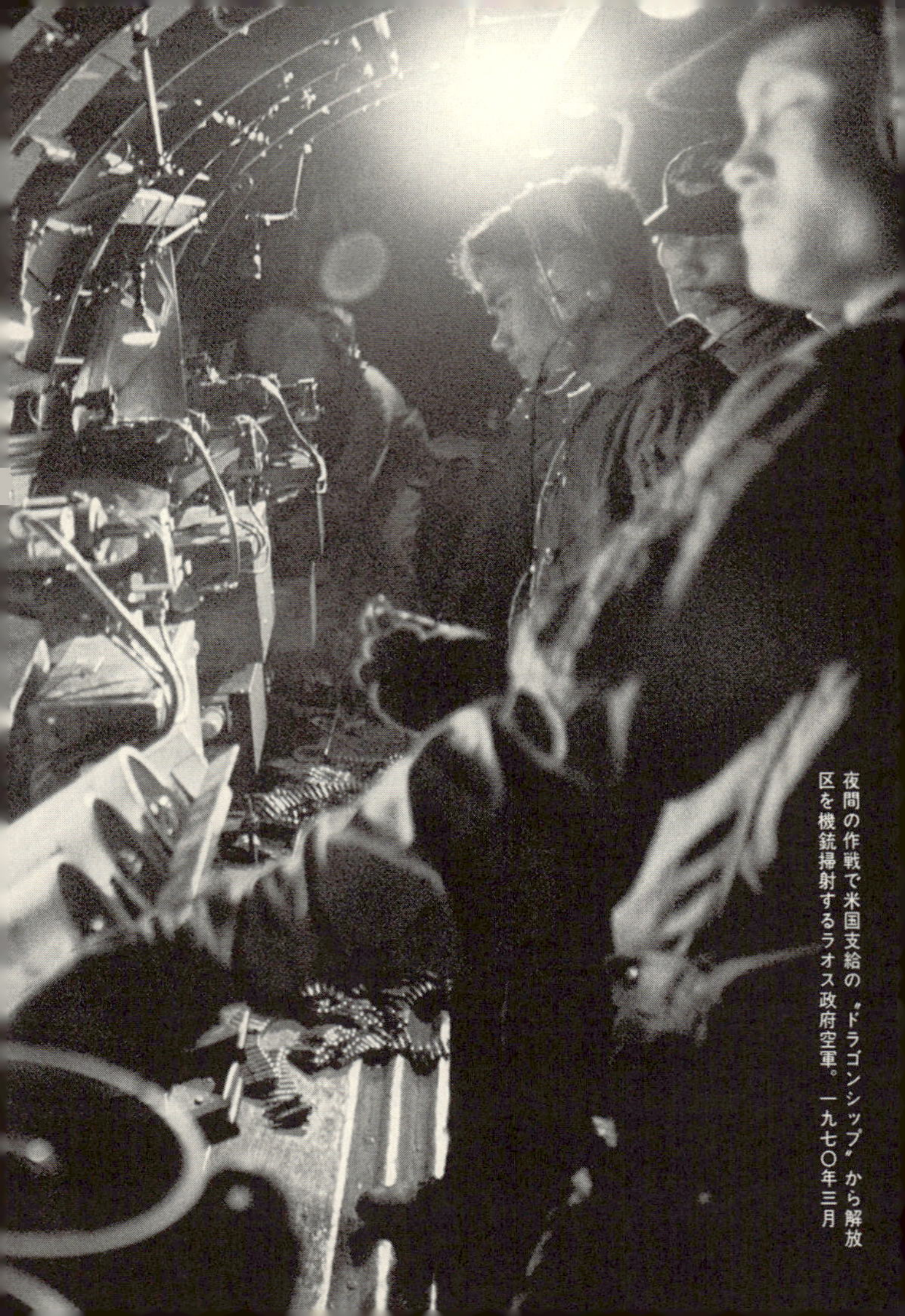

夜間の作戦で米国支給の〝ドラゴンシップ〟から解放区を機銃掃射するラオス政府空軍。一九七〇年三月

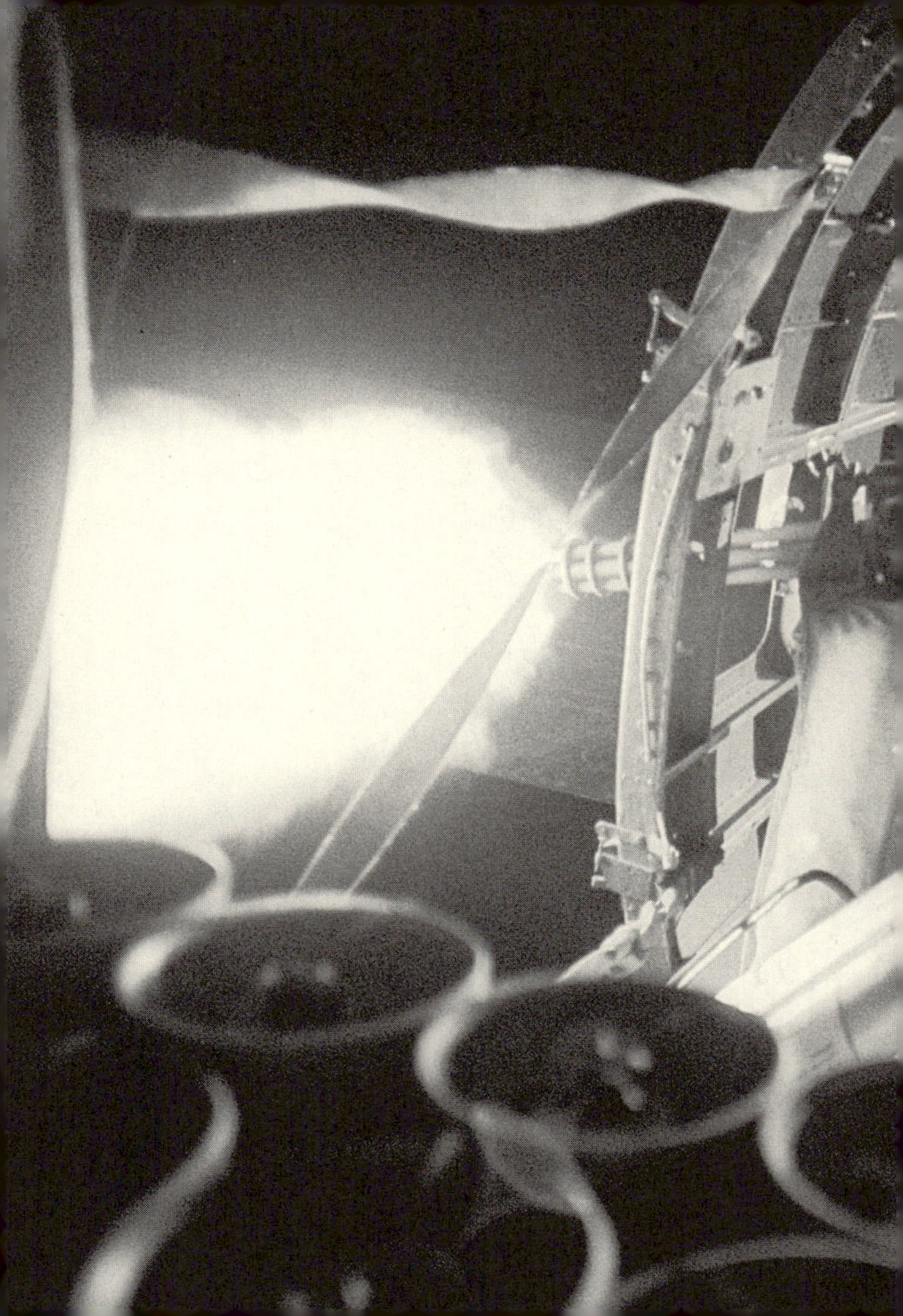

二 カンボジア戦争と虐殺

一九七〇年四月。プラソトにあるベトナム人の強制収容所でロン・ノル政府による虐殺があったと聞いた時、信じられないという気持ちが私の心の底に起こった。虐殺の起こったといわれる日の前日、四月九日まで、私はその収容所を取材していたからである。スバイリエンの町からつぎつぎとトラックにのせられていった人びと、そしてプラソトの収容所で写真を撮っている私を悲しそうな目で見つめていた人、赤ちゃんに乳をやっていた母親、涙を流していた夫婦、あの人びとが本当に殺されてしまったのだろうか。

しかし、四月十六日、カンボジアの首都プノンペンから南へ約七十キロ、ベトナム国境に近いタケオの町で起こった虐殺の現場をこの目で見て、プラソトの虐殺も、メコン川を血に染めた惨殺も、みんな事実だったのだと思った。それはカンボジアに住むベトナム人に対する虐殺以外の何ものでもない。ロン・ノル政府が発表するように、「ベトコンとの交戦にまきこまれて死んだ」のでもなければ、「ベトコンの兵士を処刑した」ものでもない。武器を持たないベトナム住民を集めて、片っぱしから銃撃を加えたのである。

おびえる避難民

外遊中のシハヌーク殿下を解任し、ロン・ノル新政権になった三月十八日のクーデター以来、ベトナム人に対する迫害、反政府デモに対する弾圧など、多くの混乱が起こった、という情報をラオスのビエンチャンに集まる外人記者たちから聞いて、私はただちにカンボジアに飛んだ。

プノンペンの市内は美しい。一九六四年、私がベトナムへはじめていったころのサイゴンも緑の多い美しい町であったが、プノンペンはそれ以上だと思った。

その日、四月六日の夕方、フジテレビの記者とカメラマン、二人のアメリカ人カメラマンがベトナム国境付近でクメール・ルージュ（赤色クメール・反政府勢力）につかまったことを聞いた。そのうちのエロール・フリン（アメリカの俳優）の息子で、『タイム・ライフ』の仕事をしているショーン・フリンは、ベトナムの戦場でもたびたび会ったことがあり顔見知りであった。

四月九日、私は、まず国境周辺の現状をこの目で見たいと思って、自動車と通訳をさがした。プノンペン市内を出る場合、ハイヤーは一日六十ドル、通訳は三十ドルがカンボジアの相場であるが、私の行きたい国境周辺には「いくらもらってもいやだ」と彼らは言った。通訳もガンとして市外取材の同行をことわった。

途方にくれている私に、カンボジア滞在一年になるという日本電波ニュースの鈴木利一記者が、「私の車でいっしょに行きませんか」と言ってくれた。うれしかった。二人で相談した結果、一号国道をベトナム国境へ向かっていけるだけいってみようということになった。もし、世界が平和であれば、シンガポール、タイ、カンボジア、サイゴン、ハノイを通って、中国までも続いている道路である。

国道にそってえんえんとタマリンドの樹が緑の葉をトンネルのように茂らせていた。水牛にのった少年が道の横を歩き、いかにも平和な田舎道のように思えた。しかし、途中の検問がいたるところにあった。ベトナム人と武器の移動を調べているのだ。シハヌーク時代にはなかったことだという。

スバイリエン州を米軍はパロット・ピークといっている。その名のとおり南ベトナムとの境界線はオウムのくちばしのような形をしている。国境の先端からサイゴンまでは五十キロしかない。そして省庁のあるスバイリエン市は、ベトナム国境までの最短距離でわずか六キロの地点にある。

スバイリエンにはロン・ノル政府軍が集中していた。彼らの手にしている銃の多くは共産側でつくられるAK47自動小銃であるが、そのほか数は少ないが、アメリカのM16、M1、カービン銃もある。そのほか、ベトナム戦争では見たことのない銃がいくつかある。各国に援助を求めたシアヌーク政権時代、東欧あたりからはいってきたものらしい。それにしても、ベトナム従軍中、AK47によって悩まされているサイゴン政府軍と米軍を見なれてきた私には、ちょっととまどいを感ずる光景だった。

スバイリエンから国境に向かって八キロのプラソトにはいると、市内の商店の大半は華僑かベトナム人の経営だといわれるが、店という店はシャッターが閉ざされて、装甲車や兵士が警戒しているほかには全く人通りがない。町はずれまでくると、鉄条網がはられ、民衆が集められている。ベトナム人だと直感した。

だれもが手ぶらか、わずかにゴザと食器があるだけだ。避難民であれば持てるだけの荷物を持っているはずなのに……。こんなに恐怖の表情をうかべている人びとを、私はベトナムでも見たことがなかった。ほとんどがすすり泣いている。泣きはらしたあとの目をしている人もいた。

ベトナムでも、政府軍や米軍の攻撃で燃えあがるわが家を見つめている、悲しみの目があった。

ロン・ノル将軍ほかのクーデター後、プノンペンにはベトナム人殺せの文字やビラがはんらんした。1970年4月

NG-LIVE REPUB
OST KILL
IET IN
BODIA

シハヌーク殿下がベトコンを支援しているという批判のビラ。
1970年４月、プノンペン

しかし、異民族の銃口の前でおびえるこの強制収容所の人びとは、たとえようもないほど、悲痛な姿だった。ベトナムでは政府軍は解放区の青年を捕まえてくると、ひどい拷問をした。時には指を切り、顔を水中につけ、首を切った。それでも、彼らは婦女子や老人に対して無差別に手を下すことは少なかった。

しかし、カンボジアでは、迫害する者とされる者とがお互いに異民族である。インド文化の影響を受けるクメール民族と中国文化で育ったベトナム民族とは同じ東洋人であっても、そこにいちじるしい相違がある。捕まえられているベトナム人のひとりが、「昨日、急に兵隊が来てわれわれをここにつれてきた。いったいなんのことかさっぱりわからない。食事も与えられないし、夜は土の上に寝た」と恐怖にみちた表情で言った。

政府軍の将校は「プラソトから先はベトコンに占領されている。この先に政府軍はいない。君たちも危険だから先へは行ってはいけない。ベトナム人たちはベトコンと連絡をとったり、食糧を提供したりするので、命令によってここに収容した」と語った。

スバイリエン市にもどると、そこでも強制収容が行われていた。写真を撮ると兵士が近づいてきて身分証明書の提示を求め、「撮影を禁止する」と言った。市内ではわずかに兵士が食事をする店があいているだけで、しかも二時間ほど前に通った時とは様子が一変していた。政府軍の兵士が銃をテーブルの上において、入り口をにらむようにすわっており、はいってはいけないと手をふる。

ていた。

「どうしたのだ」と聞くと一言「オキュパイアー（占領した）」とこわい顔をして言った。

四月十日、私はいやがる運転手をくどいて、三月二十八日に反政府デモを行った人たちが四十人以上も政府軍によって射殺されたというコンポンチャムの町まで行った。町はすでに平静にもどっていた。

スバイリエンに引き返すと、深夜、ホテルの戸をたたく音がした。電波ニュースの鈴木記者が、緊張した表情で、「昨日われわれが取材したプラソトで、きょう虐殺があったようだ」と言った。さっそく、ロワイヤル・ホテルへ行ってUPIの酒井淑夫カメラマンに聞くと「とてもひどい状態だった」と言う。四月十一日早朝、フルスピードでプラソトへ向かって車を飛ばした。

私は興奮していた。あの人たちが、母親のそばで悲しい表情をしていたあの少女が、殺されるなんて、そんなバカなことがあってたまるか……。

ネアクルンのメコン川の渡しには、多数のバスとトラックに乗った兵士がフェリーを待っていた。三万八千人といわれる政府軍がみんな国境周辺へ動員されているのでないかと思うほど、スバイリエンに向かって移動していた。渡しを越えて三十キロほどいくと、バスや自転車がみんなとめられている。先に行くと、政府軍の兵士が、「この先で戦闘が起こっている。だれも通してはいけないという命令をうけている」と言って制止した。向こうには煙が高くあがり銃声が聞こえた。政府発行の記者証を見せて強引にコンポントラバイの橋のところまで行った。はげしい銃声の聞こえる方向へ向かっていくと、銃をつきつけられ、追いたてられてくるベトナム人のグループに会った。子供をだいたベトナム人の顔は、恐怖でいっぱいだ。村の中まではいるとロン・ノル政府軍はベトナム人部落を徹底的に焼き打ちしていた。異国に住むベトナム人の心のよりどころであった寺院や教会に火がつけられている光景をみて、私は連行されたベトナム人の運命のようなものを感じた。彼らには帰るべきところがなかった。

カンボジアの兵士たちは、村にあったあらゆるものを略奪した。ベトナム戦争中の兵士も農家からいろいろなものを盗んだが、これほどまでに徹底してはいなかった。まるで、茶碗一つでも残してたまるものかといった感じであった。

略奪部隊の指揮官は、「今朝、ベトコンの攻撃で政府軍の兵士が一人負傷した。だから、村を燃やしているのだ」と言った。

スバイリエン市に着くと兵士たちが激しく動きまわり、学校の庭にすえられた大砲が音をたてていた。

ミグ戦闘機が頭上を飛んだ。

プラソトまでの約八キロ、全くの無人地帯であった。プラソトの入り口の手前五十メートルのところに、兵士が塹壕を掘って町をにらむように腹ばいになっている、その横に、カラの薬莢が山のようになっていた。司令官は、「昨日から約五百人のベトコンによってプラソトは占領されてい

ロン・ノル軍兵士に連行されるベトナムの農民たち。
1970年 4 月11日、コンポントラバイ

る」と言った。

そして、そこから中へはなんとしても入れてくれなかった。

廃墟になった町

やむなく翌日、また様子を見にくることにして無人地帯を車で半分以上も引き返した時である。突然、パチパチと豆のはぜるような音とともに、空気を切る弾丸の音を聞いた。「いけない、狙われている。車をとめるんだ」私は思わずさけんだ。ヨロヨロとした車は道路のわきの木に当たるようにして止まり、私と鈴木記者は乾いた田んぼのあぜの間に、ころげおちるようにしてとびこんだ。

不気味な音をたてて、銃弾が頭上の空気を引きさく。われわれの車が、待ち伏せにあったことは間違いない。地に吸いつくようにはっている鈴木記者も、あんまりいそいだせいだろう、ズボンが大きくやぶけていた。車のエンジンは道路上でまだ動いたままである。バッテリーがあがって動きのとれない状態になると大変だと思うが、危険で車までいけない。はったまま、プラソトのロン・ノル軍のところへもどるには、あまりにも遠すぎる。

後方に、自転車を道路上に放り出したまま伏せているカンボジアの青年がいた。前方の横の農家のかげにかくれている農民もいた。目につくのは、私も含めて四人だけである。ベトナムでは、日本人とわかれば解放軍は何もしないことを信じていた。それに長いベトナム生活で、ベトナム人の性質もある程度わかっているつもりであった。しかし、ここはカンボジアである。われわれを狙っているものが、解放軍か、クメール・ルージュか、あるいはロン・ノル政府軍が解放軍を偽っているのか、全く事情がわからない。どのくらいたっただろうか。顔をあげて様子を見ると、兵士の動くのが見えた。その向こうにトラックがあり、かなりの兵士がいる。ロン・ノル政府軍だと思った。私は言った。

「大丈夫だ。今、フルスピードで行こう」

われわれは、一気にスバイリエンに向かってかけこんだ。ロン・ノル軍の装甲車が、反撃をはじめていた。

四月十二日早朝、私たち二人は再びチェックポイントでプラソト入りの機会を待った。空挺部隊の援軍一個大隊がトラックにのってきたので、その後に続いた。ベトナムでもそうであるが、カンボジアでも空挺部隊は精鋭とされている。もし、プラソトを占領しているのが解放軍であるとすれば、それはベトナム政府軍、米軍を相手にたたかっている、世界でも最強の兵士である。カンボジア軍はどんなたたかいをするのだろうか。もし、ロン・ノル政府軍がいれば、いっしょに行動して、プラソト虐殺の現場を確認するつもりだ。

燃える太陽が照りつけるような昼下がりになって、ロン・ノル政府軍はようやく動きだした。装甲車の機関銃、兵士の自動小銃がいっせいに火をふきながらプラソトの入り口へ進む。銃弾が空気を切ってこちらに向かってくると、みんな地に伏せてしばらくは動かない。そして、ノロノロと進む。それを何回か繰り返し、町へはいる。

一昨日見た町の中は、砲撃で廃墟のようになっていた。まだ煙の出ている家もある。私は一九六八年五月、サイゴンの市街戦でベトナムのレインジャー部隊の作戦に従軍したが、屋根の上にのぼり、細い道を攻撃しながら掃討していくベトナム軍とは、やはり実戦の経験の差が見うけられた。味方の射つ銃声に驚き、装甲車が機銃掃射をするときはみんな身を伏せていた。町の中に、もはや民衆の姿はなかったが、ただ一人、老人がくずれた家のかげから出てきて装甲車の前で命を乞うように手を合わせた。

町の中心まですすむと、道路に真っ黒いものが横たわり、人が近づくとそれが動くように思えた。よく見るとそれはロン・ノル政府軍兵士の死体であり、黒いものは何万ともしれないハエの群れであった。死体は三体ある。「昨日の戦闘で戦死したものだ」と一兵士が説明した。町の中には確かに政府軍死体を収容すると、ロン・ノル政府軍は一斉射撃をしながら撤退した。町の中には確かに政府軍にとっては〝敵〟がいた。しかし、その反撃からみて少数のように思えた。空挺部隊の精鋭を含む、二個大隊の政府軍が、どうして攻撃の途中で撤退するのか納得がいかなかった。ロン・ノル新政権は「ベトコンを殺せ、ベトナム人を追い出せ」の言葉をスローガンにして、カンボジア民族のナショナリズムをあおりたてている。それにしては、政府軍のプラソト攻撃はあまりにもお粗末すぎるように思えた。結局、政府軍がプラソトに入れたのはそれから五日、解放軍が撤退した後である。

タケオの虐殺

プノンペンへ向かう途中、ネアクルンのメコン川を渡る時、一人の農婦の死体が流れていくのを見た。「ベトナム人が殺された」のだとフェリーの人が語った。それから四日目に、虐殺された多数のベトナム人の死体が流れたのである。その時見た農婦の死体はまだ形がくずれていなかったが、大量に流れてきた時はすでに腐敗し、体はガスでふくれ、強烈な死臭を放っていた。メコン川を流れる死体は、無残としかいいようがない。腕をしばられ、頭は半分に割られ、体には多数の銃弾の痕があり、川を流れ続けたにもかかわらず、まだ血に染まっていた。その周りを波の音が聞こえるかと思えるほどの魚が集まり、死体をつついていた。

チベットに端を発したメコン川は中国、ラオスとタイの間を通り、カンボジアを抜け、ベトナムから南シナ海にそそぎこむ長大な川である。私は南ベトナムのメコンデルタ地帯で、メコン川をこよなく愛し、メコン川とともに生き、メコン川とともにアメリカと戦っているベトナムの人々を見た。メコン川はベトナム人にとっては生命であった。今はそのメコン川を無残な死体が流れている。

その後に起こったタケオの虐殺の現場はもっと悲惨であった。

それは、タケオ市内の小学校の講堂の中にあった。死体はすでに取り除かれてあったが、床は一面に乾いた血が黒く染め、まだ乾ききらずにハエが山のごとくたかっていた。講堂の周囲にはほとんど壁がないにもかかわらず、中にはいると強烈な血のにおいで目まいを覚えた。山のようにつまれた血まみれのサンダルの中に、子どもの小さいものも多数含まれていた。銃弾で飛びちった血まみれの衣類の一部が、壁にベッタリと吸いついている。周辺に無数の弾痕がなまなましく残っていた。これはまぎれもない虐殺であった。市の中央の、校庭の真ん中である。ベトコンとの交戦による死傷だなどという言い訳は絶対に許されない。

学校には多数の兵士が駐屯している。その真ん中で虐殺が行われたのである。私は恐怖と怒りで体が震えた。こんなことをするロン・ノル政権を世界は決して許さないだろうと思った。

確かにカンボジア人の間にベトナム人への憎しみはある。九世紀から十四世紀にかけクメール民族とその文明はインドシナ半島に勢力を誇った。しかし、十五世紀から十七世紀にかけてタイ民族とベトナム民族はクメール帝国の領土を占領していった。現在の南ベトナムのサイゴンもメコンデルタ地帯も、もとはわれわれのものであった、とカンボジアの人々は思っている。フランスの統治時代、ベトナム人は下級官吏や警官となり、われわれには最低の仕事しかさせなかった。そのうえに現在でも国境付近はベトコンに占領されている。もうがまんができない」と言うのである。そう言うカンボジア人の気持ちはわかる。しかし、ベトナムの民衆を虐殺してよいという理由には絶対ならないではないか。まして、婦女子、老人になんの罪があるというのだ。

学校の横にある診療所の土間に、十四人の生き残りがいた。みんな重傷をおっていた。タケオ市には大きな病院があるが、そこにはつれていかれない。生き残った人々は傷の痛みにうめいて、すでに一人は死んでいた。顔と腰に傷をうけている老人はわれわれの見ている前で苦しみ、そして死んでいった。生き残りの一人ホン・ヴァン・ホットさんは腰に銃弾をうけ、腹ばいになってうめきながら電波ニュースの鈴木記者と私に語った。話を総合すると、ホンさんはタケオ市内で十二のシユクロ（車に人を乗せ自転車でひくもの）を持って商売をしていた。十四日、突然、政府軍と警官が来て、連行された。妻と七人の子供たちは残された。昨日の深夜、講堂で眠っている時、兵士が突然銃撃を加えてきた。そこには連行されたベトナム人百五十四人がいた。その中に六歳ぐらいまでの子供も三十人ぐらいいたが、みんな殺された。ホンさんらは運よく生き残ったが、当然殺されるはずのところをどうしてここに連れてこられたかはわからない。しかし、水も食糧も与えられていない。横の人も今朝死んだ。傷の手当ても形だけうけたが、それ以降は何もされていない。

「われわれはこの傷でもうすぐ死ぬか殺されるだろう。そして残された子供たちがどうなっているか、見て欲しい」

と言った。市内をまわってみたが、ベトナム人はだれも残っていなかった。

内戦に進む可能性

カンボジアのベトナム人は三十万とも五十万ともいわれているが、正確な数はわからない。国境周辺に住む人々の数がわからないからだ。私の見たかぎりでは、地方のベトナム人部落は、焼き打ちやベトナム人狩りで、ゴーストタウンになっている。トンレ・サップの湖には五万人以上のベトナム人が集まって漁業をしていると聞くが、その人たちはどうなっているのかわからない。プラソト、メコン川、タケオの虐殺はわれわれに目撃されたが、そのほかに多くの虐殺が行われていることは想像できる。ベトナム人の虐殺から出発したロン・ノル政権の前途は厳しい。

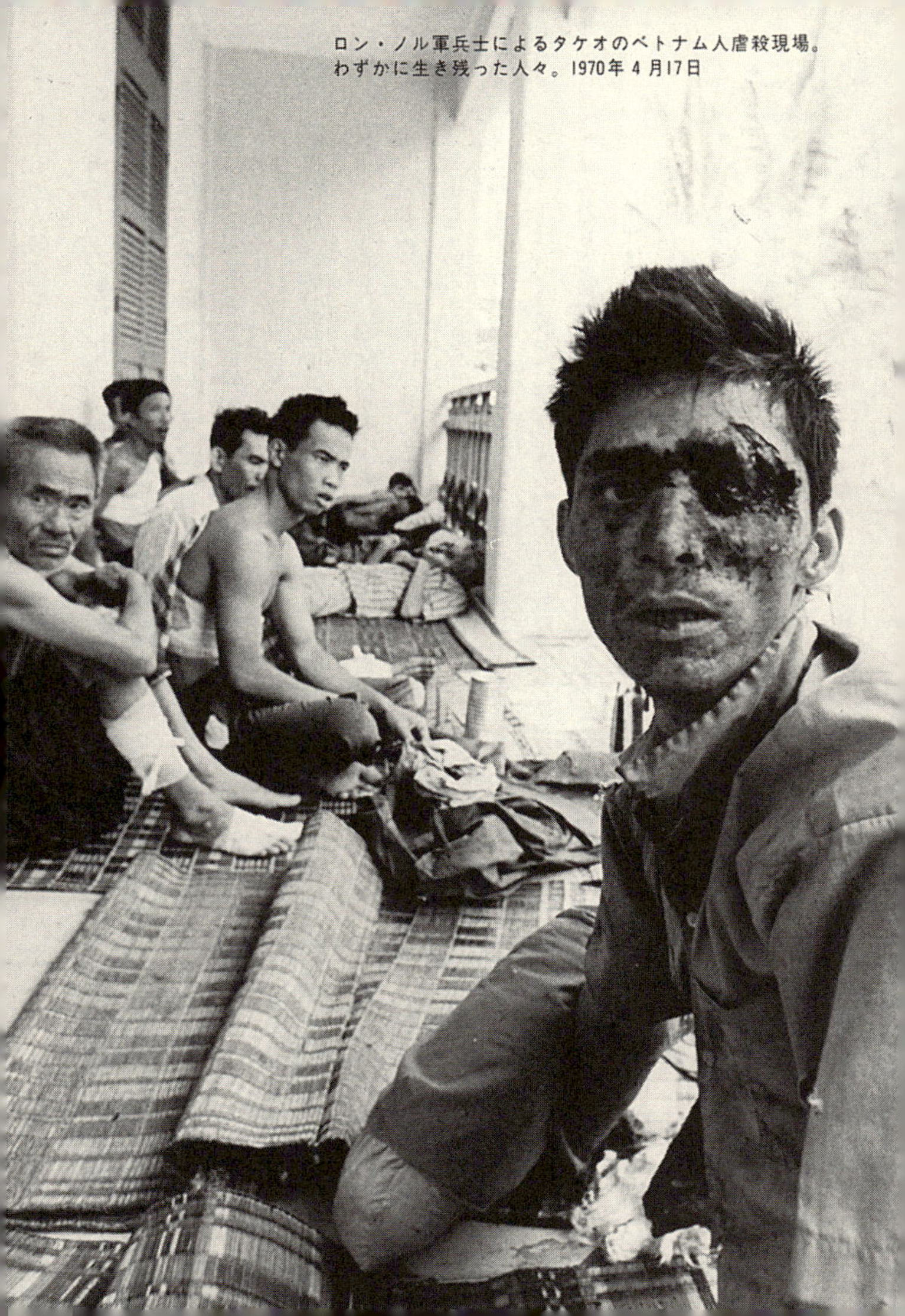

ロン・ノル軍兵士によるタケオのベトナム人虐殺現場。
わずかに生き残った人々。1970年4月17日

南ベトナム解放民族戦線代表部、北ベトナム大使館を焼き打ち追放し、ベトナム人を虐殺するロン・ノル政権を、共産主義諸国は厳しく非難している。カンボジアに聖域を持ち、ベトナム戦争を有利にたたかう解放軍の追放をさけぶ現政権は、アメリカにとって歓迎すべきことなのだろう。ミライの虐殺によって世界の厳しい追及をうけているアメリカが、ミライ以上の虐殺を行っているカンボジアの現政権を正面から援助することは、また新しい批判を受けることになる。

ロン・ノル政府は三万八千の軍隊をいっきょに一万人増加させ、さらに軍の増強を図っている。見るべき産業を持たない軍事国家がどれだけ多くの援助を必要とし、そして国家の建設とは逆の方向に莫大なカネが流れ、その結果、国の混乱が生じることは、隣の南ベトナム政府の歴史がハッキリと示している。解放軍にとって、ベトナム戦争に勝つためには、ホーチミン・ルートもシハヌーク・ルートも、態勢を整えるためにカンボジアの聖域も必要であると思われる。そのためにはロン・ノル政府軍に必死に抵抗するだろう。戦闘が激しくなり混乱が起これば、カンボジアの反政府組織の力も増強していく。現在はベトコンとベトナム人追放で国家の統一を図ろうとしているロン・ノル政権の前に、カンボジア解放軍がたちはだかることになる。そうなれば内戦になって、綱渡りの中立といわれながらも独立以来、「戦わない国」として注目されてきたカンボジアは、ベトナム、ラオスと同じ運命をたどるようになる。

ラオスの戦争は、ベトナム戦争が終われば平和的な解決のつく要素を持っている。ベトナム戦争も米軍の撤退によってわずかではあるが平和のきざしが見えてきている。そんな時、カンボジアで起こったベトナム人虐殺は、インドシナ半島に新しい混乱をもたらしたことになった。

ヘリコプターでカンボジア領内に来た米兵と握手をするロン・ノル軍兵士たち。５月11日、コキトム

北爆下のベトナム

一九七二年は、正月から忙しい年だった。松の内が明けると越前岬へカニ漁を取材に行き、十日間も冬の海の周辺で生活をした。帰ってくるとすぐに、グアム島で、旧日本兵横井庄一さんが発見され、現地へ飛んだ。グアムから帰り、二月になって川崎市の公害の長期取材に入ると、その間に浅間山荘の連合赤軍事件が起こって現地へ行った。東京へ帰ってまた川崎市の取材を続けていると今度は、群馬県の妙義山で連合赤軍の連続リンチ殺人事件が発覚して、再び冬の山の中へ行った。そして、五月十五日には沖縄復帰があって、その前後は沖縄取材に奔走していた。

この間ベトナムでは、米兵はベトナムからの段階的撤退を続け、最高時は約五十五万人以上もいた米兵も、一九七二年の一月には十五万人に減少していた。しかし、空軍はいっそう激しい爆撃を北ベトナムに加え、その裏で北ベトナムと米国との間の停戦に関する秘密交渉が続いていた。

二月には、ニクソン大統領が中国を訪問した。三月三十日には解放軍が十七度線から近いクアンチ省に春季大攻撃を開始した。そして五月には、省都ドンハと私が何度も取材に行ったことのあるビンディン省のボンソン、タムクァンが陥落した。ニクソンの訪ソ、パリでの停戦交渉、激しさをます戦闘と、ベトナムが揺れ動いている時、私は、東京にいて相模補給廠からのベトナムへの戦車、装甲車輸送問題を取材していた。日本にいてもベトナムのことは頭から離れなかった。

十月十三日、久し振りの休みを、家にいて二歳になった長男と遊んでいると、朝日新聞出版写真部の秋元啓一デスクから電話がかかって、「オイ、文ちゃん、来ちゃったよ」と言った。何のことだろうと思ったら、北ベトナムから本多勝一氏と二人の取材許可の電報が入ったという。崩壊寸前のサイゴン政府、北爆に耐えた北ベトナム、日本だけでなく、世界のジャーナリストが北ベトナムの取材を申請していた。私も、写真集、手紙などいろいろなルートを使って申請をしていた。それが認められたのである。思わず電話で秋元氏と喜びあった。

ハノイへは、二十二日に入るようにと指定されてあった。それまでの一週間忙しい日を過ごした。やっと準備が終わって、まず香港へ出発、汽車で広州へ行き、市内にあるベトナム領事館でビザをもらった。まだ、中国との国交が回復されてなく、ジャーナリストの中国入国もなかなかできない時だった。そして南寧経由でハノイへ入った。

これまでの人生で、いちばん楽しかった時はいつか、考えてみると、北ベトナム入国までの旅であったと思う。そして、その後の一カ月間にわたる北ベトナムの取材は、人生でいちばん充実した時であった。

一九七二年十月二十八日。

中国の南寧飛行場で、ハノイ行きの便を待っているベトナム民主共和国（北ベトナム）の人々を見た時、ある種の感慨を覚えた。

本多勝一記者と私は、夏物の半袖のシャツを着ていたが、彼らは上着の下にセーターを身につけ、マフラーを巻き、さらにオーバーを着込んでいる人もいた。そして、みんな、一様に黙って、待合室のベンチに座っていた。頬がとがり、くぼんだ目の底は鋭く光っているように思えた。

足かけ六年、南ベトナム各地で取材を続けた私は、戦線で、〝銃後〟で、多くのベトナム人と接触した。というよりも、ベトナム人の中に、私の取材活動があった。

だが、ここ南寧飛行場で黙々と時間待ちしている小柄で眼光するどい一団は、私の見慣れたベトナム人とは明らかに違う人々であった。圧倒的な軍事力でベトナム民族をねじ伏せようというアメリカに、断固抵抗しているこの人たち。そして多年、私の念願であった北ベトナム取材の第一歩が、この時に始まったのだという感激があった。

浮き橋を渡って

中国民航のソ連製イリューシン機には、五十人ほどの乗客がいた。二人のソビエト人と、もう一人のヨーロッパ人のほかは、全部ベトナム人のようだった。

四十分ほど飛ぶと、やや厚い雲の下にそれまで見えていた山岳地帯が切れて、平野が開けた。そこは南ベトナムのサイゴン周辺で見慣れた光景のようでもあったし、また、それとはどこか違っているようでもあった。一九六八年に北ベトナムを取材している本多記者は、雲をすかして地上を見つめながら、記憶のある土地をたぐろうとしているようだった。そして二人とも、あの南ベトナムの月面のようになっている爆撃や砲撃の跡が、北ベトナムの地にもないだろうかと目をこらした。

やがて、眼下に大きな川が蛇行して見えた。水が赤い。紅河だろうか――と思っているうちに、大型ヘリコプターが地上でプロペラを回し、橋が折れたように川の中に落ちている光景が視界に入った。まさしくここは北ベトナムだ！　砲口を空にむけた高射砲陣地がある。イリューシン機は高度をどんどんさげた。

空港には対外文化連絡委員会（対文連）のグエン・クイ・クイ氏、これから私たちについてくれる日本語通訳のホー・モン・ディエップ氏、対文連接待局のホン・ブー氏が花束を持って迎えてくれた。空港で荷物が出てくる間に、お互いの紹介がある。本多記者は二回目であり、グエン・クイ・クイ氏とは、氏が来日した時にすでに会っていた。

車で、市内のホテルに向かう。話に聞く浮き橋を通る。ときどき、鋭い金属音を発して、ジェット機が頭上を飛ぶ。ギクッとする私たちに、クイ氏が笑いながら、「ご安心下さい。私たちのミグ19です。次はミグ21です」と説明する。

右手には落とされたロンビェン橋が見える。米空軍が何回爆撃しても落ちなかったものだが、ソニーのテレビで誘導されているということで問題になった、例のスマート爆弾が〝威力〟を発揮して、ようやく一部破壊したのだという。舟の上に板を並べてつくられたこの浮き橋は、一時間でつくられたものだと説明された。

重要な交通路は爆撃された場合、ただちに補修ができるような態勢になっている。車は橋の中心を渡り、人と自転車は左右の対面交通である。自転車は北ベトナムの人々の足であり、各家庭に利用する人の数によってそれぞれの自転車がそろえられているという。多くの男性は私たちが探検隊の映画などで見る、あのヘルメット風の帽子をかぶっている。裾の長い上着やシャツを着ているところが南ベトナムと違っている。南では一年を通して暖かく、時には北部のフエ市やクアンチ市では寒いが、冬をむかえた北ベトナムは肌寒い。しかし、外人には一年で今が一番、過ごしやすい時だという。女性にベトナムの民族服であるアオザイ姿が見られない。アメリカの猛爆を受けている戦時下であり、国ぐるみで抗米救国の闘争を続けている現在、外出着であるアオザイを身につけることはないのだという。それでも、テトや結婚式にはほとんどの女性がアオザイを着る。(事実、後に、ハノイ市のアオザイを仕立てる店へ行ったら、各種の色彩をもったあでやかなアオザイが戸棚に並んでいて、服務員の人たちが、忙しそうにミシンを動かしていた。)

ハノイ市内は、緑の葉をつけた樹木が多い。私たちの泊まるトンニャット(統一)・ホテルの横にも小さな公園があり、樹木が広がっている。「日本と違って公害がないでしょう」とグエン・クイ・クイさんが言った。一九六四年、はじめて南ベトナムのサイゴンへ行った時、タンソンニャット空港から市の中心までのコンリー通り、市内のカチナ通りのタマリンドの並木を見て、樹木の多い町だと思った。それが、戦火が広がり、米軍が増加するに従って、サイゴンの市内には米兵の運転する大型トラックが走り回り、そのものすごい排気ガスをうけた多くの並木が枯れ果て、一九七〇年の取材の時は、もはや見るかげもなくなっていた。

トンニャット・ホテルには、訪問客や報道関係者などが泊まっている。日本では『赤旗』紙の記者が二人、日本電波ニュースの記者とカメラマンの計四人が泊まっていた。その夜、私たちは対外文化連絡委員会に取材希望の項目を提出した。和平停戦の可能性がうわさされ、調印がなされた場合、その前後の北ベトナムの表情を取材することは当然であったが、南ベトナムを長年取材してきた私たちは、地方に行き、庶民の生活に触れ、素顔の北ベトナムを取材することが目的だった。

フランスの植民地支配時代に建てられたこのホテルは、天井が高く、部屋も広い。トイレと浴室だけで東京のホテルの部屋ぐらいはある。その点でサイゴンのマジェスティック・ホテルとよく似ている。

もちろんトイレは水洗式で、浴室のお湯もふんだんに出る。食堂は午前六時から開いており、ベトナム料理とフランス料理の二種類がある。フランス料理は各種の品が用意されていたようだが、私たちは北ベトナム滞在中、もっぱらベトナム料理だけを食べた。ベトナム料理の方が私たちの口にあったからだ。

そんなわけで、朝食はたいていフォー（米の粉のベトナム式ウドン）か春雨だった。南ベトナムでも朝はウドンをよく食べる。サイゴン市内にはそこここにそれぞれ独特の味を持った店があり、人々はそれぞれの好みにあった店に行く。ハノイ市では、各所に食券を必要とする国営の食堂があり、市民はそこでフォーを食べる。

北ベトナムの朝は早い。市民は午前四時半には起きて、その日の行動を開始する。ホテルの窓から外を見るとまだ明るくならないのに、人々は自転車に乗って動き回っている。それは「四日に一度の割合で広島型原爆に相当する爆弾が投下されている」といわれる猛烈な北爆の破壊戦争の中で、絶え間ない建設への行動がとられていることを意味する。

南ベトナムでも朝は早い。サイゴンでは市場へ行く人々やタンソンニャット空軍基地など軍事基地へ行く人々の利用するシュクロ・バイ(オートバイの前に客を乗せるベトナム式タクシー)や、オートバイの音で目をさまされることがたびたびあった。戦火に追われ、地方から都会へと避難してきた人々でふくれあがったサイゴン市で市民たちが早朝から動き回るのに比較し、逆に北爆に対応する「分散の原則」で地方へ疎開しているハノイ市は、対照的に人口も少なく、静かだ。サイゴン市の方が一見活気のあるように見えるが、気をつけているとハノイではすべてが計画的に行動し、規律が保たれている。国営の大きなドンスアン市場では、各機関や合作社で働く人々が仕事の前に買い物できるように早朝の六時から開いている。市の中心にホアンキエン湖があるが、この近くにあるデパートも六時にはすでにあいていた。

民衆の暮らし

デパートには、早朝から多数の人々が集まってくる。撃墜された米軍機でつくられた鍋や釜、食器などの日用品、自転車の部品、子供のおもちゃの店に、人だかりができる。ラジオや時計などは中国製とソ連製が多い。その国の社会保障および賃金制度などを根底にしたうえでないと物価を判断することはできないだろうが、とにかく安い。たとえばドンスアン市場では、コメが一キロ四ハオで一九五四年十月以来、価格は据置きだという。ちなみに一ドン（九十三円）が十ハオだから、四ハオは日本円で約三十七円に当たる。ついでにいえば、皮が薄くタップリ水気を含んだオレンジが一キロ五個ぐらいあって一ドン五ハオ（百四十円）、ジャガイモ一キロ一ドン二ハオ（百十円）、干しエビ一キロ七ドン（六百五十円）、タニシの入ったウドンは五ハオ（四十六円）、明治の粉ミルクの小缶が四ハオ（三十七円）となっている。野菜など天候に左右されるものは価格に多少の変動があっても、おおむねにおいて一定している。またディエンビエンフーという名の二十本入りタバコは五・五ハオ（五十円）、ハノイという小びんのビールが三ハオ（二十八円）である。

北爆の中でも少しずつ国民の生活は向上していると、内務省の内商部では数字をあげて説明する。たとえばトウモロコシ、小麦、サツマイモ、野菜、その他の日用品などの平均された物価指数を見ると、一九六八年を一〇〇として、六九年九九・五、七〇年九四・八、七一年九三・五、七二年の九月までで九二・九と年々下降している。逆に豚の供給量は、一九六八年を一〇〇として、六九年一〇九・三、七〇年一〇一・一、七一年一二一・〇、七二年一二五・〇と上昇し、工業、手工業は六八年を一〇〇とすると、六九年は一一一・七、七〇年一二八・六、七一年一五三・五、七二年二

大型爆弾の跡。灌漑用水、養魚池、
子供や水牛の水浴び場、洗たく場などに利用される。1973年

〇二・〇となっている。

この数字を見ていると、北爆によって北ベトナムに決定的とはいわないまでも、音をあげさせる打撃を与えようとしたアメリカの意図は、全く成功していないことになる。

爆撃を受けた市内を取材に行く。はじめは紡績工場の勤労者住宅である。ここは一九七二年六月四日、ハノイ周辺を襲った三十四機の米軍機の一部が破壊爆弾四個を落とし、四階建てのアパート三棟が破壊され、死傷十九人を出していた。ハイ・バ・チュン通りにあるこの住宅地は、一平方キロメートルに二万人以上も住む人口密集地である。チュン・ディンにある一般市民のアパートも同月の二十七日朝八時五十五分に爆撃を受け、八棟が破壊され、死者十六、負傷二十八人を出している。近くには学校があったが、夏休み中で児童が集まっていなかったのが不幸中の幸いだった。以上でもわかるように、人口の密集地域が狙われているのだ。米軍は基地、工場など軍事目標に限って爆撃しているというが、北ベトナムの各地での被爆撃地を見ると、それがとんでもない大ウソであることがわかる。いかに多くの人民を殺傷するかという目的のために、各種の殺人爆弾をつくり出し、北ベトナム中にバラまいているのを見てもそれがわかる。

ハノイの中心にあるバクマイ病院の中庭にも二千ポンド爆弾が落とされていた。庭の爆弾の跡は大きな穴があき、そこに水がたまって池のようになっている。さいわい、空襲警報で患者を防空壕に運んだ後なので、死傷は二人にとどまった、と病院では説明したが、その爆風は近くの病室を破壊し、十数メートル離れている建物の屋根を飛ばし、ガラスを割っている。病院には爆撃で負傷した人たちが入院しているが、そのうちの数人を紹介してみよう。

①ダン・バン・ディブ君　十歳　フランス大使館が爆撃された十月十一日、同爆撃隊の一部にハノイの中心地から十キロ離れた農村で、学校から帰ってきたところを、ジェット機の撃ったミサイルで負傷、全身に破片を受け、両足を切断され、肺と背中に破片が入った。私たちが病室に入った時、苦痛と恐怖のためであろう、目を泣きはらしていた。

②ディン・バン・ズイ君　十三歳　十月六日、学校から帰って食事中に爆撃を受け、貫通爆弾の破片が頭と首に入る。破片は取り除かれたが、脳に近かったので精神障害が心配されている。

③タ・ヴァン・コン君　ズイ君と同じ時、同じ村で頭、肺、胃、左手に負傷した。

この三人は生き残った例で、他に多数の死傷者が出ている。この様子を見ている時、一九六六年一月、南ベトナムのメコンデルタのフォンディン省で、米軍のヘリコプターが農村に機銃掃射を加え、ロケット砲を撃ち込んだ時のことを思い浮かべた。多数の負傷者がカントーの病院に運びこまれ、その多くが子供であり、病院は血のにおいにむせ、両足や腕を失った子が苦痛のために泣いているのを見た時、私は激しい怒りを感じた。右腕と右足を失った女の子は、ちょうど目の前に両足を失って泣いているディブ君と同じくらいの年齢だった。

フランス代表部のやられ方もすごい。レンガはくずれおち、残った建物も、爆風で室内の壁が落

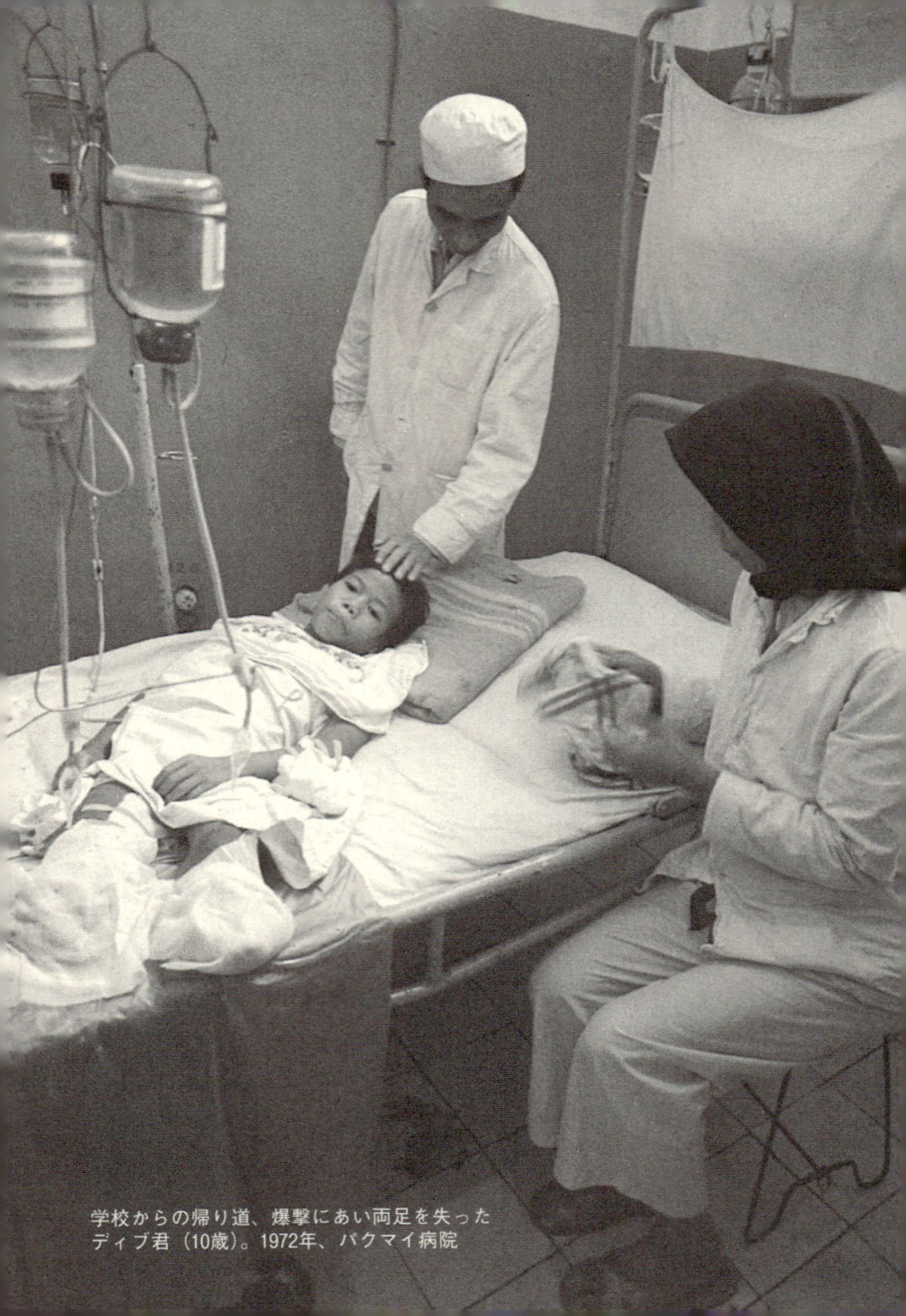

学校からの帰り道、爆撃にあい両足を失った
ディブ君（10歳）。1972年、パクマイ病院

ち、ガラスがくだけ、テーブルはひっくりかえり、花びんや、シャンデリアが落ち、目もあてられぬ惨憺たる状態である。さらに室内のカーテンや洋服の切れはしが吹っ飛び、窓や樹木にひっかかって、爆風のものすごさを物語っていた。

殺傷爆弾の数々

市内にある戦争犯罪調査委員会によって集められた爆弾がある。人間の倍もあるような三千ポンド爆弾から、各種の爆弾、ロケットがある。とりわけ目をひくのは、北爆強化につれて殺傷爆弾が改造されていく過程が一目でわかる、各種の小型爆弾である。

①パイナップルボール爆弾――ジェット機が落とす親爆弾の中に二百五十五個のパイナップルのような形をした爆弾が入り、親爆弾の爆発と同時にそれが四方に散って、さらに地上に近いところで爆発し、小さなボールを含んだ破片がさらに四方に散らばって人間を殺傷する。六八年ごろまで多く使用されていた。

②オレンジボール爆弾――ちょうど野球のボールぐらいの大きさでオレンジ色をしている。一個

GIẶC MỸ XÂM LƯỢC

殺傷を目的としたボール爆弾がつまっていた米軍の親爆弾のケースが並び、「米軍の侵略を打ち破ろう」と書かれている。1973年、クアンビン省

の親爆弾に千六百個入っている。親爆弾の爆発と同時に四方に散り、さらに一個のボール爆弾は三百五十個の小さな破片になって飛び、立っている人間の上半身に五〇パーセントが集中するように特殊合金で設計されている。

③オレンジボール爆弾の改造型――外側は縦、内側は横に溝をつくって、同じ大きさの破片が四、五十個以上飛散するように設計され、六九年から七〇年にかけて使用。

④ボール爆弾――爆発の瞬間約三百個の小さなボールが飛び散る。ジェット機一機で二千五百個を積み、人口密集地にバラまく。小型で高性能であり、六六年から現在まで使用している。

⑤改造型ボール爆弾――④のボール爆弾よりは大きく、中が三層になっている。外側はプラスチックでできており、飛び散った破片が身体の中に入ってもレントゲン撮影では発見できないようになっている。第二層は鉄で、前述のボール爆弾やオレンジ爆弾と同じ役目を果たし、さらに第三層には燃料が入っていて、家屋や人体を焼く。爆発と同時に火を噴き、はじめはナパーム弾と間違われたこともあった。破壊力が強く、屋根や防空壕の薄い部分などは貫通する。

⑥羽根爆弾――大砲で十七度線の南から、また艦砲射撃でも撃ち込まれる。一五五ミリ、一七五ミリ、二〇〇ミリの砲弾にそれぞれ百二十五個、百八十個、二百五十五個の羽根爆弾が入っている。たとえば一七五ミリ砲で撃ち込まれると、地上八百メートルで爆発し、広がりながら落ちてきて、地上でさらに小型の羽根爆弾が爆発し、五百五十個の小さなボールが飛び散る。それが頸動脈に入

って移動するので、摘出しにくい。

⑦布地雷——布、ガラス、鉱石などでできている。箱型の親爆弾に七千八百枚入っており、田畑には稲の色と同様のもの、砂の多い海岸には白色、道路には土色と、発見しにくいように色別されており、布製のために地雷探知機でも探せない。五キロの重さがかかると爆発する。風によって広い地域に飛ばされていく。アーネスト・グローニン米上院議員によると四千万枚製造されたといわれている。六九年から使用。

⑧クギ爆弾または矢爆弾——ジェット機搭載のロケット、あるいは一〇五ミリ大砲弾に入っていて、一つの砲弾に九千本つまっている。四枚の羽根がきざみこまれ、体内に入るととりにくい。七〇年にもっとも使用された。

⑨龍の歯地雷——親爆弾に七千個が入っている。布地雷同様、地形によって色別され、五キロの重さが加わると爆発、人間を即死させる力はないが、踏むと足が飛ぶ。

⑩クモ地雷——爆弾一個に百八十個から二百個入り、地上に落ちた時にボールが飛び、ボールの四方からさらにナイロン糸をつけた錘が飛んで、ネズミのような小さい動物が触れても爆発を起こす。

⑪貫通爆弾——現在、とくに都市など強力な防空壕のあるところで多く使用されている。対戦車用のロケットを改造したもので、親爆弾に二百四十個入っている。内部が先端に向かって三角形に

なり、爆発力が先へ集中するようになっている。厚さ六十センチの防空壕の壁を貫通する。摂氏千二百度から千五百度の熱を持ち、薄い破片が身体に触れても火傷する。

以上は軍事基地を破壊するものでなく、人間の殺傷を目的として〝研究〟し、つくられたものである。しかも、それが主として学校、病院、教会、住宅地など、一般市民が集中しているところを狙われて落とされている。そうでなければ〝研究〟の目的は達せられないからである。これらの爆弾は住宅や防空壕の屋根を吹きとばす破壊力のある、三千ポンド、二千ポンドの爆弾と併用し、市民の身体が露出されたところに落として、なお一層の〝成果〟を狙っている。

一九六四年八月二日、いわゆる〝トンキン湾事件〟が発生、八月五日、延べ六十四機の米軍機が北ベトナムの石油貯蔵所その他の軍事基地を爆撃した。この時、すでに〝北爆〟が行われたわけだが、本格的に北爆を開始した一九六五年の二月七日から今日まで続けられている爆撃に対し、北ベトナムの人々は、これを〝破壊戦争〟または〝殺人戦争〟と呼んで、「断固戦う」攻勢をくずしていない。北ベトナムの人々は、北爆を説明する時、よく「ジョンソンの爆撃」「ニクソンの爆撃」という分け方をする。同じ北爆でありながら「ニクソンの爆撃」については「ヒットラーの犯罪よりもニクソンの方がひどい」といって強い非難を集中する。これは、すでに政権がジョンソンからニクソンにかわり、現にその政権下の北爆にさらされているという事情によるが、とにかく一九七二年四月六日に再開された爆撃がジョンソン時代よりも激烈をきわめたことと、前述のような殺人爆弾を多用し、民衆殺傷を目的とした爆撃を行っているという事実によるものである。

被爆者はとくに婦女子が多く、ハノイ市の戦争犯罪調査委員会の発表によると、ハノイ地区では一九七二年四月六日以降、九月三十日までに、三十三日六十七回（一日二回以上の時もある）で、百五十人が死亡、そのうち子供三十九人、女子五十二人にのぼり、負傷者は三百五十七人で、そのうち子供九十七人、女子百八十八人となっている。これがハイフォン地区になるとなお多くなり、四月六日から十月三十日までに四十四回の市街地、百九十八の部落が爆撃され、二千人以上の民衆が死傷している。その中に十六の学校、八の病院、十一の寺院、教会が爆撃されているのが注目される。実際、私たちはナムディン、タイビン、ハイフォン、タイグエン省などの爆撃地区を見たが、ハノイ、ハイフォンの中心地には、まだ徹底した爆撃はなされていないが、地方の市街地区は全く焦土と化していた。もちろんそこには、病院も学校も含まれていた。さらに、よくもこんなところまで爆撃したものだと思われる水田の真ん中にある教会のある部落、北部山岳地帯の少数民族部落までも爆撃をうけている。

ハノイ市内は樹木が多いことは先に書いたが、市民が休日に散歩ができるような場所が非常に多い。トンニャット（統一）公園、一柱寺のある青年公園、動物園、西湖、市の中心にあるホアンキエン湖の周辺など、樹木が青々と葉を茂らせている。そこで子供たちは釣りをし、若い男女は肩をよせあって語らっている。そういった男女の光景は、南ベトナムの公園でもよく見られた。しかし、南で感じたように「戦火の一時」を楽しむといった、刹那的な感じはない。静かに将来を語りあっている、というふうである。それは夜まで続き、かなり熱烈に発展していく。ちょうど、東京の皇居前広場のようである。

東京よりも公園が多いので、〝人口密度〟は高くないし、のぞいて歩いているようなやからもいない。私たちも歩きながら見ただけである。南ベトナムのように戒厳令がないので、夜はいつまでも〝恋人たち〟のためにある。

和平協定案をめぐって

車は各機関ないし軍のジープだけで非常に少ないので、市内全体にわたって静かである。市民は昼も夜も自転車に乗っているが、自転車にはベルも電灯もついていない。広い道路にベルはいらないし、夜は電灯が必要ないように、町全体に街灯がつく。驚いたことに北爆の戦時下であっても、十一時から二時までのシエスタ（昼寝）の習慣がある。

これは南ベトナムではわれわれにもなじみになった〝良き習慣〟で、ベトナムのように暑いところで生活する人々にとっては生活の一部になっていた。考えてみれば早朝四時半から行動をする人人にとっては、南以上に昼寝は必要なものだろう。南ベトナムで見るように道路わきでタバコや雑貨などが売られている。これは歩きながら買えるという便利のよさのためにもよるのだが、北ベトナムの分散の原則にしたがったものでもある。

十月二十六日、市内で車を走らせていると、ホアンキエン湖の横にある広場の前に大勢の人が集まっていた。車をとめて、そばへ行ってみる。通訳によると、和平停戦に関する政府声明の発表であるとのことだった。私はその人々の表情を写真で狙った。みんな黙々と真剣に聞いていた。子供たちは平常のように遊んでいる。放送が終わると、市民たちはまた黙々と自転車に乗って散っていった。

パリで秘密交渉、キッシンジャー補佐官の行動などから、和平、停戦への動きが急速に高まっていることは、私たちがハノイ入りする前から感じられていた。あるいは、われわれがハノイにいる間に停戦になるのではないかという期待があった。

しかし、市民の表情から、それを感じとることはできなかった。ハノイに長い、日本電波ニュースや『赤旗』の記者たちも、市民の生活は日常と少しも変わっていないという。ただ、政府筋の人と会見した際に、和平への可能性が語られ、近いうちになんらかの形でそれが明らかになるだろうということであった。

一九七二年十月八日に提示され、ベトナム民主共和国と米国の間で煮詰められた和平への協定案については、新聞等で詳しく報道されているのでここではぶくが、九項目に分けられた停戦への問題点が双方の間で合意に達し、合意文書調印の日程についてもスケジュールが決まっていたことがわかった。それによると一九七二年十月十八日に米国はベトナム民主共和国への爆撃と機雷封鎖を停止し、同十月十九日、ハノイで合意文書に仮調印、同二十六日にパリで両国外務大臣による正式調印がなされることになっていた。

それが米国側の日程変更の提案によって二十一日北爆・機雷封鎖の停止。二十二日に仮調印、三十日パリで正式調印という線に変更され、それがさらに米国側から変更の提案があって、十月二十三日、北爆・機雷封鎖の停止、二十四日仮調印、三十一日正式調印となっていた。

私たちがハノイ入りした二十三日は、その爆撃と機雷封鎖の停止を実行する日にあたっていた。しかし、北爆は依然として続いていたのみならず、新たな問題を提示して交渉の続行を要求してきていたのである。

結局、三十一日の正式調印がならなかったばかりか、北爆は前にも増して激しくなっているのが現状で、とくにゲアン、ハティン、クアンビン、ビンリンの四省は猛爆を受けていた。

こういった状況を北ベトナムの人々は、新聞あるいはラジオを通じて熟知している。しかし、私たちがハノイ入りした二十三日から二十六日の政府声明の後も、国民の生活に変化は起こっていなかった。トンニャット・ホテルの裏にあるタコツボ製造場では相変わらずタコツボをつくっているし、町のビヤホールも満員で、トンニャット公園では合作社や各機関の人々が銃撃訓練を行っていた。三十一日に予定された調印の日を前にしても平常通りの市民の生活を見て、私は一九六八年十月三十一日の北爆停止とジョンソン大統領が次の大統領選に立候補しないことを明らかにした時のサイゴンを思い浮かべた。その日のサイゴンの表情は全く平常と変わっていなかった。ただ、外国通信社やテレビニュースが、街角でインタビューしたのが目立った程度である。

南ベトナムの民衆にとっては、ジョンソンが大統領をやめても現実に五十万以上の大量の米兵がベトナムにおり、各地で戦闘が続いている以上、それをすぐ戦争中止に結びつけて喜ぶことはできなかったのである。むしろ、今にも戦争が終わるかのように大騒ぎしたのは、日本も含めた各国の報道機関であり、とくに日本の報道は派手であった。長い闘争の歴史を持ち、近代に入ってからも三十年間もの長期間にわたって続いている戦争の中にいる人々にとって、停戦とは銃声がピタリととまることであり、平和とは外国の軍隊が完全に撤退することを意味している。そのことが現実に行われないかぎり、口先の平和に対してはつねに懐疑的である。事実、北ベトナムには「つねに警戒心を持とう」というスローガンがある。長年、大国にだまされ、圧力を受けてきた小国には、警戒心を持つことが自国を守る手段でもあるのだ。結果的にはジョンソンの北爆停止と大統領選の不出馬は、戦争に終結をもたらすどころか、北ベトナムにはそれ以上の爆弾の雨を降らし、南ベトナムにおいては「ベトナム戦争のベトナム化」ということで、市民や兵士にとって一層過酷な現実となり、カンボジア、ラオス侵攻にまで発展したベトナムの戦争は、多勢の戦死者と未亡人をうみだした。

ハノイ市のホアンキエン湖のほとりにあるビヤホールの服務責任者のミン夫人が、「帝国主義者はみんな同じです。ウソをつき、信用できません」と言うように、日本および、フランスの植民地政策のもとに、われわれの想像以上の苦しみを受けてきた人々が、さらに多くの爆弾を落とし、破壊と殺傷を続けている米国の約束を信じることができないのは当然であろう。

しかし、世界でいちばんだれが停戦を願っているかといえば、ベトナムの民族であることはいうまでもない。だからといって、和平停戦を胸をわくわくして待っているかといえば、決してそうではない。二十六日の政府声明にもうたわれている「勝利を勝ちとるまで断固戦う」という姿勢を支持しているとハノイ市のだれに聞いてもそう答える。それだからといって、みんな神経を張りつめているかといえば、またそういう状態ではない。

トンニャット公園で、毎日、各機関や合作社に勤務している労働者たちが銃撃訓練をしているが、そこには男性も女性もおり、若い人も、年配の人もいる。見ているといたってノンビリとしたムードで、これがあの強力なアメリカに断固抵抗をしている人たちなのだろうかと首をかしげたくなる。一人が訓練をしているあいだ、他の女性たちはおしゃべりしているし、鏡を見て髪の毛をすいている女性もいる。柔道のような体術を訓練しているところでは、一人が投げ飛ばされるたびに、そばで見ている子供たちが腹をかかえて笑いころげていた。またあるところでは、子供連れの夫婦が交代で銃撃や手榴弾を投げる訓練をしている。これは見ていてもほほえましい風景ですらある。そこには少しも悲壮感が感じられない。この柔軟な態度こそが、北ベトナムの民族をしてこの戦争に有利な立場に立たせている最大の原因であると私は考えた。

不屈の精神

それは政府声明に「われわれはいま米帝国主義侵略と戦い、これに勝とうとしている。われわれの立場は勝利を収め、主導権を握り、絶えず情勢を有利にする立場である」とあるように、市民が敗北感を持っていないことも原因であろう。ホアン・トゥン『ニャザン』編集長も私たちとの会見で「北ベトナムの兵士たちは、局部動員だけで全国動員をしていない、総動員をすればもっと大きな力となる」と述べた。また先の政府声明では「われわれは、侵略者に対し、勇敢で征服されることのない闘争の伝統を持っている」ということもこの戦争に対する自信につながっている。それら

手榴弾を投げる練習をする女性民兵。1972年、ハノイ

を支えてきたものはベトナム民族の精神力である。繊細な神経を持ち、かつ柔軟性に富む彼らは音楽を好み、詩を愛する。

私たちを案内してくれたホー・モン・ディエップ氏は漢字に直すと「胡・夢・蝶」となる。文字通りロマンチックな男で、歌が好きで、農村を旅していてもよく歌を口ずさんでいた。爆撃された病院で菊のような白い花を見つけると、「北爆に咲いた一輪の可憐な花です」と言ったり、「ニクソン氏に平和を願うのは〝蛙の面に水〟というべきでしょうか」などと言う。蛙の面に水という日本のことわざかと思ったら、確かに蛙の面に水という同じ意味を持った言葉がこの国にあるのだった。対外文化連絡委員会の人も「西側の商業新聞から北ベトナムに入ったカメラマンは、フリーも含めてあなたが初めてです」と言うように、いわゆる資本主義社会の中で仕事をしてきた私たちの取材方法に慣れていないところが多少あった。そこで私は時々いらいらしたが、そんな時に彼らは少しも怒らず、可能なことには全力投球し、私たちの希望をかなえ、できないことは丁重に断ってきて、私は反省をすることが多かった。そのねばりづよい、そして、底にある不屈の精神は驚異に値する。その柔和不屈の精神は、地方へ行くとさらに明確にあらわれていた。

爆撃をうけている地方の人々の生活を取材するために、私たちは目的地のタイビン省へ向かった。ハノイから約百キロ南東にある、紅河に沿ったデルタ地帯の農村である。平和時であればサイゴンからプノンペン、バンコクまでも通じているはずの一号道路を南下し、ナムディン省を通り、タイビン省取材の後はハイフォン省をまわってハノイ市にもどる五泊六日の予定の旅だった。ハノイ市と同様、タイビン省の人々も午前四時すぎには一日の行動を開始する。夜、遅くまで原稿を書き、朝は比較的おそく起きるという本多記者には、この北ベトナムの人々の〝早朝作戦〟は驚きであったようだ。そこで、私たちも午前六時には朝食をとり、七時には農村取材に出発という日程が続いた。

メコン川が南ベトナムの人々の生活と希望と解放闘争を支えているように、ゆっくりと流れる紅河は北ベトナムの人々の生命でもある。南ベトナムで生活している時、長い従軍を終えて疲れると、日本人の若い仲間たちが開拓してバナナ園をつくっているメコンデルタのカイベというところに遊びにいったものだ。メコン川の中には数多くの自然の浮き州ができており、その中の小さい島だった。そこからはメコンで生活している人々のいろいろな様子が見られた。

木枝を組んで川の中へ沈めておくと、そこにエビが集まり、夜になるとエビを釣る舟のあかりが並んで見える。少年たちが川の支流のさらに小さい溝を止めて水をくみ出すと、そこには小魚がたくさんたまっていた。人々はメコンの水を飲み、また、その水を浴びた。湖の関係で、朝になると水草が集まって畳大ほどもある塊がそれこそ無数に川上へと流れ、深紅の太陽がメコンの彼方へ落ちようとするころになると、その水草は長い旅から帰って川下へと流れていった。そうした、自然と人間とのつながりを見ている時、アメリカはこの〝メコン川の流れを変える〟ことをしないかぎり、ベトナムの人々はこの民族の独立闘争で決して敗北することはないだろうと感じた。

北ベトナムの生活においてもそうである。農民は非常に豊かな気持ちで生活している。農民はアメリカの「紅河の流れを変える」ための爆撃に対しても敢然と戦いをいどんでいる。

まだ朝もやの立ちこめるなかをタイビン省の合作社建設隊の人々が、手押し車をひいて土を運んでいる風景は壮観である。堤防の下まで土を運んでくると、もうすでに土を運びおえた上の車と綱で結び、同時にかけおり、かけあがる。人々はこうして三千ポンド爆弾にも耐えうるように堤防を補強していく。

「今年は米空軍がいくら堤防を爆撃しても、雨量が少なかったので水はあふれなかった。神様もアメリカには、味方をしなかったのですね」と案内をしてくれたクイさんは冗談を言っていた。だが、もし水量が多く、洪水になった場合、どのような悲惨な状態になるか考えただけでも恐ろしい。

乾期の紅河の堤防内の土地を畑に変える作業も行われていた。夕日が落ちようとするころまでブルドーザーまで動かして続けられるのを見ていると、まさに破壊の中で建設が行われていることが感じられる。

紅河にはメコンのように水草の流れは見られなかったが、メコンでは見られない形の大きな帆をつけた船が早朝には川下へ、夕方になると川上へと水草のように音もなく移動していった。大きな夕日を背にシルエットで浮かびあがった帆船を見る時、そこにメコンのような、民族の生命をうたった詩が感じられた。

しかし、豊かな実りの秋の中で稲を刈り、モミを踏んでいる人々の背景には、外国の侵略と戦いつづけている厳しい歴史がある。タイビン省ドンフン県の人口二千六百、五百五十戸のドンフォン村も、そのうちのひとつである。

一九四五年八月、革命以前の村の生活は想像を絶する厳しさであったと、村の行政委員会の責任者は語る。二百十五ヘクタールあった村の土地の三分の二は、十七人の地主によって占められていた。植民地制度の地主や役人が庶民の味方ではなく、侵略者の体制に組み込まれていたことは多くの歴史が証明しているが、徹底した日本、フランスの植民地制度の中で、この村も同様に過酷な生活が続いた。一九四五年三月九日、日本軍はフランス軍を武装解除し、日本軍の軍事管理下においてラオス、カンボジアとともにベトナムに独立を認めたが、「帝国主義は国が変わってもやることは同じ」と北ベトナムの人が言うように、すでに中国で民衆に圧政を加えた〝実績〟を持つ日本軍は、ベトナムでも農民を悲惨な生活に追い込んだ。

日本軍は、まず、すでに田の中で育っていた稲を抜いて麻を植えさせた。稲を抜くことに協力しなかった農民は拷問され、ある農民は自殺に追い込まれた。稲を奪われた農民は草の根や桑の葉などをも食糧にせざるをえなくなり、このために栄養失調が続出した。一九四五年、この村だけで百五十五人が栄養失調で死んでいる。

農民は家族を養うために軍事基地建設の労働者や他の地方に出かせぎに出た。ドンフォン村でも百七十六人が出ていったが、その多くは行方不明となった。多分、餓死をしたか、殺害されたらしいという。一九四五年、ベトミン(ベトナム独立同盟)の呼びかけに応じて、ドンフォン村の農民も決起している。また銃火器のない農民は武術、剣術、棒術の訓練をした。これは旧幕時代、薩摩の支配下におかれた当時の琉球が、帯刀を認められず、空手や棒術を学んだことを思い出させる。

ドンフォン村の戦い

一九四五年八月、ベトミンは総決起し、九月二日にはベトナム民主共和国の独立を宣言したが、この間に、ドンフン県も八月革命と同時に県の所在地に臨時革命政権を樹立し、そのもとに人民革命委員会をつくって農民の指導を行った。ドンフォン村でも餓死を救い、文盲をなくし、外国侵略に対する抵抗力をつけるための活動を開始する。この時期に紅河の氾濫があり、水は三カ月以上も農地をひたし、農民は洪水との闘いを続ける。この再建の運動の中で九五パーセントが文盲であったドンフォン村は、一九五〇年までに文盲を絶滅し、生産を高め、民兵を組織し、武装訓練を続けた。

一九四六年、再びベトナム全土の植民地政策をとるフランスと独立を守ろうとするベトミンとの間には第一次インドシナ戦争が勃発したが、ドンフォン村にも一九五〇年一月にフランス軍の侵略があり、民兵と第一回の戦闘が行われている。民兵を組織したといっても、まだ銃はなく、竹の棒、刀、ヤリ、地雷が武器であった。これに対し、フランス軍は戦闘機からナパーム弾を投下し、機関銃その他の武器でドンフォン村を攻撃した。このために、百軒の家が焼かれ、六十三人の村民が死亡した。村に侵入したフランス軍は、残った家に火をつけ、子供をその中に投げ込んでいる。民兵はこの戦いで一人の大尉を含む六人のフランス兵を殺している。

二月には再びフランス軍が村を占領し、そこに基地をつくった。四月には、ドンフォン村の民兵はその基地を攻撃して、占領したが、六月には三たび外人部隊と戦車をともなったフランス軍が村を包囲し、一斉攻撃を加えて、村が平らに変形するほど破壊した。

そしてフランスは二回目の基地をつくった。たびかさなる闘争で奪った武器も加え、充実してきた民兵は連続的に基地に攻撃を加え、一九五三年七月にはフランス軍は村から退却せざるを得なかった。

こうした、各地での不屈の精神の戦いで全国的に勝利を収めていったベトミンは、一九五四年五月七日、ディエンビエンフーを陥落させ、ベトナム民族の独立闘争はベトミンの勝利で終わった。

そして現在はアメリカとの闘争を続けている。当然、ドンフォン村にも北爆の波は押しよせている。ジョンソン時代に十六個の爆弾が落とされ、そのうち一個は中学校に命中している。ニクソンになって北爆が再開されてからも十個の爆弾が落とされている。しかし、空襲警報と同時に避難しているので、被害は少なかったという。

この北爆との戦いの中で、ドンフォン村では再建の歩みを続け、一九五九年に合作社を樹立し、八月革命以前は一ヘクタール二トンのモミの生産量だったものが、一九七二年は八トンの収量が予想されているという。これは水利施設の建設、肥料や土壌の改良の研究などが原因している。

教育の面でも八月革命前まではドンフン県に一つの初級学校（七〜十一歳）しかなく、そこへ行くのは、金持ちと地主の子供にかぎられていた。現在は、託児所があり、三歳から六歳までの幼稚園に三百十八人の子供がおり、小級五百人、中級（十二〜十五歳）三百八十人、高級百二十四人が学習をうけている。独立戦争のために学校へ行く時機を失った人々は夜間の補習学校で授業をうけている。このほかに、畜産、水利施設、肥料の品質改良などの技師が養成されている。

私たちは村を自由にまわって写真を撮った。稲の収穫を終えたこの村では、水利生産隊の女性たちは泥まみれになって灌漑用の水路や堤防を直していた。この村に限らず、農村で働いている人たちは、圧倒的に女性が多い。水路の水を田の中にくみ上げている婦人を撮影した。顔のアップを撮ろうと少ししつこく狙ったが少しもいやな顔をせず、笑って何か言っている。「私の写真が報道されたら、夫のところへ届くだろうかと言っている」と通訳のディエップさんは言う。彼女の夫は、きっと遠い基地に兵士として勤務しているのだろう。隣の果樹園では老人たちが仕事をしている。老人も「子供たちが戦っているのに、私たちが遊んでいるわけにはいかないよ」と言っていた。村の診療所の前には、漢方薬の植物が植えてあったが、これは中国の広州の人民公社でも診療所の前に同じように薬草が栽培されていたのを思い出した。入院の施設もあるが、部屋はガランとしていた。「営業用の病院だとつぶれてしまいますが、これは合作社のものですから、病人がいない方が村のためにはよいですね」と対文連のクイさんは笑った。

売店もある。大体、市場で見たようなものが売られている。子供と病人以外の農民が全員働いている合作社では、託児所はなくてはならないものだ。ここでも子供たちは歌をうたい、おもちゃで遊んでいた。農家のつくりは南ベトナムの南部と似ている。果樹を植えた庭があり、家の中には木と竹でつくったベッドがあり、泥で練りあげたカマドも同じである。ただ決定的に違うのは、周囲に基地がなく、鉄条網が張りめぐらされていないことだ。南ではどこへ行っても村の周囲にはトリデがあり、全身に銃弾や手榴弾をぶらさげた、火薬庫みたいな兵士がうろうろと歩いている。それが全くないところは、解放区であり、今度は空から爆弾、地上からは砲弾を見舞われるのである。

村には「自由と独立より尊いものはない」というホー主席の言葉や、「祖国が呼びかけると、村の青年たちは入隊の準備をととのえ、堂々たる戦果をあげる」「土の一センチは、金の一センチと同じである」というようなスローガンが壁に書かれているのが目についた。しかし、その文字が少しも殺伐と感じないほど、村はのんびりとしていた。

それは絶えず笑顔をたやさない女性たちのせいでもある。ベトナムの女性は南北を問わず美人であるというのは、ベトナムを訪問したことのある人にはおわかりいただけると思う。南ベトナムの農村に行っても、若い女性に会うことのできる数は少ない。政府軍や米軍の従軍で解放区に入れば、若い女性にはまず会うことはない。血に飢えた兵士たちは何をするかわからないからだ。競合区や政府軍支配地においては、彼女たちは解放軍に参加するか、バーなどの派手な生活を求めて都会へ出てしまう。それが、ここでは年をとった人をさがすのがむずかしいほど若い女性がいて、それが美人ぞろいで、撮影をするのが楽しくなる。

二人の女性が水田の中で豚の餌になるラオ・ラップという草をとっていたのでカメラを向けると、二人とも恥ずかしがってうつむいてしまった。通訳のディエップさんが何か言ってくれると、はじめて笑ってこちらを向いてくれた。「私も彼女は美しいと思います。しかし、外国から人が来て、写真を撮ろうとするのに、恥ずかしがってはいけません。美しい顔を撮ってもらうことは、よいことなのです。彼女は反省しなければいけません」

といかにも真面目なディエップさんらしい。

十七度線に近いビンリン地区では、爆撃が激しいので、子供たちは半地下の学校で授業を受けた。一九七三年

自然の中の子供たち

この日から三日間、私たちはタイビンの農村を走り回った。よい光景が目に入るとジープをとめ、写真を撮り、話を聞いた。

印象に残るのは子供たちが実にのびのびとしていることである。「農薬を使わないから、いろいろな魚がいます」と言うように、どこの農村へ行っても、授業を終えてきた子供たちが泥まみれになって魚を追っている。この自由な成長の過程が、ベトナム民族の柔和な性格を形成してゆき、独立戦争への勝利にも結びついていくのではないかと思った。

倉庫で多量の米が積み重ねられ古くなっていくのに、生産をあげるためにひたすら農薬を使い、水田からは、魚や昆虫の幼虫が消え、少年たちの夢を奪っている日本の現実と比較したときに、「水田の魚は子供たちのものです」と言う、合作社の人の言葉が印象に残る。

通訳のディエップさんの奥さんはナムディンの近くの農村の合作社で働いている。私は農村の女性と結婚して幸福ですと言う。なぜなら奥さんは合作社の規定に従って自分たちの家を持ち、その

魚とりは子供にとって遊びでもあり、とれた魚をヌクマムで煮ると夕食のおかずになる。1972年、タイビン省

うえに、合作社の全耕作地の五パーセントを各農家が分配する建前で、ディエップさんの家でも分配された。彼はその耕地に野菜や豚の飼料を植え、豚とアヒルを飼っているという。そして、各農家に合作社年収からの配分があるので、預金もできるという。ディエップさんはハノイ市内で通訳をしないときは役所に勤めているので、給料の三分の一は食費、三分の一が衣料その他で、三分の一は預金するという。

タイビン省の市場を見る。ここは、まさに活気があふれていた。正常の市場が爆撃で破壊されたため狭い場所に移ったという事情もあったが、とにかく多くの農民が集まっている。南ベトナムのメコンデルタにあるカントーで見た市場には及ばないが、それでもかなりの品数が並んでいる。米をはじめ、小豆、大豆、いんげん豆など各種の穀物、コイ、フナ、雷魚、ナマズなどの魚や貝類、カエルやスッポンもある。ニワトリ、アヒル、包丁や鍋、釣り針、ボタンなどの日用品、野菜、果物などが、ぎっしりと並んでいる。

おかゆ、ウドン、汁粉などの店が出ているのも南ベトナムと同じである。ただ果物の品種は圧倒的に南の方が多い。季節によって異なるが、サイゴンの市場には私たちには名前もわからないほど多種類の果物が並んでいる。これはやはり北と南の気候の違いによる。南ベトナムは東南アジアの中でも果物の種類にかけては最も多いところだ。魚にしてもメコンデルタの方が種類も多いし、繁殖力も強い。

市場の全景を撮ろうと思い、少し高いところにのぼって驚いたのだが、市場にきているほとんどの婦人が〝ノン〟というすげ笠をかぶっている。北ベトナムの人々は太陽の日差しをかなり気にする。直接体に当たるとよくないという。

四日間の取材を終えて私たちはハイフォンへ向かった。タイビン省での取材が長引いたので、私たちは夜の道を走った。それはなんでもないように思われるが、南ベトナムで取材活動をした者にとっては大変なことであった。南ベトナムでは夜、道路を一台の車に乗って何キロも走るということは、絶対に不可能なことだからである。それは政府軍の車でも、解放軍の車に乗っても、である。まず、どちらかに撃たれるか、止められて捕虜になるだろう。だが、ここでは全く事情が違うのだ。「ベトナムの道路を一台の車で、夜、百キロ走った」――このことはこれからも長く私の印象に残るに違いない。「それは北ベトナムにおいて可能であった」ということをつけ加えてである。

もしも、南ベトナムで「夜、一台の車で百キロ走った」という日がくれば、なお一層、忘れられないことになるだろう。それは、南ベトナムに完全な停戦が実現されているときであるに違いないからだ。その夜、ハイフォンからハノイ市へ戻るときも、また北部のタイグエン省を取材して戻るときも、夜になったが、安全であった。北爆が北ベトナム南部に集中しているという理由もあっただろう。

北部の山岳地帯や、ミサイル、高射砲陣地の取材を終え、ハノイのトンニャット・ホテルでもう一度ベトナム戦争を考え直してみた。

一九六四年八月、トンキン湾事件の直後、はじめて南ベトナムの土を踏んでから、一九七〇年八月、フィッシュ・フック（米軍、南ベトナム政府軍がカンボジア侵攻をした釣り針地区）の米軍を取材するまで約六年にわたって、ラオス、カンボジアも含めて、私は〝侵している側〟からの取材を続けていた。ベトナム戦争の情勢を全体的に分析しての取材というよりは、従軍に従軍を重ね、また、地方を旅し、体当たり的に写真を撮っている場合が多かった。しかし、ベトナムの戦争が民族独立の闘争であるという基本的な姿勢を保っていたつもりだった。南ベトナム政府軍、アメリカ軍を取材した者として、解放軍、北ベトナムの取材をしたいという希望はジャーナリストのはしくれとしては当然であろう。不幸にして、六年にわたる南ベトナム滞在の間に、解放軍を取材する機会をつくることができなかった。

私が取材をしたかったのは、もちろん素顔の解放軍であり、北ベトナムであった。とりわけ、強大なアメリカの軍事力に対して、勝利への闘争を支えているものは何であるかということが、最も知りたかったのである。南ベトナムの各地の師団基地ダナン、カムラン湾などの米軍基地で、ジェット戦闘機や山と積まれた近代的な武器弾薬の攻撃のもとに、大砲を持たない解放軍の戦いなどを観念的な想像でなく、実際に肌で知りたかったのである。

「団結と統一」が口先の言葉だけでできるものでないことは当然であろう。ファン・ヴァン・ドン

派手なことが嫌いだったホーおじさんの肖像がかかる国家銀行。
街頭ではここ以外あまり見かけなかった。1972年、ハノイ

ハイフォンの女性民兵高射砲隊。帰る時
にいつまでも手を振ってくれた。1973年

首相も本多記者との会見で強調しているように、それは長い時間をかけたお互いの尊敬と信頼の中から生み出されていくものであろう。それは民衆と民衆との結びつきであり、かりに民衆と指導者との間に亀裂が生じたとしたら、民族の自信と統一は生まれないだろう。

ホー・チ・ミン主席が北部の山の洞穴にこもり、ベトナム民族の独立のために長い時間をかけて民衆を指導していった、その精神が民衆の中で生きていることを私は感じた。

威張る人がいない国

本多記者とともに会ったファン・ヴァン・ドン首相は、民族の独立を語りながら、ときには笑い、ときには鋭い目を光らせて、私たちを魅了した。民族独立運動の闘士として一つの信念のもとに歩んできた歴史が刻みこまれたその顔を、一人のカメラマンとしては、明るい場所で、望遠レンズをつけて、首相の話を妨げることなく自由に撮影したいという欲望にかられた。夜の室内で、フラッシュをたいて撮影せざるを得ない、そのときの状況がまことに残念であった。

北ベトナムの人々が、「バックホー（ホーおじさん）はトランク一個とタイプライターしか財産はなかったのですよ」と冗談を言うように、ハノイ市で会った各機関の幹部の人たちも質素であった。そこにも人民と一つの目的のために一緒に戦っている姿勢が感じられた。南ベトナムにいる時、民衆から「サイゴン政府のエライ人たちは、スイスに莫大な貯金がある」とか「アメリカの投入したドルを香港に貯めてある。政府や軍の幹部はいざとなったらそこへ逃げることを考えている」という噂を聞いた。たとえそういった事実がないにしても、一般市民がそう思ったとき、そこに相互の尊敬と信頼、「団結と統一」は不可能であろう。実際問題として、南ベトナムで私が名前を知っているだけでも数人の将軍が外国へ逃亡している。

ハノイに近いミサイル陣地を取材した時、大隊長が廊下の兵士にタバコの火をつけているのを見た。これは、外人の記者が来ているからといってそうしたのでないくらいは、見ていてすぐわかる。高射砲大隊では、やはり将校がお茶をいれて兵士に配っていた。南ベトナム政府軍にはかなり長い間従軍したが、このような風景はついぞ見られなかった。南ベトナム海兵隊の場合、将校には必ず一人の兵士がつき、その兵士が炊事、洗濯はもちろん、いっさいの身のまわりの面倒をみていたのを思い出す。簡単にいえば、北ベトナムには「威張っている人間」が一人もいないのだ。

いま、ニクソン政権は〝かけ込み補給〟を南ベトナムに対して行っている。だが、これまで南ベトナム各地にある米空軍基地はもとより、沖縄、グアム、タイの基地および第七艦隊から〝全力投球〟して解放軍側を攻撃して、なお失敗しているのに、いまさら二十機や三十機の戦闘機や輸送機

ハノイ郊外の3664ミサイル部隊。この型のミサイルでB52がたくさん撃墜された。1972年

ハイフォン高射砲隊の女性民兵。1972年

を政府軍に渡しても、いったい何になるのか、また、それを扱うパイロットの問題は解決できるのか、と解放軍側はみる。

ベトナム戦争のベトナム化の失敗は、一九七一年二月のラオス作戦ですでに証明されている。すでに撤退を開始している米軍が、再び南ベトナムに〝最盛期〟の五十五万以上の兵士を動員する力は、再選されたニクソンにはないだろうという見方が、解放軍の中にある。

そして勝利のない闘争を継続した場合、百十万の南ベトナム政府軍、まだ撤退していない米軍と韓国軍、そしてカンボジア、ラオスの軍隊をアメリカが維持していくことは、経済的にも政治的にも破綻をきたすだろうという意見もある。

北ベトナムは、勝利をかちとるまで闘いぬき、その間の和平停戦への努力をするという姿勢をくずしていない。そして、これはベトナム民族の独立の闘争だけではなく、全世界の圧迫された民衆が注目している、植民地主義と反植民地主義の闘いであると私は思う。

ベトナム解放とその後

旧サイゴン市役所にひるがえる南ベトナム臨時革命政府、ベトナム民主共和国の旗。1975年

一九七三年一月二十七日、アメリカ、北ベトナム、サイゴン政権、臨時革命政府の代表がパリで和平協定と四つの議定書に調印、その翌日、ベトナム停戦が発効した。私がはじめてベトナムに行ってから九年目にようやく停戦が実現した。そのニュースを、東京で、感激しながら聞いていた。そして、停戦後の北ベトナム、はじめて南ベトナムの完全解放区となったクアンチ省を取材するために再びハノイへ取材申請の電報を打った。そして、五月に取材許可がおりて、私たちはハノイへ飛び、ジープにのって猛暑の中を一号線を下って、ベンハイ川を渡りクアンチ省に入った。戦争の続いていた一九六六年三月、南ベトナム側から、ベンハイ川の岸に立って北ベトナムへと続くヒェンルォン橋を見たことがあったが、自分が北ベトナム側から、川を渡ってくるようになろうとは思いもよらなかった。クアンチ省と北ベトナムの取材が終わって、バンコクに着いた翌日の七月二十一日、日本人一人を含んだアラブゲリラによって乗客百二十三人をのせた日航ジャンボ機がハイジャックされたことを知り、バンコク、ドバイ、リビアと追跡取材をした。

一九七四年は、日本でののんびりとした取材が続いた。屋久島へ行き、雨の降る風景を撮影したり、作家の島尾敏雄さんとともに沖縄の各地をまわって、島に残っている文化を取材するという楽しい仕事をした。また青森の大間へ行ってイカ釣りの船にのって新鮮な刺し身を食べたりもした。パ・リーグのロッテ優勝の瞬間を撮影しに仙台までいったのも、この年である。

一九七五年三月十日、北ベトナム軍、解放戦線はダルラク省のバンメトートの一斉攻撃を開始した。サイゴン政府軍はクアンチ、プレイク、バンメトートを放棄、解放軍はサイゴンにまでせまってきた。私たちは東京でそのニュースを見て、すぐに北ベトナムへ入国の申請電報を打った。本当はサイゴンへ行って解放軍の入城を取材したかったが、これまでの経過から南ベトナムへの入国は不可能だった。サイゴン陥落のニュースをベトナム停戦の時のように、また朝日新聞社の出版写真部の部屋で聞いた。すぐ北ベトナムから入国許可の電報が入って三たび、本多氏とともに解放後のベトナムへ入って、南ベトナム全土を取材した。

一九七六年七月二日、南北ベトナムは統一されてベトナム社会主義共和国が誕生した。

新生ベトナムが、戦争の後遺症から、どのように立ち直っていくか注目をしていたが、一九七九年一月七日、カンボジアへ侵攻したベトナム軍は虐殺を続けていたポル・ポト政権を倒し、ヘン・サムリン政権をたてた。そして、今度は中国軍がベトナム北部へ侵攻し中越戦争が起こった。その年に中越国境へ行き、中国軍の破壊したランソンや国境周辺を取材した。翌一九八〇年にはハノイからホーチミン市、プノンペンを車で踏破した。

一九八五年、解放後十年の南部への旅の中で悠々たるメコンの流れを見た。ベトナムは変わったがメコンの流れは変わらない。

タクハン川の向こうにはサイゴン政府の旗がひるがえり海兵隊が守備している。
かつての従軍時に知り合った兵士もいたに違いない。1973年、クアンチ省

一　十七度線の南、クアンチ省陥落

一九七三年三月。

ハノイ市のベトナム民主共和国対外文化連絡委員会の応接室で、南ベトナム臨時革命政府ハノイ代表部の文化担当書記官のチャン・タイン氏、臨時革命政府戦犯調査委員会のトゥー・ヴァン氏と握手をかわした時は大変感激した。妙な言い方かもしれないが、やっと本物の解放軍の人に会えたという感じであった。長い期間、南ベトナムで取材していたが、私は正式に解放区の取材をした経験はなかった。解放区へは何度も行っているが、いつも武装した米軍やサイゴン政府軍と一緒であり、解放軍の兵士を見ても、それは死体であり、捕虜であった。そこには民衆の姿も見られたが、たとえ銃のかわりに首から数台のカメラをぶらさげていたとしても、彼らにとって憎むべき敵の軍服を着ている私の姿を見る目は厳しかった。

サイゴン市や地方の市街都市でサイゴン政府に反対する人々と話しあったことは何度もある。たとえ、その人々が解放軍側であっても、けっして自分から、私は解放軍の兵士です、とは言わなかった。本当は南ベトナムにいる期間に、実に多くの解放軍側の人々に会っていたのだろう。そこは、私たちが通っていた、サイゴンのブロダードという喫茶店であり、キムホワという食堂やトゥーヨー通りのバーであったかもしれない。メコンデルタを行くバスで旅をする人々の中にも、フエ市の王城の中を散歩する人々にも解放のために戦う人はいただろう。ビンディン省で苦戦を続ける海兵隊に従軍した時でも、彼らはサイゴン政府軍の軍服を着て私のまわりにいたかもしれなかった。それでいながら、私は、その人たちに気がつかなかったのだった。

チャン・タイン氏はベトナム人には珍しく肉づきがよい。トゥー・ヴァン氏はやせてがっしりしている。しかし、二人ともベトナム人に共通している澄んだ微笑があった。トゥー・ヴァン氏は現在、サイゴン政府軍に捕われている政治犯について語った。南ベトナムの各地にある刑務所や捕虜収容所の数と収容人員に関しての詳しい数字を本多勝一記者に報告している姿からは、停戦になった現在でもまだ解放されず、暗い牢獄にいる仲間を思う苦しみと、サイゴン政府に対する怒りが感じられた。

チャン・タイン氏は、私たちが南ベトナムの解放区であるクアンチ省を取材することについて、臨時革命政府から正式に連絡のあったことを知らせてくれた。私たちにとっては待望のニュースだった。はじめてベトナムの土を踏んだ一九六四年から十年間待っていたともいえる。いま、トゥー・バン氏の報告にあったように、まだ獄中にいる人々や長い戦争で犠牲になった人人によって獲得した和平協定の調印であり、解放区であった。

南北ベトナムを二つに分割している十七度線の接点にあるベンハイ川のヒエンルォン橋の北側にあるベトナム民主共和国の出入国管理事務所で出国の手続きをとり、米軍の爆撃によって破壊されたヒエンルォン橋の横にある浮き橋をジープで渡る時、ゴトンゴトンという橋のつぎめに揺れながら、いよいよ解放区にはいるのだという実感を味わった。今度はベンハイ川の南側にある臨時革命政府の出入国管理事務所でハノイ市にある臨時革命政府ハノイ代表部でもらったビザとパスポートを提出した。

一九六八年六月にこの場所に来た時は、サイゴン政府の建物があり、兵士がいた。それが、いまでは臨時革命政府の事務所があり、解放軍の兵士たちがいる。あれほど会いたいと思い続けていた解放軍の兵士たちが、いまでは目の前で、無造作にという表現も変だけど、まるで長年、そういう状態であったかのように、ニコニコと笑っているのである。解放区だから解放軍がいるのは当然だが、あまりにも自然な状態なので、長年、サイゴン政府の支配地域で生活したためか、手品にでもあったような気持ちであった。

兵士たちや農民は、バスを待っていた。南北をつなぐ定期便があるのだ。人々は、そのバスに乗ってクアンチ省を旅し、ゲアン省のビンまで行って、そこから汽車に乗りかえてハノイまで行ったりする。バスや汽車はいつ見ても満員だった。現在は、一つのベトナムに三つの政府があり、私たちにとって、入国のためには長い手続きが必要だが、簡単にベンハイ川を渡っている民衆の姿を見る時、ベトナムの民族は一つなのだということを、実感として受けとめることができる。

かつて非武装地帯であったベンハイ川からゾクミョウまでの五キロは平野になっている。爆撃の跡がまだ生々しい。わずかに仮の農家が建ちはじめ、水牛がところどころで遊んでいるのが見えるが、北ベトナムの非武装地帯にある、整理された水田と比較した時、これまでの戦闘の激しさが感じられる。それは、ドンハの市街にはいると、いっそう強調されている。ドンハ市内でまともな建物といえば、解放後に建てたという、クアンチ省の行政管理委員会の事務所だけで、そのほかは徹底的に破壊されている。解放後も米軍は市街だけでなく、基地、その他、解放区に残されたすべてのものを破壊したのである。

私たちの泊まることになった市街から少し離れた接待所も最近つくったものだ。ジープで各地をまわった。すべての場所において爆撃は徹底されていた。まだ多数の不発弾や数えきれないほどの地雷が残されている。復興再建への道は厳しい。しかし、人々の表情からは安らぎの心が感じられた。サイゴン政府軍や警察から、絶えず監視されてきた状態から解放されたからだと思う。

二　サイゴン陥落

一九七五年四月三十日、サイゴン政府のズオン・ヴァン・ミン政権が解放軍に無条件降服声明を出して、ベトナム戦争は終結した。長い戦争であった。解放区で取材したベトナムの人々の中には三十年戦争という表現をしている人もいた。一九四六年十二月十九日、フランス軍に対してベトミン（ベトナム独立同盟）が一斉攻撃をした第一次インドシナ戦争を独立闘争の始まりと考えると三十年間にわたる長い戦争であった。私はサイゴン陥落のニュースを聞き、おびただしい犠牲者を出した戦争の終わりを喜ぶと同時に、これでサイゴンへ行くことができるのだと思うと感無量であった。一九六四年八月五日、米軍機が北ベトナムを爆撃したいわゆる〝トンキン湾事件〟の直後に南ベトナムの土を踏んでから約十年間、なんらかの形でベトナム戦争を取材してきたことになるが、一九七二年十月から十一月にかけての北ベトナム取材で、当時のサイゴン政府から南ベトナムの入国を拒否されてきた。その後七三年のパリ和平協定調印の前後、今年のサイゴン陥落の前など南ベトナムの表情を取材したいと思いながら現地へ行くことのできない無念さをかみしめていたが、サイゴン政府の崩壊によって、南ベトナムへ行ける希望が持てるようになった。

早かったサイゴン陥落

解放後、南ベトナムのタンソンニャット空港が閉鎖されたのでサイゴンへ行くためにはまず北ベトナムのハノイを経由して、空路または一号道路を車で行かなければならない。ハノイへ行く方法は北京、南寧から中国民航、ソ連からアエロフロート、ラオスからラオス航空で行く方法がある。

朝日新聞の本多勝一記者と私はラオスにあるベトナム民主共和国の大使館でビザを取り、ラオス航空でハノイ入りして、二カ月にわたって解放ベトナムの各地を取材した。ハノイを訪問したのはこれで三度目であった。ハノイ市内の各所にあったタコツボはコンクリートで埋められ、市の中心にあるホアンキエン湖の周辺にある防空壕もちょうど壊されているところであった。防空壕を固めてあったレンガはひとつひとつ解体され、また他の建物に使用できるように積み重ねられていた。

七二年六月、パリ和平協定後取材したハノイではタコツボは土で埋められているだけであり、防空壕の入り口は簡単に閉ざされて、停戦は戦争の終結でないことを物語っていた。それが今回では完全に防空壕を壊している作業をみて、戦争は終わったのだという実感がわいてきた。

ハノイでインタビューしたベトナム民主共和国政府の幹部は「毒ヘビを退治する時には頭をたたくように、今度のホーチミン作戦では直接サイゴン市の攻撃を目標に進撃しました」と語った。確かに世界の人々はあまりにも早かったサイゴン政府の崩壊に驚いてしまった。パリ和平協定後も南ベトナムの各地で戦闘があり、ベトナムに真の平和がくるのはまだまだ長い時間が必要とみられていた。しかし、三月十一日に、北ベトナム軍を中心とした解放軍が南ベトナム中部のバンメトートを制圧してからコンツム、プレイクの放棄、ダナンの陥落。雪崩れるように北部、中部ベトナムから敗走するサイゴン政府軍と猛スピードで進撃する解放軍、そしてサイゴンの包囲にいたるまで世界もサイゴン政府もアメリカも、そして解放軍ですらも予想できなかったほどの早さだった。

ハノイは大変静かな都会だが、サイゴン陥落後も先の防空壕の件を除けば、表面的には別段以前と比較して変化しているようには見えなかった。早朝、出勤する人々が自転車で私たちの泊まっているトンニャット・ホテルの前を通り、夕方になるとその人々が帰ってくる。デパートには大勢の人が集まっている風景も以前と変わりはない。デパートで売っている品物は中国製が圧倒的に多い。

行列のあるところを見ると電池と煙草を買う人々だった。米国製品の溢れていたサイゴンと比較すれば北ベトナムにある品物はすべてにわたって質素である。それは必要な品物と量だけを輸入し、それ以上のものを外国の援助に頼らないという北ベトナムの方針によるものだと思われた。

私たちは解放後のサイゴン、メコンデルタ、そしてサイゴンからハノイまで一号道路を車で走りながら取材するために、空路サイゴンへ向かった。

ハノイからサイゴン、サイゴンからハノイへ直行、こういったことをベトナムの人々はどんなに望んできたことだろう。それが現実となった。一九七三年の六月、私たちは一号道路を南下し、南ベトナムのクアンチ省まで行ったが、その時に、このままサイゴンまで行ければよいなあと思った。待っていればその時がくるさと話しあったが、これほど早く実現しようとは思わなかった。

ソ連製のイリューシン機は、数十年ぶりに故郷へ帰る北ベトナム在住の南部出身兵士や役人その他多数の人々をのせてサイゴンへ向かって飛んでいた。眼下には北爆の跡のクレーターが見え、南北を横切るベンハイ川を過ぎるとラオス国境の山岳地帯に白い糸をひくようにホーチミン・ルートが見え、海岸にはダナンの市街があらわれた。五年ぶりの南ベトナムであった。戦闘の激しかったころ第一軍管区の司令部のあったダナンを中心に、北部、中部の作戦に何度も従軍した地域だった。

サイゴンのタンソンニャット空港は、米軍が直接参戦して激戦の続いていたころはジェット戦闘機、輸送機、ヘリコプターが飛びかい騒然としていたが、現在では全くひっそりとしている。外国から飛んでくる民間機もない。大多数の軍用機はサイゴン政府軍の兵士や将校が家族をのせて逃げてしまったので、現在のタンソンニャット空港には、わずかな輸送機やヘリコプターしか見られなかった。それぞれ臨時革命政府や北ベトナムの旗のマークに変わっていた。兵士たちや、直接的にも間接的にも、ベトナム戦争で商売をしていた民間人で混雑していた空港ターミナルも森閑としている。空港から都心まではバスで十分ぐらいだが、その風景も随分と変わった。なんといっても大きな変化は、当然のことだがサイゴン政府軍の兵士や警官の姿が全く見えないことだろう。長い間ベトナムに滞在し、彼らの姿が自然に目に写っていたものにとっては不思議な感じさえする。

それに変わって緑色の軍服を着た解放軍兵士の姿が見える。どの兵士が解放戦線の兵士で、北ベトナムの兵士はどれかも区別がつかない。サイゴン政府軍の兵士は戦争には弱かったがカッコウは良かった。海兵隊、空挺部隊、レインジャー部隊などもそれぞれ色彩の変わったスマートな軍服を着てベレー帽などをかぶっていた。軍服によってエリート意識を持たせようという効果を考えたものだが、それに比較して解放軍の軍服はダブダブで決してカッコウ良いとは思えないが、ベトナム解放という結果は軍服で戦争をするのではないことを証明している。警官にかわって腕章をまいた自警青年団が、中国製のAK47自動小銃を持って警戒をしている。サイゴンの各所にあった警察署は、有刺鉄線でかこまれ砂袋が積まれていたが、現在はそれが全部取り除かれている。サイゴン市内にはカラベル、コンチネンタルなど大きなホテルが数多くあったが、今では客はいない。その多くの経営者は海外へ逃亡して、今では解放軍の兵士が利用しているホテルもある。私たちの泊まったマジェスティック・ホテルはフランスの植民地時代につくられたもので、サイゴン政府時代も半官半民のような形で営業していたが、現在では臨時革命政府が接収して、地方から出てきた解放軍の幹部や、解放後外国からきた客が利用していた。

ホテルのあるトゥーヨー（自由）通りにはバーが並び、米軍がいたころは朝から米兵が酒を飲みサイゴンの女性とふざけている光景が見られたが、それも閉鎖されて今では静かな通りになっている。しかし酒を売ることが禁止された訳ではないので、レストランへ行けばサイゴン製のビール、フランス製のブドウ酒、コニャック、それにスコッチなどが飲める。各種の酒は食料品店やヤミ市でも売っているが、そのほとんどがサイゴン政権の時に輸入されたり米軍のＰＸから流れたものだから、現在は輸出入がストップしているので、在庫は減る一方で値段も高くなっている。レストランはベトナムの人たちが朝食に好んで食べるフーテウやフォーを売る店などを除くと、店はあいていても客は少ない。利用していた外人や金持ちは逃亡しているし、今、サイゴンにいる人々にはレストランへ行く余裕はないからだ。

長いあいだ旧政権下のサイゴンで生活をしていたので、陥落後、解放軍の兵士が中国製ＡＫ47ライフルを持ち日本製オートバイで市内を走っている様子に驚いた。一九七五年

革命の意義を説く

多くの資本家、高級官僚、将校などが解放前に逃亡した。長い年月にわたって続いた戦争でサイゴン政府の各種の反共宣伝やうわさ、デマなどが広がり、それは解放軍に対する恐怖につながっていった。残った人々の中にも不安を持っている人はいた。特に解放軍の兵士や容疑者を弾圧した警官や将校のなかには生命の危機を感じているものもいただろう。しかし、解放後、彼らの生命は保障された。兵士たちは兵卒、尉官将校、佐官将校、将軍に区別され改造学習を受けている。臨時革命政府は、解放前の行為に対しては罪を追及していない。解放後、反革命的な言行をした者に対してのみ処罰するという方針をとっている。市内の一般兵士の学習を見た。学校の庭に座って解放軍政治委員の話を聞いていた。ベトナム革命の意義、アメリカの犯罪などが話題になっていた。兵士たちは学習が終わると家に帰っていった。将校たちの場合は合宿で学習を受ける。大尉以上は六カ月で、学習が終わる場合もあるし、六カ月以上になる場合もある。ディントゥオン省（現ティエンジャン省）で将校の合宿を見た。佐官も尉官も合同でその中に二人の大佐がいた。学習が終わると自分たちで食事をつくり家から持ってきた食器で食べていたが、雰囲気は明るく、長い戦争の後でそれほど、早く気持ちの切り替えができるのだろうかと、むしろ不思議に感じたぐらいだった。

解放ベトナムを取材して、農村と都会とでは、革命の受け止め方に違いのあることが感じられた。南ベトナムは農業国だが、戦時中でも農村の多くはすでに解放区であり、解放軍とは接触を持っていた。農業を阻んでいたのは戦争だから解放は歓迎された。しかし、都会の場合、前にも書いたように、解放軍との結びつきは少なかったし、戦争によってもうけている連中が大勢いた。それに多くの難民も都会に集まっていた。当然、彼らは突然のサイゴン政権の崩壊にとまどった。しかし、今、市場には多くの食料があり、低所得者に対して病院は無料で解放され、子供は平常通り学校へ通っている。輸入製品は減るにしても、農産物は増える一方になる。フィン・タン・ファット臨時革命政府首相は解放後の政策でまず、餓死者の出ないようにする、衛生と医療の問題を解決し、農業、工業の発展に全力をつくすと語っていた。解放後、ベトナムは兵士たちの就職、各国企業の今後、そして南北統一など多くの問題は残されているが、今までに一番困難であった戦争に勝利したのだから、今後の問題も解決できないことはないと言っていた言葉が印象に残った。サイゴン解放労働組合副議長の話によると、サイゴンのジャディン地区には規模の大きい工場が五百あったが、その三分の二は活動を再開している、と言う。漁網、文房具、プラスチックの容器をつくる会社などいくつか取材した。若い人たちが働いている。まず臨時革命政府が自力で経営していけるものか

解放軍の幹部から政治教育を受ける旧サイゴン政府軍兵士。1975年、サイゴン

らどんどん活動させているが、原料の輸入など今後の問題も残されている。

戦争中、サイゴンには日本の大手の商社が事務所を持っていた。電気製品、繊維、化学調味料、耕運機や、それらの製造機械の輸出入があった。解放前、本社から派遣されていた社員は帰国し、事務所は閉鎖されて、現在革命政府の新しい方針を待っている状態にある。それらの商社には太平洋戦争で日本軍の兵士として東南アジアにいたが、終戦後日本へ帰らずにベトナムへ残り、ベトナムの女性と結婚している人たちでつくっている〝寿会〟の約四十人の人たちも働いていた。すでに子供たちも大きくなり一生ベトナムで過ごしたいという希望を持った人たちであるが、現在、職場が閉鎖したままで、再開される見通しがついていないために、ベトナムへ残るか日本へ帰るかという問題にぶつかっている。

日本へ帰った場合、ベトナム語で育ってきた子供の教育と、すでに終戦後三十年、全員の年齢が五十歳を過ぎているので、日本での就職と生活の不安を感じている。その中の一人に沖縄県与那原《よなばる》出身の當間元俊氏（五六）もいる。當間氏は終戦後ずっとベトナムに住み、すでに二十四歳の男子を筆頭に六人のお子さんがいる。丸紅飯田サイゴン支店に勤務し、久保田鉄工の耕運機の販売、技術指導の仕事をして、その人柄とともに現地で高く評価されてきた人だが、五年振りに再会した時に、帰国か残留かで悩んでいると語っていた。

解放軍が利用する米軍基地

クチの町はサイゴンの西方約三十キロの地点にある。私たちはソ連製のジープに乗って早朝にサイゴンを出発、クチ周辺の取材に向かった。実は、今回の取材旅行でも是非行ってみたいと思った地域だった。その理由は中部のビンディン省と、クチはベトナム滞在中でもいちばん多く印象に残る取材をしたところであったからだった。クチの町はカンボジアとベトナム境界線から三十キロしか離れていない。当時、解放軍の聖域がカンボジア国境近くにあると考えていた米軍は、ちょうどサイゴンと国境との中間にあるクチに、首都防衛の拠点として米第二十五歩兵師団の基地をつくった。第二十五師団の司令部はハワイにあり、兵士たちは主としてハワイにいる米人だった。日系の二世や三世も多かった。

クチの町はハノイ→サイゴン→プノンペンと続く一号（現在は二十二号）道路の線上にある。米軍が作戦をして戦闘の激しかったころは、軍の輸送車、戦車、民間のトラック、バスで混然としていた。五年振りに同じ道を走ってみると随分と様子が変わっている。全体的に車が少なくなったので私たちのジープはすごいスピードで走ることができた。以前は作戦や地雷などで車がつまってノロノロ運転だったが、今ではガラ空きの道路をあらためて見ると、かなり広い道路であったことに気がついた。それに各所の道路沿いにあった検問所、砦、警察などの殺伐とした風景がなくなっている。ベトナムの解放が人民にとってなんであったのかを考える時、それは一言では言いあらわせない。ベトナム人民の立場の相違によっても考え方は変わってくるだろう。

あの悲惨な戦争を取材してきた一ジャーナリストの立場から言わせてもらえば、まず戦争が終わって死傷する人々がなくなった。どのような形であれ、ベトナムの主権がベトナム人の手にもどってきた。その二つを出発点と考えて解放を喜んでいる。あの絶えず聞こえていた砲声が全くない。だから子供たちがのびのびとした雰囲気で遊んでいる風景が随所に見られた。

第二十五歩兵師団のドンズー基地は、今は解放軍が入っていた。この基地は米軍がつくり、米軍の撤退後はサイゴン政府軍が入り、今は解放軍と三代にわたって利用されたことになる。当時、ベトナム戦争は米軍もサイゴン政府軍も見えない〝敵〟と戦っていた。ゲリラ攻撃をかける解放軍は姿を見せず銃弾だけを米兵に浴びせかけてきた。米兵やサイゴン政府軍兵士は撃たれてはじめて相手の位置がわかるという戦争だった。その見えない相手が現在はベトナムの各地に姿を現し、タンソンニャット、ダナン、カムランなど広大な米軍の残した基地を占領している。よくもまあ、こんなにいたものだと、解放軍の人数の多さに驚かされる。前は米兵の立っていた基地の入り口に解放軍の兵士がたっているのを見ると、不思議な感じさえする。クチの人民革命委員会の案内でドンズー基地を包囲していた解放軍の戦闘村を見た。二メートルぐらいの灌木が茂った平野に地下壕を掘って病院、司令部の跡があった。枝や葉のかげで空からは見えにくいところにある。こういった場所には見覚えがあった。米軍に従軍すると時々このようなところを見た。しかし、その時は作戦を事前に察知した解放軍は逃げてしまうか、地下深くもぐって、病院も司令部も、もぬけの空のようになっている場合が多かった。そういった場所を今度は解放軍の案内で見せてもらうようになろうとは当時思いもよらないことだった。

三　ベトナムの心・メコン川

米軍がベトナム各地で戦っていたころ私は、メコン川がある限りベトナムの民族は解放戦争に負けることはないだろう、ということを雑誌に書いたことがある。あの激しかった戦争の時でも、メコンは豊かな農産物をベトナムにもたらした。

ベトナム戦争は何故に解放軍の勝利に終わったのか、その理由を考えると、それは実に多くの原因がある。北ベトナムの各地を取材した時、統一戦線ということがよく言われた。ベトナム各地の少数民族と多数民族の団結、そして南北ベトナムの各戦域の指導者たちが、民族の解放という共通の目的に向かって労働党という一本の線で結ばれて戦ったからである。米軍によるベトナム人を無視した農村への無差別爆撃や虐殺。サイゴン政府の役人や軍による汚職などの腐敗した政治も民族の結束を固める結果になった。それに中国、ラオス、カンボジアに接した地形も解放闘争に有利であった。もしベトナムが島国であったら戦闘の形はもう少し変わっていただろう。そしてメコン川のもたらす豊かな自然と農産物である。まだいろいろある。いちばん大切なのは最後まで苦しい闘争を耐えぬいたベトナム民族の精神であろう。メコン川はその精神を大きく支えていたのだと思う。南ベトナムの北部、中部は高地と乾いた砂地が多く、稲作には適していない。そこでメコンデルタの米は武器が運ばれるホーチミン・ルートを通って逆に中、北部の方へ流れていった。メコンの周辺は稲作だけではなく、野菜、果物なども豊富にある。そして農村の人々はメコン川で身体を洗い、その水で洗濯をし、大きな太陽がメコンの彼方に落ちていく自然のすばらしい風景を見て生きていることの喜びをかみしめる。

南北ベトナムの人々はメコン川がそこにあることに誇りを持っている。メコン川とその周辺の土地を守るためにも敢然と戦った。

のどかに田植えをする若者たち

私たちは解放後、〝はじめてメコンデルタ地帯を取材する国際記者団〟のメンバーとして各地をまわった。同行したのは日本、フランス、イタリア、ソ連、ポーランド、東ドイツからのジャーナリストたちが一緒で、車を運転する人、通訳、案内人などを含むと、二十人をこえる大取材班になった。ほんとうは私たちだけでゆっくりと取材をしたかったのだが、なにしろ、南ベトナム解放後、各国のものすごい数のジャーナリストから取材申請が殺到し、その選択には気をつかったであろうし、戦争が終わった直後に各地をまわるので受け入れ側もその準備に大変だった。宿泊所、食事、交通のことも考えねばならなかったからだ。そこで各国平等に一括してめんどうをみてしまおうということになった。

最初の取材地はディントゥオン省である。メコンデルタ地帯の入り口でサイゴンから百キロのと

カントーのホテルから見たメコン川の風景は以前とまったく変わらなかった

ころに省都がある。ミトーまでの道は沖縄の旧一号線のように広い。しかも、交通量が少ないので楽に行ける。途中には解放前にたてられた即席ラーメンや練り歯磨など広告の看板が水田の中にそのまま残っている。また解放直前にサイゴン政府軍兵士が脱出しようとして撃ち落とされたヘリコプターが水田の中にあり、その周辺には稲が植えられている。破壊された戦車も道路わきにそのまま残っている。解放前に見た風景と特に変わっていたのは、農作業が集団で行われていたことである。戦争中、このように多数の人たちがまとまっているのは見たことはなかった。二十人をこす農民が一枚の水田で働いている。そういった風景が各所に見られる。

メコンデルタは一年に二期作、場所によっては三期作も可能なので苗を植えている水田の横で稲刈りが行われている風景がある。そして若者もいる。戦時中、青年たちは解放軍に参加するかサイゴン政府軍に徴兵された。サイゴン政府のＭＰや警官は軍服を着ていない青年を見つけると身分証明書を調べ、兵役を逃れている者がいるとそのままジープに乗せて収容所へ連行した。兵隊狩りである。また作戦地域にいる老人を除いた男女を解放軍の容疑者として捕虜にした。今、男も女も若者たちは故郷へもどりつつある。

今度の解放をいちばん喜んでいるのは農民であることがメコンデルタを取材しているとよくわかる。彼らはもう肉親を戦場にとられることもなく、家族一緒になって農業に専念できるからである。

チベットに端を発し、ラオス、カンボジアを通ってくるメコン川は、南ベトナムのデルタ地帯に

戦争が終わって若い女性たちも水田にもどってきた。一九七五年、メコンデルタ

入って大きく三本に分かれて流れる。さらにそれは支流をともなって各地に流れ込んでいるので、ベトナムの人たちはメコン川をクーロン（九龍）とよんでいる。頭と身体がいくつにも分かれているからである。その一本がミトーの街の横を通っている。デルタ地帯の交通は道路と水路だが、水路の方がにぎやかだ。早朝、各地から農産物や海産物を積んだ水上バスや大小の輸送船が、ぞくぞくとミトーの市場に集まってくる。サツマイモ、トウモロコシ、サトウキビ、米、各種の果物、野菜、魚、貝、カニ、実に多くのものが運ばれてくる。荷物をおろした人々は朝市で食器や調味料、衣類、薬品など生活に必要なものを買って村へ帰っていく。ベトナムにはこのような朝市が各都市各村にある。過去十年間、南北ベトナムの各地の市場を見たが、大きく品物も豊富なところは、メコンデルタのカントーであり、その次がミトーだと思った。あの戦闘の激しいころでもにぎわっていた市場をはじめて見た時、太平洋戦争の時と敗戦後、食糧不足であのひもじさを体験したものとして、驚いたことを覚えている。今度のカントーで見た市場は以前よりも大きくなって、所定の位置だけでは並びきれず、長さ百メートル以上、道路まで続いていた。

ベトナムの人々の朝は早い。五時になると街の各所にあるスピーカーから大きな音でラジオ放送が流れて人々は動きはじめるが、早朝三時に起きて宿舎の窓から外を見た時は、もう人々が市場に集まってきて商品を並べていた。北ベトナムを取材した時も、まだ外は暗いうちに村のスピーカーから大きな音が流れて、日本では比較的朝は遅く起きていた私たちは、睡眠不足になったことがあったが、今度もまた南ベトナムの各地で早くから起こされた。

生活物資の生産も始まる

平和をかちえたディントゥオン省にも厳しい戦いの歴史がある。一九三〇年にインドシナ共産党が樹立されてから、独立への闘争の運動が発展して、一九四五年の八月革命で各省の蜂起とともに、ディントゥオン省の三十年間にわたる戦いも始まる。一九五四年アメリカがゴ・ディン・ジエム首相をたててから、インドシナ共産党に対する弾圧も激しくなり、ミトーの村へギロチンも運ばれてきた。一九六〇年十二月二十日、南ベトナム解放民族軍の結成で、幅広い農村の解放闘争が始まった。アメリカによって支援されたサイゴン政府軍はヘリコプター、戦車などを使用し、米軍の戦術の実験場となって農村への攻撃が強化された。一九六三年一月二日ディントゥオン省のアプバクで、サイゴン政府軍のヘリコプター、空挺部隊、戦車を使用した大作戦でベトナム戦争史上に残る大敗を喫する。この戦いで米軍事顧問も三人が戦死、米軍の援助開始以来米兵の死傷者数は三千人となった。戦闘が激しくなり米第九師団がドンタムに基地をつくり、

解放後、南ベトナムでの学校教育も修正された。
この先生も美人だ。1975年、メコンデルタ

ヘリコプターや小艦隊を使用してメコンデルタの作戦を開始したがそれは失敗に終わった。しかし、艦砲射撃やB52の爆撃などで農村も多くの被害を受けた。ひとつの部落に二千発の砲弾が集中したこともある。米第九師団、サイゴン政府軍、第七師団、レインジャー部隊、民兵など十万から時には二十万の大軍と対決しながら戦いが続き、今年三月のホーチミン作戦でディントゥオン省は完全に解放された。

この作戦で、メコンデルタ第八区の十四万三千人のサイゴン政府軍は殲滅《せんめつ》、解体され、千二百の戦車を含む車両、二百七隻の大小の軍艦、十七機の飛行機が捕獲された。各所に飛行場がありながら飛行機の数が少ないのは、サイゴン政府軍兵士の逃亡に使用されたからだろう。省には製氷、製パン、精米、せっけん工場など大小二百の工場があるが、軍事管理委員会の援助でガソリン、油が配給され生産が始まっている。シュクロや輸送労働者の労働組合もある。農村や商店は北ベトナムのように国有の合作社の制度はとっておらず、以前と同じ個人産業である。

省の人口は十一万七千人だが、小学校は二十で、二万五千人の児童と教職員が五百二十八人いる。中学は五校で二万人の学生がいる。そのほか、農業、工業、教育、林業、畜産の各専門分野の技術中学が四校あり、百十七人の教員と六百人の生徒。大学が一校で教育学部三百人の学生、農業学部百人の学生がそれぞれ就学している。教職員は解放区の学校から来ているが、そのほとんどは前政府時代からの先生が残り、革命政府とその教育方針を討論した結果、解放出版社発行の教科書で新しい授業が始められている。サイゴン政府と革命政府と全く性格の違う方針で教育することになり、教員たちもはじめはとまどったが、検討を重ね、現在では教育方針に問題はないという。特にベトナムの歴史の解釈に大きな変革があったようである。以前は爆撃や砲撃が危険で学校へ行けなかった児童や、貧しい農村の児童も、学費を免除され学校へ通っている。

虫の声が聞こえる夜

ミトーからベンチェ省へメコン川をフェリーで渡った。橋のないメコン川に数カ所、大型フェリーの渡し場がある。トラックやバスも一緒である。フェリーの中では子供たちが果物や菓子を売りにくる。

今回のメコンでの取材は船による移動が多かった。メコンの本流では大型の水上バス、支流では小さな舟を利用した。戦時中ではとても考えられないことだった。その頃デルタ地帯の大部分は解放区で外人が船をのりいれたりすればたちまちストップさせられてしまっていただろう。

船上から川岸で生活する人々を見るのは実に楽しい。子供たちは川で水を浴び水牛と遊んでいる。

女性が長い髪をすいている姿が美しい。水路に網をはって魚をとっている青年が私たちに笑顔をなげる。こうした風景を見ていると戦争が終わって本当によかったと思う。

川に面した農家の周囲にはヤシ、パパイア、ロンガン、マンゴー、グァバ、その他いろいろな果物の木がある。この取材でホテルにも泊まったが、商店の二階や街からはかなり離れたメコン川の支流のほとりにある農家にも泊まった。

デルタ地帯の一般的な農家は、土を高くもりあげ、その上に土の壁にニッパヤシの葉で屋根をふき、部屋の中央に仏壇があり、左右にある木のベッドにはゴザを敷いてある。ベッドの下には防空壕があった。サイゴン政府軍の基地から昼夜、無差別に砲撃してくるので夜は防空壕の中で眠っていたのだ。それに台所がついている。便所は小さな運河の上につくって、下には魚がおよいで餌が落ちてくるのを待っている。まさしく水洗便所である。デルタ地帯は湿度が低く、日中は暑いが木陰や家の中はすずしいので過ごしやすい。早朝になると寒いぐらいである。ハノイでは湿度が高いので、ホテルの部屋から食堂へ行って帰ってくるまでに、汗でびっしょりとなってシャワーを浴びなければならなかった。メコンはただ蚊が多い。蚊帳《かや》はつってあるが、すき間から侵入してくるので、私は、那覇の市場で買った米軍の蚊除けの薬を身体にぬって眠った。夜は虫の音が聞こえるぐらい静かになる。農家の主人は、戦時中は砲声の音が絶えたことがなかったと語っていたが、ここの人たちは、生まれた時から砲声を聞いて生活していた。

メコンデルタの作戦にも随分と従軍した。その場合、カントーにある第四軍管区の司令部へ行き、そこの情報部でどの地点で作戦をしているかを聞く。メコンデルタの作戦はヘリコプターが多いのでヘリコプター基地で作戦を待ち従軍ということが多かった。そして早朝、ヘリコプターに乗り、サイゴン政府軍の集結基地からのり込んできた兵士と作戦地区へとびおりる。兵士たちは銃を発射しながら部落へ向かって突撃していくが、その時、逃げおくれた農民が多数、死傷していくのを見た。そういった人たちは〝ベトコン〟として〝戦果〟の中に加えられた。兵士たちは部落から部落を移動し、そこでニワトリなどの家畜や家具などを盗む兵士がいた。また、装甲車での作戦では実った稲を踏みつぶして村へ侵入していく場合が多かった。カントー、ミトー、ビンロン等、大きな街にある病院はそういった作戦で傷ついた農民や子供たちでどの病室も満員だった。

しかし、そういった殺伐とした風景も、今はない。取材先ではどこへ行っても多勢の人の歓迎を受けた。解放後初の取材団ということで動員された人もいただろうが、ニュースのとぼしい農村では外人がくるというので見物人が多かったようだ。特に子供が多い。ベトナムの家庭は平均して五、六人の子供がいるが、写真を撮ろうと村を歩くとゾロゾロとついてくるので撮影に困ったぐらいだった。サイゴンでは、デルタ地帯にはサイゴン政府軍が残っていて危険だといううわさが流れていたが、道を歩いていても、小舟で移動する時も全く危険は感じられなかった。すでにサイゴン政府の時代は完全に終わっていたのだ。

四　サイゴン―ハノイ千八百キロ

六週間にわたるサイゴンとメコンデルタの取材も終わり、いよいよサイゴンからハノイまで一号道路をジープで行くことになった。全行程千八百キロである。サイゴンを出発するにあたって心残りのことがあった。グエン・フー・ト議長のインタビューが残っていたからだ。私はすでに北ベトナムのファン・ヴァン・ドン首相、ヴォー・グエン・ザップ将軍、グエン・ズイ・チン外相などの閣僚、フィン・タン・ファット革命政府首相の写真は撮ってあったが、解放闘争の指導者であるフー・ト議長を撮る機会がないのは残念だった。そこで強力に写真撮影を申し込んであったが、サイゴン出発前日になって、現在多忙中だが、写真撮影のための時間をさいてくれるということになり、北ベトナム対外文化連絡委員会の幹部であるグエン・クイ・クイさんと二人で出かけた。

グエン・フー・ト解放戦線議長と二人だけで会う機会を得た。
しっかりと私の手をにぎり「解放闘争への支援ありがとう」と言った。一九七五年、サイゴン

物静かなフー・ト議長

サイゴン市内の静かな住宅地に事務所兼住宅があった。表から見ただけではそこにフー・ト議長がいるとは思えない。警備の兵士一人と、秘書が中にいるだけでひっそりとしていた。フー・ト議長が出てきて、ベトナムの解放闘争を支援してくれてありがとうと言って握手をした。絶えずにこにこ笑っているファット首相とは対照的で、学者のような感じを受けた。ひっそりとした事務所といい、静かな態度といい、あの激しい闘争の指導者のイメージが重ならずに、意外な感じさえした。しかし、十年間、会いたいと思っていた人の写真を撮ることができて私は大変満足だった。

當間元俊さんと再会を約して、私たちはソ連製のジープに乗って、サイゴンを出発した。運転手は、ホーチミン・ルートを永年にわたって武器弾薬を輸送した経験を持っていた。私はこれまでに一号道路は部分的に過去の取材で走ったことはあったが、全行程を車で走破するのははじめてだった。

一号道路の横にはおびただしい戦車やトラックの残骸がある。敗走してきたサイゴン政府軍と解放軍との戦闘の跡である。逃げながら各所の橋を爆破したが、追撃する解放軍がただちにそれを修理したので交通には全く支障がない。激戦のあったスアンロクを過ぎた時、バスやトラックが止まって、人々が前方を見ていた。戦時中、このような状況が時々あった。たいていの場合、先方で戦闘をしているか、地雷を取り除く作業をしていた。サイゴンにいる時、旧サイゴン政府軍の兵士が各地にかくれて、解放軍と戦闘をしているといううわさが流れていたが、あるいは、その場面にぶつかったのかと思った。

ジープからおりて一番前まで歩いていくと、解放軍の兵士が交通をとめていた。そのむこうで兵士が動いている。これは戦闘だ、特ダネになるかもしれないぞと思った。しかし、どうも緊張した空気がない。そのうち森林から戦車が次々と出てくると、畑に向かって戦車砲を撃ちはじめた。その音の大きさに一瞬ドキッとなって周囲を見渡すと、バスの横にかくれている農民もいる。やがて、そ畑の中にいた解放軍が砲弾で煙の上がっている方向へ突撃していくと、交通の制限が解除された。戦闘が終わったのかと思っていると、それまでのシーンはサイゴン解放の映画を撮影していたのだと説明された。

今、南ベトナムでは、解放前に上映されていたアメリカ、日本からの活劇や恋愛映画にかわって各種の記録映画が上映されている。それは〝ケサンの戦い〟〝メコンデルタの解放〟など、戦闘の記録映画である。あの激しい戦闘の中で、よく記録映画を撮影する余裕を持っていたものだと感心した。ベトナム滞在中、私が下宿していた家にゴー・ヴァン・タン君という青年がいた。彼の両親と弟と妹はジュネーブ協定の後にハノイにいっていた。タン君はサイゴン政府軍に入隊させられて戦死したが、今回、下宿をたずねた時、弟のゴー・ヴァン・トアン君とあった。トアン君は解放軍の記録映画撮影班の一員として北ベトナムからホーチミン・ルートを通ってサイゴンに来ていた。トアン君の話を聞いていると、記録映画の撮影は戦闘と同様危険きわまりないもので、実に多数のカメラマンが戦死していることがわかった。ベトナム戦争は多数の記録が残された戦争でもあった。米軍、サイゴン政府軍の戦闘は西側の各国の報道関係者によって記録された。フリーのカメラマンも従軍し多数の犠牲者を出した。その時に、解放軍でも反対側から撮影をしていたのである。

ソンミ村の虐殺

一九七〇年一月十九日号の『ライフ』に報道された〝ソンミ村の虐殺〟は、世界の人々にベトナム戦争の実態をあらためて認識させたということで高く評価された。実はソンミ村で起こったような事件はベトナム各地で起こっていたし、北ベトナムの人口密集地帯の無差別爆撃も殺人にはかわりはない。それにもかかわらず人々がその写真によって衝撃を受けたのは、虐殺が殺す側の方から撮影され、アメリカの雑誌によって公開され、現実をつきつけられたからであった。これがもし解放軍側から撮影したものであれば、これは解放軍による宣伝ではないかという気持ちが自然にうごいて、さほどの迫力を感じなかったのではないかと思う。北ベトナムには、爆撃によって殺された民衆の残酷な写真が沢山あるが、それが『ライフ』誌などに紹介されて話題をよんだというニュースを聞いたことがない。

ソンミ村はクアンガイ市から海岸の方向へ十五キロのところにある。あまりにも市街から近いのに驚いた。米軍がヘリコプターで村を攻撃している写真を見た時は、辺鄙な小さな部落を想像していたのである。メコンデルタをまわっていると、豊かな農村を感じるが、クアンガイ省では土地もやせて貧しい感じがする。ベトナムの中部から北部にかけての地形は、山岳地帯から海岸までの距離が短くて田畑に適した土地が少ない。ソンミ村に近づくにしたがって畑の中につくった井戸から水を汲みだしている風景が各所で見られるようになった。水は井戸の前の池にためて、水籠で運んで畑にまく。照りつける太陽の下で農婦たちが、井戸と畑の間を何回も往復していた。ミライ部落の入り口にある村の集会所で人民革命委員会の幹部から虐殺当時の様子を聞いた。

虐殺のあったのは一九六八年三月十六日だが、当時ソンミ村の人口は八千人。二千世帯が、ミライ、ツークン、コールイ、チュンディンの四部落で生活していた。『ライフ』誌にはミライの虐殺となっているが、実際に虐殺があったのはミライ部落ではなくツークン部落とコールイ部落である。ツークンでは四百二人、コールイでは百人の農民が虐殺されたが、そのうち二人は他の部落から用事で来ている人だった。私たちはツークン部落の虐殺現場へ行った。

『ライフ』誌に稲の育った田の道に子供や農婦の虐殺死体が重なるようにして倒れている写真がある。首に銃弾を受け死んだフリをして生き残ったドー・ホアイさんが、現場にたって虐殺の恐ろしさを語ってくれた。朝、ヘリコプターで部落へ侵入してきた米兵たちは次々と農家に火をつけ、農民を追いたて灌漑溝や農道に集まったところをライフルや機銃で一斉射撃を浴びせて虐殺した。『ライフ』誌には米兵の攻撃から弟をかばうようにして伏せている少年の写真があった。その弟は射殺されたが、兄が生き残っているというので会いにいった。少年は一人で農家に住んでいた。ドン・バア少年の父親は、当時解放軍のゲリラで事件の前に捕まえられコンソン島の監獄へ送られ、母と妹と弟の四人で生活していた。

その日家を焼かれ四人は米兵に追いたてられていった。その時に弟がころんだので抱き起こしたのだという。連れていかれた灌漑溝で母も妹も弟も射殺された。バア君は死体の下敷きになり奇跡的に助かった。解放後、少年の父はコンソン島から帰ってきた。父と子は小さな家をたて新しい生活をはじめた。しかし少年は薄幸だった。父親は長い監獄での生活で身体が弱っていたのか、家ができて間もなく死んでしまった。バア君の家に近所の子供たちが遊びに来ていた。私たちが部落を去る時バア君は木の陰からじっと見送っていたが、その寂しそうな表情の中に長かったベトナム戦争の歴史が感じられて印象に残っている。

出頭した逃亡兵

人口約四十万のダナンはベトナム第二の都市で、解放前はサイゴン政府軍の第一軍管区の司令部があった。ベトナム最大の空軍基地、軍港があり、私もダナンには何度も取材に来ていた。当時、米海兵師団のプレスセンターがあり、北部戦線を取材するジャーナリストたちはそこで情報を仕入れて最前線へ従軍していった。解放後のダナンは以前よりも市民の動きははげしいように感じられた。バスターミナルは地方から往来する農民で混雑しているし、市内の道路も自動車や人であふれんばかりだった。

しかし、ジェット戦闘機や輸送機が飛びかって騒々しかった空軍基地はひっそりとしていた。以前私たちが宿泊所にしていたプレスセンターも今では倉庫になっていた。

このベトナム最大の軍事基地であるダナン市をめぐる攻防戦は壮絶をきわめた。

ダナンへの攻撃部隊が、市内を三月中に解放するようにという攻撃命令を受けたのは三月二十日だった。三月十日にフエ市を失っていたサイゴン政府軍は、フエから撤退してきた海兵隊、空挺部隊、第一師団、レインジャー部隊、ダナンを死守するためにサイゴンからの増援部隊などで合計十一万の兵力がダナン市を中心に四カ所の拠点をつくって防衛していた。そこで解放軍は優秀な幹部をダナン市に潜入させた。彼らは三月二十二日から活動して、市内の工場などに民兵隊を組織し蜂起委員会をつくった。解放軍の攻撃と市民の蜂起という連携作戦をたてたのである。

二十九日解放軍の一斉攻撃が始まった。占領したハイバン峠の上に長距離砲を引きあげ、軍港を砲撃して封鎖した。ホイアン、カムロなどの拠点が粉砕され、解放軍は三方から市内に突入した。市内で蜂起した市民部隊が、一号道路から進撃してくる解放軍を、捕獲した装甲車やトラックを動かして迎えに行った。サイゴン政府軍は第一軍管区司令官、海兵隊司令官が逃亡して兵士たちは動揺し、軍服や武器を捨てパンツ一枚で逃げまわった。三十一日の朝、ダナン市は完全に解放され、逃亡兵は出頭するよう放送を通して呼びかけられた。四月十日までに九万八千人が出頭してきたが、その中に少尉から大尉までの将校六千人が含まれていた。兵士は家に帰され、将校は改造学習を受ける。少尉、中尉の教育は短期間だが、大尉以上の将校は六カ月以上の学習を受けなければならない。以上はダナン市のグエン・タン・ラン人民革命委員会副委員長の説明である。

解放後、多くの解決しなければならない問題が残された。基地に勤務していた労働者は解放と同時に失業者となったが、その人たちの仕事や、二万二千人にのぼる売春婦、九万人以上の旧兵士たちの職業などである。治安や衛生の問題も解決しなければならなかった。食糧、医薬品、燃料などが北ベトナムから運ばれてきた。戦闘で中断していた学校の授業が始まり、三百以上あった大小の工場のうち二百九十は動きはじめ、漁業も再開された。長い期間動かなかった鉄道もフエ市まで開通し、現在南へ向かって鉄道の復旧が進んでいるという。一号道路を走っていると、若い男女を動員して線路の復旧作業をしている風景を各所に見た。ハノイとサイゴンを結んでいた鉄道も、抗仏戦争、救国抗米の長い戦争でズタズタに切断されていた。南北が統一して人々が北と南を自由に往復する時の交通機関は、飛行機、バス、船などがあるが、なんといっても汽車が便利だ。私たちもダナン市からフエ行きの汽車に乗った。朝のダナン駅は汽車を待つ人でいっぱいだった。駅前ではウドン、菓子、果物などを売る簡単な店が出張している。

汽車は一日に二便、午前六時と午後一時三十分、フエとダナンを同時に出発する。十四の車両は出発時にはほぼ満員になった。ダナンの市場や商店で買った食糧や衣料品を持って、貨車にそのまま乗る人もいる。客車には食堂車があってジュースやパンを売っている。北ベトナムの汽車がダナンを経由してサイゴン駅に到着する日も近いと思う。早ければ春には実現する予定とのことだ。私たちが汽車を降りたのは駅というよりは踏切であった。人々が乗り降りする間、自動車や人々は踏切の前で待っていたが、軍用車が走りまわる戦時中では考えられない風景だった。

解放軍の一斉攻撃から逃れようと、サイゴン政府軍の兵士たちは、
フエ市近くのトンミイ港に殺到して撃破された。1975年

無傷で残る都市

　ダナン市の取材が済むと、あとはベトナムの古都フエに一泊するだけで二カ月間にわたる私たちの解放ベトナムの取材も終わりにちかづいていた。ダナンから一号線道路で最も高いハイバン峠を越えるとフエはもう近い。峠の頂上には見覚えのある検問所があった。

　一九六六年三月、当時のグエン・カオ・キ首相がグエン・チャン・チ第一軍管区司令官を解任したことから、ダナンとフエ市の仏教徒を中心にして市民が抗議デモを起こし、キ首相はデモ鎮圧のために海兵隊、野戦警察隊を派遣し、第一師団の仏教徒兵と戦闘になる事件があった。その時、私はダナンのプレスセンターとフエ市のフエ・ホテルに泊まって取材をしていたが、ハイバン峠を自動車で何度も往復した。その時にあった検問所が今でも残っている。ハイバン峠ではホーチミン作戦でも激戦があったはずだが、検問所が破壊されていないのが不思議であった。

　今度の取材を通して感じたことだが、サイゴン市の郊外とスアンロクを除いては、ほとんどの市街が破壊されないで残っていた。一九六八年五月のサイゴンの市街戦を取材した時、戦闘のあった

海から脱出しようとしたが逃げきれず若い生命が失われた。高級将校はいち早くヘリコプターで逃亡していた。1975年、トンミイ港

区域の住宅がことごとく爆撃や砲弾で破壊されるのを目撃しているので、サイゴン政府軍が降服するという大戦闘でニャチャン、クアンガイ、ダナン、フエその他すべての都市がほとんど無傷で残っているのが不思議でさえある。それは都市を捨てたサイゴン政府兵の敗走が早かったこと、残兵がいても解放軍は都市に対して砲撃を加えなかったからだ。

一九七三年春の戦闘で解放軍が占領したクアンチ省のドンハの市街が、米軍の爆撃で壊滅したのとは対照的である。ハノイ、ハイフォンを除いた北ベトナムの都市を見ても、ベトナム全土にわたって爆撃を加え破壊したのは米空軍であった。古都フエ市の住宅も王城も、一九七〇年に見た風景がそのまま残っていた。フエ市の真ん中をフォンザン（香江）が流れる。川の両端には樹木が並び王城とフエ大学がある。女学生たちが白いアオザイを着て髪の毛を腰までのばして自転車にのって走っている。平和な風景である。ベトナムで最も美しい都市がフエであった。フエ市は、そのまま残っていたが、東へ約十五キロ離れた海岸にあるトンミイの軍事基地はすごい光景だった。道路の両側や基地の中には焼けただれた戦車やトラックの大量の残骸が散乱している。海から逃げようと集まってきた政府軍が長距離砲で攻撃されたのだった。多数の兵士がここで死んだ。海岸の鉄条網には死体から離れた軍服が二重、三重に巻きついていた。赤くさびた鉄カブトが小さな波がうちよせるたびにゆれて戦争のむなしさを感じさせた。

フエ市から一昨年取材をしたドンハの街へ行って休憩した。米軍の爆撃で徹底的に破壊され、廃墟のようになっていた街も二年の間にかなり復興していた。商店や本屋もある。アイスキャンデーをつくる店には大勢の解放軍兵士が集まっていた。

ドンハからベンハイ川を越えれば北ベトナムである。一九六六年の四月、初めてベンハイ川を取材した時、南北ベトナムを結ぶヒェンルォン橋があり両岸に南北の検問所があった。北からは大きなスピーカーでベトナム解放の放送が流れ、サイゴン政府軍の兵士はのんびりとそれを聞いていた。一九七三年の六月に行った時、その橋は破壊されており、私たちは浮き橋を渡って北ベトナムから南ベトナムへ渡った。そして今、立派な鉄橋がかかって南北ベトナムをしっかりと結んでいた。その橋を、南ベトナムで戦闘をしていた北ベトナムの兵士がトラックに乗ってぞくぞくと帰ってきた。兵士たちはうれしそうだった。激しい戦争から生き残って凱旋するのである。村では数年振りに家族が待っているだろう。どの顔にも喜びの表情が溢れていた。私がVサインで兵士たちに呼びかけると兵士たちは歓声をあげ、手を振って私たちの前を何台ものトラックが通りすぎていった。私は最後のトラックが行き過ぎるまで手を振って見送りながら、戦争が終わって本当に良かった。もう、戦闘で死ぬ人はいないのだ、ベトナムは解放されて本当に良かったと思った。私が従軍している時に見た、あの親に手を握られて死んでいった子供、戦死した夫にすがりついて泣いている妻、血まみれの母の横で乳をさぐっていた赤子の姿を思い浮かべた。南北の統一も、もうすぐだ。

南北ベトナムの境界ベンハイ川にかかるヒェンルォン橋。1966年４月南から北をのぞむ。手前は南ベトナム政府の役人。対岸に北ベトナムの旗が見える

北ベトナム側から南ベトナムを見る。ヒェンルォン橋は米軍の爆撃で破壊され、その横に浮き橋があった。橋の南側クアンチ省の大半は解放区になっていた。1973年6月

ベンハイ川には鉄骨の新しいヒェンルォン橋が建築され、サイゴン陥落まで南で戦った北ベトナム兵が帰ってくる。1975年6月

五　ホーチミン市と難民

一九七九年五月、カンボジアを取材する前にホーチミン市（旧サイゴン）に三日間だけ滞在した。ホーチミン市でカンボジア取材に必要な私たちの食糧などを買って、車を用意して陸路一号道路を二百七十二キロ走って、プノンペンまで行く予定だった。

ホーチミン市もすっかり変わってしまった。私の住んでいた一九六五年から一九六八年までのあの多数の自動車やオートバイの走る音、市内を歩き回る人々の群れなど、ごったがえすような騒々しさは影を失せて、今では自動車に代わって静かに自転車が走り、レ・ロイ通りやトゥーヨー通りにあった商店街の多くも店じまいしている。繁盛している店は若者たちのたむろする喫茶店ぐらいだ。喫茶店はどこへ行っても満員である。

ベトナム戦争の激しかった頃、私たちが、米軍やサイゴン軍の定例記者会見の帰りに、ちょっとジントニックを一杯飲んだレ・ロイ通りの「ジブラル」や、トゥーヨー通りの「ブロダード」などのレストランも今ではコーヒーショップになって、朝から若い人たちが集まっている。その店にはおいしいスパゲッティやシャトーブリアンなどがあって、昼時になると軽く食事をする便利な店であったが、今では食事をする人は少ないようだ。

現在の若者たちにとって、レストランでの食事代は高すぎるのだろう。普通の料理をとっても、現在の政府機関で働いた初任給の一カ月分の半分ぐらいはなくなってしまう。だから彼らはコーヒーしか飲まないし、それで何時間でもねばっている。こういった風景は解放以前には見られなかった。青年について考えてみると、解放前、高校を卒業すると彼らは、徴兵されるか大学へ行くか、また資産家の息子たちは、多額の金をバラまいて外国へ逃亡した。

しかし、大学や留学、逃亡できる人はごく一部で、多くの青年は戦場へかりたてられていった。当時一九六九年六月で、サイゴン軍の正規兵四十七万二千人、その他、地方軍や民兵を合わせると二百二十四万三千人（『ベトナム戦争』丸山静雄）という膨大な兵士がおり、それを維持する費用はアメリカが支払っていた。そういった点で南ベトナムの青年たちは、本人が望む、望まないにかかわらず、戦争という現実の中で、本人の方針が決定されていた。それは解放区でも同じで、解放軍に入って戦うことが小さい時から運命づけられていた。都市の青年で解放軍に入る人たちもいたが、それもやはり戦争という現実から離れることはできなかった。

しかし、現在では事情が変わっている。一九七五年四月三十日、サイゴンが陥落し、あのマンモス化していたサイゴン軍は解体された。同時に多くの失業者が出た。解放前、各都市では戦争を継続するための機関があり、そこに多くの人々が働いていた。特にアメリカの戦闘部隊がベトナムで戦っている時には、各省や県に米軍基地があり、そこでは多数のベトナム人が働いていたし、「ベトナム戦争のベトナム化」というニクソン・ドクトリンによって米軍は撤退したが、その後も武器、弾薬、その他の援助があり、それによってベトナム経済は運営され、チョロン地区を中心とした華僑の人々も、ベトナム経済に大きく参加していた。日本の商社も大手から小さな会社まで、当時のサイゴンに事務所を持ち、多くのベトナム人の社員が働いていた。

当時のサイゴンを訪問したことのある人は、みんな一様に驚いた経験があると思うが、地方では血みどろな戦争をしているというのに、サイゴンの大通りの商店にはパリのファッションがそのまま飾られてあったし、夜になるとあちこちにあるナイトクラブでは、きらめくようなボールの下でダンスがあり、歌姫たちは戦争の悲しさをマイクに向けていた。外交官やベトナムの高級官僚、将軍、財閥やその子弟しか入会できなかったスポーツクラブでは、水泳やテニスで汗を流した人々が、木陰のテーブルに座ってカクテルを飲んでいる姿があった。市内のいたるところにあるバーでは、髪の毛の長いベトナム娘が、米兵や外人と肩を寄せあっていた。また郊外の難民部落では、まだ子供が客に春を売っていた。

失業した人々

正直に言って、こうした都市での生活はカメラマンの私には魅力があった。生と死と隣り合わせになったなかでの人間の葛藤というものは、他の国にはない雰囲気を持っている。それは媚薬のように体をしびれさせる力があった。戦場の取材から帰ってきて、汗を洗い落として、サッパリとしたシャツに着替えて、タマリンドの並木路を歩いている時、バーに入って女性の髪の香りを感じた時、それは戦場から帰ったものにしかわからない生きることの喜びが感じられた。

現在では快楽の世界はなくなっている。あの騒々しい自動車に代わって自転車が走り、ナイトクラブのネオンも消えて、外人の姿もない。ほとんどの商店も閉鎖している。そして、喫茶店だけが満員なのである。

私は、グエンフエ通りにある小さな居酒屋でコニャック・ソーダを飲んだ。一九六四年に来たころからある華僑経営の店である。一九六七年にもここに何度か寄ったことがあるが、経営者も従業員も以前のままである。テーブルが五つほど置いてある小さな店で、飲み物は店で出すが、ツマミは外の道に並んでいる露店から取り寄せる。大きな川エビの炭焼き、タニシ、ピータン、春巻き、ソーセージ、ホービットロン（アヒルのかえる寸前の卵）、タバコなど、みんな、それぞれ店主がいて売りにくる。みんな華僑である。こうした大きな企業から小さな居酒屋にいたるまで結束をしているのが華僑の特徴である。

以前は、それほど込んでいるとは思わなかったが、今では、朝から満員の状態である。彼らは仕事を失っているので、そういったところに集まって、雑談をしたり、表通りを眺めたりして時間をつぶしている。隣に座って酒を飲んでいる三人の親子と話し合った。三十七歳という夫とその妻は、以前は、米軍のPXで仕事をしていたという。米軍の撤退後華僑の経営するレストランで働いていたが、そこも閉店になったので、働く場所がなくなり、ほとんど毎日のようにここに来ては安い酒を飲んで時間をつぶしているという。脱出の話もあるが、金額が高いので、とても両親や親類を連れて逃げることはできないと言っていた。

そういったところで時間をつぶしている人を見ていると、何か彼らにとって状況が良くならないか、と淡い期待を抱いて待っているという感じがある。事実、ベトナム統一後は華僑や各都市でサイゴン政府とその影響のある企業に働いていた人たちにとっては、厳しい現実となっている。まずこれまで、アメリカから送り込まれていたすべての援助金が停止されたので、それによって支えられていた軍や政府は解体され、また何らかの形で援助金の恩恵をこうむっていた商社や、企業も閉鎖された。農民以外に多くの失業者が生まれていることは事実である。現在でも、新政権の機関で働いている人も多いが、しかし、その数は、解放前とは比較にならない。

では将来の見通しはというと、現在、国営の商店も工場も増えつつはあるが、以前の労働力を全部吸収するだけになるか、というと、ならないと思う。それは、根本的に経済機構が変わってしまったからである。ただ、現在のハノイを中心とした北ベトナムに失業者がいないように、将来、解放前と同じではないが、何らかの形で落ち着くことは事実であると思う。今回は、カンボジア取材のためのホーチミン市滞在で、そういった点について政府の考え方や、計画を聞くことができなかったことが大変残念であるが、将来、現在失業している人々が再建のための一員とならないと、ベトナムにとっても大きな損失であるからだ。政府としては当然、そのことについて考えてはいるが、対カンボジアや、中国の問題で、計画が思うように進展していないというのが、現実であると思う。

現在、難民となってベトナムから出ていく人々の多くは華僑で、全体の八〇パーセント以上を占めるとも聞いているが、ベトナム人のなかにも出国を願っている人が少なくないことは事実である。

同化しない華僑

華僑の人々が出国する原因を私なりに考えてみる。まず華僑はベトナム人でないということである。居酒屋で話を聞いていて驚いたが、ベトナムで生まれて、うまくベトナム語を話せない、という人が随分といたことである。日本人の移民の場合、ハワイや南米に住んでいる二世や三世は、もう日本語を話せないという人が多い。しかし、華僑の場合、華僑の学校を作り、子供たちは中国語で学び、家庭や企業内でも中国語で話すというように、どこの国にいっても自分たちの世界を作ってその国と同化しない。中国系ベトナム人としてベトナム籍を取った人もいるが、やはり意識としては中国人という考えを持っている。

そして第二としては彼らの特質は企業や商売に才能を持ち、それに生き甲斐を感じている点である。それが社会主義となって、個人企業が廃止され、国営化されていくと、もう彼らの考えている企業は成立しなくなる。現在の社会主義経済が完成された北部ベトナムにも華僑の経営する商店はあるが、それは、あくまでも小さな個人商店で、ベトナム経済の基盤になるようなものではない。

そうなれば、ベトナム人ではない彼らとしては、新しい体制に従う義務もなく、どこか住みやすい国に移りたいと考えるのは当然であると思う。しかし、そうはいっても簡単にはいかない。ベトナムの華僑は移住してきてから数百年の歴史を持っている。フランス植民地主義は華僑の経済的才能を利用したし、アメリカもその例にならった。彼らは財産を持ち、すでに生活の根をベトナムにおろしている。トランクをさげて「ハイさようなら」と出ていくことはできないだろう。その大きな原因は行き先の問題である。

すでに世界各地には先輩が住んでいるし、新しく商売を始めるにしても、行ってからでないと状況はわからないし、まずその国が入国を許可してくれなくてはいけない。各国とも華僑対策は大きな問題になっており、現在アメリカとフランスが難民を引き受けてはいるが、約百万人といわれる南部ベトナムの華僑を新たに引き受けるとは言っていない。それにアメリカは統一後の難民流出を喜んで見ているふしがある。それはアメリカ敗退後のベトナムのイメージダウンでもあり、ひいては社会主義のイメージダウンを願っていると思われるからである。

だから難民は引き受けても大人しく出てくる華僑は引き受けないだろう。日本を含む東南アジアの難民への拒絶反応を見てもわかるように、どこも快く引き受けてはくれない。では中国はというと、中越会談における中国提案の八項目でもわかるように、すでに中国に移動した華僑でさえ、ベトナムで引き取れと言っているぐらいで、残る華僑を拒絶している。台湾も香港も同じである。要するにどこも引き受け手がないので、ベトナムとしても出国希望者を送り出すことができないのである。

それにもうひとつは、合法的に出国する場合、四千ドルまでしか持ち出せないという規制である。これまでに工場を持ち、または大きな商売をしていた華僑は莫大な財産を持っていると考えてよい。彼らはその大部分を金《きん》（Gold）で持っている。日本人は現金（紙幣）を大切にするが、彼らは昔から流通貨幣など信じてはいない。特にクーデターが繰り返され、政権の不安定であったサイゴン政権下では、お金は政権が変わって紙幣改革をすれば、それこそ紙くず同然となってしまう。そこで儲けた分は金に替えるという習慣が生まれてくる。だからチョロンの華僑街へ行くと金を売る店が沢山あった。ベトナムだけでなく、ラオスにもあったし、カンボジアにもあった。

東南アジアの華僑街へ行くと、どこへ行っても金を扱う店がある。政局に敏感な華僑たちは、サイゴン政府軍の形勢が悪くなってくると、いろいろな形で財産の持ち出しを図っていたようだが、何しろ、当の解放軍や北ベトナムの政府も驚いたくらいの、あっけないサイゴン陥落である。仰天したのはこれら華僑の人々であろう。あわてて金を隠したに違いない。さて出国したいと考えて、不動産は仕方がないとしても金だけはなんとか持ち出したい。四千ドルでは、どうにもならない。荷物の中に隠すにしても金は重いし厳しい検査があるだろう。

そこで船で逃げるということが考えられてくる。途中生命の危険はあるが、これまで貯めてきた金が持ち出せるなら賭けてみよう、難民の中にはそう考える人も多いだろうと考えられる。国を捨てるベトナム人の多くも都市の人である。昨年メコンデルタ地方をまわったが、戦火の消えた農村地帯は解放前より安定しており、とても、そこから逃げ出そうと考える人はいないように思えた。

解放後の難民問題

サイゴン軍に入っていた多くの若者たちも、故郷へ戻って農業についている。ただ都市で生まれ、農業の経験のない人々にとっては、やはりつらい現実ではある。新経済地区へ行って農業をはじめる人もいるが、多くの人は昔の生活を忘れることはできない。そして、できれば、なじみのあるフランスかアメリカへ行きたいと考える。しかし、華僑の場合は仕方がないとして、ベトナム人の場合はどうであろう。現在のベトナムには餓死者はない。政府からの配給がある。それは十分ではないというかもしれないし、不足分は物を売っておぎなっている家庭もあるようだが、敗戦後の日本のあの極端に物資の不足した状態から考えると、比較にならない。

自由市場へ行けば米はいくらでも売っているし、野菜や魚も肉もある。ただ収入の道が閉ざされた人々が多いので、購買力はなくなってきているが、少なくとも物はそこに豊富にある。それに戦争で負けてしまったのである。共産主義が嫌で戦ったのかもしれないが、同じベトナム人に負けたのだから、新しい政府とともに生きることを考えるべきではないだろうか。祖国を離れたいと考えている人々の中には、共産主義者たちは口では理想的なことを言っていたが、現実は違うではないか、という不満を持っている人もいる。確かに、サイゴン政府の腐敗政治に愛想をつかし、サイゴンの陥落を歓迎した人々で、その後、失望している人もいる。しかし、そういった人々は自分の国の歴史をもう一度考え直してみるとよい。

フランスの植民地時代は、特定の家を除いては教育を受けることもできず、外人やその追従者の生活のために、自分たちの労働のうわまえをはねられていたではないか。文句を言うと外人によって監獄にブチ込まれてしまった。そんな時、北部ベトナムでは多くの死者を出し、苦しい戦争をして、やっとフランスから独立をかち得たのに、今度、南部では財産家とアメリカのために戦場へ追われた兵士は殺され、都会にいる連中が、アメリカからつぎ込まれた金で贅沢をしている間に農村では滅茶滅茶に爆弾や砲弾を落とされ、女も子供も死んでいったではないか。そういった指導者たちは、責任を取らず、金を持って一目散に庶民を置いて逃げてしまった。そんな連中に文句を言わず、新しい国をつくろうとしている人々に恨みごとを言って、それに協力せずに国を捨てて逃げ出すなんて、それでは前の指導者とかわらないではないか、と言いたい。しかし、新しい政権から逃げ出したいと考えている人々がいるのも現実で、何か良い方法がないものだろうか。

もし、一九五四年のジュネーブ協定後アメリカの介入がなく、協定で調印されたように南北の統一選挙が行われていたらどうだろう。ホー・チ・ミン主席のベトナム労働党が勝って、社会主義国として統一ベトナムが生まれ、華僑は徐々に離れる人は離れて行き、現在ほど難民の状態は深刻にならなかったろう。カンボジアの難民でもそうである。そのいちばん大きな原因は、一九七〇年三月、アメリカの策動によった、当時のシアヌーク政府に対するロン・ノルのクーデターにある。その後、カンボジアに戦火が広がり、国は荒廃し、多くの死傷者を出した。ポル・ポトのような人物が指導者となって虐殺が強行されたのも、その結果である。そういった過去を忘れ、現ベトナム政府を批判するのはどうだろう。

しかし、海をただよい、やっとたどり着いた国から冷たくあしらわれている難民が、悲惨な状態にあることは間違いない。ベトナムという国は殺人を嫌う国である。あのフランスやアメリカとの解放戦争の中で、支配者やその協力者に対し、テロはあった。そして戦争とはいかに相手側を多く殺すかにあり、その長い闘いを続けてきたベトナムが、殺人を好まないという表現には矛盾があるかもしれないが、事実サイゴンの解放後、旧政府の高級将校や高級官僚に対する粛清はなかった。そういった形ではだれも殺されていないのではないだろうか。

ベトナムの戦争は、長い歴史の中で、はじめは中国の侵略との戦いであり、次にはフランス植民地主義に対する独立戦争であり、その次は日本、そしてアメリカとの戦争であった。フランスはベトナム人に武器を持たせ、ベトミンと戦わせることはしたが、その数は少なく、多くはフランス兵自身がベトミンと戦った。アメリカは、南における旧ベトナム政府を援助し、ベトナム軍を強化し、ベトナム人同士で戦わせることを目的としていた。しかし、それだけでは勝利を収めることができないばかりか、敗色も濃くなってきたので、アメリカ兵が直接ベトナムへやってきて戦うようになった。

結局は、それでもアメリカ軍の撤退、サイゴンの陥落となった。この戦いはベトナムにとっては独立のための戦いであったが、もうひとつは、社会主義と外国に支援された資本主義との戦いでもあった。その結果、社会主義が勝ったのである。これまでの歴史で、国内で違う勢力が争って、その結果、勝者が敗者に対して大量殺人の粛清を強行した例はたくさんある。現代のカンボジアの虐殺もそうである。終戦後のベトナムでは粛清の代わりに政治教育をした。一九七五年六月、解放後のベトナムの各地で、旧政府の軍人に政治教育をしている風景を見た。長い間、社会主義を敵として戦っていた高級将校が果たして、どれだけ新しい政策を理解できたのかはわからないが、粛清の噂の中で、生命の不安を感じていた彼らが、その心配がなくなったことによって、表情が明るくなっていたことが印象に残っている。

多数の部下を動かし、ヘリコプターや戦車をともなった作戦を指揮していた男たちが、急に何もすることができなくなり、畑でも耕すようになって、ああ、新しい政府は嫌だ、どこかへ逃げたい、と考えて難民のボートに乗ったとしたら、その男は同情され、現政府が非難されなければならないのだろうか。まだ都会には多くの失業者がいる。何もしていないと不満も起こる。日本で難民が話題になった時に、それならば、労働をさせたらどうか、という声があった。確かに南部ベトナムには長い戦争のために荒廃した田畑がたくさんある。そこへみんなを連れて行って労働をさせたら、難民問題も解決がつくかもしれない。しかし、それをするためには強制的にしなければならない。

暑い太陽のもとで、たいして収入にもならない労働を積極的にしようと考える人は、華僑にも、旧政府軍の兵士にもいないと思うからである。強制となれば、銃の力が必要になってくるし、武器によって人々を監視したら、それはカンボジアと同じようなことになってしまう。今、ベトナムはそれをしていない。メコンデルタで水路を作るなどの集団作業を見たことはあるし、新経済地区での集団生活は、希望者たちである。旧政府軍の青年たちが作業に動員されているが、それは短期間のものであった。

サイゴンに住んでいた頃から知っている華僑の洋服店へ今回も行った。いつも、安く良い服を作ってくれる店で、主人も感じの良い人だった。しかし、今度は洋服を作ることはできなかった。生地は政府が押さえていて、以前のように自由に手に入れることができなくなったという。商売はまだ禁じられていないが、自分で生地を持って客の注文に応じるということができなくなり、生地を持ってきた人から仕立代をもらって洋服をつくるだけの仕事になってしまった、と言っていた。それでは非常に安いし、別に政府直営の大きな仕立屋があって、公定の価格で安いので、多くの客はそちらへ行ってしまうということだった。そして、一カ月に一週間ほどの日程で、地方の労働に参加しなくてはならない。現在は、弟が行っており、来週は私の番だと言っていた。それからすると、華僑も定期的に短期の予定で地方の集団作業に参加している人もいるようである。

華僑の人たちは、商売の才能を持っているし、彼らとて、ベトナムを離れて知らない国へ行って、不安の中で新しい生活をはじめるより、できることなら長年住んでいたベトナムに残りたい、と考えていると思う。しかし、商売もできなくて、収入の道が閉ざされるのを恐れているのだから、彼らの才能を生かして、共存共栄のできるような社会主義制度というのはとれないものなのだろうか、ということを考える。

私は、ベトナム戦争終結の時に大変喜んだので、難民の問題などが話題になると、「君の望んでいたベトナムの解放の結果はこの通りではないか」、という批判を受けることがある。しかし、私は他のことよりは少し余計にベトナムの事情を知っているので、難民の問題にしても、その結果だけを見ないで、もう少し、その原因について考えてみようと思うのである。それを言うと、ベトナム側に立って弁護しているということになってしまうのである。確かに私は、日本の地方よりはベトナムの地方を多く旅をしている。日本で起こっていることよりも、ベトナムで起こっていることに関心を持っている。青春時代の長い間、ベトナムに住んでいたので、ベトナムに愛着はあるし、よい国になって欲しいと思う。だから、難民の問題は実に心が痛い。

社会主義について特に勉強はしていなかったが、一九七二年に北ベトナムの取材に行って初めて社会主義国を取材した。当時、激しい北爆に耐え、南での解放戦争を支援している時で、各地方での農村の生活や工場などを見て、非常に良い国だと思った。苦しい生活の中で、人々は明るくよくやっているではないかと思った。貧富の差が激しく、金をためて外国へ逃亡していく政治家たちのいる南ベトナムと比較して、北ベトナムは想像していたよりずっと良いと思った。その時の印象をそのまま写真集としても発表したが、それは今でも間違っていたとは思っていない。

サイゴンが陥落し、その後南北が統一され、戦争が終わり、あの南で見た戦場の村の悲惨な状態や、多くの戦死者ももうなくなるだろうと、完全に独立を取り戻したベトナムに拍手をおくった。その気持ちは今でも変わっていない。

私が４年間もサイゴンで生活した理由のひとつには、ベトナムの女性が、とても好きだったということもある。1985年、メコンデルタ

六　解放後十年を迎えたベトナムの旅

一九六五年から一九六八年のベトナム、そこには多くの想い出が残されている。サイゴンで生活をした四年間は私にとって青春時代でもあった。つらく苦しいこともあったが楽しいことが多かった。

当時、南ベトナムでは十七度線に近いベンハイ川からメコンデルタの南端にあるカマウまでの間にある多くの街や農村地帯を旅行した。民間の飛行機やバスが多かったが、時には軍の輸送機も利用した。日本国内ではまだ行っていないところが多いが、南ベトナムでは随分と多くの地方を見ている。

フエも実に良いところだ。街の中心をフォンザン（香江）がゆったりと流れている。川のほとりにある小さなホテルへ泊まり、川に接した食堂でビールを飲みながら、ベトナム料理を食べ、漁をしている人や、渡し船で向こう岸へ行く人々の表情を見たりしていると時のたつのを忘れた。

ダラトも静かなところだ。高原地帯にあるので涼しくて、空気が澄んでいる。湖の周辺にはミモザの樹があり、その甘い香りの中を歩いていると、この国で戦争をしているということが信じられないくらいだった。湖に面したパレス・ホテルは植民地時代にフランスの手によってつくられたものだが、天井の高い部屋はバス、トイレだけで日本にあるホテルの寝室ぐらいの大きさがあった。湖の見える食堂でワインを飲み、フランス料理を食べ、部屋に帰って天井でまわっているプロペラのように大きい扇風機から送られる風にふかれて壁にはりついたヤモリの動きを見ながら眠ったのもいまでは楽しい想い出になっている。

サイゴン生活をふりかえって

しかし、なんといってもベトナムを旅行していちばん楽しいのはメコンデルタ地帯である。そこには大きな自然とそのなかで生活する人々の素晴らしい表情を見ることができる。ベトナム戦争がまだ激しく続いている頃、またサイゴンのチャン・クアン・カイという地域にあるベトナム人の家に下宿をし、そこから各地での戦闘に従軍した。

戦場へ入り、兵士とともに従軍する。夜は自分で壕を掘り、テントをつくって解放軍の夜襲におびえながら眠るのだが、そういった生活をフィルムがなくなるまでか、また良い写真が撮れるまで五日間から十日間ぐらい従軍を続け、従軍が終わるとまた師団基地からの輸送機でサイゴンへもどるというのが私の従軍生活であった。久しぶりにサイゴンの下宿へ帰ってくると、ホッと一安心したものだが、そういった従軍を何度か繰り返すと、死体や銃弾の中での生活で、精神的に疲れてくるので、時々ブラリと旅へ出るのであった。当時のベトナムは自由にどこへでも行けた。国内航空とバスとランブレッタとよばれる十人ほど乗れる小型バスが市民の足だった。

サイゴンから八十キロぐらい南へ行ったところにミトーという街がある。ここはメコンデルタ地帯の玄関で、日帰りも可能なので、ベトナムでの日程が少ないジャーナリストや、日本人の知りあいがくるとよく案内をしたものだ。道路は広く、バス、タクシー、自家用車、なんでも利用できた。四月の末頃から始まる雨期には田植えをしている農民の姿が見られたし、当時は橋の前後には守備隊の砦があり、手榴弾や銃弾などで全身を火薬庫のように武装したサイゴン政府軍の兵士が見られた。時には道路の横で作戦があったりしてはじめてベトナムを訪問した友人たちをびっくりさせた。ミトー市の横をメコン川が流れている。ベトナムの人々はメコン川とはいわない。クーロン（九龍）とよぶ。

偉大なるメコン川のもたらす豊かな水と土はベトナムを東南アジア最大の農業国にしている。ミトー市のメコン川沿いには小さなホテルがいくつも並んで、一泊旅行で行った時は、よく利用した。クーロンとよばれるフローティング・レストランもあったが、私たちはもっぱら、ホテルの横にある小さなベトナム料理店へ通った。ベトナムの人々はよく朝食にウドンを食べ、サイゴンのウドン屋は出勤前にたちよって雑談をかわしながらウドンを食べている人々の姿が見られたが、ミトー市のウドンはうまいので有名であった。ベトナムでは小麦を栽培していないので米の粉でつくった細いフーテェウと呼ばれるウドンで、トリや豚の骨などでダシをとったスープにウドンと、店によって、トリ肉、牛肉、カニ、エビなどの肉を入れ、生のモヤシ、野菜を沢山いれるが、これがベトナムウドンの特徴である。強いにおいのある何種類かの薬草のようなものを、生のまま、手でむしってウドンにいれてかきまわして食べる。この薬草をいれないとサビぬきの寿司のようなもので、味けない。ウドンを食べながら川を利用して農作業や果物を運んでくる人々の様子を見ていると実に満たされた気持ちになってくる。実は、こういったメコン川の表情はメコンデルタ最大の都市カントーの方が豊かである。しかし、サイゴンに近いミトー市でも十分に楽しむことができる。一九七五年の解放直後の取材ではミトー市に数日滞在したが、その変わらないメコン周辺の状況に安心したのをおぼえている。現在、日本でもベトナム旅行が企画されて年々新生ベトナムを訪問する人々の数は増えているようだが、その旅程の中に是非、カントーか、ミトーの訪問も加えて欲しいものだ。ミトーは道路の状態が良いので一時間半もあれば行けるので日帰りでもよいし、できれば一泊してゆっくりと朝市が見られるとなおよい。朝市とはいっても日本のそれとは規模の上でも比較にならない。まず、大小さまざまな船で品物が運ばれてくる。野菜、果物、川魚、海の魚。

果物の種類が実に多い。マンゴー、パパイヤ、ヤシ、龍眼、乳の実、ミカン、ドリアン、パイナップル、ウリ、スイカ、マンゴスチン、名前は忘れたがそのほか数種ある。沖縄でバンシルーとよばれているかおりの良い果物もあった。魚は、ナマズ、雷魚、ウナギ、ドジョウ、カニ、エビその他。そういったものを利用したベトナム料理が実にうまい。代表的なベトナム料理はチャジョーとよばれるものである。それは米の粉でつくった薄いセンベイに似たものに、春雨、南京豆をくだいたもの、牛肉、エビのつぶしたものなどをいれて油で揚げてある。親指ぐらいの大きさだが新鮮な野菜の上にのせてくる。それをヌクマムとよばれる魚でつくった醬油につけて食べる。このヌクマムが傑作である。ヌクマムがなければベトナム料理の味は半減する。いや現在のようなベトナム料理そのものが存在しなかったであろう。クア・ラン・ムオイというカニを油で炒めた料理は最高だ。カニは川と海の水が一緒になった河口の泥の中にいるもので、ツメが大きく皮が非常に硬い（沖縄でもとれる）。とても歯では割れないので炒める前に、ハンマーかそれに似た道具で叩いて割れ目をいれる。塩、胡椒、ニンニク等をいれて炒めてあるが、手づかみで大きなツメを頰張る時には幸福感さえおぼえる。エビをつぶして、サトウキビにまいて竹輪のようにし、その焼いたものを、肉をはずし、香りのある薬草やモヤシなどを一緒にして野菜にまき、ヌクマムをつけて食べる素朴な料理も良い。こうしたベトナム料理を食べなければせっかくのメコンの旅の面白さもそれこそ味気のないものになってしまう。ミトーの川べりの店で、メコン川をわたってくる風に吹かれながら、こういったベトナム料理を是非食べて欲しい。

メコン最大の都市カントー

メコン最大の都市カントーへ行くと旅のスケールはもっと大きくなる。

従軍生活の後、気軽に旅に出る時は、小さなショルダーバッグに洗面道具、肌着、正露丸、文庫本、カメラ一個という簡単ないで立ちだった。

サイゴンにあるバス出発所へ行くと、そこがまたすごい。サイゴンを中心として東西南北、各農村へ行くバスが並び、手に大きなパンの束や、サイゴンで買った日用品を持った乗客がつめかけて混然としている。大きな荷物はバスの屋根の上につみあげられる。カントー行きのバスに乗ると、後からどんどん農村のおばあちゃんたちがのってきてバスはたちまち満員になってしまう。私がべトナム人ではないとわかってもまったく問題にしない。問題にしないというのは無視するというのではなく、全く自然に、仲間がのっているという感じなのである。もし、バスにのっていてきゅうくつな雰囲気があれば、私はそうたびたびバス旅行はしなかっただろう。ベトナムの人々は親しさを感じる雰囲気を持っている。それでなければ満四年間もベトナムで生活はできなかっただろうと思う。固いフランスパンにハムをはさんだベトナム式サンドイッチ、お菓子、バス酔いのためのハッカの入ったぬり薬など、いろいろなものを、少年や少女がバスの窓のところへ売りにくる。もし、私が窓ぎわに座っていたりするととなりの人がお金を渡して〝パンを買って下さい〟と気軽に頼んできたりする。超満員になるとバスはいよいよ出発する。乗客の中にはカントーで乗り換えて、また小さな農村へ行く人が多い。乗客の大部分は農民でしかもおばあさんである。きっとサイゴンにいる子供の家庭を訪問した人々だろう。男たちは戦闘に参加しているので、いつもバスの乗客の中に男性は二、三人しかいなかった。バスが走り出すと、おばあさん連中は大きな声でおしゃべりをして、時にはみんなで笑いあっている。そういったとき、私の語学力ではみんなの話題が理解できないので非常に残念に思った。戦争は、それぞれの家庭に、何らかの形で、影響をおよぼしているに違いなかったが、ベトナムの人々は明るさを失ってはいなかった。そういった風景を見ているとなんという偉大な民族なのだろうと思わずにはいられなかった。

カントーへ行くためにはメコン川をフェリーで二回渡らなければならない。はじめのフェリーはヴィンロンである。戦争中はそこへ着くまで随分と時間がかかった。道路に地雷が埋めてあり、それを取り除くのを待っていたり、道路の近くの農村でサイゴン政府軍が作戦を展開して、道路が遮断されている場合もあった。道路横に大砲陣地をつくって砲撃している時もあったし、道路そのものがヘリコプターの着陸地に利用されていることもあった。そういった時、みんなブツブツと文句を言いながらも、何しろ、長年続いている戦争なのでさほど苦にもせず、バスの陰を利用して涼みながら作戦の終わるのを待っていた。解放軍兵士の死体が道路に並べられている時もあった。しかし、解放後は戦闘がなく交通量も少なくなったので、解放前の半分か三分の一の時間しかかからなかった。橋のところにあった陣地が全くなくなり、いつも見慣れた風景がなくなってしまったので、なんとなくバランスを失った絵のような感じがした。

バスはヴィンロンの渡しに着くと、自分たちの番がくるのを待つことになるが、道路の両側には、果物や飲み物を売る店が並んでいる。人々は、そこで、トイレにいったり、のどのかわきをうるおしたりする。女性のトイレもメコン川横にあって座っても顔が見える野外トイレで、全くおおらかな感じである。簡単なメシ屋もある。皿にメシを盛り、その上に好みに応じて、焼き肉、焼き鳥、焼き魚、などをのせてくれる。これがまたうまいのである。フェリーにはバスも一緒にのるが、乗客はバスからおりてメコン川を渡ってくる風に吹かれている。子供たちが果物や餅菓子を売って歩く。バスの窓から見る農村風景もよいが、なんといってもこのメコン川を渡る時がいちばん感激する。大きな水草が流れ、農民をのせた水上バスが近くを通り、魚を獲っている親子が小さな舟の上から網を流している風景も見られる。戦争中は米軍の河川警備隊の高速艇が機関銃をつけて走っていた。解放後はもちろん、そんな様子はみられない。フェリーが着くと人々は再びバスにのって旅を続ける。ベトナムの農村の多くはメコン川から無数に分かれている川ぞいにある。その川は運河にもなっており、水田に水をひき、人々は舟を利用して交通や農産物の運搬をする。大きな運河になるほど、その周辺にある農家も大きいようだ。家のまわりには各種の果物の木がある。水上バスを利用して農村をまわる時も、また楽しい。大人も子供も川で魚を獲っている風景がみられる。夕方になると農作業を終えた農民が身体を洗っている。若い女性が川の中で髪をすいている光景も見られる。人々はこの水を、水ガメにいれて、泥を沈澱させて飲料水にする。私も何回も飲んだことがあるが、うまい水である。そういった風景を見ていると自然と人間の生活が一体となっていることがよくわかる。

カントーには大きなホテルが船着き場の近くにある。その多くは華僑の経営するものであったが、戦争中は、カントーには第四軍管区の司令部があった。メコンデルタでの作戦がある場合、まず、カントーに来て、そこから従軍した。雨期の作戦ではリュックをかついで川を泳いで渡ったこともあるし、解放軍の攻撃で数時間も泥の中につかって動きのとれないこともあった。メコンにはいろいろな想い出があった。

カントーの市場はベトナムで一番大きい。第二次世界大戦の終戦の前後、私は国民学校生徒で食べたい盛りであったが、極度の品物不足で常に飢えていた。戦争とは飢餓のイメージとして抱いていたので、ベトナム戦争の激しい時でも、カントーの市場に並んだ豊富な産物を見てすっかり驚いてしまったことを忘れることができない。一九七八年の三月に行ってみたが、解放後も市場の様子は変わっていなかった。戦時中の一人旅の時は、小さな旅館に泊まり、市場を見たり小さな食堂へ入ってベトナム料理や中国料理を食べたりして、またバスにのってサイゴンへ帰ったが、そうした取材の目的をもたないボケーッとした旅行が戦場で荒んでしまった気持ちを和らげてくれた。

バナナ島の休日

もうひとつ、私にはぜいたくなメコンの旅があった。それは当時、メコン川の中にできた小さな島へ行くことだった。そこにある二つの島を日本の人が借りてバナナを栽培していた。そのバナナは日本にも輸出されていたが戦争が激化するにつれて、サイゴンの港に着く船が渋滞するようになり、バナナは現地販売になっていた。そのバナナ島に二人の元日本兵でベトナムに残った古川善治、松島春義の両氏と、澤口徹行、山元昭という二人の青年がいた。テッちゃんも、ゲンちゃんも一九六五年の頃すでにベトナムに四年間も滞在し、ベトナム語も大変上手だった。ベトナムの生活で何が一番楽しかったかと聞かれたら問題なくバナナ島での休日と答える。

サイゴンからテッちゃんの運転するライトバンでカイベというところまで行き、そこからサンパンと呼ばれるモーターのついた小舟で島へ渡るのだが、そこへ着くまでのメコン川の風景がよい。サンパンが島へ近づくと、ゲンちゃんが姿を見せて迎えてくれる。ゲンちゃんは島守りである。その頃は、私は、サイゴンにあるテッちゃんたちの住んでいる家に居候をしていた。空挺部隊のラオス国境近くの作戦に従軍している時に落とし穴におちて、傷はたいしたことがなかったのだが、黴《ばい》菌《きん》が入って左足が化膿し、一時は切断しなければ危険だとも言われたが、テッちゃんの紹介でチョロンの病院に三週間入院して、退院後は東京の大学を卒業してチョロンの工場に勤めていた杉本泰一さんやテッちゃんの家でお世話になっていたのだった。

サイゴンを朝出発して、バナナ島に着くのは、いつも午後になった。距離にしては二百キロぐらいだが、道路近くの作戦などでおそくなってしまうのだ。着くとバナナ島を散歩する。島で働いている人の子供たちが一緒についてくる。バナナ畑の溝で泳いでいる小魚を網ですくったり、パパイヤの熟した実をとったり、メコン川を流れる水草を見たりしているうちに太陽がメコンの向こう岸の上に落ちていく頃になる。それは大きな太陽である。メコンを赤く染めながら沈んでいく風景は雄大である。陽が落ちてしまうと急に静かになって、私たちはランプの光の下で、メコン川の魚をヌクマムで煮しめたのをおかずにして、これまで何百回と聞いたカセットテープの日本の歌で、日野てる子のうたう「夏の日の思い出」を聞きながらウイスキーを飲む。氷がないのでメコンの水割りである。その間遠くからの砲声が聞こえる。食事が終わって外へ出ると北斗七星が見える。南十字星も時々見ることができた。メコン川のところどころにランプの光が見えるが、農民がエビを獲っているのである。たくさんの小枝のついた木を沈めておくと枝の間にエビが入ってくる。それを夜になると引きあげる作業をしているのだった。水の中から頭を出している樹には蛍が無数についている。その数は何万、何十万、何百万かと思われるものすごいもので、樹全体がボーッと明るくなっている。静かな闇の中で、ところどころにある蛍の光をじっと見つめていると幻想の世界に引き込まれ、酔ったような気持ちになった。

メコンで迎える朝がまた素晴らしい。朝もやのたつような水面を、畳を二つあわせたぐらいの大きな水草ホテイアオイのかたまりが、無数に流れて行く。朝は川上へ向かい、夕方になると、ホテイアオイの群れは川下へおりてくる。

太陽が照りつけてくると、私は、島から対岸まで泳いだ。かなりの距離があり流れが速いので、岸に泳ぎつく頃は相当流されてしまう。一休みしてまたもどってくると身体は疲れきってしまう。ヤシの木につったハンモックで昼寝をするのだが、それは、お金では買うことのできない素晴らしい時であったと思っている。そんな時、戦争が終わって早く平和が来て欲しいと願った。そうしたら、もっともっとベトナムの自然に触れることができるだろうと思った。

ベトナム観光を案内して

ベトナム戦争が終わってから十年。取材ではなくデルタ地帯を旅行してみたいと思っていた時、交通公社から観光ツアーの人たちと一緒に講師として旅をしないかと誘われた。

一九八五年四月三十日は、ベトナム解放十周年にあたり、ベトナム政府は各地での式典を計画している。十年の間、北爆下の北ベトナム、南ベトナムの戦場を取材しながら、一日でも早く戦争が終わって欲しいと思い、十年前、サイゴンの陥落で、ベトナムの戦争が終結した時には、これで民衆も兵士たちも、生命の危険にさらされることがなくなると心から喜んだことを思い出す。

それから十年、難民が海外へと流れ、中越戦争が起こり、カンボジア・ベトナム国境紛争、そして、ベトナム軍のカンボジア進攻があった。現在は、カンボジア・タイ国境でカンボジア三派連合軍とベトナム軍との戦闘が続いている。そういった様子を遠く離れた日本で見ていると、長く続いたあの独立戦争の後遺症の深さがつくづくと感じられる。解放十年に合わせて、現在のベトナムがどのようになっているか、取材に行こうと計画をたてているが、現在のベトナムの取材をするにあたってはどのような方法を取っているのか少し説明をしてみよう。

統一前はハノイにある対外文化連絡委員会、または外務省新聞局に直接手紙を出して、当局から取材許可がおりれば、こちらに電報で連絡があった。最近はその二つの窓口が外務省直轄のプレスセンターに統一されたので、ベトナムの取材を希望する人は、そこに申し込めばよい。OKになれば先ほど書いたように連絡があるが、そうでない時は、何の連絡もない。それは不許可という意味でなく、現在では受け入れる枠がないがいずれそのうちにと当局が考えていると思われるので、そこで入国の申請をあきらめないことが大切である。プレスセンターは、日本、ソ連、フランス、アメリカ、東ドイツ、ブルガリア、キューバなど、それぞれの国によって課がわかれており、その国の言葉を理解する担当官がいる。日本課を例にとれば一九七二年、はじめて北ベトナムを取材した時、各方面への手配、通訳、案内をしてくれたグエン・クイ・クイ氏が現在でも健在で責任者としてがんばっている。それにハノイの大学で日本語を学び、外務省に入って日本の大使館員として駐在していたグエン・カン・ズオン氏、そのほか日本情勢を研究している人たちが仕事をしている。

私は一九八四年の六月三十日で、十五年間勤務していた朝日新聞を退社して、フリーになった。なぜ朝日新聞を退社したか一言で言えば、外に出てもっと勉強したいという気持ちからだった。本当はもう五年くらい早く、まだ体力が充実している時にやめたかったのだが、妻の病気のことやいろいろな事情がありのびのびになっていた。良くなったと思っていた妻の病気が再発したのを機に看病に専念したいと思って退社を決意した。しかし、看病の甲斐もなく、それから半年後に妻は亡くなってしまった。

そんな折に日本交通公社（ＪＴＢ）で企画しているベトナム・カルチャーツアーの講師としてベトナムへ行くことが決まった。ジャーナリストの仕事は、自分の取材したことを一人でも多くの人に理解をしてもらうように努力をすることでもある。これまで私の場合、ベトナムを例にとれば、現地で撮影した写真を、まず新聞、雑誌で発表した。それから、写真展を開いたり単行本にまとめて出版し、時には話すのは大の苦手であるがあえてテレビにも出演し、また、学校や希望者の集会で講演もした。

しかし、なんと言っても現地へ行って説明をするのがいちばんわかりやすい。これも、ベトナム問題を理解してもらうひとつの方法だと思ったので、ＪＴＢの仕事を引き受けることにした。

十二月二十六日から一月四日までの十日間と日程が決まった。ツアー参加費用は四十五万円。これは他の海外旅行と比較してかなり高額である。金額は、ＪＴＢが割り出したのだが、ヨーロッパ旅行より高い。その理由としては、ひとつは航空運賃の問題がある。日本からベトナムへ入るためにはバンコクからハノイ、バンコクからホーチミン市と二つの方法がある。日本―バンコク間は十五人以上になると個人料金の三〇〜五〇パーセントの団体割り引きがあるが、バンコク―ベトナム間はその割り引きがない。しかも、ハノイ―ホーチミン市間は国内航空で普通は料金も安くなるはずだが、外国人は国際線なみの運賃を支払うようになっている。また、他の国をツアーする場合、同行する旅行社の添乗員は現地でのホテル、食事代など無料になるが、ベトナムの場合、観光者の一員として通常の料金を支払わなければならないなど、観光旅行にたいするサービスにまだ改善を要するところがあるようだ。しかし、ベトナムでは現在、観光にたいして熱心にとりくんでおり、それは、ハノイ、ホーチミン市を案内してくれた観光局の青年の態度にも現れていた。その理由としてはひとつには外貨の獲得があり、また、難民、中越戦争、カンボジア問題などで、ベトナム人気は下降気味にあるが、ベトナムとしてはむしろ長い独立戦争の後の諸々の問題を解決しつつあるという自信をもっており、実際に見てもらえば、それが理解してもらえる、という考えもあるようだ。

ＪＴＢの最初の募集人員は三十人。最終的な申し込みは九人。これでは中止になるだろうと思っていたが、さすがＪＴＢ、今後の展望も考えてということで実行することになった。添乗員の池田さんと私を入れて総勢十一人である。参加者の長老は、戦前、満鉄に勤務していた七十四歳の男性。最年少は美人の音楽大ピアノ専攻の女子大生。元記者でベトナム戦争取材経験のある画家、組合でベトナム反戦運動の経験のある労働者、中学の保健科の先生、会社社長で市場調査を兼ねる人、初めての海外旅行にベトナムを選んだ青年など多彩である。こうしていろいろな人たちが集まって十日間を一緒に生活をすることになった。

変わらないハノイの街

スケジュールの都合でバンコクに一日滞在をして、水上マーケットや、寺院を見物した。一日でも早くベトナムへ行きたかったが、ベトナムとの文化の違いを知る機会でもあった。ベトナムへ行ってもできるだけ一般庶民の生活を知るために各地の市場を見てもらいたいと思っていたので、バンコクでも、市場へ行く時間をつくった。バンコクとベトナムの間にはカンボジアがある。ベトナム戦争中、ラオス、カンボジアも含めてインドシナ戦争と表現をする時もあった。長い期間インドシナという文字を見ていると、この三国は共通性の多い国のように思える。確かに国境が接し距離的には近いが、実際にはいろいろな点で随分と違う。まず文化が違う。ベトナムはもともと中国南方に住んでいた少数民族のひとつであった。北部からくる強大な漢民族の勢力に他の少数民族が吸収されてしまう闘争のなかで、ベトナム人だけが抵抗を続けながらインドシナ半島に国家を形成した。しかも、その後千年にわたる中国の支配を受けた歴史があるので、中国文化の影響が強い。それにたいし、ラオス、カンボジアは西側から、つまりインド文化の影響が強い。宗教もラオス、カンボジアは小乗仏教だがベトナム人の大多数は大乗仏教である。文化は食事も含めて多方面にわたっているから、その三つの国を歩いてみると、その風俗、習慣の違いの大きさに驚く。またひと目でわかるほど、顔形やからだつきなど両者の間には大きな相違がある。ベトナム人は一般的にやせ形であり、ラオス、カンボジア人はベトナム人と比較して色が黒く、骨格が太い。タイ人は文化、からだつきも、ラオス、カンボジアとよく似ている。

さて、いよいよベトナムへ向かうことになった。カラベル型のジェット機で満員である。バンコク空港の広い待合室で、各国へ向かうために待機している、大勢の人のなかからベトナム人を見わけることができたが、その人々が同じ飛行機に乗ってくる様子を見て、私の目は間違っていなかったと思った。ベトナム航空には二人のスチュワーデスがのっていた。白いシャツにズボンという軽装である。その姿を見て、いまはもうこの世界からなくなってしまった解放前のサイゴン政府時代を思い出した。当時もやはりベトナム航空と言っていたが、日本にも乗り入れており、香港、バンコクなどをまわり、ヨーロッパにも行っていた。したがって、サイゴンの空港にも、日本航空、パンアメリカンなどいろいろな国の飛行機が離着陸していた。はじめてベトナムへ行った時、香港からベトナム航空を利用したのだが、アオザイという民族衣裳を身につけたスチュワーデスを見て、その美しさに驚いた時のことが忘れられない。ベトナムの女性はこんなに美人なのだろうかとベトナム取材が急に楽しくなったものだった。

ベトナムの人たちはみんな大きなラジカセをもっていたので、客室はちょっとした貨物機のようだった。まだ娯楽の少ないベトナムではラジオの音楽番組やカセットの聞ける日本製の電気製品は貴重である。入国に関しては所持金を詳しく書く以外は、荷物を調べられることもなく簡単だった。

バスで観光局の人が迎えに来ていた。ハノイを案内する人で英語を話す。キビキビとした頭のキレそうな感じの青年だった。青年といっても三十歳はすぎているだろう。宿舎は西湖のほとりにあるタンロイ・ホテルだった。窓から釣りが出来るような眺めの良いところにあり、ベトナム戦争の最中にキューバの援助によって建設された、北ベトナムでいちばん新しいホテルだが、市内の中心街から少し遠く、流しのタクシーがないハノイでは少し不便である。

ホテルでベトナム料理の夕食をたべた後、ハノイに駐在している『赤旗』の鈴木勝比古特派員と、日本電波ニュースの恩田豊次郎特派員から最近のベトナム情勢を説明してもらった。鈴木氏はベトナムの大学に語学留学の経験もあり、ハノイ勤務も二度目のベテラン記者である。

ベトナム観光のスタートはホー・チ・ミン廟からである。ホテルで春雨スープの朝食をとって、迎えのバスにのり目的地へ向かった。廟は、ベトナム各地からの参観者でいつも行列が続いているのだが、早朝のせいか、すぐに入ることができた。遺体はガラスのケースに入り、暗い室内にそこだけやわらかい光が当たり、まるで眠っているようであった。ソ連で製作したのだが、その技術のよさに驚かされる。入り口や室内に警備兵がキチッとした姿勢で立っており、私は二度目だったが、咳をするのもはばかられるような厳粛な雰囲気は以前と少しも変わっていなかった。ベトナムのホー主席にたいする気持ちは、それで十分に理解できるのだが、生前のホーおじさんであれば、「やあ、やあ、堅苦しくしないで、こちらへ来なさい」と笑って手まねきしただろう。

それから歴史博物館、文学の寺など見てまわった。私としては、ベトナムの人々の生活を見てもらいたいので、ハノイ市でいちばん大きいドンスアン市場に案内をした。市場のなかには、野菜、魚、肉、衣類、雑貨類、そのほか生活に必要なものが、それぞれにわかれて売られており、それを見るだけでも楽しい。食堂も並んで、以前は犬の丸焼きを売る店があったが、今回はそれが見当たらなかった。市場の周辺にも小さな個人商店が軒をつらねている。ハノイ周辺を観光するだけで、三日はかかるが、私たちは予定された二日間の日程を一日だけにしてもらった。メコンデルタへ行くためにそうするほかなかったからである。ベトナム観光局に合作社、ホアンキエン湖の周辺の散歩など、こちらの希望を言い、短時間のうちにそれを全部実現することができたので、ツアーの人々は大変喜んでいた。私は一九七二年にはじめてハノイ取材してから今回で八回になるが、そのたびに、いつきても、変わっていないところだと思っていた。市街の様子も、ホテルの従業員も、そして、閣僚も含めた政治家から一般の役人までの変動がない。日頃、少なくとも外見的にはめま

かつての激戦地「鉄の三角地帯」も今ではベトナム観光コースのひとつになっている．1985年1月、クチ

ぐるしく変わっていく社会を見慣れているので、長い間、戦時下にあったということを前提にしても、そうしたハノイを不思議な感じさえして見ていた。しかし、さあ、どこでも好きなところを見て下さい、自由に写真を撮って下さいという観光局の姿勢は、あきらかに、これまでのベトナムとは変わっている。

それは旧サイゴンのホーチミン市へ行っても同じだった。どうしても、メコンデルタ地帯の都市、カントーへ行き、そこへ泊まって、朝市やメコン川を見たいというこちらの希望を強く要求すると、観光局では、内務省と交渉してそれを実現させた。

ベトナムの教育事情

ホーチミン市内は中国人街チョロンのビンタイとホーチミン市のベンタインと二つの市場を見て、カンボジア国境に近く、戦時中は鉄の三角地帯といわれたクチのかつての激戦地にも行った。そこで偶然に五十八歳になる老農婦と会って話をしているうちに、グエン・チ・トウーさんというその農婦の夫と母が米軍との戦闘で死亡し、トウーさん自身もゲリラとして戦闘に参加、ある時仲間と一緒にかくれた壕のなかで、七人のうち六人が射殺され、トゥーさんだけが生き残ったということを聞いて一同声もなく、あらためて戦争の激しさを知らされたようだった。そこから約二時間半のホーチミン市まで帰り道のバスのなかで、ガイド兼通訳のロイさんと一緒にみんなで、ベトナムの歌、日本の唄を合唱した。ハノイにある貿易大学の日本語科で勉強したロイさんは二十七歳だが、はしだのりひこの「風」とかロシア民謡の「カチューシャ」などを日本語でよく知っており、しかも歌が上手だった。私たちのグループも若い人から老人まで歌の好きな人が多かったので、楽しいバスの旅になった。

今回の旅の合間に、現在のベトナムの教育事情を取材した。

まず、小学校六年、中学三年までが義務教育、高校が三年、大学四年、医科大が六年となって日本と同じである。南ベトナムの場合、戦争中は都市など完全なサイゴン政府の行政下にあったところは通学率はよかったが、戦場となった農村地帯で教育を受けることはなかなかむずかしかった。終戦後は義務教育は一〇〇パーセント、高校への進学率は北部で九〇パーセント、南部ではやや少ないかもしれないという。高校から大学へは約二〇パーセントの進学率で、大学へ行かない場合、三年間軍隊へ入る。大学へ行った場合、卒業してから二年間将校として入隊する。総合大学の場合、入試科目は数学、物理、化学、生物の四科目で国語は高校入試までで大学の時にはない。予備校へ行きたい人は二年間だけ浪人ができる。各大学に受験準備学習があり、それを受けることができるが、授業料を払わなければならない（予備学習以外は幼稚園から大学までは授業料は無料）。大学はハノイに総合大学、師範大、工科大、貿易大、医科大、外語大、芸大など十三の大学があり、ホーチミン市に五、フエに三、そのほか、カントー、ダナンなど地方にもある。他に、農業、工業、園芸、商業などの専門学校がたくさんあるので、高校卒業後、そこへ行くひとが多い。義務教育の後、職場で労働組合や、国家の研修授業を受ける人たちも多く、そのほかに、下士官、佐官級、将軍級の士官学校がある。

留学は、ソ連、東ドイツなどの東欧社会主義国などで、西側ではフランスが多い。就職する時は大学在学中に希望職場を申請しておくと、成績の順に決まっていく。卒業時に決まらない場合、二年間だけ自分で探すことができる。しかし、その間公務員は一カ月十七キロの米の配給があるが十三キロしかもらえないことになる。二年間で希望するところに就職できない場合、政府が指定したところへ就職しなければならない。

大体以上のようなことだが、この後の取材の時に文部省で確認をとり、さらに詳しいことを調べたい。現実の問題として、戦後のベトナムでは生産工場、サービス業などの職場が少ないので、とくにホーチミン市などでは失業者も多く就職難であり、それだけに大学への進学希望者が増え、入試もむずかしいようだ。

新年をベトナムで迎えた一行は、ベトナム観光の目的地であったメコンデルタのカントーで、私なりに世界一と思っている朝市を見て、数々のベトナム料理を食べ、音大生のピアノ伴奏で、各自が得意の歌を歌い酒に酔い、みんながそれぞれの気持ちを満足させて旅は終わった。

私にとって、この旅は、朝日新聞社という大きな会社を離れての初めての仕事であった。旅行者がたった九人の観光ガイドである。それでも、自分の選んだ道の上を歩いている充実感があった。それぞれに性格の異なる人たちとの十日間の生活や、ベトナムで会った人々からいろいろと教わることが多かった。また、メコン川の悠大な流れを見ているうちに、一九八四年の妻の死によって受けた心の傷が少しずつうすらいでいくように思えた。

七　「ピースボート85」の旅

一九八五年九月五日から八日まで、ホーチミン市に滞在した。今年になって、二回目のベトナム訪問だった。今回は、若い人たちが中心になって企画をしている「ピースボート85」の講師の一員としての旅だった。

第三回「ピースボート」は、フィリピン、ベトナム、沖縄を二十日間の旅程でまわり、約四百五十人の人が参加した。そのうち、二十代の人が半数以上で、学生たちが多かった。

これだけ多数の旅行者が、一度に訪問したのは、統一後のベトナムとしては、はじめてだろう。いや、ベトナムの歴史上においても、珍しい事だったに違いない。

現在、ベトナムへ入国するためには、バンコクからハノイ、ホーチミン市へ定期便が、運航している。これまで私も、そのどちらかの便を利用していた。しかし、今回は船の旅だったので、南シナ海に接したブンタウからサイゴン川をのぼって、ホーチミン市へ向かった。船でベトナムへ上陸をするのは、私もはじめてだった。

サイゴン川は、私たちの乗っていた、一万トンのコーラル・プリンセス号が、二隻すれ違っても十分なほどの川幅がある。河口には、マングローブが両岸に並び、漁民たちが定置網をあげていた。

陸地には水田や畑で仕事をしている農民の姿も見える。

ホーチミン市に近づいてくると、市内の市場へ商売に行った農民や漁民の小さな船が、どんどんと下ってきた。ピースボートの参加者たちは甲板に出て、ベトナムの風景を眺めながら、コーラル・プリンセス号の下を通るベトナム人たちに手を振ったりしていた。水牛が背中に子供を乗せて泳いでいる風景も、ベトナムがはじめての人達にとっては、珍しい光景だったようだ。

サイゴン港には、ホー・チ・ミン青年同盟の、多数の女性たちが、民族服であるアオザイを着て、出迎えに来ていた。彩やかな彼女たちに向かって、若者たちは、船の上から、大声をだして、覚えたてのベトナム語で、あいさつを送っていた。

「ピースボート85」参加者たちは、コーラル・プリンセス号、クーロン・ホテルなど四カ所にわかれて泊まることになった。その夜、人民委員会、青年同盟の主催のレセプションがあり、ベトナム料理がテーブルのうえにたくさん並び、豚の丸焼きもあった。

農場の生活

翌日から、ハノイ、プノンペン、カンボジア国境に近いかつての激戦地クチ、メコンデルタ地帯の入り口ミトー、王宮のあるフエ市など、各グループにわかれて行動をした。

私は、ハノイへ行って、今後のベトナム取材の打ち合わせをする予定だったが、外務省のクイさんがホーチミン市に来ていたので、ハノイ行きを中止して、クチのグループに参加した。今年の一

カンボジア国境に近い、クチの激戦地を訪れたピースボートの参加者たちと出迎えの地元の青年同盟の人たち。1985年9月

月にも行ったところだが、日本の多数の若者たちが、激戦地の跡へ行く写真を撮っておこう、と思ったのだ。

一九七二年、はじめて北ベトナムへ行った時、案内と通訳をしてくれたホー・モン・ディエップさんと久しく振りに再会をして、一緒のバスに乗ってクチへ行ったのは感激だった。それに激戦が続いている頃、何度かクチの米第二十五師団の部隊に従軍したが、その時には、この場所に日本の若者たちが観光にくるなどとは、想像もつかなかった。

沖縄で生まれた土池敏夫青年が戦死したのも、このクチであった。この夏、アメリカへ行った時、ワシントンにあるベトナムで戦死をしたアメリカ兵の名が刻んである壁で、土池青年の名前を見つけた。私はしばらくワシントンの公園で、当時のことを思い出しながら、DOIKEの名前を見つめていた。

クチのゲリラのトンネルに入って見物をしている若者たちを見ながら、土池敏夫も、そして私も、当時は、この人たちのように若かったのだと思った。土池は、青春をこの地で失い、あれから約二十年がたって、私は四十七歳になり中年の後半に入ってしまっている。時の流れを感じないわけにはいかなかった。

ゲリラの基地を見ての帰りに、先頭を走っていたバスの車輪が泥の中にはまって、動きが取れなくなってしまった。トラックが来て引っ張りあげるまでの約二時間、六台のバスに乗っていた人たちは、待っていなければならなかった。

その間に若者たちは、近所の農民や子供と輪になって、手マネや絵をかいたりして、すぐに対話をはじめるのを見て、やはり、若者たちは順応が早いなあ、と感心をした。そのハプニングのおかげで、周囲をゆっくりと見ながら時を過ごすことができ、スケジュールに追われていた旅の中で、この時の農村の体験が深く印象に残ったようだ。

ホーチミン市から西へ二十五キロのところにある新経済地区のファン・ヴァン・ハイ農場をみんなで見学した。戦争中は荒地で、家が一軒もなかったが、統一後の一九七六年から翌年にかけて、ここの農場づくりが始まった。

二千三十五ヘクタールの土地に、ホーチミン市などの都市で生活をしていた人たちが入植した。収穫があるまでは、政府から借りた資金で、家をつくり生活をする。しかし、長く都市で生活をしていた人たちなので、初期は、三分の一が都市へ帰ってしまった。そして借りた資金を使い果たし、また、帰ってきた人もいた、という。

現在では、人口六千六十五人。そのうち千二百人が労働者で、主として、パイナップルと砂糖キビを生産している。二千四百五十人の子供がいて、託児所、初級、中級の学校がある。診療所があって、一人の博士、二人の医師、十二人の看護婦がいる。

一人の労働者と四人家族で年間収入の平均は千三百ドン（約二万六千円）。今年になって食糧などの配給がなくなったが、その収入で生活をしていける、という。それに、各家庭の私有地が、千平方メートルずつあるので、そこで野菜を植えたり、家畜を飼ったりして、日常生活に必要なものは補給できる。

土壌は酸度が強いので、畦を高くして、その周囲に水路をつくり、チッソ、リン酸、カリなどの化学薬品を入れ、雨などで酸土が水にとけて流れるようにして、土壌改良を行い生産を高めている。肥料も木の葉などを腐らせたものを使用している。

農場をまわってみた。パイナップル畑が広がっている。水路では子供が魚をとっている。チャムの並木がある。この木は防風林にもなるが、花には蜜蜂がたくさん集まってくる。市場もあり、学校もあった。

このような風景を見ていると、戦争が終わって良かった、と思う。ベトナムは本来は農業国である。戦争中のあのサイゴン市内の過密な人口は異常であった。私たちは案内をされたのだから、模範的な農場なのだろう。時間があれば、もっと話も聞きたかったし、他の農場も見たかった。表面的に見ただけではわからないところもあるだろう。それでも、うれしかった。良いところを見たと思った。ベトナムは、私の青春時代を過ごしたところである。良い国になって欲しい、と心から願っている。だから、自分の子供のように、良いところを見たり、人からホメられたりすると、うれしくなり、逆に、良くない面を見たり、悪口を聞いたりすると、寂しくなる。

ホーチミン市のベンタイン市場を見た時は驚いた。

今年の一月に行った時は、うす暗く、以前よりもさびれて見えたので、どうしたのだろう、と思った。それが今では、場内が一新して、野菜、肉、魚、金物、衣類などを売る店が、整然と並んでいる。品物も多く、買い物客で溢れていた。これは素晴らしい市場になったと思った。ウドン屋、その他のベトナム料理の食堂もたくさんあって、どの店に入って良いか、迷う程である。私たちは、ウドンを食べ、ヌクマムや、果物を買ったりした。

サッカーの交流試合

「ピースボート85」の参加者たちは、ホーチミン市内で、三つの行事を計画していた。そのひとつは、市民とのサッカーの試合である。参加者は、二十代の前半の人たちが圧倒的に多かったので、「ピースボート」だからこそできる行事であった。

それと、船で五十台の自転車を運んであった。東京の自転車置き場などで廃棄処分になったものを集めてきたのである。船中で、磨いたり修理したりして、十分に使用に耐えるものだった。いま、ベトナムでは、自転車は貴重品なので、ホーチミン市民に乗ってもらおうという、若者達らしい発想だった。引き渡しをする前に、参加者たちが自転車に乗ってパレードをする。もうひとつは、船中でつくった神輿《みこし》をかついで市内を回りたい、という計画だった。

この三つの行事は、中止して欲しいということを人民委員会の方から言ってきた。その時、すでにサッカー場には、観客も集まっていた。そこで、「ピースボート」のスタッフは当局に、どうして出来ないのか説明して欲しいと交渉をした。ハノイからの指令で、私たちにも理由は分からない、ということだった。

その交渉の場所に、私も立ち会っていた。私の考えとしては、ベトナムにはベトナムの考えがあるのだから、「ピースボート」側で考えたことが、そのまま実行できるとは限らない。まして、サッカー場には、相手のチームのことや、観客を整理する都合もあるだろう。しかし私は、お互いの交流を深めるためにも、この行事は良いことだと思っていた。交渉の様子を見ていると、折衝をしているベトナム観光局や、人民委員会の人たちも実行したい様子だった。上からの中止の指令と、「ピースボート」スタッフとの間にたって困っている表情だった。

電話で、上部の方と交渉をしていたが、サッカーはＯＫということになり、ベトナムの人たちもホッとしたようだった。結局、自転車と神輿のパレードは実行できなかったが、どのような理由で、中止の指令が出たのか、説明はなかった。

サッカー場には、超満員の観客が集まっていたが、公安の人もたくさん来ていた。やはり、何か事故が起こったりするのを心配していたのだろう。試合はピースボートが勝ったが、実力は問題にならなかった。ホーチミン市のサッカーチームが花を持たせてくれたのである。それがベトナム人の優しさだと思った。

それに、観客全員がピースボート・チームを応援したのだ。ピースボート・チームには二名の女性が参加したが、彼女たちのところへボールがくると、拍手がわいていた。一度は、彼女にシュートをする機会があり、ベトナムのチームも観客も期待をして、その成功を待ったが残念ながら、はずれてしまった。

ピースボート・チームのシュートに拍手をし、声援を送る人たちを見ながら、私が生活をしていた頃のあの陽気な人たちと変わっていないなあ、と思った。

試合の後、青年同盟主催のディスコ大会があった。会場では、ベトナムの音楽を聞き、弁当を食べ、そして、両国の若者たちが踊り合う風景は、なかなかのものだった。若者だけでなく、「ピースボート」に参加した中年や老人たちも一緒になって踊っていた。

日本に帰ってからアンケートを読んでみると、ベトナム滞在中の楽しかったこととして、サッカー試合、ディスコ大会など五百人もの青年団との交流をあげている人が多い。そのほか、市場を含めての市内の散歩、メコンの旅などがある。そして、アンケートによると、ベトナムが「好きになった」という答えが七〇パーセントを超え、残りは、「どちらでもない」であり、「嫌いになった」という答えは見当たらなかった。

もう一度ベトナムへ行ってみたいか、という質問には、もう少し後になって、五年後、十年後という答えはあったが、そのほかは全員が、再度訪問したい、と希望している。しかし、この旅でベトナムについて、aよくわかった、bますますわからなくなった、という質問のうち、c少し解ったという答えもあり、それぞれに三分の一ずつぐらいで、やはり、まだ、よくわからないという意見が多いようだ。それは社会主義になってからの経済機構などを理解するには短期間の旅では、無理もないだろう。それに、いろいろな報道から受けていた先入観より現実の方がずっと良かった、という声が多いように、ベトナム内の旅では良い印象を受けながら、帰国の途中で、ボートピープルと遭遇したことにも原因があるだろう。

ベトナム難民についてはこれまで一度取材をしたいと思いながらのびのびになっているので、国を出てきた人たちの詳しい心情はわからない。これまでの革命の歴史の中で、難民の問題が常に起こっている、ということを知りながら、私の気持ちとしては、ボートピープルの報道を見るたびに寂しい思いをしていた。

一九五四年のジュネーブ協定で、ベトナムが南北に分断されてから、統一まで二十年もたっていたのだ。その前に、長期にわたるフランス植民地制度の時代があった。その時代の中で、商業を中心に生活をしていた華僑や、政治家、軍人など、サイゴン政府のもとで生活をしていたベトナム人の中から、制度が変わった今日、出国を希望する人々の出るのは当然だと思う。これは、ひとつは思想の問題であり、また、生活していく手段の問題でもあるだろう。だから、現在でも週一回のバンコク—ホーチミンのフランス航空で合法的に出国をしている人たちが続いている。

ではボートピープルは、どうなのか。私がサイゴンで生活をしている頃、フランスの残した大邸宅に住み、子供たちをフランス語を話す学校へ通わせている、いわゆる上流社会の人たちがいた。その人たちが、新経済地区へ行くなど、新しい制度になじめなく、もし、ボートピープルとして出国するという手段に出た場合、私としては新しい国づくりに協力してもらいたい、という心情だった。

ボートピープルの場合は、途中、暴風や食糧不足、海賊など危険が伴う。しかし、出国のための手数がはぶけ、救出された場合、衣食住の支給と、事情によっては希望国まで無料で連れて行ってもらえる、という計算のあることも事実である。

コーラル・プリンセス号に救出されるベトナムのボートピープル。一九八五年、南シナ海

ボートピープルを救出

ベトナムを出発して二日目の九月十日の午後、部屋で本を読んでいると、「難民の船のようなものが見えますよ」と、声をかけてくれた人があったので、急いで甲板へ出てみた。しかし、海上を見てもどこにいるのか、よくわからない。「ほら、あそこですよ」と指された方向を見ると、確かに小さな船が、大きな波の間で見えがくれしていた。

四時四十分頃、乗客の一人が船を発見し、仲間たちとボートピープルではないかと相談をして、コーラル・プリンセス号の日本人マネジャーに伝え、マネジャーから船長に伝えられた。プリンセス号は、難民のような人たちを乗せた小船の周辺をぐるぐる、と旋回していた。

手を振っている人たちの船を、望遠レンズでのぞいてみると、メコン川でよく見かけたベトナムの漁船に似ていた。でも、いくら目をこらして見ても、十二、三人しか見えなくて、なんとなく難民という感じがしない。漁船の人たちが、乗客にあいさつをしているような風景である。しかし、この大海原にあんな小さな漁船がいるというのは不自然だ、やはり難民だろう、と思った。

漁船に近づいた時には、海上はもうすぐらくなっていた。コーラル・プリンセス号から、漁船へ向かってロープが発射されたのは、六時ちかくになっていた。その間、コーラル・プリンセス号でも各方面へ連絡をとったりいろいろな判断をしていたのではないだろうか。はじめには見えなかったが、漁船の人たちは二十人あまりになっていた。救出される場面を撮影したいと思っていたが、ベトナム語がほんのわずかながら分かるので、下へ来て欲しい、との船長からの連絡があり、甲板からの撮影を断念して収容入り口へおりていった。

コーラル・プリンセス号からおろされた綱をつたわって人々があがってきた。男性はヒゲがのび、女性は髪が乱れていた。意外にも若者が多かった。一人の女性は、自力で歩くことができなかったが、そのほかの人々は元気のようだった。二十二人、全員の救出が終わったのは午後六時三十分、海上は真っ暗で、発見がもう二時間おくれていたら、救出は困難で、ベトナム人たちは、まだ波の上を漂っていなければならなかっただろう。

救出された人たちは、乗組員の食堂に運ばれ、ジュースと菓子が運ばれてきた。みんなホッとした様子だったが、一人の女性は、床の上に横たわって目はうつろだった。

最年長のグエン・ヴァン・トゥアンさんから聞いた話と、後で華僑の女性が中国語で話したことを香港在住中国人の乗組員が英語で通訳した話を総合すると、八月二十一日メコンデルタ地帯のチャビンをマレー半島へ向かって出発した。乗船者は二十二人で、そのうち四人はホーチミン市から来た人だった。食糧は、米、砂糖、それぞれ四十キロ、ヤシの実六十個、塩のかわりにヌクトン（魚の塩辛のようなもの）四リットルと、そのほか乾燥米などを積みこんだ。

グエン・ヴァン・トゥアンさんは四十七歳で、元のサイゴン政府の海軍の兵士だった。男六人、女四人の子供と妻を、チャビンに残してきた。目的地は収容した時はアメリカと言っていたが、その後、日本になった。働いて家族に仕送りをしたいという。そのほか、縫い子、運転手、労働者、農民がいたが、高校生が多かった。年齢的には、子供が三人、十代が八人、二十代が五人、三十代が四人、四十代が二人だった。その中に、サイゴン政府軍の少佐の子供が二人いた。

一行の乗った船は、出発後七日でガソリンが切れた（華僑の女性の話では、二日後にエンジンが動かなくなった）。食糧は十七日間でなくなった（華僑の女性の話では十日でなくなり、七日間は乳児用粉末食糧を一人一日スプーン二杯ずつ配給）。その後、救出されるまでの四日間は、何も食べていなかった。救出される一日前の九月九日、十八カ月になる赤ちゃんのお母さん（三六）が疲労と雨による寒さのために死んだので、水葬にされた。

一行は乗船する時、手配師に一人あたり、一・五両（五六・二五グラム）の金《きん》を払った。一九八三年には密出国を発見され三カ月間監獄にいて、翌年にもまた見つかって今度は一年間留置され、三度目に成功した、という人もいた。

今後の予定として日本滞在希望者は一人だけで、そのほかの人たちはアメリカが多く、なかには、親類のいるカナダ、オーストラリア、ドイツへ行きたい、と言っていた。

一行は沖縄までの旅の間に元気になり、「ピースボート」参加者から集められた洋服を着て、甲板を散歩していたが、那覇から空路、長崎の大村市にある難民レセプションセンターに向かって行った。

私にとっては、多数の若者たちと一緒になっての旅でいろいろと感じることの多かった、戦後十年目のベトナムだった。

ベトミン軍旧日本兵の帰還　沖縄出身當間元俊軍曹

ベトナムの戦場の中で、戦火にさらされた民衆や傷つき死んでいく若い兵士たちの姿を見て、戦争が、いかに多くの人を不幸に陥れるものか、その恐ろしさを痛感した。それはいつの時代の戦争でも同じだろう。

太平洋戦争で日本軍は、中国、東南アジアを侵略し、多くの人人の平和を奪った。現地の人たちにとって日本兵は侵略軍の手先であり恐ろしいものとして見えただろう。しかし、一九七八年頃までサイゴンに残って生活をしていた旧日本兵の人たちと会っていると、その人たちも権力者たちによって引きおこされた戦争の被害者であったことがよく分かる。

みんな地方から赤紙一枚で徴兵されてきた人たちだった。戦争中は、ガダルカナル、ビルマなど各地を転戦してやっと生き残った兵士たちのうち、約五百人がそれぞれの事情から日本へ帰らずにベトナムへ残ったが、これは戦争による後遺症である。

彼らは、今度はベトミン軍に入って、ベトナム独立のためにフランス軍と戦った。そして多くの人が戦死、ジュネーブ協定の後、生存者は日本へ引き揚げ、そのうち約五十人が、サイゴンを中心にして南ベトナムに残った。それぞれの人がベトナムの女性と結婚をして、子供たちも生まれ「寿《ことぶき》会」という親睦会もできた。

ベトナムの統一後、新政府から、全員が日本への帰国要請を受け、家族を連れて、故郷へ帰ってきた。太平洋戦争で徴兵されて以来の帰国である。その間に日本も大きく変化した。多くの人が戦争と長いベトナム生活で、日本社会での就職技術を学ぶ機会を失っていた。年をとり大勢の家族との日本での再出発は厳しかった。生まれ故郷へ帰り農業を手伝う人、サイゴン時代に働いていた日本商社に仕事を求めた人、ベトナム語を生かして、ベトナム難民センターで通訳をする人など、仕事は様々である。

沖縄で徴兵され中国へ出兵した當間元俊さんも、戦争という怪物によって人生を翻弄された一人であった。

當間元俊さん。1980年、与那原の自宅で

一九七八年七月、ベトナムから帰った當間元俊さんの一家は、故郷の沖縄で、新しい生活をはじめた。三十七年の長い歳月を国外で送り、その間に結婚した妻のタン・ティー・クイさんとのあいだに六人の子供が生まれ、ベトナムで生涯を終える気持ちでいたが、南北統一後の新しい政府に日本への帰国を要請され、同じような状況にあった他の日本人仲間と一緒に一九七八年の七月、全日空のチャーター便で帰ってきたのであった。父親は日本人であっても子供たちはベトナムで成長し、日本語はあいさつ程度しか理解できず、その心はベトナム人である。

これから覚えなければならない子供たちの言葉の問題、その上に自分自身の仕事もまだ決まっていない。不安に満ちた帰国であった。それから一年半、子供たちは違った環境の中で一生懸命生きていこうとしている。

當間さんはベトナムでたまった疲労のためか、肝臓を悪くして現住所の与那原《よなばる》町から近い赤十字病院に入院しているが、今では週末には外泊もできるまでになって退院も間近である。

當間さんとはじめて会ったのは一九六五年の二月である。サイゴンにいる時、中部のファンランに沖縄出身の人がいると聞いて、バスに約六時間ほどゆられて取材に行った。当時日本工営という会社がそこで灌漑工事をしており、當間さんは通訳として働いていた。

その時すでに二十年間ベトナムに住んでおり四人のお子さんがいた。當間さんはベトナムでの生活で故郷の沖縄は遠いものといつも思っていたのが、同郷のカメラマンが来たので大変喜んで迎えてくれた。

チャム族の結婚式など各所を案内してくれたり、南十字星を眺めながら沖縄について語りあった夜を今でも忘れることができない。

歓呼の声に送られて

一九一九年十月、當間元俊さんは沖縄県島尻郡大里村字与那原に生まれた。現在の与那原町である。那覇から八キロほど離れた東海岸最大の港で、海上にはいつも十五、六隻の山原船《やんばるせん》が浮かんでおり、それが与那原の人々の誇りでもあった。道路の発達していなかったその頃は山原船は輸送機関の花形であった。

當間さんの父元盛さんも山原船の持ち主であった。元俊さんも背が高い方だが元盛さんも大きな体格の人で、船を扱うだけに力も強く、伝馬船の荷役たちが砂浜でひらく相撲大会で優勝したこともあった。

大里小学校を卒業した元俊さんは半年ほど、父の船にのったが、小さい時から機械いじりが好き

熊本第六師団に入隊した時の當間二等兵。一九四〇年、二十歳の時

だったので、家の近くの自転車屋で働くことになった。

やがて元俊さんは自転車店の見習いを終えて独立し、小さな店を持つまでになったが、一九四〇年二月、徴兵検査の通知を受けとった。

入隊先は熊本第六師団だった。沖縄の青年は陸軍では熊本か小倉の第二師団へ行くことになっていた。

出征の日、村長は戦地へ向かう村の青年に「国のためにがんばって、名誉の戦死をして、生きて帰ろうと思うな」と訓辞を与えた。当時の軽便鉄道で、与那原駅から那覇へ向かって出発する當間さんたちを親類や友人たちが見送ってくれた。そのなかに小学校の担任であった吉田安徹先生の姿もあった。沖縄の各地から徴兵された約二百人の青年たちは那覇の波の上神宮の前に集合した。みんな少なからず興奮していた。これで自分たちも天皇陛下のために働くことができる。本土の人間と対等になったのだという気持ちになった若者も少なくなかった。波の上から那覇の港まで行進する青年たちを、市街に並んだ人々は旗を振って熱狂的な声援で見送った。沖縄県政になってからの六十二年の歳月は内地から受けた琉球併合の屈辱を押し流してしまったかのようだった。

輸送船が出発する時、父親は戦地へ向かう息子に「国のために、しっかりと働いてきなさい」と餞別の言葉を送った。母親は千人針を渡しながら、「体にはくれぐれも気をつけるのだよ」と言って涙ぐんだ。兄と姉、そして友人たちは、再び帰ってくることのないかもしれない若者の手を深い思いをこめてにぎりしめた。船が岸壁を離れると両親の姿はだんだんと小さくなり、やがて視界から消えた。それが両親を見た最後だった。

熊本で三カ月の新兵教育を終えて中国大陸へ向かった。門司から出発した輸送船は上海まで行き、そこから掃海艇にのり移って揚子江をのぼった。沖縄の青年は平常でも口が重かったが、内地語で他県の若者と話すことは少なからず苦痛に感じたので、どうしても同県人で集まるようになった。そんな様子を古参の兵士は「じゃろう、オキナワ」と馬鹿にしたような口調でからかった。沖縄の人々は言葉の最後にいつも「……じゃろう」とつけるクセがあるからそう呼ばれたのだが、暗に「沖縄野郎」と言ったひびきがあって、国のために頑張ろうと思っていた沖縄の若者たちの心を傷つけた。

漢口でおりた新兵たちは武昌へ、そして汽車で蒲折まで行って野砲六連隊第二大隊第二中隊の御者班に配属となった。大砲を引っ張る馬の世話係である。當間さんはその後ラッパ手となったが、役柄上あまり危険なことにもあわなかった。

當間さんは小さい時から機械いじりが好きだったので、航空隊募集の回報がきた時にすぐ志願した。このことが、その後にくる過酷な体験への起点になった。各種試験に合格し福岡県大刀洗で航空教育を受けていた時、ここで一九四一年十二月八日の太平洋戦争開戦の報を受けた。その後、東京・福生《ふっさ》の陸軍航空整備学校で重爆機の訓練を受け、立川で南方への爆撃輸送を続けている時に一九四三年八月、飛行六十一戦隊への配属命令を受けブーゲンビルへ出発した。

沖縄を出て三年六カ月が経過、はじめは勢いのよかった日本軍も一九四二年六月、ミッドウェー海戦での敗北後、米軍の反攻作戦でガダルカナル島の撤退、アッツ島の玉砕と戦況は悪化し、中部ソロモン諸島での戦闘が始まろうとしている時だった。当時、大東亜決戦機とよばれたキ六七重爆撃機の機上機関士が當間さんの仕事だった。

本土帰還の機会のがす

基地から飛びたった仲間の爆撃機が帰らなくなる日が多くなった一九四五年六月、シンガポールで沖縄の玉砕を知った。兵士の感覚で玉砕というのは全員の死を意味している。両親も兄も姉も、友人もみんな死んでしまったと思った。

沖縄奪回作戦で本土集結の命令が出た時、これで故郷の空で死ぬことができると喜んだ。第一陣が出発し、當間さんの第二陣はカンボジア、台湾経由で帰ることになった。カンボジアのトンレ・サップ湖に近いコンポンチュナンの飛行場に着いた時、エンジンの故障に気がついた。この故障が當間さんの運命をさらに大きく変えることになった。故障は二機で、修理をしている間に他の八機は去ってしまったのだ。もし故障をしていなければ早く沖縄へ帰ることができただろう。しかし、戦死していたかもしれない。修理が終わった二日後に八月十五日の終戦をむかえ、カンボジアに残されてしまったからである。終戦を聞いてから二カ月間兵士たちは放置されたままであった。

六十一戦隊の八人の仲間が集まって、ベトナムまで行って海岸地帯から船にのって帰ろうということに話がまとまった。もし沖縄の玉砕を聞いていなかったら自分は、日本へ送還されるまでカンボジアに残っていただろうと當間さんは当時の心境を語った。肉親の死んでしまった故郷へ急いで帰ろうという気持ちにはなれなかったのである。八人はそれぞれリュックに衣類、食糧、塩、薬、毛布を入れ、米はみんなで分けてくつ下に入れた。軍刀は竹に入れて仕込み杖にした。拳銃は二丁だった。夜、出発した。途中まで船にのったがその後は徒歩になった。八人はそれぞれ役割を決めた。①舵方（一日のスケジュールを決める）、②食糧係、③衛生、④会計、⑤警備である。捕虜になっている時、インドシナ共通のピアストル（紙幣）が配給になっていたので、それで食糧を買うことができた。カンボジア人はなんの警戒心も持たず大変友好的で、民家に泊まることができた。当時、カンボジアに日本軍は少なく、第二師団の歩兵第二十九連隊が一九四五年三月九日の仏印処理の後、プノンペン、コンポントムなどに駐屯していた。

しかし當間さん一行は収容所を離れてから、日本兵を一度だけ遠くで見たがそれ以降は会わなかった。ベトナム国境に近いボケオで象を二頭借りて分乗し、持ち主のカンボジア人に案内をしてもらった。ベトナム領に入って大きな道を進んだ時、前方に人がいたので道を聞こうと近づいたところ銃を向けられ、ガチャガチャと弾を装塡する音が聞こえたので道路の横に飛び込んで逃げた。この時、當間、三浦が前方左側に逃げ、川崎、青島が右側、青木、泉川が後方左側の細い道へ、浜端、小森の二人はもと来た道へ引き返して逃げた。この逃げ方がまた大きく運命を決めてしまった。後でわかったことだが、カンボジア方向へ逃げた浜端、小森はフランス軍に捕まってその年に日本へ帰国できたからである。

ベトナム独立戦争に参加

當間、三浦の両氏はヤブの中に隠れて二日間を過ごした。山の畑のカボチャ、スイカや野生のバナナ、パパイヤを食べ、夜は枯れ草を集めてそれにもぐって眠った。山岳地帯の夜は冷えたが、見つかるので火を燃やすことができなかった。少数民族のモイ族の家でモチ米の飯やニワトリの料理でもてなされて眠っている時にベトミンに捕らえられた。結局五人とも捕まってプレイクへ連行された。泉川氏は山の中でマラリアによる疲労で死亡していた。それから一九四六年の旧正月までプレイクにあるベトミン軍の監獄に入れられていた。一九四五年九月二日、ハノイのバーデン広場でベトナム民主共和国の独立宣言があったが、それに対しフランス軍はサイゴンで官公庁を占拠するなどベトナム再支配の軍事行動を起こし、ベトミン軍がフランス軍の動きを警戒している時、ひげをぼうぼうにはやした一行はフランス軍の外人部隊と間違えられて捕らえられたのであった。

入獄中、青木氏がマラリアにかかり、その時に来た医者が日本語を話すことができた。医者が帰ってしばらくするとベトミン第五戦区のカオ・バン・カンという日本語を上手に話す副司令官が来た。司令部にはフランス人を捕らえたという報告が来ていたと言って、すぐ監獄から出してくれ、正月の料理を一緒に食べることになった。そして近くフランス軍との戦闘が予想されるので若い兵士に軍事訓練をしてくれ、と頼まれた。カンボジアで飛行機が故障したばかりに五人の旧日本兵はベトナムで独立戦争に参加することになった。しかし、実際にはもっと多くの日本兵が残っていたのである。インドシナにおける第三十八軍の明号作戦いわゆる仏印処理の後、終戦時にはハノイを中心とした北部に第二十一師団、南部にはサイゴンを中心に第二師団、中部ダナンの周辺には独立混成三十四旅団が駐屯していた。その多くは日本へ帰ったが、ベトナムに残った兵士もかなりいた。その数は約五百人ともいわれている。

残留の理由はやはり敗戦後の日本に対する失望があったが、ベトナムの人々の気性がよく、風土、習慣にもひかれるものがあったことも大きな原因だった。

ベトナム女性と結婚

ベトナム独立運動の歴史は長く一九四一年五月に民族統一戦線組織であるベトミン（ベトナム独立同盟）が結成され、フランス軍、日本軍と戦ったが、当時、まだ兵の組織は大きくなかった。その時はこれから本格的にフランス軍と戦おうという初期の段階にあったのである。

ベトナムに残った旧日本兵はベトミン軍の抗仏戦争に参加したが、敗戦の時に引き渡した日本軍の武器の使用方法を教え、新兵の訓練が主な仕事であった。残留兵のなかには死んだ兵士もいたし、一九五四年のジュネーブ協定後、日本へ帰った兵士もいる。

その間に當間さんの仲間だった三浦、川崎、青島の三人はベトミン軍から離れ、クアンガイ省のソンハという山の近くで農業生活を営んでいる時に、モイ族の軍事活動にまき込まれて死亡した。

當間さんは一九五一年十月十日、ビンディン省のフーカット郡カンカク村で村の国防婦人会の幹部をしていた現在の奥さんと結婚をした。マラリアの再発で苦しんでいる時に親切に看病をしてくれ

ベトミン時代の當間さん（前列右端）。
この１年後結婚した。1950年、ビンディン省

た人であった。

ジュネーブ協定後は南ベトナムに残り、サイゴンに行った。現在のホーチミン市である。サイゴンでの生活はベトミン時代のように各地を移動することもなく比較的安定していた。戦時中のスクラップを回収する新興通商という韓国系の会社に八年ほど勤め、その後日本工営に移った。この時は灌漑工事の仕事をした。一九六六年から帰国までは丸紅で耕運機の販売を担当した。農村へ行って使用方法を教えたり、故障を直したりしたが、この時は航空隊時代の技術が生かされた。抗仏戦争を一緒に戦った仲間のうち約五十人の人たちが残り、ほとんどの人が商社など日本の企業で通訳として勤務した。「寿会」という親睦団体もできた。解放軍と南ベトナム政府軍、アメリカ軍との戦争も激化してきて、サイゴン市内はときどきロケットが飛んできたり、テロがあったりしたが、身の危険は感じなかった。

子供たちは日本国籍を取ってあったので南ベトナム政府軍に徴兵される心配はなかった。南ベトナム政府軍と米軍が解放軍に勝つとは思っていなかったが、サイゴンが解放される日がくるとも思えなかった。米軍が撤退した後もその考えは変わらなかった。

それがひょっとしたらと思うようになったのは、一九七五年三月、解放軍の攻撃で南ベトナム政府軍が中部高原のプレイク、コントゥム、ダラトを放棄した時である。それから十日後にダナンが陥落、サイゴンの解放は時間の問題となった。

解放後のホーチミン市で。右から奥さんのタン・ティー・クイさん、
五男元義君、當間さん、長女利子さん、四男元吾君。1978年４月

日本帰国を要請される

サイゴン市内は恐慌状態に陥ったが、當間さんはあまり驚かなかった。これまでの体験から、今度もきっとやっていけるだろうという自信があった。それにベトミン時代も解放軍とは一緒に戦ったこともあったのだ。当時の仲間がいるかもしれないとも思った。それよりも市街戦になって戦闘に巻き込まれることを恐れていたので、降伏声明が出たときはむしろほっとした。

しかし、その後の状況は想像していた状態とは少し違っていた。丸紅からは給料は送られてきたが、日本企業の再開の見通しもなく、新しい政府の下で就職できるあてもなかった。

当然子供たちにも仕事はなかったが、それでもベトナムを去るつもりはなかった。市の郊外に農地を買ってあったので農業をしながらなんとか食べていけるだろうと思っていた。

解放後二年が経過して政府から呼び出しがきた。政府は破壊された国土の再建に努力をしているが、米も十分ではないし、家族を連れ日本へ帰ってほしいと言われた。要請の形ではあったが、ベトナムに残れる可能性はなかった。「寿会」の他の仲間も同様だった。死ぬまでベトナムにいるつもりだったのだから、当然不満はあるはずだ。しかし、當間さんは一言もそれを口にしない。随分と長い間戦争の中にいた。みんな一枚の召集令状から始まったことだった。それを自分の運命であったと受けとめても、もう戦いはたくさんだと思う。奥さんも子供たちの心も、まだベトナムにある。今後もベトナムを忘れることができないだろう。當間さん家族はいつの日か子供たちと一緒にまたベトナムへ行きたいと思っている。

一九八六年一月、當間さん一家が、沖縄で生活をするようになってから七回目の正月である。与那原町の家では、東京の商社に勤める元忠さん、サンフランシスコに留学している元春さん以外の六人で新春を祝った。

長男の元順さんは、浦添《うらそえ》で自動車の修理工場、長女の利子さんは、首里の歯科医院に勤めている。四男の元吾さんは、高校卒業後コンピューター学校に入り、今春就職のために上京する。五男の元義君は与那原中学校三年生。奥さんのクイさんはもうすっかり沖縄の生活に慣れ、家族の食事の栄養に気を配り、遠くにある市場まで買い物に行く。

當間さんは、現在、本部《もとぶ》にある国際友好センターに勤めている。これまで、千二百十四人の難民の世話をし、現在も七十七人が残っている。當間さんは、ベトナム生活三十三年の体験を生かして、難民たちと話し合い、外国へ出発していくベトナム人と一緒に東京へ出張するなど多忙な日を過ごしている。

ベトナム・カンボジア国境紛争

国境紛争でトンフオク村を自衛する民兵。1978年３月

一九七八年八月、カンボジアとベトナムとの国境での紛争を取材して、本多勝一記者の記事とともに『朝日新聞』の夕刊に掲載され、『アサヒイブニングニュース』でも紹介されると、ＡＰ通信が、その記事と写真を海外へ送った。

国境紛争のニュースは、ベトナム通信そのほかから流れては来ていたが、現地で取材した、日本人記者とカメラマンの眼という形で報道された。ベトナム戦争が終了してから、まだ三年たらずで起こった国境紛争は、インドシナの戦争を両国ともに連帯して戦ったと思われていただけに、世界には驚きと同時に、本当なのだろうかという疑惑も生まれた。

私たちが見た戦争現場は確かに国境地帯であった。そこにベトナムの農民、カンボジア兵の死体があった。そして通りすがりのトラックにベトナム兵の死体が積まれているのを見た。それは二十体ぐらいあっただろうか。ベトナム兵の死体は現場を取材している時には私たちの目に、ふれなかった。ベトナム戦争中多くの米兵、サイゴン政府軍兵が戦死した。しかし、ベトナム各地で起こっていた戦闘を、数年間にわたって合計した数であり、一カ所で、一回の戦闘で二十人以上の死者がでるというのはかなり激しい戦闘である。死者は、国境で私の見た一台のトラックに乗せられた死体だけだったのか、わからなかったが、ベトナム兵の死体を見て、随分と激しい戦闘が本当に起こっていたのだという確信を持った。

あの長いベトナム戦争の中で、強力な米軍を撤退させたベトナムの解放軍に対して、ポル・ポト軍がどうして攻撃を加えたのか。中国文革派の支援、昔カンボジアの領地であったベトナム南部に対してポル・ポト軍の領地奪回説などがあげられているが、これは、ベトナム戦争の米軍介入の真相と同じように、いずれ歴史が証明していくことと思う。しかし、国境紛争が起こっている時に、カンボジア内部で、都会から集団移動させられた市民を含むカンボジア民衆が、ポル・ポト政権に虐殺されていたことはこれまでの多数の証言や書類によってすでに証明されている。

結んだ手が拳にかわった

一九七八年に入って、急に表面化してきたベトナムとカンボジアの国境における両国の紛争は、世界の人々を驚かせた。一九七五年四月十七日のプノンペン陥落、同月三十日のサイゴン陥落で、長い期間にわたったインドシナの独立戦争は解放軍側の勝利に終わった。この戦争に注目していた世界の人々は、ベトナム、ラオス、カンボジアにおける解放軍の連帯は固く、それが、勝因の大きな要素であったとも思っていたからだ。それが、戦争が終わってまだ三年にもならないのに、こんどはカンボジアとベトナムとで争っている。

ベトナム側の説明によれば、解放戦争の終わった一九七五年の四月三十日からわずか四日後に、カンボジアはベトナム領のフークオク島、トーチュー島を攻撃し、その後カンボジア軍の攻撃はエスカレートし、一九七八年になると師団単位のカンボジア軍がベトナム領へ侵入して、国境に近い農村を襲い、婦女子や赤ん坊まで虐殺したという。私自身、これは予想していなかったことなので、その現実を是非この目で確かめたいと思っていたが、そういった時に「ベトナムへ写真集を贈る運動委員会」とベトナム支援委員会が、ベトナムへ招待をされることになったので、その一員としてハノイへ一九七八年二月の末に向かった。

ここで、写真集のことについて少し触れておきたい。一九七二年にはじめて当時の北ベトナムを取材した時に、私が、一九六四年から一九七〇年にかけて、南ベトナムでの解放軍とアメリカ軍、サイゴン政府軍の戦争、カンボジア、ラオスの戦争などを編集した写真集『戦争と民衆』（朝日新聞社刊）を持っていった。当時北ベトナムは米軍の爆撃に耐え、南ベトナムの解放戦争を支援している時であったが、一般市民には南ベトナムでの状況がよくわからず、その写真集が各地でひっぱりだこで読まれた。そして、その時に取材した北ベトナムの様子を『北ベトナム』という写真集にすると、今度は北ベトナムでの地方はむろんのこと、南ベトナムでも非常に興味を持って読まれているという情報が伝わってきた。

その後、一九七三年のクアンチ解放区や一九七五年の全土解放後の南ベトナムなどを取材し、私としても、一九六四年から一九七五年の約十年間にわたって取材したベトナムを集大成した写真集を作りたいと考えていた。そんな時に、その写真集のベトナム語版も作ってベトナムへ贈ったらどうだろう、という話が進展し、朝日新聞の本多勝一記者や、ベトナム支援センターの吉田嘉清、沼倉暁、金子徳好の各氏、峯村泰光、松浦総三氏などが中心となって、「ベトナムへ写真集を贈る運動委員会」が組織された。この運動は全国的な反響をよんで、多数の人の協力によって、二千冊のベトナム語版五百ページの大型写真集がベトナムへ贈られた。

さて、その写真集だが、ベトナムでは私たちの想像した以上の喜びようである。今年（一九七九年）ベトナムの各地をまわった時でも、どこでもその話題がでて、ベトナム戦争の貴重な記録として多数の人に読まれている、と言われた。偶然にタイビン省の図書館を訪問した時も、五人の男女の青年が写真集をかこんで見ているところにぶつかった。相当に厚い紙で作った写真集であったが、もう手垢でよごれて紙もよれよれになっていた。その写真を撮ったカメラマンが来たというので、いろいろな感謝の言葉をもらったが、これまでの苦労がむくわれた感じであった。これも大勢の人人の協力のおかげだが、ベトナムとしては数が足りないので、できればもっと多くの人に見せたいとの希望だった。ちょうどベトナムの国会が開かれていたが、各地方の国会議員が、写真集の受け入れ先である対外文化連絡委員会の事務所へ、なんとか一冊写真集が手に入らないだろうか、と毎日のように訪ねてくるという話だった。

その写真集の贈呈式が一九七八年の二月二十八日にあって、その後、私たちはベトナムとカンボジアの国境を数カ所にわたって取材した。アンジァン省、ドンタップ省、キエンジァン省、そしてタイニン省のカンボジアからの難民収容所、メコンデルタのハウジァン省にあったカンボジア兵の収容所である。

この取材に関しては、本多勝一氏の『検証・カンボジア大虐殺』（朝日文庫）に詳しく報告されている。

ハノイの政府関係者からカンボジアとの紛争の説明を受けたが、やはり東京で聞いた通り、一九七五年四月三十日のサイゴン陥落の後、すぐにカンボジアとベトナムとの間に戦闘が起こっており、この事実が、私たちを驚かせた。ベトナムとカンボジアとの国境は千百五キロにわたっている。地図は一九五四年にフランスが作成したものと、その後、アメリカと当時のサイゴン政権によっても作成されている。フランス統治時代の地図はカンボジアにとって有利であり、アメリカの地図はベトナムにとって有利になっている。しかし、解放戦争中、臨時革命政府と北ベトナムと、カンボジアのシアヌーク政権によって、フランス当時の地図による国境を守ることで両国の意思を確認したという。現在、問題の起こっている中国とベトナムとの国境は、一八八七年と一八九五年にベトナムを支配していたフランスと中国の清王朝によって定められ、その後、一九五七〜五八年にベトナム政府（労働党中央委員会）と中国政府（共産党中央委員会）によってこの国境が確認されている。

大体、国境には明確な線などはなく当時の力の強かった方が、自分たちの意見を通したと思われ、その点から言えば、弱かった側には不満が残るだろう。しかし、過去をふりかえって、ここは俺たちの土地であったといえば、世界の地図は全部書き換えなければならない。私の故郷である沖縄は琉球王国で独立しており、その後薩摩藩の侵略を受け、廃藩置県によって完全に日本に侵略されてしまったし、アイヌ民族の住んでいた北海道も日本に占領されてしまっている。アメリカにだって、インディアンという先住民族がいたのである。ポル・ポト政権で発行した『ベトナム黒書』を読むと、ベトナムの民族が、いかにクメール民族を圧迫し、クメール王国の土地が侵食されていったかが古い歴史にさかのぼって書かれてある。またベトナムで発行した歴史の本には、ベトナムの民族が中国の侵略と戦う様子が書かれている。そこから判断すると、ベトナム人の先祖は現在の中国領土である福建省や広東省の先住民族であった、ということもできる。大陸では、島国である日本では理解のできない国境問題をかかえている。

実際に戦闘が続いていたドンタップ省ホング郡にあるトンフオク村は、メコン川の近くにある。私たちは早朝ホーチミン市を車で出発した。一日では現地まで行けないので、途中カオランというところで一泊しなければならない。メコン川を二度、フェリーで渡った。南ベトナムの雨期は五月の末頃から始まるので、道の両側にある水田の水も少ない。一九六八年の戦闘の激しかった頃は、道も狭く、地雷や作戦のために交通は渋滞していたが、その後、サイゴン政府は道路を広げ、解放後は自動車も少なくなったので、私たちの乗った車はスピードをゆるめることもなく走った。

農家の周囲には大きな果実をつけたマンゴーの木が並んでいる。メコン・デルタは果物の産地でもある。まだ農繁期になっていないせいか田畑にいる農民の数も少ない。外見は解放前よりずっと落ち着いている。現在のホーチミン市では職場のない青年たちが、涼しい夕方になるとウロウロして喫茶店でたむろしているが、ベトナムの解放と統一は都市と農村では随分と違っている。企業、商店の国営化が進行しているが、農村では北ベトナムの合作社のような共同農場化は、まだ徐々にしか進められていない。

国境の村トンフオク

一九五六年、北ベトナムのゲアン省で農地改革に不満を持った農民の騒乱が起こっているが、現在は企業に比較して農業問題は非常に慎重に進められている。ビンロンやカントーでメコン川のフェリーを待っていると、サトウキビやマンゴーや「乳の実」とよばれる果物などを売りにくるが、そういった風景も以前と少しも変わっていない。カントーの市場は解放前やその直後も、メコンデルタの各地から農作物が集まってベトナム最大のにぎわいを見せていたが、そこは朝から以前のようにごったがえしていた。しかし、道路に並んでいた露店の長さが短くなって、少し規模が小さくなったように感じた。

カオランの銀行の二階で泊まった私たちはホングまで行き、そこから船に乗ってメコン川を上った。ポーランドのテレビカメラマンとディレクター、『赤旗』の高野功特派員、日本電波ニュース吉永和夫特派員の人たちも一緒だった。そしてAK47の自動小銃を持つ兵士たちが護衛についた。メコン川の沿岸で生活している人々を見ると、水をあびたり、洗濯をしたり、国境で戦争が起こっているとはとても信じられない。それが国境に接したトンフオク村に入ると急に緊張した空気にかわる。民兵や解放軍のゲリラたちが機関銃やB40ロケット、自動小銃や手榴弾を持って村を歩きまわっている。正規軍ではないので服装もまちまちで、旧サイゴン軍のシャツを着ている兵士もいる。ホング郡はこの村も含め六つの村があり、人口は約七万四千人で、そのほとんどは農業と漁業である。一九七七年だけでカンボジア軍の攻撃が百九件もあり、二百十六人の死傷者があった。しかも殺された八十八人のうち五十五人は赤ん坊や子供であったという。そして家や農産物が焼かれ財産を奪われている。今年は一月から三月九日まで百十八件と攻撃件数がふえて、二十八人が死亡、三十一人負傷、三人が連行された。このトンフオク村は二月二十七日の夜から朝にかけて攻撃を受けたが、百二十七人のカンボジア兵が殲滅《せんめつ》され、一人が捕虜になっている。

トンフオク村はメコン川に沿って細長く続いており、その先端は国境から三キロしか離れていない。そこに前衛陣地があるというので撮影しに行くことにした。途中、破壊され、焼き打ちにあった農家があり、農民の姿が少なくなってくる。カンボジア兵が村へ入ってきた時に作った塹壕や、戦死したカンボジア兵の埋めてある場所などを撮影している間に、私たちを護衛していた兵士はポーランドの記者たちと、どんどん先に行ってしまった。

私の周りには二人の兵しかいなくなり、心細くなってきたら突然、銃声がひびき銃弾の空気を切る音が聞こえたので、あわてて道の横にある壕に飛び込んだ。一人の兵士は二十メートルほど先の壕に入って頭の先だけが少し見える。もう一人の兵士は五メートルぐらい後ろの壕で、銃をかまえて国境線の藪をうかがっている。銃声がやむと急に静かになり、今まで気がつかなかった虫の音が聞こえて、不気味な感じがする。カンボジア兵がどこにいるかわからないので戻るのも危ないし、このままの状態でいるのも不安だから、とにかく前方の兵士たちのいるところまで行こうと、後ろの兵士に合図をして壕を出ようとすると、また銃弾が飛んできた。

解放前の従軍では、たびたびこのようにして解放軍の攻撃を受けて恐ろしい思いをしたが、今度は一緒にいる解放軍の兵士が恐怖の表情を浮かべている。銃声のとだえた時に壕を飛び出して、腰をかがめて前に進み、また壕に飛び込むということを何度か繰り返すと、前方に陣地が見え、その手前の壕に他の兵士たちが伏せていた。陣地にいる兵士と私の横にいた兵士が応戦した。そのうちに先に陣地についていた記者たちが、護衛していた兵士たちと逃げながら戻ってきたので、私も一緒に逃げ出し、結局は陣地に入ることができなかった。

私たちは、トンフオク村の取材で、最前線となっている農村を見た。家は破壊され農民は安心して畑へ出られない状態だった。また、アンジァン省のバイヌイ県の国境に近いチエンビエンでは、カンボジア兵の攻撃によって町の人々は全員避難し、砲撃によって建物は破壊され、廃墟となった町を見た。こういった状況を見ていると、カンボジアとの間に起こっている紛争が現実に起こっていたことがわかったが、ベトナムへ来て政府の撮影した虐殺現場のフィルムや写真をぜひこの目で確認したいと思った。カメラマンはそういった面で疑い深い人種であり、たとえそれが本物とわかっても、自分で直接現場へ行ってシャッターを押さないかぎり、なかなか納得しない。

私たちはベトナム政府に、是非戦闘のあった現場へ行きたい、できればカンボジア軍に対するベトナム軍の掃討作戦に従軍したいと要求した。しかし、実際に現場へ行けるかどうかは自信がなかった。米軍やサイゴン政府軍が戦っている頃は、自分の生命が惜しくなければ、どんなところへでも行くことができた。そこに、兵士がいる限り、ヘリコプターやボートなどを利用して現場へ運んでくれた。しかし、社会主義ベトナムでは、それはかなり難しい。まず我々の安全を保障するという点で、これまで許可にならなかった。そういった点ではトンフオク村の取材は異例といえる。そこにカンボジア兵がいたということは予想外だったのかもしれない。「軍と交渉してみるから、少し待っていて下さい」という返事だった。

そして三月十八日ホーチミン市のクーロン・ホテルで眠っている早朝のまだ暗い時に「これから国境の現場へ出かけるから仕度をして下さい」という電話があり、カメラを用意してフロントのロビーへ下りていくと、東ドイツ、ポーランドなどの外人記者たちも集まっていた。みんなでバスに乗ってタンソンニャット空港へ行った。そこには米軍の使用していたシヌークF型ヘリコプターが待っており、私たちはそれに乗り込んだ。同行した政府の人の情報では、キエンジァン省の海に近いハティエンの郊外まで二個連隊のカンボジア軍が攻めてきて、ベトナム軍はカンボジア軍の背後にまわって攻撃部隊を殲滅したということだった。そこで、私はカメラをすぐ撮影できるように用意して、外が見えるよう窓際に座った。

以前、ヤコペッティの映画で、アフリカのどこかの国の海岸に虐殺された死体が並んでいるという演出されたシーンを覚えていたが、二個連隊といえばたいへんな人数である。戦死した兵士が累累とある光景をヘリコプターの上から撮影できれば、これはすごい写真になると思った。ベトナム戦争の最中でもそんなシーンは見たことがない。私は少なからず興奮した。窓際に座っていたので現場へ着くまで、空から見たメコンデルタの風景の撮影をはじめた。運河を走るサンパン、刈り入れの風景、水田の上を飛ぶ水鳥などきれいな風景がある。一九七八年十月、南イエメンを取材した時、ヘリコプターから砂漠の風景を撮って『アサヒカメラ』に掲載したが、今度は空から見た解放後のベトナムを撮影したいと思った。

しかし同行していた軍の幹部から撮影を禁じられた。はじめからこちらの意図を話さないで撮影していたので無理もなかったが、ヘリの中はローターの騒音で人の話もよく聞こえない状態なので、説明をするのも大変だと思って撮影を中止したが、残念なことだった。現場へ近づいてくると、眼下の風景に気をつけていたが、死体が見えぬ間に地上へ降りてしまった。そこはヘリポートになっており、戦闘地域からは二十キロぐらい離れている。私たちはそこで軍の説明を聞いた。

この目で見た虐殺現場

二個連隊のカンボジア軍が国境を越えてハティエンの町のすぐ近くまで来た。そして、国境から近いミイドゥク村で、百人を超える婦女子を含む村民が虐殺されたということだった。そこで、私たちはバスに乗ってミイドゥク村の近くまで行き、そこから虐殺現場まで乾いた水田の畦《あぜ》を歩いた。約三キロぐらい歩いただろうか、暑い中をカメラやフィルムを持って撮影しながら、どんどん先へ歩いて行くみんなを追うのは大変な仕事だった。途中、もとの解放軍、今では政府軍となった兵士たちが、村のあちこちにいくつかのグループになってかたまっていた。そういった風景を見ていると、旧サイゴン軍によく似ている。彼らもやはり、野営地では各グループに分かれて食事をしたり、休憩をしていた。ベトナム戦争の時は、影のように本物の姿をなかなか見ることのできなかった解放軍の兵士たちが、今ではこのようにして姿を現している様子を見るとある感慨を覚える。

農家へ近づいてものすごい臭気を感じてくると、そこに虐殺された人々の死体が並んでいた。すごい光景だった。女も子供もむごい殺され方をしている。多くの死体が銃で撃たれたものではなく、鎌のような刃物で切られたように腹部から内臓が出ている。そして女性たちは局部に棒がつき込まれている。戦闘にまき込まれて殺されたというようなものではない。虐殺という言葉がぴったりとする残酷な殺し方である。近くの畑で村人が穴を掘っていた。死体を埋めるのである。この人たちも不幸な人たちである。ベトナム戦争の時は、米軍とサイゴン政府軍、そして解放軍との戦火にまきこまれ、やっと戦争が終わったと思ったら、今度はカンボジア軍の攻撃を受けている。水田には水牛が殺されていた。もう少し歩くと一軒の離れた農家があり、一家六人が殺されている。夫婦と子供四人が虐殺されている。やはり農婦は棒をつき込まれ、子供たちは撲殺されている。なんでこんな子供まで殺さなければならないのか。カンボジア人のなかには、もとクメールの土地であったメコンデルタ地帯をベトナム人に奪われた、という歴史的なことに反感を持っている人も多いと聞いた。

今度、国境へ侵攻し捕虜になったカンボジア兵によると、現在のホーチミン市であるサイゴンも、もともとはプレイノコーというカンボジアの地であり、ポル・ポト政権は、サイゴンを奪い返す計画であるということも言っていたという。それがどのくらい本気かはわからないが、それにしても一般農民に対する虐殺行為は異常である。千百五キロにわたる国境線でゲリラ的に攻撃を受けたら、かなりの軍隊を国境周辺に配置しなければならず、夜も昼もどこから入ってくるかわからない少数

カンボジア国境ミイドゥク村で虐殺されたベトナム農民。1978年3月

ポル・ポト兵に虐殺されたベトナム農民、1978年3月、カンボジア国境

ベトナムに侵入して捕虜になったポル・ポト兵。一九七八年三月、カントー省

の攻撃部隊を、完全に捕捉するのは不可能に近い。このカンボジア軍は中国に支援されている、とベトナム側では見ていた。カンボジア軍から捕獲した武器のほとんどが中国製であるという。実際、私たちも中国製の捕獲武器を見た。この中国によって支援されたカンボジア軍のベトナム攻撃が、その後のベトナム軍のカンボジア侵攻、中国軍のベトナム侵攻となっていく。

中越戦争

サイゴンで生活している頃、市内には多数の中国人がいた。私たちが食事に行く店のほとんどが中国人経営だった。それは何も中国料理に限らず、フランス料理店のコックも中国人だった。それにチョロン地区へ行くと、そこは中国人街で、テト（旧正月）になると爆竹をならして、にぎやかな中国式の正月行事が見られた。封建時代の中国が、一千年にわたってベトナムを支配していた影響はいろいろな形で残っていた。サイゴン市内にはいくつかの仏教寺院があったが、レバンジェット通りの寺院には、テトになると華僑の人が行列をつくっていた。農村の小さな寺院に行っても、寺院名など漢字がそのまま残っているところが、よく見られた。ベトナム料理にしても、家庭料理は、中国料理の味を薄くしたような感じであった。香辛料をたくさん入れる、となりのカンボジア、タイの料理と随分と違っていた。サイゴンでは、ベトナム人と華僑が混然と生活をしているという感じで、私もそういった風景をあたりまえのように思っていた。

しかし、はじめてハノイへ行った時、サイゴンとは随分違った感じを受けた。そのひとつは、街の各所にある食堂で華僑がたむろして時間をつぶしているといった、サイゴンでの見慣れた風景が全くなかったということがある。だいたい、街角の食堂というようなものがなかった。食堂は外人はホテルを利用し、ベトナム人の食堂は、食券が必要で、食事時に大勢の人が並び、サイゴンとは全く違った風景だった。

それでもホアンキエン湖から少し歩いていったところに、華僑の経営する店が数軒あった。五、六人入ると満員になりそうな小さな店で、表の店内がいっぱいの時は、中の台所のようなところへ入れてくれた。そういった店のなかのひとつは、『赤旗』や日本電波ニュースの駐在特派員たちが「鳩屋」とよんでいた店で、美味しい鳩とスッポン鍋を食べさせてくれた。このスッポン鍋はまるまる一匹煮こんだごうせいなもので、当時、日本円に直して二千円ぐらいだったが、日本で食べたら一万五千円以上はするという話だった。しかし、中越戦争以降はそういった店もほとんどなくなってしまった。

一九五四年のジュネーブ協定以降、北ベトナムの社会主義化は進み、華僑は北ベトナムでの生活から離れていったが、南ベトナムは約二百万人ともいわれる華僑が残った。中越戦争以降は北ベトナムに住む華僑は中国へ移動したが、途中から中国は入国を拒否した。南ベトナムから多数の華僑は合法的にまたは難民として出国していった。しかし、現在でもチョロン地区へ行くと華僑の流出が感じられないほど、市街には多数の人が往来している。

一　中越国境最前線

　一九七九年四月、ハノイから激戦のあったカオバン市まで三百キロ、そこからさらに国境から二キロの地点にあるチャリン県フオックホアの最前線基地まで行って、国境を守備する兵士や戦争の残したつめあとを取材した。

　中国領土から国境を越えてハノイまで進行できる主な道路は、ランソン省からの一号道路と、ホアンリエンソン省、ハザン省からの二号道路、そしてカオバン省からの三号道路がある。いずれの道路も山岳地帯を通るので、いたるところにある山の斜面にベトナム軍の塹壕が築かれて道路上から侵入してくる敵を攻撃できるようになっている。

　ハノイを出発して、三号道路を三十キロも行くと、もう、そこには首都を守る塹壕があり、正規軍が近くの部落に駐屯して緊迫した雰囲気である。軍用トラックや、バスは国境へ行く兵士たちで満員である。今度の取材で驚いたことは、その塹壕の多いこと、国境からの難民がいぜんとして続いていること、今度の戦争でカオバン市やその付近の農村の破壊が想像した以上にすさまじかったことであった。

ハノイから二百キロをすぎてバクカン県へ入ると国境周辺からの避難者がバクカン川に沿って集団で仮小屋を建てて生活している。その数は千人を超えるというが、いずれも、少数民族である。国境地帯に住むベトナム人の多くは少数民族で、カオバン省を例にあげるなら、十一の少数民族が各地で生活しており、総人口五十万人のうち八〇パーセントを占めている。そのうち十万人が今度の戦争で避難したが、その多くはまだ故郷へ帰ることができない。山岳地帯に住む人々にとっては、海で生活する漁民と同じで、住み慣れた土地を離れると生活する手段がむつかしい。カオバン市の周辺には避難民が道路の横や畑で家族がかたまって身を寄せるようにして、夜になると十二度にも下がる寒さの中で夜明けを待っている。突然の攻撃の中での脱出で、どの家族もわずかな荷物しか持っていない。

すでに一カ月以上にもなるので、この人たちは戦争終結の話し合いがつかないかぎり、落ち着く場所がない。ある家族たちは、いったんは国境に近い故郷へ戻ったが、家畜は殺され、財産は奪われていた。現在でも一日、五、六発の砲弾が落ちてくるので、再び避難してきたという。

国境へ向かってジープを進めると、一キロごとに二十組から三十組の避難民家族に出会う。一家族といっても老人や親類もいて十人を超えるグループである。

アメリカの介入した長いベトナム戦争の従軍で、米軍の爆撃や砲撃によって家を焼かれ、肉親を失った民衆を見た。一九七五年サイゴン陥落でやっと戦争が終わったと思ったが、その次に見たのは、一九七八年の三月カンボジア国境で虐殺されたベトナムの農民であった。そして、今度は中国軍の侵攻から逃れる難民の姿であった。

ベトナムの歴史は受難の歴史である。紀元前から中国の圧力を受け、近代になってもフランス、日本、アメリカの支配を受け、そこから故ホー・チ・ミン主席の「自由と独立ほど尊いものはない」という言葉が生まれた。長い戦争の末、ベトナムはやっと独立をかちとった。しかし、そこに至るまではいつも民衆の底知れぬ犠牲をともなっていた。

破壊されたカオバン市を見た。米軍の北爆の時代に爆撃を受けた各都市を見たが、その時の状態とよく似ている。市内には満足にもとの形をとどめている建物は一軒もない。爆薬や火炎放射器で都市を破壊した中国軍を、ベトナムの人々は経済的な破壊を目的とした悪質な手段だと怒りをかくさない。各種工場、ダム、養豚所、どれも徹底的にこわされている。

中国国境から2キロのカウチ高地に立つベトナム地方軍。1979年4月、カオバン省

農民の嘆き

「田植えの春は、もう過ぎました」と農民は語っていた。北部では二月に田植えをして六月に収穫をする。そして、七月にまた植えて、十二月に穂を刈るという二期作である。今度の攻撃によって苗を植える時季を逸したことが農民にとって大変つらいことだという。

国境付近の農民が本能的に戦闘の不安を感じて避難を続けているように、最前線の兵士たちも中越会談で一件落着するとは考えていない。「再び懲罰もある」という中国側の発言を決して、単なるおどかしとは考えていない。

国境から二キロしか離れていないチャリン県フオックホアのカウチ高地では、五百六十七部隊第三大隊の一個中隊が塹壕の中で夜を徹して、再度の攻撃に備えていた。

この地点は二月十七日午前五時五十五分に砲撃を受け、それから中国人民軍との間で十二日間の激戦を繰り返したという。中国軍の戦闘方法は人海戦術で、八列から十列に並んでラッパ、太鼓の音と同時に高地の上に向かってどんどんと立ったままで突撃をしてくる。前の兵士が倒れても後から進んでくるという。先頭の兵士は武器を持っているが、後からくる兵士は武器を持たず、先に倒れた兵士の武器をひろって進撃してくる。夜になると攻撃が終わり、明るくなるとまた攻めてくる、という戦闘の繰り返しで、ベトナム軍は十二日間でとうとう弾丸がなくなり、闇にまぎれて脱出したが、撃っても撃っても攻めてこられるとだんだん怖くなると、一兵士は語っていた。

国境へくる前にタイグエンの捕虜収容所で十一人、カオバンの前線で二人、計十三人の中国人捕虜と会見した。ベトナム側によって選ばれた兵士であったが、河南、山東、新疆など各地方から来ていた。中国には十一軍区があるが、今度のベトナム侵攻作戦では、北京軍区を除いたすべての軍区から参戦しているという。

捕虜になった兵士に質問すると、ベトナムが米軍と戦っていたことも知らないと答える兵士もいた。そのことは知っているが、戦争の終わったことを知らないという兵士もいた。どれだけ本当の気持ちを答えているかはわからないが、この人たちも故郷へ帰れば良い農民であるのだろうという感じがした。ベトナムにいて国境周辺の民衆や軍の動きを見ていると、中越会談が、そのまま停戦和平へ結びつかないような気がする。

ベトナムはまだ抗米救国の戦争が終わったばかりである。三十年にわたる戦争の後遺症は深い。ベトナムとしてはできるだけ早く国の再建を進めていきたいところだ。それに深みにはまったカンボジアの問題もある。こういう状況で、国境から数十万の難民が続出した。中越戦争の再発はなん

中越戦争でベトナムに侵攻して捕虜になった中国兵。
1979年4月、タイグエン

としても解決したいところだ。しかし、問題は中国軍の侵攻後、まだ占領されたままになっているという十数カ所のベトナム領、侵攻によって受けた損害をどうするかである。国境をはさんで向かいあっている大軍と、そこから生まれる緊張感はいまだに続いている。

ベトナムにはアメリカに勝ったというプライドもある。ベトナムが攻撃されたままで黙っているというのも不気味である。外交的には挑戦的というイメージをぬぐい去りたいと考えながらも、占領された状態がこのまま続くのであれば、断固とした処置をとらなければならない、という前線司令官の言葉も、またベトナムの声でもあろう。

中越国境ランソンへ

ハノイのリートアンキエット通りにあるホアビン（和平）・ホテルで、朝の五時半に目を覚ました。まだ薄暗い外を見ると、小雨が降っている。ハノイへ着いてから二週間になるが、その間、朝のうちはいつも雨が降って、青空の見えた日がない。北ベトナムの雨期は五月の末からだが、今年は雨が早いという。四月のはじめでも日本の五月の末頃の暖かさで、夜は毛布がないと寒い。国境に近いカオバン市では、毛布を二枚かけても寒くて眠れなかったくらいだ。

七時前になると、対外文化連絡委員会のグエン・クイ・クイ氏とクアン・チュン君が来る。クイ氏とは一九七二年にはじめて北ベトナムを取材した時からの付き合いである。チュン君は今回がはじめての同行で、ハノイ貿易大学で日本語を勉強して、卒業後対文連に勤務している。読売新聞の小倉記者とともに四人がソ連製のジープに乗って、七時に激戦のあったランソン省の取材にハノイを出発した。

ハノイからランソン市まで百五十六キロ、ランソン市から国境にいちばん近いドンダンの町まで十三キロ、そしてドンダンから中国との国境にある友誼関まで三キロ。ランソン省の取材ではぜひこの友誼関まで行き、二千年にもわたる両国の関係の長い歴史のうえで交通の接点となっていた場所をこの目で見たかった。

先のカオバン省の国境取材の時もそうであったが、国境に近づくにつれて中国軍侵攻の厳しい戦いのあとや、また起こるかもしれない戦闘に備えてのあわただしい空気が強くなっていくが、ハノイから近い町や村では、それほど緊張しているようにも見えない。

二月の田植えの季節が終わり、一号道路の両側にある水田は、今は緑一色である。そして合作社の女性たちが、あぜ道や苗の間にある草を取っている風景が、あちこちで見られる。農家の周囲にはコスモスやサルビアの花が咲き、キュウリ、ナスなどの野菜の取り入れをしている光景も見られる。ベトナムの合作社では、共同作業で合作社での農業や手工業などに従事するが、そのほか、各農家に自営農業を許された土地があり、ここでの農産物が、余禄として、現金収入となる。そこに植えてある花もハノイなどへ出荷する。

ジープをとめて、道の横で売っているキュウリを買った。ちょうど日本で、スイカやナシなどの時季になると、道路の横で即売をしているが、それに似ている。ずんぐりと太いキュウリが一本十円ぐらいだった(公式レート、一ドル＝二・一七ドン、一ドン＝約九十五円)。バナナが十三本で三百二十円。これは、値切らないで、言われた通り買ったのだが、おかみさんたちは、買い物をする時はねばりにねばっているから、実際はどこまで安くなるかわからないが、それにしても、一般に物価は高い。その国の医療費や家賃、配給など、いろいろと人々が生活していくうえでの政府からの保証があるので、我々の状況と比較することはむつかしいが、キュウリ一本の値段をとりあげるならば、ホテルで働いている若い女性の初任給が一カ月五十ドンぐらいと聞いたから、月給の五百分の一ぐらいになる計算で、物価の高い日本とさほど変わらない。それにハノイ市内で食べるウドンが一杯二ドンで、約百九十円。五十ドンの月給を約四千七百五十円とすると、月給の二十五分の一に当たり、日本で初任給一カ月五万円とした場合、割合でいくとウドン一杯が二千円になる。一九七八年までは一杯一ドンだったが、昨年の水害で米の収穫が落ち、米の粉で作るウドンの値があがってしまった。いろいろな方面から聞いてみると、各農家ではかなりの預金があるということだ。一家庭で五千ドン、一万ドンの預金という説もある。それは、ひとつには日本のように消費文化ではないので、生活に最低必要なものを買えば、そのほか、冷蔵庫やもろもろの電気製品の市販もゆきわたっていないから金を使う必要がないということにもある。さきほどのキュウリだが、とにかくうまい。ただ、塩、コショウをつけて食べるだけだが、キュウリがこれほどうまいとは今まで考えてもみなかった。ベトナムの農業では、あまり化学肥料を使用しない有機農業が多く、ビニールハウスも使用しないので、形はあまりよくないが、トマトにしてもナスにしても味がよい。

ランソンに着くまでは、途中は比較的平野が多いので、ベトナム軍の塹壕もあまり見られない。ランソン省へ入る四十キロほど手前に、チランの谷がある。ちょうど伊那谷のように両方の山にはさまれた平野だが、ここはベトナムの民族にとっては忘れることのできない場所でもある。それは一四二七年のレ・ロイ王朝の時代に、当時ベトナムを支配していた明の十万の大軍を、グエン・チャイ将軍を総帥とするベトナム軍が撃破して独立をかちとるという、ベトナム歴史上ゆいしょのある場所である。今度の中国軍がランソンを突破して、ハノイへ迫った時には、再びここで決戦をまじえようとの考えがベトナム側にあったかもしれない。

ランソン市が破壊されているので、省の人民委員会は市から三十キロほどハノイによったドンモというところに移っている。一号道路に沿った小さな町は、平常では静かなところであるのだろうが、ランソン市からの移住者や、国境からの難民でごったがえしている。私たちはここで途中で買ったキュウリと、ホテルで作ったパンと肉とタマゴで弁当を食べて、すぐランソン市へ向かった。

一号道路を通ってランソン市に入るためには、サイホ峠を越えなければならないが、ここがすごい。何がすごいかというと、道路をかこんだ山はすべてベトナムの塹壕で、一号道路からハノイへ入るためには、何キロも続く針の山のような自動小銃や機関銃の間を通っていかなければならない。ここを突破するのは容易なことではないだろう。長いベトナム戦争の従軍で、前線のことも少しはわかるようになったが、その日で見たベトナム軍陣地の全貌をここで書くわけにはいかない。

ランソン省と中国との間に、国境線としてつながっている距離は二百三十五キロである。二月十七日午前零時に、第四十一、第五十三の二個軍団が四カ所から一斉に攻撃を加えてきたという。国境には五つの県があり、そのうち、ロクビン県、カオロック県、バンラン県、チャンディン県の四県が攻撃の対象になった。先に見たカオバン省の場合もそうであったが、中国軍の作戦計画としては、攻撃開始から四十八時間以内に省や県の主要部を占領することになっていた。今度の戦闘で中国側の大きな誤算としては、ベトナム地方軍の予想を大きくうわまわる激しい抵抗であった。今度の戦闘で、ベトナム正規軍の参戦はなかったが、正規軍に比較して地方軍は劣るのかというと、決してそういうことはないという。

ベトナムの場合は、村、郡、県、省とそれぞれに軍の組織があり、そして正規軍がいる。村の小さな単位から民兵がいて、自分の村が攻撃されれば銃を持って戦いに参加する。民兵は農民、女子、壮年の男子などいろいろな人たちで構成されている。そして敵が多ければ、隣の村から応援に来るし、それでも足りなければ、県や省の組織された地方軍が来る。彼らは自分の土地の事情をよく知っており、それに自分たちの土地や家族を守るために必死になる。

釘づけになった中国軍

中国国境のランソンから、カンボジア国境のタイニンまでの一号道路は、カンボジアのプノンペンを通り、さらにタイにまでつながっている。二月十七日の午前、一号道路につながる友誼関の方面からランソンを攻撃する戦車、装甲車をともなった中国軍の主力部隊は、ドンダン町の郊外にあるタムルンで釘づけにされた。そこはランソン市から八キロであったが、十七日から二十六日までの十日間、中国軍はゲリラと地方部隊の防御線を突破できなかった。このことはほかの三カ所についても言える。そして中央の主力部隊、偵察隊の一部が目的地のランソン市に入ることができたのは、撤退宣言の出る三月五日の前夜であった。単純に計算すれば、友誼関からランソンまで十六キロの距離を十六日間かかっていることになり、一日に一キロしか進むことができず、四十八時間という中国軍の計画は大きな誤算ということになる。そして五日の午後には、部隊は市街を破壊して撤退している。しかし、実際には完全撤退ではなかったのである。

ランソン市内で『赤旗』の高野功特派員が、中国兵の狙撃で死亡したのは三月七日の午後三時二十分だった。高野氏が倒れ、ベトナムの土に血をしみこませた道路の中央には「高野同志、この地で中国侵略者によって殺害される」という文字が板に書かれて立ててあり、その周囲には花束が置いてあった。私たちも高野氏の冥福を祈った。高野氏とはじめて会ったのは昨年の三月、カンボジア国境の取材の時である。高野氏は以前は語学留学生としてベトナムでの生活は長かったが、今度は『赤旗』特派員としてハノイに赴任してきていた。カンボジア国境アンジァン省の最前線や、タイニン省のカンボジア難民部落を一緒に取材したこともあった。

高野氏の強みはなんといっても、たくみなベトナム語を話すことで、ホテルの従業員や兵士たちと話し合っている様子をみると、大変うらやましかった。民衆の声がいつでも、どこでも自由に聞くことができるからである。これは外国取材の場合、大変重要なことである。そしてもうひとつの大きな強みは、人柄の優しい親しみやすい性格であろう。だから、ベトナムの人たちとも気軽に話をすることができる。ハノイのようにあまり娯楽施設がなく、日本人の数が少ないところでは、ハノイへ来た時に旧友に会うのが大きな楽しみであった。今度も高野氏と一緒にハノイ特派員たちの共通したファンである倍賞千恵子のレコードを聞きながら、酒を飲むことを楽しみにしていたが大変残念だった。

ハノイ側からランソン市内に入るために、サイホ峠を下ってキイクウン川の内側を通って市内に入る。三月五日、中国軍は撤退を発表していたが、ランソン周辺には七日になってもまだ、中国軍は残っていた。しかし、市内のはずれにあるランソン駅の近くのチュア・ティエン山の洞穴の周辺には、数人のベトナム兵がいて、その後方の陣地には多数のベトナム軍がいた。サイホ峠のふもとのベトナム軍陣地から、駅の近くのベトナム軍陣地までは、市内を通れば四、五キロではないだろうか。そこで二台のジープに分乗した高野氏とジャパンプレスの中村梧郎氏は、フルスピードで市内を走りぬけた。その時迫撃砲弾が、走るジープの近くに落ちたので危険を感じた一行は駅の近くのチュア・ティエン山の洞穴で三時間半ぐらい待機して、またもとの道を戻ろうとした時に、自動小銃の一斉射撃を受けた。

ハノイで会った中村氏に同乗していたベトナム通信の記者の話によると、それは二カ所から撃ってきたという。一カ所は川向こうの正面にあった陣地から、一カ所は高野氏の倒れたすぐ五十メートルほど先にある人民委員会の建物からという。七日にもまだ市内に残っていたのである。なぜ市へ入る時に撃たれなかったのだろうという疑問に対し、川の向こうのタムタン山に中国軍の市内を見張っている場所があって、中国軍はそこから二台のジープが入るのを見て、帰ってくるのを待ち伏せていたものだという。中村氏のジープは故障で百メートルぐらいおくれたが、同時に攻撃をうけたため運転手が重傷を負っている。中村氏とはハノイでもすれ違いの連続で、会うことができなかったが、それにしても怖い思いをしたことだろう。

破壊された山の避暑地

ランソン市内にある学校、郵便局、省委員会事務所、映画館、病院などすべての公共施設は、ダイナマイトで破壊されている。省人民委員会では、損害を二億八千八百十七万一千ドン（約二百七十四億円）と発表している。ランソン市内をまわってみると、山岳地帯特有の風景で大きな樹林が市内に繁って、もし、今度の戦争で破壊されなければ、素晴らしいところだったろうと思う。高原の避暑地のような感じである。

破壊された建築物を見ると、それはフランスがインドシナ連邦を設立した一九三〇年代の名残があり、それが山岳地帯の風景ととけこんで、我々外人から見ると独特の雰囲気があったが、あれほど徹底して破壊されると、もうもとのように再現するのはむつかしいだろう。私も沖縄を考える時、あの第二次世界大戦で破壊された故郷である首里の町が失われたことに、寂しさを感じるが、ベトナムも北爆でハノイを除きほとんどの市街を失い、中国国境の街ということで爆撃をまぬがれた省都のほとんどが、今度の侵攻作戦で破壊されてしまった。現在、北部で破壊されていない市街は、ハノイ以外にあるのだろうか。

ランソン駅へ行ってみた。駅には国境周辺の部落から避難して、そして汽車でもっと安全なところへ移りたいと希望する人々であふれていた。中国軍の撤退宣言で、もう戦闘は一応は終わっているはずなのに、どうして人々はこれからも避難しなければいけないのか。

ランソン省の国境に沿った五県に七十二の部落があり、今度の戦闘で、そこに住んでいた二十万人の人々が避難をした。戦闘が終わっていったんは自分の村へ帰った。会談を前にして国境での緊張状態は高まって、中国軍は侵攻以前にも増して、一説では百万という大軍を国境周辺に集結して、迎え撃とうとするベトナム軍も各所に陣地を作っている。このような状態では、農民は安心して農作業や日常の生活ができない。そこでまた、老人や婦女子は引き続き避難をはじめた。現在、七十二の村には六万人の民兵や青年だけが戻って「生産を続け、戦いに備える」といった戦闘村を作っている。国境に住む人々の多くは少数民族の人々で、ランソン省の七〇パーセントを占めている。その中でもタイ族とヌン族が多い。ランソン省の華僑は一万四千人であったが、統一後に七千人が中国へ帰って、現在は七千人が残っている。残っている人々は、農業などベトナム人と同様な生活をしているという。

その夜はランソン市から三十数キロ離れたドンモへ戻って、泊まることになった。ランソン市には大きなホテルもあったが、今度の戦闘で破壊され、とにかく市内には人間が泊まれるような場所は、ひとつも残っていない。これまでの取材では、そこの場所にあるいちばんよい場所を、遠来の友人としてベトナムでは提供してくれていた。北爆中の取材では、やはり、どこの都市も破壊されていたので、民家を利用して作った接待所や、特別に客のために省で作ってくれた場所に泊まった。特別にといっても戦争中なので、竹や泥でつくった簡単な場所ではあったが、心がこもっていた。ドンモでも近くの竹林から切ってきた竹で周囲をかこってあるだけだが、土間の上にちゃんとしたベッドと小さな机もあった。他の省から復旧の援助に来ているベトナムの技術者たちは、硬いベッドの上で寝なければならない。山岳地帯は寒いのでかけ蒲団も用意してある。

ベトナムの朝はどこでも早い。五時に有線放送からラジオ体操が流れているのがなんとなく聞こえていたが、五時三十分になるとドラの音が鳴り、周囲の人々の起きるざわめきが聞こえた。ベトナムの一日がはじまったのだ。その頃から少し明るくなったが、相変わらず朝の雨が降っていた。

最前線の町ドンダンへ行くために、省の人民委員会と外務省の人たちが、軍事委員会とかなり強い交渉をしたが、ドンダンまではよいが、それから先は許可にならなかった。会談を前にして相手を刺激したくない、という考慮もあったようだ。前日に来たジャーナリストのウィルフレッド・バーチェットは、ドンダンまでも行けなかったという。とにかく少しでも先へ行ければよい。ドンダンまでジープを走らせた。ランソン市から先には、武装した兵士以外にはもう一般農民の姿はほとんどない。村も人影がなくひっそりとしている。そして、ところどころで民兵や、青年たちの農作業が見えるぐらいである。完全な準戦闘態勢といってもいいだろう。ドンダンの町も、車を降りてわずか五分ほど撮影をしただけで、すぐジープに乗った。ドンダンの町は全く無人化している。ここは多くの華僑が住んでいた町だという。ある人は中国へ帰り、ある人はベトナムの安全な場所へ避難した。

国境の近くに住んでいた人々は、南ベトナムが解放された一九七五年までは、お互いに自由に往来をしていた。ベトナム側のトウモロコシや米、その他の農産物や果物、家畜と、中国側のマホウビン、ビニールゾウリなどの軽工業品や日常品との物々交換が行われていたが、悪化していく両国の政情がだんだん民衆の生活にも影響してきて、昨年、中国側によって禁止されたという。ラオスが現政権になる以前にはよく取材に行ったが、ラオス市内のランサン・ホテルから目の前にあるメコン川を見ていると、タイとラオスの人々が自由に往来をしているのが見えた。タイの人々はラオス市内にある朝市へ来ていたし、また夕方になるとお互いの合同市場がメコン川の横で開かれていた。そういった両方の民族が生活の場を通して、自然に交流をしている様子を見ると、心が洗われるような気持ちになったものだが、それも今ではなくなってしまった。

ランソン省の難民の人たちが早く故郷の家へ帰り、あの陣地にある銃が火を噴かなくてもすむように願いながら、ランソンを後にして夜の道をハノイへ帰ってきた。

二　捕虜交換

第一回の捕虜交換が、一九七九年五月二十一日にランソン省の〇《ゼロ》キロメートルの地点で行われた。これは先に行われた第一回中越会談の際に、ベトナム側から提案された三項目のうちの第一項目にあたるものだった。ベトナム側は第三回会談で二百四十人の捕虜名簿を提出し、中国側に受け取りを拒否されていたが、第一回の交換で故国へ帰っていく兵士は四十三人で、そのうち三十五人が負傷（重傷三人）、八人が病気だった。中国側からは女性十五人を含む百二十人の兵士と一般市民と農民が帰ってくることになった。

交換地点となるランソン省の〇《ゼロ》キロメートル地点は、国境の町、ドンダンから約三キロのところにあり、歴史的国境線のある友誼関から三百メートル、ベトナム領土内側にあり、その地点を国境と主張する中国との間で問題になっている場所だった。今度の交換地点もベトナム側は友誼関を指定し、中国側は〇《ゼロ》キロメートル地点を主張し、意見がわかれたが、ベトナム側は、この問題にこだわっていると交換がおくれるので、人道的立場で了承したが、決して〇《ゼロ》キロメートル地点を国境と、認めたのではないことを強調した。

ハノイからランソンまで百五十六キロ、ランソンからドンダンまで十三キロある。現地で十時から、双方の赤十字代表団の話し合いが始まるので、それを取材するためには、前日にハノイを出発しなければ時間的に間に合わない。そこで外国人ジャーナリストは二十日の午後一時にハノイの外務省の前を、それぞれの車で出発した。各国記者の国名をあげると、ポーランド、キューバ、ソ連、フランス、チェコ、ハンガリー、インド、インドネシア、日本、ラオス、東ドイツ、オーストラリアの十二カ国計二十八人で、このオーストラリアというのは、ベトナム通のウィルフレッド・バーチェット氏のことである。私たちも、ビールや夕食の弁当などを積んでジープに乗って出発した。ランソン市には良いホテルが三つもあったそうだが、今度の中国軍侵攻で、ランソン市はことごとく破壊されてしまったので、前のランソン省取材の時のように、またランソン市の手前にあるドンモの仮宿舎で泊まらなければならないが、そこでは夕食の用意はできなかった。

一カ月とちょっと前のランソン省取材に行った時と、現在とでは、一号道路の周辺に見える風景が随分と変わっていた。その頃は、ちょうど田植えの終わった時で、水田には青々とした苗代が出揃っていた。それが、今では、もう重い稲穂がたれさがって、場所によっては刈り入れが始まってい る。ベトナムは二期作だから、六月の収穫が終わると、また田植えが始まる。農家の庭には、コス モスとサルビアが咲きみだれていたが、それも散ってしまっていた。それに、道路の両側で売って いたキュウリが大変うまかったので、今度も、と思っていたが、キュウリは姿を消して、その代わ りにスイカが並べてあった。前の時は、大砲を引いた軍用トラックや、兵士を乗せたバスが走って、 随分とあわただしく緊張した雰囲気を感じたが、その時と比較すると落ち着いているように思えた。

これはなぜなのだろうと考えていて、気がついたのだが、戦闘準備はすでに終わっている、とい う感じなのだ。現地にいると再び戦争が起こるのではないかという空気が強く感じられる。それは ワルトハイム国連事務総長が北京を訪問した際に、鄧小平副首相のベトナムに対して再度の制裁も ありうるといった発言や、中越国境に十四個師団の中国軍が配置され、ハノイにおける中越会談が 第五回で一方的に打ち切られたという事実が、また中国軍の侵攻があるのではないかという不安に つながっている。しかし、今では、もし再侵攻があっても迎撃の準備はできている、というように 感じられた。ハノイ近郊の山にも一カ月前まではなかった塹壕が作られている。ランソンから近い チランの谷間には兵舎もできていたが、以前にはみられなかった。それに続々と続いていた、国境 周辺からの避難民は、すでに疎開先で落ち着いている。チランの平地には少数民族の人々が畑を耕 して、彼らは新しい生活をはじめていた。

ドンモの竹と泥でできた仮の宿舎についた各国のジャーナリストたちは、それぞれ、弁当を食べたり、持ってきたビールを飲んで旅の疲れを休めたりしていたが、夜になって、ランソン省の幹部から捕虜交換に関する説明があった。

食い違う双方の提案

一九五四、五五年にベトナムと中国を結ぶ鉄道の工事が行われ、その際友誼関とイエンビエン間の鉄道接続点を三百メートル内側につけた。ベトナムはそれを好意で許可したが、中国はそれを国境線上の地点と主張してきた。その接続点の平行線上が〇《ゼロ》キロメートル地点だが、これも歴史的国境線からは三百メートル、ベトナム領土内なので、当然ベトナム側は、ここを国境の分岐点とは認めていないという。ベトナム側は赤十字代表団の会見場所を友誼関と提案し、中国側は〇《ゼロ》キロメートル地点を主張している。どちらになるかは明日にならないとわからない。〇《ゼロ》キロメートル地点で行われれば、そこはベトナム領土だから取材をしても構わない。しかし、友誼関になれば、そこは中国領土であり、取材できるよう交渉はするが、向こうが何と言うかわからない、と言ったが、それからの説明が面白かった。ドンダンから○《ゼロ》キロメートル地点までの三キロを歩いていかなければならないが、そこには中国軍の埋めた地雷がたくさんある。「もし、向こうからの挑発的行為などの突然のアクシデントがあっても、落ち着いて行動して下さい。それでないと、非常に危険です」と言われた。それを聞いて私たちもいささか怖くなった。地雷を踏んで即死すれば、それは仕方がないが、もし足でも吹き飛ばされ、生命だけが助かったりしたら、今後の生活は絶望的ではないか。そのことについて翌日も厳重に注意された。○《ゼロ》キロメートル地点まで一メートルぐらいの幅で白い線が引いてある。そこは地雷を取り除いてあるが、その周辺は、そのままになっている。どんなことがあっても、そこから飛び出さないように——。そこで、私たちは、どんなことが起こっても飛び出さないことを心に誓って、白い線の間をできるだけ真ん中を歩くようにした。ところどころに骸骨の絵があって、地雷と書いてある。確か米軍の基地でも地雷のあるところに骸骨の絵があったが、これは、地雷を踏んで死んでしまったら、将来は骸骨になってしまうという世界共通の記号だろうか、などと考えたりする。そのほかにも恐ろしい地雷原の周囲の高地には塹壕があり、ところどころに機関銃を備えたベトナム兵士たちが、こわごわと歩いている我々を見物している。なにしろ国境から三キロメートル以内で、この周辺はまさしく最前線である。一カ月前に来た時はドンダンの町までは来ることができたが、ここまでくることはできなかった。少しでも身をさらすと撃たれるということだった。○《ゼロ》キロメートル地点の手前にベトナムの国境保安隊の事務所があったが、これは完全に破壊されていて、ベトナムの旗だけが高くひるがえっている。そして正面前方には中国の友誼関事務所が見えるが、これは少しも壊れていない。

そこから戦車やトラックの妨害のために道路上に横たわっている電柱や木などを越えながら、〇《ゼロ》キロメートル地点に無事に到着した。すると向こうには、日本の共同通信社やテレビ朝日も含めた外国人記者が待っていた。我々は地雷におびえながら、暑い太陽の下を三キロも歩いてきたが、彼らは東海道のような道を自動車ですいとやってきたのである。敵味方に戦っている国であるが、私たちはジャーナリストである、遠く遥々とやってきて、私たちまで、いがみ合うこともないと思ってお互いに写真を撮ってあいさつをかわした。

〇《ゼロ》キロメートル地点

赤十字の会談は十時から始まった。ベトナム側はグエン・ヴァン・タイ赤十字委員会委員長をはじめ十三人の代表団、中国側もリュウ・ヴァン・フイ赤十字委員会副委員長を含めた十三人である。両団長が握手をしてお互いの代表団の紹介があった。それを撮影するのが、また大変である。何し

0キロメートル地点で捕虜交換の打ち合わせをする中越赤十字代表団。1979年5月、ランソン

ろ道路幅は決まっていて、そこを出ると地雷があるかもしれない。ベトナム側は二十八人の外国人記者のほかに、ベトナムの『ニャンザン』やベトナム通信、そのほかのカメラマンが前に出ようと、まるで、日本での事件取材と同じようにこみあっている。中国側は七人の外国人記者と数人の中国人記者なので、こちらの騒ぎを見ながらゆうゆうと撮影している。やはり大国の余裕というべきか。十時から始められた交換のための会談が、十一時十五分に終わって、三十分か四十分捕虜の到着するまで時間があった。ベトナム側は、この時間を利用して、残る捕虜の交換の話し合いをすすめようと提案したが、中国側は、それは今日の交換の終わった後でとして、応じない、ということを記者団に説明していた。

〇《ゼロ》キロメートル地点の内側に道路をはさむようにして、二百メートルぐらいの高地がある。ここが二月十七日の侵攻後引き続き中国がベトナム領土を占領している地点の一部として、問題になっているところであった。中国側に向かって左がホー・コック・フン高地、右がドイ・ドンタイ高地で、フランスの支配時代からフランス軍が陣地として使っていたという。

今では中国軍が鉄条網をつけたり地雷を埋めている。漢字で地雷があると書いてもある。やがて、捕虜の交換が始まった。もっとも、ベトナムでは捕虜という言葉は使っていない。戦争で捕らわれた人々である。しかし、それではいちいち、長いので、ここでは捕虜としておく。はじめは、中国側に捕らわれている人々から帰された。自力で歩けない負傷者が先にタンカで運ばれてきて、ちょうど〇《ゼロ》キロメートル線上で、ベトナム側のタンカに移される。その際に、中国側から、お土産としてタンカにのせられてきた毛布とカヤ、それに、捕らえられている時に使用したと思われる洗面道具や扇子《せんす》、お菓子、新しい懐中電灯などの入った袋が、迎えに来たベトナムの衛生兵によって、どんどん、投げ捨てられ、戦争の厳しさをあらためて見せつけられた思いであった。

しかし、中国側はこのことを予想していたとみえ、みんな驚いた様子もなくこういった風景を見ていた。仲間の衛生兵が、小さな声で何かを言っていたが、恐らく上着を脱げと言ったのだろう。これまで着ていた、中国で支給された上着を脱ぎ、歩ける人はズボンを脱ぎ、サンダルを捨ててハダシになった。長い病院生活のせいだろう、みんな一様に顔色は白く、周囲にいる黒く日に焼けた兵士たちとは対照的だった。なかには、もらってきたものをなんで捨てなければならないのだろう、というけげんな表情を見せている人もいた。

自分たちの村を攻撃し、町は破壊され、多くの仲間は死んだ、そういった現実があるが、長い捕らわれの生活の中で、人間同士が接触していれば情の移ることもあろう。そんな雰囲気が感じられた。むしろ、周囲がそれを許す状況でないのは、戦っている国としては当然かもしれない。そういったことは、ベトナムがまだ統一される前にクアンチ省のタクハン川で、サイゴン政府軍、解放軍の双方に捕らえられた兵士たちの交換があったが、お互いにそれまで着てきたものを脱ぎすてる様子をニュースで見たし、北朝鮮と韓国との間の三十八度線における板門店での捕虜の帰還の時も、

帰ってきたベトナム兵捕虜によってぬぎ捨てられた中国支給の服。1979年5月、ランソン

同じようなことが起こったことを新聞で読んだことがある。

ベトナムの人々が終わると今度は中国の兵士たちが帰っていく。一人ずつ名簿を見て、名前を読みあげられ確認が終わると、やはり、前のようにタンカからタンカへ移されていった。こんどは中国の衛生兵によってベトナムからのお土産がドンドン捨てられた。歩ける人の中には、たたきつけるように投げ捨てる人もいた。そういったお互いのお土産で狭い道路はふさがれてしまったので、双方から二人ずつの衛生兵が出て整理をはじめた。ベトナムからのお土産は砂糖五百グラム、アメ五百グラム、ミルク一個、タバコ一個、マッチ一個、タオル、ハミガキ、石けんなどであった。撮影をしようと〇《ゼロ》キロメートルを越える人たちもいてあわてて止められたり、戻されたり、といった風景もあったがさほど問題にはならなかった。しかし、あの山づみされたお土産はあとはどうなるのだろう。双方で自分たちの分を引き取っていって、今後にかえされる人に渡すのかしら、そうすれば無駄がはぶける。どうせ捨てられることがわかっていれば、いっそお土産をやめてしまうことはできないのだろうか。

交換が終わると、攻撃を受けていない方の国の人々は、自動車に乗っていったが、攻撃を受けた方の国の人々とそれを取材に来た人々は、また、地雷におびえ、じりじりと照りつける太陽の下を、三キロも歩いて帰らねばならなかった。

三　ハノイから見た中越戦争

一九七九年四月十八日、ハノイ市内のフンブン通りにある国際クラブで、注目の第一回中越会談が午前九時三十分から開かれた。四月のハノイは曇ったり、雨が降ったりで、うっとうしい日が続いていたが、この日は珍しく太陽が顔を出していた。クラブの大広間には両国の代表が座るテーブルと椅子が用意されてあったが、実は、これは写真撮影のための会場で、実際に討議する場所は、奥のもう少し小さい部屋になっていた。こんなに広い場所で会議をしたら、かなり大きな声を出さなければ相手に聞こえないだろうし、それでは友好を進めるための話し合いも、どなり合いのような形になってしまう。実際に会場に集まったカメラマンや記者の前で、写真撮影がすむ間、ファン・ヒエン外務次官と韓念龍外務次官の間で雑談がとりかわされたが、報道陣で会場が騒々しいせいもあって、かなり大きな声で、話をしなければならなかった。

取材が終わると、カメラマンや記者は、それぞれ原稿を送るために各方面へ散っていった。ジャーナリストたちは、それぞれの仕事が終わると、また両国代表の記者会見を取材するために国際クラブへ戻ってきた。先ほどのテーブルは片付けられて、今度はたくさんの椅子が並べられ、記者会見場に変わっていた。このへんは大変手際がよい。十二時半頃それぞれの代表が出てきた。いったん会場の出口までいった韓念龍次官が、また戻ってきた。会見のことは忘れていたのかもしれない。そして用意されたテーブルに座らずに、立ったままで手短に話をした。前方にカメラマンが集まって、後方に座っている記者たちに次官の姿が見えなくなったので、話がよく聞こえるように立っていたのだろう。中国大使館員がベトナム語とフランス語で通訳した。それが終わるとファン・ヒエン次官の会見だが、カメラマンも今度は座って撮影をしたので、代表団も座り、前とは違って落ち着いた長い記者会見になった。英語とフランス語で通訳された。私も前で写真を撮影し終えると、うしろへさがって話を聞いていたが、ファン・ヒエン氏の表情が話が進むにつれて、何か悲しそうに見えてきたので、また正面へ行ってアップの写真を撮った。

十八日の会談は、ファン・ヒエン氏がベトナム側の見解を提案し、中国側はそれを聞くだけにとどめたようだった。反論もあったようだが、それほど多くはなかったらしい。次回の会談では中国側の立場と意見を言ってくるだろう。今度の会談は難航することが予想される。ベトナム側の声明と提案は一見簡単明瞭に思えるが、今度の戦争にまで発展した両国の関係は複雑であるからだ。会談を続けていくうえで、相互の信頼感が生まれないかぎり、国境の周辺で一時的な緊張はとけても、それは文字通り一時的なもので、また、いつ国境周辺で火を噴くようなことにもなりかねない。

今度の中越会談の重要な議題は、ベトナム政府が中国へ送った覚書にも明らかにしたという「両国の国境地帯における平和と安全を保障するための緊急な方法」について両国が話し合い、そしてそのうえに国交の正常化を図ろう、というものであった。ハノイに滞在して、各方面の話を聞くと、ベトナムと中国との関係がずっと以前から悪化しながら進行していたことを知らされ、あらためて驚かされたのだが、その点については後でふれるとして、まず、今回の会談についてのベトナム政府が発表した会談の内容について、検討してみたい。

御存じのように二月十七日午前零時を期して、中国軍はベトナム領土へ一斉攻撃を加えた。そして、三月五日に中国は撤退宣言をしたが、ベトナム側では実際の戦闘が終わったのは三月十八日とし、そして十八日のファン・ヒエン外務次官の会談後の記者会見で、中国軍は現在、十四カ所のベトナム領土に引き続き残っているとして、具体的な位置をも発表している。このことも含んでベトナム側が中国に対して三項目の提案を示している。

ベトナム側の三項目提案

一、両国国境地域の平和と安全を保障し、戦争中捕らえられた人々を速やかに家族と再会させるための緊急措置。

Ａ　国境線近くへの軍の集結を停止する。双方の武装兵力を引き離す。全国境線沿いの双方のすべての種類の武装兵力を、一九七九年二月十七日以前に実際に管理していた線から三ないし五キロ離れたそれぞれの領土内まで後退させる。

Ｂ　相手側の主権、領土保全を侵害し、安全を脅かすすべての戦争挑発行為、あらゆる形態の敵対活動を停止する。

Ｃ　先にあげた実際の管理線をはさむ双方の地帯で、双方の武装兵力が存在しなくなる地帯は非武装地帯となる。この非武装地帯にかんする規定については、双方で合意する。

Ｄ　双方は、戦争中双方に捕らえられた人々をできるだけ早く交換するため、その名簿をただちに交換する。

E　以上の諸措置の実施を監視し管理するため双方からなる合同委員会を設置する。

二、平和共存の五原則――独立、主権および領土保全の尊重、不可侵、武力の行使あるいは武力による威嚇をしないこと、他の側の内政への不干渉、双方間の紛争と意見の相違の交渉による解決、相互尊重と互恵の精神にもとづく経済・文化関係の発展――を基礎として、両国間に正常な関係を回復する。

これを基礎として、鉄道、航空、郵便などの諸関係を回復する。

戦争の災禍についての問題を解決する。

三、フランス政府と清王朝のあいだで締結された一八八七年と一八九五年の条約で画定され、ベトナムと中国の双方で合意ずみの、歴史が残した国境線の現状を尊重し、また独立、主権、領土保全を尊重するという原則に立って、両国間の国境と領土問題を解決する。

中国がベトナムへ侵攻したことは明らかな事実だから、この提案そのものは、だれもが納得のいくもので、中国側としても反対することはできないだろう。しかし、中国には中国の意見があるだろうから、むしろ、この提案以外の問題で激論がかわされる可能性があると思われた。韓念龍外務次官は会談後の記者会見で、ベトナムの発表のなかに同意できないものが一点あるとして、それは「今度の武装衝突の責任を中国側に負わせている。それは不公平である」と述べた。そして、「このことは我々を驚かせ、会談を妨害する可能性のあるものだ」とも言っていた。

ベトナム側は提案に先だって、今度の戦闘によって受けた被害を克明に述べ、そして加害者は、その責任を負わねばならないと要求し、中国がベトナムにとってきた政策をいくつかあげて批判をしている。その中で、中国の指導者は、ベトナムを中国路線に追従させるために、ベトナムを押さえるような政策をとってきたが、一九七〇年代に入ると、ベトナムに対する敵視政策を実行してきた。ベトナムが完全に解放された直後、中国の指導者たちは、ただちに手先を利用して（筆者注・名前はあげてないがカンボジアのこと）ベトナムの南部における国境戦争を開始した。そして、ベトナムの北部地帯の国境地域において、ベトナムの領土を侵犯し、ベトナムの安全を脅迫するための武力行動を強化してきた。そして、今度の侵攻にいたるまでのいきさつにふれている。

また華僑について、ベトナムにおける華人を利用して、内部からベトナムを破壊しようと行動したとして、また、戦火の傷跡も生々しい解放戦争後、援助を取り消し、技術専門家を引き揚げ、同時に、外国のベトナムに対する援助を妨害した、として非難している。そして現在、まだ、中国がベトナム領を占領しているが、このことについてベトナム人民は決して認めることができない、と強い姿勢を見せていた。

中国側の八項目提案

中国側は、このあと四月二十六日の第二回会談で、第一回のベトナム側の提案には触れず、次の八項目を提案してきた。

一、双方は互いに主権、領土保全を尊重し、互いに侵犯せず、互いに内政干渉せず、互恵平等、平和共存という五原則をふまえ、両国の善隣友好関係を回復する。両国関係に存在している紛争と問題については、双方は平和的話し合いを通じ合理的な解決をはかる。

二、双方ともインドシナ、東南アジア、およびその他の地域で覇権を追求せず、またいかなる他国あるいは国家集団のかかる覇権樹立への努力にも反対する。

双方とも外国に軍隊を派遣せず、すでに外国に駐留させている軍隊は本国に撤収すべきである。双方とも相手国に反対することを目的とする軍事集団に参加せず、外国に軍事基地を提供せず、また他国の領土、基地を利用して相手国あるいはその他の国に対する威嚇、転覆、武力侵略を行わない。

三、双方は中仏（中国とフランス）が国境協定で画定された中越両国の国境線を尊重するとともに中仏国境協定にもとづいて国境の領土紛争問題を話し合いで解決する。国境問題が解決される前は双方とも一九五七年、一九五八年中越両党の中央が文書を交換した際の国境線の現状を厳格にまもり、一方的に国境の実際的管轄範囲を変えるようないかなる方式、口実をも用いるべきでない。

四、双方は相手国の十二カイリ領海主権を尊重するとともに、当面の国際海洋法の関係ある原則にもとづき、公平かつ合理的に北部湾（バクボ湾）およびその他の海域における両国の専管水域と大陸棚を画定する。

五、西沙群島、南沙群島は歴史的に中国の不可分の領土の一部である。ベトナム側はこの事実を承認した従前の立場に返り、この両群島に対する中国の主権を尊重するとともに、南沙群島の島々を占領しているすべての人員を引き揚げるべきである。

六、相手国の領内に居住している双方の居留民は、居住国の法律を遵守し、地元の人民の風俗習慣を尊重し、居住国の経済、文化建設に寄与すべきである。かれらの居住国における住居、旅行、生活、就職などにかんする正当な権益および生命の安全、合法的に所得した財産に対して居住国政府は保障をあたえるべきである。

自国の領内に居住している相手国の居住民に対しては双方とも友好的に取り扱うべきであり、迫害を加えたり、不法に国外へ追放すべきでない。

七、ベトナム当局により強制的に中国領内に追放されたベトナム公民の祖国への帰還を求める正当な要求を満足させるため、ベトナム政府はなるべく早くかれらをベトナムに引きとり、同時にかれらの生活を善処すべきであり、中国政府はかれらの早期帰国にあらゆる便宜を提供する用意がある。

八、両国間の鉄道輸送、通商、民間航空、郵便・電信・電話などの関係回復については、両国の関係部門が話し合って解決する。

この八項目を読むと、五項目、七項目など、ベトナム側で、とても受け入れることのできないような要求があり、これではとても話し合いでの解決はむずかしいだろう、と思った。そして、私たちは第二回会談が終わったところで、カンボジアの取材へ向かった。その間に、第三回、第四回の会談が行われたが、捕虜の交換を除いて、やはり平和を回復するための進展はなかった。

そして第五回の会談が五月十八日に行われた。今回でハノイでの会談は打ち切られるのではないか、という見方が記者団の間で話題にのぼっていた。カンボジア取材のフィルムも送って、一段落したところだった。その日、国際クラブへ行くと、記者はもう集まっており、何人かの顔見知りの記者がカンボジアの様子などを聞きにきた。そして、定刻の十時になると、ファン・ヒエン外務次官に迎えられて、中国側の韓念龍外務次官を代表とした一行が、会場に入ってきた。フラッシュとテレビライトを浴びて、会談場となった一室へ吸い込まれるように入って行き、また、私たちは、会場で雑談をかわしながら会談の終わるのを待った。順序からはこの日は中国側提案を検討することになっており、八項目のうちの第五項、第六項目などの検討で会談は長びくのではないかという見方もあった。しかし、予想に反して十二時前に代表団が出てきた。会場は一瞬ざわめいたが、ファン・ヒエン次官に見送られた中国代表団は、そのまま会場から去っていった。記者会見の会場へ戻ってきたファン・ヒエン外務次官は、会談が第五回で、中国側によって打ち切られたことを発表した。私はその時の様子を次のように打電し、『朝日新聞』紙上で中越会談の内容を報道した。

打ち切られた会談

〔ハノイ十八日・石川特派員〕十八日の第五回中越会談に、ベトナム側は会談を進行させるための新たな三項目の提案をもって臨んだ。しかし、中国側がハノイでの会談打ち切りの意向を表明したため、「この中国の態度は誇張主義、大国主義の表れ」と非難の色をみせている。

第五回会談でベトナム側が出した会談進行のための三項目の提案は、①双方は、会談ごとに討議したいと思う問題を交互に提起する。ある会談で一方が問題を提起した場合には、次の会談では他方が問題を提起する。②問題を提起する側がまず発言し、他方の側はその後に見解を明らかにする。③見解の交換を容易にするために、問題を一回前の会談でまず提起する。提起された問題についての会談が終われば次の会談のために問題を提起する、というもの。この提案に関して、ベトナム側は次の第六回会談の問題提起は中国側に譲り、ベトナム側は第七回会談での問題を提起したい、としていた。

会談終了後、ベトナム側代表のファン・ヒエン外務次官は記者会見で、「北京では（中国側から）借金を返してもらう」と、次のように語った。

ベトナム側の提案に対し中国側は積極的に答えず、一方的に席を立ってしまったので、とめることができなかった。私たちは、ひとつの問題に関して詳しく討論する方法がよいと考えていたが、三項目提案の説明も行われないうちに、一方的に発言されて終わったのは大変残念だ。

彼らはこの会談を通して大きな借金を残した。こんど北京へ行ったら、それを返してもらうつもりだ。再度にわたる北京での懲罰発言や中越国境に集中させている大軍を背景にした圧力に対して、私たち五千万人の民族は団結して祖国を守らなければいけない。（五月四日付『朝日新聞』

朝刊）

会談が終わって、五月二十一日、記者団が中国との国境へ捕虜交換の取材に行っている間に、中国代表団は北京へ帰って行った。その後、第二ラウンドの会談は北京に舞台が移されたが、いまもって話し合いは進展していない。会談の様子を見ていると、現在両国が持っている敵対心は会談だけでとけるとは、とても思えない。両国の確執《かくしつ》はもっと根深いものがある。

私はカメラマンであり、ベトナム問題の専門家ではない。しかしベトナムとのかかわりあいは長く、個人的な関心は持っているが、新聞社での日常の仕事は、ベトナムだけにかぎらず、アジアや世界の問題とは全く関係がない。それに、このようなむずかしい会談を論評するという力はとてもない。ただ、ベトナム（以前の北ベトナム、そして統一後のベトナム）は、今でも入国ができるジャーナリストは限られている。幸いに、これまでの長い取材のなかで、ベトナム政府にも知人は多く、いろいろな方面からの話を聞くことができるし、カメラマンなので地方へ行って撮影することも多い。今回もベトナムへ来て、そろそろ一カ月近くになるが、これまでの取材から、今度の中越戦争におけるベトナムの考え方をまとめてみたいと思う。これはあくまでベトナム側で見たこと、聞いたことであり、中国が今度の戦争やベトナムについて、どのように考えているか、いまのところ私にはわからない。だからベトナムと中国との関係を考えるうえで、ひとつの参考になれば、現場を取材しているものとして光栄である。

今度のベトナム領への侵攻作戦で、中国はベトナムとの国境線での武力衝突を主だった原因としてあげている。しかし、今度の戦争は、中国のいうような線の問題だけではなく、もっと根深いものがある。しかし、国境線というものが、海に囲まれて、他国との境界線を持たない日本には、想像のできない問題を含んでいることも事実である。アジアだけを例にあげても、カンボジアとベトナム、カンボジアとタイ、そしてラオス、中国とインド、インドとパキスタン、そしてソ連と中国など、これまでの国境紛争をとりあげたら枚挙にいとまがないくらいである。

ベトナムと中国との国境は約千四百キロ、ベトナムは国境沿いに六つの省があり、国境沿いで生活している人々の人口は三百五十万人といわれている。そのうち、今度の戦争で百五十万人が避難して、現在、青年や民兵など戦いながら農業に従事できる人々五十万人が故郷へ戻り、残りの百万人はいまだに避難したままの状態になっている。ベトナムで生活する少数民族の大多数も、国境周辺で生活をしている。

激戦のあったカオバン省とランソン省を取材したが、カオバン省では人口五十万人のうち少数民族が八〇パーセントを占めている。そこでまだ十万人近くの人々が避難したままで、故郷へ帰っていない。実際に現地へ行ってみると、カオバン市郊外やランソン市の駅周辺は多数の避難民で異常な雰囲気である。そのなかには肉親を失った人も多く、自分の家の周辺が戦場になり、逃げている人たちの状況は、第二次世界大戦で、米軍の艦砲射撃や上陸軍によって追われた経験のある沖縄の人々や、本土の都市で、戦災を受けて逃げたことのある人々なら理解してもらえるかもしれない。現在中越国境から逃げて露天で生活している人々が、百万人近くもいることを想像してもらいたい。写真を見ていただいた方がわかるかもしれない。四月現在でも引き続き緊張した国境からの避難民は続いている。

今、会談による平和解決をいちばん望んでいるのは、こういった不安な生活を送っている人々であることは間違いない。ランソン省でも同じである。ここでは総人口四十八万人のうち、実に二十万人の人が避難し、撤退宣言の後、故郷へ帰ったのは、やはり六万人の青年や民兵だけで、残りの十数万人はいぜんとして避難したままである。

中越会談後のファン・ヒエン外務次官の談話にも、現在、国境周辺は非常に緊張しており、十個軍団、五十万以上の中国軍の兵力がそのまま国境地帯に、五百台の戦車や千門以上の大砲を用意して集結しているという。そして、私が前記の二省の最前線を見たところ、中国軍がいつ攻めてきても迎撃できるような態勢を、ベトナム軍はとっている。軍事に関しても全くのしろうとではあるが、緊張した状態、雰囲気にあることは本能的にも感じることができる。特にそこの場で生活している人たちは、生活と生命がかかっているので、敏感である。

アメリカの参加したベトナム戦争におけるパリ会談でも、そうであったが、結局、交渉というのは力関係が大きく作用してくる。今度の会談でも、両国のこの戦争における評価が、交渉の姿勢のなかにも現れてくると思う。実際には、この中越国境戦争ではどちらが勝ったのか。

ベトナム側では、今度の作戦で、中国軍は七個軍団、二十三個師団、約六十万の軍を動員したとみている。中国には十一の軍区があるが、そのうち北京軍区を除いて、すべての軍区から選出された部隊が今度の作戦に動員されている、としている。カオバン省の作戦には、ソ連国境から近い新疆の歩兵師団が参戦している。ベトナム北部の工業都市、タイグエン市の近くで、中国兵捕虜との会見があった。ベトナム側によって選ばれた捕虜ではあったが、ずいぶんといろいろな場所からきているのに驚かされた（ベトナム側の三項目提案と中国側の八項目提案内容は『世界政治資料』から引用しました）。

食い違う死傷者の数

ベトナムでは、殲滅《せんめつ》した中国軍は六万二千五百人と発表した。解放戦争でもそうであったが、この場合の殲滅とは、死者、捕虜、負傷による戦闘不能者などを表している。その期間は二月十七日から、ベトナムで戦闘の終わった日としている三月十八日までの三十日間としている。それはアメリカとの長い解放戦争での米兵の戦死者（アメリカは一九五九年七月八日、解放軍による南ベトナムのビエンホア空軍基地のテロ攻撃で、軍事顧問二人が戦死。これがベトナム戦争におけるはじめてのアメリカ兵の犠牲で、一九八五年九月、ワシントンへ行って確認したが、戦死者五万八千二十二人、行方不明者千五百人と軍当局は言っていた）から比較すると、大きな勝利であると、ベトナムは考えている。

ベトナム軍の死者は一万数千人という中国筋の情報と比較してみると、中国軍の人的被害は大きくなっている。しかしこういった戦果を第三者が確認をとるのはむずかしい。

カオバン省では四十一、四十二軍団、三十五独立師団を含む計三個軍団、約十三万人の中国軍の攻撃を受け、二月十七日から三月二十一日までに二万三千七百二十七人の中国軍を殲滅したと発表している。そうして破壊した戦車や重火器など、具体的な数字が発表されているが、実際に、三月七日付の米、クリスチャン・サイエンスモニターが発表した、三月三日付の中国共産党政治局で回覧されているとする参考資料によると、①中国、ベトナム両軍の被害は同程度、②中国はベトナム作戦で「近代戦」を行い得なかった（三月八日付『朝日新聞』夕刊）、としている。戦闘における自己批判を発表するというのは、たいしたことだと思うが、事実、激戦のあった国境周辺での最前線で、戦闘の模様を聞くと、中国軍は非常に古典的な戦法をとったようだ。

カオバン省の国境から二キロの最前線基地、フオックホアの三百高地では、中国軍の侵攻と同時に猛烈な攻撃を受けた。私も激戦の後その高地にのぼってみたが、中国領から大きな道路がベトナムまでつながっていて、その道路の横にある高地である。道路そのものが高くなっているので、高地の頂上まで行くのにそれほどの時間はかからなかったが、高地の周囲にはぐるりと塹壕がとりまいていて、ベトナム軍がいつでも戦える状態でいた。兵士たちの話によると、中国軍ははじめ、その丘に砲弾を浴びせ、それから一グループが八列から十列に並んで高地の各方面から人海戦術で立ったままどんどん攻めてきた。その時に指揮官がラッパの音を絶えず鳴らしていた。ラッパといっても小さなもので、チャルメラのような音がする。捕獲したラッパを見たが、とにかく前の兵士が倒れても、死体をのりこえて後からくるので、そのうちに弾丸もなくなり、非常に気味が悪くなってきたと語っていた。前の兵士は銃を持っているが後ろの兵士は銃を持たず、倒れた兵士の銃を手にして攻めてくる。高地のベトナム兵の多くは、南部の解放戦争に参加、米軍や旧サイゴン政府軍との戦争の経験を持っているが、こういう戦法ははじめてだ、と語っていた。

今度の中国軍の侵攻作戦が人海戦術で行われたという話は、前線の各地で聞かされた。同じような話をアメリカ兵から聞いたことがある。一九六九年、まだ米軍が南ベトナムで戦っている頃、コンチエンの前線基地で、朝鮮戦争を体験した古参の曹長から、朝鮮戦線で、中国軍の人海戦術を受けたという話を聞いたが、それととても話がよく似ている。この戦術だと、銃弾に身体をさらして突撃するので人的損害は多くなるはずである。事実、ランソンやカオバンの前線基地では、高地に作られた塹壕の周囲の雑木や草は全部切りとられ、見通しをよくして、こうした戦術に備えているのを見た。

自信をもったベトナム軍

ベトナム側が六十万の中国軍の奇襲作戦に対し、地方軍とゲリラだけで戦って、相手に大きな打撃を与えたという自信と、これで正規軍が参加すれば、もっとやれるという余裕を持っていることは確かである。なにしろ、ベトナムの兵士たちは、戦争中に生まれて、銃弾の音を聞きながら成長したという感じだから、戦闘経験が中国軍より優っていることは事実である。そして、古代からベトナムの歴史は中国の侵略との戦いの歴史であり、長期の中国支配はあったが、終局的には勝ったのだ、という民族的な誇りを持っている。ハノイでもホーチミン市でも、そしてどの地方へ行っても、道路には、中国と戦った英雄の名前がついている。これだけは解放前から南も北も同じで、古代中国はベトナム民族の共通の敵となっていた。ハノイでは今度の侵攻作戦も、国境紛争によるものでなく、古代から続いてきた中国の膨張主義の現れだという見方をしている。

前の取材の時に、近代の独立戦争の話を聞いた。歴史学者であり、文部省の外交出版社社長のグエン・カク・ビン氏からハノイで聞いた対中国間の歴史の今回の話をごく簡単に要約してみよう。紀元前三世紀頃、漢民族の秦の始皇帝による中国の統一があったが、その統一された国々の中国南部地帯の民族のなかに「百越」とよばれる百の「越」族があった。漢族の統一政治の中で九十九の「越」族は漢族と同化していったが、その中で一つだけ残った「雒越」(ラクベト)とよばれる民族がベトナム民族の祖先であった。当時、高い文化を持ち圧倒的な勢力を持っていた漢民族の力から独特の文化を守ったベトナムは、紀元前一一一年に漢王朝によって占領され、九三八年にゴー・クエンが南漢軍をバクダン川での大作戦の末に打ち破るまで、千年間にわたる中国支配を受けることになる。

四〇年から四三年の間にチュン姉妹による漢軍に対する独立の反乱などがあるが、成功しなかった。ハイ・バ・チュンとよばれるチュン姉妹も、ゴー・クエンも、ハノイ市でもホーチミン市でも大通りに名を残している。独立後も、中国軍との戦いの歴史であり、やはりこの時に活躍した、グエン・チャイとかチャン・フン・ダオといった、大きな戦いで中国軍を破って独立を守った英雄の名が各市の通りに残っている。

「前の千年は中国支配による苦しみ、後の千年は中国軍の侵略を撃退してきた歴史」という考えがベトナムでの一般的な中国への考え方になっている。ハノイの書店では、そうした中国軍との戦いを地図入りで克明に書いた本も売られて、最近また人気をよんでいる。そのかわり中国関係の本が全くなくなってしまった。新学期を迎えて、大学でも中国語を勉強する人が大幅に減ってしまったそうである。大体中国という文字そのものが、天下の中心の国といった意味でつけられていて不愉快だという人もいる。

対立の兆しを見た

歴史的な中国のベトナム政策は、ある程度日本でも本などで読んだり、ハノイにある歴史博物館などで知ってはいたが、現代においては独立と解放のためのベトナム戦争を通じての支援や、同じ社会主義の政治をとる国としての仲間ではないか、という考えが強かった。中ソ関係の中で、ベトナムとソ連との関係がより深いということは知っていたが、まさか、ここまで対立しているとは思わなかった。しかし、これは私自身が鈍いせいで、今から考えれば、そのような兆候は一九七八年にもあったのである。

一九七八年の三月、本多勝一氏と一緒に、ベトナムとカンボジアの国境へ行って、カンボジア兵によるベトナム人農民への実際の虐殺現場などを取材した。その時に、ポル・ポト軍が中国に支援されていることを、捕獲した武器などで示唆していたが、どこへ行ってもベトナムの人たちは絶対に中国と具体的な言葉で指摘をしなかった。その時は、中国に対して遠慮をしているという感じで、私としても写真の説明などを書く時に、中国による支援とハッキリ書いてよいのか、ベトナムはまた、それを書いて欲しいのか、あるいは、その辺はまだ、世界にハッキリさせたくないのかわからずに、とまどったことがあった。

これまでハノイへの往復は、中国経由の場合が多く、中国のビザを取る時に、私たちの受け入れ先である対外文化連絡委員会にパスポートを預ければ、中国のビザを取っておいてくれた。それが、昨年の場合は、中国大使館の近くまで車で送ってくれたが、そばへは行かず、私たちは少し歩いて自分でビザを取ってきた。自分でビザを取るのは当然であるし、また慣れているので、その時でも、反応の鈍いカメラマンとしては、ちょっといつもと違うな、ということぐらいであまり気にはしなかった。具体的に中国との国境近くで小さなトラブルが起こっているという話を聞いたのは、帰る間際に会見をした『ニャンザン』編集長のホアン・トゥン氏からであった。ホアン氏は思い切ったことを言う人なので、ジャーナリスト仲間たちからは人気があった。しかし、カンボジアとの話が中心であると思っていたので、ホアン・トゥン氏の話の中にあった中国関係の将来重大なことにまで波及していくような伏線は、ここでも鈍いカメラマンの頭を素通りしてしまった。

そのホアン・トゥン氏とまた会見をした。一年ぶりであった。今度は頭の中を素通りしないようにしっかりとメモをした。

「確かに、中国は、ベトナムの独立の戦争を支援はしたが、それは魂胆があってやったことで、前の例をあげるならば、一九五四年、ジュネーブ協定の時に、私たちに圧力をかけて、中国に利益のあるような停戦を認めさせた。それはディエンビエンフーの勝利の後で、引き続き、ベトナムが戦えば、アメリカが介入することは目に見えていたし、アメリカが介入すれば、戦火は大きくなり、ベトナムと国境を持っている中国も危険にさらされることになる。

十七度線で分割された二つのベトナムができれば、北ベトナムと解放されたラオスの二つの省が、資本主義社会との空間地帯になり、中国の南部の安全は保障される、という考えであった。それを受け入れなければ、援助を打ち切られ、そうなれば、戦争の続行は不可能になるので、私たちはまず北を守り、南はその後と考えた。アメリカとの戦いでも確かに支援はあったが、それはアメリカが弱くなった時、うまくアメリカと交渉するための目的を持っていた。我々が米軍を攻撃し、勝利をおさめつつある時、中国はアメリカと交渉を持った。一九七二年二月、当時のニクソン大統領の訪中後、北爆が再開され、B52のハノイ、ハイフォン爆撃、トンキン湾における機雷封鎖など米軍機の攻撃が続いた」など、ホアン・トゥン氏の話は、カンボジア、ラオスにもおよぶ。

ハノイでの他の人々の話からも、一九七一年に当時のキッシンジャー補佐官が北京へ行った頃から、ベトナムと中国との間に緊張感が生まれてきたという。そうしたベトナム戦争での、中国とアメリカとの関係に不信感を持っていたベトナムの懸念は、今度の中国軍のベトナム侵略の前に、鄧小平副首相がアメリカと日本を訪問したことによって、裏付けられた形となった。鄧小平氏の訪問は両国の暗黙の了解を得たとする見方がある。中国とアメリカと日本との関係は、経済的な圧力ともなり、アメリカと日本の商社もはじめはベトナムと取引を持とうと考えていたが、だんだんと離れていった、という。ハノイのちまたでも噂されているが、今度の中越戦争後の日本の大商社の態度の変化は見事といってよいぐらいで、ハノイに対しそれまでの熱心な働きかけはバッタリと止まってしまった。

なぜ中国はベトナムに……

なぜ中国はベトナムに対してそのような政策をとるのか、それは中国が持っている膨張主義の実践の過程において、ベトナム戦争の勝利で力をつけたベトナムに対する警戒心であるという。千五百万以上の華僑がいる他の東南アジア諸国へ進出するためには、インドシナ三国へ影響力を持つことが早道だが、これまでいろいろな手段をとったにもかかわらず、ベトナムは中国の路線にしたがわなかった。だから、今度は武力でやってきたのであって、今度の侵攻は、決して国境問題だけではなく、以前からの計画であった。それが、中国のカンボジアへの政策にも現れたのだ、とハノイでは言う。中越会談のベトナム声明の中に「手先」として触れているが、中国のベトナム政策の一環としてカンボジアが、国境の西南部からベトナムへ攻撃を加えたとしている。会談に先立って、ファン・ヒエン外務次官と在ハノイ記者団との懇談会で、中国がカンボジア問題を提議したら、どうするかという質問に対し、ファン・ヒエン外務次官は「中国がカンボジア問題について討議したければ、ヘン・サムリンさんと会って話し合ったらよいだろう」と笑いながら言っていた。

ラオス、カンボジア、ベトナム三国の連帯がなければ、大国の膨張主義や帝国主義からの攻撃に、小国一国だけで耐えるのはむつかしい、という考え方がベトナムにはある。カンボジアについてのベトナムの考え方は、中国がカンボジアに対し直接の影響を持ったのは、一九七〇年のロン・ノルのクーデターの時からで、それまではシハヌークのカンボジア共産党に対する弾圧で、カンボジアにおいて大きな勢力を持つまでには至らなかった。一九六〇年からつながりのあったポル・ポトが、実際の権力を持つようになってから、中国のカンボジアに対する接近がきわだってきた。一九七五年以降、中国がカンボジアに持ち込んだ武器弾薬は、非常に多量なもので、インドシナ戦争におけるフランス軍より優秀な武装勢力となった。ベトナムの兵力を弱めるための中国の政策で、二つのホコ先（ベトナム南部と中越国境）から攻撃を加えてきた。また、カンボジア民族はポル・ポト政権によって虐殺、虐待死の仕うちを受け、また、ベトナムへの攻撃を守るためにもカンボジア救国民族統一戦線の行動を支援した、とホアン・トゥン氏は語っていた。

緊張つづくベトナム軍

一九七九年六月、外国人がハノイ郊外にあるノイバイ国際空港に着いて、まず驚くのは、空港の横に軍用機がそのままおいてあることだろう。南ベトナム解放の時に捕獲したアメリカのE5A戦闘爆撃機、A36爆撃機、ソ連製のミグ21の順にズラリと並んでいる光景は壮観である。しかも、A36は爆弾を装塡し、すぐにでも飛び立てるようになっている。

外人の目にはふれない空港がほかにもあるが、国際空港にこのようにしておいてあるのは「攻撃をうけたら我々は断固戦う」というベトナムの姿勢を見せているのかもしれない。「断固戦う姿勢」は一九七九年現在でも発令中の国民総動員令にも現れている。各職場はこれまでの八時間勤務から、十時間に二時間も延長された。もっとも、その二時間は軍事訓練や政治学習にあてられて、午後になると、市内の各地で軍事訓練をしている風景が見られる。これは一九七二年にはじめて取材をした北爆下の北ベトナムでも続けられていたし、その後、南北統一までの何度かのベトナム取材で目にしていたので、ああ、まだこの国の戦争は終わっていないのだなあ、と感じたが、その程度であまり驚かなかった。それにハノイは直接の戦場となった国境からは離れているし、軍事訓練をする方でも慣れているので、あまり緊張した雰囲気はない。

しかし、これまでにはなかった経験を各地で受けている。それは道を歩いていても、「タオ」「タオ」という言葉を後ろから低い声で投げつけられることである。「タオ」というのは「舟」の意味で、その「舟」に黒い服を着て乗っていた古代中国の「海賊」を意味し、これは中国人に対するベトナム人の非常な侮蔑の言葉で、戦時中、日本が中国人に対して言った「チャンコロ」という言葉に匹敵する。ベトナムが中国から受けた古い侵略の歴史の中から生まれた言葉で、一九五〇年から今度の中国侵攻前まではベトナムでは自らが禁止していた言葉であった。それが現在では公然と使われるようになり、特に直接の被害を受けた国境周辺の地域へ行くと、その言葉が公然化している。

特に私の場合、太りぎみで、頭の毛が短いので、中国人に見えるということで、どこへ行っても「タオ」と言われたが、『赤旗』や日本電波ニュースの常駐特派員に聞くと、みんなやせているのであまり自分たちは経験をしないが、そういう言葉はどこででも聞くことができると言っていた。しかし、言葉や白い目が投げられるだけであって、直接的な行為を受けることはない。

昼飯にあちこちにあるウドン屋さんに入っても、中国人と思いながらも、どこでもちゃんと出してくれる。これはベトナム民族の優しさだと思う。ハノイの各所には、今度の中国軍侵攻の写真が二十枚ぐらい一組になって貼ってある。戦闘している場面や、中国軍捕虜、殺害されたベトナム農民の写真があって、大きな人だかりができている。昨年の水害でベトナムの米の収穫は大きな被害を受けた。そのうえに今度のカンボジアと中国と二つの国境で起きた戦争は、ベトナム市民の生活にも影響を与えている。

主食の米は配給だが、その米は国民に十分行きわたっていない。農村の場合は恵まれているが、都市では、例えばハノイ市民の場合、一カ月に十三キロの米の割り当てがあるとすれば、実際に米の支給を受けるのは三キロか四キロで、後は、ジャガイモ、サツマイモ、タピオカ、パンなどが代用食として配給されているという。外人が泊まっているホテルの食堂では今までと変わりはないが、それでも、時々ベトナムで質の落ちるとされている赤い飯が出てくる時がある。現在、国境周辺の難民や被害地を支援する運動が起こっており、各家庭から鍋や茶碗などの日常の生活用品や子供の衣類、食糧などが提供されて、どんどん国境周辺に運ばれている。

日曜日に、ハイフォン公安部とハノイ港湾労働者のサッカーを見に行った。ベトナムは全国的にサッカーが盛んで、特に北部に熱狂的なファンが多いが、最高席三ドン（約二百九十五円）の入場料も国境への支援金として送られるという。

帰国を前にして

約二カ月にわたったベトナムとカンボジアの取材も終わり、帰国する日が近づいてきた。仕事も終わり、気楽になってきたので、ドルショップへ行って水牛の角でつくった櫛などをお土産に買ったりした。ハノイ市内には三カ所のドルショップがあって、銀でつくった指輪、首飾り、うるし絵、象牙のパイプなどがウインドーに並べられてある。昨年はそれほど見られなかったが、今年はウイスキーもブランデーもたくさんある。特に昨年の取材時にはなかったソ連のアルメニアブランデーが目につくが、これはおいしい酒である。一びんが約千五百円で手に入る。

ハノイでは、あまり遊びに行くところもないので、トンニャット・ホテル内にある日本電波ニュースの部屋で、倍賞千恵子の歌う「桜貝の歌」のカセットテープを何度もかけながら、アルメニアブランデーを飲んだ。時々、ホアンキエン湖の近くにある華僑街へ行って、鳩の丸揚げや、スッポンのスープを食べに行く時もあった。ハノイへ行くたびにこの日本ではなかなか味わえない料理を食べに行くのが楽しみだったが、中国へ帰った人もいて、料理店の数が少なくなっていた。

ハノイのドンスアン中央市場にも時々出かけた。メコンデルタのカントー市やミトー市にある市場とは比較にならないほど品物は少ないが、それでも野菜、魚、穀物などがたくさんある。ベトナム独特のウドン屋もズラリと並んで、それぞれの店に四人、五人と長椅子に座ってウドンを食べている風景が見られる。

市内の店よりは生野菜が多いのでベトナムウドンの特徴が出ている。犬の丸焼きもある。ちょうど子豚の丸焼きのようにコンガリとキツネ色に焼きあがってうまそうだが、まだ味わったことはない。竹や籐でつくった籠をいくつかお土産に買った。両手を広げたぐらいの大きさの、日本では五千円ぐらいの籠が約千円だった。

ベトナムを離れる前の最後の仕事として第六期第五回国会を取材した。バーデン広場の前にある国会で開かれ、ベトナム全国から国会議員が集まって、各国大使、それに各国特派員も取材に集まっていた。議長団席にはトン・ドク・タン大統領、グエン・ルオン・バン、グエン・フー・ト両副大統領、チュオン・チン国会議長、ファン・ヴァン・ドン首相、ヴォー・グエン・ザップ、グエン・ズイ・チン、レ・タン・ギ、ブォー・チ・コン、フイン・タン・ファト各副首相が並んでいた。

以下は、その時、私が書き送った原稿である。

〔ハノイ二十八日＝石川特派員〕中越国境戦争、カンボジアでの新政権誕生などインドシナの昨年後半から今年前半にかけての激動期をくぐりぬけたベトナムは二十八日、ハノイで、第六期第五回国会を開いた。チュオン・チン国会議長の開会宣言のあと、ボー・グエン・ザップ副首相兼国防相が基調演説に立ち中越、ベトナム・カンボジア（ポル・ポト政権）の二つの国境紛争を総括するとともに、こうした緊迫した情勢を踏まえて、ベトナムが歩む政治、経済、軍事面での今後の基本方向を打ち出した。同国防相はとくに「生産と国防の強化」を力説し、カンボジア、ラオスとの連帯強化を重ねて強調した。同時に、同国防相は「米国は基本的で長期的な敵であり、中国は危険で、直接的な敵である」と位置づけた。

また、ヴォー・グエン・ザップ演説で目を引いたのは、ソ連に対する高い評価だ。「ソ連は、中国の侵略後直ちに北京を非難する声明を出し、ベトナムに対してすぐに効果のある援助をして、すべての要求にこたえ、徹底的にベトナムを援助するとの態度を表明した」と説明し、ソ連との連帯を強めていく方針を明らかにした。

そして、中国との戦争危機を前提に、次のような方針を発表した。

《経済と国防との結合》社会主義革命と社会主義建設の路線をきちんと守り、国防を強化する。一分でも、一時間でも利用して経済と国防の建設をしなければならない。農地、農機具、資材などを徹底的に利用、労働力の配置を合理的にする。一歩経済が進めば、一歩国防も進む。数百万男女民兵の戦闘力を強化、生産にも参加、活躍し、戦闘になると直接戦闘に参加する。地方部隊も民兵と結合し、強くならなければならない。

国境戦争での地方軍の活躍がある。前はフランス、アメリカとの戦いであり、現在は新しい敵中国との戦いである。それに応じた戦略戦術を使わなければならない。人民戦争の軍事指揮、武器の取り扱いなどすべての問題に取り組む指揮者、幹部の育成も大切である。前は民族解放の戦争、今度は祖国防衛の戦争である。その法則を掌握、相手を理解、敵の戦略戦術を理解し、それに対応する。

《経済と文化の発展》ソ連は過去の革命闘争の中で、国防を強化しながら経済建設に力を入れてきて、それが成功した。われわれも農業、工業、漁業を発展させなければならない。畜産も強化させる。植林も展開させる。地方をその地方に応じた特殊性を考えて、経済建設を行う。カンボジア、ラオスも潜在力を持っているので、経済協力が必要である。

《ASEANとの関係》ASEANの共同声明に記入されたすべてのものを基礎として、この地域の平和、独立、中立、安定のために努力する。（六月二十日付『朝日新聞』朝刊）

〔ハノイ二十八日＝石川特派員〕二十八日開かれた第五回国会で、ベトナム南部にあるブンタウ、コンダオ、コンソンを特別区に指定する提案が出された。

ブンタウはホーチミン市から約六十キロ離れた東海岸にある保養地として知られている。コンダオは以前コンソン島と呼ばれ、政治犯の収容監獄として有名なところだった。コンソンはブンタウに近い小さな村だ。（六月二十九日付『朝日新聞』朝刊）

ブンタウ特別区は全員一致で国会の承認を受けたが、その目的としてはブンタウを基地として、その周辺の石油、ガスの探求、飛行場をつくり、空軍基地として輸送、上空の警戒、また海軍基地として領海の警備がその目的となっている。

カンボジア大虐殺

一九七九年五月、ポル・ポト政権崩壊後プノンペン入りした私たちが、ポル・ポト政権虐殺の事実を報道した時は、日本において、虐殺を否定する声が多かった。その声の大部分は、ベトナムはカンボジア侵攻を虐殺説でカムフラージュしようとして、現地を取材したジャーナリストはそれにまどわされているものだというものだった。虐殺現場の写真に関しては、ベトナム兵が殺害したカンボジア人の死体という声まであがっていた。虐殺があったのか、なかったのか、一九八〇年十一月、本多勝一氏編による『虐殺と報道』(すずさわ書店刊)という単行本のアンケートでもハッキリと虐殺否定説が出ていた。アンケートへの返事を出さなかった人のなかには、否定する人がもっと多かったと思う。

アンケートの問いは次のようなものであった。

一、カンボジアのポル・ポト政権下で、百万単位(一説には三百万とも四百万とも)もの大量虐殺が、

①あったと思いますか。

②なかったと思いますか。あったとしても百万単位にはとても及ばないと思いますか。

二、「あった」と見るにせよ、「なかった」と見るにせよ、その根拠はどういうところからそう判断しますか。

その中で、私は次のように返答した。

一、同胞を百万人以上も殺してしまうという、きわめて悪質な大虐殺がポル・ポト政権下のカンボジアで起ったことは事実であると信じています。

二、一九七九年、一九八〇年と二度にわたってカンボジアを訪問、数カ所の虐殺現場へ行って、取材をしたからです。タイ国境でポル・ポト政権側は、カンボジアの大虐殺はベトナムとヘン・サムリン政権のデッチあげであると、日本のジャーナリストや代議士との会見で発言しています。そして、その言葉を信じている人たちも多いようです。確かに私たちは虐殺の現場は案内されていったものです。しかし、その現場が虐殺を見せかけるためにつくられたものかどうかを見わける目は持っているつもりです。それに、一つの虐殺現場は私たち自身で発見したものです。カンボジアの大虐殺は今後歴史がその事実を証明していくでしょう。もし、大虐殺がなかったことが明らかにされた場合、私は現場へ行きながら、事実を見誤った責任をとって今後、報道にたずさわる仕事をやめる覚悟でいます。

しかし、今後カンボジアの現地で、いろいろな形で調査が進むにしたがって、私の想像以上の残酷な虐殺の事実が明らかにされてゆくと思います。

銃撃を受け緊張する海兵隊員。17度線非武装地帯近く。1966年、クアンチ省

23
25
10
4
5
7
210
192
17
5

19
12
134

旧ロン・ノル政府軍兵士、革命のために闘った兵士、教師、医師、僧侶、技術者、芸術家、労働者、農民、あらゆる人々が殺された

一　ホーチミン─プノンペン一号道路を行く

一九七五年の四月、カンプチア民族統一戦線の革命成立後、ポル・ポト首相が実権をにぎるようになってから、私たちの耳にはカンボジアの人々の虐殺についての噂が耳に入ってきた。

それも殺された人の数が二百万人とも、三百万人ともいうかなりのもので、第二次世界大戦のアウシュビッツの虐殺、広島、長崎での原爆による虐殺をはるかに超えるということだった。しかし、その噂について確認の方法がなかった。ポル・ポト政権は現代では異常といえるほどの鎖国政策をとり、外国人ジャーナリストはもちろんのこと、外交関係者でも極めて限られた人間しか入国させなかった。またその人たちも、地方といえばアンコール・ワットに連れて行かれる程度で、カンボジアの内情を知ることができなかった。

そういった噂をたびたび耳にしながらも、カンボジアの実情にふれることができたのは一九七八年の三月、ベトナム側からカンボジア国境を取材し、ポル・ポト軍によって虐殺された農民を目のあたりに見たり、タイニン省ではカンボジアからの難民や、ベトナム軍に捕らえられたカンボジア兵の話から、いまカンボジアで何が起こっているかという話を聞いた時である。

話を聞いていながら、カンボジアで起こっていることが、我々の想像をはるかに超えていることなので、話している人を信じない訳ではないが、そんなことが現代でありうるのか、という疑問を持った。カンボジアの都市から市民を農村地帯へ追い出すということは、ひとつの政策としてはありうるのか、とも思ったが、何千、何万、何百万という人々の虐殺が、戦争の終わった国で実施されているという。

そうしたポル・ポト政権下のカンボジアを取材したいという希望を、一九七八年の三月、北京へ行った時にカンボジア大使館に申請した。ベトナム大使館の隣にあるカンボジア大使館では、館員が出てきて私たちの申請書を受け取った。後で、朝日新聞社の北京支局に「申請書は確かに受け取って本国へ通知した」という連絡があった。

申請書と同時に、私の『ベトナム解放戦争』という写真集も提出したが、これは返ってきていた。カンボジア戦争の写真もあるが、ベトナムが中心の写真集なので気に入らなかったのかもしれない。

そして、一九七九年の一月七日に、カンプチア救国民族統一戦線とベトナム軍の攻撃でプノンペンが陥落した。ポル・ポト軍はタイ国境周辺へ逃げて抵抗しているようだが、もとのような態勢まで挽回する力は、とてもないようだった。できれば、世界史上類を見ない政策をとったポル・ポト政権下のカンボジアを取材したかった。しかし、今ではそれは実現不可能になった。それでは現況はどうなっているのだろうか――。

ホーチミン市をあとに

一九七九年五月二日、私たちは朝六時十五分にホーチミン市のホテルを出発した。朝日新聞の井川一久記者、読売新聞の小倉貞男記者、日本電波ニュースの吉永和夫記者、ベトナム対外文化連絡委員会からグエン・クイ・クイ氏をはじめ三人、合計七人がマイクロバスに乗った。

ホーチミン―プノンペンは二百七十二キロで、タイニン省の国境まで七十八キロある。カンボジアは食糧も少ないし、水も悪い。それに貨幣がないので、市場も商店もないだろうということで、前日にホーチミン市で食糧など大量に買い込んだ。七人が一週間すごすのだから、少しぐらいではすぐなくなってしまう。キュウリ、トマト、キャベツ、トウガラシ、ヌクマム、米、パン、ビール、清涼飲料水、水、缶詰め、ソーセージなどである。その上に、国境近くの市場で、生きたニワトリ、スイカなどを買う予定であった。そのため荷物で車の中はいっぱいになり、人間の座る場所がせまくなった。

市場や職場へ行く人でごったがえすようなホーチミン市を抜けると、道は急に広くなって、国境まで車は快適に走って行く。ベトナム南部はもうそろそろ雨期に入る季節だが、いまは暑い時季である。タイニン省に着いて国境に近い町へ行くと、カンボジアへ行くベトナム兵がトラックに乗って待機していた。カンボジアの兵士も二人乗っていた。

ベトナムの人々はどちらかというと色は白くて小柄だが、カンボジアの人々は色が黒いのですぐわかる。国境へ近づくにつれて、ベトナムの家が破壊されているのが目立ってくる。ポル・ポト軍の砲撃によるものだ。周囲に家がなくなると、ずっと遠方にサトウヤシの木が見えてくる。この木はカンボジアに多く、竹の筒を木の先につけて甘い樹液をとる。そして赤い布地にアンコール・ワットの五塔を描いたカンボジアの新しい旗が見えてきた。その旗の下がカンボジアに入る検問所だった。二つのバラックがあり、兵士がそこにいて、ちょうど踏切の遮断機のように棒がおりている。

ベトナムに入るカンボジア人が二十人ほどいた。その周辺を取材しようと兵士に頼むと、取材の許可どころか、「車が近づいてくる時、車内から撮影をしているのが見えたのでフィルムを取り上げる」と言う。ただ検問所があるだけで、何も秘密になるようなものがあるとは思えなかったが、とにかくフィルムを取り上げられるのはかんべんしてもらって、早々にカンボジアへ入ることにした。道路は狭くなって、三十メートルおきぐらいに両側から削られている。ポル・ポト軍がベトナム軍の侵入を妨害するために作られたという。

ところどころにベトナム軍が駐屯している。カンボジア・ベトナム友好条約でカンボジアにベトナム軍がいることは公表されている。国境から近いところの畑は全く人の手が入らず、荒れ果てている。ポル・ポト時代、ベトナム国境から三十キロにわたって住民を移して戦闘区域にしたという。そして、国境から十数キロほど行くと、トタンとヤシの葉を利用して作られた小さな農家で、子供が遊んでいるのが見えた。もっとよく見ると両親もいた。母親は食器を洗い、父親は家の横にある畑を耕していた。やっとカンボジアの人に会えたという感じだった。

昨年、タイニン省で多くの難民に会って話を聞いたが、やはりカンボジアで生活している人を写真に撮りたかった。国境から二十キロほど行くとチプーという小さな町があって、そこで小さな店が並んでいた。それを見てカンボジアの人々の新しい生活が始まったことを感じた。

ポル・ポト—イエン・サリ政権は都市からも、農村からも、住民を移動させて新しいコミューンを作った。流通貨幣、市場、郵便、電話、バス、商店、娯楽施設など、我々が日常生活に必要だと思われていたあらゆるものを廃止した。強制農業は、一食がオカユ一杯で副食物もなく、一日十八時間から二十四時間も働かされることもあったという。その話はどこへ行っても共通して聞くことができる。多くの人間が虐殺され、栄養失調で死んでいった。病気になると「すぐ殺される」ということだった。

露店の店には果物もあったが、お金が通用しないので買うことができない、と思っていた。プノンペンに近づいたところの路上では、私は持っていた六本のタバコと大きなザボン二個と交換した。またチプーの町を忘れることができない。一九七〇年四月六日に私は、カンボジアへ入国した。その日にチプーの町へ取材に来ていたフジテレビの高木祐二郎、日下陽両記者が、当時のカンボジア解放軍に捕らわれたのであった。そして、現在でもその行方がわからない。

ラオスを取材していた時に、ビエンチャンで、ロン・ノル将軍のクーデターを聞いた。すぐカンボジアへ入国する方法をとったが、当時はまだ西側諸国の取材がむつかしい状況だった。バンコクからかなり無理な手段をとって、プノンペンに入ったが、ケマラ・ホテルに着いた時に、国境に近いチプーの町が、ベトナム解放軍に攻撃されたので、プノンペンにいるジャーナリストたちを、ロン・ノル政権がチプーまで記者団を案内したということを聞いた。

もう一日早ければ私も行けたのに、と残念に思ったが、夕方になってフジテレビの両記者、その他外国人記者が捕らえられたといって大騒ぎになった。そのなかに、ベトナムのダナンの海へ一緒に泳ぎに行ったりした映画俳優の故エロール・フリンの息子のショーン・フリンもいるということだった。しかし、私はみんなそのうちに特ダネを持って帰ってくるだろう――と全く安心していた。

ダナンの海岸へ水泳に行くショーン・フリン。エロール・フリンの息子で彼自身も俳優だった。タイム誌の契約カメラマンとして取材中カンボジアで捕虜になり、いまだ消息不明。一九六七年

南ベトナムでは解放軍に捕らわれて、行方不明になったり、殺されたりしたジャーナリストは一人もいなかったからである。

チプーから帰ってきた人の話によると、高木、日下両記者は、案内されたチプーの町から数キロ先へ車を進めて捕まったという。それを聞いて、ショーン・フリンともう一人の記者がオートバイに乗って様子を見に行くと、この二人もまた捕まってしまった。あれからもう九年の歳月が流れてしまった。

だんだん人が多くなってくる。いち早く故郷へ帰って落ち着いた人もいれば、荷車を引いて故郷へ帰る途中の人も大勢いる。

忘れられないプラソト

スバイリエン州のプラソト県に入ると、米の配給所があった。プラソト県人民革命委員会から、一人当たり一カ月に三回、一回三キロの米が配給されるという。米はベトナムから来ている。人々は故郷に帰ってきたばかりで、まだ収穫がないので、米は援助を受けなければならないという。日本からも米を送ることができないだろうか。

このプラソトも、また忘れることのできないところである。一九七〇年四月十九日、日本電波ニュースの鈴木利一氏と一緒にプラソトへ来た時、大勢のロン・ノル兵にベトナム人が捕らわれて、一カ所に集められているのを見た。二百人以上いただろうか。その日の夜、この人たちはロン・ノル軍によって虐殺されたのであった。当時、カンボジアに住んでいる多くのベトナム人が、各地で虐殺されていた。国道二号線のタケオの町では、虐殺後の現場を取材したこともあった。

プラソトの水田では、集団で農作業が行われていた。一号道路を通りながら気がついたのだが、ポル・ポト政権の強制農作業は今では有名になっているが、各地にその成果が見られないのだ。確かに水路をいくつか見ることがあったが、水田は全く荒れ地になっている。現在（五月）は乾期だから水田が乾いているともいえるが、ベトナム、カンボジアでは二期作は普通で、三期作も可能な気候条件を備えている。北部ベトナムを見ると、一平方メートルでも惜しむかのように手入れがされて、南部ベトナムはそれほどではないが、メコンデルタ地帯は刈り入れをしている水田の隣では、田植えをしている風景が見られる。

それがカンボジアではどうだろう。一号道路に沿って見渡す限り、水田は荒れ地になっている。その水田を耕している集団に会った。プラソトのタンブア村では、雨期を迎えて二日前から共同農作業をはじめたという。現在のカンボジアでは、社会主義政策で国づくりをしていくことを発表しているが、農業においては北部ベトナムの合作社のような形態をとるまでに至ってはいない。

農機具、労働力などの関係で共同作業をするが、収穫は個別に分配されるという。カンボジアに入って、初めて大勢の人々に会ったのだが、青年が少ない。やはり虐殺の噂は本当で、若い人々は殺されてしまったのだろうか。いずれ真相は取材をしているうちにわかってくるだろう。

プラソトからスバイリエンへ行く道路を通って、また九年前のことが思い出された。当時、日本電波ニュースの鈴木利一氏とともに、プラソトでロン・ノル軍によって虐殺されたベトナム人を取材しての帰り、人影のない道路で車を走らせていると、突然、クメール・ルージュからの銃弾を受けて、鈴木氏と一緒に自動車から飛び出して、道路横の水田に身を隠したことがあった。自動車のエンジンが動いたままになっていて、バッテリーがあがるからスイッチを切りたいと思っても、続けて銃弾が飛んでくるので、それどころではなかった。その後ロン・ノル軍とクメール・ルージュとの戦闘の合間をぬって助かった経験があるが、ああ、この辺だったなあ、と思いながら水田を見た。

プノンペンとベトナム国境の中間にあるスバイリエン市は、シアヌーク時代は、米を商売とする華僑やベトナム人の経営する商店が並び、農村と都市の中継地点として発展した町であった。一九七〇年の取材の時は、各商店や住居から、ロン・ノル軍によってベトナム人が続々とトラックで連行されていくのを見た。その後ポル・ポト軍によって、カンボジア人も華僑も農村へ移動させられた。樹木の多い、あの美しい都市も、今ではすっかり廃都になっている。

スパイリエンからメコン川の渡し場のあるネアクルンまでの道路は良い。飛行機の滑走路にも使用されたが、今では、その飛行機も壊されている。道路の横には壊された自動車の残骸がいたるところにある。住民の移動を禁止したポル・ポト政権では、自動車はガソリンを食う不経済な、文明国家の産物以外の何ものでもなかった。

ネアクルンの市場は大きい。果物、魚、ニワトリなど食糧がたくさんある。流通貨（紙）幣が発行されていないので、空き缶一杯の米が、金の代わりになっている。おいしそうなマンゴーがある。買いたいと思っても交換するものがない。金が使えないのは不便なものだと思っていたら、ベトナムの兵士たちはベトナムのお金で買い物をしていた。一号道路はベトナムとカンボジアを結び、ベトナム兵の往来も多いので、ここでは通用するのだろう。そのお金をカンボジアの人たちはどうするかというと、今度はベトナムへ行って、日用品などを買って、また商売をするという。なるほど、ひろげられている商品を見ると、マッチとかボタンなどのベトナム製品がある。人のいない都市へ行って集めて来た品物も大分あるようだ。

変わらぬ流れメコン

フェリーに乗った。ベトナムのメコン川で使用されていたものを持って来たという。運転している人もベトナム人であった。九年前このメコン川の水面を、虐殺されたベトナム人の死体が流れていくのを、やはりフェリーの上から見たことがある。そして、今はベトナムの人の運転するフェリーに、カンボジアの人々もベトナムの兵士たちも乗っている。この九年間、インドシナ三国は大きく変わった。そして多くの血が流された。変わっていないのは、静かに流れるメコンの水だけだ。

ネアクルンを過ぎると、プノンペンまで五十数キロである。以前は道路標識があって、すぐ目的地までの距離がわかったが、現在では文字が削られている。ポル・ポト時代は国内の地名を表すような文字は、一切消してしまった。だから都市でも大通りや、番地、町名を書いたものは全部文字が消してある。

道路の横にはポル・ポト時代のコミューンの家がある。赤い屋根で山小屋のような感じである。しかし、この家は一号道路沿いに建てられた見本のようなもので、強制労働をさせられた市民や農民の住居は、道路から離れた水田や山岳地帯にあるが、それはきれいなものではない。道路の横にはマンゴーの木が非常に多い。ポル・ポト氏は果物の木が好きで、各地に積極的に植えるように奨励したが、ことのほかマンゴーを好んだということだ。

池で魚を捕っている風景が各所で見られたが、魚はポル・ポト政権の産物ともいえる。集団強制労働地では、個人的に魚を捕ったりすることが禁じられて、もし、こっそり漁をしているのを見つかったりすると、ただちに殺されたという。では、集団で捕ってみんなに食べさせたかというと、それもしなかったので、池にいる魚は膨大に繁殖している。子供が魚を捕るのを見たが、足首が水に埋まるほどの浅い泥地で、水草を引きあげると、大きなウナギやナマズがたくさんいた。

カンボジアの中央にトンレ・サップという大きな湖があり、一九七〇年以前は多くのベトナムの漁民が魚を捕っていた。ポル・ポト時代のこの四年間では積極的に魚を捕っていないので、トンレ・サップは魚の宝庫になっているという話だった。

一号道路を走って分かったのだが、各地で集団生活を強いられていた人々は、現在、故郷へ帰った人もいるし、また、集団生活を送った地に残っている人もいる。そして、現在故郷へ向かって帰りつつある人もいる。まだ、そういった人々の農作業は軌道に乗っていないので収穫がなく、米はベトナムからの援助に頼っている状態だが、比較的早く故郷へ帰った人の生活は、だんだん落ち着いてきているようだ。ところどころで車をとめて写真を撮ったが、機《はた》を織っている人や、モミをついている人々の表情にそれが感じられた。

午後五時、バサック川を越えてプノンペンに入る橋が見えた。ベトナム国境から、プノンペンまで、ポル・ポト残兵による危険は全くない。カンボジアの取材が終わって帰る途中、虐殺を取材するため、五キロほど、横道にそれたが、その時も全く安全だった。

二　破壊と無人の町プノンペン

一九七九年五月、プノンペンには真紅の火炎樹が咲き乱れている。それは、どの通りにもあって、地に落ちた花びらはちょうどカンボジアの人々の流した血のように、道路を赤く染めている。まだ、プノンペンでの生活は復興していない。人通りもまばらで、少し横にそれた道に入ると、この四年間のうちにのび放題になった雑草や、ヤシの葉が道路までのびてきている。だれもいないので気味

住民は荒地や農村に強制移動され、かつて美しかったプノンペンは廃墟になった。1979年

が悪くなるほどだ。モニボン通り、ノロドム通りなどの大通りも、市内を警備するカンボジア、ベトナムの兵士たちの姿と、市内に何か物々交換の対象になるものはないか、と探しにきたカンボジア人のグループと会うぐらいである。一九七〇年に泊まっていたケマラ・ホテルも、すっかりとサビついてしまっている。

現在、市内には七千から八千人の人々が住んでいる。紡績工場や清涼飲料水工場、水道、電気関係、また各政府機関などで働いている人や、その家族などである。ロン・ノル政権時代の末期には、難民も含めて百八十万から二百万と発表していたが、実際には百万人を超えるぐらいではなかったかといわれている。その人々は、一九七五年四月十七日、カンボジアの革命後、ポル・ポト―イエン・サリ政権が実権を握ってから、全員、市から追放されてしまった。プノンペン市民の地方での生活は、想像を絶する厳しさであったようだ。腐敗したロン・ノル政府とカンボジア愛国戦線の都市しめつけで、戦争に嫌気のさしていた市民のなかには、カンプチア民族統一戦線のプノンペン入城を新しい時代の始まりとして、歓迎する空気もかなり強いものがあったようだ。しかし、市民は米軍の攻撃があるから二時間以内にただちにプノンペンから出るように、という通告を受け、それこそ着の身着のままで家を出なければならなかった。爆撃よりもポル・ポト軍の持つ銃の方が怖かった。

ポル・ポト政権は、現代では考えられないような特殊な政策をとった。

①まず、都市の市民を農村へ移動させた。これは都市にいる人々によっての反政府運動を恐れるとともに、都市制度そのものを廃止して、農村だけにするという異常な政策にもとづいているが、実は、後の虐殺でも見られるように都市の人間は、ポル・ポト政権下では必要がない、いずれ殺してしまおうという考えがあった。

②大虐殺。（このことに関しては後でふれる。）

③流通貨幣の廃止。農村へ移された人々は、食事時にはオカユ一杯があてがわれて強制労働をさせられたが、その地域から出ることを禁じられていたので、物を買うこともできず、したがってお金も使えない。

④電話、電報、郵便、ラジオなど連絡機関の廃止。海外はもちろんのこと、国内でも村の生活の周辺のことしかわからない。

⑤バスなどの交通機関の廃止。住民の移動が禁じられているので、したがって、バスや汽車、国内航空なども必要がない。

⑥教育機関の廃止。小学校から大学まで、学校教育を停止して限られた数少ない子供に、特殊な職業教育をほどこした。

⑦宗教の廃止。小乗仏教国であるカンボジアでは、各地でたくはつをしている僧侶の姿が見られ、プノンペンをはじめ各地に寺院も多いが、多くの僧侶も殺された。そのほか、チャム族の回教寺院

も壊された。

⑧民族音楽や古典舞踊の廃止。

こうしてみると、我々が近代生活に必要だと思われるものがすべて廃止され、文明の拒否でもあり、民族の歴史そのものまで否定している。なぜ、そのようなことをしたか。人間が教育や文化、他人との交流から生まれてくる知識の向上を押さえ、自分たちの政権への批判精神が生まれないようにして、独特の国づくりをしようとしたという見方がある。だから、あらゆる知識階級の人々が殺されている。できることならこの論理をポル・ポト、イエン・サリに会って、その考え方をぜひ聞いてみたいと思う。

前途多難の市民生活

ポル・ポト政権時代、プノンペンには二万人の人口があった。そのほとんどは軍人でプノンペン陥落直後に逃亡した。

私たちの泊まったホテルは、前のロワイヤル・ホテルで、カンボジアでは古い格調のあるホテル

流通貨幣廃止でロン・ノル時代のお金はただの紙くずになった。国家銀行、一九七九年、プノンペン

ポル・ポト政権下では民衆の交通を禁止した。バス、鉄道、自動車、フェリー、そして旅客機まで破壊した。1979年、スバイリエン州

だった。一九七五年四月、そこにはもと、UPIや共同通信の支局があったので、よく遊びに行った。裏庭にあるプールでは、UPIのケイト嬢がきれいな身体にビキニをつけて泳いでいた姿が、今でも目に浮かんでくる。現在、プノンペン市で外人の泊まれる唯一のホテルとなっている。外人といってもジャーナリストかソ連の顧問団たちである。私たちより先に泊まった日本電波ニュース竹内利雄記者の話では、三食ともホーチミン市製の即席ラーメンを食べたというので、多くの食糧をホーチミン市で買い込んできたのだが、竹内記者の滞在から十日間が過ぎていたので、今では毎日、メシとスープと三品のおかずがつくというかなり良いベトナム食が出た。ソ連の人やバーチェット記者たちも本格的スープやそれなりの洋食を食べていた。ホテルの服務員はほとんどがベトナムの人々であった。食堂の支配人、フロント、部屋の係、みなベトナムから来て、私たちに食事を出してくれるきれいな女性はベンさんといって、ハイフォンのホテルから来ていた。主人は兵士で中越国境に行っているという。水道の事情がよくないので、ケイト嬢の泳いだプールは水溜まりとなって、私たちはその水を三階まで運びあげて、顔を洗ったり、身体をふいたりしなければならなかった。

将来はプノンペン市民を五十万人にする計画であるという。当然、商店も復活し、流通貨幣も発行される。この九月には大学が開校し、電話も復旧する計画になっている。しかし、カンボジアが社会主義制度をとるという基本的な政策を決めてあるので、商店や企業も当然、そういった制度のもとで行われ、もとのように個人企業が発展することはないと思われる。プノンペン市内のもとの家に戻ってくる商人たちも、新しい政府の企業での従業員となる可能性が強い。現在、プノンペン郊外に四万から五万の人が集まって、そのなかにはプノンペンの自宅へ戻ろうとしている人も多い。しかしまだ、戻ることができないのは、上下水道、電気など、市民生活を送るうえで、必要なものが完備されていないという点もあるが、突然のポル・ポト政権による市外追放で、市民は書類という書類をほとんど持ち出すことはできなかったし、また市のなかにも、書類は残っていない。ポル・ポト政権での生活で書類は必要なかったのである。だから、これが、もとの私の家ですよ、と証明するものを持っていない。ではとなり近所の人に証明してもらおうと思っても、そこは一家全体が殺されてしまって、それも不可能という現状で、とにかくプノンペン市が落ち着くまでには、かなりの困難が予想される。

深刻な人材不足

現在、カンボジアがかかえているいちばん大きな問題は、人材の不足である。今、各地にいる知識人を集める運動が進められている。カンボジアの虐殺は（虐待による病死も含まれる）最低二百万、多くて三百万、さらにもっと多いという説もある。殺された人々の多くは知識人である。「それは旧文化に毒された人は殺す以外に方法はない」という考えがあったようだが、そういう人はポル・ポト政治についていけないし、批判精神を持つようになる、という論理である。

まず、学校の先生がいない。医者もいない。文化人、技術者、熟練した職員などがいない。現在、残っている知識人は徹底的に身分をいつわった人か、ベトナムから戻った人である。だから、海外にいるカンボジア人が、現救国戦線の政策を認めるのであれば、帰国を歓迎するという。

現在、プノンペン市内で、知識人の政治教育が行われている。その内容は、①カンボジア全体の状況の把握。②敵と味方の評価、シハヌーク、ロン・ノル、ポル・ポト政治の評価を研究、その中で「ポル・ポト—イエン・サリ政権と北京は、カンボジア人民の敵である」と、ハッキリさせている。社会主義国家としての役割、ここで、シハヌークは北京の軌道にのり、北京側の人間であることを確認させている。③カンプチア救国民族統一戦線と革命路線の説明、救国戦線の政治要項である十一項目宣言を説明する。④現在の任務。カンボジア人民、カンボジア知識人は現在、何をしなければならないか。⑤現在の世界の状況の把握。

などである。こういった一週間から十日間の短期間の政治学習が終わると、地方や都市の各機関へ行って中核となって仕事をする。

それにしても、残っている知識人の数が少なすぎるという。そして、緊急に必要としているものは医療の問題で、医者もいないし、医薬品も全くないといってよい状態で、ポル・ポト政権下の重労働と栄養失調で、抵抗力がないので赤痢、マラリア、その他の伝染病で現在でも病人が続出しているが、手のほどこしようがない地域が多い。また、子供たちの教育をはじめなければならないが、教科書はもちろんのこと、ノートも鉛筆も全くない。プノンペン郊外の学校を見たが、先生が黒板に文字を書き、それが教科書となって、子供たちは小さな黒板にそれを写しては、覚えると消して、また新しい文字を書くという勉強の仕方をしていた。この黒板やチョークもベトナムから運ばれてきたものであった。

深く残った心の傷

「ベトナム人はカンボジア人に代わってすべてを担当しない」。プノンペンにいるベトナム外務省の幹部は、このことを何回も強調していた。「カンボジアはポル・ポト政権下で特殊な生活を強いられた。このまま放っておけば、カンボジアの民族はもっと殺されていったろう。それに北京との共同作戦でカンボジア国境から攻撃を受け、中国との国境でも圧迫され、ベトナム国内の華僑から内部からの動乱を計画された。我々は、こうするほかはなかった」というのが、ベトナムのカンボジア政策に対してのベトナム側の大方の主張である。

私は昨年、カンボジアとベトナムとの国境を取材して、ポル・ポト軍によるベトナム農民虐殺の現場を見た。それは、ひどいものだった。そういった虐殺がベトナム、カンボジア国境千百五キロにわたって起こっている、というベトナム側の説明を納得した。それは事件直後の破壊された農村と三十数人の殺された女性や子供をこの目で見たからである。外国の軍隊が他国に入って、そこに代わって政権をとるようになれば、どれほどマイナスになるか、長い植民地制度で、中国、フランス、日本、アメリカと外国軍に駐留されたベトナムとしては、よくわかっているという。今度の取材でポル・ポト政権の大虐殺が事実であったことを私は確認した。そして、これ以上ポル・ポト政権が続けば、もっと多くの死者が出たことも確実だと思う。

救国戦線とベトナム軍の共同作戦でポル・ポト政権は崩壊した。救国戦線よりベトナム軍の力が強かったことは、だれの目にも明らかなことである。そうするほか、カンボジア人民の虐殺を救える方法はなかったのか、と考えれば私にはわからない。しかし、プノンペンの取材をしている時、我々についてくれたカンボジア人民共和国政府の外務省の担当者が、検問を通る時にベトナム兵に対し、証明書、その他を提出しているのを見る時、非常に寂しい気持ちになった。これは私の感情である。市内の治安のために必要なことと言われれば確かにそうなのだが、こういった状況にまでなったカンボジア民族の歴史に、同情の念がわいてくるのを抑えることはできない。

プノンペン市内をまわっていてつくづく感じるのだが、美しい街である。樹木が実に多い。鮮やかな屋根の寺院、整理された道路、バサック川の流れ、市民が帰ってくれば、またこうした風景はもっと生き生きとしてくるだろう。人々の心に深く残った傷がいえるためには、長い時間が必要であろう。これ以上多くの人に死んでもらいたくない、そして、この美しい風土とともに、一人でも多くの人が長く生きて欲しいと思う。

三　虐殺の真相

大虐殺は確かに起こっていた。その数は私には確認のしようがないが、カンボジア全土にわたる各場所で、数百人、数千人、数万人の人が、ポル・ポト政権によって殺されたことは事実である。私たちは三カ所の虐殺現場を見た。ひとつはプノンペン市内にある政治犯の監獄で、もうひとつはプレイベン省のプレイベン市内と、その郊外にある寺院裏の現場。この二つは案内されたものであるが、もう一カ所のスバイリエン州の現場は、プノンペン市からホーチミン市へ帰る途中、私たち自身で探して行った。

数百、数千、数万の人が殺されたとすると、現場は各地にあるはずで、事実、地方へ行くと、人人からあちこちにあるという話を聞く。コンポンスプーへ行った時も、たくさんの人が埋められている穴があると言っていたが、その現場は四号道路から十五キロメートルぐらい離れた山の近くで、車では行けないという。私たちは夕方までにはプノンペンに帰らなくてはいけないので、そこへ行くことは不可能なのであきらめたが、私たちの案内をしてくれたカンボジア政府外務省の人も、どこに虐殺現場があるのかわからない。それは、一月七日にプノンペンが陥落してから、まだ四カ月で、強制農業をしていた住民が移動したり、住民の食糧や医療問題、学校など、今後の生活の方針をたてるのが精一杯という状況であり、外務省も人手がなく、外人記者のために虐殺現場を調べておく、という状況では全くない。

なにしろ、私たちの泊まっているホテルにくるカンボジア当局の人は二人で、一人はフランス語、一人は英語で話す。その二人で、外人すべての面倒を見ているので、私たちについてくれたチュン・ブン・ロン氏は、ソ連、オーストラリア、日本、その他と一人で飛び回っているという状態である。いずれ虐殺に関しては、調査委員会を組織して独自の予算を持って調査をしないと、全体のことは把握できないのではないか。カンボジア当局は当分、国の再建が先決でとても、そんな余裕はないだろう。そうなると、現在カンボジアを支援しているベトナム、そしてソ連ということになるが、このように世界史上に残るような事件は、第三者が調査した方がよいと思う。

カンボジアの人口について、プノンペンで会見したヘン・サムリン・カンボジア人民革命評議会議長は「一九七五年四月十七日プノンペン陥落当時、七百万人、現在、四百五十万人」と語っていた。残りの二百五十万人が、虐殺または虐待死になるという。この人口の数は、あちこちで聞く数字がまちまちで、特に現存している人々の総数がハッキリしない。なにしろ、役場もないし、住民登録の書類も残っていない。現在、住民は故郷に向かって移動中の人も多く、調べようがないのだ。だから、ヘン・サムリン議長の数字も推定である。当時七百万という数字は一応安定しているが、ベトナムの政府筋によると、現カンボジアの人口は四百万と見ている。しかしこれも推定である。殺された人の数は二百万、海外へ脱出した華僑、ベトナム人などが百万という見方もある。

これは私の推定だが、都市から地方へ、地方から地方へと即座に移動を強制されるという行動の中で、それだけもの人が脱出できたかどうかは疑問に感じる。しかし、実際に脱出した人もいる。一九七五年六月、サイゴン（現在のホーチミン市）へ行った時、プノンペンから移動される間に、メコン川などを利用して脱出してきた華僑の人に会った。その時に、市民はすぐプノンペンを出るように命令された、と話していたが、恥ずかしながら、私は半信半疑だった。そんな、一般市民が困るような革命があるのか、と思っていたのである。しかしその話は事実だった。本当はその人の話よりもっと悲惨であったのだ。ポル・ポト革命の恐ろしさを最近では、だんだんわかるようになってきた。

さっきの百万人の脱出であるが、プノンペン陥落当時、その後の虐殺などによる恐怖政治を予測できていたら、もっと多くの人がカンボジア脱出に全力をあげていただろう。しかし、ロン・ノル政治と戦争に嫌気のさしていた人々は、革命を歓迎して、解放軍が都市や村へ入ってくるのを手をたたいて迎えた、という。その直後の強制移動だから、それほど多くの人は逃げることができなかったのではないだろうか。四百万人ちかくが殺されて、現在、三百万の人口という説もあるが、一応ここでは二百万から三百万の人が殺されたとしておこう。いずれ、この数字は具体的に証明される時がくるだろう。

強制集団農場では、そこで生活する人々を三つにわけた。①ポル・ポト軍の革命に積極的に協力した解放区の信頼できる人々。②競合地域の農村などで①ほどの協力はなかったが、ロン・ノル側でもなかった知識人、シアヌーク時代の人々も含めて、引き続き調査の必要な人たち。③シアヌーク、ロン・ノル前政府の役人、軍人、知識人、技術者など臨時的に生かしておくが、いずれは殺してしまおうという人々、であった。

なぜ、そういった三種類の人々を一緒にしたかというと、そこでお互いに疑惑を持たせ、人間の信頼感を分裂させ、相互に、密告、殺し合いなどを計画したため、といわれる。結果的には、③に属する人はもちろんのこと②に属する人々も、また①に属する人でさえ殺されてしまったようだ。特に③の場合は悲惨をきわめ、妻、子供を含め家族全員が殺されている例が多い。それどころか、革命のために戦った多くの仲間までが、次々と殺されている。

拷問室を見る

プノンペン市内にある高等学校を改造して作ったツールスレン監獄は、主として政治犯を扱っていたという。校庭をめぐる壁の上には鉄条網がついており、教育の場が拷問の場と化して、ポル・ポト政治を象徴しているようだ。門から中に入って校庭の左側に拷問室がある。

一階と二階の合計十八の教室が拷問室となった。窓には鉄格子がついている。そして、鉄でできたベッドがある。寝室で使用するベッドのマットの部分は取り除いたのかと思ったが、それでも、こんなに全体が鉄でできたベッドがあるだろうか。そのベッド（ベッドと呼べるかどうか）には政治犯の手足をしばる鎖と鍵がついている。その横には机があり、拷問を受けて自白する人の話を記録していたタイプライターがある。床には、人間の血と脂がしみ込んでいる。血は肉体に傷をつければ出るが、脂はどのようにして出たのか。髪の毛もあり、政治犯をなぐったというシャベルもある。プノンペンが陥落した時、各部屋に一人ずつの政治犯が殺されていたという。脱出の時に殺された人々の血のニオイが、まだ部屋にたちこめていた。だれもいない静かな部屋で、一人で写真を撮っていると、ここで殺された人々のうめき声が聞こえてくるような錯覚をおぼえた。

電気拷問室もある。小さな部屋に、椅子と拷問に使用した電気ゴテがあったが、電流の強さを変える変圧器が不気味だった。拷問者はスイッチを回しながら、そのたびに大きくなる政治犯のうめき声を楽しんでいたのではないか。絞首刑の縄もある。殺された人々の衣類が山積みされている教室もあった。その中には子供の服もあって、多くの子供も殺されたということを裏付けている。政治犯と一緒に連れて来られた子供だろう。プノンペン陥落の後、両親を殺された五歳から十歳までの四人の子供が残っていたという。そのうち、二人は栄養失調で死亡した。反対側の校舎は、独房と二人部屋に改造してある。独房には「同志諸君、助けてくれ」「みなさん、さようなら」といった短い言葉や、少し長くなると「いま、私はさようならという。これから出かけていくが、残されたあなたがたは、どうか助かって、正しい国をつくってくれ」という文字が壁に書かれてある。連

トゥルスレン監獄の拷問室。拷問に使用した電気ゴテが残っていた

殺された人々の衣類の山。中には子供の服もあった。ツールスレン

れていかれるということが、殺されることであることを、前例で知っていたのだろう。

事務所には、殺された人々の膨大な記録が残っている。事務所だけでなく、となりの二軒の民家にも山積みされている。みんな殺された人たちの調書である。調書もなしで出身地、職業、年齢など簡単な記録だけで殺されてしまった人も多い。その中に、一九七六年十月から十二月にかけてポル・ポト政権の呼びかけで、フランスから帰ってきた百六十七人の留学生が殺された記録もある。国内に残っている知識人を殺すだけでは満足せず、わざわざ外国で勉強している学生までを呼び返して、殺してしまうところなど、いかにもポル・ポト政権らしいやり方ではないか。そのほかには、一九七七年六月二十日に、一日に二百五十六人を殺した記録も残っている。山積みされている、そういった記録を整理するだけでも、虐殺に関するもっと多くのことがわかるだろう。少なくともここに残っていた二千人の名簿にのっていた人々は、殺されてしまっただろうという。

監獄になった商店

プレイベン州はカンボジアの穀倉地帯で、ここでも米を商売にする華僑やベトナム人が多く、繁

殺害された人々の記録。となりの部屋も書類でいっぱいだった。ツールスレン

栄した街であった。ベトナム人は一九七〇年のロン・ノル政権のベトナム人追放で、その多くは帰ったが、それでも華人街には多くの華僑が残っていた。一九七五年四月以降、ここでも市内の人々は市から出されたが、その後無人となった商店は監獄となってしまった。

とにかく、ポル・ポト政権が殺そうと思っている人々は圧倒的に多いのだから、学校、商店、そして寺院までも監獄になってしまう。商店の裏にあるマンホールには、殺されて放り込まれた人々の骨が残っている。ここでは、数百人の青年が棒、ナイフ、鎌などで殺されたという。なかには足を持ってさかさまに、マンホールに入れられて拷問された人もいるという。市内には、まだ人が入っていなくて、ここでも、市民生活が始まっていない。だから、その骨を片付ける人がだれもいないといった状態だ。

プレイベン州は一九七五年四月までは、八十五万七千三百三十六人の人口があったが、現在は四十四万六千三百四十六人になっている。この中には、はじめからプレイベン州に住んでいた人もいれば、強制移動で、そのまま残っている人もいるし、他の州から帰った人もいる。いずれにせよ、現在のところ人口は半分ちかくになっている。

市内から少し離れたところに、コンポンリュウ村があり、そのなかのチュオンタク部落は九千人の農村人口であったが、現在は二千六百人であるという。ここでもロン・ノル政権に関係のあった人々が捕まり、続いてシアヌークに関係のあった人々、続いて都市から来たニューピープルが殺された。九百六人の村の出身者も殺されたという。多くの人が殺されたが、村の殺人計画書には人口の二〇パーセントを生かすという記録が発見されたという。しかし、現在でも故郷であるこの村へ帰ってくる人がいるので、実際にはどのくらいの人が死んだか、現段階では正確にはわからない。

近くにロンブレイ寺院があり、その裏に虐殺現場があった。境内にある二つの建物のうちのひとつを利用して、午前六時から午前十一時、午後は一時から五時と一日二回にわけて、多い時には一日二百人ちかくの人を連れてきて拷問をした。主として旧政権で仕事をしていた人々で、その人たちの悲鳴が境内を越えてひびいた、と目撃者の老人は語っていた。

殺人に利用された寺院も、今ではクメール民族のあの厚い信仰とは無縁のように荒れてしまっている。その裏には、白骨がところどころに顔を出して、数百人の死体が埋められているという。

現場の写真を撮っている様子を、二人の少女がじっと見ていた。きっとこの少女の肉親も犠牲になっているに違いない。なぜなら、現在のカンボジアで、肉親が全員無事でいられた家族などありえないのだから。

決定的な虐殺現場

もうひとつの現場は、これはものすごいものだった。この現場で、カンボジアの虐殺を決定的に信じる気持ちになったといってよい。それは、カンボジアでの取材も終えて、一号道路を通ってホーチミン市へ帰る途中だった。みんな、それぞれにおし黙ったような空気が車の中に流れていた。念願のカンボジア取材が終わって帰るところなのだから、もう少し陽気であってもよいはずなのに、気持ちが晴れなかった。それはカンボジアの取材で直面したすべてが、暗い重みを持っていたからでもある。

また、私は念願のアンコール・ワットの撮影が実現しなかったせいもあった。アンコール・ワットまでは飛行機で行かねばならなかったが、一日一便飛んでいるというベトナムの飛行機が、雨期を前にしてタネモミを地方へ配らなければならないので、とても取材班を乗せる余裕はないという理由だった。残念であったが仕方がなかった。

そのうえに、もっと虐殺の現場を取材したいという気持ちも心の底に残っていた。スバイリエン州のコンポントラバイ県に虐殺の現場があるらしい、という情報をハノイで聞いていた。一足先にカンボジアを取材した日本電波ニュースの竹内記者や、キューバ、ソ連の記者が、その現場を探しに行こうと試みたが、車を降りてから遠いことと、あまりの暑さと女性記者も一緒だったので、途中であきらめてしまったという。

プノンペンを朝出発しているし、あとは帰るだけだ。時間があるからそこへ行ってみようではないかと提案した。そこで、物々交換の小さな市場で自動車の水を補給している間に、同行の対文連のクイ氏が、ベトナム語がわかる人を探して、現場があるか集まっている人に聞いてみた。知っているという青年が二人いた。少し遠い五、六キロ先だという。現場を知っている人がいれば心強い。私たちは歩いていくことにした。しかし、これは大変な仕事だった。なんといっても暑いのだ。雨期の前のカンボジアは猛烈に暑い。乾いた水田が両側にある人通りのない、車も通れないようなデコボコ道を歩いた。

歩いているうち今度は、どういう訳かカンボジア取材中はじめての雨が降りだした。もちろん、雨具も何もないが、暑い太陽より、濡れて歩いた方がよい。カメラにタオルをかぶせて雨の中を歩いた。しばらくすると雨はやんで、また太陽が照りはじめた。濡れた道はたちまち乾いてしまう。しばらくすると、道やその横のところどころに白骨が散っているのが見えた。現場が近づいてきたという感じであった。青年が右手の水田の中にある七十メートル先の小さな竹藪を指さして、「あそこでも多数の人が殺された」と言う。

なるほど、いくつかの頭蓋骨がころがっているのが見える。しかし、もっと大きな現場が先にあると言う。そこに行こう。そしてまた歩いた。

つかれて引き返したくなるほど歩くと、青年は横道にそれたので、いよいよ近づいたと思ったが、それからもまだある。ちょうど山へ登っていてなかなか頂上へたどりつかないで、くたびれてしまう時があるが、あんな感じである。すると突然、鳥のけたたましい鳴き声が聞こえた。ヒヨドリに似た鳥で、私たちの頭上をぐるぐるまわりながら、カン高い音を出している。

その鳥の飛び立ったところが現場だった。いや現場のひとつだった。そこには小さな竹が生えていた。そのところどころに白骨があった。それは、肉親がこの近くで殺されたと聞いて遺骨を探しに来た人が、どこを掘っても骨が出てくるので、とうとうあきらめてしまった、そんな感じであった。実は偶然にも私たちを案内してくれた青年（一人は途中で帰ってしまった）の家族も殺されていたのである。このヴィエン・ティー・トンという青年の家族はプノンペンに住んでいたが、このコンポントラバイ県のバサット村スレイマリン部落に連れて来られた。

みんなで水路を掘らされた。一食、オカユ一杯で一人五立方メートルを掘らなければならないので、疲労と栄養失調のために起こる病気で多くの人が死んでいった。中国人の顧問も水路をつくるために現場に来たこともあるという。虐殺現場のところに、監獄があって、各地から連れてこられ、強制労働でつくられた灌漑水路。ここで多くの人々が重労働と栄養失調のために死亡、または虐殺された。1979年、スバイリエン州

拷問をうける人の泣き声、吠える声、うめき声、叫び声が、夜も昼も聞こえてきた。それが三年間も続き、何千、何万という人々が殺されていった。撲殺、生き埋めなどであった。

そういった監獄がこの周辺に十二カ所あったという。青年の父、オン・ボー氏が一九七八年に殺された時は五十三歳で、母ヴィエン・ティー・バーさんは四十五歳であった。殺された理由は母はベトナム人であり、父はそのベトナム人と結婚していたからだという。オン・ボー氏の兄さんであるアン・ソイ氏も、その息子アン・チョン氏とその妻のアン・サットさん、そして四歳と五歳になる女の子と男の子も殺されてしまった。二人の子供は両親の前で水路に投げ込まれ、子供が浮いてくるとそれを棒で沈めたという。これはトン青年が現場の木陰で話してくれた当時の模様である。

青年も、ポル・ポト軍の崩壊後すぐに両親の遺骨を探しにきたうちの一人であった。

太陽と死臭の中で

ここに埋められた人たちは、一九七九年の一月にポル・ポト軍が逃亡直前に殺して埋めたという、新しい現場だった。竹藪から少し離れたところに白い土が見えた。そこを歩くとフワフワと弾力性がある。そして、強烈なにおいがする。足の下には幾重にも積み重ねられた死体があるのだろう。それが腐敗して土の中に空間ができているものと思われる。先ほどの雨でできた小さな水たまりだろうか、それが黒ずんでいる。下からにじみ出ている人間の脂と一緒になっているのである。異様なにおいである。死体の守り神のような鳥が、絶え間なく鳴き続けている。太陽は相変わらずジリジリと照りつけている。そして死臭。目のくらむような思いだった。

近道をして帰ろうとしばらく歩くと、そこにも、骨があった。いたるところに死体が埋めてある。そして、もう少し歩くと、今度は殺された人々の衣服が散乱していた。これもすごい。江東区の夢の島へ行くと、焼却できなかったビニール、ナイロンなどがあちこちのゴミに白くからみついているのを見ることがあるが、それを思い出した。この布のひとつひとつが、みんな生きていた時に身につけられていたものなのだ。

集められた多数の人々が殺されている様子を想像してみようか。うしろ手にしばられた人を、一人一人鉄の棒でなぐり、シャベルで頭を割り、鎌でノドを切るのである。彼らは銃は使わない。人間を殺すにはもったいないからである。殺された人、その後ろで、殺されるのを待つ人々は、どんな表情をし、どんな苦しみの声をあげたか。

帰りの道は長かった。力をいれて土の上を踏んでみようと思っても、グニャッとヒザから曲がってしまうようだった。想像以上の虐殺現場に精神も肉体も参ってしまったようだ。

虐殺現場。地中の死体からしみ出た脂が地面を黒く染める。スバイリエン州

これまで多数の人の死んだ姿を見てきた。一九六五年四月、中部ベトナムのビンディン省のタムクァンで、当時のサイゴン政府軍の海兵隊に従軍をした時、激戦の後、硝煙の残る戦場に百人近くの解放軍の死体が並べられた。それもすごかった。一九六七年、タイニン省で米軍の待ち伏せで、身体がバラバラになった解放軍の兵士たちの姿も見た。一九七〇年四月、カンボジアのタケオで虐殺現場になった学校の講堂と、生き残って血だらけになったベトナム人を見た。昨年の三月には、カンボジア国境で虐殺されたベトナムの農民を見た。

そのほかに多くの死者を見続けてきた。しかし、いつまでたっても、それに慣れることはできなかったが、今度は特にひどい精神的な打撃を受けた。何故だろうと考えてみた。死体、そのものの場合、それが一個の物体となって見える時がある。しかし、このように白骨化したり、衣服だけの場合、その現場をどうしても、想像してしまうから、精神的な影響が強いのではないかと思う。

乾いた白い道を歩いていると、馬車に乗った人が、向こうにはもっとたくさんの人が殺されているよ、と言って反対の方向を指さした。いや、もういい、もうたくさんだ、とても、また、そこまで歩いていく元気はなかった。

四　生き残った人々の証言

一九七九年五月、プノンペン郊外には、四万人から五万人の人々が集まっている。その人々は、プノンペン市内に住んでいた人たち、または、プノンペンを通過して故郷に帰ろうという人たちである。ベトナムから続く一号線、バンコクへ行く五号線など、主要都市は全部プノンペンを中心に延びている。

現在、いちばん、多くの人が集まっているのは五号線沿いにあるチュナム・チャムレ村である。ここはプノンペン側から臨時的にA、B、Cと三つの地域にわかれている。A地区からC地区までは七キロの距離があるが、そこには、実に多くの人々が生活している。

①一九七五年以前からこの地域で生活していた人々。②プノンペンに住んでいた人々。③プノン

ペンを通って故郷へ帰る人々で、プノンペン通過の許可のおりるのを待っている人たちである。
以前から住んでいた人々にはチャム族が多く、プノンペンにいた人は華僑が多い。これまでに見た物々交換市場では、この地域がいちばん大きいが、さすがにプノンペンで商売をしていた華僑の人々は、ここでも実力を発揮して、他の場所では見られないウドン屋、飲み物屋などの小さな食堂もできている。そういった風景を撮影していると、華僑の人々は一生懸命話しかけてくる。話しかけるというよりは、はじめての外人、それも比較的、自分たちと似ている日本人を見つけて訴えてくるという感じである。

彼らは、まず自分たちはいったいどうなるのか、という先行きの不安を持っている。そして、これまで郵便もなく、外国にいる親類とも連絡が取れなかったので、手紙を出してくれないか、という頼みがある。国外へ出たいが、いつになったら、それが実現できるだろうか、という質問もある。とにかく閉ざされた世界にいたので、カンボジア自身で起こっていることも、まして、世界の情勢などさっぱりわからないという、焦躁感と不安である。そして、自分たちがポル・ポト政権の中で、どのような困難な生活をしたか、涙をためて話し続ける。たちまち、そういった人々が集まってきてぐるりと輪になってかこまれてしまった。

多くの華僑はタイ国境に近いバッタンバン州へ送られたようだ。一九七五年のロン・ノル政権の崩壊時に、カンボジアには約五十万人の華僑が残っていたと見られている。そのうち、国外へ脱出した人もいるが、その数は、それほど多くないようだ。そのほとんどの華僑がポル・ポト政権下の集団強制農業地で生活をしなければならなかった。現在、そのうちどのくらいの人々が生き残っているかわからない。

悪い人、よい人

ポル・ポト政権は中国の援助を受けたので、人々は、自分は中国人だと訴えたが、同じ中国人でもポル・ポト政権以前にいた人々は悪い中国人で、後から来た中国人はよい中国人なのだ、と言われたという。バッタンバン州では約五千人の中国人がいたが、生き残ったのは千人ほどで、残りの人々は撲殺されたり、栄養失調による病気で死んでしまったらしい、と、集まっている華僑の一人が言っていた。あるグループはバッタンバン州へ行く時は百五十四人いたが、一九七九年には、二、三十人ぐらいに減っていた。一回に百六十四人死んだこともある。中国語を話すと殺されるので絶対にしゃべらないように気をつけた、という。男は男だけ、みんな一緒に眠るので、寝言で中国語が出てだれかに聞かれやしないか、と心配で眠れない夜もあったという。

そういった言葉は、撮影中に私をとりかこんでいる人々から出るのである。そして子供を連れた三組の家族もその中にいたが、家族といっても十六人家族から六人だけ生き残った人、十五人家族から五人だけ生き残った人、十一人家族から二人だけ生き残った人、その三組である。バッタンバンへ行ったほとんどのベトナム人は殺されてしまったという。こういった話を聞いていると、中国の態度に疑問を感じる。第二回中越会談で中国が提案した八項目のうちのひとつに、ベトナムから中国へ帰った華僑のベトナムへの引き取りを要求し、ベトナムにおける華僑へのベトナム側の態度を非難しているが、これまでカンボジアにおける華僑についての中国の考えを聞いたことがない。ベトナムの統一後、南ベトナムでは失業者は増加、ボートピープルとよばれる難民も相次いでいるが、少なくともベトナム当局によって殺された華僑は一人もいないといってよいのではないだろうか。それがカンボジアで現実に多くの華僑が殺されているのに、それには目をつぶって、ポル・ポト政権を援助し続けたということは、どうしても理解できない。私をとりかこんだ人の中から子供を前に押し出すようにして、夫や、兄弟、他の子供が死んだ様子を話す人は、その時のことを思い浮かべたのか、だんだんと声がつまって顔は涙で濡れてしまった。

このA地区には、そういった華僑の人々も含めて、現在千七百九十五家族、八千二百六十五人の人が生活している。このうち華僑は二百七十八家族、千二百四十三人である。この全体の数字を単純に割ると、一家族平均四人だから、カンボジアやベトナムの家族構成の平均から比較すると少ない。多くの家族で夫や青年が殺されている。この地域にはチャム族が多い。ロン・ノル時代の終わりには千家族住んでいたが、帰ってきた家族は、二百三十三家族で、人数も千百六十八人と少なく、後は殺されてしまった。この近所にはチャム族の三つの回教寺院があったが、そのうちの二つは壊されてしまったという。

ポル・ポト政権の残された記録には、チャム人は全部殺すということが書いてあった。もっとも、ベトナムのタイニン省で発見された計画書では、カンボジアの民族は二百万人を残し、そこから出発するということが書いてあったという。もし計画が本当であれば、一九七五年四月当時の人口を七百万とすれば、五百万人を殺さなければならない。

生き帰った二人

五十七人の家族で、二人だけ生き帰ってきた親子がいる。モト・タラという婦人とその子供で、夫のモト・ヤコップ氏は、一九七五年には医学生としてパリに留学していた。現在は連絡がとれていない。以前からこのプノンペン郊外のチュナム・チャムレ地域に住んでいたが、一九七五年四月

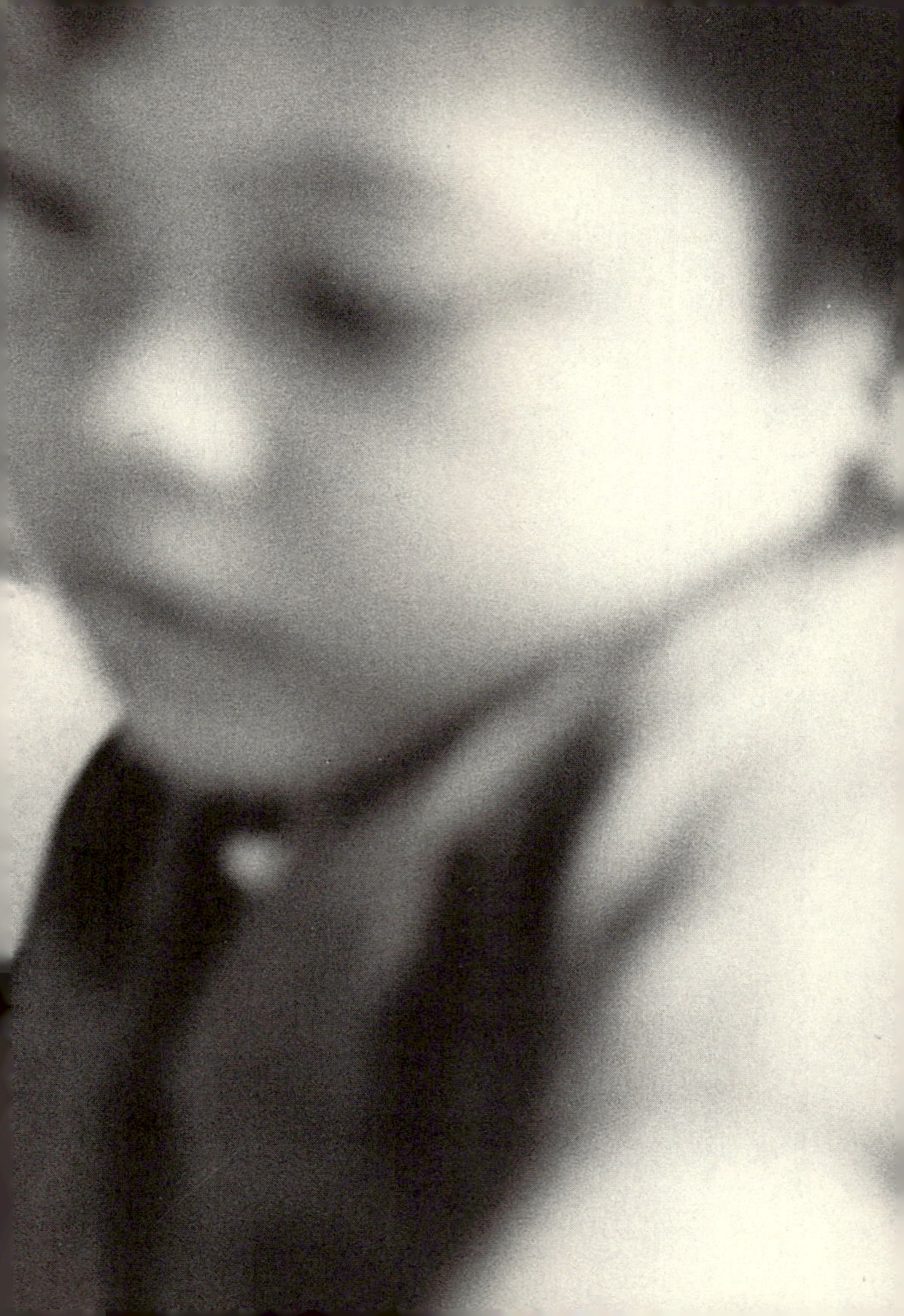

親類を含め五十七人家族の中で子供と二人だけ生き残ったモト・タラさん。一九七九年、プノンペン郊外

十七日夜八時にこの地域から連れ出された。はじめは、プノンペン市から東にあるコートムという場所で六カ月間生活をし、そこに集められた父母、兄弟、その九つの家族と親類、合計五十七人はトラックと汽車で、ポーサット州のタイ国境から十八キロ離れたカチヨン森に近いスロックロウ村へ連れて行かれた。そこでは、一グループ、四十家族、二百五十人の人々が集められたが、男女、子供がそれぞれ分けられて住んだ。家は竹でできたバラックで、屋根はパパイヤの葉でふいてあった。

七歳の子供からダム作りに出され、みんな重労働を課せられたが、食事といえばスプーン一杯の米にたくさんの水を入れたオカユと野菜を煮て、それを塩につけてオカズにしたものだった。たまに牛肉が出る時もあったという。ポル・ポト側からは村長、副村長、オンカーと呼ばれる組織の委員の三人がいた。近くの山にポル・ポト軍の基地があり、黒い服を着て帽子をかぶった兵士たちがいるのを見た。結局、その二百五十人の集団で生き残った成人は、三十人の女性と男はたったの二人だけであった。あとは子供で、その他の人たちはみんな殺されてしまった。殺すのは兵士たちで、村から集団で連れ出すと、待ち伏せをしていて棒やオノで殺した。このようにして彼女の五十七人の肉親のうち、生き残ったのは彼女と子供の二人だけだった。

A地区にいるもう一人のクイ・ブロンという六十三歳になる婦人は、当時四十一歳になる一人息子と四十歳のその妻、十二歳になる双子の孫が殺されていた。その時プノンペンに住んでいた。市

多くの人々の不幸を見続けてきた老人。1979年

内から出される時、少し品物を持って出ようとしたが、すぐ出ないと手榴弾で殺すぞ、とおどされて、荷物らしい荷物も持って出ることができなかった。そして歩いてプレイベン州のプンロー部落と、プンレク部落というところへ連れて行かれ、そこで集団農業をさせられた。そして一九七七年八月、双子の孫は学習のためにといって連れ出され、そのまま戻って来なかった。

一九七八年八月十日、その日だけで、二百人ぐらい殺され、息子の嫁も、その中に入っていた。四時ごろ学習へ行くといって五十人ぐらいずつ呼び出され、撲殺、それに銃殺もあったという。外へ出たら殺すぞと言われたが、一生懸命に頼んで嫁の殺された場所へ行ってみた。大勢の人が横たわっていてすごい光景だった。そして息子も連れて行かれてしまった。息子は一九七二年にロン・ノル軍に徴兵され、ラッパ手になった。一人息子なので一万三千リエルをワイロにして、息子を家に連れ戻した。なんとか息子たちだけは生き残ってもらいたいと思っていたが、みんな死んでしまった。

今年になって数千人の人が集められ、珍しく、硬いご飯と魚が出た。しかし、それに毒が入っていることがわかったので、みんな食べなかった。食べないと殺すぞ、と言われたが、それでもみんな食べなかったので、その翌日大きな穴を掘らされ、そこで生き埋めにされそうになった時、ベトナム軍が来て助かったという。

その後、自分たちを虐殺したオンカーを見つけたので、みんなで殺して、身体を三つに切って川に投げ込んだ。いまの私の願いは、息子、嫁、孫を連れ出した人がプレイベンのパナン村にいる。名前もわかっているので、ぜひとも懲罰してもらいたい、とその婦人は涙で訴えていた。

以上の生き残ったカンボジア人と華僑の証言は、このA地区だけで聞いた話だが、どこへ行っても、信じられないような、こういった虐殺の話を聞くことができる。それは生き残ったほとんどの人々が肉親を失っているからである。

喜びより悲しみが

プノンペン市内では、生産の始まっている清涼飲料水工場と、紡績工場を見た。その紡績工場にもひどい体験をした人がいた。

このトウルコック紡績工場には、現在七百人の従業員が働いている。そのうちの四百七十人は男だが、老人や子供が多い。子供たちのために二クラスの学校も開かれている。しかし、ポル・ポト時代に中国から入ってきた原料のストックがあと五トンちかくしかなく、このまま続けば三カ月あまりで作業は中止になるほかはない、という。

もともとこの工場は一九五八年のシハヌーク時代に始まったものだった。当時は千五百人から二千人の人が働き、紡績のほかにサンダルやズボンも作っていた。それはロン・ノル時代まで続いていたが、ポル・ポト時代になって従業員たちも市外に出された。再び技術者が連れ戻されて八百人の人が仕事をするようになったが、そのうち七百人は女性と子供だった。一日、十八時間から二十四時間働かされ、その間、三十分の食事時間だけが休みの時間であった。作るものといったら黒い服のための布地だけだった。

ここでも多くの人が殺された。ある時は、五家族が市外のキャンプで殺され、ある時は二人の技術者が深夜の二時頃殺されて工場の下に埋められた。目撃者がいたが、黒い布で目かくしをしてナイフでノドを切って殺したという。話を聞いていると、この工場に限らないが、ポル・ポト政権は子供たち中心の生産を考えていたようで、技術者たちは子供たちに生産できる程度までの技術を教えると、殺されてしまったようだ。十歳の子供でも大人たちと同じ量の労働をしたという。それで食事といえば一日二食、一食に一杯のオカユで、魚とか肉はなく、水草や睡蓮の芽がオカズになった。

ポル・ポト時代から現在まで引き続き働いている人で、ベトナム語の話せるヒエン・ナンという婦人がいた。その人の話によると、七十歳になるお母さんはベトナム人で、ベトナム語を話すことがわかると殺されるので、四年間家の中にとじこもって絶対に外へ出なかったという。ポル・ポト時代は、ベトナム人はもちろんのこと、ベトナム語を話すだけでも殺されたようだ。ヒエンさんはポル・ポト時代主人と子供三人と一緒に仕事をした。女の子は紡績、男の子は機械修理をしていた。夫婦は一緒に住むことができたが子供たちは別々に住み、女の子は女の子のグループ、男の子も年齢別によってわけられてしまった。

ヒエンさんの妹の場合を例にとれば、子供は十カ月から母親と離された。十日間に一回子供と会うことができて家に連れてきたが、夜になるとまた、返しに行かなければならなかった。だから十日に一回は子供を思って泣く日になっていたという。子供が十カ月になる前は、出産後一カ月で働きに出なければならず、家に残された子は、お母さんなど年寄りがいれば、その人が見て、いない家は、他の家から時々見にくる。だから、仕事が終わって、家に帰ってきて、疲れて眠りたいと思っても、子供の泣き声で、十分、睡眠もとれずに、また、仕事へ出て行かなければならなかった。病気にかかっても薬はなく、治る見込みがなくなると病人は連れて行かれ、そのまま帰って来なくなったという。

両親も兄弟も全員殺されて孤児になった少年もいた。本当であれば「君は助かって良かったねえ」と言うべきかもしれないが、たった一人生き残ったこの子は、生きている喜びより、死んでしまった肉親を思う悲しみのほうがきっと強いだろう、と思った。

虐殺され埋められた人々の遺骨。カンボジアは
人骨でいっぱいだった。1979年、カンダル州

アンコール・ワットへの道

アンコール・ワットの建立者スールヤヴァルマン２世をたたえる第１回廊の壁画。1980年６月

カンボジアのクメール民族が残した偉大なアンコール遺跡には、世界各国から大勢の観光客が訪れた。その頃のいろいろな紀行文を読むと、厳粛な遺跡群と、その周辺ののどかな風景や人々の生活に、驚いたり、感動したりしている様子が描かれている。

それが一九七〇年三月のロン・ノル将軍のクーデター後、カンボジアは戦火に覆われてアンコール遺跡には、観光客はもちろんのこと、カンボジアの民衆も近づけないようになってしまった。そして、一九七五年四月以降、現代まれにみる鎖国制度をとったポル・ポト政権になると、世界の人々は、カンボジアに入国することすら出来なくなってしまった。

その後、ポル・ポト政権による民衆の大虐殺、文化施設の破壊などの情報が伝わってくるにつれ、アンコール遺跡の保存に世界の関心が集まった。

ポル・ポト政権が崩壊、ヘン・サムリン政権になった後の、一九八〇年六月、私たちは念願のアンコール遺跡へ入った。私は一九七〇年六月、観光客が絶えてひっそりとしていたアンコール・ワットへ行ったが、恐らく、外人によるアンコール遺跡の訪問はそれが最後だったろうと思われる。アンコール・ワットからプノンペンへ帰って来た三日後に、カンボジア解放軍によるシエムリアップ攻撃のニュースを聞いたからである。

その時から、ちょうど十年目のアンコール遺跡訪問だった。シハヌーク政権当時、外国の観光客が泊まったホテル・オーベルジュは廃墟となり、グランド・ホテルの一階だけが泊まれるようになっていた。しかし、電気もなく、水道の水も出ない。アンコール・ワットの前に並んでいた土産物店も、全て破壊されてしまっていた。

アンコール遺跡ははたして無事なのだろうか、不安な気持ちで、私たちは、アンコール・ワットの中に足を踏み入れた。十年間、観光客の訪れていない遺跡の周辺は草がはえ茂り内部はひっそりとしていた。西参道に入るとアンコール・ワットの偉容が眼前に浮かぶ。街も、寺院も破壊したポル・ポト政権もこの遺跡まで壊すことは出来なかったのだ。

しかし、内部の荒れ方はひどい。参道の石はくずれ、傷つけられたアプサラ（天女）の浮き彫りがある。十年前に訪れた時には見られた、日本の森本右近太夫が一六三二年に印した墨書は、消されていた。

アンコール・トムのバイヨン、バンティアイ・クデイ、タ・プローム、その他の遺跡も、十年間も放置され、自然破壊の進み方がひどいうえに、首だけ盗まれて、壊された仏像が雑草の中に転がっていた。

首を盗まれ放置されているバンティアイ・クデイ僧院の像。一九八〇年六月

一九八〇年六月。

私の住んでいるところから、東京の新宿方面の風景がよく見える。東京と千葉県の境に流れている江戸川を見下ろすようにたっている十一階建てのマンションだが、千葉県側にありながら眺める風景はいつも東京である。西北の角にある猫の額のような小さな部屋だが、眺めだけは素晴らしい。夕方になると、新宿の高層ビルの彼方へ、空を染めながら太陽が落ちてゆく風景が特に良い。

六月の休日、ビールを片手にボンヤリと夕日の映える江戸川を眺めていると、電話のベルが鳴り始めた。読売新聞社外報部の小倉貞男氏からだった。小倉氏とは昨年の春、一緒にベトナム、カンボジアを取材している。ハノイから電報が入って、日本人記者を六人入国許可するといってきている、ということだった。毎日、日経、東京、読売、朝日各社の五人の記者とカメラマンの私である。

六回目のハノイ

カンボジアへ入国するためには、タイから支援物資を運ぶユニセフの飛行機に乗って、直接プノンペンのポチェントン空港に向かう方法と、一度はベトナムへ行って、ホーチミン市のタンソンニヤット空港から定期旅客便を利用する方法、また、ホーチミン市から陸路、一号道路を通ってプノンペンに入る三通りの方法がある。私たちは、まずバンコクからハノイへ向かった。今回は、ベトナムの対外文化連絡委員会が我々の受け入れ団体であり、ハノイでの全体的な取材の打ち合わせが必要であったからである。

今度で六回目になるが、ハノイはいつも変わらないといった感じがする。北爆の時も、中越戦争の時も、そしてカンボジアの問題があっても、ハノイの大通りを自転車に乗った人々が、静かにペダルを踏んでいる。大きな木の下で、果物や野菜をひろげている商人の姿も変わらない。恐らく、来年、再来年訪問しても、同じ光景が見られるだろう。今度の宿舎になったホアビン・ホテルの食堂も、料理はもちろんのこと、従業員も昨年と変わっていない。そして、取材の受け入れ側である対文連のメンバーも八年前と同じであり、私たちは再会を喜び合った。

ハノイからホーチミン市までチャーターしたバスで行き、そのバスで陸路、プノンペンへ向かうことに決まった。ハノイ—ホーチミン市間、約千八百キロ。途中、ビン、ダナン、ニャチャンに泊まって、四日目にはホーチミン市に着くというスピードである。まず、カンボジアの取材をすませ、それから帰りにベトナムをゆっくりと取材するという方法が決まった。私は出張ではなく、休暇を取って来ているので、滞在日数は限られており、今回の目標であるカンボジアの取材が先になることは有り難かった。

ハノイ―ホーチミン市間は一九七五年のサイゴン陥落後走破しているし、ベンハイ川までは一九七三年にも往復している。その後どう変化しているかを見る楽しみがあった。北爆中の一号道路はひどかった。各地で橋が破壊され、道路はデコボコの道を走らなければならなかった。また一九七五年のベンハイ川―ホーチミン市間の道路も、激戦の直後で大きく破壊されていた。しかし、現在、道路はすっかりよくなっている。それに大型バスなので席にゆとりがあり、以前、小さなジープで揺られ通しで走った頃と比較すると、大変楽だった。

ベンハイ川から北の風景は、以前の風景とそれほど変わらない。とにかく何もかも以前と同じに感じられるのである。ベンハイ川にかかるヒェンルォン橋を越えると、以前の南ベトナムである。ここからは前の米軍の巨大な基地が廃墟となって、雑草が茂って戦後の時間の経過を物語っている。かつてアメリカの海兵隊たちと、各種の飛行機や軍用車であふれていた、コンチエン、カムロ、I2の基地も雑草の中で全く静まりかえっている。

クアンチ、フエを通りすぎ、フーバイの旧米軍基地の前を通る。従軍中、何度も来た場所である。フーバイは現在はベトナム軍の基地になっている。

ダナンの入り口であるハイバン峠からダナンの街の灯が見えた。中部最大の都市で米軍がはじめて上陸したところでもあった。米軍はここに最大の空軍基地をつくってベトナム戦争を支援した。当時私たちもダナンのプレスセンターに泊まって北部戦線の海兵隊に従軍した。いろいろな思い出の残っている都市である。ダナンの市内に入って驚いたことは、道路の両側にあふれるようにして屋台が出ているのである。菓子、ウドン、果物、雑貨、自転車の部品などが並んで多勢の人が集まっている。いったい、これで商売になるのかと、不思議に思われるほど同じ物を売る店が並んでいる。これは商売というより、夜、ヒマをもて余している人たちが店を出し、これもまたヒマのある人々がそこに集まって一つの社交場になっているのだろう、と思った。

ダナンも一泊しただけで、超スピードでホーチミン市へ向かう。途中、私にとっていちばん印象の深い、ビンディン省のタムクァン、ボンソン、フーミイ、フーカットの街を通った。ベトナムへ来てはじめて従軍したところがこのビンディン省だった。当時ベトナムでも激戦区のひとつで、私はサイゴン政府軍の海兵隊に長期間従軍をした。ここではじめてベトナム戦争の本質の一端にふれ、その後、ベトナムでずっと生活するようになってしまった。

特にタムクァンの街で野営した時、解放軍に包囲され、猛烈な攻撃を受けて農家の床に身を伏せながら、恐怖にふるえていた時のことは現在でも忘れることができない。できることなら、ゆっくりと街を見たかった。しかし、団体行動である。私は走るバスのなかから見覚えのあるウドン屋が残っているだろうかと目をこらしていた。しかし、アッという間にバスは街を通りすぎてしまった。

ニャチャンの宿舎では、織物工場をつくっているという日本人技術者たちに会った。一昨年は南部デルタのカントーで冷凍工場を建設している人とやはり宿舎が一緒になったが、戦争中ほどではないが日本の人々が仕事をしている。

ホーチミン市に入ると、ちょうど仕事の終わる時間で、道路を自転車、オートバイ、自動車がいっぱいになって人々が移動をしていた。勤めから家に帰る人々だろう。この風景はハノイと大きく異なる。ハノイは自転車が静かに流れるといった感じだが、ホーチミン市の夕方は騒音につつまれているといったほうがよい。

懐かしいトゥーヨー通りが見えてきた。道の両側にある、タマリンドの街路樹が変わっていない。私たちの宿泊するクーロン（九龍）・ホテルは、以前はマジェスティック・ホテルといって、解放前は日本人記者たちも随分と利用していた。目の前にサイゴン川が流れている。

ハムギー通りの露天市場には、米、野菜、魚、肉、タバコ、ビールなどの品物がたくさん並んでおり、南ベトナムの底力のほどを感じさせるが、知人に聞くと、品物は解放前よりは少なくなっているという。洋服、布地、書物、古道具など、通りによって品物別に売っている。新政府はまだ、こういった闇物資を厳しく取り締まってはいないようである。冬物の毛糸や、ニューモードと思われる洋服などがあって、どこから、こういった品物が流れてくるのだろうと、不思議に思ったところ、外国にいる親類、縁者が小包で郵送してくるのを闇で売っており、また、そういった品物を取り扱う商人もいると聞いた。表面を見ている限り、ホーチミン市はまだたくましく動いていると思った。

ベトナムからカンボジアへ

一九七九年と同じように、今回もホーチミン市を出発して陸路、バスでプノンペンへ向かうことになった。途中一年間の変化を取材できるので、飛行機よりは自動車の方がよい。ベトナムとカンボジアの国境にはトタン屋根の簡単な事務所がある。前回は撮影禁止であったが、今回は自由に写真を撮ることができた。

ベトナムの工兵隊が道路を直していた。国境周辺の水田では、ところどころに乾いた土を掘り起こしている農民の姿が見られるが、まだまだ荒れている。その水田もカンボジアの奥深く入っていくにしたがってよく手入れがされて、農民の姿も多い。長い期間、国境周辺は軍事地帯になっていたので、田畑は荒廃してしまったが、ここに農作物が実るまでには多くの労働力を要するだろう。

一号道路沿いにあった町は跡もとどめず、全部破壊されている。都市や町を消滅させる、これがポル・ポト政権の方針だった。たとえばスバイリエン州のメコン川の渡し場から近いところにプラソトという町があり、十年前にはそこで何度か取材をしたのだが、道路に沿って並んでいた商店や人家は全く影も形もなくなっていた。ベトナム国境からプノンペンまでは約二百キロの道のりがあるが、三カ所ほど小さな露天の市場があるだけで町の感じがない。

前回も取材したチプーの市場を歩いてみた。米との物々交換だが、現在では新しく発行されたカンボジアのリエル紙幣が使用されていた。ベトナム国境に近いのでベトナムのお金も通用している。これが、タイ国境へ行くとベトナムのドン紙幣は使用できず、タイのお金バーツが通用している。市場も商品は昨年より増えているが、それでもまだまだ、規模は小さい。車の窓から人々の生活を見ていると、田畑へ行ったり、市場で商品を並べたり、みんな自由に好きなことをしているが、組織だって農業や建築などの仕事をしているという感じではなかった。ポル・ポト政権時代に破壊された村落の組織をたて直し、生産までの軌道にのせるためにはもう少し時間がかかるだろう。何しろ、そういう仕事を中心になってやるべき人々が殺されてしまっているのだから、現在は家の近くの田畑を整地し、生産ができるまでは、ベトナムやユニセフなどの支援の米で生活しているようだ。ただ、この一年で人々の表情にも随分とゆとりが出たように感じられた。

一九七九年五月に取材した時は、一般市民は、まだプノンペン市内での生活が許可されていなかった。市内には警備の兵士か、空き家に物々交換に必要な品物をあさりにくるカンボジア人の姿が見られるくらいだった。だから、少し横道に入ると人影がなく、不気味だった。あれからちょうど一年たった。今では、各所に食堂があって、人々がウドンや焼き飯を食べている。市場もある。洋服屋、写真館、時計修理店などもある。もちろん、一九七〇年四月に滞在した時のプノンペンの繁栄とは比較にならない。当時、シハヌーク政権がロン・ノル将軍のクーデターで倒された直後であったが、市内にある中央市場には品物があふれており、モニボン通りのレストランは満員だったし、メコン川のほとりでは毎夜カンボジアの古典舞踊が催されていた。

一九七五年三月プノンペンの陥落後、プノンペン市民がポル・ポト派によって市外へ追放されてからは、プノンペンの街は廃墟のようになってしまった。それから五年、現在では通常の生活にもどりつつあるといってよい。しかし、五年間の後遺症はかなり深い。十年前のように元通りに戻るまでは、かなりの時間がかかるだろう。ポル・ポト政権での破壊と虐殺の被害があまりにも大きいからである。

中央市場の周辺に出店が並んでいる。野菜、ニワトリ、魚、穀物、洋品、雑貨が並べてある。かなり店がふえたが、内容はまだまだ乏しい。たとえば、ベトナムのメコンデルタ地帯にあるミトー、カントーなどの市場と比較すると、産物の並んでいる規模では天と地ほどの差がある。まず豚や牛の肉が少ない。ニワトリやアヒルも少ない。カンボジアの各地をまわっていると家畜の数が極端に少ないことに気がつく。農業国カンボジアは、米、野菜、果物、家畜が豊富であったはずである。十年前に地方へ行った時、農民がアヒルの群れを追っている風景を各地で見ることができた。しかし、今度の取材旅行では一度もそんな風景を見ることができなかった。これは明らかにポル・ポト政権の政策の誤りである。市街から追放された人々は、農村や荒地、森林へ行き、慣れない農耕を強いられたが、そういった作業には、家畜を増やし、果物を育てるなどという楽しい仕事はない。近代化された機具を否定し、人力による開墾や水路造りなどの重労働ばかりであった。何故なら、ポル・ポト政権は茶碗一杯のオカユしか食べさせなかった民衆に、肉やニワトリなどを食べさせようという意思は少しもなかったからである。

虐殺は本当にあった

カンボジアを旅していると、日本にいては想像のつかなかったことが本当に起こっていたことに気がつく。ベトナム、ラオス、カンボジアでの長い年月にわたっての戦争は、植民地主義に対する民族独立の戦いであり、同時に資本主義と社会主義との戦いでもあった。その結果、三国とも旧政権が敗れて社会主義側が勝った。しかし長期間にわたった戦争の後遺症は深く、それぞれの国はまだ苦難の過程にある。

一九七五年四月十七日のプノンペン陥落後、ポル・ポト政権のカンボジアが文明社会を否定し、都会の住民を一掃した政策をとったことには驚かされたが、全国民を農民として完全自給自足の国造りを目ざした、ということを一応納得したと仮定してみよう。その場合は普通であれば、国民一人一人が国力回復のための労働力であるから、その力を最大限に発揮してもらうために、労働意欲を持ってもらう方法をとるべきであると普通では考える。そのためには生活環境を良くし、働く喜びを感じてもらうことであろう。

しかし、ポル・ポト政権はそれとすべて逆のことをした。奴隷制度をとったのである。これもまた常識では考えられないのだが、暴力で脅迫するにしても一定の栄養を与えなければ人体は参ってしまう。それでは労働力にならない。ポル・ポト政権のオンカー（幹部組織）など一定の人々を除いて、カンボジア国民の大半が、オカユと野菜などの超粗食で働かされたことは多くの人々が証言している。そのために栄養失調による病死が続出している。体力がないからマラリアや風土病に対する抵抗力がなくなる。そのうえに病人に対して積極的に治療する意思もなかったのである。さらに多数の人々を直接に手を下して虐殺している。これではポル・ポト政権の国造りというのは、いったいどういう計画であったのだろうと、だれしも疑問に思うであろう。

プノンペン市内はどこでも自由に歩けるし、写真も勝手に撮影してかまわなかった。この点、ベトナムよりはずっと気楽である。それはまだ警察などの取り締まり機構が確立していないからということもできる。ベトナムの兵士やカンボジアの兵士が市内の要所で警備をしているが、彼らも何も言わない。カンボジアの外務省でたててくれたスケジュールにしたがって取材をしたが、何もない時は一人でブラブラと市内を歩いた。私は友人に「あなたは、自分の性格を理解することができるかい」と質問する時がある。そして「よくわかるよ」という返事をもらうと、ほう、そんなものかなあと感心してしまう。私にはちっとも自分のことがわからない。ただ、だれでも、好きなことと、嫌いなことはわかっていると思う。私がカメラマンをしていて良かったなと思う時は、自分勝手にブラブラ歩きながら写真を撮る時である。だから、プノンペン市内を自由に歩いて、写真撮影ができたことは、大変うれしかった。

カンボジアの火炎樹は真紅に咲いて見事である。ホテルからモニボン通り、ノロドム通りと、よく歩いた。かなり暑いので一度にたくさんは歩けない。時々木陰で一休みした。ただ、ビールを置いてある店は中央市場の近くまで行かないとないことが残念だった。ポル・ポト政権以前は、二百万人以上もいたといわれるプノンペンの人口も、現在では三十万人ぐらい。やはり人通りが少ない。ところどころ木陰の涼しいところに椅子を並べて、手でぐるぐると回すあの懐かしいカキ氷を売っている。中央市場の近くにある食堂に入ってみた。入り口に豚肉、鶏肉、魚、野菜を並べてある。それを料理してくれるのだが、ハエがたくさんたかっている。しかし、それを気にしていたら、東南アジアで食事はできない。油で炒めれば雑菌は死んでしまう。

焼きソバとビールを注文した。「33」（バームイバー）というベトナム製のビールが一びん十二リエル、日本製の缶ビールは十リエル、焼きソバは七リエルであった。私たちはプノンペン銀行で一ドルを三リエルで交換していたから、缶ビールは千円ぐらいになって、これはかなり高い。私たちの案内をしてくれた外務省の人の月給が五十リエルだと言っていたから、この値段では一般の人は利用できないだろう。他にどんな人がいるだろうと思って見回してみると、二人のベトナム兵がいたが、二人とも一杯一リエルのコーヒーを飲んでいた。

その店には、四人の女性が働いていた。経営者は華僑の人だが、そのなかに、グエン・チ・ランという、両親がベトナム人という二十七歳の女性がいた。彼女は妹二人、弟三人の八人家族で、以前は南ベトナムのチャオドックにいたが、彼女が五歳の時にプノンペンに来たと語っていた。ポル・ポト政権になってバッタンバンに連れて行かれ、両親はベトナム人とわかって殺された。五人の妹や弟も自分が畑へ行っていた留守に、学習といってある日連れて行かれたが、そのまま帰って来ない。多分殺されてしまったのだろうと言う。何故、彼女だけが助かったのかは聞かなかったが、ポル・ポト時代に「カンボジア人との結婚の経験があり、夫は現在どこにいるかわからない」と、多くを語らなかったことから想像すると、ポル・ポト時代の集団結婚を体験したのではないかと思われた。

プノンペンにいる時は全く不安を感じなかったが、港のあるコンポントムとアンコール・ワットへの取材には非常に恐怖を感じた。

初めて書いた遺書

私たちがカンボジアへ入国する一カ月ほど前に、ベトナム、カンボジアの取材では長い経験のあるオーストラリアのウィルフレッド・バーチェット記者が、タイ国境取材からの帰りにプノンペンから七十キロぐらい離れたコンポンチュナンで、ポル・ポト兵に待ち伏せを受けた。そこは、ちょうどポル・ポト軍の残兵がいるカルダモン山脈の山裾が、六号道路の方へ接近している場所で、私たちより先にタイ国境へ行ってきた、UPIとABC放送の記者が、ポル・ポト・コリドー（回廊）と表現していたように、つい四日前にもバッタンバン行きの列車が、ポル・ポト兵に攻撃され、一般市民約二百人が死傷し、現在は列車の運行が停止しているという状態であった。カンボジアとベトナム当局は、道路は安全である、バーチェット記者の事件はたった一つの例外であると語っていた。しかし、今回に限って私は非常に臆病になっていた。大体、臆病な性格なのだが、今回は特にひどかった。

インドシナを取材してからもう十六年になる。しかし、これまで遺書なんて書いたことはなかった。それが、今度は東京を出発する前に簡単な事務的なことだが、もしものことがあった場合、これまで撮影したベトナムのネガやカメラのことなど、その後の処置をメモしておいた。家人が空港まで見送りにきたのもはじめてだった。今度の取材は、朝日新聞社からの出張ではなかったので、いつもなら、自動車で行くのだが、今回は京成電車で重い荷物を運ぶ様子を見かねて、手伝いついでに来たのであるが、そんなことも気になっていた。それに一九七五年までカンボジアでは多くの友人を失っている。澤田教一、和久吉彦、中島照男氏など、次々とカンボジアで行方不明になったり、殺されたりした人々の顔が浮かんでくる。臆病風にとりつかれた私はコンポントムの港の取材を辞退した。四号道路を横切っている高原にいるポル・ポト軍の残兵が怖かったのである。

ポル・ポト政権によって強行されたカンボジアの大虐殺に疑問を持つ人々がいる。あれはベトナムの流したデマであるというのである。しかし、私は虐殺があったことは事実であると信じている。それは、昨年と今年、二回のカンボジア取材で各地の虐殺現場を見ているからである。その数はわからない。しかし、殺された人々の数は数十万、あるいは百万を超えるかなりの数にのぼると思われる。これは、いずれ歴史が証明していくことと思う。一九七〇年四月と八月にロン・ノル将軍のクーデター後のカンボジアを取材した時も大変怖かった。

もしポル・ポト軍の残兵に捕らわれたら助からないだろうと思っていた。タイ側から入ってポル・ポト軍に案内されていく場合とは事情が違うのである。

アンコール・ワットへの取材に向かうという前夜、ジープ二台に分乗していくが、同行するカンボジア、ベトナムの人々が自動小銃を用意していくという説明があった。その夜、私は、ホテルの部屋で出発の準備をした後、一人でウイスキーを飲んだ。それまでの取材中でも、部屋で倍賞千恵子の歌を聞きながら、よく酒を飲んだことはある。しかし、この時ばかりは、無事に取材が終わって、また、こうして歌を聞くことができたらどんなにうれしいだろう、と思った。そして、これもはじめてのことであるが、一人息子に父親としての子供に対する気持ちをテープにふき込んだ。そのテープは今でも、そのまま持っている。いつか機会がきたら息子に聞かせようと思っている。

翌日、先を行くジープの前の座席に座った。もし狙撃を受けたら、ここが一番危ない。だけど、前で写真を撮るのが私の仕事であった。確かに、バーチェットが攻撃を受けた場所は近くに人影も見えず不気味で、もし、ここで襲われたら間違いなくやられるだろう、と思った。しかし、それ以外は、前夜まで何故あれほど、恐怖を感じたのだろうと不思議に思われるほど、心が落ち着いていた。それは周囲の状況がわかってきたからでもあるが、もう後もどりはできないというひらき直りの気持ちもあった。ちょうど、ベトナム戦争中、従軍している時に何度も経験した心境であった。

五号道路にそっていくつかの小さな村があるが、そこにはたいてい市場がある。そして、森林地帯にはところどころにカンボジア兵が警備をしている。ベトナム軍の駐屯地もあった。一般的にカンボジアの民家の姿が少なく、水田や畑は放置されたままのところが多い。ポル・ポト軍のオンカーが住んでいたという家は、高床式の住みやすそうな家だが、移住させられた人々の家は小さく、見すぼらしくて暑そうである。これも不思議なことだが、一九七〇年の取材の時にプノンペン—スバイリエン間の一号道路を何度か往復して、ところどころにある町で一休みしたりしたのだが、そういった町は跡形もなく破壊されてしまっていた。以前にそこを見た経験がなければ、その場所に町があったと信じることができないだろう。ポル・ポト政権は宗教、教育、芸術、スポーツ、あらゆるものを禁止したが、実際にあった町まで消してしまったのである。そこに住んでいた人々を追い出しただけではなく、何故建物まで徹底的に破壊しなければならなかったのか。だから、プノンペン、バッタンバンの間には全く市街は見当たらない。バッタンバンの市街は完全に残っていたが、住民はいなかった。

黙認の闇物資洪水

タイ国境から二十キロぐらいの地点にあるシソフォンの町を取材した。市場にはタイから運び込まれた闇物資があふれている、といった感じだった。自転車、ラジオ、オートバイ、時計、それに衣服、食糧、日常品、なんでもある。恐らく、これはカンボジアとベトナムの当局も黙認しているのだろうと思われた。何故なら、現在のカンボジアには、このような物資は必要であるからだ。現在のベトナムからは、とてもこれだけの品物を入れることはできない。

品物は金（ゴールド）で交換するということだった。ポル・ポト政権時代には、地方に移動させた民家を抜き打ちに家宅捜査して、人々がやっと身につけてきた貴金属などを没収した。しかし、民衆も生活の知恵で、床下や屋根裏に隠したりした。現在、それらの金が、タイからの商品と交換されて、カンボジア人の生活を補っている。

一緒に行ったカンボジアの人が、これが金ですよ、と言って小さな紙に包んであるものを見せてくれた。細い金の鎖を二センチぐらいに切ってある。これで〝一チー〟(Chi) の重さがあるが、物物交換はこのチーの単位でなされるということだった。その人は市場で姿が見えなくなったと思ったら、ビニールの袋をかついで帰ってきた。中には石けん、男性用のズボン、子供の洋服、女性のサロン（腰巻き）などが入っていた。さっきの一チーの金で交換してきたという。カンボジアとタイの国境では、ポル・ポト軍と、ヘン・サムリン・ベトナム連合軍との戦闘が続いており、タイと現在のヘン・サムリン政権のカンボジアとの関係は、必ずしも友好的とは言えないが、このように闇商売が成立しているところを見ると、両国の民衆の間には、まだ友好関係が残っているのだろうと、ホッとした気持ちになった。

一九七九年、中越戦争が起こる前の中国、ベトナムの国境周辺の民衆は、物々交換という商売を通して交流があったというが、現在では冷戦状態でそれもないようだ。市場の横の食堂では結婚式後の披露宴が行われていた。新郎新婦の写真を撮影していると、幹事のような人が一緒に食事をしていかないかとすすめてくれた。丸いテーブルには茶碗と箸が並んでおり、これから食事が始まるようだった。大変興味を持ったが、残念なことには、すぐアンコール・ワットへ向かって出発しなければならなかった。

アンコール・ワットの塔が見えた

アンコール・ワットへ向かう六号道路では、タイ国境へ向かって移動中のベトナム軍と出合った。その数が多いので、新しい作戦が始まるのか、と思った。後で知ったことだが、そのタイ国境でタイ軍とベトナム軍との戦闘があったのである。果たして、私たちが出合った部隊かどうかはわからないが、もし、そうであれば、あのトラックの上で笑って手を振っていた青年から死傷者が出たかもしれない。六号道路は途中警備の兵士もいなかったが、全く安心して旅をすることができた。出発前に何故あれほど心配したのだろうと不思議な気持ちであった。

シエムリアップはシハヌーク殿下時代は国際空港があって、アンコール・ワット観光の外国人でにぎわった都市である。私が一九七〇年の六月にアンコール・ワットを見物した時は、ロン・ノルのクーデター後で外国人はいなかったが、それでも市街には、そこで生活する多くの人々がいた。その人たちも一九七五年三月三十日以降、市街から追放されてしまった。現在では、シエムリアップが軍事区域になっている関係もあって、民衆の数はわずかである。私たちは、以前グランド・ホテルと呼ばれていたホテルに泊まった。一九七〇年に泊まったホテルである。ホテルからはアンコール・ワットはすぐ近くである。やっと念願のアンコール・ワットへ来たのだ。私は早く現場へ行きたかった。もう夕方になって撮影の時間はあまりなかった。できれば夕暮れのアンコール・ワットを撮影したかったが、あいにくと今にも雨が降りそうな空模様だった。

樹木の上に頭を出しているアンコール・ワットの五つの塔を見た時の感激は、今でも忘れることができない。ロン・ノルのクーデター、戦闘、狂気のポル・ポト時代、この十年間、アンコールの遺跡はじっとカンボジアの激動に耐えて、力強く残っていたという感じであった。十年間も放置されていたので、その傷みかたはひどい。それでも、想像していたよりはしっかりと残っている。アンコール・ワットの東西南北にある回廊の浮き彫りも健在であった。石段を踏んで回廊を上へ登っていく時、足もとは冷たい石のどっしりとした安定感を感じた。

西側正面から見たアンコール・ワット（12世紀前半建造）。1980年６月

アンコール・トム。バイヨン寺院の前を通るカンボジアの子供たち。一九八〇年六月

有名なアプサラ（天女）の浮き彫りはところどころ破損している。また各国から奉納されたという千仏体も、どこへ持っていかれたのか、現存しているのはわずか五十体にも満たない。首のない仏像も多い。それでも、アンコール・ワットの全容は残っていたのである。中央塔の一番高いところに登ると、眼下に森林の広がりが見える。世界に誇るアンコールの遺跡をつくった偉大な古代クメール民族は、近代になって徹底的に傷つけられた。多くの民衆が殺され、固有の文化も破壊された。今、人々の心は深い傷を負っている。

アンコール・トムのバイヨン寺院の四面像は、その顔に微笑をたたえて四方を見ている。民衆の苦しみを見続けてきた四面像の表情は昔と変わっていない。よくそんな優しい顔をしていられるな、と思った。バイヨンの像は、そんな私の気持ちを知ったら、こう言うかもしれない。〝どんなにつらくても、笑顔を忘れなければ、最後に勝つことができるのさ〟と。

アンコール遺跡に一週間でも一カ月でも滞在して写真を撮りたかった。しかし、スケジュールに残された時間は少ない。翌日、遺跡をまわって、その次の日にはプノンペンへ向けて帰らなければならない。

人霊の夜と遺跡の朝

　翌早朝、東京新聞の武田昭二郎さんが「昨夜はひどい目にあった」と話していた。夜、ホテルのトイレに入ると、女性のすすり泣きが聞こえたというのである。それで「気持ちが悪いので深夜、朝日新聞の井川さんの部屋に移ったが、その後よく眠れなかった」と言う。このホテルでも多数の女性が浴槽につけられて殺されたと聞いていたので、その人たちの恨みの声だろうかということになった。井川一久さんが、「私も聞いたが、それは気味の悪いものだった」と言う。その夜、武田さんは銃を持ったベトナムの人と部屋を交代した。夜になって、私もその部屋に入って真っ暗にしてトイレに座ってみた。確かに女性の泣き声のような音が聞こえる。水道管や、部屋のすき間を通る風が、そのような音を出すのだろうかと思った。

　深夜、一人で眠っていたら、やはり不気味だろう。そんなことを考えながら、私は自分の部屋に帰って眠っていると、深夜、トイレのドアがカタカタと鳴っている音で目がさめた。ドアがちゃんとしまっていないのかと思ったが、節電で電気がつかないので、よく見えない。もう一度ドアをしめ直したが、またカタカタと音がする。これまでとじ込められ、殺された女性の霊が、客が来たので安心して、ホテルから出て行きたくなったのではないだろうか、と想像して、トイレと部屋の入り口のドアを開けておいた。そうしたら、そのまま音がしなくなってしまった。

私は、これまで霊とか、そういったことは全く信じていなかった。今後も信じない。この場合も、ドアがゆるんでいたのだろうと思う。しかし、カンボジアの各地で、虐殺された人々の遺体を見続け、その時の状況を聞いていると、人々はずいぶんとくやしい思いをして死んでいったのだろうということが、つくづくと感じられる。そう思うと、ホテルに閉じこめられていた人の霊を外へ出して、成仏してもらいたいという気持ちになってしまうのである。

翌日は一日、アンコール遺跡を取材したいと思っていたら、午前中は遺跡をまわって、午後は虐殺現場へ行くというスケジュールが出された。同行した記者の方々には申し訳ないが、カメラマンとしては、せめて今日だけでも遺跡を撮影したいと希望した。午前中といえば、昼飯までの三時間ぐらいしか時間がない。それでは午後四時まで、ということになった。それでも昼食をとりにホテルへ帰って一休みしたら、合計で六時間もないのである。アンコール・ワット、バイヨン、王宮をかけ足でまわった。ゆっくりと撮影してはいられなかったが、それでも感激した。一カ月ぐらい滞在して、大型のカメラとウイスキーをかついでのんびりと撮影をしたら、どんなに楽しいことだろうと思った。

アンコール遺跡は残っていたが、荒れ果てている。こういった遺跡は、多数の人々が見にきて、その威容に感激した人たちの心が、遺跡や、そこを管理する人にも伝わって、保存されていくものだろう。だれも来なければ空き家と同じで荒廃していく。できるだけ早く観光客を入れて、そして、各国の支援も含めた管理態勢をつくっていくことが、偉大なアンコール遺跡を守る方法だろう。現在のカンボジアでは、財政的にも、人的にも、管理、保存を充実させるのは無理である。プノンペンへの帰りは、もう安心であった。ノロドム・ホテルへ着いて、ゆっくりとビールを飲んだ時は、アンコール遺跡を撮影して、無事に帰ってきた、という喜びがあった。

アンコールワット第一回廊、1980年

戦場のカメラマンたち

戦場の取材が終わって、サイゴンの下宿にもどってくるのは、いつも正午ぐらいになる。

北部戦線従軍の場合は、ダナンのプレスセンターで、中部戦線の時は、アンケーの第一騎兵師団基地のプレステントで一泊して、翌朝の輸送機で、タンソンニャット空港へ帰ってきた。空港から下宿のあるダカオまで、タクシーかランブレッタをひろう。

中心街から離れた、小さな家の立ち並んだベトナム人家族の家に間借りをしていたが、部屋へもどると、まず、日本から手紙が届いていないか、机の上を見る。女性、友人、仕事の依頼、とにかく手紙があるとうれしくなった。

それから、泥だらけになった軍服を脱ぎ捨てるようにして、台所の横に行ってカメにためてある水を頭から浴びる。サッパリすると、家主から氷をもらい、用意してあったコニャックのマーテルを大きなコップにたくさん入れ、その中へ氷を落とし、ソーダを入れて、コニャック・ソーダをつくる。その酒を飲みながら日本から持ってきてもらった、西田佐知子や、都はるみの歌を聞き、東京からの手紙を何度も何度も読みかえす。

こういった時間が好きだった。同じ曲を何回もくりかえしながら、ボンヤリとした気持ちで酒を飲み続ける。放り出してあるカメラを手にとって戦場のことを思い浮かべる。危険だったが今度も無事で帰ってくることができた、と思うと酒がすごく旨い。

酔いと従軍の疲れで、二時間ぐらい昼寝をして、夕方涼しくなってくると中心街まで歩いて行く。ズイタン通りの大きなタマリンドの並木道を流れる風が心地良い。ＡＰの支局や、日本大使館に顔を出し、夜は親しい仲間たちと酒を飲みに行く。

こうした一日が、四年間のサイゴンの生活で、いちばん充実していた。戦場での恐怖も忘れ、ベトナムへ来て良かった、と思う時である。そして時には、バスに乗って、メコンデルタでいちばん大きい街カントーまで一人旅をする。川畔にある屋台で、メコン川を紅に染める夕陽を眺めながら、カニを食べビールを飲む。

小さな舟で川を往来する農民の姿を見ていると、長い戦争の中で、たくましく生きていこうとしている人間の力が感じられて、ああ、良い風景を見た、ベトナムへ来て良かった、とまた感動をする。何故、四年間も危険な戦場の取材をしたのか。戦火の中で、悲しみ、喜び、感動しながら生活をしているベトナム人と一緒に自分も生きている、という実感があったからだった。

ベトナム戦争を取材した多くのカメラマンたちも、それぞれに、ファインダーを通して戦争を見ながらも、その中から、自分を見つめていたのだろうと思う。

一　ベトナムを取材した人々

一九八五年の元旦をホーチミン市のクーロン（九龍）・ホテルで迎えた。サイゴンのマジェスティック・ホテルと言った方が、ベトナム戦争を取材していた人々には親しみが感じられると思う。当時、日本からも大勢のジャーナリストがサイゴンに集まっていた。その誰もが、一度ならずこのホテルの五階のレストランで、眼下のサイゴン川を見ながら食事をしたことがあると思う。対岸の風景は樹木で覆われ、サイゴン港に上がってくる大きな貨物船はまるで陸の上を動いているかのようだ。その風景は今も変わっていない。

サイゴン陥落から十年の市内を歩いた。米兵相手のバーが並んでいたトゥーヨー通りは、今は漆絵や亀甲細工の数軒の土産品店があるだけの、静かな通りになっている。当時ジャーナリストたちがサイゴン政府や米軍の定例記者会見の後に立ち寄り、「33」(バームイバー)というビールやコーヒーを飲んだ「ジブラル」や「ブロダード」などのレストランはまだ営業されていた。

カメラマンにとってのベトナム戦争

一九六四年八月二日のトンキン湾事件の後、初めてベトナムの土を踏んだ。そのときに、MACV(米南ベトナム援助軍司令部)の記者会見場に足を踏み入れたときの感動は忘れられない。世界から集まった大勢のジャーナリストたちの熱気でムンムンとしていた。

六四年十二月二八日から六五年三月にかけた、ビンジアの戦闘でサイゴン政府軍が大敗し、六五年三月には米海兵隊がダナンに上陸するなど、激化する戦争とクーデターの繰り返しで、ベトナムは一段と注目度を加えていた。

ベトナム戦争は多数の外国人ジャーナリストによって報道されている。その原因としてはいろいろ考えられる。まず、テレビの普及である。アメリカ三大テレビはすでにサイゴン支局を持っていたが、六五年には日本テレビ、TBS、12チャンネル(現テレビ東京)、NHKの取材班がサイゴンに集まってきていた。またその年の日本に関していえば、敗戦後二十年、経済的にも余裕が生まれ、東京オリンピック後、国民の目も国際的な面に向き始めたときでもあった。テト攻勢のあった一九六八年には一月十九日付でＪＵＳＰＡＯ（米軍統合広報局）とサイゴン政府新聞局が発行したプレスカードは四百六十四人となっていた。日本人ジャーナリストも多かった。では、インドシナ戦争は、日本人カメラマンにとって何であったのか。

大国アメリカの侵略に対する民族独立の闘争という図式が、取材者にも読者にも受け入れられやすかったこともあるが、日本から距離的にも遠くなく、多くの情報があって身近なものとして感じていた。それに最前線への従軍取材が簡単にできるという利点があった。ＭＡＣＶとサイゴン政府の新聞局からＩＤカードをもらっておけば、米軍は従軍取材に関するあらゆる便宜をはかってくれた。それは、所属のいかんを問わなかったという点で、フリーのカメラマンにとっては大変好都合だった。また、外国から来た人にとって物価が安く感じられたことも一因となった。インドシナに長期滞在したカメラマンには、若く、独身であり、本格的な取材活動はベトナムが初めてという人が多く、ジャーナリストとして戦場を自己の試練の場として選ぼう、という気持ちを抱いていた。

そうはいっても、フリーランサーにとって、生活条件は厳しかった。一ノ瀬泰造氏の例でいえば、カンボジア取材の際、外国通信社にネガを二枚売って、三十ドルをもらっている。生活のためには仕方がなかったが、焼き付けた写真でなくネガを持っていかれることが、身を切られるようにつら

MACVとサイゴン政府軍は、毎日、定例記者会見を行った。時には、特別な作戦に参加した兵士が出席することもあった。一九六八年、サイゴン

かった、と言っていた。私も含めてアメリカやそのほかから来たカメラマンにも、ネガを売って生活をしている人は少なくなかった。

澤田教一氏は、戦火を逃れて川を渡る民衆の写真がピュリツァー賞を受けて、その名を知られるようになったが、あの写真を撮るまでには、随分と危険な従軍取材を繰り返していた。そのほかにも、日本のカメラマンが撮影したインドシナ戦争の優れた写真は数多いが、一般には、十年も前の戦争としてその人たちの努力は忘れられようとしている。一ノ瀬氏は現地から友人へ送った手紙に、「解放勢力に占領されたアンコール・ワットを撮って有名になり、お金をもうける」と書いている。

私は、一ノ瀬氏のフリーランス・カメラマンとしての生命をかけての決意のようなものを、そこから感じる。当時、世界中から集まっていたフリーランス・カメラマンたちはみんな、『ライフ』誌に採用してもらいたいという強い希望を持っていた。採用されると、日本の雑誌とは比較にならない多額の原稿料が入ることになるということもあったのだが、それよりも、『ライフ』にのることによって、自他ともにカメラマンとしての評価を確認することができるという気持ちの方が強かったと思う。インドシナの戦場は、そのようにしてカメラマンを引き込んでいた。

日本のカメラマンたち

インドシナ戦争を取材した日本のカメラマンは、①新聞社、テレビ局などのスタッフ、②アメリカのテレビ会社（ABC、NBC、CBS所属）、③外国通信社（AP、UPIなどに所属）、④フリーランスの四つのタイプに大別される。

①では一九六四年十一月から、『週刊朝日』が作家の開高健とコンビで朝日新聞出版写真部の秋元啓一カメラマンを長期特派した。翌六五年には日本テレビの牛山純一たちのノンフィクション劇場スタッフ、『毎日新聞』の大森実たちの「泥と炎のインドシナ」取材班などがぞくぞくとベトナム入りした。その後、各テレビ局、新聞社の支局にカメラマンが常駐するようになった。

六三年、ベトナムへ飛んだパナ通信の岡村昭彦は臨場感のある戦場写真で報道し、ベトナム戦争を日本人の身近なものとした。六五年後半から岡村氏にかわって、パナ通信の市来逸彦、嶋元啓三郎（一九七一年ラオスで死亡、キャパ賞受賞）、森田浩一郎の三氏が長期滞在した。市来氏以外はその後はフリーランサーになっている。

その後、新聞社でも多数のカメラマンをベトナム取材に送った。朝日新聞社だけでも、吉江雅祥、杉崎弘之が『週刊朝日』『アサヒグラフ』から特派された。本多勝一記者と長期連載の取材をした藤木高嶺もいる。また『朝日新聞』では、その後、サイゴン支局にカメラマンが常駐するようになり、池辺重利、梅津禎三、望月照正が長期にわたってベトナムを取材した。短期間では福田徳郎、服部有人、前田和夫がサイゴンの土を踏んでいる。毎日新聞社では当時として貴重な解放軍の兵士を取材した川島良夫や鈴木茂雄、中西浩、米津孝、松野尾章、小久保正一、加藤敬がいる。読売新聞社ではグエン・カオ・キ首相と顔が似ている広瀬昌三、メコンデルタを取材した池田利雄とは私も現地で一緒だった。その後親しくしている三石芳昭、山田昇もベトナムを取材した。沖縄取材で一緒になった共同通信社の竹内誠一郎、新藤健一、現地ではお会いしなかったが、サンケイ新聞社の間山公磨、三村吉郎、中部日本新聞社では坂倉修一ほか実に多くの方々が危険の中へおもむき貴重な記録を残している。

②では六五年に毎日放送の特別番組でベトナムを取材した平敷安常カメラマンが、その翌年に退社し、アメリカのABC放送の現地スタッフとなって活躍した。そのほかNBCの和久吉彦（七〇年にカンボジアで行方不明に）、椎原正昭、安田俊一、屋代輝彦、CBSの石井誠晴、坂井幸二郎（石井、坂井両氏は七〇年にカンボジアで行方不明）の各カメラマンが滞在した。

③は、UPIの澤田教一（七〇年カンボジアで死亡）、酒井淑夫（ピュリツァー賞受賞）、赤塚俊介、

峰弘道（六八年ベトナムで死亡）、今城力夫、AP通信社のジャクソン・石崎の各氏が長期にわたって最前線を取材。

④一ノ瀬泰造（七三年にカンボジアで行方不明、後に死亡）、馬淵直城、中島照男（七〇年にカンボジアで死亡）の三氏は主としてカンボジアに、竹内正右はラオスに長期滞在していた。ベトナムには、小川卓、若林弘男（七三年ベトナムで死亡）、井出昭、楠山忠之、桑原史成、住田篤起、浅田恒穂、鍵和田良輔、吉田ルイ子、岡本俊郎、久保田博二、佐藤モトシらの諸氏がベトナム戦争の末期を取材している。

従軍取材の方法

ベトナムでの取材や従軍が自由にできたということも大勢のカメラマンがベトナムに集まった大切な要素になっている。せっかく行っても従軍できなければそれほど長く滞在する必要もなくなる。従軍に関して、米軍またはサイゴン政府軍が示した協力的姿勢は私にとって驚異であった。

まず、サイゴン政府の新聞局へ行き、政府発行のプレスカードをもらう。今度はそれを持ってM

ACVへ行くと米軍のプレスカードがすぐもらえた。

サイゴン政府軍に従軍する場合はいろいろな方法があった。デルタでの戦闘取材を例にとると、その一つの方法として、まずMACVでカントーへ行く輸送機の予約をする。翌日タンソンニュット空軍基地（サイゴン市）へ行き、チェックインをする。ここからはベトナム全土に展開している基地に向かってたくさんの輸送機、ヘリコプターが飛んでおり、その離着の場所も違うので、輸送機に乗るだけでも慣れないとうまくいかない。カントーに着き、軍管区司令部で軍事顧問の将校に相談すれば、彼はどこで作戦があるか調べ、その部隊に従軍する方法を教えてくれた。第四軍管区ではミトーに第七師団、サデクに第九師団、バクリュウに第二十一師団と三個師団があり、カンボジア国境などで作戦を展開していた。例えば第二十一師団の作戦地域に入るとすれば、バクリュウにある米軍のヘリ部隊へ行き、作戦部隊をピックアップするヘリに先乗りするのである。

激戦地を移動しているベトナム海兵隊や空挺部隊に従軍する場合は、サイゴンにある司令部へ行き、知り合いの将校から作戦位置を聞き、輸送ヘリを乗りついで作戦中の部隊に合流した。

サイゴン政府軍も米軍も作戦地域部隊によって内容が違うので、取材意図によって従軍の方法を変えた。例えばデルタでの作戦期間は短い。早朝、A地点に集結した部隊をヘリに乗せ（一機に約十人）、解放軍の拠点と思われるB地点に兵士をおろす。交戦がない場合はC地点まで歩き、集結した兵士をヘリまたはトラックが迎えて基地へ送る形式が多かった。その間兵士たちは川を渡り、水田を歩く。主要道路から離れて農村の奥に入るので、デルタ地帯の農民の生活を知ることができた。作戦が長く続く場合、兵士たちは鍋、食器、米などの食糧を持って歩き、四、五人のグループをつくり、野営地で料理をつくる。私も一応リュックに缶詰めなどの用意はしたが、兵士たちは親切で自分たちと一緒に食べるように誘ってくれた。従軍を続け、フィルムを全部使い果たしたりしてこの辺が引き揚げ時だと思った時、部隊長にその旨を言えば、弾薬の補給や負傷兵の収容に来たヘリに乗ることができた。将校はそれぞれの差こそあれ英語がわかる。

従軍する時の荷物だが、サイゴンの闇市で軍服、靴、帽子、ポンチョ（カッパ）、ライナー（軽量寝具）などを買う。リュックにはこれらのほかフィルム、肌着、英語の辞書、正露丸、文庫本、予備食糧の缶詰め、食器、ノート等を入れた。カメラバッグは別に肩からかけた。

米軍に従軍するときは手間がかからない。サイゴンで開かれる米軍の記者会見では、各部隊の作戦状況が発表された。第一騎兵師団の中部農村地帯の作戦取材をしようと計画した場合であれば、まず師団基地のあるアンケーまでの輸送機を予約する。アンケーに着くとＰＩＯ（師団広報）の兵士が迎えに来ている。ＰＩＯで責任者から師団の作戦状況を聞いて自分の行きたい部隊を選んだ。大きな作戦の場合、連隊単位の前線基地をつくり、そこを司令部として、各大隊が展開する。まず、前線司令部へ行き、農村地帯で作戦中の中隊への連絡ヘリを探し、それに乗るようにした。現場では何を撮影しても自由であった。

食事は最前線においては缶詰めの入ったCレイションである。『広辞苑』ぐらいの紙の箱に牛肉、ミートボール、ケーキ、ビスケット、煙草、コーヒー、チリ紙、果物の缶詰めなどが入っている。五種類ぐらいあり、中の組み合わせが少しずつ違っていた。戦闘状況が少し落ち着くと温かいマッシュポテト、スクランブルエッグ、ソーセージなどを大きな容器に入れたBレイションがヘリで運ばれてくる。食事は兵士たちの士気に影響するので軍でもずいぶん気を使っているようだった。兵士たちが師団基地に戻って食べるのがAレイションで、人参、ジャガイモなどの新鮮な野菜、サラダ、ステーキなどレストラン並みの料理があり、アイスクリームも基地でつくっていた。それに各大隊単位ぐらいでバーがあり、それも一般兵士、下士官、将校と分かれて、兵士がアルバイトでバーテンをしていた。酒は無税なので安い上に、スコッチ、ブランデーなど高級酒が各種揃っていた。基地の食堂では一般兵士は無料、将校は有料。ジャーナリストも将校同様ドルを払った。

帰らない仲間

兵士たちは取材に協力的であったが、生命まで保障してくれたわけではない。戦争取材ではいつどこに危険がひそんでいるかわからない。ラオス、カンボジアを含めたインドシナでの戦争取材中に死亡したジャーナリストは、一九五四年五月二十五日北ベトナムのタイビン省で地雷に触れたロバート・キャパが最初であった。それから二十五年後の一九七九年三月七日、『赤旗』のハノイ特派員高野功記者が中国との国境に近いランソンで中国軍の銃弾に斃れている。この間に両名を含めて七十三人のジャーナリストが死亡または行方不明になっている（朝鮮戦争は五〇〜五三年間で十七人）。その中に四人のカンボジア人、一人のベトナム人が含まれているが、解放軍のカメラマンを含めるとその数はものすごく増えるだろう。内訳はアメリカ二十一人、日本十五人、フランス十四人、オーストラリア五人、シンガポール三人、イギリス、西ドイツ各二人、オランダ、韓国、カナダ、インド、アルゼンチン、スイス各一人である。場所はベトナムで三十五人、カンボジア三十四人、ラオスで四人だが、七〇年にはカンボジアで一年間に二十七人のジャーナリストが災難にあっている。これはこの年に起こったカンボジアの政変に関係がある。

ではカンボジアは当時どのような状況だったか、私の体験から推察してみよう。

七〇年三月十一日、プノンペンにあった北ベトナム、南ベトナム臨時革命政府の大使館がカンボジア人のデモ隊に襲撃された。十八日には外遊中のシアヌーク元首が解任され、ロン・ノル将軍が実権を握るというクーデターが起こった。ベトナム、ラオスに集まっていたジャーナリストたちは、この状況取材にカンボジアに入る。ラオスにいた私も四月六日プノンペンに入った。市内のケマラ・ホテルに着いたとき、フジテレビの日下陽、高木祐二郎両氏を含む取材班がベトナム国境に近いチプーまで出かけたことを知った。その日の夕刻、ロワイヤル・ホテルへ行くとUPIの酒井淑夫さんが、フジテレビの一行が捕まったようだと心配していた。ベトナムでは解放軍に捕まえられても殺された例はなかったが、今回は少し様子が違うなと思ったのは、五日後私自身がやはり国境方面のプラソト近くの道路上で日本電波ニュースの鈴木利一さんと二人で執拗な銃撃を受けてからである。だから、韓国取材で一緒だった中島照男さんからカンボジアの反政府勢力取材の計画を聞いた時、十分に気をつけたほうがいいようだと話し合った。十日ほどして、中島さんは消息を断った。後に遺体確認がされた一ノ瀬泰造さんはかなり長く捕まえられていたという。ロン・ノル政権は大都市という点しか制圧できず、その間を移動中に捕まえられた人たちは身分を確認されないまま殺されたようだ。日本経済新聞の酒井辰夫さんは、サイゴンのアパートで、解放軍の撃ったたった一発のロケット弾の破片が頭にあたり死亡した。酒井さんは引っ越したばかりであり、もう一日引っ越しが遅かったら、また小指の先ほどの破片が頭でなくもう少しそれていたらと、当時サイゴンにいた日本人ジャーナリストたちはとても残念がっていた。嶋元啓三郎さんは、ラオス上空で、乗っていたヘリコプターが撃墜された。

このような場合、いろいろな形で「あの時もしこうしていたら」ということを考えてしまう。戦場の中でも、運、不運の差が大きく左右していたように思われる。亡くなった方たちは自ら男の仕

解放軍のロケット弾によって亡くなった日本経済新聞の酒井辰夫特派員の遺体が、ジャーナリスト仲間の手で運ばれる。1968年 8 月、サイゴン病院

事に闘いを挑み、そして戦死していった優秀なジャーナリストたちであった。

ベトナムを取材したジャーナリスト

ベトナム戦争を取材したのはカメラマンだけではない。アメリカを含めて外国から大勢のジャーナリストがサイゴンに集まっていた。日本も、新聞社、テレビ会社が支局を置いて、常駐記者が取材にあたっていた。延べにすると、カメラマンより記者の数の方がずっと多い。その中で、サイゴン滞在中はもとより現在に至るまで、ベトナムの問題に関心を持っている人たちがいる。

朝日新聞の本多勝一氏とは、一九六七年にサイゴンではじめて会った。『朝日新聞』へ長期連載するために藤木高嶺カメラマンと一緒だった。サイゴンでは何度か、一緒に屋台へカニを食べにいったり酒を飲んだりした。しかし、その時は、まさか私が、将来朝日新聞へ入社するようになり、一緒に仕事をするような機会がくるとは想像もしていなかった。東京へ帰った本多氏は、南ベトナムで取材した『戦場の村』（朝日文庫）を発表した。それから約五年して、朝日新聞へ入社した私は一九七二年、本多氏と一緒に北ベトナムを取材した。その後、一九七三年のクアンチ解放、一九七五年のサイゴン陥落後の南ベトナム、一九七七年のカンボジア国境などで一緒に仕事をした。本多氏は今後もベトナムの取材を続けて行く計画を持っている。

同じく朝日新聞社の井川一久氏もベトナムに執念を持っている記者だ。井川氏は、プノンペン支局長、サイゴン支局長の経験があり、その後も何度もベトナム、カンボジアを取材し、つい最近も、十年目のベトナムを取材して帰ったばかりだ。

一九四三年、朝日新聞社の特派員としてベトナムに駐在した丸山静雄氏はその後も一貫してベトナム問題に取り組み、現在にいたっているが、『ベトナム戦争』(筑摩書房)、『ベトナム、その戦いと平和』(朝日新聞社)、『インドシナ物語』(講談社)など、貴重な著書が多い。

一九六五年、読売新聞社のサイゴン特派員として、長期滞在をした日野啓三氏の『ベトナム報道』(現代ジャーナリズム出版会)があり、また同じ読売新聞社の小倉貞男氏も、ベトナムを追い続けている。最近、豊富な資料をもとにしてポル・ポト時代の『虐殺はなぜ起こったか』(PHP研究所)という本を出版している。また、『ベトナム戦争』(岩波新書)の共同通信社亀山旭氏、『ベトナム報道一三〇〇日』(講談社文庫)の毎日新聞社古森義久氏、『サイゴンのいちばん長い日』(文春文庫)のサンケイ新聞社近藤紘一氏の方々もサイゴンに滞在した。そのほかにも論文、著書を出している特派員は大勢いる。

作家の開高健氏の『週刊朝日』長期連載ルポは、初期のベトナム戦争を日本に紹介して評判になった。石原慎太郎氏も『週刊読売』に現地ルポを発表した。司馬遼太郎氏の『人間の集団について』（中公文庫）もある。大島渚監督もメコンデルタを取材している。俳優の殿山泰司氏のユニークなベトナム・ルポもある。

また、ベトナム戦争中、ずっと、北ベトナムにいて北爆される側から貴重な報道を続けていた、日本電波ニュース、『赤旗』の特派員たちの苦労を忘れてはならない。田村茂、小西久弥の大先輩はいち早く北爆下の北ベトナムを取材して貴重な写真を出しているし、中村梧郎氏は、北ベトナム、解放後のベトナム、カンボジアを追い続けている。大石芳野さんも女性の目から解放後のベトナム、カンボジアを取材しているカメラマンである。

ザッジ氏の記者魂

私が前線をまわっているときに、非常におもしろい人に会った。『ホーム・タウン・フューチャーサービス』のザッジという五十九歳になるベテランで、彼の仕事は、ベトナムで戦闘中の兵士に原稿を書いてもらい、出身地別に彼らの故郷の新聞へ送るのである。

アメリカの新聞は、日本のような全国統一紙はなく、日本のローカル新聞のように各州で新聞が発行されている。前線の兵士の生活を取材し、その兵士の州へ原稿を送るのであるが、ザッジ記者のおもしろいところは、約二カ月間は戦場から戦場へとまわり、原稿がたまると、サイゴンから三十キロぐらい離れたブンタウの海岸に近いホテルを借り切って、原稿を整理する。ザッジ記者はベトナムへきて一九六七年当時で一年半になっていたが、この人ほど前線を歩いている記者はいないだろう。朝鮮戦争、スエズ戦争、コンゴ動乱、パキスタン紛争と各地を歩きまわってきている。日本にも六年いたことがあり、安保闘争などを取材し、日本語をかなりよく話すので、前線でいっしょになると、私はザッジ記者からいろいろな話を聞いた。

デルタでは、いっしょに各地をまわったが、ベトナム戦争に対してもかなり批判的で、カマウの軍事顧問団の基地では、若い大尉と大声で言いあったりしていた。ザッジ記者が「アメリカはベトナムの背後に立って政府を動かしている。これはアメリカの植民地政策だ」と言うと、若い大尉は「われわれは、コミュニストの侵略を防ぐために戦っているので、決してベトナムを植民地にしようとしているのではない」と怒って答える。

「ほんとうにベトナムをコミュニストから守るのならば、現在のように武力で戦うだけではだめだ。時間をかけてベトナムを理解しなければいけない。米兵が一年の勤務で帰国し、そのあとにベトナムをなんにも知らない兵士がきて、ただ戦争だけをする、これではいつまでたってもこの戦争は終わらないよ」

またあるときは、メコンデルタ地帯のバクリュウから近い部落で行われた、ベトナム政府の平定計画を見にいった。平定計画とは、戦闘だけで解放軍をなくすことは不可能と考えた政府が、一九六六年から力を入れた政策である。

革命工作隊と呼ばれる政府側の人間が五十九人で一チームをつくり、普通四つのチームが、部落で農民に対して反共の教育をするのである。この工作員たちが安全でいるためには、部落の周囲を政府軍の部隊が守っていなければならず、解放軍と戦いながら、政府軍が革命工作隊を守るだけの余裕があるかという点や、今後、平定計画がどれだけ成功するかは、非常に疑問に感じられる点が多い。

ザッジ記者は「たくさんあるベトナムの部落の一部で平定計画をしても、それは焼け石に水だね」と言っていた。

「戦場のジプシー」とザッジ記者は自分でも言っているように、軍用の大きなボストンバッグを二つ持って戦場から戦場へ歩きまわっている。ボストンバッグの中には着替えの軍服、基地に近い町へも行けるように、普通のズボン、シャツがはいっており、その他戦場で使う水筒、リュックサックのほかに雑誌、大学ノート、肌着などを持ち歩いている。食事は基地で食べるし、寝るところは軍のベッドなので、費用は一カ月に百五十ドルぐらいしか使わないという。

ザッジ記者に限らず、アメリカの記者はよく戦場を歩いている。カメラマンの場合は、現場に行かなければ写真は撮れないので当たり前だが、アメリカの記者も、第一線の記事を書くためにはカメラマンと同じような行動をとる。ザッジ記者をはじめ、かなりの年齢の記者がカメラも持たず、ヘリコプターから飛びおり、銃弾をさけながら駆ける姿には、自分の国が関係している戦争の取材とはいえいつも感心させられた。

フランスの美人カメラマン

戦場でよく顔を合わせるもう一人変わった人がいた。フランス人の女性カメラマン、ミッシェル・レイである。

彼女は国道第一号線を北に向かって行く途中、クイニョンで解放軍に捕らわれ話題になった。私はデルタで従軍中にそれを聞き、彼女は念願を果たしたなと思った。

彼女と最初に会ったのは、国境十七度線の非武装地帯に近いところで、海兵師団によって行われた「プレイリー作戦」のときであった。そのときは高原地帯の雨期で、私たちは海兵隊の戦車のあとについて、森林の中を雨にうたれて歩き、解放軍の狙撃に泥の中へ伏せたりしたが、その間、彼女は黙々と撮影していた。年齢は二十九歳、パリにいたときはファッション・モデルをしていたというだけあって、ものすごい美人。私たちも、彼女といっしょに従軍するときは楽しかった。私がこわいなと思う場面でも、彼女はさして驚いた様子を見せなかったが、フランスにいたときはカー・レーサーもしていたと聞いて、なるほどと思った。

カンボジア国境に近いタイニンで行われた米歩兵第一師団の「シダーフォールズ作戦」では、解放軍の待ち構えていると思われる場所へ攻撃に行く兵士たちと、ヘリコプターでいっしょに行くことになった。ミッシェル・レイともう一人の小柄な女性キャサリン・ルロイと、私の三人が同乗した。ヘリコプターが目的地に近づいたとき、地上に機関銃による砂けむりが無数にあがるのを見て、私は地上の解放軍が私たちの降りるところを射撃しているのだと思い、びっくりしたが、ミッシェル・レイは平気でカメラをまわしていた。

結局その砂けむりは、私たちが降りるところに地雷が埋めてないか、ヘリコプターの機関銃手が調べたのであったが、それにしても彼女の心臓に驚かないわけにはいかなかった。

ミッシェル・レイはカラーで記録映画をつくっていたが、モデルをしていたというように本職のカメラマンではなく、その撮影技術は、私から見ても決してじょうずだとは思えなかった。しかし行動力はたいへんなもので、南部デルタ地帯の最南端の町、カマウから自動車でサイゴンまできた

カンボジア国境「鉄の三角地帯」のシーダー・フォールズ作戦で一緒になったミッシェル・レイ（左）とキャサリン・ルロイ　1967年1月

り、ベトナム各地を車でまわっていた。戦場で会ったときなど、よく私に、フランス人と日本人はベトコンにつかまっても殺されるようなことはないから、いっしょにまわろう、と話しかけたりした。

私は彼女がどんな記録映画をつくるかということよりも、なぜベトナムの戦場にきたのかというほうに関心があり、彼女に聞いてみた。彼女は小さいころから冒険心があり、スピード競技のドライバーになったり、アフリカへ行ったりして、それが夫とも別れる原因になった。現在、世界で一番彼女の冒険心を満たしてくれるのはベトナムであり、ベトナムの中でもベトコンの世界を知ることだ、と彼女はそう言っていた。

二　戦争を追求したカメラマン、澤田教一

一九七〇年十月二十八日、澤田教一さん（三四）が、カンボジアで死んでしまった。身体にいく

つもの銃弾を撃ちこまれ、カンボジアの土の上に横たわっていたというのだ。

「澤田さん死す」の第一報を聞いたとき、とても信じられないという気持ちと、ああ、とうとう澤田さんまでもかという二つの気持ちが同時に起こった。

朝日新聞編集局の外報部へいって、サイゴン支局長として澤田さんを知っていた柴田俊治デスクから、澤田さんの死が本当だと知らされた。私は、身体が沈んでいくような重い気持ちにとらわれた。「何とも言うべき言葉がないね」と言う柴田デスクのことばどおり、私は黙って編集局から引きあげた。

私が初めて澤田さんに会ったのは、澤田さんが最初にベトナムにきた六五年の二月であった。カン将軍のクーデター、解放軍によるプレイク空軍基地の攻撃、クイニョンの米軍宿舎の爆破、米軍の北爆開始——と動乱の年の幕開けのときだった。ベトナムの二月から四月にかけては、雨期に入る前のいちばん暑いときであった。

そのとき、韓国は初めて軍を南ベトナムへ送ったが、澤田さんはサイゴン市内を歩く韓国軍水兵の写真を撮っていた。

自己を言葉で語らず

　サイゴン市の中心にあるレ・ロイ通りのジブラルというレストランに入り、コーラを飲みながら、「生命に気をつけてがんばろう」とお互いに言いあった。そのとき、たいへん無口な人だなという印象を受けた。

　私に対してだけではなく、だれに対しても自分から話しかけてくるようなことは少なかった、と多くの日本人報道関係者は言っている。

　六五年の末、私がバンコクへ行こうとサイゴンの空港へ行ったとき、澤田さんと会った。

「どこへ行くのですか」

　と聞くと、

「オランダへ」

　と一言。

「何かあるのですか」

ない。

と重ねて聞くと、笑いながら、

「何かあるんだよ」

とだけ答えた。後になって、それは澤田さんがオランダのハーグで開かれた世界報道写真展でグランプリを獲得したので、授賞式に出席するためだったことを知った。ピュリツァー賞受賞についても多くを語らなかった。それは一種の冷たさという印象を人に感じさせるときもあったかもしれない。

澤田さんが、胸まで水につかって川を渡るベトナム人母子を撮った「安全への逃避」でピュリツァー賞を受賞した後、奥さんもいっしょにサイゴンのマジェスティック・ホテルのレストランで食事をしたことがあった。ユーモアにあふれた奥さんの語る話題を、無口な澤田さんがニコニコと笑いながら聞いていたが、それは、澤田さんの温かい一面を感じさせた。

そういう澤田さんも外人と非常によく話しあっていた。外人カメラマンがふざけて澤田さんにカメラを向けると、澤田さんも大きな口をあけてレンズの前に顔を出すという風景をみたことがあった。そのとき、澤田さんはもしかしたら狭い日本の社会や日本人というものに、ある失望を持っていたのではないかという気がした。

先に、同時に二つの気持ちが起こったと書いたが、澤田さんの持つ安定した雰囲気は、どうも死という言葉とは結びつかなかった。

運はつよかったが

一九七〇年の三月十日、ラオスのジャール平原の戦闘が激しくなったとき、ルアンプラバンの軍司令部でいっしょになった。私たちは政府軍の小さなトラックにのって、山岳地帯の政府軍陣地を取材しにいった。途中、パテト・ラオ軍や北ベトナム軍が待ち伏せをするためには絶好の場所と思われるところが何カ所もあった。しかし、私たちは無事に目的地へ着くことができた。

また、五月二十三日、澤田さんはカンボジアで取材中、解放軍に捕らえられたが無事に釈放されたうえ、道路を警備する解放軍の兵士まで写真に撮って新聞に発表していた。澤田さんはつくづく運もつよい人だとあらためて私は思った。戦場には、運と不運がいつもつきまとっているからだ。

それにしても、カンボジアの戦争は非常に危険であった。

カンボジアではシアヌーク殿下の政治力によっていちおう安定を保っていたものが政権の変化によって一挙にくずれ、ベトナム人に対する大量虐殺、米軍のカンボジア侵攻作戦と混乱が続いた。その延長が、報道関係の多数の犠牲者という事実と結びついていると思う。

動乱のインドシナで仕事をしているカメラマンは多い。朝鮮戦争を取材したデビット・ダグラス・ダンカン、『ライフ』はラリー・ボロー、ハワード・ソチュルク、ルネ・ブリといった有名な写真家も数人仕事をしているが、そのほか多くのカメラマンはベトナム戦争を起点にして新しい自己の視点を確立させていこうと考える新人である。

その点、対象が激しく動き、読者に強烈な印象を与える戦争は、比較的取材しやすいのではないかということをいわれたことがある。しかし、危険の多い戦場のなかで、戦争と人間の悲劇を追求していく仕事が、そんな生やさしいものではないことは、一度その仕事をしたことがある者にとってはよくわかる。もう、ベトナム戦争のことは言葉で表現するのはよそう、と仲間たちで話し合ったことも何度かある。澤田さんはそれをいちばんよく知っていたのに違いない。

澤田さんの偉いところはピュリツァー賞を受賞したことよりも、インドシナ戦争を追求し続けようとした態度にあると思う。「安全への逃避」のほかにも米軍の装甲車に引きずられる解放軍兵士の死体、捕らえられた解放軍の女兵士など、強烈な印象を与える作品がある。

もっと安全で楽な仕事をしようと思えば、澤田さんには多くの機会があったはずだ。デスクになるという話も「私は写真家だから写真を撮る」と言って断ったという話を聞いた。なかなかできないことである。

（『週刊朝日』一九七〇年十一月十三日号）

三　ベトナムを撮り、世界を目ざした嶋元啓三郎

一九七一年二月十一日の外電は、日本の報道写真家嶋元啓三郎氏（三四）ほか三人のジャーナリストを乗せたヘリコプターが、ラオス国境周辺で撃墜されたことを報じた。UPIの澤田教一さんのカンボジアで死亡の報から、まだ半年もたっていない。死体が確認されていない以上、ただただ、最悪の状態にならないよう、願うばかりであるが、その後の電報の内容は絶望的なほど悪くなっている。

第一報でいちばん心配されたことは、地上砲火をうけた場所が、国境周辺の深い山岳地帯であることだった。解放軍や北ベトナム軍が陣地をつくりやすい山岳地帯では、大口径の機関銃や機関砲の地上砲火をさけ、高度をあげて飛ぶからである。低空で撃ち落とされて助かった例は数多いが、

高空の場合ヘリコプターは、タマゴを落としたようにスーッと落ちてしまう。事実、取材中のジャーナリストが危険にさらされるのは、交戦中よりも、むしろ、こんどのように移動の際である。

嶋元啓三郎さんは、パナ通信の三人目の特派員として、一九六五年の七月にベトナムの土を踏んだ。その日に、サイゴン河畔にあるミーカン・レストランがテロで爆破され、嶋元さんはそれを取材して第一報を送っている。無口な澤田さんとは対照的に明るい性格で、各社特派員や商社の人たちとの間に友人も多かった。嶋元さんの作品が『パリ・マッチ』誌に何度も載ったこともあってか、同誌カメラマンであるジャン・ピエール・モスカルドやアラン・タユブと親しくつきあっていた。

その後、嶋元さんは二年間取材を続け、私も現場ではよく一緒になった。六七年の八月にやはりヘリコプターの墜落で負傷をして東京へ帰り、入院した。不屈の嶋元さんは、傷が癒えると六八年の一月から約一年間、こんどはフリーの立場でベトナムへ取材にいっている。六九年の二月から三カ月間は、石原プロの「栄光の五〇〇〇キロ」のスチール担当としてアフリカに行っているが、「やはり、東南アジアに魅力を感じる」と友人たちに話していた。

今度、一緒にヘリコプターに乗っていたAP通信のアンリ・ユエ、『ライフ』誌のラリー・ボロー、UPIのケント・ポッター、みんな戦場で一緒になった人たちである。特にアンリは一九七〇年来日し、新宿西口交番の焼き打ち事件では、嶋元氏や私とも一緒に取材した。ちょうどベトナムも戦闘の少ないときだったので、「東京の方がベトナムよりも危険だね」と言って笑いあったものだった。

アンリはフランス人を父に、ベトナム人を母にベトナムで生まれた。フランスのインドシナ戦争では、海軍のカメラマンとして従軍したベテランで、第一騎兵師団と北ベトナム軍とのボンソンの戦闘を取材して一九六七年にはロバート・キャパ賞をとっている。

ラリー・ボローは香港を足場にして東南アジアをカバーしている『ライフ』の著名な写真家。『ライフ』に作品を載せることを最大の念願にしているベトナム戦従軍の新人写真家たちには、神様のような存在であった。私は、六八年五月の市街戦では、チョロンのミンフン大通りの戦闘で一緒になった。中近東、コンゴの戦争も取材したという。ロバート・キャパ賞も二度取っているが、ボローの口から「第二次世界大戦にはロバート・キャパの助手をしており、ノルマンジー作戦の時には、キャパの送ってきた写真を整理した」という話を興味深く聞いた。

三人をくらべてみると、それぞれがベトナムでの取材者のタイプを代表しているように思える。ボローは大作戦や大事件が起こると香港から飛んできて、『ライフ』の特集を作りあげる大カメラマンである。その点、ケサンを取材して『ライフ』で特集したデビット・ダグラス・ダンカン、国境地帯の特殊部隊を取材して『ナショナル・ジオグラフィック・マガジン』でカラー特集をしたハワード・ソチュルクと同じグループのように思える。一方、アンリは、ベトナムの戦場に絶えず密着し、むしろ、ベトナム人のカメラマン・グループの代表のように感じられる。また嶋元さんは激しく動くベトナムで取材を続けながら、東南アジアおよび世界を報道してジャーナリストの地位をかためようと努力していたように思う。

一九七〇年の一月に結婚した嶋元さんは、七月に四たびベトナムへ行って、『ニューズウィーク』と特約して取材している途中であった。一九七一年の三月には帰国することになっていたという。奥さんは一九七〇年の末に一カ月間、ベトナムへ行ってご主人と会っているが、帰国してからの話では、嶋元さんのベトナムに対する情熱と報道写真家としての誇りを目のあたりにみてその仕事を深く理解したようだった。

人間は孤独であると思う。人の死も、ごく近い肉親以外は、時がたてば記憶からうすれていく。死とは全く寂しいものだと思いながら、それなら自分に妥協しながらでも生きているということが素晴らしいのか——ベトナム仲間の遭難にあって、私には人生がわからなくなるのである。

（『週刊朝日』一九七一年二月二十六日号）

四　「自由」と「存在感」を求めた泰造君の青春

若者を中心に四百五十人の参加者たちと一緒に、「ピースボート85」船の旅で、フィリピン、ベトナム、沖縄をまわってきた。その疲れもとれない一九八五年九月二十五日、船旅をした若者たちと、一ノ瀬泰造君の青春を描いた映画『泰造』を観た。

泰造君は、一九四七年十一月一日、佐賀県の武雄市で生まれ、一九七〇年に日大芸術学部の写真科を卒業後、アメリカの通信社UPIの東京支社の写真部で仕事をして、その後、バングラデシュ、カンボジア、ベトナムへ行き、一九七三年十一月、カンボジアでアンコール・ワットへ向かったまま行方不明になった。その時、泰造君は二十六歳だった。

一九七三年四月、泰造君がカンボジア、ベトナムの取材から、一時帰国をした時、朝日新聞の出版写真部の部屋に顔を出した。戦場の泥がこびりついている野戦バッグとカメラを肩にし、硝煙がただよっているような姿を、私たちカメラマン仲間はある種の感動の目を持って見つめた。

そこからは、都会の人間にはない、荒野の中で生きる一匹狼のように、強さと孤独が共存する雰囲気が感じられた。それまでに、『週刊朝日』に泰造君の写真が掲載されていたし、現地から送られてきたネガも見ていたので、泰造君の存在は、よく知っていた。

泰造君の撮影した写真を見ながら、当時、出版写真部のデスクをしていた秋元啓一と「随分と危険なところで、写真を撮っているなあ」と心配をしたことがある。その泰造君が顔を見せたのである。私たちは、部屋の椅子に座った泰造君を囲んで、現地の話を聞いた。

その時、私自身も数日後にはハノイへ向かい、解放区となったクアンチ省への取材に、東京を出発する予定になっていた。泰造君は、そのクアンチ省の、解放区とサイゴン政府地区の境界になっているタクハン川での、捕虜交換を取材して、『週刊朝日』に発表をしていた。

決して、雄弁ではないが、泰造君の南ベトナムでの戦場の話は、私にとって、大変刺激的だった。いや話よりも、泰造君そのものから受ける刺激の方が強かった、と言った方が良いだろう。軍服を着てあの暑い戦場で、サイゴン軍の兵士たちと、従軍している様子が、目に浮かんでくるようだった。

泰造君の持ってきた銃弾で穴のあいたニコンを、みんなで驚きながら眺めた。秋元啓一は、早速、そのカメラを『アサヒカメラ』の編集部に持って行って、「オイ、このカメラだけでも絵になるぞ」と説明をしていた。

切り売りしたネガ

その夕方、朝日のカメラマンたちのよく通っている、有楽町のガード下にある「小松」という焼き鳥屋へ、二人で酒を飲みに行った。泰造君は、現地で撮影したフィルムをUPI通信社に持って行き、ネガを売って収入を得ている、ということを聞いていた。ネガを売る、という気持ちは、その体験をした者にしかわからない、と思う。私も、四年間のサイゴンの生活で、それをしていた。戦場へ行く、戦闘になる。危険であれば、それだけ良い場面が撮れる。幸いにも負傷をしなかった。今回は運が良かった、と思いながらサイゴンへ帰る。

レ・ロイ通りのエデン・ビル四階にあるAP通信のオフィスへフィルムを持っていく。支局長のエド・ホワイト、写真部のフォルスト・ファッスが「ハーイ、作戦から帰ったのかい」と言う。私は、フィルムを渡す。ベトナム人の助手が現像している間に、どんな作戦に従軍したかを説明する。

現像があがると、ライトテーブルにネガを置いてファッスがルーペで、丹念に見ていく。この間、何かテストを受けているような気持ちで、胸をドキドキさせながら待っている。そして、ファッスの持ったパンチを見つめている。必要なネガがあれば、それでしるしをつけていくのだ。

そして、いよいよパンチを入れる。「アッ一枚入れた」、一枚につき十五ドルである。「アッ、また入れた」「これで三枚目だ」。一枚でも多く売れるということは、自分の撮影してきた写真が良かったという証明なのだ。一回の従軍で、一枚しか売れなかった時もあるし、七枚売れた時もある。平均して四枚ぐらいだった。一枚しか売れなかった時は、寂しい。そんな時、「今回の写真は、エキサイティングでなかったが、君は無事に帰れたではないか」と慰められる。良い場面がたくさんある時、彼等はネガを見ながら「ファイン」「ワンダフル」「グレート」といった言葉を発している。「今日は、いつもより余計に売れたぞ」と、うれしくなるが、今度は、ネガを切られる時には全く違った気持ちになる。彼等は必要なネガの左右も含めて、合計三枚切ってしまうが、お金を払うのはあくまでも、パンチを入れた一枚に対してだけなのである。切るのはせめて、パンチを入れたものだけにしてくれないか、と頼んだことがある。そうすれば、そのネガは無くなっても、後に自分で必要になった時、前後のネガで、ウメ合わせができる、と思うからである。しかし、現実は厳しい。写真が電送された後、ネガは、ニューヨークの本社に送られる。そこでまた引き伸ばしをする時に、一枚では、引き伸ばし機で扱いにくいので、三枚は必要だ、と言う。それが厭であれば売らなければ良い訳だが、それができないところが、スポンサーの無いカメラマンの悲しさである。

しかし、生活をしていくためには売れないよりは売れた方がうれしいのだ。ネガと引き替えにドルをもらって、エデン・ビルの下にある、「ジブラル」というカフェーに入り、久し振りで金が入ったので、「33」(バームイバー)というサイゴンビールを飲み、ステーキを食べる。そして亡骸《なきがら》のようになったネガ袋をもう一度見直す。ステーキは食べられるが、ネガは無い、この気持ちは複雑である。

ガード下で、泰造君とコップ酒を飲みながら、ネガについて話し合った。私は、日本へ帰ってから、残りのネガで写真集をつくったが、あの売ってしまったネガがあればなあ、と大変残念に思った。ネガを売ったおかげで、ベトナムで生活ができたのだから、それは仕方のなかったことだが、できることなら、ネガを売らないで生活をする方法を考えた方が良い。

いちばん良いのは、泰造君の送ってきたフィルムを受けて、各新聞社や雑誌社に売りこんで、そのお金を現地に送ってくれる代理店と契約をすることだが、そういった理想的な代理店を見つけるのは、日本ではなかなかむつかしい。それに一匹狼のカメラマンというのは、そういったことの交渉が、あまり上手ではない。

そこで、秋元啓一という男は、人のめんどう見が良く、誠実な人間だから、撮影したフィルムを現地の朝日新聞の支局に持っていって、東京本社へ送ってもらう。東京でフィルムを現像して、朝日の出版物でできるだけ使用してもらい、残ったネガを誰か友人に頼んで、他社に持っていって売り込んでもらっては、どうか。原稿料は支局を通じて送金もできる、というようなことを話し合った。現地の人たちと同じ生活のできる人は、費用はあまり必要はない。日本での原稿料を現地で、ドルで受け取ることができれば、どんなに助かることか。

しかし、なんといっても、怪我をしては何もならないから、十分に気をつけて、怖いと思った時は、前に進むことをやめた方が良いなあ、それが勇気じゃないかな。特にカンボジアはベトナムと違って捕まると危険だから、十分に気をつけた方が良いよ、と話し合った。

ハノイの様子を聞かれたので、あまり、女性や酒には縁がなく、その点は、サイゴンの方が楽しい。考えてみれば、これから、一人は南ベトナム、もう一人は北ベトナムへと、戦争をし合っている国へ向かうカメラマンが一緒に酒を飲んでいるのだね、と言って笑いあった。

友人の家へ泊まりに行くという泰造君と、有楽町の駅で別れた。翌日、秋元啓一は、なんとか、泰造君が有利な方法で取材に行けないものか、出版局の各部をまわっていたが、朝日のように組織が大きくなると、契約という形でまとめるのは、なかなか、むつかしいようだった。

その日の夕方、泰造君がくると、秋元啓一は、「悪いようにはしないからフィルムを送ってくれ、原稿は手紙の形式で良いよ」と、二人で話し合っていた。秋元啓一をはじめ、部屋のカメラマンたちは、みんな、泰造君に好意を持っているようだった。泰造君の素朴さの中に、都会にはない、何かを感じていたのだろう。

そして、泰造君は、ベトナム、カンボジアへ向かって出発して行った。ほとんど同じくらいに、私もハノイへ向かった。そして、北ベトナムの一号道路を南下して、ベンハイ川を渡って激戦の末に解放区となったクアンチ省に入り、対岸がサイゴン政府地域になっているタクハン川まで行った。サイゴン政府の旗がたって、ベトナムの海兵隊たちの動いている様子が見えた。その頃、泰造君は、川の向こうのどこかで、元気な姿で写真を撮っていたのである。

私は北ベトナム、クアンチ省からの取材を終えて、六月の末に帰国をした。時々泰造君から、朝日宛に送られてくるネガを秋元デスクと一緒に見た。泰造君が日本を離れてから、『アサヒグラフ』に三回掲載された。ベトナム停戦後再開された鉄道、戦災孤児、カンボジアの結婚式で、いずれも、戦火の合間の心温まる話題だった。しかし、ネガの中には、激しい戦闘の写真も含まれていた。秋元デスクも、ベトナム戦場での取材の経験があり、それが、どのような状況で撮影されたか分かるので、「彼は、またこんな危ないところへ行っているけど、大丈夫かな」と心配をしていた。

アンコール・ワットへ入る

泰造君がアンコール・ワットの近くの町、シエムリアップで取材をした「砲声下の結婚式」が『アサヒグラフ』の十二月十四日号に掲載された。発売は一週間前だったが、すでに泰造君はアンコールへ向かって行った後で、このグラフを見ていない。

アンコール・ワットを取材したい、という希望を持っていることは、泰造君の手紙で知っていた。一九七〇年のロン・ノルのクーデターの後、ベトナム国境周辺で戦闘が続いている五月に、私は『週刊朝日』の佐竹記者と共に人影のないアンコール・ワットへ行ったが、恐らくそれが、西側の記者による最後の取材ではないだろうか。その時も、道すがら人がいないので、気味の悪い思いをしたものだった。

その後、全く、西側に閉ざされてしまったアンコール・ワットと、そこで活動しているクメール・ルージュの撮影に成功をすれば、確かに大スクープであった。しかし、クーデター以降、多数のジャーナリストがカンボジア内で殺されたり、行方不明になったままだったので（後でわかったが、泰造君が行方不明になった時点で三十四人）、それは大変に、むつかしい仕事だと思った。

そして十一月の末に、泰造君がアンコール・ワットへ向かったまま行方不明になったというニュースを聞いて、私たちは大変心配をした。その後、「解放区で自由に歩いて写真を撮っている」「ベトナムに来た」という情報が、あったりしたが、ハッキリとした消息は分からなかった。両親も上京してきて、外務省や各方面へ息子の捜索の協力を依頼した。私たちも両親と話し合ったが、秋元啓一は、朝日の井川一久、和田俊両記者とも相談して、泰造君は朝日新聞社の契約カメラマンであった、として、北京、フランスのカンプチア民族統一戦線に電報を打っていた。私も北ベトナムの対外文化連絡委員会を通して、ハノイにある民族統一戦線に捜索願いの手紙を送った。

カンボジアでは泰造君のほかに、九人のジャーナリストが遭難にあっている。そのうち、UPIの澤田教一、日本電波ニュースの柳沢武司、大森国際問題研究所の中島照男の三氏は遺体の確認が発表されたが、そのほかの、フジテレビの日下陽、高木祐二郎、共同通信社の石山幸基、CBS東京支局の坂井幸二郎、石井誠晴、NBC東京支局の和久吉彦の六人の消息も分かっていない。日下さん、石山さん以外の人たちとは、ベトナム、カンボジア、東京の取材現場で顔を合わせたり、話をしたりしていた。そのなかでも、中島、和久、石井の三氏とはいろいろな場所で酒を飲んだり雑談をした。

その後、一九七九年五月、朝日、読売、電波ニュースの特派員と共にポル・ポト政権崩壊直後のプノンペンへ行った時、アンコール・ワットから帰ってきた、カンボジア外務省の人から、泰造君が処刑されたようだ、という話を聞いた。かなり具体的にその地名もあげていた。しかし、その人が直接に処刑現場を見たのではないから、この件を記事にするのはやめようと、みんなで話し合った。だから、東京へ帰っても、泰造君の両親にも、何も知らせなかった。

翌年の一月の末に、泰造君は、一九七三年行方不明の後アンコール・ワットの近くでポル・ポト軍に処刑された、という電波ニュースからの電報が朝日新聞社に入ってきた。朝日に入っている以上、他社にも入っている筈で、それなら、両親を知っている人の口から実家に伝えた方が良いだろう、ということになり、出版写真部長の吉江雅祥氏が、佐賀県の御両親の家へ電話をした。しかし「全部は言いづらいから、文ちゃんから知らせてよ」と言うので、つらい役ではあったが、電報の文だけをお母さんに伝えた。

一九八〇年六月、十年振りにアンコール・ワットへ行った時、シエムリアップのホテルで、現地を案内していた女性から、前年の電文と同様のことを聞いた。しかし、これも、私自身が直接、その現場へ行って調べたことではないので、帰国してからも、その件については原稿で触れなかった。

その後、一九八二年一月に、泰造君の御両親が、アンコール・ワット近くの現地へ行って遺体の確認の様子を、新聞の写真とテレビの番組で知った。泰造君が行方不明になってから、泰造君とベトナムで知り合いになった、小川卓、楠山忠之、加藤節雄、浅田恒穂、岡本俊郎、大江正治、馬淵直城そのほかの人たちの企画で、一九七二年二月、新宿の紀伊國屋画廊で『一ノ瀬泰造・報道写真展』が開かれた。泰造君の青春をかけた仕事が再現された素晴らしい写真展だった。会場には大勢の若者たちがつめかけていた。お母さんのうれしそうな表情が印象的だった。

その人たちが企画して、講談社から『地雷を踏んだらサヨウナラ』という本も出版された。この本は後に、文庫本にもなっているが、大変に面白い本である。泰造君が、現地から家族や友人たちに送った手紙や日記で構成されているが、泰造君の素直な気持ちがあふれていて、何度、読んでもあきることがない。一九八一年には、大型写真集『遥かなり、わがアンコール・ワット』も刊行されている。

題字は、お母さんの書筆だが、「わがアンコール・ワット」のわが、というのは息子の気持ちでもあり、お母さんの心情でもあるだろう。先にあげた泰造君の友人や、そのほかの人たちが、写真展を開き、出版を企画したが、それは、泰造君の人柄と仕事に共鳴したということもあろうが、泰造君の御両親の息子に対する深い愛情に動かされたということがあるのではないだろうか。

特に、息子の捜索願いや、本の出版のために東京に何度も足を運んでいたお母さんの一ノ瀬信子さんを見ていると、「ニッポンの母、ここにあり」という感じを受ける。細い小柄な体で、ひかえめで、優しいが、内に秘めた息子への愛惜の気持ちは強い。

なぜインドシナを取材するのか

一九八三年の一月四日、『アサヒグラフ』の取材が、たまたま佐賀市内であり、予定より早く仕事が終わったので、泰造君の実家へ電話をしたら、寄りませんか、と言われ、荷物を佐賀市内のホテルへおいて武雄市へ向かった。しかし、うっかりして、その汽車が、途中から後部車輌が切り離されるのを知らなかったので、諫早まで行ってしまい、そこから各駅停車を乗り継いで武雄についた時は、予定より四時間もおくれていた。しかも、駅から電話をかけることができなかったので、なおさら正月早々御両親に心配をかけてしまった。

お節料理や、とそを戴き、御両親から、泰造君の子供の頃の心温まるような話をうかがった。立派な仏壇があり、線香をあげた。翌日仕事があるので佐賀まで帰ろうとしたら、泊まるようにすすめられ、言葉に甘えて、その夜は泰造君の部屋に泊まらせて戴いた。「部屋は泰造が住んでいたままにしてあります」とお母さんが言っていたが、カメラケースや丁寧に整理されたスクラップブックが泰造君の読んだ本、などと一緒に置いてあった。

翌早朝、私は飯塚まで行かなければならなかったが、お父さんがまだ暗いうちに起きて佐賀のホテルまで車で送ってきてくれた。

泰造君の家をたずねた時、暗くてよく見えなかった武雄市の風景も、映画『泰造』で知ることができた。しかし、映画でも、書簡集でも、なぜ、泰造君が生命をかけてまでも、ベトナム、カンボジアを取材したか、泰造君の気持ちは表現しきれていないように思う。おそらく、それは、本人の言葉でもうまく表現できないものではないだろうか。

文字でも、言葉でも言い表すことのできないもの、それは、いったい何か。本人でも表現できないことを、まして他人の私が、それを書くことなどできる筈はないのだが、自分の体験から泰造君の気持ちを想像してみる。

以前、新聞に「なぜ、フリーカメラマンはインドシナへ向かうのか」という原稿を書いたことがある。限られた枚数の中で、その「なぜ」かを出せずにかなり苦労をした。見出しには「試練の場、名声を求めて」となっていた。確かに厳しい戦場での取材は、自分を鍛えるための条件を備えている。しかし、名声を求めて、とは書かなかった。

映画『泰造』のチラシにも、「自由とカネと栄光と……」とある。泰造君の本を読んでいると、確かにそのような言葉が出てくるのだが、「自由」の部分は、その通りだが、果たして泰造君が、カネと栄光を望んでいたか、となるとそこの表現がむつかしい。では、望まなかったのか、と言われれば、そうだった、とも言えないのだが、もう少し、ニュアンスが違う感じがするのである。

まず、収入という点は、どうだろう。ネガ一枚十五ドルでは安すぎる。雑誌に掲載されても、当時の原稿料は高い方でも一ページ一万五千円である。私の経験だが、ベトナムで生命をかけて撮った写真でも、東京で撮った写真と原稿料は同じだった。ベトナム、カンボジアの写真の原稿料が特別に高い、ということはなかった。

運が良く三千円の写真集が、一万部出版され、一割の印税をもらったとしても、税金を引かれて、二百七十万円の収入である、私は十五年前に、ベトナム戦争の写真集を出版し、五十三万円をもらったが、この金額は、四年間のベトナム滞在中のフィルム代にも満たないものだった。それに写真集をつくろうと思ったらネガを切り売りしたりはしない。グラビアにしても一カ月、十ページのストーリーを毎月続けていく、ということは大変むつかしい。ベトナム、カンボジアで、フリーで取材活動をするよりも、東京でサラリーマンになった方が収入はずっと多いだろう。

では、栄光、名声の点は、どうだろう。ベトナム戦争の現場写真と、岩波新書のベストセラーで有名になった岡村昭彦氏は、確かに名声を得たと言えるだろう。しかし、取材費をかけた割には収入は、それ程得られないものである。

澤田教一氏は、ピュリツァー賞で、栄光を受けたが、収入は月給以外には、あまりなかったと思うし、その名前が多く知られるようになったのは、亡くなってからではないだろうか。日本には、立派な仕事をしてピュリッァー賞をもらったもう二人のカメラマンがいるが、その方の名前を知らない人も多いと思う。

「存在感」を求めて

四十一人の日本人スチール・カメラマンたちがベトナム戦争を取材しているが、その人たちは、栄光、名声、カネ、ということをあまり考えなかったと思う。しかし、それぞれの方々がその人なりの受け取め方で、ベトナムでの取材を、人生の中での貴重な体験として考えているのではないだろうか。

その貴重な体験こそが、インドシナに魅力を感じたカメラマンの源だと思う。それは、小さなことの積み重ねの体験である。たとえば、お母さんの書いた『わが子泰造よ!』(合同出版)の中で、泰造君が、パンツ一枚になってベッドの上に座っている写真がある。私は、この写真がいちばん好きだ。部屋のテーブルには、酒と水のビンが並んでいる。

部屋の中に、カメラも荷物も、放り出したまま、ボンヤリと酒を飲む、外では銃声が聞こえる、天井には大きな扇風機が回っている。時々、友人の手紙を読みかえしてみる。背中にとまっている蚊を追い払う。

一人で、そういうことをしている光景を想像すると、なんとなく寂しそうに思える。だけど、こういった時こそ、いちばん素晴らしい時なのだ。それがお金にはかえられない貴重な体験のひとつなのである。泰造君がＵＰＩでネガを売り、その帰りに食堂へ入りビールを飲む。食堂の娘が「うれしそうね、何か良いことがあったの」とか、話しかけてくるのを聞き、外を歩いている人々を何気なく見ながらすごしている。そういったボンヤリとした時間も、何ともいえない良い時間なのだ。少しホロ良い機嫌で、アパートへの帰り道、並木路から流れてくる風が、また、さわやかで、東京にはない心地良さを感じる。そういった時にこそ、自分は、いま確実に生きているのだという存在感を持つからだ。

だが、そのような気持ちは、厳しい戦場生活のなかの合間に感じることであって、観光に行っただけでは、ただの酒、ただの風、ただの蚊だけになってしまう。日本にいても山へ登った時、頂上でさわやかな風をうけて、しばらくうっとりとしている時がある。登る途中は一生懸命だったが、途中が苦しい程、山頂での時間は素晴らしい。インドシナ取材を登山にたとえれば、戦場で取材をしている時は、登る途中だから、良い写真を撮ったなどと喜んでいる余裕はない。さっきのように何気ない時間で、その手応えが、つたわってくるのである。

アンコール・ワットのそばへ行きたい、という泰造君の気持ちは、それを撮影することによって、自分の存在感を自分自身で感じよう、としたのだと思う。そのことによって得られるかもしれない、収入や栄光や名声は、泰造君にとっては、手紙で書く程には問題にしていなかったのではないだろうか。

『泰造』の映画を観ての帰り、若者たちとビヤホールに入って、一流の会社に入ることだけが、人生の目的ではない。就職、結婚は三十歳になってからで良いから、それまで、世界をまわって、少しでも多くの社会を見て、貴重な体験をしてきたらどうだろう、と話し合った。

私は、泰造君は死んではいない、泰造君が大切にしていた「自由」と「自己の中の存在感を得るための冒険」の中で、彼の気持ちはまだ生きていると思っている。

森林の戦闘。木々の合間から銃弾が飛んでくる。ビンディン省、一九六八年

メコンデルタ。交戦があるまで一日中歩き続ける第9師団。1967年

交替で師団基地へ帰る部隊。「すぐ戻ってくるよ。その時はビールを持ってくる」
海兵隊、コンチエン、1968年

COME BACK
SOON
NEXT TIME
BRING BEE

年表

1945年

3・9 日本軍インドシナの仏軍を武装解除。3月11日にバオダイ、ベトナム帝国をフエにつくる。

8・16 ベトミン（ベトナム独立同盟・一九四一年結成）の一斉蜂起。八月革命。

9・2 ホー・チ・ミン主席、ハノイでベトナム民主共和国の独立宣言。

9・23 仏軍、サイゴンの人民政権行政機関を占拠。

1946年

1・6 ベトナム民主共和国第一回総選挙。

3・2 ベトナム民主共和国第一期国会でホー・チ・ミンを国家主席に選出。

6・1 仏、南部ベトナム（サイゴン）に「コーチシナ自治共和国」を樹立。

12・19 仏軍のハノイ攻撃を機に、ベトミン軍、全国抗戦開始でインドシナ戦争始まる。

1947年

2・18 仏軍、ハノイを占領。

4・30 インドシナ共産党第一回大会中央幹部会議をベトバクで開催。

10・7 仏軍、ベトミンの根拠地ベトバクで掃討作戦。

1948年
5・20　サイゴンに仏支援による中央政府樹立、首相にグエン・バン・スアン。
6・5　バオダイ帝とボラエール仏高等弁務官の会談で、仏連合内でのベトナム独立を承認したハロン湾協定締結。

1949年
3・8　バオダイ帝とオリオール仏大統領間で、仏連合内での独立協定が調印される。
6・14　仏連合内での「ベトナム国」がサイゴンに成立、バオダイ帝が国家元首。
7・19　ラオス、仏連合内で独立。
11・8　カンボジア、仏連合内で独立。

1950年
1・14　ホー・チ・ミン主席、ベトナム民主共和国の承認を求める。1月18日に中国、1月31日ソ連が承認。
2・7　米、英、バオダイの「ベトナム国」承認。
8・2　米、サイゴンにMAAG（軍事援助顧問団）を設置。

1951年
2・11　インドシナ共産党第二回大会で党名をベトナム労働党に改称。
9・7　米、バオダイと経済協定を結ぶ。

1952年
6・18　米、仏に戦費の三分の一にあたる二億ドルの援助を約束。

1953年
2・24　仏、バオダイ政権のダラト会議、ベトナム国軍の創設を決める。

5・8 ナバール将軍、仏インドシナ軍最高司令官に就任。「ナバール・プラン」の作成。
9・11 アイゼンハワー米大統領、ナバール・プラン実行のため三億八千五百万ドルの援助を決定。
11・20 仏軍降下部隊、ディエンビエンフーに降下、基地の建設を開始。

1954年

3・13 ベトミン軍、ディエンビエンフー攻撃開始。
4・26 ジュネーブ会議開催。
5・7 ディエンビエンフー陥落。
6・4 仏、バオダイ政府との「独立条約」に調印。
7・6 サイゴンにゴ・ディン・ジエム政権樹立。
7・21 ジュネーブ協定調印。
10・8 ベトミン軍、ハノイ入城。

1955年

2・12 米軍事援助軍、ゴ・ディン・ジエム政府軍の訓練開始。
6・6 北ベトナム（ベトナム民主共和国）、南ベトナム（ゴ・ディン・ジエム政権）に対し、ジュネーブ協定にしたがって、南北統一の予備会談の開催を提案。
7・16 南ベトナム、北ベトナムの提案を拒否。
10・26 南ベトナムの国民投票で、ゴ・ディン・ジエム、ベトナム共和国樹立を宣言し、大統領に就任。

1956年

3・4 ジュネーブ協定を無視し、南ベトナムで制憲議会選挙を強行。
7・6 米ニクソン副大統領、サイゴン訪問。
11・2 北ベトナムのゲアン省で土地改革に反対する農民の暴動起こる。

1957年
5・5　ゴ・ディン・ジエム、米国訪問。
8・1　ジエム政権、徴兵制を敷く。
11・9　カンボジア、永世中立法を公布。
11・19　ビエンチャン協定調印。ラオスに左派、右派の連合政権成立。
岸首相、サイゴン訪問。

1958年
3・7　北ベトナム、再統一の全国選挙のための協商会議について再提案。

1959年
5・13　日本、ジエム政権と賠償協定調印。
5・29　ベトナム労働党第十六回執行委員会議、ジエムの弾圧に対する自衛のため、南部における武装闘争の発動を承認。
7・8　ビエンホア基地でテロ攻撃を受け、米軍事顧問二人が死亡。米兵初の死亡者となる。

1960年
1・17　南ベトナム、ベンチェ省で一斉蜂起。
5・5　米国は、MAAGを年末までに、三百二十七人から六百八十五人に増強と発表。
11・11　グエン・チャン・チ大佐による空挺部隊のクーデター失敗。
12・20　南ベトナム解放民族戦線の結成を宣言。

1961年
1・20　米国、ケネディ大統領就任。ベトナムの特殊戦争を協議。
5・11　ジョンソン副大統領、南ベトナム訪問。
5・19　一万七千の「戦略村」の設置とヘリ・装甲車戦術で十八カ月間以内に南ベトナムを平定する「ステーリー・テーラー」計

画を策定。
9・17 解放軍、省都フォクビンを一時占領。
10・13 ジエム政権、米戦闘部隊派遣を要請。
11・15 米、国家安全保障会議で、戦闘部隊を除く軍事顧問の大幅拡大、戦闘支援部隊の派遣決定。

1962年
2・8 米、MAAGを改組してMACV(米南ベトナム援助軍司令部)を設立、顧問四千人以上。司令官にポール・D・ハーキンス将軍。
2・16 南ベトナム解放民族戦線第一回大会、グエン・フー・ト弁護士を議長に選出。

1963年
1・2 メコンデルタ、アプバクの戦闘でジエム政権軍大敗、米軍事顧問三人死傷。援助開始以来の死者三千人になる。
5・3 フエで二万人の仏教徒、市民がジエム政権の仏教徒弾圧に抗議。
6・11 クアン・ドゥク師がサイゴンで、ジエム政権の仏教徒弾圧政策に抗議して焼身自殺。
8・15 ジエム政権の寺院襲撃、戒厳令に抗議デモ。二千人以上の学生、六千人以上の市民、仏教徒逮捕される。
11・1 ズオン・バン・ミン将軍を中心にした軍部クーデター発生。2日にジエム、ニュー兄弟殺される。
11・2 グエン・ゴク・ト前副大統領を首班とする臨時政府を樹立。

1964年
1・30 グエン・カン将軍がクーデター。
2・8 グエン・カンを首相とする新内閣成立。
5・4 カン首相、北爆開始を要請。
6・20 ウエストモーランド将軍、MACV司令官に就任。

7・30 米、カン政権軍の軍艦、北ベトナム領海に侵入。タインホア省のホングー島、ホンメー島を砲撃。
8・2 米駆逐艦マドックス号、北ベトナム哨戒艇と交戦。「トンキン湾事件」。
8・3 米軍指揮下の南ベトナム海軍、北ベトナムのロン川河口とビンソンのレーダー施設砲撃。
8・4 米ジョンソン大統領、「トンキン湾事件」の報復として北爆を命令。
8・5 コンステレーション、タイコンデロガ両空母から発進した米軍機、北ベトナムのホンゲイ、ビン市近郊、そのほかの沿岸各地を爆撃。
12・31 ビンジアの戦闘でサイゴン政府軍大敗。

1965年

1・8 韓国、南ベトナムへ二千人の部隊を派遣。
2・7 解放軍、プレイク基地、米軍宿舎攻撃。ジョンソン大統領、報復措置として北爆開始。
2・21 グエン・カン将軍の三軍統合司令官を解任。グエン・ヴァン・チュー将軍が国軍会議議長に就任。
3・7 米海兵隊二個大隊、三千五百人がダナン上陸。米軍兵士二万七千人になる。
6・18 グエン・ヴァン・チュー将軍の国家指導委発足。グエン・カオ・キ将軍が首相に。
10・23 米軍、南ベトナムでの兵力を十四万八千三百人と発表。

1966年

3・10 サイゴン政府、グエン・チャン・チ第一軍管区司令官を解任。これを機に、兵士、仏教徒、学生などによる反政府デモが、フエ、ダナン、サイゴンで六月末まで続く。
7・8 グエン・ヴァン・チュー、地上軍による北ベトナム侵攻を主張。
7・17 ホー・チ・ミン主席、独立と自由のため徹底抗戦を国民に訴える。

1967年

2・8 ジョンソン大統領、ホー・チ・ミン主席と親書交換。

6・22 米軍四十六万三千人、韓国、タイ、フィリピン、ニュージーランド、オーストラリア軍計五万四千人、サイゴン政府軍六十万人余。

9・3 グエン・ヴァン・チュー大統領、グエン・カオ・キ副大統領就任。

11・15 佐藤首相、日米共同声明で米国のベトナム政策支持。

12・7 米、ベトナムへの投下爆弾量は、太平洋戦争の三倍と発表。

12・29 北ベトナム、グエン・ズイ・チン外相、北爆が無条件で停止されれば、米と話し合う意思があると発表。

1968年

1・2 北ベトナム正規軍、米ケサン基地包囲。

1・30 解放軍のテト攻勢開始、サイゴンの米大使館一時占拠。

3・16 米軍によるソンミ大量虐殺発生。

3・22 ウエストモーランドMACV司令官更迭、後任にエイブラムズ将軍。

5・5 解放軍、第二次都市攻勢開始。

5・13 米国と北ベトナム代表によるパリ会談第一回本会議。

10・31 ジョンソン大統領、北爆全面停止を発表。

11・6 ニクソン氏大統領選挙に当選。

1969年

1・25 第一回拡大パリ会談開く（米、北ベトナム、サイゴン政府、解放軍が参加）。

3・6 米、南ベトナム駐留米軍五十四万千五百人と発表。

6・6 南ベトナム臨時革命政府樹立。首相にフィン・タン・ファト。
6・8 ミッドウエー島で、ニクソン大統領・チュー大統領会談。八月末までに米兵二万五千人撤退を発表。
7・8 米軍撤退第一陣、第九歩兵師団八百十四人が米本土へ出発。
8・4 キッシンジャー米大統領補佐官とレ・ドク・ト北ベトナム・パリ会談特別顧問との第一回秘密交渉始まる。
9・3 ホー・チ・ミン主席死去（七九歳）。
12・15 ニクソン米大統領、米軍の役割をサイゴン政府軍に肩代わりさせる「ベトナム化計画」を発表。

1970年

2・21 ラオス愛国戦線勢力、ジャール平原を制圧。
3・11 プノンペンで暴徒が、北ベトナム、南臨時革命政府両大使館を襲撃。
3・18 カンボジア、ロン・ノル将軍によるクーデターで外遊中のシハヌーク国家元首を解任。ロン・ノル首相実権を握る。
3・23 シハヌーク殿下、北京でカンプチア民族統一戦線結成の呼びかけ。
4・23 米、ロン・ノル政権武器援助を発表。
4・30 米軍、サイゴン軍、カンボジア侵攻作戦開始。
5・5 シハヌーク殿下、北京でカンプチア王国民族連合政府樹立を発表。

1971年

2・8 サイゴン政府軍、ラオス侵攻作戦開始（ラムソン七一九号作戦）。
2・20 ラオス侵攻の第三十八レインジャー部隊全滅。
4・9 米国防総省、ベトナム戦争での米軍死者五万四千二百八十四人と発表。朝鮮戦争での死者を超える。
6・6 キュー・サムファン、カンプチア民族解放軍最高司令官に。

7・15 ニクソン大統領、訪中発表。

10・12 ニクソン大統領、ソ連訪問発表。

12・26 30日まで延べ千機の米軍機による北爆。

1972年

1・25 ニクソン大統領、八項目和平提案を発表、北ベトナムとの秘密交渉を暴露。

2・21 ニクソン大統領、中国訪問。

3・30 クアンチ省で解放軍の春季大攻勢開始。

4・6 米、北爆再開。

5・1 解放軍、省都ドンハ解放。

5・10 米軍機、ハノイ、ハイフォン、紅河堤防爆撃。

5・22 ニクソン大統領、ソ連訪問。

7・22 米海兵隊、サイゴン政権軍をヘリでクアンチに空輸、クアンチ攻防戦激化。

10・11 米軍機、ハノイの仏代表部を爆撃。シュジニ総代表重傷、19日死亡。

10・26 北ベトナム政府、九項目和平協定と米国との交渉過程を公表。10月31日に調印を要求。

12・18 北爆再開、ベトナム戦争史上最大規模の米戦略空軍B52によるハノイ、ハイフォン爆撃。

1973年

1・27 米、グエン・ヴァン・チュー政権、北ベトナム、臨時革命政府代表「ベトナムにおける戦争の終結と平和回復に関する協定」と四つの議定書に調印。

2・2 米、サイゴン政権、北ベトナム、臨時革命政府の四者合同軍事委発足。

3・29 ニクソン大統領、ベトナム戦争の終結を宣言。

9・21 日本、北ベトナムと国交樹立。

1974年

5・16 解放軍、ベンカット周辺のサイゴン政府軍三拠点を占拠。
6・3　解放軍、ビエンホア空軍基地を砲撃。
8・8　ニクソン大統領辞任。

1975年
1・6　解放軍、フォクロン省解放。
3・11　解放軍、タイグエン作戦でバンメトート解放。
3・19　解放軍、クアンチ省解放。
3・20　グエン・ヴァン・チュー大統領、コンツム、プレイク省の放棄を発表。
3・29　解放軍、ダナン解放。
フォード大統領、南ベトナム沿岸難民救出を指令。
4・17　カンボジア、プノンペン解放。
4・21　グエン・ヴァン・チュー大統領辞任。チャン・ヴァン・フォン副大統領昇格。
4・26　フォン大統領辞任。後任にズオン・ヴァン・ミン将軍。グエン・ヴァン・チュー台湾へ脱出。
4・29　米人総引き揚げ、米大使館閉鎖。
4・30　サイゴン陥落。ミン大統領は無条件降服を声明。
8・22　ラオス解放。
12・1　ラオス、王制廃止。ラオス人民民主共和国成立。

1976年
4・11　民主カンボジア成立。元首にキュー・サムファン、首相にポル・ポト。
6・24　ベトナム統一国会開催。
7・2　南北統一、「ベトナム社会主義共和国」誕生。

1977年
12・31　カンボジア、ベトナムとの国交を断絶。

1978年

7・3 中国、ベトナムへの経済、技術援助の停止と技術者の引き揚げを通告。

8・8 中越紛争解決のための両国外務次官会談をハノイで開く。

12・2 カンボジア救国民族統一戦線結成。

12・22 ポル・ポト軍、ベトナム軍を総攻撃。

12・25 ベトナム軍、カンボジアに侵攻。

1979年

1・1 米中国交樹立。

1・7 ベトナム軍、プノンペン攻略。ポル・ポト政権崩壊。

1・10 カンボジア人民共和国樹立、ヘン・サムリン政権。

2・17 中国軍、ベトナムへ侵攻。

1980年

6・23 タイ・カンボジア国境でベトナム軍とタイ軍衝突。

7・7 インド政府、ヘン・サムリン政権承認。

10・13 国連総会、民主カンボジアの国連代表承認。

1981年

6・24 カンボジア第一期国会開く。国家評議会議長ヘン・サムリン、首相ペン・ソバン。

9・3 シハヌーク殿下、キュー・サムファン(民主カンボジア)、ソン・サン(クメール人民民族解放戦線)の三者会談をシンガポールで開き、反ベトナム政府樹立で合意。

1982年

7・12 反ベトナム三派による民主カンボジア連

合政府樹立。大統領シハヌーク、副大統領キュー・サムファン、首相ソン・サン。

8・21　一九五四年のディエンビエンフー攻防戦で米が核使用を検討したことが、米国務省の外交記録により明るみに。

1983年

1・14　ベトナムとアメリカの科学者が共催で「戦争における除草剤・枯れ葉剤――人間および自然におよぼすその長期的影響国際シンポジウム」をホーチミン市で開催。

1984年

12・11　ベトナム内の反政府グループ約百二十人逮捕。

1985年

4・29　「南の解放と南北統一十周年」記念集会。

11・28　ガンジー首相、ベトナム訪問。非共産国の首脳による訪問初。

1986年

1・6　米大型政府代表団がベトナム訪問。ベトナム戦争終結後初。

陸井三郎編「ベトナム戦争とベトナム革命の勝利年表」(『写真記録ベトナム戦争』〔すずさわ書店〕所収)、「年誌ベトナム戦争」(『世界』一九七三年三月号付録〔岩波書店〕)などを参考にまとめた。

あとがき

私は、ベトナム取材までを第一の青春時代、香港とベトナムでの五年間の生活を第二の青春時代、朝日新聞社での十五年間のカメラマン生活を第三の青春時代と考えています。そして第四の青春時代を送るために、一九八四年、朝日新聞社を退社しました。四十六歳になってから、また青年の時代が始まったわけです。

考えてみますと、朝日新聞社にいる時も、フリーになってからも、どこへ取材に行っても、ベトナムでの経験を通した目でそこの人たちの生活を見ていることに気がつきました。たとえば、南イエメンの砂漠の中で生活をしている人たちを見ると、水の豊富なメコンデルタの風景が目に浮かび、水の少ない環境の中で一生懸命に生きている人たちのたくましさに感心をしてしまうのです。

それほどベトナムでの体験は、どれひとつをとっても忘れることのできないものです。今度、この本の出版を実現させて下さった川口信行、天羽直之、田島正夫、三好正人の四氏ほかの担当者の方々に心から感謝致します。

また、一九六四年、日本を出発するまで、そして香港時代、サイゴン時代にお世話になった人たち、そして、朝日新聞社に入社してからも、ベトナム取材に協力して下さった方々の御好意を忘れることはできません。一九七八年一月、四百五十ページを超える大型写真集『ベトナム解放戦争』のベトナム語版二千冊をベトナムへ贈りました。これは「ベトナムへ写真集を送る運動委員会」のスタッフの方々の努力と運動を支えた四千人以上の人々の協力の結果です。この本は、いま、ベトナム全土にわたって図書館に収められ、独立のための戦闘の写真記録として多くの人々に読まれています。いつか、タイビン省の図書館を訪れた時、写真集を見ていた人たちから感謝の言葉を受け、苦労をして撮影をした自分の写真がこのようにして見られているということに感激しましたが、これも、多くの人たちの支援によるもので、この場をかりて、あらためてお礼を申し上げます。

収録された原稿の初出は、琉球新報、沖縄タイムス、文藝春秋、週刊読売、週刊朝日、アサヒグラフ、朝日ジャーナル、フォトジャポン、『ベトナム最前線』（読売新聞社）、『大虐殺』（朝日ソノラマ）、『アンコール・ワット』（朝日ソノラマ）、『ベトナムの旅』（ジャパン・プレス）そのほかです。

また、インドシナ関係について、多くの人が書かれた著書や記事を読ませて戴き、参考に致しました。たくさんありますので、ここには、書名をあげませんでしたが、労作を執筆された方々にお礼を申し上げます。

一九八六年三月

石川文洋

解説　ベトナムと沖縄、重なる視線

藤原聡

　私は二十七歳の誕生日を迎えられなかったかもしれない――。連載記事の取材で石川文洋さんにインタビューしていた時、ふと漏らした言葉に驚きました。

　石川さんが最初に従軍した南ベトナム第二海兵大隊は一九六五年三月九日、ベトナム中部のビンディン省で南ベトナム解放民族戦線（解放戦線）と遭遇し、激しい銃撃戦となります。初めて経験する本格的な戦闘でした。

　ホアイアンの丘をはい上っていた海兵隊は、解放戦線の待ち伏せを受け、丘の上から一斉射撃されました。立って撮影していた石川さんは、「伏せろ！」という米軍事顧問レフトウィッチ少佐の叫び声を聞き、地面に倒れ込みます。わずかに顔を上げて前方を見ると、少佐は被弾して顔から血を流し、さらに前の米軍中尉は狙撃されて動かない。即死でした。その間も石川さんの頰を銃弾がかすめ、「シュッ、シュッ」と空気を切り裂く音がしていました。「戦闘の日付を今でもはっきり覚えているのは、翌日の三月十日が私の誕生日だったからです。撃ち殺されていたら、二十七歳を迎えられませんでした……」

世界一周の無銭旅行に出て、香港経由でたまたま行くことになった国がベトナムです。第二海兵大隊に従軍取材することになり、いきなり激戦地に飛び込んだのですから、無防備にカメラを構えていたのも仕方ありません。「この時は初めての戦闘だったので恐怖感はありませんでしたが、従軍を重ねるうちに、だんだん怖くなっていきました」と石川さんは振り返ります。

ビンディン省のタムクァンという町に野営していた時には大規模な夜襲を受け、恐怖に震えました。周囲からライフル、自動小銃が一斉に火を噴き、迫撃砲が近くで爆発します。この時の気持ちをこう書いています。〈あすも生きていられるなら、これかぎり従軍はやめよう。私は世界を見たい、恋もしたい、結婚したら妻といっしょに映画を見にいき……〉（本書141ページ）。二十代の若者の切なる願いですが、この後も石川さんは死線をさまようような取材を繰り返すことになります。

命懸けで取材した軍事作戦の中でも「イーグル・フライト」は最も危険な作戦かもしれません。少数の兵士を解放戦線が押さえる村に送り込み、少数だとみて攻撃を加えてくると、後方の大部隊が包囲する。先に送り込まれる兵士は、サメをおびき寄せる撒《ま》き餌《え》になるようなものです。石川さんは、沖縄出身の土池敏夫《どおいけとしお》・米軍一等兵とヘリコプターに乗り、この危険極まりない「おとり作戦」も撮影しました。

沖縄の首里《しゅり》生まれの石川さんは、すぐに土池一等兵と親しくなりました。「彼のおばあさんが住んでいた所が、私の父の家がある那覇の西武門《にしんじょう》だったので、民謡のニシンジョウ節《ぶし》や好物のゴーヤーチャンプルのことを話したのを覚えています」

しかし、二カ月後、同郷の若い友人は、ヘリから降りたところを銃撃され死亡します。十九歳でした。彼は兵役に就くと三年で米国の市民権を得られるので米軍に入隊しました。沖縄から離れて自由な生活をするのが夢だったのです。

悲劇の背景には、沖縄の置かれた過酷な環境があります。二人が出会った頃、沖縄はまだ米国の施政権下にあり、日本に復帰していません。故郷の地には米軍基地が次々と建設され、〈沖縄はいまやアメリカの巨大な軍事基地である。軍事基地のなかに、われわれの沖縄があるようなものだ〉（本書238ページ）という様相だったのです。この閉塞《へいそく》状況から逃れるため、米軍基地を嫌う青年が選んだのは、悲しいことに米軍の兵士になる道でした。

五十年以上たっても状況はまったく変わりません。いや、むしろ米軍基地はより増強されようとしています。八十歳になる石川さんは、米軍基地建設が進められている沖縄県名護《なご》市辺野古《へのこ》や東村高江《ひがしそんたかえ》のヘリパッドの建設現場に足を運び、時には建設に反対している人たちと共に泊まり込みながら取材を続けています。石川さんが撮影した写真とルポを私が受け取って編集し、共同通信社から全国の新聞社に何度も配信しました。

辺野古のルポにはこう書かれています。〈私はいま、沖縄で生まれベトナムほかの戦争を取材したカメラマンの視点で、辺野古新基地建設を見ている。米軍はベトナムの農村を徹底的に破壊し、そのために多くの農民、子ども、老人が死傷していく様子を目撃した。69年には、嘉手納基地からB52爆撃機がベトナムへ出撃する状況を撮影した。基地内ではベトナムへ派遣される兵士が訓練をしていた。牧港補給地区にはベトナムへ送られる物資が山と積まれていた〉

高江のヘリパッド建設現場で県道を歩いていた時には、四人の若い機動隊員にぴったりと囲まれます。石川さんは歩きながら「ベトナム戦争では嘉手納基地を飛び立った爆撃機が、ベトナムの子どもや老人を死傷させたんだよ」と機動隊員に語りかけました。彼らは黙っていましたが、関心を持って聞いている気配を感じたそうです。

ヘリパッド建設現場では集会が毎日開かれ、反米軍基地の運動を続ける人たちが交代で演説し、輪になって合唱していました。この様子を見た石川さんはルポに書きます。〈ヘリパッドだけでなく全ての米軍基地に反対する人々の熱気が感じられるが、長野県に住む私は、この東村高江の状況が、どのくらい本土に理解されているのか疑問に思う〉〈本土の人々も、東村高江の問題は日本全体の問題であることを知るべきだと思う〉

沖縄と本土との温度差は、本書にも描かれています。石川さんが従軍生活を終えて日本に帰った時、沖縄の人たちはベトナムの戦場の写真を見て涙を流し、戦争が早く終わることを願いました。ところが、東京では石川さんの話に本気になって耳を傾ける人はいなかったのです。

年を取った沖縄の人ほどベトナムに同情する思いが強かったのは、沖縄戦の体験によるものでした。沖縄県民の四人に一人が死亡し、日米の兵士を含め犠牲者は二十万人以上と言われています。ベトナムの農村が攻撃されると、老人や女性、子どもたちが犠牲になるという石川さんの話を聞き、地獄のような地上戦を思い出したのです。

石川さんは四歳で本土に渡ったので沖縄戦を直接は知りませんが、祖母や曾祖母から戦火の中を逃げまどった話を聞いています。生まれ育った首里周辺は激戦地となり、一帯は廃墟と化しました。本書には、ベトナムと沖縄を重ね合わせる石川さんの視線が、通奏低音のように流れています。死の危険にさらされながらカメラを離さず、農民の怒りや悲しみを撮り続けることができたのは、沖縄出身ということが大いに影響していると思います。

本書のオリジナルは、三十二年前、朝日文庫として出版されました。その裏表紙に開《かい》高健《こうたけし》氏は「この稀れな本はカメラだけを持って銃は持たなかった一人の歩兵の眼と心の記録である」と書きました。カメラを持った歩兵——。まさにその通り、石川さんはひたすら歩く人です。そして、歩きながら自身が見聞きしたことを基にして物事を考える人です。

北朝鮮の核・ミサイル開発が問題になっている中、沖縄駐留の米軍や自衛隊を増強して抑止力を高めようという声が大きくなっています。政治家や評論家らが唱える安全保障論の多くが、この考え方に沿ったものと言えるでしょう。しかし、机上で立てた論ではなく、ベトナムやカンボジア、アフガニスタンなどの戦場を歩き続けて到達した石川さんの持論は「軍隊は抑止力にはならない。むしろ軍隊がいるから戦争になる」というものです。

諏訪湖《すわこ》を望む高台にある自宅で、石川さんは私に言いました。「普天間《ふてんま》基地の移設と言っているが、実際には辺野古に空母級の艦船も停泊できるような巨大基地をつくろうとしている。そんな基地ができると標的になる可能性が高くなる。私が日本を攻撃する国の軍司令官なら当然『沖縄を狙え』と言いますよ」。普段は笑みを絶やさない人が、この時は怒りを隠しませんでした。

石川さんは、自身の戦争取材体験を次世代に伝えようと、各地で講演しています。なかでも学校で子どもたちに話をする機会があれば、何をおいても行くようにしています。長野県の茅野《ちの》市立北部中学校での講演は、児童書出版の童心社がまとめて「報道カメラマンの課外授業　いっしょに考えよう、戦争のこと」シリーズ（全4巻）として刊行されました。

「戦争は殺人、殺し合いです。いかに多くの人たちを殺すのかを競い合うのが戦争です。そして犠牲になるのは、いつも圧倒的に民間人が多いのです」。石川さんは、戦争についてこう語ります。実際、ベトナム戦争の米軍の死者は約五万八千人ですが、ベトナム側は二百万人を超える民間人が亡くなり、沖縄戦では、沖縄県外の日本兵の死者が約六万五千人だったのに対し、沖縄の民間人と軍属を合わせて十二万人以上が犠牲になりました。

石川さんは子どもたちに命の大切さについても語ります。「沖縄の『命《ぬち》どぅ宝《たから》』という言葉をいつも講演で使っています。命が何より大切だということですね。ベトナムでは多くのジャーナリストが亡くなったが、私も本当に危なかった。ジープを降りて間もなく、そのジープが地雷で吹き飛ばされたこともある。運良く生き延びて命があるので、その後、世界一周の旅などいろんなことができたんだと話しています」

日本人ジャーナリスト十五人が、ベトナム、カンボジアの戦争を取材中に死亡しましたが、このうち十二人は石川さんの友人、知人でした。

カンボジアのアンコールワットに向かったまま行方不明になり、後に死亡が確認された一ノ瀬《いちのせ》泰造《たいぞう》氏はフリーランスのカメラマンでした。ベトナム戦争を長期取材していたほとんどの日本人カメラマンは通信社に所属し給料や取材費が支払われていましたが、一ノ瀬氏は命を削って撮影した写真のネガをUPI通信に切り売りして収入を得ていました。石川さんもフリーカメラマンとしてAP通信にネガを一コマ十五ドルで売って生活していたので、「ネガを持っていかれることが身を切られるようにつらい」という彼の言葉をよく理解できたのです。

戦火を逃れて川を渡る母子の写真「安全への逃避」で一九六六年、ピュリツァー賞を受賞した澤田教一《さわだきょういち》氏とはサイゴンのレストランで「命に気をつけて頑張ろう」と話し合います。ジャール平原で激戦が続いていたラオスでも出会いましたが、数々の戦闘をくぐり抜けてきた澤田氏は七〇年、カンボジアを取材中、銃撃されて死亡しました。

澤田氏がピュリツァー賞を受けた直後、石川さんが南ベトナム海兵隊に顔を出すと、知り合いの米兵から次々と「おめでとう！」と声がかかりました。けげんな表情でいると、「日本人カメラマンがピュリツァー賞を取ったと聞いた。それは君だろう」と言われます。長期従軍して戦場の撮影を続けている日本人カメラマンと言えば、真っ先に石川さんの名前が浮かんだのです。

ＵＰＩ通信の澤田氏とは違い、フリーの石川さんの写真は無署名だったため国際的な賞とは無縁でしたが、戦争当事者であるベトナムが最も高い評価を与えているカメラマンは石川さんです。一九九八年、ホーチミン市の戦争証跡《しょうせき》博物館に、石川さんの作品二百点を常設展示する施設が設けられました。第一次インドシナ戦争とベトナム戦争を勝利に導いた「救国の英雄」ボー・グエン・ザップ将軍を撮影した肖像写真は多くの出版物や放送に使用され、ベトナム国民の間でよく知られています。ベトナム政府が昨年発行したザップ将軍の記念切手にも、この写真は使われました。

ベトナム戦争は、史上最も自由に報道できた戦争だと言われています。米国や南ベトナムは記者やカメラマンの従軍取材を許可し、戦争当事国以外にも日本やフランス、英国などから多くのジャーナリストが訪れ、戦場の生々しい姿を世界中に伝えました。世界各国で、おびただしい写真集やルポルタージュ、ノンフィクション・ノベルが刊行され、映像作品も制作されましたが、本書ほど徹底して現場を歩き写真と文字で記録したドキュメンタリーはありません。おそらく、あらゆるジャンルを通して、この戦争を取り扱った最高の作品だと言えるでしょう。

本書はまた、無数の人々の死を描いた鎮魂歌《レクイエム》であるとともに、一人の貧しい青年が、死を賭《と》した数々の体験を通じて成長していく物語《ビルドゥングスロマン》として読むことも可能です。

若者の「生き方」に関する本が人気を集めていますが、この千ページ近い大部の著作には、人の生と死を考える上で大切なことが、「生き方」指南書などよりもずっと豊かに語られています。今回の再版を機に、若者をはじめ多くの人たちに読んでほしいと切に願っています。

（ふじわら・さとし　共同通信社編集委員。著書に、石川文洋氏ら写真家14人の撮影の時代背景を追ったちくま新書『戦後史の決定的瞬間』などがある）

本書は一九八六年六月、朝日文庫で刊行された。

ちくま文庫

戦場《せんじょう》カメラマン

二〇一八年六月十日　第一刷発行

著　者　石川文洋（いしかわ・ぶんよう）
発行者　山野浩一
発行所　株式会社　筑摩書房
東京都台東区蔵前二―五―三　〒一一一―八七五五
振替〇〇一六〇―八―四一二三

装幀者　安野光雅
印刷所　凸版印刷株式会社
製本所　凸版印刷株式会社

乱丁・落丁本の場合は、左記宛にご送付下さい。
送料小社負担でお取り替えいたします。
ご注文・お問い合わせも左記へお願いします。
筑摩書房サービスセンター
埼玉県さいたま市北区櫛引町二―六〇四　〒三三一―八五〇七
電話番号　〇四八―六五一―〇〇五三

ISBN978-4-480-43474-6　C0136